BAUDOLINO

DU MÊME AUTEUR

L'ŒUVRE OUVERTE, Seuil, 1965.

LA STRUCTURE ABSENTE, Mercure de France, 1972.

LA GUERRE DU FAUX, traduction de Myriam Tanant avec la collaboration de Piero Caracciolo, Grasset, 1985.

LECTOR IN FABULA, traduction de Myriem Bouzaher, Grasset, 1985.

PASTICHES ET POSTICHES, traduction de Bernard Guyader, Messidor, 1988. 10/18, 1996.

SÉMIOTIQUE ET PHILOSOPHIE DU LANGAGE, traduction de Myriem Bouzaher, PUF, 1988.

LE SIGNE : HISTOIRE ET ANALYSE D'UN CONCEPT, adaptation de J.-M. Klinkenberg, Labor, 1988.

LES LIMITES DE L'INTERPRÉTATION, traduction de Myriem Bouzaher, Grasset, 1992.

DE SUPERMAN AU SURHOMME, traduction de Myriem Bouzaher, Grasset, 1993.

LA RECHERCHE DE LA LANGUE PARFAITE DANS LA CULTURE EUROPÉENNE, traduction de Jean-Paul Manganaro. Préface de Jacques Le Goff, Le Seuil, 1994.

SIX PROMENADES DANS LES BOIS DU ROMAN ET D'AILLEURS, traduction de Myriem Bouzaher, Grasset, 1996.

ART ET BEAUTÉ DANS L'ESTHÉTIQUE MÉDIÉVALE, traduction de Maurice Javion, Grasset, 1997.

COMMENT VOYAGER AVEC UN SAUMON, traduction de Myriem Bouzaher, Grasset, 1998.

KANT ET L'ORNITHORYNQUE, traduction de Julien Gayrard, Grasset, 1999.

CINQ QUESTIONS DE MORALE, traduction de Myriem Bouzaher, Grasset, 2000.

romans

LE NOM DE LA ROSE, *roman*, traduction de Jean-Noël Schifano, Grasset, 1982. Prix Médicis étranger.

LE NOM DE LA ROSE, édition augmentée d'une *Apostille* traduite par Myriem Bouzaher, Grasset, 1985.

LE PENDULE DE FOUCAULT, *roman*, traduction de Jean-Noël Schifano, Grasset, 1990.

L'ÎLE DU JOUR D'AVANT, *roman*, traduction de Jean-Noël Schifano, Grasset, 1996.

UMBERTO ECO

BAUDOLINO

roman

Traduit de l'italien
par
JEAN-NOËL SCHIFANO

BERNARD GRASSET
PARIS

L'édition originale de cet ouvrage a été publiée par Bompiani, en 2000, sous le titre :

BAUDOLINO

A Emanuele

1

Baudolino commence à écrire

Ratisponne Anno ~~Dommini~~ Domini mense decembri
MCLV kronica Baudolini nomen Aulario
    moi Baudolino de Galiaudo des Aulari avec une teste ki
semble d'un leon alleluja Graces soyent randues al Seignor ki
me pardone
    ~~je ai faict~~ habeo facto la desroberie la plus grande de ma vie
en somme j'ai pris dans un escrin de l'évesque Oto moult
feuilles ki peut etre sont choses de la ~~kancel~~ chancellerie impe-
riale et les ai gratté quasi toutes fors ce ki ne partait point et
ores j'ai autant de Parchemin pour y escrire ce ke je veulx en
somme ma chronica meme si je ne la sais ecrire en latinus
    s'il descouvrent aprés ke les feuilles ne sont plus là ki sait kel
capharnaüm sensuit et il pensent ke ce peut estre un Spion des
evesques romains ki veulent du mal al emperer frederic
    mais il se peut k'a nul importe en la chancellerie ils escri-
vent tout mesme quant point ne sert et ke ki les trouve [les
feuilles] ~~kil se les enfile dans le pertuis del kü~~ n'en fasse goute

ncipit prologus de duabus civitatibus historiae AD mexliii conscript
saepe multumque volvendo mecum de rerum temporalium motu ancipitq

    ce sont lignes ki i furent avant et je n'ai pu les bien kraté et
dois les sauteler

*si donques on trouve ces Feuilles aprés ke je les ai escrites
mesme un chancelier n'en comprend mot kar c'est une lengua
ke parlent ceus de la Frasketa mais ke nul n'a onques eskrite*

*toutefois si c'est une lengua ke nul n'entend on devine sitoz
ke c'est moi kar tous les gens disent ke nous a la frasketa parlons
une Lengua ki n'est de chrestien je doi donques bien les cacher*

morsoeil quelle fatigue d'eskrire me font ja mal tous les doigts

*moi mon pater Galiaudo l'a toujours dit ke ce doit estre un
don de Saincte maria de Roboreto ke dès ma petite infans a
peine j'oyois un ki disait ~~cinc quinkus~~ V paroles sitost ji refai-
sois son parlé k'il fut de Terdona ou de Gavi et mesme s'il
venoit de Mediolanum k'y parlent un Ydiome ke pas mesme
les chiens en somme quant j'ai encontret les premiers alemans
de ma vie ki furent ceux ki mirent siege a Terdona tous **Tius-
che** et vilains et ils disoient **rausz** et **min got** après mi journée je
disois raus et Maïngot mesmement et s'ils me disaient **Kint** va
a nous chercher une belle **frouwe** pour faire foutri-foutra et
peu importe si elle est dacord a nous il suffit ke tu dise ou elle
se trouve et puis nous la tenons ferme nous*

*mais c'est koi une **frouwe** je disais et ils disaient une domina
une dame une fame **du verstan** et ils fesaient le signe de li gros
Seins pour ce ke en cest siege de feminae ne trouvons point
celles de Terdona sont dedans et quant nous entrons laisse
faire a nous mais pour l'heure celles ki sont deshors poinct ne
se font voir et il laschent blasphemia et blasphemia ki font
advenir la peau de chapon mesme a moi*

*braves souabes de Merde cela dit vous pouvez toujours
atendre ke je vous dise ou sont li **frouwe** je ne suis quand mesme
point un spion adonques branleytez vous*

mamma mia un peu plus et ils me masaient

*masaient et massacraient ou necabant or là quasi j'escript
Latinus non point ke je n'entens le latin par ce ke j'ai apri a
lire sur un librum latin et quant on me parle latin j'entens
mais c'est pour l'eskrir ke je ne sai commen s'escrivent les paroles*

ventrediou jamais ne sais si c'est equus ou equum et j'erre

10

toujours quant chez nous un caballus est toujours un chevax et jamais je n'erre pour ce ke nul n'escrit caballus ou Kaval et mesme n'escript goute parce ke ne sait lire

ce pendant ceste fois c'est allè bien et les tudesques ne m'ont touché pas mesme un cheveu par ce ke juste a ce poinct sont arrivés des milites ki crioient or alons or alons k'on ataque de neuf et après a lieu un borda bordel del Diable et je ne comprenais plus rien avec les escuier ki alaient çà et les valets aveques les halabardes ki alaient là et sons de trompe et tours de bois haultes come les arbres de la Burmia ki se mouvoient come charettes avec balistari et fundibulari dessuz et aultres ki portaient les eschelles et sur eulx pleuvent tant de fleches com s'il gresle et ceulx ki lançoient grosses pierres aveques une espesse de Louche et me sifilaient dessus la teste tous les iaculi ke les Derthonois lanchaient depuis les mur, quel batalha !

et moi je me tins deux heures durant souz un buisson disant virgo sancta ayde moi tu peux tout s'est apaisé et couraient a costé de moi ceux avec le parler de Pavia ki criaient k'ils ont occis tant de Derthonois k'on diroit un tanaro de Sang et il furent contens com une kalenda maia pour ce ke ainsi Terdona apprand a se mettre aveques les mediolanenses

comme revenaient sur leurs pas aussi les alamans de la ~~frouwe~~ peut estre un peu moins kavant kar les Derthonois aussi n'i sont pas alé par quatre chemin je me suis dict mieux ke j'aïe me décrottez ailleurs

et marche ke je marche je suis revenu chez moi k'il fut quasi matin a raconter tout a mon pater Galiaudo ki m'a dict alleluia tu vas te metre parmi le Siege k'un jour tu prens un glaive dans le cü mais tu sais que ce sont choses pour les seignors laisse les cuïr en leur bouillon ke nous devons penser aux ~~vaca~~ wacches et sommes gent serioseux contrairement a Fredericus ki primo vient secundo va puis revient et conbine trois fois riens

toutefois Terdona n'est point chüe parce ke ils ont pris solement le bourg mais pas l'Arce et ce a continué encore k'ensuite vient la fin de ma kronica quant ils leur ont coupé l'eau et eulx plutost ke boivre leur pissat ont dict a Fredericus

11

k'ils sont moult feal lui les a laissé sortir mais la cité il l'a in primis bruslez et secundement reduit en morceaux id est tout fut faict par ceulx de Pavia ki ont une dent contre les Derthonois ici chez nous ce n'est pas com les alemans ki s'aiment tous les uns avuec les autre et sont tourjourz com ces deus doits mais chiez nous ceux de Gamondio s'ils voient un de Bergoglio ils lui sortent les coyons par la bouche

mais ores je reprens a demesler la chronica ke quant je vais parmi les bois de la frasketa surtout si y a la Nebula la bonne k'on ne se voit pas la poincte du nez et les choses surgissent si subitement ke tu ne les avais pas veü venir moi geai des visions com cette fois ke j'ai veü l'unicorne et l'autre fois ke j'ai veü le Saint Baudolino ki me parloit et me disoit fils de pute tu iras en enfers pour ce ke l'istoire de l'unicorne a fini ainsi comme on sait bien ke pour chasser l'Unicorne il faut placer une pucele une non deviergee au pied de l'arbre et la beste sent l'odor de vierge et vient a lui mettre la teste sur la pance et alors j'ai pri la Nena de ꝺBergoglio ki estoit venue ici avuec son pere a acheter la ~~wachka~~ vach a mon pere et li ai dict viens dans le bois ke nous chassions l'unicorne puis je l'ai mise sous l'Arbre par ce ke j'etais sür k'el etait vierge et li ai dict soy belle ainsi et esquarte les jambes pour faire place là où la beste met la teste et elle disait j'équarte koi et je disois là en ce poinct voilà esquarte bien et je la touche et elle se prist a pousser tels cris k'elle a semblance d'une chevre ki met bas et je n'i ai plus veü en somme j'ai eü com une apocalypsin et aprés elle ne fut plus pure tel un lys et alors elle a dict damedieu et ores coment k'on faict pour faire venir l'unicorne et a ce poinct là j'ai entendu une voix du Ciel ki m'a dict ke l'unicorne qui tollit peccata mundis c'estait moi et je sautelois parmi les buissons et je criois hip hiii frr frr j'estois plus content k'un vray unicorne ki dans la pance de la vierge y avoit mis sa corne ce pour coi le Sainct Baudolino m'a dict mon filz et coetera mais en suite il m'a pardoné et je lai vu d'aultres fois entre chien et leu mais solement si y a moult brouillas ou au moins k'il brouillasse pas quand le soleilz bouille oves et Boves

toutefois quant j'ai conté a mon pere Galiaudo ke j'avois

veü saint Baudolino il m'a donné trente coulps de baston sul croupion disant o seignor a moi devait eschoir un fils ki voit les visions et sait poinct mesme traire une ~~vaka~~ Vacche ou j'y fens la teste a coulps de baston ou je le done a un de ceulx ki vont parmi les foyre et les marchés en feisant danser le simius affrikanus et ma sainte mamma m'a crié grant feignasse t'es pis ke tout j'ai adonques faict koi al seignor pour avoër un filz ki voye les sainct et mon pere Galiaudo a dict c'est poinct vray k'il voit les saint il est plus menteur ke judas et sinvente tout pour rien faire

je conte cette Chronica otrement on ne comprens point coment s'est passè ce soir là où il i avoit un brouillas a couper avec un coltel et dire ke c'était déja avril mais chez nous il faict de la brouillas mesme en aout et un ki n'est pas du koin on comprans perfectament k'il se perd entre la Burmia et la Frasketa surtout s'il n'y a pas un sainct ki le tire par le mors or donques j'alais chez moi quant je me vois devant un baron sur un cheval tout en fer

le baron non le chebval estoit tout en fer aveques l'epée qui semblait le roi de Ragon

et j'en ai eü un coulp au cœur mamma mia tu vas voëir ke c'est sans doutance sainz Baudolino ki me porte en l'enfer mais lui a dict 𝕶𝖑𝖊𝖎𝖓𝖊 𝖐𝖎𝖓𝖙 𝖡𝖎𝖙𝖙𝖊 et j'ai sitost compri ke c'estait un seignor alemans ki par le brouillas s'est disperdu dedans le bois et plus ne trouve ses amicts et il faisait presque nuit et il m'a faict voëir une ~~Monaie~~ ke Moneïe de la sorte moi je n'avois jamais veü puis il fut content ke je respondisse en son parler et j'i dis en 𝕯𝖎𝖚𝖙𝖘𝖈𝖍 si tu continu ainsi tu finis bel com le jour parmi les marais

ke je ne devois point dire bel com le jour avec un brouillas a trencher au Coltel mais lui a compris mesmement

et alors j'i ai dict ke je sai ke les germaniens vienent d'une contree ou est tousjours prinstemps et peut estre i florissent les cedres du Libanus mais chez nous dans la Palèa ya le brouillas et dans ce brouillas trainent des infans de salaud ki sont ancor les petits des petits infans des arabitz ki ont guerroyié charlemagnus et c'est tous sale gents ki quant y voient un

13

Pelerin i donent une volée de coulps de baston sur les dents et nous emportent aussi les cheveus k'avons sur la teste ergo si venez dans la kahute a mon pere Galiaudo trouverez escüelle de bouillon chaud et paillasse pour dormir la nuit dans l'estable puis l'endemain avec la lumiere je vous montre le Chemin surtout si vous avez ceste monaie merci benedicite sommes povres gents mais honestes

ainsi jlai menè chiez mon pere ~~Gaïaudo~~ Galiaudo ki s'est pris a crier teste de noix ke t'es rien d'aultre t'as quoi dans le chef pourkoi tu as dict mon nom a un ki passe avec ces gents on sait jamais il peut estre un valet au markiche de Montferrat ki va me demander ancor une disme de fructibus et de foin et leguminibus ou tributum du vaincu, tributum du metayer, tributum de boverie voilà ke nous sommes ruinés et il alait prendre le Baston

moë j'i ai dict ke le seignor etait un alemans et non de Mont Ferrat lui a dit pis ke aller de nuit mais puis quant j'i ai dict de la Moneïe il s'apaise kar ceux de Marengo izont la teste dure com le bœuf mais fine com un cheval et il a compris k'il pouvoit en retirez chose bonne et m'a dict toi ki parles tous les parlers ores di lui cette chose

item, ke somes povres gents mais honestes

ça j'i ai déjà dit moi

et kimporte mieulx ke tu redises item merci pour le sol mais y a aussi le Foin pour le cheval item a l'escüelle chaude j'i ajouste un froumage et le pain et une pinte du bon de derriere les fagots item ke je le mets a dormir où tu dors toi juste près le ~~foc fou~~ feu et toi ce soir tu va dans l'estable item qu'il me fasse voir la Monaie ke je voudrais un sol gesnois et fiat come un de la familia par ce ke a nous de Marengo l'hoste est sacré

le seignor a dict haha fous estes dur fous de Marincum mais un negotio est un negotio moi che fous donne deux de cette moneïe et toi ne demande pas si c'est un sol gesnois par ce ke avec un sol gesnois moi che me kaufe fous et la maison et toutes fos bestes mais toi prens et toi tu te tais ke tu i gagnes touzjours mon pére est resté coi et a pri les deux moneïe que le seignor lui a jeté sur la table par ce ke ceulx de Marengo ont une teste de bois mais fine et il a mangez com un leu (le sei-

14

gnor) mieuz com deux (leus) pendant que mon père et ma
mère sont alés a dormir kar ils s'etoient esgruné l'Eschine
toute la jornée alors que j'alais de par la frasketa le terre a dict
buon ce vin che reste a boivre ancor un peu ichi près le feu
conte moi kint conte moi comens ke tu parle si bien ma langue

ad petitionem tuam frater Ysingrine carissime primos libros chronicae meae missur
ne humane pravitate

    là aussi je n'ai réussi a effacer
    maintenant je reprens la chronica de ce soir avuec ce sei-
gnor alemans ki vouloit saveoir coment y se faisait ke je
parlois sa lingua et ainsi lui ai je conté que j'i ai le don des
langues come les apostoles et que j'i ai le don de la Vision
come les madelène par ce ke je vai parmi la forest et vois le
saint Baudolino a chavals sur un unicorne couleur de lait
aveques sa Corne en tortillon juste là où les chevax ont ce ki
pour nous est le Nez
    mais un cheval n'a point un nez autrement dessouz il au-
rait les moustax com ceux de ce seignor ki avait une belle
barbe color d'un pot de cuivre quant les autres alemans ke j'ai
veü portent les poils jaune usque ad aurem
    et lui m'a dict c'est bon tu vois ce ke tu nommes l'unicorne
et peut estre tu veux dire le Monokeros mais où as tu su k'il y
a des unicornes en ce monde et je li ai dict ke je l'ai leü en un
livre de l'eremita de la Frasketa et lui avec deux yeux tant es-
cartillés k'il semblait une chaouette dit Mais coment tu sai
aussi lire
    sacrèdié je li ai dict maintenant je conte la Historia
    donque l'histoire est aliée ainsi k'il y avait un sainct her-
mite lès Bosco ke de temps en temps les gents lui portaient une
geline ou un lièvre et lui est là a priier sur un livre escrit et
quant passent les gents il se kogne le cœur aveques une Pierre
mais je dis ke c'est une motte toute en terre ainsi se fait il
moins mal or donques ce jour on nous avoit aporté deux œuf
et je cependant qu'il lisoit me suis dict un a moi un a toi com
les bon crestïens suffit ke lui ne voit pas mais lui je ne say coment k'il a faict kar il lisoit mais il m'a enpoignè par le Col

15

je li ai dit diviserunt vestimenta mea et lui s'est pris a rire et disoit mais sais tu ke tu es puerelet telligent viens ici chaque jour ke je t'enseigne a lire

ainsi m'a enseigné les Letres escrites a force d'Oreillons de coulps sur le chef solement après ke nous estions en confiance il s'est pris a dire o le bel bachelier gaillard ke tu es o la belle teste de Lion mais fais voir si les bras sont fort et coment est le torse fais touchier ici où commencent les Jambes pour voir si tu es sain adonques j'ai compri où il vouloit en venir et j'i ai doné un coulp avuec les genoils en les coilles oltrement dict les Testicula et lui s'est plié en deux disant vintdiou je va chez ceulx de Marengo e je dis ke tu es démonié ainsi te brusleront et c'est très bien je dis mais primum j'annonce ke je t'ai veü la nuit ke tu la mettais dans la Bouche d'une sorciere vel masca puis voïons si selon eulx c'est moi le demonié et alors lui a dit mais attends ke je parlais pour rire et je voulais voir si tu es-tais dans la crainte del seignor de ceci ne parlons plus viens demain ke je comence a t'enseigner a eskrire kar lire est chose ki ne coute rien est suffisant regarder et remuer les levres mais si tu escris en le livre dedans i faut les feuilles et l'Enque et le calamus ki alba pratalia arabat et nigrum semen seminabat que lui parlait semper latin

et j'i ai dict suffit de savoir lire pour apprendre ce que tu ne savais pas ancor que si tu escris tu escris solement ce que tu sais déjà donc patientia mieuz ke je reste sanz saveoir ekrire mais le cü est le cü

kand je lui contois cela l'seignor alemans se riait com un Fol et disait vaillant petit chavalier les hermites sont **allesammt Sodomiten** mais dis dunc me dis ce ke tu as veü derechef dedans le bois et je pensant k'il estoit un de ceux ki voulaient prendre Terdona à la suite de Federicus Imperator je me suis dict mieux ke je complaise cestui et il me donnera peut estre une autre Monaie et ji ai dict ke deux nuits avant m'est apparü le Sainct Baudolino et il m'a dit ke l'empereur remporte grant victoire a Terdona car Fridericus est le seignor unic et vray de toute la Longbardie complexa la Frasketa

et alors le seignor a dit tu **kint** es envoyé du Ciel veux tu ve-

nir au camp imperial a dire ce ke t'a dict Saint Baudolino et
j'ai dit ke s'il vouloit je disois mesme ke saint Baudolino
m'avoit dict ke a l'assault les Saints pierretpol viendraient
guider les imperials et lui a dit **Ach wie Wunderbar** me suffirait
Pierre tout seul

kint viens avec moi et ta fortune est faicte

illico en some quasi illico l'endemain mattin ce seignor dit
a mon père k'il me prent avec lui et me mène en un lieu
où j'aprens a lire et a escrire et peut etre j'adeviens
Ministerial

mon père Galiaudo ne savoit pas bien ce que cela voulait
dire mais il a compris k'il se levait des pieds un mange pain
en traitre et k'il ne devait plus se trouver en peine pour ce ke
j'alais vagabondant chemins et buissons mais il pensait ke ce
seignor pouvoit estre pourkoi pas un de ceux ki va parmi les
foires et marchés avuec le Simius et pourkoi pas m'aurait mis
après les mains dessus et cela ne lui plaisoit guère mais le seignor a dict ke lui était un grand comes palatinus et ke parmi
les alemans on encontre pas de **Sodomiten**

que sont ces sodomites a dict mon père et j'ai spliqué ke ce
sont les engrapés du cü tu parle il a dict lui les engrapés sont
partouz mais com le seignor sortait cinq aultres Moneïe en
plus des deux d'ier soir alors il a perdu la teste et m'a dict
mon filz va ke pour toi c'est une fortune et peut estre pour
nous aussi mais vu ke ces alemans vaille que vaille finissent
tourjourz de par chez nous cela veut dire ke de temps en
temps tu viens nous trouver et j'i ai dict je jure et allez mais
j'estois un peu Tristangoisseus car je voyais ma mère pleurer
come si j'alasse a la mort

et ainsi nous somes alés et le seignor me disait de le mener
où k'est l'Ost des imperiaux facilissim je dis suffit de suivre le
soleil altrement dit d'aller vers d'où il vient

et tandis que nous alions on voyait déjà les campements
quand arrive une compagnie de chevaliers armez de toutes
armes ki au moment qu'ils nous voient s'ajenoillent abaissent
les lances et les enseignes et levent les épées mais ke se passe
donc je me suis dit et eux de crier ~~Caiser~~ **Kaisar** de destre et
Keiser de senestre et **Sanctissimus Rex** et baisent la main a ce

seignor et j'ai presque la maschoire dehors a cause de la bouche ouverte tel un four kar alors seulement je comprens ke ce
seignor avec la barbe rousse est l'empereor Fridericus in kar-
nem et en os et moi ji ai raconté des menteries tout le soir com
a un Enconnez quelconque

ores il me fera detrancher le chef je me dis et pourtant je lui
ai cousté .VII. moneïe ke s'il avait voulu le chef il me le de-
tranchoit hier soir gratis et amordei

et lui dit ne soyez a effroi tout est bien je porte grandes
nouveles d'une Vision petit puer dis nous a tous la vision ke
tu as eüe en le bois et je chois a terre com si j'eusse le mal ca-
duc et je roulle les yeux et me fait sortir l'escume de la bouche
et je crie je j'ai vu j'ai vu et je conte toute la historia de
Saint Baudolino ki me fait la vaticination et tous louent ~~sei-
gnordiex~~ Domine Dieu et disent Miracul miracul 𝖌𝖔𝖙𝖙𝖘𝖙𝖊𝖍𝖒𝖎𝖗𝖇𝖊𝖎

et y etaient ici les messagiers de Terdona aussi ki ne
s'estaient pas encor résolus a redditio ou non mais quant ils
m'ont ouï se jettent a terre et disent ke si mesme les saints
étaient contre eulx mieux valoit se rendre kar de toute ma-
niere cela ne pouvait durer

et puis je vois les Derthonois ki sortoient tous de la Cité
hommes femmes enfans et vieux et pleuraient en leur nombril
pendant que les alemans les emmenoient com s'ils fussent
breeebies oltrement dit des berbices et universa pecora et ceux
de Pavia ki allez allez entraient a Turtona com des fous avec
fagots et masses et maillets et pics ke pour eulx abattre une cité
jusque dedans ses fondacions les faisoient déchargier les coilles

et environ le soir j'ai veü sur la coste toute une grant fumée
et Terdona ou Derthona n'y estoit presque plus la guerre est
ainsi faite com dit mon pere Galiaudo c'est une grant sale Bete
toutefois mieux eux ke nous

et le soir l'empereor retourne tout contens aux Tabernacula
et il me pince la joue com mon père me faisoit jadis et puis il
apelle un seignor ki estait le bon canoniste Rahewinus et lui
dist k'il veut ke j'aprens a escrire et l'abacus et encor la gra-
maire ke alors je ne savais ce ke c'était mais maintenant peu a
peu je le sais et mon pere Galiaudo ne l'aurait mesme imaginez
kom c'est beau d'estre un savant ki l'eut jamais dit

18

gratia agamus ~~domini dominus~~ en somme soit rendue grace
au Seignor
    toutefois escrire une chronic fait venir des bouffees de cha-
leur mesme en hiver et ce pour la peur aussi kar la chandelle
s'éteint et com disoit l'aultre j'ai mal au poulce

2

Baudolino rencontre Nicétas Khoniatès

QU'EST-CE QUE C'EST? demanda Nicétas après avoir
« tourné et retourné le parchemin dans ses mains et
cherché d'en lire quelques lignes.

— C'est mon premier exercice d'écriture, répondit Baudolino, et depuis l'époque où je l'ai écrit – j'avais, je crois, quatorze ans et j'étais encore une créature des bois – je l'ai toujours porté avec moi, comme une amulette. Ensuite j'ai rempli beaucoup d'autres parchemins, jour après jour parfois. Il me semblait exister seulement parce que le soir je pouvais raconter ce qui m'était arrivé le matin. Puis me suffisaient les regestes mensuels, quelques lignes, pour me rappeler les événements principaux. Et, me disais-je, quand j'aurais atteint un grand âge – on pourrait donc dire maintenant – sur la base de ces notes je rédigerais la *Gesta Baudolini*. Ainsi au cours de mes voyages emportais-je avec moi l'histoire de ma vie. Mais en fuyant le royaume du Prêtre Jean...

— Prêtre Jean? Jamais entendu ce nom.

— Je t'en parlerai, même trop peut-être. Mais je disais : dans ma fuite j'ai perdu ces pages. Ce fut comme perdre la vie même.

— Tu me raconteras à moi ce dont tu te souviens. Il m'arrive des fragments de faits, des lambeaux d'événements, et j'en tire une histoire tissue d'un dessein providentiel. Toi, en

21

me sauvant, tu m'as donné le peu de futur qui me reste, et moi je te montrerai ma gratitude en te restituant le passé que tu as perdu.

— Mais mon histoire est peut-être dénuée de tout sens...

— Des histoires dénuées de sens, il n'y en a pas. Et moi je suis de ces hommes qui savent en trouver un, même là où les autres n'en voient pas. Après quoi, l'histoire devient le livre des vivants, une trompette retentissante qui fait ressusciter de leur sépulcre ceux qui étaient poussière depuis des siècles... Seulement il y faut du temps, considérer les péripéties, les regrouper, découvrir leurs liens, fût-ce les moins visibles. Mais nous n'avons rien d'autre à faire, tes Génois disent que nous devrons attendre tant que la rage de ces chiens ne se sera pas calmée. »

Nicétas Khoniatès, naguère orateur de cour, juge suprême de l'empire, juge du Voile, logothète des secrets, autrement dit – selon les Latins – chancelier du basileus de Byzance outre qu'historien de nombreux Comnènes et des Anges, regardait avec curiosité l'homme qui se trouvait devant lui. Baudolino lui avait dit qu'ils s'étaient rencontrés à Gallipoli, du temps de l'empereur Frédéric, mais si Baudolino y était, c'est perdu au milieu de quantité de ministériaux, tandis que Nicétas, qui traitait au nom du basileus, était bien plus visible. Mentait-il? Il était en tout cas celui qui l'avait soustrait à la furie des envahisseurs, l'avait conduit dans un lieu sûr, l'avait réuni à sa famille et lui promettait de l'emmener hors de Constantinople... Nicétas observait son sauveur. Plus qu'à un chrétien, il ressemblait désormais à un Sarrasin. Le visage brûlé par le soleil, une cicatrice pâle qui traversait toute la joue, une couronne de cheveux encore roussâtres qui lui donnaient un air léonin. Nicétas s'étonnerait plus tard en apprenant que cet homme avait plus de soixante ans. Les mains étaient grosses, quand il les tenait réunies sur son ventre on voyait aussitôt les jointures noueuses. Des mains de paysan, faites davantage pour la bêche que pour l'épée.

Et pourtant il parlait un grec fluide, sans cracher sa salive à chaque mot comme faisaient d'habitude les étrangers, et Nicétas venait de l'entendre s'adresser à certains envahisseurs dans une langue à eux, hirsute, qu'il parlait vite et sec, tel qui sait en user même pour l'insulte. D'ailleurs, il lui avait dit la veille au soir qu'il possédait un don : il lui suffisait d'entendre deux personnes parler dans une langue quelconque et, peu après, il était capable de parler comme elles. Don singulier, que Nicétas croyait n'avoir été accordé qu'aux apôtres.

Vivre à la cour, et quelle cour, lui avait appris à estimer les individus avec une calme défiance. Ce qui frappait chez Baudolino c'était que, quoi qu'il dît, il regardait son interlocuteur à la dérobée, comme pour l'avertir de ne pas le prendre au sérieux. Manière que l'on peut permettre à quiconque, sauf à quelqu'un dont vous attendez un témoignage véridique à traduire en Histoire. Mais d'un autre côté Nicétas était curieux de nature. Il aimait entendre les autres raconter, et pas seulement des choses qu'il ne connaissait pas. Même les choses qu'il avait déjà vues de ses propres yeux, quand quelqu'un les lui redisait, il lui semblait les regarder d'un autre point de vue, comme s'il se trouvait sur le sommet d'une de ces montagnes des icônes et voyait les pierres tels les apôtres sur l'éminence et non tel le fidèle, d'en bas. Et puis il aimait interroger les Latins, si différents des Grecs, à commencer par leurs langues à eux, toutes nouvelles, chacune différente des autres.

Nicétas et Baudolino étaient assis face à face, dans la salle d'une tourelle aux fenêtres bilobées qui s'ouvraient sur trois côtés. L'une montrait la Corne d'or et la rive opposée de Pera avec la tour de Galata qui émergeait au milieu de son cortège de bourgs et de masures ; par l'autre, on voyait le canal du port déboucher dans le Bras Saint-Georges ; la troisième, enfin, regardait vers l'occident, et d'ici on aurait dû voir tout Constantinople. Mais, ce matin-là, la couleur tendre du ciel était obscurcie par la fumée dense des palais et des basiliques consumés par le feu.

C'était le troisième incendie qui frappait la ville au cours des neuf derniers mois, le premier avait détruit magasins et réserves de cour, depuis les Blachernes jusqu'aux murs de Constantin, le deuxième avait dévoré tous les fondouks des Vénitiens, des Amalfitains, des Pisans et des Juifs, de Perama jusqu'à la côte ou presque, n'épargnant que ce quartier de Génois touchant au pied de l'Acropole, et le troisième était en train de flamber de tout côté.

En bas, c'était un vrai fleuve de flammes, tombaient à terre les portiques, s'écroulaient les palais, se brisaient les colonnes, les globes de feu qui se détachaient du centre de cet embrasement consumaient les maisons lointaines, puis les flammes, poussées par les vents qui capricieusement alimentaient cet enfer, revenaient dévorer ce que d'abord elles avaient épargné. En haut s'élevaient des nues denses, encore rougeoyantes à leur base sous les reflets du feu, mais de couleurs différentes, savoir si par une illusion des rayons du soleil levant ou par la nature des épices, des bois et d'autres matières brûlées à l'origine. Non seulement : selon la direction du vent, de différents points de la ville provenaient des arômes de noix muscade, de cannelle, de poivre et de safran, de sénevé ou de gingembre – c'est ainsi que la ville la plus belle du monde brûlait, certes, mais tel un brasier d'arômes exhalant leurs parfums.

Baudolino tournait le dos à la troisième fenêtre bilobée et on eût dit une ombre sombre halonée par la double lueur du matin et de l'incendie. Nicétas en partie l'écoutait et en partie repensait aux événements des jours précédents.

Désormais, en cette matinée-là du mercredi 14 avril de l'an du Seigneur 1204, autrement dit six mille sept cent douze depuis le début du monde, comme on calculait d'habitude à Byzance, depuis deux jours les barbares avaient définitivement pris possession de Constantinople. L'armée byzantine si scintillante d'armures et d'écus au temps des parades, et la garde impériale des mercenaires anglais et danois armés de leurs terribles bipennes, qui le vendredi encore avaient tenu tête aux ennemis en se battant avec hardiesse, avaient cédé le lundi lorsque les ennemis eurent finalement violé les murs. Cela avait été une victoire si inopinée que les vainqueurs eux-mêmes s'étaient arrêtés, pris de crainte, vers le soir, s'attendant à une rescousse et, pour tenir éloignés les défenseurs, ils avaient allumé le nouvel incendie. Mais le matin du mardi toute la ville s'était rendu compte que, durant la nuit, l'usurpateur Alexis Doukas Mursuphle avait fui dans l'arrière-pays. Les habitants,

24

maintenant orphelins et défaits, s'étaient répandus en malédictions contre ce voleur de trônes qu'ils avaient célébré jusqu'à la veille au soir, de même qu'ils s'étaient mis à l'encenser quand il avait étranglé son prédécesseur, et, ne sachant que faire (vils, vils, vils, quelle honte, se lamentait Nicétas devant la vergogne de cette reddition), ils s'étaient réunis en un grand cortège, le patriarche et des prêtres de toute race en tenue rituelle, les moines qui jacassaient pitié, prêts à se vendre aux nouveaux puissants comme ils s'étaient toujours vendus aux anciens, les croix et les images de Notre Seigneur levées bien haut au moins autant que leurs cris et leurs plaintes, et ils s'étaient rendus à la rencontre des conquérants dans l'espoir de les amadouer.

Quelle folie, espérer pitié de la part de ces barbares qui n'avaient pas besoin que l'ennemi se rendît pour faire ce qu'ils rêvaient depuis des mois, détruire la ville la plus étendue, la plus populeuse, la plus riche, la plus noble du monde, et s'en partager les dépouilles. L'immense cortège des pleurants se trouvait devant des mécréants au froncement de sourcils courroucé, à l'épée encore rouge de sang, aux chevaux piaffants. Comme si le cortège n'avait jamais existé, commença le sac.

O Christ notre Seigneur, quelles furent alors nos détresses et nos tribulations! Mais comment et pourquoi le fracas de la mer, l'assombrissement ou le total obscurcissement du soleil, le rouge halo de la lune, les mouvements des étoiles ne nous avaient-ils pas annoncé ce dernier malheur? Ainsi pleurait Nicétas, le soir du mardi, faisant des pas égarés dans ce qui avait été la capitale des derniers Romains, d'un côté cherchant à éviter les hordes des infidèles, de l'autre trouvant son chemin barré par de toujours nouveaux foyers d'incendies, désespéré de ne pouvoir s'acheminer vers sa demeure et craignant qu'entre-temps certaines de ces canailles n'en vinssent à menacer sa famille.

Enfin, entre chien et loup, comme il n'osait traverser les jardins et les espaces découverts de Sainte-Sophie à l'Hippodrome, il avait couru vers le temple en voyant ouvertes ses grandes portes, et sans supposer que la furie des barbares arriverait jusqu'à profaner même ce lieu.

Mais, à peine y fut-il entré qu'il blêmissait d'horreur. Ce

25

vaste espace était parsemé de cadavres au milieu desquels cara-
colaient des cavaliers ennemis obscènement avinés. Là-bas, la
racaille brisait à coups de masse le portail d'argent et bordé d'or
de la tribune. La superbe chaire avait été liée avec des cordes
pour la dessocler et la faire traîner par une troupe de mulets.
Une bande d'ivrognes aiguillonnait en sacrant les animaux
mais les sabots glissaient sur le dallage poli, les armés stimu-
laient d'abord d'estoc et puis de taille les malheureuses bêtes
qui, d'épouvante, se répandaient en rafales d'excréments, certaines tombaient à terre et se brisaient une jambe, si bien que
toute la surface autour de la chaire était une bourbe de sang et
de merdaille.

Des groupes de cette avant-garde de l'Antéchrist s'achar-
naient contre les autels, Nicétas en vit qui ouvraient tout grand
un tabernacle, empoignaient les calices, jetaient au sol les saintes espèces, de leur dague faisaient sauter les pierres qui
ornaient la coupe, les cachaient dans leur vêtement et lançaient
le calice sur un tas commun destiné à la fusion. Mais avant,
certains, tout en ricanant, prenaient à la selle de leur cheval un
flacon plein de vin, en versaient dans le vase sacré, et en buvaient tout en parodiant les attitudes d'un célébrant. Pire
encore, sur le maître-autel désormais dépouillé, une prostituée
à demi vêtue, troublée par quelque liqueur, dansait pieds nus à
même la sainte table en caricaturant des rites sacrés, tandis que
les hommes riaient et l'incitaient à enlever ses derniers effets;
elle, peu à peu mise à nue, s'était prise à danser devant l'autel
l'antique et coupable danse de la cordace, avant de s'effondrer
enfin, lasse et rotante, sur le siège du patriarche.

En pleurant pour ce qu'il voyait, Nicétas s'était hâté vers le
fond du temple où se dressait ce que la piété populaire appelait
la Colonne qui transpire — et qui, de fait, exhibait au toucher sa
sueur mystique et continue, mais ce n'était pas pour des raisons
mystiques que Nicétas voulait l'atteindre. Et, à mi-parcours, il
avait trouvé son chemin barré par deux envahisseurs de haute
stature — ils lui semblèrent des géants — qui lui criaient quelque
chose d'un ton impérieux. Il n'était pas nécessaire de connaître
leur langue pour comprendre que, d'après ses vêtements de
cour, ils présumaient qu'il était chargé d'or, ou pouvait dire où

il l'avait caché. Et Nicétas en cet instant se sentit perdu car, ainsi qu'il l'avait alors vu dans sa course hors d'haleine le long des rues de la ville envahie, il ne suffisait pas de montrer qu'on était muni de menue monnaie ou de nier posséder certain trésor en un certain endroit : des nobles déshonorés, des vieillards en pleurs, des possédants dépossédés se voyaient torturer à mort pour qu'ils révélassent où ils avaient caché leurs avoirs, tuer si, ne les ayant plus, ils ne parvenaient pas à le révéler, et abandonner à terre quand ils le révélaient, après avoir subi de tels et si nombreux sévices que de toute façon ils mouraient tandis que leurs tourmenteurs soulevaient une pierre, abattaient une fausse paroi, faisaient s'écrouler un faux plafond, et plongeaient leurs mains rapaces au milieu d'une vaisselle précieuse, du crissement de la soie et du frôlement des velours, caressant des fourrures, égrenant entre leurs doigts des pierres et des bijoux, flairant des vases et des sachets de drogues rares.

Ainsi, en cet instant, Nicétas se vit mort, pleura sa famille qui l'avait perdu, demanda à Dieu Tout-Puissant pardon pour ses péchés. Et ce fut à ce moment-là que dans Sainte-Sophie entra Baudolino.

Il apparut, beau comme un Saladin, sur un cheval caparaçonné, une grande croix rouge à la poitrine, flamberge au vent, hurlant « ventredieu, viergelouve, mordiou, répugnants sacrilèges, porcs de simoniaques, c'est là manière de traiter les choses de notreseigneur ? » et de donner des coups de plat à tous ces blasphémateurs arborant le signe de la croix comme lui, à la différence que lui n'était pas ivre mais bien furibond. Et, arrivé à la putasse vautrée dans le siège patriarcal, il l'avait saisie par les cheveux et la traînait dans le crottin des mulets tout en lui hurlant des choses horribles sur la mère qui l'avait engendrée. Mais autour de lui tous ceux qu'il croyait punir étaient si soûls, ou si occupés à ôter des pierres de toute matière qui les pouvait enchâsser, qu'ils ne s'apercevaient pas de ce que Baudolino était en train de faire.

Ce faisant, il arriva devant les deux géants qui s'apprêtaient à torturer Nicétas, regarda le malheureux qui implorait pitié, laissa la chevelure de la courtisane, qui tomba à terre maintenant estropiée, et dit en un grec parfait : « Par tous les douze Rois Mages, mais tu es le seigneur Nicétas, ministre du basileus ! Que puis-je faire pour toi ?

— Frère en Christ, qui que tu sois, avait crié Nicétas, libère-moi de ces barbares latins qui me veulent mort, sauve mon corps et tu sauveras ton âme ! » De cet échange de vocalises orientales les deux pèlerins latins n'avaient pas compris grand-chose et ils en demandaient raison à Baudolino qui paraissait des leurs, en s'exprimant en provençal. Et en un provençal parfait Baudolino avait crié que cet homme était le prisonnier du comte Baudoin de Flandre et de Hainaut, sur ordre duquel justement lui-même le recherchait, et en raison d'*arcana imperii* que deux misérables sergents comme eux ne comprendraient jamais. Les deux restèrent étourdis un instant, puis ils décidèrent qu'à discuter ils perdaient leur temps, alors qu'ils pouvaient chercher d'autres trésors sans effort, et ils s'éloignèrent en direction du maître-autel.

Nicétas ne s'inclina pas pour baiser les pieds de son sauveur, aussi bien il se trouvait déjà à terre, mais il était trop bouleversé pour se comporter avec la dignité que son rang eût requise : « O mon bon seigneur, merci pour ton aide, tous les Latins ne sont donc pas des fauves déchaînés au visage retourné de haine. Même les Sarrasins n'en agirent pas ainsi quand ils reconquirent Jérusalem, quand Saladin se satisfit de quelques monnaies pour laisser partir sains et saufs les habitants ! Quelle honte pour toute la chrétienté, frères contre frères armés, des pèlerins qui devaient aller à la reconquête du Saint-Sépulcre et qui se sont laissé arrêter par la cupidité et par l'envie, et ils détruisent l'empire romain ! O Constantinople, Constantinople, mère des églises, princesse de la religion, guide des parfaites opinions, nourrice de toutes les sciences, repos de toute beauté, tu as donc bu de la main de Dieu le calice de la fureur, et tu t'es embrasée d'un feu bien plus grand que celui qui brûla la Pentapole ! Quels convoiteux et implacables démons répandirent sur toi l'intempérance de leur enivrement, quels fous et odieux Prétendants t'ont allumé la torche nuptiale ? O mère hier vêtue de l'or et de la pourpre impériale, aujourd'hui souillée et hâve et privée de tes fils, comme oiseaux prisonniers

28

d'une cage nous ne trouvons pas le moyen de quitter cette ville qui était nôtre, ni le cœur d'y rester, mais à tant d'erreurs mêlés, telles des étoiles errantes nous divaguons!

— Seigneur Nicétas, avait répondu Baudolino, on m'avait dit que vous, les Grecs, vous parliez trop et de tout, mais je ne croyais pas que c'était à ce point. Pour le moment, la question est de savoir comment transporter son cul loin d'ici. Moi je peux te mettre à l'abri dans le quartier des Génois, mais toi il faut que tu me suggères le chemin le plus rapide et le plus sûr pour le Neorion, parce que cette croix que j'ai sur la poitrine me protège moi, mais pas toi : ici, alentour, les gens ont perdu toute lueur de raison, s'ils me voient avec un Grec prisonnier, ils pensent qu'il doit valoir quelque chose et ils me l'enlèvent.

— De chemin, j'en connais un bon mais il ne longe pas les rues, dit Nicétas, et il faudrait que tu abandonnes ton cheval...

— Et donc abandonnons-le », dit Baudolino avec une nonchalance qui étonna Nicétas ignorant encore à quel bon prix l'autre s'était procuré son destrier.

Alors Nicétas se fit aider pour se relever, le prit par la main et s'approcha, furtif, de la Colonne qui transpire. Il regarda autour de lui : sur toute l'ampleur du temple les pèlerins qui, vus de loin, remuaient comme des fourmis, étaient absorbés dans quelque dilapidation et ne prêtaient pas attention à eux deux. Il s'agenouilla derrière la colonne et enfila les doigts dans la fissure un peu branlante d'une dalle du pavement. « Aidemoi, dit-il à Baudolino, peut-être à deux en serons-nous capables. » Et de fait, après quelques efforts la dalle se souleva en découvrant une ouverture sombre. « Il y a des escaliers, dit Nicétas, j'entre le premier parce que je sais où je dois mettre les pieds. Ensuite tu refermeras la pierre sur toi.

— Et que fait-on à présent? demanda Baudolino.

— On descend, dit Nicétas, et puis à tâtons nous trouverons une niche, dedans il y a des torches et une pierre à feu.

— Fort belle ville cette Constantinople, et pleine de surprises, commenta Baudolino tandis qu'il descendait par cet escalier en colimaçon. Dommage que ces porcs ne laisseront pas pierre sur pierre.

— Ces porcs ? demanda Nicétas. Mais n'es-tu pas des leurs ?

— Moi ? s'étonna Baudolino. Pas moi. Si tu fais allusion à cet habit, je l'ai emprunté. Quand ceux-là sont entrés dans la ville, j'étais déjà à l'intérieur des murs. Mais où sont-elles, ces torches ?

— Du calme, encore quelques marches. Qui es-tu, comment tu t'appelles ?

— Baudolino d'Alexandrie, pas la ville d'Egypte, celle qu'on nomme maintenant Cesarea, mais il se peut qu'on ne la nomme même plus et que quelqu'un l'ait brûlée comme Constantinople. Là-haut, entre les montagnes du Nord et la mer, près de Mediolan, tu connais ?

— Je sais pour Mediolan. Une fois ses murs furent détruits par le roi des Alamans. Et plus tard notre basileus leur donna des fonds pour aider à les reconstruire.

— Voilà, moi j'étais avec l'empereur des Alamans, avant qu'il ne mourût. Tu l'as rencontré lorsqu'il traversait la Propontide, il y a presque quinze ans.

— Frédéric l'Ahenobarbus. Un grand et très noble prince, clément et miséricordieux. Il n'aurait jamais fait comme ceux-là...

— Quand il enlevait une ville, il n'était pas tendre lui non plus. »

Enfin ils furent au pied de l'escalier. Nicétas trouva les torches et, les tenant haut au-dessus de leur tête, tous deux parcoururent un long conduit jusqu'à ce que Baudolino vît le ventre même de Constantinople, là où, presque juste sous la plus grande église du monde, s'étendait, invisible, une autre basilique, une selve de colonnes qui se perdaient dans l'obscurité comme autant d'arbres d'une forêt lacustre surgissant de l'eau. Basilique ou église abbatiale complètement chavirée car même la lumière, qui frisait à peine les chapiteaux s'estompant dans l'ombre des très hautes voûtes, ne provenait pas de rosaces ou de vitraux mais du pavement aqueux qui reflétait la flamme mobile des visiteurs.

« La ville est percée de citernes, dit Nicétas. Les jardins de Constantinople ne sont pas un don de la nature mais bien l'effet de l'art. Or, vois-tu, maintenant l'eau nous arrive seule-

30

ment à mi-jambes parce qu'elle a été presque toute utilisée pour éteindre les incendies. Si les conquérants détruisent les aqueducs aussi, tout le monde mourra de soif. D'habitude, on ne peut avancer à pied, il faut une barque.

— Mais celle-ci continue jusqu'au port?

— Non, elle s'arrête bien avant; je connais pourtant des passages et des escaliers qui la font communiquer avec d'autres citernes, et d'autres galeries, si bien que nous pourrions marcher sous terre, peut-être pas jusqu'au Neorion mais jusqu'au Prosphorion. Cependant, dit-il angoissé et comme s'il ne se rappelait qu'en cet instant une autre affaire, je ne peux aller avec toi. Je te montre le chemin, mais ensuite il faut que je retourne sur mes pas. Il faut que je mette à l'abri ma famille cachée dans une petite maison derrière Sainte-Irène. Tu sais, et il parut s'en excuser, mon palais a été détruit dans le deuxième incendie, celui d'août...

— Seigneur Nicétas, tu es fou. Primo, tu me fais venir là en bas et abandonner mon cheval, alors que sans toi moi je pouvais arriver au Neorion même en passant par les rues. Secundo, penses-tu rejoindre ta famille avant que ne t'arrêtent deux autres sergents comme ceux avec qui je t'ai trouvé? Tôt ou tard quelqu'un vous dénichera, et si tu penses prendre les tiens et t'en aller, où iras-tu?

— J'ai des amis à Selymbria, dit Nicétas, perplexe.

— Je ne sais pas où ça se trouve, mais avant d'y arriver tu devras sortir de la ville. Ecoute un peu, toi, à ta famille, tu ne sers à rien. En revanche, où moi je t'emmène, nous trouvons des amis génois qui, dans cette ville, font la pluie et le beau temps, ils sont habitués à traiter avec les Sarrasins, avec les Juifs, avec les moines, avec la garde impériale, avec les marchands persans, et à présent avec les pèlerins latins. Ce sont des gens rusés, tu leur dis où est ta famille et eux te l'amènent demain où nous serons; comment ils feront, je l'ignore, mais ils le feront. Ils le feraient en tous les cas pour moi, qui suis un vieil ami, et pour l'amour de Dieu, mais ce sont toujours des Génois et si tu leur fais un petit cadeau, c'est encore mieux. Et puis nous restons là-bas en attendant que les choses se calment, d'habitude un sac ne dure pas plus de quelques jours, tu peux

31

me croire j'en ai pas mal vu. Et après, à Selymbria sinon où tu voudras. »

Nicétas avait remercié, convaincu. Et tout en avançant il lui avait demandé pourquoi il se trouvait dans la ville, s'il n'était pas un pèlerin qui avait pris le signe de la croix.

« Je suis arrivé quand les Latins avaient déjà débarqué sur l'autre rive, avec d'autres personnes... qui à présent ne sont plus là. Nous venions de très loin.

— Pourquoi n'avez-vous pas quitté la ville lorsqu'il était encore temps ? »

Baudolino hésita avant de répondre : « Parce que... parce que je devais rester ici pour comprendre une chose.

— Tu l'as comprise ?

— Hélas oui, mais seulement aujourd'hui.

— Une autre question. Pourquoi tu te donnes tant de peine pour moi ?

— Quoi d'autre devrait faire un bon chrétien ? Mais au fond, tu as raison. J'aurais pu te libérer de ces deux-là et te laisser t'enfuir de ton côté, et voilà que je reste collé à toi comme une sangsue. Tu vois, seigneur Nicétas, je sais que tu es un écrivain d'histoires, ainsi que l'était l'évêque Otton de Freising. Mais quand je connaissais l'évêque Otton, et avant qu'il ne meure, j'étais un enfant, et je n'avais pas une histoire, je voulais seulement connaître les histoires des autres. Maintenant, je pourrais avoir une histoire à moi ; cependant, sans compter que j'ai perdu tout ce que j'avais écrit sur mon passé, si j'essaie de me souvenir mes idées s'embrouillent. Non que je ne me rappelle les faits, mais je suis incapable de leur donner un sens. Après ce qui m'est arrivé aujourd'hui, il faut que je parle à quelqu'un, sinon je deviens fou.

— Que t'est-il arrivé aujourd'hui ? demanda Nicétas en avançant péniblement dans l'eau – il était plus jeune que Baudolino mais sa vie d'études et de courtisan l'avait rendu gras, paresseux et mou.

— J'ai tué un homme. C'était celui qui, il y a presque quinze années de cela, avait assassiné mon père adoptif, le meilleur des rois, l'empereur Frédéric.

— Mais Frédéric s'est noyé en Cilicie !

32

— C'est ce que tout le monde a cru. En réalité, il a été assassiné. Seigneur Nicétas, tu m'as vu donner de l'épée, furibond, ce soir à Sainte-Sophie, mais sache que de ma vie je n'avais jamais répandu le sang de personne. Je suis un homme de paix. Cette fois j'ai dû occire, j'étais le seul à pouvoir faire justice.

— Tu me raconteras. Mais dis-moi comment tu es arrivé aussi providentiellement à Sainte-Sophie pour me sauver la vie.

— Alors que les pèlerins commençaient à mettre à sac la ville, j'entrais dans un lieu obscur. J'en suis sorti qu'il faisait déjà sombre, il y a une heure, et je me suis retrouvé près de l'Hippodrome. J'ai été presque renversé par une foule de Grecs qui s'enfuyaient en hurlant. Je me suis retiré sous le porche d'une maison à demi brûlée pour les laisser passer, et quand ils furent passés j'ai vu les pèlerins qui les poursuivaient. Je compris, et en un instant s'imposa dans ma tête cette belle vérité : que, certes, j'étais bien un Latin et pas un Grec, mais avant que ces Latins devenus bêtes furieuses ne s'en aperçoivent, entre moi et un Grec mort il n'y aurait aucune différence. Et pourtant, ce n'est pas possible, me disais-je, ces types ne voudront tout de même pas détruire la plus grande ville de la chrétienté juste au moment où ils viennent de la conquérir... Puis je repensais qu'à l'époque où leurs ancêtres sont entrés dans Jérusalem du temps de Godefroy de Bouillon, même si, en fin de compte, la ville devenait la leur, ils ont tué tout le monde, femmes, enfants et animaux domestiques, et c'est miracle si, par erreur, ils n'ont pas aussi brûlé le Saint-Sépulcre. Il est vrai qu'eux c'étaient des chrétiens qui entraient dans une ville d'infidèles, mais justement dans mon voyage j'ai vu combien les chrétiens peuvent s'égorger entre eux pour un simple mot, et on sait bien que depuis des années nos prêtres se disputent avec vos prêtres sur l'affaire du *Filioque*. Et enfin, trêve d'histoires, quand le guerrier pénètre dans une ville, il n'y a pas de religion qui tienne.

— Qu'as-tu fait alors?

— Je suis sorti du porche, marchant en rasant les murs jusqu'au moment où je suis arrivé à l'Hippodrome. Et là j'ai vu la beauté défleurir et devenir chose pesante. Tu sais, depuis que je suis dans la ville, de temps en temps j'allais là-bas contempler la statue de cette fille, celle aux pieds faits au tour, les bras qui semblent de neige et les lèvres rouges, ce sourire, et ces seins, et les robes et les cheveux qui dansaient au vent, qu'à la voir de loin on ne pouvait pas croire qu'elle fût en bronze, car elle avait l'air de chair vive...

— C'est la statue d'Hélène de Troie. Mais que s'est-il passé ?

— En l'espace de quelques secondes, j'ai vu la colonne où elle se trouvait se plier tel un arbre scié à la base et chuter à terre, tout un grand nuage de poussière. En morceaux, plus loin le corps, à deux pas de moi la tête, et alors seulement j'ai réalisé comme elle était grande cette statue. La tête, on n'aurait pu l'embrasser avec deux bras grands ouverts, et elle me fixait de travers, ainsi que fait une personne couchée, le nez horizontal et les lèvres verticales qui, excuse-moi, mais elles ressemblaient à celles que les femmes ont entre les jambes, et la pupille avait sauté des yeux, et elle paraissait devenue aveugle d'un coup, Très Saint Jésus, comme celle-ci ! » Et il avait fait un bond en arrière, éclaboussant de toute part, parce que sa torche avait soudain éclairé dans l'eau une tête de pierre, grande comme dix têtes humaines, qui se trouvait là pour soutenir une colonne, et cette tête aussi était couchée, la bouche plus vulvaire encore, entrouverte, quantité de serpents au sommet en manière de boucles, et une pâleur mortifère de vieil ivoire.

Nicétas sourit : « Celle-ci est là depuis des siècles ; ce sont des têtes de Méduse qui viennent de je ne sais où et ont été utilisées par les bâtisseurs en guise de socle. Tu t'effraies de peu...

— Je ne m'effraie pas. C'est que ce visage je l'ai déjà vu. Ailleurs. »

Devant le trouble de Baudolino, Nicétas changea de sujet : « Tu me disais qu'ils ont abattu la statue d'Hélène...

— Si ce n'était que celle-là. Toutes, toutes celles situées entre l'Hippodrome et le Forum, du moins toutes celles en métal. Ils montaient dessus, y liaient des cordages ou des chaînes au cou, et au sol ils les tiraient avec deux ou trois paires de bœufs. J'ai vu tomber toutes les statues des auriges, un sphinx, un hippopotame et un crocodile égyptiens, une grande louve avec

Romulus et Remus pendus aux mamelles, et la statue d'Hercule ; elle aussi, j'ai découvert qu'elle était si grande que le pouce avait la taille du buste d'un homme normal... Et puis cet obélisque de bronze avec tous ces reliefs, celui qui est surmonté d'un petit bout de femme qui tourne selon le vent...

— La Compagne du Vent. Quelle perte. Certaines étaient des œuvres d'anciens sculpteurs païens, plus anciens même que les Romains. Mais pourquoi, pourquoi ?

— Pour les fondre. La première chose que tu fais quand tu mets à sac une ville, c'est de fondre tout ce que tu ne peux pas transporter. On fait des creusets partout, et tu peux imaginer ici avec toutes ces belles maisons en flammes qui sont comme des fours naturels. Et puis, tu les as vus les autres dans l'église, ils ne peuvent tout de même pas se montrer à la ronde avec les ciboires et les patènes qu'ils ont pris dans les tabernacles. Fondre, il faut fondre sur-le-champ. Un sac, expliquait Baudolino en homme qui connaît bien son métier, c'est comme une vendange, il faut se répartir les tâches aussi, il y a ceux qui foulent le raisin, ceux qui transportent le moût dans les cuves, ceux qui font à manger pour les fouleurs, d'autres qui vont prendre le bon vin de l'année précédente... Un sac est un travail sérieux — du moins si tu veux que de la ville il ne reste pierre sur pierre, comme de mon temps à Mediolan. Mais pour ça, il faudrait les Pavesans, eux oui qu'ils savent comment on fait disparaître une ville. Ceux-ci ont encore tout à apprendre, ils jetaient à bas la statue puis s'asseyaient dessus et se mettaient à boire, après quoi arrivait l'un d'eux qui tirait une fille par les cheveux et criait qu'elle était vierge, et tous d'enfiler le doigt dedans pour voir si elle valait la peine... Dans un sac bien fait, tu dois tout nettoyer tout de suite, maison après maison, et tu t'amuses ensuite, sinon les plus malins emportent le meilleur. Mais en somme, mon problème était qu'avec des gens de ce genre je n'avais pas le temps de leur raconter que j'étais né moi aussi du côté du marchis de Montferrat. Alors il n'y avait qu'une chose à faire. Je me suis tapi à l'angle de la ruelle jusqu'à ce qu'y entre un cavalier qui, avec tout ce qu'il avait bu, ne savait désormais même plus où il allait et se laissait mener par son cheval. Je n'ai rien dû faire d'autre que de le tirer par une jambe, et il s'est écroulé par terre. Je lui ai ôté son heaume, je lui ai laissé tomber une pierre sur le chef...

— Tu l'as tué?

— Non, c'était un machin friable, tout juste de quoi le laisser évanoui. Je me suis donné du cœur au ventre parce que notre homme commençait à vomir des choses couleur giroflée, je lui ai enlevé sa cotte de mailles et son bliaud, ses armes, j'ai pris le cheval, et filé par les quartiers jusqu'à ce que j'arrive à la porte de Sainte-Sophie; j'ai vu qu'ils y entraient avec des mulets, et devant moi est passé un groupe de soldats qui emportaient des candélabres d'argent et leurs chaînes grosses comme le bras, et ils parlaient comme des Lombards. A la vue de ce démantèlement, de cette infamie, de ce trafic, j'ai perdu la tête car ceux qui faisaient ce carnage étaient pourtant bien des hommes de mes terres, fils dévots du pape de Rome... »

Ainsi discourant, alors que les torches allaient toucher à leur fin, ils étaient remontés hors de la citerne dans la nuit maintenant pleine, et, par les ruelles désertes, ils avaient rejoint la tourelle des Génois.

Ils avaient frappé à la porte, quelqu'un était descendu, ils avaient été accueillis et restaurés avec rude cordialité. Baudolino paraissait être chez lui parmi ces gens, et il avait aussitôt recommandé Nicétas. L'un d'eux avait dit : « Facile, on s'en occupe nous, à présent allez dormir », et c'était dit avec une telle assurance que non seulement Baudolino mais Nicétas lui-même avaient passé une nuit tranquille.

3

Baudolino explique à Nicétas ce qu'il écrivait, petit

L E MATIN SUIVANT, Baudolino avait convoqué les plus lestes d'entre les Génois, Pévéré, Boïamondo, Grillo et Taraburlo. Nicétas leur avait dit où ils pourraient trouver sa famille, et eux étaient partis, le rassurant encore. Nicétas avait alors demandé du vin et en avait versé une coupe à Baudolino : « Si tu aimes celui-ci, parfumé à la résine. Beaucoup de Latins le trouvent écœurant, et ils disent qu'il sent le moisi. » Baudolino lui ayant assuré que ce nectar grec était sa boisson préférée, Nicétas s'était disposé à écouter son histoire.

Baudolino paraissait anxieux de parler à quelqu'un, comme pour se libérer de choses qu'il gardait en lui depuis qui sait combien de temps. « Voici, seigneur Nicétas », dit-il en ouvrant un sachet de peau qu'il portait suspendu à son cou, et lui tendant un parchemin. « C'est le début de mon histoire. »

Nicétas – qui savait pourtant lire les caractères latins – avait essayé de le déchiffrer mais il n'y avait rien compris.

« Qu'est-ce que c'est ? avait-il demandé. Je veux dire : c'est écrit en quelle langue ?

— La langue, je ne sais pas. Commençons comme ça, seigneur Nicétas. Tu as une idée où se trouvent Ianua, autrement dit Gênes, et Mediolan ou Mayland comme disent les Théotoniques ou Germains, ou Alamanoï comme vous dites, vous. Bon, à mi-chemin entre ces deux villes, il y a deux rivières, le

Tanaro et la Bormida, et entre les deux il est une plaine où, quand il ne fait pas une chaleur à cuire les œufs en les mettant sur une pierre, il fait du brouillard, quand il ne fait pas de brouillard il fait de la neige, quand il ne fait pas de la neige il fait de la glace et quand il ne fait pas de la glace il fait froid pareil. C'est là que je suis né, dans une lande qu'on appelle la Frascheta Marincana, et il s'y trouve aussi un beau marécage entre les deux rivières. On n'est pas tout à fait sur les rives de la Propontide...

— Je l'imagine.

— Mais moi je l'aimais. C'est un air qui te tient compagnie. J'ai beaucoup voyagé, seigneur Nicétas, sans doute jusqu'à l'Inde Majeure...

— Tu n'en es pas sûr?

— Non, je ne sais pas bien où je suis arrivé; certainement où il y a les hommes cornus, et ceux avec la bouche sur le ventre. J'ai passé des semaines à travers des déserts infinis, à travers des prairies qui s'étendaient à perte de vue, et je me suis toujours senti comme prisonnier de quelque chose qui dépassait les pouvoirs de mon imagination. Par contre, vers chez moi, quand tu marches à travers les bois, dans le brouillard, tu as l'impression d'être encore dans le ventre de ta mère, tu n'as peur de rien et tu te sens libre. Et même quand il n'y a pas de brouillard, quand tu te déplaces et que tu as soif tu détaches un glaçon des arbres, puis tu souffles sur tes doigts parce qu'ils sont pleins d'engelures...

— Qu'est-ce que c'est que ces... digitaux messagers?

— Non, je n'ai pas dit *aggeloï*! Ici, chez vous, il n'existe même pas le mot et j'ai dû utiliser le mien. Ce sont comme des plaies qui se forment sur les doigts et leurs jointures à cause du grand froid, et elles démangent et, si tu les grattes, elles font mal...

— Tu en parles comme si tu en avais un bon souvenir...

— Le froid est beau.

— Chacun aime son propre lieu de naissance. Continue.

— Bon, là, autrefois, il y avait les Romains, ceux de Rome, ceux qui parlaient latin, pas les Romains que vous dites être maintenant, vous qui parlez grec et que nous appelons Romaniens ou Gréculets, si vous me pardonnez le mot. Puis l'empire de ces Romains-là a disparu : à Rome, il n'est resté que le pape, et à travers toute l'Italie on a vu des gens différents, qui parlaient des langues différentes. Les gens de la Frascheta parlent une langue, mais déjà à Terdona ils en parlent une autre. En voyageant avec Frédéric en Italie, j'ai entendu des langues très douces qui, en comparaison, font de la nôtre, à la Frascheta, pas même une langue mais le jappement d'un chien, et personne qui écrive dans cette langue car on le fait encore en latin. Et donc, lorsque je barbouillais ce parchemin, j'étais peut-être le premier qui cherchait à écrire comme nous parlions. Après, je suis devenu un homme de lettres et j'écrivais en latin.

— Mais ici, que dis-tu ?

— Comme tu vois, en vivant au milieu de doctes personnes je savais même en quelle année j'étais. J'écrivais en décembre de l'anno Domini 1155. J'ignorais quel âge j'avais, mon père disait douze ans, ma mère voulait que j'en eusse treize, sans doute parce que les efforts pour me faire grandir dans la crainte de Dieu les lui avaient fait paraître plus longs. Quand j'écrivais, j'allais certainement sur mes quatorze ans. D'avril à décembre j'avais appris à écrire. Je m'étais appliqué avec ferveur, après que l'empereur m'avait emmené avec lui, m'y évertuant dans toute situation, dans un champ, sous une tente, appuyé au mur d'une maison détruite. Le plus souvent avec des tablettes, rarement sur du parchemin. Je m'habituais déjà à vivre comme Frédéric, qui n'a jamais séjourné plus de quelques mois dans le même endroit, toujours et seulement en hiver, et le reste de l'année sur la route, dormant chaque soir dans un lieu différent.

— Oui, mais que racontes-tu ?

— Au début de cette année-là, je vivais encore avec mon père et ma mère, quelques vaches et un potager. Un ermite du coin m'avait appris à lire. Je parcourais la forêt et le marécage, j'étais un garçon fantasque, je voyais des unicornes, et (je disais) dans le brouillard m'apparaissait saint Baudolino...

— Je n'ai jamais entendu nommer ce saint homme. Il t'apparaissait vraiment ?

— C'est un saint de notre terre, il était évêque de Villa del

Foro. Si je le voyais, c'est une autre histoire. Seigneur Nicétas, le problème de ma vie c'est que j'ai toujours confondu ce que je voyais et ce que je désirais voir...

— Il en va ainsi pour beaucoup...

— Oui, mais il m'est toujours arrivé qu'à peine je disais j'ai vu ça, ou bien j'ai trouvé cette lettre qui dit comme ça (avec même la possibilité que je l'aie écrite moi), les autres donnaient l'impression qu'ils n'attendaient que cela. Tu sais, seigneur Nicétas, quand tu dis une chose que tu as imaginée, et que les autres te disent qu'il en est vraiment ainsi, tu finis par y croire toi-même. Ainsi je traversais la Frascheta et je voyais des saints et des unicornes dans la forêt, et quand j'ai rencontré l'empereur, sans savoir qui il était, et que je lui ai parlé dans sa langue, je lui ai dit que saint Baudolino m'avait dit qu'il enlèverait Terdona. Ce que je disais, c'était pour lui faire plaisir, mais cela lui convenait que je le dise à tous, et surtout aux envoyés de Terdona pour qu'ils soient convaincus que même les saints étaient contre eux, et voilà pourquoi il m'a acheté à mon père, non tant pour les quelques pièces qu'il lui a données que pour la bouche à nourrir qu'il lui a enlevée. Ainsi a changé ma vie.

— Tu es devenu son serviteur ?

— Non, son fils. A cette époque, Frédéric n'était pas encore devenu père, je crois qu'il s'était pris d'affection pour moi, je lui disais ce que les autres lui taisaient par respect. Il m'a traité comme si j'étais de son sang, il me louait pour mes gribouillis, pour les premiers comptes que je savais faire avec mes doigts, pour les notions que je commençais d'apprendre sur son père, et sur le père de son père... Peut-être en pensant que je ne comprenais pas, parfois il se confiait à moi.

— Mais ce père tu l'aimais davantage que ton père charnel, ou bien tu étais fasciné par sa majesté ?

— Seigneur Nicétas, jusqu'à ce moment-là je ne m'étais jamais demandé si j'aimais mon père Gagliaudo. Je faisais seulement attention de ne pas me trouver à portée de ses coups de pied ou de bâton, et ça me semblait chose normale pour un fils. Ensuite, si je l'aimais, je ne m'en suis rendu compte que quand il est mort. Avant ce moment-là, je ne crois pas avoir jamais embrassé mon père. J'allais plutôt pleurer dans le giron de ma mère, pauvre femme, mais elle avait tant de bêtes à garder qu'elle avait peu de temps pour me consoler. Frédéric était de belle stature, avec un visage blanc et rouge et non pas couleur cuir comme celui de mes pays, les cheveux et la barbe flamboyants, les mains longues, les doigts fins, les ongles bien soignés, il était sûr de lui et il inspirait assurance, il était joyeux et décidé et il inspirait joie et décision, il était courageux et il inspirait courage... Lionceau moi, lion lui. Il savait être cruel, mais avec ceux qu'il aimait il était d'une grande douceur. Je l'ai aimé, moi. C'était la première personne qui prêtait attention à ce que je disais.

— Il t'utilisait comme voix du peuple... Bon seigneur, celui qui ne tend pas seulement l'oreille à ses courtisans mais cherche à comprendre comment pensent ses sujets.

— Oui, mais moi je ne savais plus qui j'étais ni où j'étais. Depuis ma rencontre avec l'empereur, d'avril à septembre, l'armée impériale avait parcouru deux fois l'Italie, une de la Lombardie à Rome et l'autre dans une direction opposée, avançant telle une couleuvre de Spolète à Ancône, de là aux Apulies, et puis encore dans la Romagne, et encore vers Vérone et Tridentum et Bauzanum, franchissant enfin les monts pour revenir en Allemagne. Après douze ans passés à grand-peine entre deux rivières, j'avais été projeté au centre de l'univers.

— Qu'il te semblait.

— Je sais, seigneur Nicétas, que le centre de l'univers c'est vous, mais le monde est plus vaste que votre empire, il y a l'Ultima Thulé et le pays des Hibernes. Comparés à Constantinople, certes Rome n'est qu'un tas de ruines et Paris un village boueux, mais là aussi il se passe quelque chose de temps en temps, dans de très vastes contrées du monde on ne parle pas le grec, et il y a même des gens qui, pour signifier qu'ils sont d'accord, disent : *oc*.

— *Oc*?

— *Oc*.

— Etrange. Mais continue.

— Je continue. Je découvrais l'Italie tout entière, lieux et visages nouveaux, vêtements que je n'avais jamais vus, damas,

41

broderies, manteaux dorés, épées, armures, j'entendais des voix que j'avais peine à imiter jour après jour. Je n'ai qu'un souvenir confus du moment où Frédéric a reçu la couronne de fer des rois d'Italie à Pavie, suivi de la descente vers l'Italie dite citérieure, le parcours le long de la voie francigène, l'empereur qui rencontre le pape Adrien à Sutri, le couronnement à Rome...

— Mais ton basileus, ou empereur comme vous dites, il a été couronné à Pavie ou à Rome? Et pourquoi en Italie, s'il est basileus des Alamanoï?

— Procédons par ordre, seigneur Nicétas, chez nous Latins ce n'est pas facile comme chez vous Romaniens. Chez vous quelqu'un crève les yeux au basileus du moment, il devient basileus, tout le monde est d'accord et même le patriarche de Constantinople fait ce que lui dit le basileus, sinon le basileus lui crève les yeux à lui aussi...

— N'exagère pas, maintenant.

— J'exagère? Quand je suis arrivé, on m'a tout de suite expliqué que le basileus Alexis III s'était installé sur le trône après avoir aveuglé le basileus légitime, son frère Isaac.

— Chez vous aucun roi n'élimine celui qui le précède pour prendre son trône?

— Si, mais il le tue au combat, ou bien par le poison, ou la dague.

— Vous voyez, vous êtes des barbares, vous ne parvenez pas à concevoir une manière moins sanglante de régler ce qui est du gouvernement. Et puis Isaac était frère d'Alexis, et on ne tue pas un frère.

— J'ai compris, ce fut un acte de bienveillance. Chez nous, il n'en va pas ainsi. L'empereur des Latins, qui n'est pas latin, depuis les temps de Charlemagne est le successeur des empereurs romains, ceux de Rome, je veux dire, pas ceux de Constantinople. Mais pour être sûr qu'il l'est, il doit se faire couronner par le pape car la loi du Christ a balayé celle des trompeurs et des menteurs. Cependant pour être couronné par le pape, il faut que l'empereur soit aussi reconnu par les villes d'Italie, qui en agissent chacune un peu pour son propre compte : alors il sera couronné roi d'Italie – naturellement à condition que les princes théotoniques l'aient élu. C'est clair? »

42

Nicétas avait appris depuis beau temps que les Latins, bien que barbares, étaient très compliqués, nuls en fait de subtilités et de distinguo si une question théologique était en jeu, mais capables de couper un cheveu en quatre sur une question de droit. Ainsi, durant tous les siècles que les Romaniens de Byzance avaient passés en de fructueux conciles pour définir la nature de Notre Seigneur, mais sans mettre en discussion ce pouvoir qui venait encore directement de Constantin, les Occidentaux avaient laissé la théologie aux prêtres de Rome et passé leur temps à s'empoisonner et à se donner des coups de hache d'armes chacun son tour pour établir s'il y avait encore un empereur et qui il était, avec ce brillant résultat : un empereur véritable, ils n'en avaient jamais plus eu.

« Il fallait donc à Frédéric un couronnement à Rome. Ce dut être chose solennelle...

— Jusqu'à un certain point. Primo, parce que Saint-Pierre à Rome par rapport à Sainte-Sophie est une cabane, et même plutôt délabrée. Secundo, parce que la situation à Rome était très confuse ; en ces jours-là, le pape restait retranché près de Saint-Pierre et de son château, et au-delà du fleuve les Romains semblaient devenus les maîtres de la ville. Tertio, parce qu'on avait du mal à comprendre si c'était le pape qui causait du dépit à l'empereur ou l'empereur au pape.

— Dans quel sens ?

— Dans le sens que si je me mettais à écouter les princes et les évêques de la cour, ils étaient furibonds pour la manière dont le pape traitait l'empereur. Le couronnement devait avoir lieu le dimanche, ils l'ont fait le samedi, l'empereur devait être oint au maître-autel, Frédéric a été oint à un autel latéral, et pas sur la tête comme cela se passait autrefois mais entre les bras et les omoplates, pas avec le chrême mais avec l'huile des catéchumènes – toi, tu ne saisis peut-être pas la différence, pas plus que moi à l'époque, mais à la cour ils faisaient tous une grise mine. Je m'attendais que Frédéric aussi ait été furieux comme un loup-cervier, il était toute courtoisie envers le pape, et c'était plutôt le pape qui faisait grise mine, tel un qui eût fait une mauvaise affaire. J'ai carrément demandé à Frédéric pourquoi les barons bronchaient et pas lui, et lui m'a répondu que

43

evais comprendre les symboles liturgiques, où il suffit d'un rien pour tout changer. Lui, il avait besoin que le couronnement eût lieu, et par le pape, mais la pompe ne devait pas être trop solennelle, sinon cela voulait dire qu'il n'était empereur que par la grâce du pape alors qu'il l'était déjà par la volonté des princes germaniques. Je lui ai dit qu'il était vraiment futé comme une fouine parce que c'était comme s'il avait dit : note bien, pape, que toi ici tu joues seulement les notaires, les pactes c'est moi qui les ai déjà signés avec le Père Eternel. Lui s'est mis à rire en me donnant une calotte, et il a dit : bon bravo, tu trouves sur-le-champ la façon juste de dire les choses. Puis il m'a demandé ce que j'avais fait à Rome durant ces journées, parce que lui il était si pris par les cérémonies qu'il m'avait perdu de vue. J'ai remarqué ces espèces de cérémonies que vous avez faites, lui ai-je dit. C'est que les Romains – j'entends ceux de Rome – n'appréciaient guère cette histoire de couronnement dans Saint-Pierre parce que le sénat romain, qui voulait être plus important que le pontife, voulait couronner Frédéric au Capitole. Mais lui a refusé : s'il allait raconter ensuite qu'il avait été couronné par le peuple, non seulement les princes germaniques mais aussi les rois de France et d'Angleterre rétorqueraient ô la belle onction octroyée par la sainte plèbe, tandis que s'il disait que c'est le pape qui l'avait oint, tout le monde prenait la chose au sérieux. Cependant c'était plus compliqué que ça, et je ne l'ai compris qu'après. Quelque temps avant, les princes germaniques ont commencé à parler de la *translatio imperii*, ce qui veut dire en somme que l'héritage des empereurs de Rome est passé de leur côté. Or, si Frédéric se faisait couronner par le pape, on pouvait dire que son droit était aussi reconnu par le vicaire du Christ sur la terre, et ainsi en irait-il même s'il habitait, façon de parler, à Edesse ou à Ratisbonne. Mais s'il se faisait couronner par le sénat et par le *populusque* romain, c'était comme dire que l'empire se trouvait encore là et qu'il n'y avait pas eu la *translatio*. Et bravo le merle, comme disait mon père Gagliaudo, que tu es malin. Et certes là, l'empereur ne marchait pas. Voilà pourquoi, au moment où se déroulait le grand festin du couronnement, les Romains furieux ont franchi le Tibre et tué non seulement quelques prêtres, rien que de quotidien, mais par surcroît deux ou trois impériaux. Frédéric a vu rouge, il a interrompu le festin et les a voulus tous morts et occis, après quoi il y avait plus de cadavres que de poissons dans le Tibre, et à la fin de la journée les Romains avaient compris qui était le maître, mais bien sûr comme fête ça n'a pas été une grande fête. D'où la mauvaise humeur de Frédéric envers ces communes de l'Italie citérieure et la raison pour laquelle, quand à la fin juin il est arrivé devant Spolète, il a demandé qu'on lui payât l'hospitalité, les Spolétois ont créé des embrouillaminis, Frédéric s'est emporté pire qu'à Rome et il a fait un tel massacre que celui de Constantinople n'est qu'un jeu... Il faut que tu comprennes, seigneur Nicétas, qu'un empereur doit se comporter en empereur sans tenir compte de ses sentiments... J'ai appris tant de choses au cours de ces mois-là; après Spolète, il y a eu la rencontre avec les envoyés de Byzance à Ancône, puis le retour vers l'Italie ultérieure jusqu'aux flancs des Alpes qu'Otton appelait Pyrénées, et c'était la première fois que je voyais les cimes des montagnes couvertes de neige. Pendant ce temps, jour après jour, le chanoine Rahewin m'initiait à l'art de l'écriture.

— Dure initiation pour un jeune garçon...

— Non, pas dure. Il est vrai que, si quelque chose m'échappait, le chanoine Rahewin me donnait du poing sur la tête, ce qui ne me faisait ni chaud ni froid après les mornifles de mon père, mais pour le reste tous étaient suspendus à mes lèvres. S'il me passait par la tête de dire que j'avais vu une sirène dans la mer – après que l'empereur m'avait emmené là comme celui qui voyait les saints – tous y croyaient et me disaient épatant épatant...

— Cela t'aura appris à peser les mots.

— Au contraire, ça m'a appris à ne pas les peser du tout. De toute façon, pensais-je, quoi que je dise, c'est vrai parce que je l'ai dit... Quand nous allions vers Rome, un prêtre du nom de Conrad me racontait les *mirabilia* de cette *urbs*, les sept automates du Capitole qui représentaient chaque jour de la semaine et chacun avec une sonnette annonçait une révolte dans une province de l'empire, ou les statues de bronze qui bougeaient toutes seules, ou le palais plein de miroirs enchantés... Puis nous sommes arrivés à Rome, et le jour où ils se massacraient le long du Tibre, moi j'ai pris mes jambes à mon cou et j'ai vagué à travers la ville. Et marche que je marche, je n'ai vu que des troupeaux de moutons au milieu des ruines antiques, et sous les portiques des gens du peuple qui parlaient la langue des Juifs et vendaient du poisson, mais de *mirabilia* point du tout, sauf une statue à cheval au Capitole, et même elle ne m'a pas semblé grand-chose. Pourtant, sur le chemin du retour, quand tous me demandaient ce que j'avais vu, que pouvais-je dire, qu'à Rome il n'y avait que des moutons au milieu des ruines et des ruines au milieu des moutons? On ne m'aurait pas cru. Ainsi racontais-je les *mirabilia* qu'on m'avait racontées, et j'en ajoutais quelques-unes, par exemple que dans le Palais du Latran j'avais vu un reliquaire d'or orné de diamants, avec à l'intérieur le nombril et le prépuce de Notre Seigneur. Ils étaient tous suspendus à mes lèvres et disaient dommage que ce jour-là nous devions rester à massacrer les Romains et que nous n'ayons pas vu toutes ces *mirabilia*. C'est ainsi que pendant ces années-là j'ai continué à entendre narrer des merveilles de la ville de Rome, en Allemagne, et en Bourgogne, et même ici, pour la simple raison que j'en avais parlé. »

Entre-temps les Génois étaient revenus, habillés en moines, tout en précédant, clochettes agitées, une bande d'êtres enveloppés dans de crasseux draps blanchâtres qui recouvraient jusqu'aux visages. C'étaient l'épouse enceinte de Nicétas, le dernier-né encore dans les bras, et ses autres fils et filles, jeunettes très gracieuses, quelques parents, peu de serviteurs. Les Génois leur avaient fait traverser la ville comme s'ils étaient une clique de lépreux, et même les pèlerins s'étaient écartés à leur passage.

« Comment ont-ils fait pour vous prendre au sérieux? demandait en riant Baudolino. Passe pour les lépreux, mais vous, même habillés de la sorte vous n'avez pas l'air de moines!

— Sauf votre respect, les pèlerins sont une troupe de gobe-mouches, avait dit Taraburlo. Et puis après tant de temps que nous sommes ici, ce tantinet de grec qui sert, nous le savons nous aussi. Nous répétions *kyrieleison pighé pighé*, tous ensemble à voix basse comme s'il s'agissait d'une litanie, et eux se reculaient, qui faisait le signe de la croix, qui montrait les cornes et qui se touchait les buyrètes. »

Un serviteur avait apporté à Nicétas une cassette, et Nicétas s'était retiré vers le fond de la salle pour l'ouvrir. Il était revenu avec quelques monnaies d'or pour les maîtres de céans qui s'étaient répandus en bénédictions et avaient assuré que jusqu'à leur départ le maître là-dedans c'était lui. La vaste famille avait été distribuée dans les habitations voisines, dans des venelles un peu sales, où aucun Latin n'aurait eu l'idée d'entrer pour chercher du butin.

Maintenant satisfait, Nicétas avait appelé Pévéré, qui, d'entre ses hôtes, paraissait avoir le plus d'autorité, et il avait dit que, s'il devait rester caché, il ne voulait pas pour autant renoncer à ses plaisirs habituels. La ville brûlait, mais dans le port les navires marchands continuaient à arriver, et les barques des pêcheurs, qui devaient même s'arrêter dans la Corne d'Or sans pouvoir décharger leurs marchandises aux fondouks. Si on avait de l'argent, on pouvait acheter à bon prix les choses nécessaires à une vie confortable. Quant à une cuisine comme il se doit, parmi les parents à peine sauvés se trouvait son beau-frère Théophile qui était un excellent maître queux ; il suffisait de lui faire dire les ingrédients dont il avait besoin. Et ainsi en début d'après-midi Nicétas avait-il pu offrir à son hôte un repas de logothète. C'était un gras chevreau farci d'ail, d'oignons et de poireaux, nappé d'une sauce de poissons marinés.

« Voilà plus de deux cents ans, dit Nicétas, vint à Constantinople, comme ambassadeur de votre roi Otton, un de vos évêques, Liutprand, qui a été l'hôte du basileus Nicéphore. Ce ne fut pas une belle rencontre, et nous sûmes plus tard que Liutprand avait rédigé une relation de son voyage où nous, Romains, étions décrits comme sordides, grossiers, sauvages, vêtus de vêtements usés jusqu'à la corde. Il ne pouvait même pas supporter le vin résiné, et il lui semblait que tous nos aliments se noyaient dans l'huile. D'une seule chose pourtant il a parlé avec enthousiasme, et ce fut de ce plat. »

Le chevreau plaisait énormément à Baudolino, et il continua à répondre aux questions de Nicétas.

« Donc, en vivant avec une armée, tu as appris à écrire. Cependant, tu savais déjà lire.

— Oui, mais écrire est plus pénible. Et en latin. Parce que si l'empereur devait envoyer paître des soldats, il le leur disait en allemand, mais s'il écrivait au pape ou à son cousin Jasormigott, il devait le faire en latin, et ainsi de chaque document de la chancellerie. Je peinais à tracer les premières lettres, je copiais des mots et des phrases dont je ne comprenais pas le sens, mais en somme, à la fin de cette année-là je savais écrire. Pourtant Rahewin n'avait pas encore eu le temps de m'enseigner la grammaire. Je savais copier mais pas m'exprimer par moi-même. Voilà pourquoi j'écrivais dans la langue de la Frascheta. Mais au fond était-ce vraiment la langue de la Frascheta? Je mêlais des souvenirs d'autres parlers que j'entendais autour de moi, ceux des Pavesans, des Milanais, des Génois, gens qui parfois ne se comprenaient pas entre eux. Ensuite, dans ces parages nous avons construit une ville, avec des gens qui venaient qui d'ici et qui d'ailleurs, réunis pour élever une tour, et ils ont tous parlé exactement de la même manière. Je crois que c'était un peu la manière que j'avais inventée, moi-même.

— T'as été un nomothète, dit Nicétas.

— Je ne sais ce que ça veut dire, mais pourquoi pas. En tout cas, les feuilles suivantes étaient déjà dans un latin passable. Je me trouvais déjà à Ratisbonne, dans un cloître paisible, confié aux soins de l'évêque Otton, et dans cette paix j'avais des feuilles et des feuilles à feuilleter... J'apprenais. Tu noteras d'ailleurs que le parchemin est mal gratté, et qu'on entrevoit encore des parties du texte qui figurait dessous. J'étais un fieffé coquin, je volais mes maîtres, j'avais passé deux nuits à gratter ce que je croyais d'anciennes écritures, pour faire un espace à ma disposition. Les jours suivants, l'évêque Otton se désespérait parce qu'il ne trouvait plus la première version de sa *Chronica sive Historia de duabus civitatibus*, qu'il écrivait depuis plus de dix ans, et il accusait le pauvre Rahewin de l'avoir perdue au cours d'un voyage. Deux ans plus tard, il s'était convaincu de la récrire, je lui servais de copiste et je n'ai jamais osé lui avouer que la première version de sa *Chronica,* c'est moi qui l'avais effacée. Comme tu vois, il y a une justice : moi aussi j'ai perdu la mienne, de chronique, à part que moi je n'ai plus le courage de récrire. Pourtant, je sais qu'en la récrivant Otton changeait quelque chose...

— Comment ça?

— Si tu lis la *Chronica* d'Otton, qui est une histoire du monde, tu vois que lui, comment dire, du monde et de nous autres hommes, il n'avait pas une bonne opinion. Il se peut que le monde eût bien commencé, mais il allait toujours plus mal, en somme, *mundus senescit*, le monde vieillit, nous sommes en train de nous rapprocher de la fin... Mais c'est précisément l'année où Otton recommençait à écrire la *Chronica* que l'empereur lui avait demandé de célébrer aussi ses entreprises, et Otton s'était mis à écrire les *Gesta Friderici*, qu'il n'a pas pu finir car il est mort un peu plus d'un an après; Rahewin les a continuées. Et tu ne peux raconter la geste de ton souverain si tu n'es pas convaincu qu'avec lui sur le trône commence un nouveau siècle, qu'il s'agit en somme d'une *historia iucunda*...

— On peut écrire l'histoire de ses empereurs sans renoncer à la sévérité, en expliquant comment et pourquoi ils vont vers leur ruine...

— C'est peut-être ta façon de procéder, seigneur Nicétas, pas celle du bon Otton, et moi je ne fais que te dire comment les choses se sont passées. Ainsi ce saint homme d'un côté récrivait la *Chronica*, où le monde allait mal, et de l'autre les *Gesta*, où le monde ne pouvait aller que de mieux en mieux. Tu me diras : il se contredisait. N'était-ce que ça. Je soupçonne que dans la première version de la *Chronica* le monde allait encore plus mal et que, pour ne pas trop se contredire, au fur et à mesure qu'il récrivait la *Chronica*, Otton est devenu plus indulgent avec nous autres pauvres hommes. Et ça, c'est moi qui l'ai provoqué en effaçant la première version. S'il était resté celle-là, Otton n'aurait peut-être pas eu le courage d'écrire les *Gesta*, et comme c'est par le truchement de ces *Gesta* que demain on dira ce que Frédéric a fait et n'a pas fait, si je n'avais pas gratté la première *Chronica* il résulterait que Frédéric n'aurait pas fait tout ce que nous disons qu'il a fait. »

« Toi, se disait Nicétas, tu es comme le Crétois menteur, tu me dis que tu es un parfait menteur et tu prétends que je te croie. Tu veux me faire croire que tu as raconté des mensonges à tout le monde sauf à moi. Durant tant et tant d'années à la cour de ces empereurs, j'ai appris à me débrouiller au milieu des pièges de maîtres simulateurs plus malins que toi... Selon tes propres aveux, tu ne sais plus qui tu es, et sans doute précisément parce que tu as raconté trop de mensonges, même à toi-même. Et tu es en train de me demander de te construire une histoire qui t'échappe à toi. Mais moi je ne suis pas un menteur de ta race. J'ai passé ma vie à interroger les récits des autres pour en extraire la vérité. Peut-être me demandes-tu une histoire qui t'absolve d'avoir tué quelqu'un pour venger la mort de ton Frédéric. Tu es en train de construire pas à pas cette histoire d'amour avec ton empereur afin qu'il soit ensuite naturel d'expliquer pourquoi tu avais le devoir de le venger. En admettant qu'on l'ait tué, et que l'ait tué celui que tu as tué. »

Puis Nicétas regarda dehors : « Le feu atteint l'Acropole, dit-il.

— Je porte malheur aux villes.

— Tu te crois omnipotent. C'est un péché d'orgueil.

— Non, un acte de mortification, si l'on veut. Pendant ma vie entière, à peine je m'approchais d'une ville, on se mettait à la détruire. Je suis né sur une terre parsemée de bourgs et de quelques modestes châteaux, où j'entendais vanter par des marchands de passage les beautés de l'*urbis Mediolani*, mais ce que pouvait être une ville je l'ignorais, je n'avais même jamais atteint Terdona, dont je voyais les tours dans les lointains, et Asti ou Pavie je les croyais aux frontières du Paradis terrestre. Mais par la suite, toutes les villes que j'ai connues étaient sur le point d'être détruites ou elles avaient déjà toutes brûlé : Terdona, Spolète, Crema, Milan, Lodi, Iconium, et puis Pndapetzim. Et ainsi en sera-t-il de celle-ci. Serais-je par hasard — comme vous diriez, vous, les Grecs — polioclaste en vertu du mauvais œil?

— Ne sois pas celui qui se punit soi-même.

— Tu as raison. Au moins une fois une ville, et c'était la mienne, je l'ai sauvée, avec un mensonge. Tu dis qu'une fois suffit, pour exclure le mauvais œil?

50

— Cela veut dire qu'il n'y a pas de destin. »

Baudolino demeura un peu en silence. Puis il se retourna et regarda ce qui avait été Constantinople. « Je me sens quand même coupable. Ceux qui font cela sont des Vénitiens, et des gens des Flandres, et surtout des chevaliers de la Champagne et de Blois, de Troyes, d'Orléans, de Soissons, pour ne rien dire des Montferrins. J'aurais préféré que ce soient les Turcs qui détruisent cette ville.

— Les Turcs ne le feraient jamais, dit Nicétas. Nous sommes en d'excellents rapports avec eux. C'est des chrétiens que nous devions nous garder. Mais peut-être êtes-vous la main de Dieu, qui vous a envoyés pour nous punir de nos péchés.

— *Gesta Dei per Francos* », dit Baudolino.

4

Baudolino parle avec l'empereur
et tombe amoureux de l'impératrice

D ANS LE COURS DE L'APRÈS-MIDI, Baudolino avait
repris sa narration à plus vive allure, et Nicétas était
décidé à ne plus l'interrompre. Il voulait le voir grandir en hâte, pour arriver au fait. Il n'avait pas compris qu'au
fait, Baudolino n'y était pas encore arrivé au moment où il racontait, et il racontait précisément pour y arriver.

Frédéric avait confié Baudolino à l'évêque Otton et à son
assistant, le chanoine Rahewin. Otton, de la grande famille des
Babenberg, était l'oncle maternel de l'empereur, même s'il
avait à peine une dizaine d'années de plus que lui. Homme très
savant, il avait étudié à Paris avec le grand Abélard, puis il
s'était fait moine cistercien. Il était fort jeune quand il avait été
élevé à la dignité d'évêque de Freising. Non qu'il eût consacré
beaucoup de ses énergies à cette très noble ville mais, expliquait
Baudolino à Nicétas, dans la chrétienté d'Occident les rejetons
des grandes familles étaient nommés évêques de cet endroit ou
de cet autre sans devoir y aller vraiment, et il leur suffisait de
jouir de la rente y afférente.

Otton n'avait pas encore cinquante ans, mais d'années il paraissait en avoir cent, toujours un peu tousseur, bancal un jour

sur deux pour des douleurs tantôt à une hanche tantôt à une épaule, affecté du mal de la pierre et un peu chassieux pour tant lire et tant écrire aussi bien à la lumière du soleil qu'à celle d'une chandelle. On ne peut plus irritable, ainsi qu'il advient pour les podagres, la première fois qu'il avait parlé à Baudolino, il lui avait dit en grognant presque : « Tu as fait la conquête de l'empereur en lui racontant des tas de sornettes, n'est-ce pas ?

— Maître, je jure bien que non », avait protesté Baudolino. Et Otton : « Justement, un menteur qui nie, affirme. Viens avec moi. Je t'apprendrai ce que je sais. »

Ce qui prouve que, en fin de compte, Otton était une excellente pâte d'homme et il s'était aussitôt pris d'affection pour Baudolino parce qu'il le trouvait sagace, capable de retenir par cœur tout ce qu'il entendait. Cependant il s'était aperçu que Baudolino proclamait bien haut non seulement ce qu'il avait appris mais aussi inventé.

« Baudolino, lui disait-il, tu es un menteur-né.

— Pourquoi dites-vous pareille chose, maître ?

— Parce qu'elle est vraie. Mais ne crois pas que je te fais un reproche. Si tu veux devenir homme de lettres, et même, plût au ciel, un jour écrire des Histoires, tu dois aussi mentir, et inventer des historiettes, sinon ton Histoire deviendrait monotone. Cependant, il faudra le faire avec modération. Le monde condamne les menteurs qui ne font rien d'autre que mentir, fût-ce sur les choses infimes, et récompense les poètes, qui mentent seulement sur les choses éminentes. »

Baudolino tirait profit des leçons de son maître, et combien celui-ci était menteur, il l'avait compris peu à peu en voyant comme il se contredisait dans le passage de la *Chronica sive Historia de duabus civitatibus* aux *Gesta Friderici*. Raison pour quoi il avait décidé que, s'il voulait devenir un menteur parfait, il devait aussi écouter les propos d'autrui, pour voir comment les gens se persuadaient à l'envi sur une question ou sur une autre. Par exemple, sur les villes de la Lombardie il avait assisté à différents dialogues entre l'empereur et Otton.

« Mais comment peut-on être aussi barbare ? Ce n'est pas pour rien que leurs rois portaient autrefois une couronne de fer! s'indignait Frédéric. Personne ne leur a jamais appris que l'on doit respect à l'empereur? Baudolino, tu te rends compte? Ils exercent les *regalia*!

— Et que sont donc ces régalioles, mon bon père? » Tous se mettaient à rire, et Otton davantage encore, parce qu'il connaissait encore le latin d'antan, le bon, et il savait que le *regaliolus* est un petit oiseau.

« *Regalia, regalia, iura regalia*, Baudolino tête de bois! s'écriait Frédéric. Ce sont les droits qui me reviennent à moi, comme nommer les magistrats, lever les impôts sur les voies publiques, sur les marchés, et sur les rivières navigables, et le droit de battre monnaie, et puis, et puis... et puis quoi d'autre, Rainald?

— ... les bénéfices dérivant d'amendes et de condamnations, de l'appropriation des patrimoines sans héritier légitime ou de confiscation pour activités criminelles, ou pour avoir contracté des noces incestueuses, et les droits sur les profits des mines, des salines et des viviers, les pourcentages sur les trésors exhumés dans un lieu public », poursuivait Rainald de Dassel qui, d'ici peu, serait nommé chancelier, et donc la deuxième personne de l'empire.

« Voilà. Et ces villes se sont approprié tous mes droits. Elles n'ont pas le sens du juste et du bon, quel démon leur a offusqué l'esprit à ce point-là?

— Mon neveu et mon empereur, interrompait Otton, mais tu penses à Milan, à Pavie et à Gênes comme s'il s'agissait d'Ulm ou d'Augsbourg. Les cités de Germanie sont nées de par la volonté d'un roi, et dans leur roi se reconnaissent dès le début. Pour ces villes-ci, c'est différent. Elles ont surgi tandis que les empereurs allemands étaient à d'autres affaires affairés, et elles ont grandi en tirant profit de l'absence de leurs princes. Quand tu parles aux habitants des podestats que tu voudrais leur imposer, ils ressentent cette *potestatis insolentiam* comme un joug insoutenable, et ils se font gouverner par des consuls qu'eux-mêmes élisent.

— Et ils n'aiment pas sentir la protection du prince et participer de la dignité et de la gloire d'un empire?

— Ils aiment beaucoup, et pour rien au monde ils ne voudraient se priver de cet avantage, autrement ils deviendraient la proie de quelque autre monarque, de l'empereur de Byzance et même du sultan d'Égypte. Mais à condition que le prince se tienne à grande distance. Toi, tu vis entouré de tes nobles, tu ne te rends peut-être pas compte que dans ces villes les rapports sont différents. Elles ne reconnaissent pas les grands vassaux seigneurs des champs et des forêts, parce que les champs et les forêts appartiennent aussi aux villes – sauf sans doute pour les terres du marchis du Montferrat et de quelques rares autres. Note que, dans les villes, des jeunes qui pratiquent les arts mécaniques, et qui, à ta cour, ne pourraient jamais mettre les pieds, administrent, commandent, et sont élevés parfois à la dignité de chevalier...

— Donc le monde marche à l'envers! criait l'empereur.

— Mon bon père, levait alors le doigt Baudolino, mais tu me traites comme si j'étais un de ta famille, hier pourtant je vivais dans le fourrage des animaux. Et alors?

— Et alors, moi, si je veux, toi je te fais même duc, parce que je suis l'empereur et je peux anoblir quiconque par un mien décret. Mais cela ne veut pas dire que quiconque peut s'anoblir tout seul! Ceux-là ne comprennent-ils pas que si le monde marche à l'envers eux aussi courent à leur ruine?

— Il semble vraiment que non, Frédéric, interrompait Otton. Ces villes, avec leur façon de se gouverner, sont désormais le lieu par où passe toute richesse, les marchands venus de partout y convergent, et leurs murs sont plus beaux et plus solides que ceux de maints châteaux.

— Avec qui es-tu, mon oncle? hurlait l'empereur.

— Avec toi, mon impérial neveu, en raison de quoi précisément il est de mon devoir de t'aider à comprendre quelle est la force de ton ennemi. Si tu t'obstines à obtenir de ces villes ce qu'elles ne veulent pas te donner, tu perdras le reste de ta vie à les assiéger, à les vaincre, et à les voir resurgir plus orgueilleuses qu'avant en l'espace de quelques mois, à devoir refranchir les Alpes pour les soumettre de nouveau, alors que ton impérial destin est ailleurs.

— Et où serait mon impérial destin?

— Frédéric, j'ai écrit dans ma *Chronica* – qui par un accident inexplicable a disparu, et il faudra que je me mette à la récrire, Dieu veuille punir le chanoine Rahewin qui est certainement le responsable de cette perte – que jadis, durant le pontificat d'Eugène III, l'évêque syrien de Gabala en visite auprès du pape avec une ambassade arménienne, a raconté au pontife qu'en Extrême-Orient, dans des pays proches du Paradis terrestre, prospère le royaume d'un *Rex Sacerdos*, le Presbyter Johannes, un roi sûrement chrétien, fût-il adepte de l'hérésie nestorienne, et dont les ancêtres sont ces Mages, rois et prêtres eux aussi, mais dépositaires d'une très ancienne sagesse, qui visitèrent l'Enfant Jésus.

— Et qu'ai-je à voir moi, empereur du saint et romain empire, avec ce Prêtre Jean, que le Seigneur le conserve roi et prêtre longtemps là-bas où diable il se trouve, au milieu de ses Maures?

— Tu vois, mon illustre neveu, que tu dis "Maures" et tu penses comme pensent les autres rois chrétiens qui s'exténuent dans la défense de Jérusalem – fort pieuse entreprise, je ne le nie point, mais laisse-la au roi de France, d'autant que désormais ce sont les Francs qui commandent à Jérusalem. Le destin de la chrétienté, et de tout empire qui se voudrait saint et romain, se trouve au-delà des Maures. Il y a un royaume chrétien, au-delà de Jérusalem et des terres des infidèles. Un empereur qui saurait réunir les deux royaumes réduirait l'empire des infidèles et l'empire même de Byzance à deux îles abandonnées, et perdues dans l'immense mer de sa gloire!

— Imaginations, cher oncle. Gardons les pieds sur terre, s'il te plaît. Et revenons à ces villes italiennes. Explique-moi, très cher oncle, pourquoi, si leur condition est si désirable, certaines d'entre elles s'allient avec moi contre les autres, et non pas toutes ensemble contre moi.

— Du moins pas encore, commentait, prudent, Rainald.

— Je le répète, expliquait Otton, elles ne veulent pas nier leur rapport de sujétion envers l'empire. Voilà pourquoi elles demandent ton aide quand une autre ville les opprime, comme fait Milan avec Lodi.

— Mais si être une ville est la condition idéale, pourquoi chacune cherche à opprimer la ville voisine, comme si elle voulait dévorer son territoire et se changer en royaume? »

Alors Baudolino disait son mot, avec sa sagesse d'informateur indigène. « Père, la question est que non seulement les villes mais aussi les bourgs au-delà des Alpes éprouvent le plus grand plaisir à se le mettre... aïe!... (Otton éduquait aussi avec des pinçons)... bref, l'une humilie l'autre. Dans nos contrées, c'est comme ça. On peut haïr l'étranger, mais plus que tous on hait son voisin. Et si l'étranger nous aide à faire du mal au voisin, il est le bienvenu.

— Mais pourquoi?

— Parce que les gens sont méchants, me disait mon père, mais ceux d'Asti sont plus méchants que le Barberousse.

— Et qui est le Barberousse? s'emportait Frédéric empereur.

— C'est toi, père, là-bas on t'appelle ainsi, et d'ailleurs je ne vois pas quel mal il y a, parce que la barbe tu l'as vraiment rousse, et ça te va très bien. Et puis, s'ils voulaient dire que tu l'as couleur cuivre, ça t'irait Barbedecuivre? Moi je t'aimerais et t'honorerais pareillement même si tu avais une barbe noire, mais vu que tu l'as rousse je ne vois pas pourquoi tu dois faire tant d'histoires s'ils t'appellent Barberousse. Ce que je voulais te dire, si tu ne t'étais pas mis en colère pour ta barbe, c'est que tu peux être tranquille : selon moi, ils ne se mettront jamais tous ensemble contre toi. Ils ont peur que, s'ils l'emportent, l'un d'eux devienne plus fort que les autres. Et alors mieux vaut toi. Si tu ne les fais pas trop payer.

— Ne va pas croire à tout ce que te dit Baudolino, souriait Otton. Le garçon est menteur de nature.

— Non mon seigneur, répondait Frédéric, sur les choses d'Italie il dit d'habitude des choses très justes. Par exemple, à présent il nous apprend que notre seule et unique possibilité, avec les villes italiennes, c'est de les diviser le plus possible. Seulement tu ne sais jamais qui est avec toi et qui est de l'autre bord!

— Si notre Baudolino a raison, ricanait Rainald de Dassel, s'ils sont avec toi ou contre toi ne dépend pas de toi, mais de la ville à laquelle ils veulent du mal à ce moment-là. »

Il faisait un peu peine à Baudolino, ce Frédéric qui, grand, gros et puissant, ne parvenait cependant pas à accepter la façon de penser de ces sujets-là. Et dire qu'il passait plus de temps dans la péninsule italienne que dans ses terres. Lui, se disait Baudolino, il aime nos gens et il ne comprend pas pourquoi eux le trahissent. C'est peut-être pour cela qu'il les tue, comme un mari jaloux.

Au cours des mois suivant leur retour, Baudolino avait pourtant eu peu d'occasions de voir Frédéric qui s'était mis à préparer une diète à Ratisbonne, puis une autre à Worms. Il avait dû ménager deux parents fort redoutables, Henri le Lion, à qui il avait fini par donner le duché de Bavière, et Henri Jasormigott, pour lequel il avait été jusqu'à inventer un duché d'Autriche. Au début du printemps de l'année suivante, Otton avait annoncé à Baudolino qu'en juin ils partiraient tous pour Herbipolis, où Frédéric ferait un heureux mariage. L'empereur avait déjà eu une épouse, dont il s'était séparé quelques années avant, et maintenant il allait convoler avec Béatrix de Bourgogne qui lui apportait en dot ce comté, jusqu'à la Provence. Avec pareille dot, Otton et Rahewin pensaient qu'il s'agissait d'un mariage d'intérêt, et dans le même esprit Baudolino aussi, tout fourni d'habits neufs comme le voulait l'heureuse occasion, s'apprêtait à voir son père adoptif au bras d'une vieille fille bourguignonne plus appétissante pour les biens de ses aïeux que pour sa propre beauté.

« J'étais jaloux, je l'avoue, disait Baudolino à Nicétas. Au fond, j'avais depuis peu trouvé un second père, et voilà qu'il m'était soustrait, du moins en partie, par une marâtre. »

Là, Baudolino avait fait une pause, montré certain embarras, passé un doigt sur sa cicatrice, puis il avait révélé la terrible vérité. Arrivé sur le lieu des noces, il découvrait que Béatrix de Bourgogne était une jouvencelle sur les vingt ans, d'une extraordinaire beauté – ainsi du moins était-elle apparue à Baudolino qui, après l'avoir vue, ne parvenait pas à bouger un seul muscle et la regardait, les yeux écarquillés. Elle avait des cheveux resplendissants comme de l'or, un visage ravissant, bouche petite et rouge en fruit mûr, dents perlées, stature bien droite, regard modeste, yeux clairs. Pudique en son parler persuasif, le corps élancé, elle paraissait dominer dans l'éclat de sa grâce tous ceux qui l'entouraient. Elle savait apparaître (vertu

59

suprême pour une future reine) soumise à son époux dont elle montrait qu'elle le craignait comme seigneur, mais elle était sa dame en lui manifestant sa propre volonté d'épouse avec un savoir-faire tellement gracieux que chacune de ses prières se comprenait aussitôt comme un ordre. Si l'on voulait ajouter quelque chose de plus à sa louange, il faudrait dire qu'elle était versée dans les lettres, habile à composer de la musique et très suave à la chanter. Si bien que, finissait Baudolino, s'appelant Béatrix elle était vraiment béatifique.

Il en fallait peu – à Nicétas – pour comprendre que le petit jeune homme s'était enamouré de sa belle-mère au premier regard, seulement – comme il lui advenait de s'enamourer pour la première fois – il ne savait pas ce qui lui arrivait. C'est déjà un fulgurant et insoutenable événement que de tomber amoureux pour la première fois, étant paysan, d'une brave grosse paysanne boutonneuse, on peut imaginer ce que cela veut dire pour un paysan de tomber amoureux pour la première fois d'une impératrice de vingt ans à la peau blanche comme le lait.

Baudolino avait aussitôt compris que ce qu'il éprouvait représentait une sorte de vol à l'égard de son père, et il avait cherché à se convaincre que, du fait du jeune âge de sa belle-mère, il la voyait comme une sœur. Or, même s'il n'avait pas étudié beaucoup de théologie morale, il s'était rendu compte qu'il ne lui était même pas permis d'aimer une sœur – du moins avec les frissons et l'intensité de la passion que la vue de Béatrix lui inspirait. Il avait donc baissé la tête en rougissant et juste au moment où Béatrix, à qui Frédéric présentait son petit Baudolino (étrange et très aimé lutin de la plaine du Pô, ainsi était-il en train de s'exprimer), tendrement tendait la main et le caressait d'abord sur la joue et puis sur la tête.

Baudolino fut sur le point de perdre les sens, la lumière fit défaut autour de lui et ses oreilles sonnèrent telles des cloches de Pâques. Le réveilla la main lourde d'Otton qui le frappait sur la nuque et lui susurrait entre les dents : « A genoux, animal ! » Il se rappela qu'il se trouvait devant la sainte et romaine impératrice, outre que reine d'Italie, ploya le genou, et à partir de cet instant il se comporta comme un parfait homme de cour, sauf que la nuit il ne parvint pas à dormir et, au lieu de jubiler pour cet inexplicable chemin de Damas, il pleura pour l'insoutenable ardeur de cette passion inconnue.

Nicétas observait son interlocuteur léonin, il en appréciait la délicatesse des expressions, la rhétorique mesurée en un grec presque littéraire, et il se demandait à quelle race de créature il avait affaire, capable d'utiliser la langue des culs-terreux quand il parlait de ses pays, et celle des rois quand il parlait de monarques. Aura-t-il une âme, se demandait-il, ce personnage qui sait plier son récit afin qu'il exprime des âmes différentes? Et s'il a des âmes différentes, par la bouche de laquelle, en parlant, me dira-t-il jamais la vérité?

5

Baudolino donne de sages conseils à Frédéric

LE LENDEMAIN MATIN, la ville était encore recouverte d'une nuée de fumée. Nicétas avait goûté à des fruits, fait quelques pas inquiets dans la salle, puis il avait demandé à Baudolino si l'on pouvait dépêcher un des Génois auprès d'un certain Archita, qui devrait venir lui nettoyer le visage.

Mais regarde un peu, se disait Baudolino, cette ville s'est fait envoyer au diable, on égorge les gens dans les rues, il y a deux jours à peine celui-là risquait de perdre toute sa famille, et maintenant il veut quelqu'un qui lui nettoie le visage. On voit que les gens du palais, dans cette ville corrompue, sont habitués de la sorte – un comme ça, Frédéric l'aurait déjà fait voler par la fenêtre.

Plus tard était arrivé Archita, avec un panier d'instruments en argent et de petits pots aux parfums les plus inattendus. C'était un artiste qui d'abord t'attendrissait le visage avec des linges chauds, puis commençait à le recouvrir de crèmes émollientes, ensuite à le lisser, à éliminer toute impureté, et enfin à couvrir les rides avec des fards, à bistrer légèrement les yeux, à rosir légèrement les lèvres, à épiler l'intérieur des oreilles, pour ne rien dire de ce qu'il faisait au menton et aux cheveux. Nicétas se tenait les yeux fermés, caressé par ces mains savantes, bercé par la voix de Baudolino qui continuait à raconter son histoire. C'était plutôt Baudolino qui s'interrompait de temps à autre pour comprendre ce que faisait le maître ès beauté, par exemple quand il extrayait d'un de ses pots un lézard, lui coupait la tête et la queue, le hachait menu jusqu'à presque le broyer, et qu'il mettait cette pâte à cuire dans un poêlon d'huile. Mais quelle question, c'était la décoction pour garder vivants les rares cheveux que Nicétas portait encore sur le crâne, les rendre brillants et parfumés. Et ces fioles? Mais c'étaient des essences de noix muscade ou de cardamome, ou d'eau de rose, chacune destinée à redonner vigueur à une partie du visage; cette pâte de miel avait pour vertu de renforcer les lèvres, et cette autre, dont il ne pouvait révéler le secret, de raffermir les gencives.

A la fin Nicétas était resplendissant, comme devait l'être un juge du Voile et un logothète des secrets et, presque rené, il brillait de sa propre lumière dans cette matinée blafarde, sur l'arrière-plan menaçant de Byzance qui fumait en agonie. Baudolino éprouvait une certaine gêne à lui conter sa vie d'adolescent dans un monastère de Latins, froid et inhospitalier, où la santé d'Otton l'obligeait à partager des repas faits de verdures cuites et de quelques bouillons légers.

Baudolino, cette année-là, avait dû passer peu de temps à la cour (où, quand il s'y trouvait, il déambulait dans la crainte perpétuelle, et l'envie en même temps, de rencontrer Béatrix, et c'était un supplice). Il fallait que Frédéric réglât d'abord ses comptes avec les Polonais (*Polanos de Polunia*, écrivait Otton, *gens quasi barbara ad pugnandum promptissima*), en mars il avait convoqué une nouvelle diète à Worms pour préparer une autre descente en Italie où Milan toujours Milan, avec ses satellites, devenait de plus en plus récalcitrante, puis une diète à Herbipolis en septembre, une à Besançon en octobre, en somme on eût dit qu'il avait le diable au corps. Baudolino, par contre, avait passé le plus clair de son temps dans l'abbaye de Morimond en compagnie d'Otton, il poursuivait ses études avec Rahewin et faisait le copiste de l'évêque toujours plus maladif.

Quand ils étaient arrivés à ce livre de la *Chronica* où l'on parlait du Presbyter Johannes, Baudolino lui avait demandé ce que voulait dire être chrétien *sed Nestorianus*. Donc ces nestoriens étaient en partie des chrétiens et en partie ne l'étaient pas?

« Mon enfant, pour tout dire Nestorius était un hérétique, mais nous lui devons une grande reconnaissance. Sache qu'en Inde, après la prédication de l'apôtre Thomas, ce furent les nestoriens qui diffusèrent la religion chrétienne, jusqu'aux confins de ces pays lointains d'où vient la secte. Nestorius a commis une seule, encore que très grave, erreur sur Jésus-Christ Notre Seigneur et sa très sainte mère. Tu vois, nous, nous croyons fermement qu'il n'existe qu'une seule et unique nature divine, et que cependant la Trinité, dans l'unité de cette nature, est composée de trois personnes distinctes, le Père, le Fils et l'Esprit Saint. Mêmement nous croyons qu'en Christ il n'y avait qu'une seule personne, la divine, et deux natures, l'humaine et la divine. Nestorius soutenait au contraire qu'en Christ il y a certes deux natures, humaine et divine, mais aussi deux personnes. Par conséquent Marie n'avait engendré que la personne humaine, et elle ne pouvait être dite mère de Dieu mais seulement mère du Christ homme, non pas *Theotòkos*, ou déipare, celle qui a accouché de Dieu, mais au mieux *Christotòkos*.

— C'est grave de penser ainsi?

— C'est grave et ce n'est pas grave..., s'impatientait Otton. Tu peux également aimer la Sainte Vierge même en la pensant comme Nestorius, mais il est certain que tu lui rends moins d'honneur. Et puis la personne est la substance individuelle d'un être rationnel, et si en Christ il y avait deux personnes alors y avait-il deux substances individuelles de deux êtres rationnels? Où irions-nous finir de ce pas? Jusqu'à dire que Jésus un jour raisonnait d'une façon et un autre jour d'une autre? Ceci dit, le Presbyter Johannes n'est certes pas un perfide hérétique, mais il sera très bien qu'il entre en contact avec un empereur chrétien qui lui fasse apprécier la vraie foi, et, comme c'est à coup sûr un homme honnête, il ne pourra que se convertir. Cependant, il est certain que si tu ne te mets pas à étudier un peu de théologie, ces choses tu ne les comprendras jamais. Tu es dégourdi, Rahewin est un fort bon maître en ce qui concerne la lecture, l'écriture, ce qu'il faut de calcul, et les quelques règles de grammaire à savoir, or trivium et quadrivium sont tout autre chose, pour arriver à la théologie tu devrais étudier la dialectique, et tout cela tu ne pourras l'apprendre ici à Morimond. Il faudra que tu ailles dans quelque *studium*, dans une école comme il y en a dans les grandes villes.

— Mais moi je ne veux pas aller dans un studium, je ne sais même pas ce que c'est.

— Et quand tu auras compris ce que c'est, tu seras content d'y aller. Tu vois, mon enfant, tout le monde a l'habitude de dire que la société humaine se fonde sur trois forces, les guerriers, les moines et les paysans, et sans doute était-ce vrai jusqu'à hier. Mais nous vivons des temps nouveaux où aussi important devient le savant, même s'il n'est pas moine, qui étudie le droit, la philosophie, le mouvement des astres, et tant d'autres choses, sans toujours rendre compte de ce qu'il fait ni à son évêque ni à son roi. Et ces *studia*, qui peu à peu sont en train de naître à Bologne ou à Paris, sont des lieux où l'on cultive et transmet le savoir, qui est une forme de pouvoir. J'ai été élève du grand Abélard, que Dieu ait pitié de cet homme qui a beaucoup péché mais aussi beaucoup souffert, et expié. Après le malheur, quand par une rancuneuse vengeance il fut privé de sa virilité, il devint moine, et abbé, et vécut loin du monde. Mais au sommet de sa gloire, il était maître à Paris, adoré par les étudiants, et respecté par les puissants justement grâce à son savoir. »

Baudolino se disait que jamais il ne quitterait Otton, dont il continuait à apprendre tant de choses. Mais, avant que les arbres ne fleurissent pour la quatrième fois depuis qu'il l'avait rencontré, Otton était réduit désormais à un souffle de vie par les fièvres paludéennes, douleurs à toutes les articulations, fluxions de poitrine, et naturellement la gravelle. De nombreux médecins, entre autres quelques arabes et quelques juifs, et donc le meilleur qu'un empereur chrétien pût offrir à un évêque, avaient martyrisé son corps devenu fragile avec ces innombrables sangsues, mais – pour des raisons que ces puits de science ne parvenaient pas à s'expliquer – après qu'ils lui avaient soutiré presque tout son sang, c'était pire que s'ils le lui avaient laissé.

Otton avait d'abord appelé Rahewin à son chevet pour lui confier la suite de son histoire de la geste de Frédéric, en lui disant que c'était facile : qu'il racontât les faits et mît dans la bouche de l'empereur les discours extraits des textes des antiques. Ensuite, il avait appelé Baudolino. « *Puer dilectissime*, lui avait-il dit, moi je m'en vais. On pourrait aussi dire que je reviens, et je ne suis pas sûr de savoir quelle expression est la plus appropriée, de même je ne suis pas sûr que soit plus juste mon histoire des deux villes ou celle de la geste de Frédéric... » (Tu comprends, seigneur Nicétas, disait Baudolino, la vie d'un jeune garçon peut se voir marquée par la confession d'un maître mourant qui ne sait plus distinguer entre deux vérités.) « Non que je sois content de m'en aller ou de revenir, mais ainsi plaît-il au Seigneur, et à discuter ses décrets il y a même le risque qu'il me foudroie en cet instant, or donc mieux vaut profiter du peu de temps qu'il me laisse. Ecoute. Tu sais que j'ai essayé de faire comprendre à l'empereur les raisons des villes au-delà des Alpes pyrénéennes. L'empereur ne peut faire autrement que de les soumettre à sa domination, cependant il y a façon et façon de reconnaître la soumission, et sans doute peut-on trouver une voie qui ne soit pas celle du siège et du massacre. Toi donc, que l'empereur écoute, et qui es toutefois l'enfant de ces terres, cherche à faire de ton mieux pour concilier les exigences de notre seigneur avec celles de tes villes, en sorte qu'il meure le moins de gens possible, et que tous à la fin soient contents. Pour ce faire, tu dois apprendre à raisonner comme il faut, et j'ai demandé à l'empereur qu'il t'envoie étudier à Paris. Pas à Bologne, là on s'occupe seulement de droit, et un filou comme toi ne doit pas mettre son nez dans les pandectes car, avec la Loi, on ne peut mentir. A Paris, tu étudieras la rhétorique et tu liras les poètes : la rhétorique, c'est l'art du bien dire ce dont on n'est pas sûr que ce soit vrai, et les poètes ont le devoir d'inventer des mensonges. Après, il sera bien aussi que tu étudies un peu de théologie, mais sans chercher à devenir un théologien, car avec les choses de Dieu omnipotent il ne

…aut pas plaisanter. Etudie assez pour faire ensuite belle figure à la cour, où tu deviendras certainement un ministérial, ce qui est le plus haut à quoi un fils de paysans peut aspirer, tu seras comme un chevalier à l'égal de beaucoup de nobles et tu pourras servir fidèlement ton père adoptif. Fais tout cela en mémoire de moi, et Jésus me pardonne si, sans le vouloir, j'ai utilisé ses propres mots. »

Après quoi, il émit un râle et demeura immobile. Baudolino s'apprêtait à lui fermer les yeux, pensant qu'il avait rendu son dernier soupir quand, soudain, Otton avait rouvert la bouche et murmuré, exploitant son ultime souffle : « Baudolino, souviens-toi du royaume du Presbyter Johannes. Ce n'est qu'en le cherchant que les oriflammes de la chrétienté pourront aller au-delà de Byzance et de Jérusalem. Je t'ai entendu inventer quantité d'histoires auxquelles l'empereur a cru. Et donc, si tu n'as pas d'autres nouvelles de ce royaume, invente-les. Attention, je ne te demande pas de témoigner ce que tu juges faux, ce serait péché, mais de témoigner faussement ce que tu crois vrai – ce qui est action vertueuse car elle supplée au défaut de preuves sur quelque chose qui certainement existe ou est arrivé. Je t'en prie : à coup sûr, il y a un Johannes, au-delà des terres des Perses et des Arméniens, au-delà de Bacta, d'Ecbatane, de Persépolis, de Suse et d'Arbèles, descendant des Mages... Pousse Frédéric vers l'Orient, parce que c'est de là-bas que vient la lumière qui l'illuminera comme le plus grand d'entre tous les rois... Enlève l'empereur de ce bourbier qui s'étend entre Milan et Rome... Il pourrait y rester englué jusqu'à la mort. Qu'il se maintienne loin d'un royaume où commande aussi un pape. Il y sera toujours empereur à demi. Souviens-toi, Baudolino... Le Presbyter Johannes... Le chemin de l'Orient... »

— Mais pourquoi me le dis-tu à moi, maître, et non à Rahewin?

— Parce que Rahewin n'a pas d'imagination, il ne peut que raconter ce qu'il a vu, et parfois même pas cela, parce qu'il ne comprend pas ce qu'il a vu. Par contre, toi, tu peux imaginer ce que tu n'as pas vu. Oh, comment se fait-il que tombe pareille obscurité? »

Baudolino, qui était menteur, lui avait dit de ne pas se

troubler, que c'était la nuit qui venait. Juste sur le coup de midi, Otton avait exhalé un sifflement de sa gorge maintenant enrouée, et ses yeux étaient restés ouverts et fixes, comme s'il regardait son Prêtre Jean sur un trône. Baudolino les lui avait fermés ; il avait pleuré des larmes sincères.

Triste de la mort d'Otton, Baudolino était revenu pour quelques mois auprès de Frédéric. Il s'était d'abord consolé à penser que, en revoyant l'empereur, il aurait aussi revu l'impératrice. Il la revit, et il s'attrista plus encore. N'oublions pas que Baudolino allait sur ses seize ans et, si d'abord son amour pouvait avoir l'air d'un émoi puéril, dont lui-même comprenait bien peu, il devenait à présent désir conscient et tourment accompli.

Pour ne pas rester dépérir à la cour, il suivait toujours Frédéric en campagne, et il avait été le témoin d'événements fort peu à son goût. Les Milanais avaient détruit Lodi pour la deuxième fois, autrement dit ils l'avaient d'abord saccagée, emportant bêtes, avoine, meubles et ustensiles de chaque maison, puis ils avaient poussé hors les murs tous les Lodesans, en leur disant que s'ils ne s'en allaient pas chez le diable ils les passaient tous au fil de l'épée, femmes, vieux et enfants, y compris ceux encore au berceau. Les Lodesans n'avaient laissé dans la ville que leurs chiens, et de fuir à travers champs, à pied dans la pluie, les seigneurs aussi, qui étaient restés sans chevaux, les femmes avec leurs petits au cou, et parfois elles tombaient en marchant, ou roulaient dans de méchants fossés. Ils s'étaient réfugiés, entre l'Adda et le Serio, où ils avaient trouvé à grand-peine des masures pour y dormir les uns sur les autres.

Ce qui n'avait pas calmé du tout les Milanais, lesquels étaient revenus à Lodi, faisant prisonnières les très rares personnes qui n'avaient pas voulu s'en aller, ils avaient coupé toutes les vignes et les plantes et puis mis le feu aux maisons, liquidant pour une bonne part les chiens aussi.

Ce ne sont pas choses qu'un empereur puisse supporter, en raison de quoi voilà que Frédéric était descendu encore une fois en Italie, avec une grande armée faite de Burgondes, Lorrains, Bohémiens, Hongrois, Souabes, Francs et de tous ceux qu'on peut imaginer. En premier lieu, il avait refondé une nouvelle Lodi à Montegezzone, ensuite il avait dressé son camp devant Milan, aidé avec enthousiasme par les Pavesans et les Crémonais, les Pisans, les Lucquois, les Florentins et les Siennois, les Vicentins, les Trévisans, les Padouans, les Ferrarais, les Ravennates, les Modénais et caetera, tous alliés avec l'empire pourvu qu'on humiliât Milan.

Et ils l'avaient vraiment humiliée. A la fin de l'été la ville avait capitulé et, afin de pouvoir la sauver, les Milanais s'étaient soumis à un rituel mortifiant pour Baudolino lui-même, qui n'avait pourtant rien à voir avec eux. Les vaincus étaient passés en procession devant leur seigneur, comme qui implore le pardon, tous pieds nus et vêtus de bure, y compris l'évêque, avec les hommes d'armes qui portaient leur épée pendue au cou. Alors, Frédéric redevenu magnanime avait donné aux humiliés le baiser de la paix.

« Valait-il la peine, se disait Baudolino, de tant jouer la prépotence avec les Lodesans, et puis de baisser ainsi les braies? Vaut-il la peine de vivre sur ces terres où tout le monde paraît avoir fait vœu de suicide, et où les uns aident les autres à se tuer? Je veux m'en aller loin d'ici. » En réalité, il voulait aussi s'éloigner de Béatrix car il avait fini par lire quelque part que l'éloignement peut parfois guérir de la maladie d'amour (et il n'avait pas encore lu d'autres livres où l'on disait au contraire que c'est précisément l'éloignement qui souffle sur le feu de la passion). Ainsi était-il allé voir Frédéric pour lui rappeler le conseil d'Otton et se faire envoyer à Paris.

Il avait trouvé l'empereur triste et coléreux, qui faisait les cent pas dans sa chambre, tandis que dans un coin Rainald de Dassel attendait qu'il se calmât. A un moment donné, Frédéric s'était arrêté, il avait fixé Baudolino dans les yeux et dit : « Tu m'es témoin, mon garçon, je m'évertue à placer sous une seule loi les villes d'Italie, mais chaque fois je dois recommencer du début. Ma loi serait-elle fautive? Qui me dit que ma loi est juste? » Et Baudolino, presque sans y penser : « Seigneur, si tu commences à raisonner de la sorte, tu n'en finiras plus, et en revanche l'empereur existe précisément pour ça, il n'est pas empereur parce que lui viennent des idées justes, mais les idées sont justes parce qu'elles viennent de lui, un point c'est tout. » Frédéric l'avait regardé, puis il avait dit à Rainald : « Ce garçon dit les choses mieux que vous tous! Si ces paroles étaient seulement tournées en bon latin, elles apparaîtraient comme admirables!

— *Quod principi plaquit legis habet vigorem*, ce qui plaît au prince a vigueur de loi, dit Rainald de Dassel. Certes, cela sonne très sage, et définitif. Mais il faudrait que ce fût écrit dans l'Evangile, sinon comment persuader tout le monde d'accepter cette fort belle idée?

— Nous avons bien vu ce qui s'est passé à Rome, disait Frédéric, si je me fais oindre par le pape, j'admets *ipso facto* que son pouvoir est supérieur au mien, si je prends le pape par le cou et que je le balance dans le Tibre, je deviens un tel fléau de Dieu que même feu Attila... Où diable vais-je trouver quelqu'un qui puisse définir mes droits sans prétendre se trouver au-dessus de moi? Il n'existe pas au monde.

— Peut-être n'existe-t-il pas pareil pouvoir, lui avait alors dit Baudolino, mais il existe le savoir.

— Que veux-tu dire?

— Quand l'évêque Otton me racontait ce qu'est un *studium*, il me disait que ces communautés de maîtres et d'élèves fonctionnent pour leur propre compte : les élèves viennent du monde entier et peu importe qui est leur souverain; ils paient leurs maîtres, qui dépendent donc seulement des élèves. Ainsi vont les choses avec les maîtres de droit à Bologne, et ainsi se passent-elles déjà à Paris aussi, où auparavant les maîtres enseignaient dans l'école cathédrale, et dépendaient donc de l'évêque, puis un beau jour ils sont partis enseigner sur la Montagne Sainte-Geneviève, cherchant à découvrir la vérité sans prêter l'oreille ni à l'évêque ni au roi.

— Si j'étais leur roi, je leur ferais bien voir, moi. Mais même s'il en allait de la sorte?

— De la sorte il en irait si tu faisais une loi où tu reconnais que les maîtres de Bologne sont vraiment indépendants de tout autre pouvoir, de toi comme du pape et de tout autre souverain, et seulement au service de la Loi. Une fois que leur a été conférée cette dignité, unique au monde, eux ils affirment que – selon la juste raison, le savoir naturel et la tradition – l'unique loi est la romaine et l'unique qui la représente est le saint empereur romain – et que naturellement, comme l'a si bien dit le seigneur Rainald, *quod principi plaquit habet legis vigorem.*

— Et pourquoi ce sont eux qui devraient le dire?

— Parce que toi, en échange tu leur donnes le droit de pouvoir le dire, et ce n'est pas rien. Comme ça toi tu es content, eux ils sont contents, et, ainsi que le disait mon père Gagliaudo, vous êtes, toi et les autres, à l'abri dans un tonneau de fer.

— Ils n'accepteront pas de faire une chose de ce genre, marmonnait Rainald.

— Si, au contraire – et le visage de Frédéric s'éclairait – je te le dis, moi, qu'ils accepteront. Sauf qu'ils doivent eux d'abord faire cette déclaration, et ensuite moi je leur donne l'indépendance, sinon tout le monde pensera qu'ils l'ont fait en contrepartie d'un don.

— A mon avis, même en touillant et retouillant la sauce, si quelqu'un veut dire que vous vous êtes mis d'accord, il le dira quand même, avait commenté, sceptique, Baudolino. Mais j'aimerais bien voir qui se dresserait sur son séant pour dire que les docteurs de Bologne ne valent pas une queue de cerise, après que même l'empereur est allé humblement demander leur sentiment. A ce point-là, ce qu'ils ont dit c'est parole d'Evangile. »

Et ainsi en alla-t-il, l'année même à Roncaglia où, pour la première fois, il y avait eu une grande diète. Pour Baudolino cela avait été avant tout un grand spectacle. Comme Rahewin le lui expliquait – pour qu'il ne pensât pas que tout ce qu'il voyait était seulement un jeu du cirque avec ses gonfanons qui claquaient partout au vent, ses enseignes, ses tentes colorées, ses marchands et ses jongleurs – Frédéric avait fait reconstruire, sur un côté du Pô, un campement romain typique pour rappeler que de Rome provenait sa dignité. Au centre du camp, il y avait le pavillon impérial, tel un temple, et, qui lui faisaient couronne, les tentes des feudataires, vassaux et vavassaux. Du côté de Frédéric se trouvaient l'archevêque de Cologne, l'évêque de Bamberg, Daniel de Prague, Conrad d'Augsbourg, et d'autres encore. De l'autre côté du fleuve, le cardinal légat du siège apostolique, le patriarche d'Aquilée, l'archevêque de Milan, les évêques de Turin, Alba, Ivrée, Asti, Novare, Verceil, Terdona, Pavie, Côme, Lodi, Crémone, Plaisance, Reggio, Modène, Bologne et qui peut se rappeler tous les autres. Siégeant au milieu de cette assemblée majestueuse et vraiment universelle, Frédéric avait ouvert les discussions.

Bref (disait Baudolino pour ne pas ennuyer Nicétas avec les chefs-d'œuvre de l'éloquence impériale, jurisprudentielle et ecclésiastique), quatre docteurs de Bologne, les plus célèbres, élèves du grand Irnerio, avaient été invités par l'empereur à exprimer un incontestable avis doctrinal sur ses pouvoirs, et trois d'entre eux, Bulgaro, Jacopo et Ugo de Porta Ravegnana, s'étaient exprimés comme le voulait Frédéric, c'est-à-dire que le droit de l'empereur se fondait sur la loi romaine. Seul un certain Martino avait été d'un avis différent.

« A qui Frédéric aura fait arracher les yeux, commentait Nicétas.

— Mais pas du tout, seigneur Nicétas, lui répondait Baudolino, vous les Romaniens vous arrachez les yeux à Pierre et à Paul et vous ne comprenez plus où est le droit, oublieux de votre grand Justinien. Sitôt après Frédéric avait promulgué la *Constitutio Habita,* par laquelle on reconnaissait l'autonomie de l'université bolonaise, et si l'université était autonome, Martino pouvait dire ce qu'il voulait, pas même l'empereur ne pouvait lui tordre un cheveu. Et s'il lui en avait tordu un, alors les docteurs n'étaient plus autonomes, s'ils n'étaient pas autonomes leur jugement ne valait rien, et Frédéric risquait de passer pour usurpateur. »

Parfait, pensait Nicétas, le seigneur Baudolino veut me suggérer que l'empire c'est lui qui l'a fondé, et que – à peine il proférait une phrase quelconque – tel était son pouvoir qu'elle devenait vérité. Ecoutons le reste.

Sur ces entrefaites, étaient entrés les Génois portant une corbeille de fruits, parce qu'à la mi-journée Nicétas devait se restaurer. Ils avaient dit que le sac continuait, et qu'il valait mieux rester. Baudolino avait repris son récit.

73

Frédéric avait décidé : si un garçon encore presque imberbe et éduqué par un sot comme Rahewin nourrissait des idées si pénétrantes, qui sait ce qui arriverait en l'envoyant effectivement étudier à Paris. Il l'avait embrassé avec affection, lui recommandant de devenir vraiment savant, vu que lui, avec les charges de gouvernement et les entreprises militaires, il n'avait jamais eu le temps de se cultiver comme il se devrait. L'impératrice avait pris congé de lui avec un baiser sur son front (imaginons alors la pâmoison de Baudolino), lui disant (cette femme prodigieuse, bien que grande dame et reine, savait lire et écrire) : « Et écris-moi, dis-moi ce que tu deviens, ce qui t'arrive. La vie à la cour est monotone. Tes lettres me seront un réconfort.

— J'écrirai, je le jure », avait dit Baudolino, avec une ardeur qui eût dû éveiller les soupçons de l'assistance. Personne ne fut pris de soupçons (qui prête attention à l'excitation d'un jeune gars sur le point d'aller à Paris ?), sauf peut-être Béatrix. En effet, elle le regarda comme si elle l'avait vu pour la première fois, et son visage très blanc se couvrit d'une soudaine rougeur. Mais déjà Baudolino, en une inclination qui l'obligeait à regarder par terre, avait quitté la salle.

6

Baudolino va à Paris

B AUDOLINO ARRIVAIT À PARIS un peu en retard parce
que, dans ces écoles, on y entrait même avant l'âge de
quatorze ans, et lui en avait deux de plus. Mais il avait
déjà tant appris auprès d'Otton, qu'il se permettait de ne pas
suivre toutes les leçons pour faire d'autres choses, comme on le
verra.

Il était parti avec un compagnon, le fils d'un chevalier de
Cologne qui avait préféré se consacrer aux arts libéraux plutôt
qu'à l'armée, non sans courroux de la part de son père, mais
soutenu par sa mère qui célébrait ses dons de très précoce
poète, au point que Baudolino oubliait son vrai nom, si tant est
qu'il l'ait jamais su. Il l'appelait Poète, et ainsi tous les autres
qui le connurent après. Baudolino découvrit bien vite que le
Poète n'avait jamais écrit une seule poésie, mais seulement déclaré en vouloir écrire. Comme il récitait toujours les poèmes
d'autrui, à la fin le père même s'était convaincu que son fils devait suivre les Muses, et il l'avait laissé partir en lui donnant
dans sa besace à peine de quoi vivre, avec l'idée tout à fait erro-
née que le peu qui suffisait pour vivre à Cologne était plus qu'il
n'en fallait pour vivre à Paris.

A peine arrivé, Baudolino n'eut qu'une hâte : obéir à l'impératrice, et il lui écrivit plusieurs lettres. Au début, il avait cru
calmer ses ardeurs en obtempérant à cette invitation, mais il se

rendit compte comme il était douloureux de lui écrire sans pouvoir dire ce qu'il éprouvait vraiment, rédigeant des lettres parfaites et prévenantes : il y décrivait Paris, une ville déjà riche de belles églises, où l'on respirait un fort bon air sous un ciel vaste et serein, sauf quand il pleuvait, ce qui n'arrivait pas plus d'une ou deux fois par jour, et pour un qui venait des brouillards quasi éternels, c'était un lieu d'éternel printemps. Il y avait un fleuve sinueux avec deux îles au milieu, et l'eau était très bonne à boire, et, sitôt après les murs, s'étendaient des espaces balsamiques tel ce pré à côté de l'abbaye de Saint-Germain, où l'on passait de splendides après-midi à jouer à la balle.

Il lui avait raconté ses peines des premiers jours, parce qu'il fallait trouver une chambre, à partager avec son compagnon, sans se faire voler par les bailleurs. Au prix fort, ils avaient déniché une pièce assez spacieuse, avec une table, deux bancs, des étagères pour les livres et une malle. Il y avait un lit perché avec un édredon de plumes d'autruche, et un autre bas sur roulettes avec un édredon de plumes d'oie qui, le jour, se cachait sous le premier. La lettre ne disait pas que, après une brève hésitation sur la distribution des lits, il s'était décidé que chaque soir les deux cohabitants joueraient aux échecs le lit le plus confortable, parce qu'à la cour on considérait les échecs comme un jeu peu recommandable.

Une autre lettre racontait qu'on se réveillait le matin de bonne heure, car les leçons commençaient à sept heures et duraient tard dans l'après-midi. On se préparait avec une bonne ration de pain et une jattée de vin à écouter les maîtres dans une sorte d'étable où, assis par terre sur un peu de paille, il faisait plus froid que dehors. Béatrix s'était émue et elle avait recommandé de ne pas lésiner sur le vin, autrement un gars se sent patraque toute la journée, et d'engager un serviteur, non seulement pour qu'il lui portât les livres, qui sont très lourds, et les porter soi-même est indigne d'une personne tenant son rang, mais aussi pour qu'il achetât du bois et allumât suffisamment tôt la cheminée de la chambre, en sorte qu'elle fût bien chaude le soir. Et pour toutes ces dépenses, elle avait envoyé quarante sols de Suse, de quoi acheter un bœuf.

Le serviteur n'avait pas été engagé et le bois n'avait pas été acheté car la nuit les deux édredons suffisaient amplement, et la somme avait été plus judicieusement dépensée, vu que le soir se passait dans les tavernes, qui étaient fort bien chauffées et permettaient de se sustenter après une journée d'étude, tout en palpant le derrière des servantes. Et puis, dans ces lieux de joyeuse restauration, comme l'Ecu d'Argent, la Croix de Fer ou Aux Trois Candélabres, entre deux cruchons on se fortifiait avec des pâtés de porc ou de poulet, deux pigeons ou une oie rôtie et, si on était plus pauvre, avec des tripes ou du mouton. Baudolino aidait le Poète, sans le sou, à ne pas vivre de tripes seulement. Mais le Poète était un ami coûteux car la quantité de vin qu'il buvait faisait maigrir à vue d'œil le bœuf de Suse.

Survolant ces détails, Baudolino était alors passé aux nouvelles sur ses maîtres et les belles choses qu'il apprenait. Béatrix était très sensible à ces révélations, qui lui permettaient de satisfaire son désir de savoir, et elle lisait plusieurs fois les lettres où Baudolino lui parlait grammaire, dialectique, rhétorique, et arithmétique, géométrie, musique et astronomie. Mais Baudolino se sentait de plus en plus pusillanime parce qu'il lui taisait aussi bien ce qui harcelait son cœur que tout ce qu'il faisait d'autre, et qu'on ne peut dire ni à une mère, ni à une sœur, ni à une impératrice, encore moins à la dame aimée.

Avant tout on jouait à la balle, c'est vrai, mais aussi on en venait aux mains avec les gens de l'abbaye de Saint-Germain, ou entre étudiants d'origines différentes, par exemple Picards contre Normands, et on s'insultait en latin de façon que chacun comprît l'offense qui lui était adressée. Toutes choses qui ne plaisaient pas au Grand Prévôt, lequel envoyait ses archers arrêter les plus turbulents. Il est clair qu'à ce point-là les étudiants oubliaient leurs divisions et se mettaient tous ensemble pour cogner sur les archers.

Nul au monde n'était plus corruptible que les archers du Prévôt : or donc, si un étudiant était arrêté, tous les autres devaient mettre la main à la bourse pour amener les archers à le libérer. Cela rendait les plaisirs parisiens encore plus coûteux.

En second lieu, un étudiant qui n'a pas d'aventures amoureuses se voit moquer par ses compagnons. Hélas, la chose la moins accessible pour un étudiant, c'était les femmes. On voyait très peu d'étudiantes, et circulaient encore des légendes sur la belle Héloïse qui avait coûté le sectionnement des pudenda à son amant, même si une chose était la qualité d'étudiant, et donc malfamé et toléré par définition, et une autre chose celle de professeur, comme le grand et malheureux Abélard. Avec l'amour mercenaire on ne pouvait pas trop se donner du bon temps parce que c'était dispendieux, et donc il fallait être empressé auprès de quelque gironde servante d'auberge, ou d'une fille du peuple vivant dans le quartier, mais dans ce quartier il y avait toujours plus d'étudiants que de tendrons.

A moins qu'on sût flâner, l'air distrait et le regard canaille, dans l'île de la Cité, et réussît à séduire des dames de bonne condition. Très convoitées étaient les épouses des bouchers de la Grève, eux qui, après une carrière honorée dans leur métier, n'abattaient plus les bêtes mais dirigeaient le marché de la viande, en se comportant comme des seigneurs. Avec un mari né en maniant des quartiers de bœufs, et arrivé au bien-être à un âge avancé, les épouses étaient sensibles au charme des étudiants de plus belle prestance. Mais ces dames s'habillaient de robes tapageuses ornées de fourrure, avec ceintures d'argent et de joyaux, ce qui rendait difficile de les distinguer à première vue des prostituées de luxe, lesquelles, bien que les lois le défendissent, osaient se vêtir de la même façon. Ce qui exposait les étudiants à de fâcheuses équivoques, déclenchant ensuite la dérision chez leurs amis.

Si l'on parvenait enfin à faire la conquête d'une vraie dame, ou carrément d'une jeune fille, tôt ou tard maris et pères s'en apercevaient, on en venait aux mains, quand ce n'était pas aux armes, on y laissait sa peau ou on y restait blessé, presque toujours le mari ou le père, et alors on en revenait aux échauffourées avec les archers du Prévôt. Baudolino n'avait tué personne, et d'habitude il se tenait loin même des altercations, mais il avait eu affaire à un mari (et boucher). Hardi en amour mais prudent à guerroyer, quand le mari était entré dans la chambre en agitant un de ces crocs à suspendre les bêtes, il avait aussitôt tenté de sauter par la fenêtre. Mais, tandis qu'il calculait judicieusement la hauteur avant de se jeter, il avait eu le temps de recevoir une balafre sur la joue, ornant ainsi à jamais son visage d'une cicatrice digne d'un homme d'armes.

Par ailleurs, même la conquête des filles du peuple n'était pas le pain quotidien, demandait de longs affûts (au détriment des leçons) et des jours entiers de guet par la fenêtre, ce qui provoquait de l'ennui. Alors on abandonnait les rêves de séduction et on lançait de l'eau sur les passants ou on visait les femmes en leur tirant des petits pois avec une sarbacane ou on allait même railler les maîtres qui passaient en bas, et s'ils se mettaient en colère on les suivait en groupe jusque chez eux, lançant des pierres contre leurs fenêtres, parce que les étudiants étaient de toute façon les payeurs, ce qui donnait certains droits.

Baudolino confiait ainsi à Nicétas ce qu'il avait tu à Béatrix, en somme qu'il était en train de devenir un de ces clercs qui étudiaient les arts libéraux à Paris ou le droit à Bologne ou la médecine à Salerne ou la magie à Tolède, mais nulle part n'apprenaient les bonnes manières. Nicétas ne savait pas s'il devait se scandaliser, s'étonner ou s'amuser. A Byzance, il n'y avait que des écoles privées pour fils de familles aisées, où, dès l'âge le plus tendre, on apprenait la grammaire et lisait des ouvrages de piété et les chefs-d'œuvre de la culture classique; passé onze ans, on étudiait poésie et rhétorique en apprenant à composer sur les modèles littéraires des anciens : et plus rares étaient les termes utilisés, et plus complexes les constructions syntaxiques, plus on était jugé prêt pour un futur radieux dans l'administration impériale. Mais après, ou bien l'on devenait savant dans un monastère, ou bien l'on étudiait des choses comme le droit ou l'astronomie auprès de maîtres particuliers. Cependant, on étudiait avec sérieux, tandis qu'il paraissait qu'à Paris la gent estudiantine faisait tout, sauf étudier.

Baudolino le corrigeait : « A Paris, on travaillait beaucoup. Par exemple, après les premières années on prenait déjà part aux disputes, et dans la dispute on apprend à poser des objections et à passer à la détermination, c'est-à-dire à la solution finale d'un problème. Et puis il ne faut pas que tu penses que les leçons puissent être le plus important pour un étudiant, ni la taverne seulement un endroit où on perd son temps. Le plus beau du *studium* c'est que tu apprends, certes, auprès des maîtres, mais davantage encore avec des compagnons, surtout les plus vieux que toi, quand ils te racontent ce qu'ils ont lu et que tu découvres que le monde doit être rempli de choses merveilleuses et que pour les connaître toutes, la vie ne te suffisant pas à parcourir la terre entière, il ne reste plus qu'à lire tous les livres. »

Baudolino avait pu lire beaucoup de livres auprès d'Otton mais il n'imaginait pas qu'il pût y en avoir tant au monde comme à Paris. Ils n'étaient pas à la disposition de tous, mais la bonne chance, autrement dit la bonne fréquentation des leçons, lui avait fait connaître Abdul.

« Pour dire ce qu'Abdul avait à voir avec les bibliothèques, il faut que je fasse un pas en arrière, seigneur Nicétas. Or donc, tandis que je suivais une leçon, comme toujours en me soufflant sur les doigts pour les réchauffer, et avec le derrière gelé parce que la paille protégeait peu de ce pavement, glacé ainsi que Paris tout entier en ces jours d'hiver, un matin j'ai observé près de moi un garçon qui, d'après la couleur de son visage, avait l'air d'un Sarrasin, mais avec des cheveux roux, ce qui ne peut arriver aux Maures. Je ne sais s'il suivait la leçon ou poursuivait ses pensées, mais il avait le regard perdu dans le vide. De temps en temps il se serrait en tremblant dans ses vêtements, puis il se remettait à regarder en l'air, et, par moments, traçait quelque chose sur sa tablette. J'ai allongé le cou et je me suis aperçu que sur une moitié il dessinait ces chiures de mouches que sont les lettres des Arabes, pour le reste il écrivait dans une langue qui ressemblait à du latin mais qui n'en était pas et me rappelait même les dialectes de mes terres. Bref, quand la leçon a été terminée j'ai cherché à engager la conversation; il a réagi avec amabilité, comme si depuis longtemps il désirait trouver quelqu'un avec qui parler; nous avons lié amitié, nous nous sommes mis à nous promener le long du fleuve, et lui m'a raconté son histoire. »

Le garçon s'appelait donc Abdul, comme un Maure justement, mais il était né d'une mère qui venait de l'Hibernie, et cela expliquait les cheveux roux parce que tous ceux qui viennent de cette île sont ainsi faits; et la renommée les veut bizarres et rêveurs. Son père était provençal, d'une famille qui s'était installée Outremer après la conquête de Jérusalem, une bonne cinquantaine d'années avant. Comme Abdul tentait d'expliquer, ces nobles Francs des royaumes d'Outremer avaient adopté les usages des peuples qu'ils avaient conquis, ils s'habillaient avec turbans et autres turqueries, parlaient la langue de leurs ennemis, et il s'en fallait de peu qu'ils ne suivissent les préceptes de l'Alcoran. Raison pour quoi un Hibernique (à demi), avec des cheveux roux, se voyait appeler Abdul et avait le visage brûlé par le soleil de cette Syrie où il était né. Il pensait en arabe, et en provençal se racontait les vieilles sagas des mers glacées du Nord entendues de la bouche de sa mère.

Baudolino lui avait aussitôt demandé s'il était venu à Paris pour redevenir un bon chrétien et causer comme on mange, c'est-à-dire en bon latin. Sur les raisons de sa venue à Paris, Abdul restait assez réticent. Il parlait d'une chose qui lui était arrivée, inquiétante à ce qu'il paraît, d'une sorte d'épreuve terrible à laquelle il avait été soumis encore enfant, si bien que ses nobles parents avaient décidé de l'envoyer à Paris pour le soustraire à qui sait quelle vengeance. Tout en en parlant Abdul s'assombrissait, rougissait comme peut rougir un Maure, ses mains tremblaient, et Baudolino décidait de changer de conversation.

Le garçon était intelligent; après quelques mois à Paris, il parlait latin et la langue vulgaire locale. Il habitait auprès d'un oncle, chanoine de l'abbaye de Saint-Victor, un des sanctuaires du savoir de cette ville (et sans doute de tout le monde chrétien), avec une bibliothèque plus riche que celle d'Alexandrie. Et voilà expliqué comment au cours des mois suivants, grâce à Abdul, Baudolino aussi et le Poète avaient eu accès à ce reposoir du savoir universel.

Baudolino avait demandé à Abdul ce qu'il écrivait durant les leçons, et son compagnon lui avait dit que les notes en arabe concernaient certaines choses que disait le maître sur la dialectique, parce que l'arabe est certainement la langue la mieux adaptée pour la philosophie. Quant au reste, c'était du provençal. Il ne voulait pas en parler, il s'était longtemps dérobé, mais avec l'air de celui qui demande avec les yeux qu'on insiste encore, et enfin il avait traduit. C'étaient des vers, qui disaient à peu près : *Amors de terra lonhdana – Pers vos totz lo cors mi dol... par attrait de douce amour, en verger ou sous tentures, ô mon inconnue, ô ma compagne.*

« Tu écris des vers? avait demandé Baudolino.

— Je chante des chansons. Je chante ce que j'éprouve. J'aime une princesse lointaine.

— Une princesse? Qui est-elle?

— Je l'ignore. Je l'ai vue – ou plutôt, pas vraiment, mais c'est comme si je l'avais vue – quand en Terre Sainte j'étais prisonnier... en somme, quand je vivais une aventure dont je ne t'ai encore rien dit. Mon cœur s'est enflammé, et j'ai juré un amour éternel à cette Dame. J'ai décidé de lui consacrer ma vie. Un jour peut-être la trouverai-je, mais j'ai peur que ce jour advienne. Il est si beau de languir pour un amour impossible. »

Baudolino allait lui dire : et bravo le merle, comme disait son père, mais il s'était souvenu que lui aussi languissait pour un amour impossible (même si lui, Béatrix, il l'avait sûrement vue, et son image hantait ses nuits), et il s'était attendri sur le sort de l'ami Abdul.

Voilà comment débute une belle amitié. Le soir même Abdul s'était présenté dans la chambre de Baudolino et du Poète avec un instrument que Baudolino n'avait jamais vu, en forme d'amande, et avec grand nombre de cordes tendues; faisant vaguer ses doigts sur ces cordes, il avait chanté :

Quand de la source le chant
Plus clair court au printemps,
Et que la fleur de l'églantier brille,
Et que le rossignol sur la ramille
Adoucit, embellit et module
Sa douce chanson, il est temps
Qu'à mon tour ma chanson je module.

Amour de terre lointaine
Pour vous mon cœur est dolent ;

Je trouve la médecine vaine,
Si je n'écoute votre recours
Par attrait de douce amour
Sous tentures ou en verger
Avec une compagne désirée.

Puisque toujours pouvoir m'en est refusé,
Point ne m'étonne si j'en suis consumé,
Car jamais il ne fut –
Car Dieu ne le voulut –
Plus gente chrétienne,
Juive ou sarrasaine ;
Bien est repu de manne toujours
Qui gagne un peu de son amour.

Mon cœur ne cesse d'aspirer
Vers cet objet entre tous aimé ;
Et si je crois que m'abuse ma volonté,
Si convoitise ne me la laisse
Car elle est plus qu'épine poignante,
La douleur qui guérit par la liesse ;
Ainsi ne veux entendre gent plaignante.

La mélodie était douce, les accords réveillaient des passions inconnues ou assoupies, et Baudolino avait pensé à Béatrix.

« Christ Seigneur, avait dit le Poète, pourquoi je ne sais pas écrire, moi, des vers aussi beaux ?

— Je ne veux pas devenir poète. Je chante pour moi, et c'est tout. Si tu veux, je t'en fais cadeau, avait dit Abdul, maintenant attendri.

— Sûr, avait réagi le Poète, si je les traduis moi du provençal en tudesque, ils se changent en merde... »

Abdul était devenu le troisième dans cette compagnie, et quand Baudolino s'efforçait de ne pas penser à Béatrix, ce damné Maure aux cheveux roux prenait son instrument maudit et chantait des chansons qui rongeaient le cœur de Baudolino :

83

Quand le rossignol parmi les bois
Donne de l'amour, en demande, en reçoit,
Et qu'il lance son chant de jouissance et de joie
Et qu'il regarde sa compagne en aimant,
Que les ruisseaux sont clairs et les prés riants,
Par la jeune gaieté qui règne,
D'une grande joie mon cœur s'imprègne.

Je suis d'une amitié désireux,
Je ne connais pas joyau plus précieux
Que je souhaite et désire
Car elle est svelte et gracieuse
Et sans rien pour l'enlaidir
Et cette amour est bonne et savoureuse.

Baudolino se disait qu'un jour il écrirait lui aussi des chansons pour son impératrice lointaine, mais il ne savait pas bien comment on faisait parce que ni Otton ni Rahewin ne lui avaient jamais parlé de poésie, sauf quand ils lui enseignaient certains hymnes sacrés. Pour le moment, il profitait d'Abdul plutôt pour accéder à la bibliothèque de Saint-Victor où il passait de longues matinées volées aux leçons, en se repaissant, lèvres mi-closes, de textes fabuleux, pas les manuels de grammaire, mais les histoires de Pline, le roman d'Alexandre, la géographie de Solin et les étymologies d'Isidore...

Il lisait des descriptions de terres lointaines où vivent les crocodiles, grands serpents aquatiques qui, après avoir mangé les hommes, pleurent, bougent la mâchoire supérieure et n'ont pas de langue; les hippopotames, mi-hommes et mi-chevaux; la bête leucocroque, corps d'âne, arrière-train de cerf, poitrail et cuisses de lion, pieds de cheval, une corne fourchue, la bouche coupée jusqu'aux oreilles d'où sort une voix presque humaine, et à la place des dents un os unique. Il lisait des descriptions de pays où vivaient des hommes sans articulation aux genoux, des hommes sans langue, des hommes aux oreilles immenses dont ils protégeaient leur corps du froid, et les sciapodes qui courent à toute allure sur un seul pied.

Ne pouvant envoyer à Béatrix des chansons qui n'étaient pas

de lui (et si même il les avait écrites, il n'aurait osé), il avait décidé que, en guise de fleurs et de bijoux qui s'envoient à l'aimée, il lui ferait don de toutes les merveilles qu'il allait conquérant. Ainsi lui parlait-il de landes où poussent les arbres de la farine et du miel, du mont Ararat au sommet duquel, par temps clair, on aperçoit les restes de l'Arche de Noé, et ceux qui sont arrivés là-haut disent avoir touché du doigt le trou par où s'est enfui le démon quand Noé a récité le Bénédicité. Il lui disait l'Albanie où les hommes sont plus blancs qu'ailleurs et ont les poils rares comme les moustaches du chat; un pays où, si quelqu'un se tourne vers l'orient, il projette son ombre à sa droite; un autre, habité par des gens d'une extrême férocité, où quand naissent les enfants on fait grand deuil, et grandes fêtes quand ils meurent; des terres où se dressent d'énormes montagnes d'or gardées par des fourmis de la taille d'un chien, et où vivent les Amazones, femmes guerrières qui tiennent les hommes dans la région frontière, et si elles engendrent un garçon, elles l'envoient chez leur père ou bien le tuent, si elles engendrent une fille, elles lui ôtent le sein avec un fer brûlant, le gauche, si elle est de haut rang, de façon qu'elle puisse porter l'écu, le droit, si elle est de bas rang, pour qu'elle puisse tirer à l'arc. Enfin, il lui racontait le Nil, un des quatre fleuves qui naissent du mont du Paradis terrestre : il coule par les déserts de l'Inde, s'enfonce dans le sous-sol, remonte près du mont Atlas, puis se jette dans la mer en traversant l'Egypte.

Mais quand il arrivait à l'Inde, Baudolino oubliait presque Béatrix et son esprit se tournait vers d'autres imaginations parce qu'il s'était mis dans la tête que c'était par là-bas qu'il devait se trouver, si jamais il existait, le royaume de ce Presbyter Johannes dont lui avait parlé Otton. A Johannes, Baudolino n'avait jamais cessé de penser : il y pensait chaque fois qu'il lisait la description d'un pays inconnu, et davantage encore quand, sur le parchemin, apparaissaient des miniatures multicolores d'êtres étranges, comme les hommes cornus, ou les pygmées, qui passaient leur vie à combattre contre les grues. Il y pensait tellement qu'à part soi il parlait désormais du Prêtre Jean comme si c'était un ami de famille. Savoir où il se trouvait était donc pour lui d'une grande importance et, s'il n'était nulle part, il devait pourtant découvrir une Inde où le mettre car il se sentait lié par un serment (même jamais fait) au cher évêque mourant.

Du Prêtre, il avait parlé à ses deux compagnons, qui avaient été aussitôt attirés par le jeu, et ils communiquaient à Baudolino toute vague et curieuse nouvelle qu'ils trouvaient en parcourant les manuscrits, qui pût fleurer les encens de l'Inde. L'idée vint à l'esprit d'Abdul que sa princesse lointaine, s'il fallait qu'elle soit lointaine, devait cacher sa splendeur dans le pays le plus loin de tous.

« Oui, répondait Baudolino, mais par où passe-t-on pour aller en Inde ? Elle ne devrait pas être éloignée du Paradis terrestre, et donc à l'orient de l'Occident, là où précisément la terre finit et débute l'Océan... »

Ils n'avaient pas encore commencé à suivre les leçons d'astronomie, et, de la forme de la Terre, ils avaient des idées vagues. Le Poète était encore convaincu que c'était une longue étendue plate aux confins de laquelle les eaux de l'Océan tombaient, Dieu sait où. Par contre, Rahewin avait dit à Baudolino – fût-ce avec un certain scepticisme – que non seulement les grands philosophes de l'Antiquité, ou Ptolémée le père de tous les astronomes, mais saint Isidore aussi avait affirmé que c'était une sphère, et de plus Isidore en était si chrétiennement certain qu'il avait même fixé les dimensions de l'équateur à quatre-vingt mille stades. Cependant, et Rahewin prenait ainsi ses précautions, il était tout autant vrai que certains Pères, comme le grand Lactance, avaient rappelé que selon la Bible la terre avait la forme d'un tabernacle et donc ciel et terre ensemble devaient se voir comme une arche, un temple avec sa belle coupole et son pavement, une énorme boîte, en somme, mais pas une boule. Rahewin, en homme de grande prudence, s'en tenait à ce qu'avait dit saint Augustin, que les philosophes païens pouvaient avoir raison, et la terre était ronde, et la Bible avait parlé de tabernacle de façon figurée, mais le fait de savoir comment elle était n'aidait pas à résoudre l'unique problème sérieux de tout bon chrétien, c'est-à-dire comment sauver son âme, or donc consacrer même une seule demi-heure à remâcher la question de la forme de la terre n'était que temps perdu.

« Cela me semble juste, disait le Poète qui avait hâte de se rendre à la taverne, et il est inutile de chercher le Paradis terrestre parce qu'il devait être une merveille de jardins suspendus, qu'il est resté inhabité depuis les temps d'Adam, que personne n'a plus pris soin de renforcer les terrasses avec des haies vives et des palissades, et que pendant le déluge il a dû s'ébouler tout entier dans l'Océan. »

Abdul, en revanche, était absolument sûr que la terre avait la forme d'une sphère. Si elle était une seule étendue plate, argumentait-il avec indubitable rigueur, mon regard — que mon amour rend si perçant, comme celui de tous les amants — réussirait à apercevoir loin dans les lointains un signe quelconque de la présence de mon aimée, là où par contre la courbe de la terre la soustrait à mon désir. Et il avait fouillé dans la bibliothèque de l'abbaye de Saint-Victor, y trouvant des cartes qu'il avait reconstituées en partie de mémoire pour ses amis.

« La terre se trouve au centre du grand anneau de l'Océan et elle est divisée par trois grands cours d'eau, l'Hellespont, la Méditerranée et le Nil.

— Un instant, où se trouve l'Orient?

— Ici, en haut, naturellement, où il y a l'Asie, et à l'extrémité de l'Orient, juste où se lève le soleil, le Paradis terrestre. A gauche du Paradis, le mont Caucase, et là tout près, la mer Caspienne. Maintenant vous devez savoir que des Indes il y en a trois, une Inde Majeure, climat torride, juste à droite du Paradis, une Inde Septentrionale, au-delà de la mer Caspienne, et donc ici en haut à gauche, où il fait si froid que l'eau devient de cristal, et où il y a la gent de Gog et Magog qu'Alexandre le Grand a emprisonnée derrière un mur, et enfin une Inde Tempérée, près de l'Afrique. Et l'Afrique, on la voit à droite en bas, vers le midi, où coule le Nil et où s'ouvrent le golfe Arabique et le golfe Persique, juste sur la mer Rouge, et au-delà de cette mer c'est la terre déserte, très proche du soleil de l'équateur, et si chaude que personne ne peut s'y aventurer. A l'occident de l'Afrique, près de la Mauritanie, voici les îles Fortunées, ou l'île Perdue, qui a été découverte il y a des siècles par un saint de mon pays. En bas, au septentrion, se trouve la terre où nous, nous vivons, avec Constantinople sur l'Helles-

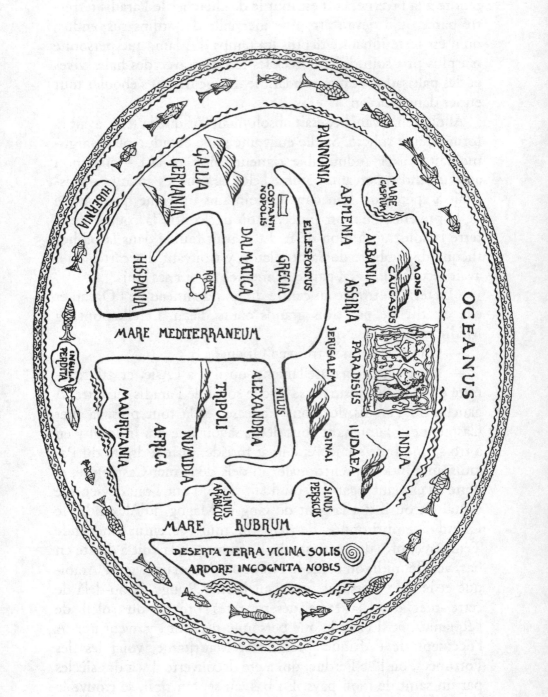

pont, et la Grèce, et Rome, et, à l'extrême septentrion, les Germains et l'île Hibernie.

— Mais comment fais-tu pour prendre au sérieux une carte de ce genre, ricanait le Poète, qui te présente une terre plate, alors que tu soutiens que c'est une sphère?

— Mais comment raisonnes-tu? s'indignait Abdul. Tu arriverais à représenter une sphère de façon que l'on vît tout ce qu'il y a dessus? Une carte géographique doit servir à chercher sa route, et quand tu marches tu ne vois pas la terre ronde, mais plate. Et puis, même si c'est une sphère, toute la partie de dessous est inhabitée, et occupée par l'Océan : si quelqu'un devait y vivre il y vivrait les pieds en l'air et la tête en bas. Et donc pour représenter la partie supérieure il suffit d'un cercle comme celui-ci. Mais je veux mieux examiner les cartes de l'abbaye, car dans la bibliothèque j'ai aussi connu un clerc qui sait tout sur le Paradis terrestre.

— Certes, il était là quand Eve donnait la pomme à Adam, disait le Poète.

— Il n'est pas nécessaire d'avoir été dans un endroit pour savoir tout sur cet endroit, répondait Abdul, sinon les marins seraient plus savants que les théologiens. »

Cela, expliquait Baudolino à Nicétas, pour dire combien dès leurs premières années à Paris, et encore presque imberbes, nos amis avaient commencé à se faire prendre par cette histoire qui, tant d'années plus tard, les emmènerait aux extrêmes confins du monde.

7

Baudolino fait écrire des lettres d'amour à Béatrix et des poésies au Poète

AU PRINTEMPS, Baudolino découvrit que son amour grandissait de plus en plus, ainsi qu'en cette saison il advient aux amants, et il ne se trouvait nullement apaisé par les sordides aventures avec des filles de pas grand-chose, au contraire, en comparaison cet amour augmentait jusqu'à la démesure, car Béatrix, outre l'avantage de la grâce, de l'intelligence et de l'onction royale, avait celui de l'absence. Sur les charmes de l'absence, Abdul ne cessait de le tourmenter en passant les soirées à caresser son instrument, chantant d'autres chansons, au point que pour les goûter pleinement Baudolino avait maintenant appris aussi le provençal.

> Lanquan li jorn son lonc en may
> Le chant des oiseaux, lointain me plaît,
> Et quand je suis parti, il me souvient
> Du chant de cet amour lointain.
> Je vais alors pensif, morne, tête baissée,
> Ni oiseau, ni aubépine, me plaît l'hiver glacé...

Baudolino rêvait. Abdul se désespère de voir un jour sa princesse inconnue, se disait-il. O le bienheureux! Pire est ma peine, car à coup sûr, mon aimée, il faudra bien la revoir, un jour ou l'autre, et je n'ai pas la chance de ne l'avoir jamais vue, mais bien la malchance de savoir qui et comment elle est. Mais si Abdul trouve consolation à nous raconter à nous sa peine, pourquoi ne devrais-je pas trouver même consolation moi, en lui racontant ma peine à elle? En d'autres termes, Baudolino avait eu l'intuition qu'il aurait pu discipliner les palpitations de son cœur en mettant par écrit ce qu'il éprouvait, et tant pis si l'objet de son amour serait privé de ces trésors de tendresse. Or donc, tard dans la nuit, tandis que le Poète dormait, Baudolino écrivait.

« *L'étoile éclaire le pôle, et la lune colore la nuit. Mais moi un seul astre me guide et si, les ténèbres enfuies, mon étoile se lève de l'orient, mon esprit ignorera les ténèbres de la douleur. Tu es mon étoile porteuse de lumière, qui chassera la nuit, et sans toi la lumière même est nuit, quand avec toi la nuit même est resplendissante lumière.* »

Et puis : « *Si j'ai faim, toi seule me rassasies; si j'ai soif, toi seule me désaltères. Mais que dis-je? Tu restaures, mais ne rassasies point. Jamais je n'ai été rassasié de toi, et ne le serai jamais...* » Et encore : « *Si grande est ta douceur, si admirable ta constance, si ineffable le ton de ta voix, et telles la beauté et la grâce qui te font couronne, que ce serait grande désobligeance tenter de les exprimer par des mots. Croisse toujours plus le feu qui nous consume, et avec nouvel aliment, et qu'il brûle et trompe les convoiteux et les insidieux d'autant plus qu'il restera caché, si bien que toujours demeure le doute sur lequel de nous deux aime le plus, et de façon qu'entre nous se déroule une merveilleuse tenson où l'un et l'autre l'emportent...* »

C'étaient de belles lettres, et à les relire Baudolino frémissait, et il s'éprenait de plus en plus d'une créature qui savait inspirer de telles ardeurs. A un certain point, il ne put davantage accepter de ne pas savoir comment Béatrix aurait réagi à tant de suave violence, et il décida de la pousser à répondre. Alors, cherchant à imiter son écriture à elle, il s'était écrit :

« *A l'amour qui monte de mes entrailles, qui embaume plus que tout autre arôme, celle qui est tienne corps et âme, aux fleurs assoiffées de ta jeunesse souhaite la fraîcheur d'un éternel bonheur... A* toi, mon joyeux espoir, j'offre ma foi, et, avec une totale ferveur, moi-même, pour autant que je vive... »

« *Oh* », lui avait-il aussitôt répondu, « *veille à toi, car en toi est mon bien, en toi mon espérance et mon repos. Je n'ai pas le temps de m'éveiller que mon âme te retrouve, toi gardée en elle...* »

Et elle, d'une si grande hardiesse : « *Dès ce premier moment où nous nous vîmes, toi seul j'ai chéri, te chérissant je t'ai voulu, te voulant je t'ai cherché, te cherchant je t'ai trouvé, te trouvant je t'ai aimé, t'aimant je t'ai désiré, te désirant je t'ai placé dans mon cœur au-dessus de tout... et j'ai goûté à ton miel... Je te salue, mon cœur, mon corps, ma seule joie...* »

Cette correspondance, qui s'est poursuivie pendant quelques mois, avait d'abord donné du réconfort à l'âme exacerbée de Baudolino, puis une joie très diffuse, enfin une sorte de flamboyant orgueil, puisque l'amant ne parvenait pas à se rendre compte à quel point l'aimée l'aimait. Comme tous les amoureux, Baudolino était devenu vaniteux, comme tous les amoureux il écrivait qu'il voulait jouir jalousement avec son aimée de leur secret commun, mais en même temps il exigeait que le monde entier fût au courant de son bonheur, et se stupéfiât de l'irrésistible amabilité de celle qui l'aimait.

C'est ainsi qu'un jour il avait présenté cette correspondance à ses amis. Il avait été vague et réticent sur le comment et sur le qui de cet échange. Il n'avait pas menti, il avait même dit que ces lettres, il les montrait précisément parce qu'elles étaient une création de son imagination. Mais les deux autres avaient cru qu'il mentait précisément et seulement dans ce cas-là, et ils enviaient encore davantage son sort. Au fond de soi-même Abdul avait attribué les lettres à sa princesse, et il brûlait comme s'il les avait reçues, lui. Le Poète qui faisait montre de ne pas accorder d'importance à ce jeu littéraire (en attendant, il se rongeait dans son for intérieur pour n'avoir pas écrit, lui, des lettres aussi belles, sollicitant des réponses plus belles encore), n'ayant personne dont s'enamourer, il s'était enamouré des lettres mêmes – ce qui, commentait en souriant Nicétas, n'a rien d'étonnant car, quand on est jeune, on est enclin à tomber amoureux de l'amour.

Afin, peut-être, d'en tirer de nouveaux motifs pour ses chan-

93

sons, Abdul avait jalousement recopié les lettres, pour les relire la nuit à Saint-Victor. Jusqu'au jour où il s'était aperçu qu'on les lui avait soustraites, et il craignait que maintenant quelque chanoine dépravé, après les avoir lubriquement ânonnées la nuit, s'en fût débarrassé au milieu des mille manuscrits de l'abbaye. En frémissant, Baudolino avait enfermé sa correspondance dans la malle, et, depuis ce jour-là, il n'avait plus écrit aucune missive, pour ne pas compromettre sa correspondante.

Devant en tout cas épancher les troubles de ses dix-sept ans, Baudolino s'était alors mis à écrire des vers. Si, dans les lettres, il avait parlé de son très pur amour, dans ces écrits il se livrait à des exercices de cette poésie cabaretière par laquelle les clercs de l'époque célébraient leur vie dissolue et insouciante, non sans quelques allusions mélancoliques au gaspillage qu'ils en faisaient.

Voulant donner à Nicétas une preuve de son talent, il récita quelques hémistiches :

> *Feror ego veluti – sine nauta navis,*
> *ut per vias aeris – vaga fertur avis...*
> *Quidquit Venus imperat – labor est suavis,*
> *quae nunquam in cordibus – habitat ignavis.*

Comme il se rendait compte que Nicétas comprenait mal le latin, il lui avait approximativement traduit : « Je vais à la dérive telle la nef sans nocher, ainsi qu'un oiseau va par les voies du ciel... Mais quelle peine plaisante est d'obéir aux ordres de Vénus, et inconnue aux âmes veules... »

Lorsque Baudolino montra ces vers et d'autres au Poète, ce dernier rougit d'envie et de honte, et il pleura, et avoua l'aridité qui lui tarissait l'imagination, maudissant son impuissance, criant qu'il aurait préféré ne pas savoir pénétrer une femme plutôt que se retrouver si incapable d'exprimer ce qu'il ressentait en lui-même – et qui était exactement ce que Baudolino avait si bien exprimé, à tel point qu'il lui arrivait de se demander s'il n'avait pas lu dans son cœur. Et puis il avait remarqué combien son père eût été fier s'il avait su qu'il composait des vers aussi beaux, vu qu'un jour ou l'autre il devrait bien justifier devant sa famille et devant le monde ce surnom de Poète qui le flattait encore, mais le faisait se sentir *poeta gloriosus*, un hâbleur qui s'approprie une dignité étrangère à lui.

Baudolino l'avait vu si désespéré qu'il lui avait mis le parchemin entre les mains, lui offrant ainsi ses poésies afin qu'il les montrât comme siennes. Don précieux car il était arrivé que Baudolino, pour raconter quelque chose de nouveau à Béatrix, lui avait envoyé les vers, en les attribuant à son ami. Béatrix les avait lus à Frédéric, Rainald de Dassel les avait entendus et, homme amant des lettres bien que toujours pris par les intrigues du pouvoir, il avait dit qu'il lui eût plu d'avoir le Poète à son service...

C'est justement cette année-là que Rainald avait été élevé à la haute dignité d'archevêque de Cologne, et l'idée de devenir poète d'un archevêque et donc, comme il le disait mi-plaisantant et mi-rengorgé, Archipoète, ne déplaisait pas trop au Poète ; c'est qu'aussi il avait très peu l'envie d'étudier, les sols paternels à Paris ne lui suffisaient pas, et il s'était fait l'idée – pas fausse – qu'un poète de cour mangeait et buvait toute la journée sans devoir se soucier d'autre chose.

Sauf que, pour être poète de cour, il faut écrire des poésies. Baudolino avait promis de lui en écrire au moins une douzaine, mais pas toutes d'un seul coup : « Tu vois, lui avait-il dit, les grands poètes ne sont pas toujours diarrhéiques, parfois ils sont constipés, et ce sont les plus grands. Tu devras apparaître comme tourmenté par les Muses, capable de ne distiller qu'un distique de temps à autre. Avec ceux que je te donnerai, tu pourras tenir pendant un bon nombre de mois, mais donne-moi du temps, parce que si je ne suis pas constipé, je ne suis pas non plus diarrhéique. Reporte donc ton départ et envoie à Rainald quelques vers, pour qu'il en tâte. En attendant, il sera bon de te présenter avec une dédicace, un éloge à ton bienfaiteur. »

Il y avait pensé toute une nuit, et il lui avait donné quelques vers pour Rainald :

Presul discretissime – veniam te precor
morte bona morior – dulci nece necor
meum pectum sauciat – puellarum decor,
et quas tacto nequeo – saltem chorde mechor,

autrement dit : « Très noble évêque pardonne-moi, car j'affronte une belle mort et me consume une blessure fort douce : la beauté des pucelles me perce le cœur, et celles que je ne parviens pas à toucher, je les possède, du moins en pensée. »

Nicétas avait observé que les évêques latins se délectaient de chants bien peu sacrés, mais Baudolino lui avait dit qu'il devait d'abord comprendre ce qu'était un évêque latin, de qui on n'exigeait pas qu'il fût nécessairement un saint homme, surtout s'il était aussi chancelier de l'empire, en second lieu qui était Rainald, très peu évêque et très, très, très chancelier, certainement amoureux de la poésie mais encore plus enclin à utiliser les talents d'un poète même pour ses fins politiques, comme il le ferait par la suite.

« Ainsi le Poète est-il devenu célèbre avec tes vers.

—Tout à fait. Durant presque un an, le Poète envoya à Rainald, avec des lettres débordantes de dévotion, les vers qu'à mesure je lui écrivais, et à la fin Rainald prétendit que ce talent insolite le rejoignît à tout prix. Le Poète partit avec une bonne réserve de vers, du moins de quoi survivre une année, pour constipé qu'il apparût. Ce fut un triomphe. Je n'ai jamais compris comment on peut être fier d'une renommée reçue en aumône, mais le Poète en était satisfait.

— Etonnement pour étonnement, moi je me demande quel plaisir tu as pu éprouver à voir tes créatures attribuées à un autre. N'est-il pas atroce qu'un père offre à un autre, comme une aumône, le fruit de ses entrailles ?

— Le destin d'une poésie cabaretière, c'est de passer de bouche en bouche, c'est le bonheur de l'entendre chanter, et ce serait pur égoïsme que vouloir l'exhiber seulement pour accroître sa propre gloire.

— Je ne crois pas que tu sois aussi humble que ça. Tu es heureux d'avoir été une fois de plus le Prince du Mensonge, et tu t'en fais gloire, de même que tu espères qu'un jour quelqu'un retrouve tes lettres d'amour au milieu des ébauches de Saint-Victor, et les attribue à qui sait qui.

— Je n'entends pas paraître humble. J'aime que des choses arrivent, dont je suis le seul à savoir qu'elles sont mon œuvre.

— Cela ne change rien à l'affaire, mon ami, dit Nicétas. Avec indulgence, j'avais suggéré que tu voulais être le Prince du Mensonge, et maintenant tu me fais comprendre que tu voudrais être le bon Dieu. »

8

Baudolino dans le Paradis terrestre

BAUDOLINO ÉTUDIAIT À PARIS mais il restait au courant de ce qui se passait en Italie et en Germanie. Rahewin, obéissant aux ordres d'Otton, avait continué à écrire la *Gesta Friderici* or, arrivé désormais à la fin du quatrième livre, il avait décidé de s'arrêter car il lui semblait blasphématoire de dépasser le nombre des Evangiles. Il avait quitté la cour, satisfait du devoir accompli, et il se morfondait maintenant dans un monastère bavarois. Baudolino lui avait écrit qu'il avait sous la main les livres de l'immense bibliothèque de Saint-Victor et Rahewin lui avait demandé de lui mentionner quelques rares traités qui auraient pu enrichir son savoir.

Baudolino, partageant l'opinion d'Otton sur la maigre imagination du pauvre chanoine, avait jugé utile de l'alimenter un peu, et, après lui avoir communiqué quelques titres de manuscrits qu'il avait vus, il lui en avait cité d'autres qu'il avait adroitement inventés, par exemple le *De optimitate triparum* du Vénérable Beda, un *Ars honeste petandi*, un *De modo cacandi*, un *De castramentandis crinibus*, et un *De patria diabolorum*. Toutes œuvres qui avaient suscité l'étonnement et la curiosité du bon chanoine empressé à demander copies de ces trésors inconnus de la sapience. Service que Baudolino lui aurait rendu de bon gré, pour guérir le remords de ce parchemin d'Otton qu'il avait effacé, mais il ne savait vraiment pas quoi copier, et

99

il avait dû inventer que ces œuvres se trouvaient, certes, à l'abbaye de Saint-Victor, mais elles étaient en odeur d'hérésie et les chanoines ne les laissaient voir à personne.

« J'ai su par la suite, disait Baudolino à Nicétas, que Rahewin avait écrit à un docte Parisien qu'il connaissait, le priant de demander ces manuscrits aux victoriens, qui n'en ont évidemment pas trouvé trace ; ils ont accusé leur bibliothécaire d'incurie, et le pauvre de jurer que lui, il ne les avait jamais vus. J'imagine qu'au bout du compte quelque chanoine, pour mettre les choses en place, aura fini par écrire vraiment ces livres, et j'espère qu'un jour quelqu'un les trouvera. »

Pendant ce temps, le Poète le mettait au courant de la geste de Frédéric. Les communes italiennes ne tenaient pas tous leurs serments faits à la diète de Roncaglia. Les pactes voulaient que les villes récalcitrantes se fussent démantelées et détruisissent leurs engins de guerre, en revanche les citadins faisaient semblant de niveler les fossés autour de leur ville, et les fossés étaient encore là. Frédéric avait envoyé des légats à Crema, pour inviter les Crémasques à se hâter, et ces derniers avaient menacé d'occire les envoyés impériaux, qui eussent été vraiment occis s'ils ne s'étaient enfuis. Puis il avait envoyé à Milan Rainald soi-même et un comte palatin afin qu'ils nommassent les podestats, car les Milanais ne pouvaient prétendre reconnaître les droits impériaux et ensuite élire tout seuls leurs consuls. Là aussi peu s'en fallut qu'ils ne fissent la peau aux deux envoyés, et pas n'importe lesquels, mais le chancelier de l'empire et un des comtes du Palais ! Non satisfaits, les Milanais avaient assiégé le château de Trezzo, et ils en avaient mis la garnison aux fers. Enfin, ils avaient de nouveau attaqué Lodi, et quand on lui touchait Lodi l'empereur voyait rouge. Ainsi, pour faire un exemple, il avait mis le siège devant Crema.

Au début, le siège procédait selon les règles d'une guerre entre chrétiens. Les Crémasques, aidés par les Milanais, avaient fait de belles sorties et capturé de nombreux prisonniers impériaux. Les Crémonais (qui, par haine des Crémasques, prenaient alors parti pour l'empire, avec Pavesans et Lodesans) avaient construit des engins d'assaut d'une extrême puissance —

coûtant plus de vies aux assiégeants qu'aux assiégés, mais ainsi allaient les choses. Il y avait eu des engagements très beaux, racontait avec plaisir le Poète, et tous rappelaient la fois où l'empereur s'était fait donner deux cents tonneaux vides par les Lodesans, pour les faire remplir de terre et jeter dans le fossé, puis il les avait fait recouvrir de terre encore et de bois que les Lodesans avaient apporté à l'aide de plus de deux mille chariots, si bien qu'il était alors possible de passer avec les béliers, ou les chats-chasteils, pour asséner des coups aux murailles.

Mais quand on avait donné l'assaut avec la plus grande des tours de bois, construite, celle-ci, par les Crémonais, et que les assiégés avaient commencé à lancer tant de pierres avec leurs mangoneaux au risque de la faire tomber, l'empereur avait perdu la tête sous l'effet d'une grande fureur. Il avait fait prendre des prisonniers de guerre crémasques et milanais, et ordonné de les lier sur le devant de la tour et sur ses flancs. Il pensait que, si les assiégés voyaient sous leurs yeux des frères, des cousins, des fils et des pères, ils n'oseraient pas tirer. Il ne calculait pas combien grande était aussi la fureur des Crémasques – de ceux qui se trouvaient sur les murs et de ceux qui étaient liés hors les murs. Ce furent ces derniers qui crièrent à leurs frères de ne pas s'inquiéter pour eux, et les autres, sur les murs, dents serrées, larmes aux yeux, bourreaux de leurs parents mêmes, continuèrent à tirer contre la tour, tuant neuf des leurs.

Des étudiants milanais arrivés à Paris juraient à Baudolino qu'on avait attaché à la tour jusqu'à des enfants, mais le Poète l'avait rassuré : la rumeur était fausse. Le fait est que là, même l'empereur avait été impressionné, et il avait ordonné de détacher les autres prisonniers. Cependant Crémasques et Milanais, enragés pour la fin de leurs compagnons, avaient prélevé dans la ville des prisonniers allemands et lodesans, les avaient placés sur les remparts, et tués froidement sous les yeux de Frédéric. Celui-ci avait alors fait amener sous les murs deux prisonniers crémasques et sous les murs les avait jugés comme bandits et parjures, et condamnés à mort. Les Crémasques avaient fait savoir que si Frédéric pendait les leurs, ils pendraient, eux, ceux des siens qu'ils avaient encore en otages. Frédéric avait répondu qu'il aimerait bien voir ça, et pendu les deux prisonniers. Pour toute réponse, les Crémasques avaient pendu *coram populo* tous leurs otages. Frédéric, qui ne se raisonnait plus désormais, avait alors fait amener à l'extérieur tous les Crémasques qui lui restaient, puis élever une forêt de potences devant la ville et il s'apprêtait à les pendre tous. Evêques et abbés s'étaient précipités sur le lieu du supplice, implorant pour que lui, qui devait être source de miséricorde, ne rivalisât pas en cruauté avec ses ennemis. Frédéric avait été touché par cette intervention mais il ne pouvait ravaler sa résolution, raison pour quoi il avait décidé de justicier au moins neuf d'entre ces malheureux.

A entendre ces choses, Baudolino avait pleuré. Non seulement de nature il était homme de paix, mais l'idée que son père adoptif très aimé se fût entaché de tant de crimes le convainquit de rester à Paris pour étudier et, de façon fort obscure, sans qu'il s'en rendît compte lui-même, le persuada qu'il n'était pas coupable d'aimer l'impératrice. Il se remit à écrire des lettres de plus en plus passionnées, et des réponses à faire frémir un ermite. Sauf que cette fois-ci il ne montra plus rien à ses amis.

Se sentant toutefois coupable, il résolut de faire quelque chose pour la gloire de son seigneur. Otton lui avait laissé comme legs sacré celui de faire sortir le Prêtre Jean de la ténèbre des racontars. Baudolino se consacra donc à la recherche du Prêtre inconnu mais — témoin Otton — certainement très connu.

Comme, une fois finies les années de trivium et quadrivium, Baudolino et Abdul s'étaient formés à la dispute, ils s'étaient demandé avant tout : existe-t-il vraiment un Prêtre Jean ? Mais ils avaient commencé à se le demander dans des conditions telles que Baudolino éprouvait de la gêne à les expliquer à Nicétas.

Le Poète parti, maintenant Abdul habitait avec Baudolino. Un soir, Baudolino était rentré et avait trouvé Abdul qui chantait tout seul une de ses chansons les plus belles, où il caressait le désir de rencontrer sa princesse lointaine, mais soudain, alors qu'il la voyait presque à sa portée, il lui semblait marcher à reculons. Baudolino ne comprenait pas si c'était la musique ou si c'étaient les paroles, mais l'image de Béatrix, qui lui était aussitôt apparue tandis qu'il entendait ce chant, se dérobait à son regard, dissipée dans le néant. Abdul chantait, et jamais son chant n'était apparu aussi séduisant.

Sa chanson terminée, Abdul, épuisé, s'était effondré. Baudolino avait craint, un instant, qu'il n'allât s'évanouir et il s'était penché sur lui, mais Abdul avait levé une main comme pour le rassurer, et il s'était mis à rire tout bas, tout seul, sans raison. Il riait, et tremblait de la tête aux pieds. Baudolino pensait qu'il avait de la fièvre, Abdul lui dit, toujours en riant, de le laisser tranquille, qu'il se calmerait, et savait bien de quoi il s'agissait. Et, à la fin, pressé par les questions de Baudolino, il s'était décidé à confesser son secret.

« Ecoute, mon ami. J'ai pris un peu de miel vert, un peu seulement. Je n'ignore pas que c'est une tentation diabolique, mais cela me sert parfois pour chanter. Ecoute, et ne me blâme pas. Dès l'époque où j'étais enfant, en Terre Sainte, j'avais entendu une histoire merveilleuse et terrible. On racontait que non loin d'Antioche vivait une race de Sarrasins qui demeurait au milieu des montagnes, dans un château inaccessible sinon aux aigles. Leur seigneur s'appelait Aloadin et inspirait une très grande peur, aussi bien aux princes sarrasins qu'aux princes chrétiens. En effet, au cœur de son château, disait-on, il se trouvait un jardin plein de toutes les espèces de fruits et de fleurs, où coulaient des canaux remplis de vin, de lait, de miel et d'eau, et tout autour dansaient et chantaient des jouvencelles d'une incomparable beauté. Dans le jardin ne pouvaient vivre que des jeunes hommes qu'Aloadin faisait enlever, et, en ce lieu de délices, il ne les exerçait qu'au plaisir. Et je dis plaisir car, comme je l'entendais murmurer par les adultes – et j'en rougissais, troublé –, ces filles jeunes étaient généreuses et promptes à satisfaire les hôtes, leur procurant des joies indicibles et, je l'imagine, énervantes. Si bien que naturellement, celui qui était entré dans ce lieu, à aucun prix il n'aurait voulu en sortir.

— Pas mal ton Aloadien ou comme tu l'appelles, avait souri Baudolino tout en passant sur le front de son ami un chiffon humidifié.

— C'est ce que tu penses, avait dit Abdul, parce que tu ne

connais pas la véritable histoire. Un beau matin, un de ces jeunes hommes se réveillait dans une cour sordide battue par le soleil, où il se retrouvait enchaîné. Après quelques jours de cette peine, on l'emmenait devant Aloadin, et il se jetait à ses pieds en menaçant de se suicider et en implorant de recouvrer les délices dont il ne pouvait désormais se passer. Aloadin lui révélait alors qu'il était tombé en disgrâce auprès du prophète et qu'il pourrait retrouver sa faveur seulement s'il se déclarait disposé à accomplir une grande entreprise. Il lui donnait une dague en or et lui disait de se mettre en voyage, de se rendre à la cour d'un seigneur son ennemi, et de le tuer. De cette façon, il pourrait mériter de nouveau ce qu'il voulait et, même s'il périssait dans l'action, il monterait au Paradis, en tout et pour tout égal à l'endroit d'où il avait été exclu, et même, mieux. Voilà pourquoi Aloadin avait un si grand pouvoir et faisait peur à tous les princes des environs, qu'ils fussent maures ou chrétiens, parce que ses envoyés étaient prêts à n'importe quel sacrifice.

— Alors, avait commenté Baudolino, mieux vaut une de ces belles tavernes de Paris, et leurs filles qu'on peut s'offrir sans payer de gage. Mais toi, qu'as-tu à voir dans cette histoire?

— J'ai à voir, car lorsque j'avais dix ans j'ai été enlevé par les hommes d'Aloadin. Et je suis resté cinq ans chez eux.

— Et à dix ans tu as joui de toutes ces jouvencelles dont tu me parles? Et puis, on t'a envoyé occire quelqu'un? Abdul, qu'est-ce que tu me racontes? se préoccupait Baudolino.

— J'étais trop petit pour être aussitôt admis parmi les jeunes bienheureux, et j'avais été confié comme serviteur à un eunuque du château qui pourvoyait à leurs plaisirs. Mais écoute ce que j'ai découvert. Moi, pendant cinq années de jardin, je n'ai jamais vu de jeunes hommes parce qu'ils étaient toujours et uniquement enchaînés en rang dans cette cour où battait le soleil. Chaque matin l'eunuque prenait dans une certaine armoire des pots d'argent qui contenaient une pâte dense comme le miel, mais de couleur verdâtre, il passait devant les prisonniers et nourrissait chacun de cette substance. Eux la goûtaient, et ils commençaient à raconter à eux-mêmes et aux autres toutes les délices dont parlait la légende. Tu comprends,

104

ils passaient la journée les yeux ouverts, souriant, béats. Vers le soir, ils se sentaient las, ils se mettaient à rire, tantôt tout bas tantôt très haut, puis ils s'endormaient. Si bien que, grandissant peu à peu, j'ai compris le leurre auquel les soumettait Aloadin : ils vivaient aux fers dans l'illusion de vivre au Paradis, et, pour ne pas perdre ce bien, ils devenaient instrument de la vengeance de leur seigneur. Si jamais ils revenaient saufs de leurs entreprises, ils finissaient derechef enchaînés mais ils recommençaient à voir et à entendre ce que le miel vert leur faisait rêver.

— Et toi?

— Moi, une nuit, alors que tout le monde dormait, je me suis introduit là où on conservait les pots d'argent qui contenaient le miel vert, et j'en ai goûté. Goûté, dis-je? J'en ai avalé deux cuillerées et d'un coup j'ai commencé à voir des choses prodigieuses...

— Tu te sentais dans le jardin?

— Non, sans doute les autres rêvaient du jardin parce qu'à leur arrivée Aloadin leur parlait du jardin. Je crois que le miel vert fait voir ce qu'on veut du fond du cœur. Moi je me trouvais dans le désert, ou mieux dans une oasis, et je voyais arriver une caravane splendide, aux chameaux tous ornés de panaches, et un cortège de Maures avec leurs turbans colorés, qui battaient sur des tambours et jouaient des cymbales. Et derrière eux, sur un baldaquin porté par quatre géants, venait Elle, la princesse. Je ne peux plus te dire comment elle était, elle était si... comment dire... resplendissante que je me rappelle seulement un éblouissement, une splendeur éclatante...

— Mais quel visage avait-elle, elle était belle?

— Je n'ai pas vu son visage, elle était voilée.

— Mais alors, de qui es-tu tombé amoureux?

— D'elle, parce que je ne l'ai pas vue. Dans le cœur, ici, tu comprends, m'a pénétré une douceur infinie, une langueur qui ne s'est plus jamais éteinte. La caravane s'éloignait vers les dunes, je comprenais que cette vision ne reviendrait plus jamais, je me disais que j'aurais dû suivre cette créature, mais vers le matin je commençais à rire, et alors je croyais que c'était de joie, tandis que c'est l'effet du miel vert lorsque son pouvoir

105

s'éteint. Je me suis réveillé quand le soleil était déjà haut, et pour un peu l'eunuque me surprenait encore assoupi au même endroit. Depuis lors, je me suis dit que je devais fuir, pour retrouver la princesse lointaine.

— Mais tu avais compris que c'était uniquement l'effet du miel vert...

— Oui, la vision était une illusion, mais ce que désormais je sentais en moi ne l'était pas, c'était un véritable désir. Le désir, quand tu l'éprouves, n'est pas une illusion, il existe.

— Mais c'était le désir d'une illusion.

— Mais dorénavant je ne voulais plus perdre ce désir. C'était assez pour lui consacrer ma vie. »

Bref, Abdul avait réussi à trouver une voie pour s'enfuir du château, puis à rejoindre sa famille qui désormais le donnait pour perdu. Son père s'était inquiété de la vengeance d'Aloadin et il l'avait éloigné de la Terre Sainte en l'envoyant à Paris. Abdul, avant de fuir Aloadin, s'était emparé d'un des pots de miel vert mais, expliquait-il à Baudolino, il n'en avait plus goûté de peur que la maudite substance ne le ramenât dans cette même oasis, pour revivre son extase à l'infini. Il ne savait pas s'il aurait résisté à l'émotion. Maintenant et à jamais la princesse était avec lui, et personne n'aurait plus pu la lui enlever. Mieux valait l'amoureusement contempler comme une fin, que la posséder en un faux souvenir.

Puis, le temps passant, afin de trouver de la force pour ses chansons, où la princesse était là, présente dans son éloignement, il s'était hasardé parfois à goûter un tout petit peu de miel, en prenant sur le bout de la cuillère ce tantinet qui suffisait à parfumer la langue. Il avait des extases de courte durée, et c'est ce qu'il avait fait ce soir-là.

L'histoire d'Abdul avait intrigué Baudolino, il était tenté par la possibilité d'avoir une vision, fût-elle brève, où lui serait apparue l'impératrice. Abdul n'avait pas pu lui refuser cet essai. Baudolino n'avait éprouvé qu'une légère torpeur, et l'envie de rire. Mais il se sentait l'esprit excité. Curieusement, pas par Béatrix mais par le Prêtre Jean – à telle enseigne qu'il s'était demandé si le véritable objet de son désir n'était pas ce royaume inatteignable, plutôt que la dame de son cœur. Et ainsi en avait-il été ce soir-là. Abdul maintenant presque libre des effets du miel, Baudolino légèrement enivré, s'étaient remis à discuter sur le Prêtre, en se posant justement la question de son existence. Et puisqu'il paraissait que la vertu du miel vert était de rendre tangible ce qu'on n'a jamais vu, les voilà qui avaient décidé pour l'existence du Prêtre.

Il existe, avait résolu Baudolino, parce qu'il n'y a pas de raisons qui s'opposent à son existence. Il existe, avait convenu Abdul, parce qu'il avait entendu dire par un clerc qu'au-delà du pays des Mèdes et des Perses il y a des rois chrétiens qui combattent les païens de ces régions.

« Qui est ce clerc ? avait demandé Baudolino dans un frémissement.

— Boron », avait répondu Abdul. Et voilà que le jour suivant ils s'étaient mis à la recherche de Boron.

Ce dernier était un clerc de Montbéliard qui, errant comme ses semblables, était aujourd'hui à Paris (et il fréquentait la bibliothèque de Saint-Victor) et demain il serait qui sait où, parce qu'il paraissait poursuivre un projet dont il ne parlait jamais à personne. Il avait une grande tête de cheveux ébouriffés, et des yeux rougis par les vastes lectures à la lumière de la lampe, mais paraissait vraiment un puits de science. Il les avait fascinés dès la première rencontre, naturellement dans une taverne, en leur posant de subtiles questions sur lesquelles leurs maîtres auraient passé des jours et des jours de disputes : si le sperme peut se congeler, si une prostituée peut concevoir, si la transpiration de la tête pue davantage que celle des autres membres, si les oreilles rougissent quand on a honte, si un homme s'afflige plus pour la mort que pour le mariage de son amante, si les nobles doivent avoir les oreilles qui pendent, ou si les fous empirent pendant la pleine lune. La question qui l'intriguait au plus haut point était celle de l'existence du vide, sur laquelle il se jugeait plus savant que n'importe quel autre philosophe.

« Le vide, disait Boron, la bouche déjà empâtée, n'existe pas parce que la nature en a horreur. Qu'il n'existe pas, c'est évident pour des raisons philosophiques, car s'il existait ou il serait substance ou accident. Substance matérielle il n'est pas, parce que sinon il serait corps et occuperait de l'espace, et il n'est pas substance incorporelle parce que sinon, comme les anges, il serait intelligent. Il n'est pas accident parce que les accidents existent seulement comme attributs de substances. En second lieu, le vide n'existe pas pour des raisons physiques : prends un vase cylindrique...

— Mais pourquoi, l'interrompait Baudolino, ça t'intéresse tant de démontrer que le vide n'existe pas? Que t'importe le vide, à toi?

— Il m'importe, il m'importe. Parce que le vide peut être ou interstitiel, c'est-à-dire entre corps et corps dans notre monde sublunaire, ou bien étendu, au-delà de l'univers que nous voyons, enfermé par la grande sphère des corps célestes. S'il en allait ainsi, il pourrait exister, dans ce vide, d'autres mondes. Mais si l'on démontre que le vide interstitiel n'existe pas, à plus forte raison le vide étendu ne pourra exister.

— Mais que t'importe à toi s'il existe d'autres mondes?

— Il m'importe, il m'importe. Parce que s'ils existaient, Notre Seigneur aurait dû se sacrifier dans chacun d'eux et dans chacun consacrer le pain et le vin. Et donc, l'objet suprême, qui est témoignage et vestige de ce miracle, ne serait pas unique mais il aurait quantité de copies. Et quelle valeur aurait ma vie si je ne savais pas que quelque part existe un objet suprême à retrouver?

— Et quel serait cet objet suprême? »

Là, Boron essayait de couper court : « C'est mon affaire, disait-il, des histoires qui ne sont pas bonnes pour les oreilles des profanes. Mais parlons d'une autre chose : s'il y avait tant de mondes, il y aurait eu tant de premiers hommes, tant d'Adams et tant d'Eves qui ont accompli un nombre de fois infini le péché originel. Et il y aurait donc tant de Paradis terrestres d'où ils ont été chassés. Vous pouvez penser qu'une chose sublime comme le Paradis terrestre, il peut en exister une multitude, comme il existe une multitude de villes avec un fleuve et une colline pareille à celle de Sainte-Geneviève? De Paradis terrestre, il n'en existe qu'un seul, sur une terre lointaine, au-delà du royaume des Mèdes et des Perses. »

Ils en étaient arrivés au fait, et ils racontèrent à Boron leurs spéculations sur le Prêtre Jean. Oui, Boron avait entendu de la bouche d'un moine cette histoire des rois chrétiens d'Orient. Il avait lu le compte-rendu d'une visite que, bien des années auparavant, un patriarche des Indes aurait faite au pape Calixte II. On y parlait de la difficulté que le pape avait eue pour s'entendre avec lui, à cause de leurs langues si différentes. Le patriarche avait décrit la ville de Hulna où coule un des fleuves qui naissent dans le Paradis terrestre, le Physon, que d'autres appelleraient Gange, et où, sur un mont situé hors de la ville, s'élève le sanctuaire qui conserve le corps de l'apôtre Thomas. Ce mont était inaccessible parce qu'il se dressait au milieu d'un lac mais, huit jours par an, les eaux du lac se retiraient et les bons chrétiens de là-bas pouvaient aller adorer le corps de l'apôtre, encore intact comme s'il n'était même pas mort, mieux, ainsi que racontait le texte, le visage resplendissant telle une étoile, roux les cheveux, longs jusqu'aux épaules, et la barbe, et ses vêtements qui paraissaient avoir été à peine cousus.

« Rien, toutefois, ne dit que ce patriarche était le Prêtre Jean, avait prudemment conclu Boron.

— Non, certes, avait répliqué Baudolino, mais cela nous dit que depuis fort longtemps on parle çà et là d'un certain royaume lointain, bienheureux et inconnu. Ecoute, dans son *Historia de duabus civitatibus*, mon très cher évêque Otton rapportait qu'un certain Hughes de Jabala dit que Jean, après avoir vaincu les Perses, avait cherché de porter aide aux chrétiens de Terre Sainte, mais il avait dû s'arrêter sur les rives du fleuve Tigre parce qu'il n'avait pas de vaisseaux pour passer avec ses hommes. Donc Jean vit au-delà du Tigre. D'accord? Mais le plus beau c'est que tout le monde devait le savoir encore avant que Hughes n'en parlât. Relisons bien ce qu'écrivait Otton, qui n'écrivait pas au hasard. Pourquoi ce Hughes devait-il aller expliquer au pape les raisons pour lesquelles Jean n'avait pu aider les chrétiens de Jérusalem, comme s'il avait dû le justifier? Parce que, évidemment, à Rome, quelqu'un nourrissait cette espérance. Et quand Otton dit que Hughes nomme Jean, il note *sic enim eum nominare solent*, comme ils ont l'habitude de l'appeler. Que signifie ce pluriel? D'évidence que non seulement Hughes, mais d'autres aussi *solent*, ont l'habitude – et donc avaient l'habitude déjà en ces temps-là – de l'appeler ainsi. Toujours Otton : il écrit que Hughes affirme que Jean, comme les Mages dont il descend, voulait se rendre à Jérusalem, ensuite il n'écrit pas que Hughes soutient qu'il n'a pas réussi, mais que *fertur*, on dit, et que certains, d'autres, au pluriel, *asserunt*, assurent qu'il n'a pas réussi. Voilà que nous apprenons de nos maîtres qu'il n'est de preuve meilleure du vrai, concluait Baudolino, que la continuité de la tradition. »

Abdul avait murmuré à l'oreille de Baudolino que peut-être l'évêque Otton aussi prenait de temps à autre du miel vert, mais Baudolino lui avait donné un coup de coude dans les côtes.

« Moi je n'ai pas encore compris pourquoi ce Prêtre est si important pour vous, avait dit Boron, mais si on a à chercher, que ce soit non pas le long d'un fleuve qui vient du Paradis terrestre, mais bien dans le Paradis terrestre même. Et là, j'aurais beaucoup à raconter... »

Baudolino et Abdul avaient essayé de pousser Boron à en dire plus sur le Paradis terrestre, mais Boron avait trop abusé des futailles des Trois Candélabres, et il disait ne plus se souvenir de rien. Comme s'ils avaient pensé la même chose sans se dire un mot, les deux amis avaient pris Boron sous les aisselles et ils l'avaient emporté dans leur chambre. Là, Abdul, fût-ce avec parcimonie, lui avait offert un rien de miel vert, une pointe de petite cuillère, et une autre pointe ils se l'étaient partagée entre eux deux. Et Boron, après un moment où il était resté ébahi, regardant autour de lui comme s'il ne comprenait pas très bien où il se trouvait, avait commencé à voir quelque chose du Paradis.

Il parlait, et parlait d'un certain Tugdalus qui semblait avoir visité et l'Enfer et le Paradis. Comment était l'Enfer, ça ne valait pas la peine de le dire, mais le Paradis était un endroit plein de charité, de gaieté, d'allégresse, d'honnêteté, de beauté, de sainteté, de concorde, d'unité, de charité et d'éternité sans fin, défendu par un mur d'or au-delà duquel, l'ayant passé, on apercevait quantité de chaises ornées de pierres précieuses où étaient assis des hommes et des femmes, jeunes et vieux vêtus d'étoles de soie, le visage splendide comme le soleil et des cheveux d'or très pur, et tous chantaient *alleluja* en lisant un livre enluminé de lettres d'or.

« Or, disait sensément Boron, en Enfer tout le monde peut y aller, il suffit de le vouloir, et parfois ceux qui y sont reviennent nous en raconter quelque chose, sous forme d'incube, de succube, ou autre vision harcelante. Mais peut-on vraiment penser que ceux qui ont vu ces choses aient été admis au Paradis céleste? Même si c'était arrivé, un vivant n'aurait jamais l'impudeur de le raconter car certains mystères, une personne modeste et honnête devrait les garder pour elle.

— Veuille Dieu que n'apparaisse jamais à la surface de la terre un être si rongé de vanité, avait commenté Baudolino, qu'il se révélerait indigne de la confiance que le Seigneur lui a accordée.

— Eh bien, avait dit Boron, vous avez dû entendre l'histoire d'Alexandre le Grand, qui serait arrivé sur les bords du Gange et parvenu le long d'une muraille qui suivait le cours du fleuve mais n'avait aucune porte, et, après trois jours de navigation, il aurait vu dans le mur une petite fenêtre à laquelle se serait penché un vieillard; les voyageurs avaient demandé que la ville payât un tribut à Alexandre, roi des rois, mais le vieux avait répondu que cette ville était la cité des bienheureux. Il est impossible qu'Alexandre, grand roi mais païen, fût arrivé dans la cité céleste, et donc, ce que lui et Tugdalus avaient vu, c'était le Paradis terrestre. Ce que je vois moi en ce moment...

— Où?

— Là, et il indiquait un coin de la chambre. Je vois un lieu où poussent des prés amènes et verdoyants, ornés de fleurs et d'herbes parfumées, alors que tout autour flotte partout une odeur suave, et en l'inhalant je ne sens plus aucun désir de nourriture ni de boisson. Il y a un pré splendide avec quatre hommes d'aspect vénérable, le chef couronné d'or et des rameaux de palmier dans les mains... J'entends un chant, je perçois une odeur de baume, oh mon Dieu, je note dans ma bouche une douceur comme de miel... Je vois une église de cristal avec un autel au milieu d'où sort une eau blanche comme du lait. L'église, du côté septentrional a l'air d'une

111

pierre précieuse, du côté austral elle est couleur du sang, à l'occident aussi blanche que neige, et au-dessus d'elle brillent d'innombrables étoiles plus resplendissantes que celles qu'on voit dans notre ciel. Je vois un homme aux cheveux blancs comme neige, couvert de plumes comme un oiseau, les yeux qu'on n'aperçoit presque pas, embroussaillés qu'ils sont de sourcils chenus qui retombent. Il me montre un arbre qui ne vieillit jamais et guérit de tout mal ceux qui s'assoient à son ombre, et un autre avec ses feuilles de toutes les couleurs de l'arc-en-ciel. Mais pourquoi vois-je ces choses, ce soir?

— Peut-être les as-tu lues quelque part, et le vin te les a fait réaffleurer au seuil de ton âme, avait alors dit Abdul. Cet homme vertueux qui a vécu dans mon île et que fut saint Brandan a navigué à travers les mers jusqu'aux derniers confins de la terre et il a découvert une île toute recouverte de raisins mûrs, certains bleus, d'autres violets et d'autres blancs, avec sept fontaines miraculeuses et sept églises, une de cristal, l'autre de grenat, la troisième de saphir, la quatrième de topaze, la cinquième de rubis, la sixième d'émeraude, la septième de corail, chacune avec sept autels et sept lampes. Et devant l'église, au milieu d'une place, se dressait une colonne de calcédoine portant à son sommet une roue qui tournait, chargée de grelots.

— Non, non, moi ce n'est pas une île, s'enflammait Boron, c'est une terre proche de l'Inde, où je vois des hommes avec des oreilles plus grandes que les nôtres, et une langue double, si bien qu'ils peuvent parler à deux personnes à la fois. Que de moissons, on dirait qu'elles y poussent spontanément...

— Certainement, glosait Baudolino, n'oublions pas que, selon l'Exode, il fut promis au peuple de Dieu une terre où ruissellent le lait et le miel.

— Ne confondons pas les choses, disait Abdul, celle de l'Exode est la terre promise, et promise après la chute, tandis que le Paradis terrestre était la terre de nos ancêtres avant la chute.

— Abdul, on n'en est pas à une *disputatio*. Il ne s'agit pas ici d'identifier un lieu où nous irons, mais de comprendre comment devrait être le lieu idéal où chacun de nous voudrait aller.

Il est évident que si de telles merveilles ont existé et existent encore non seulement dans le Paradis terrestre mais aussi dans les îles où Adam et Eve n'ont jamais mis les pieds, le royaume de Jean devrait être fort semblable à ces lieux. Nous, nous cherchons à comprendre comment peut être un royaume de l'abondance et de la vertu où le mensonge, l'avidité, la luxure n'existent pas. Autrement pourquoi devrait-on y tendre comme vers le royaume chrétien par excellence?

— Mais sans exagérer, recommandait sagement Abdul, sinon personne n'y croirait plus : je veux dire, personne ne croirait plus qu'il est possible d'aller aussi loin. »

Il avait dit « loin ». Peu avant Baudolino croyait que, à imaginer le Paradis terrestre, Abdul avait oublié au moins pour un soir sa passion impossible. Mais non. Il y pensait toujours. Il voyait le Paradis mais il y cherchait sa princesse. De fait il murmurait, alors que petit à petit se dissipait l'effet du miel : « Peut-être un jour irons-nous là-bas, *lanquan li jorn son lonc en may*, tu sais, quand les jours sont longs en mai... »

Boron avait commencé à rire tout doucement.

« Voilà, seigneur Nicétas, dit Baudolino, lorsque je n'étais pas la proie des tentations de ce monde, je consacrais mes nuits à imaginer d'autres mondes. Un peu avec l'aide du vin, et un peu avec l'aide du miel vert. Il n'y a rien de mieux qu'imaginer d'autres mondes, dit-il, pour oublier combien est douloureux celui où nous vivons. Du moins, c'est ce que je pensais alors. Je n'avais pas encore compris que, à imaginer d'autres mondes, on finit par changer aussi celui-ci.

— Cherchons, pour l'heure, à vivre sereinement dans celui-ci, que la divine volonté nous a attribué, dit Nicétas. Voilà que nos incomparables Génois nous ont préparé certaines délices de notre cuisine. Goûte cette soupe de différentes variétés de poisson, de mer et de fleuve. Peut-être avez-vous du bon poisson dans vos pays aussi, pourtant j'imagine que votre froid intense ne les laisse pas se développer vigoureusement comme dans la Propontide. Nous, nous assaisonnons la soupe avec des oignons sautés dans l'huile d'olive, du fenouil, d'autres herbes, et deux verres de vin sec. Tu la verses sur ces tranches de pain, et tu peux y mettre de l'avgolemon, cette sauce de jaunes d'œufs et jus de citron, mélangée dans un soupçon de bouillon. Je crois qu'au Paradis terrestre Adam et Eve mangeaient comme ça. Mais avant le péché originel. Après, ils se sont sans doute résignés à manger des tripes, comme à Paris. »

9

Baudolino tance l'empereur
et séduit l'impératrice

BAUDOLINO, ENTRE ÉTUDES point trop sévères et imaginations sur le jardin de l'Eden, avait maintenant passé
quatre hivers à Paris. Il était désireux de revoir Frédéric,
et plus encore Béatrix qui, dans son esprit altéré, avait désormais perdu tout linéament terrestre pour devenir une habitante
de ce paradis, à l'instar de la princesse lointaine d'Abdul.

Un jour Rainald avait réclamé au Poète une ode à l'empereur. Le Poète, désespéré, cherchant à gagner du temps en disant à son seigneur qu'il attendait la bonne inspiration, avait
envoyé à Baudolino une demande de secours. Baudolino avait
écrit une excellente poésie, *Salve mundi domine*, dans laquelle
Frédéric était placé au-dessus de tous les autres rois, et l'on disait que son joug était très doux. Mais il ne se fiait pas à
l'intermédiaire d'un messager pour la lui envoyer, et il s'était
proposé de revenir en Italie où, sur l'entrefaite, étaient arrivées
tant de choses qu'il peinait à les résumer à Nicétas.

« Rainald avait consacré sa vie à créer une image de
l'empereur comme seigneur du monde, prince de la paix, origine de toute loi et assujetti à aucune, *rex et sacerdos* en même
temps, tel Melchisédech, ne pouvant donc pas ne pas se heurter

au pape. Or, à l'époque du siège de Crema, était mort le pape Adrien, celui qui avait couronné Frédéric à Rome, et la majorité des cardinaux avait élu le cardinal Bandinelli, sous le nom d'Alexandre III. Pour Rainald c'était une infortune parce qu'il était vraiment comme chien et chat avec Bandinelli, et celui-ci, sur la primauté du pape, ne cédait pas. Je ne sais ce qu'a tramé Rainald, mais il est parvenu à faire en sorte que certains cardinaux et des gens du sénat élisent un autre pape, Victor IV, que lui et Frédéric pouvaient manœuvrer comme ils voulaient. Naturellement Alexandre III avait excommunié sur-le-champ aussi bien Frédéric que Victor, et il ne suffisait pas de dire qu'Alexandre n'était pas le vrai pape et donc que son excommunication ne valait rien, car d'un côté les rois de France et d'Angleterre inclinaient à le reconnaître, et d'un autre côté pour les villes italiennes c'était une manne de trouver un pape qui disait que l'empereur était un schismatique et que donc personne ne lui devait plus obédience. Par-dessus le marché des nouvelles arrivaient selon quoi Alexandre était en train de manigancer avec votre basileus Manuel, cherchant un empire plus grand que celui de Frédéric, sur lequel s'appuyer. Si Rainald voulait que Frédéric fût l'unique héritier de l'empire romain, il devait trouver la preuve visible d'une descendance. Voilà pourquoi il avait mis le Poète aussi au travail. »

Nicétas peinait à suivre l'histoire de Baudolino, année après année. Non seulement il lui semblait que son témoin s'embrouillait un peu avec ce qui s'était passé avant et ce qui s'était passé après, mais il trouvait aussi que les événements concernant Frédéric se répétaient, toujours les mêmes, et il ne comprenait plus quand les Milanais avaient repris les armes, quand ils avaient de nouveau menacé Lodi, quand l'empereur était de nouveau descendu en Italie. « Si c'était là une chronique, se disait-il, il suffirait de prendre une page au hasard et on y trouverait toujours des entreprises identiques. On dirait un de ces rêves où revient toujours la même histoire, et tu implores le réveil. »

Quoi qu'il en fût, Nicétas semblait devoir comprendre que depuis deux ans déjà les Milanais avaient de nouveau mis Frédéric en difficulté, entre vexations et escarmouches, et l'année suivante l'empereur, avec l'aide de Novare, Asti, Verceil, du marquis du Montferrat, du marquis Malaspina, du comte de Biandrate, Côme, Lodi, Bergame, Crémone, Pavie et quelques autres, avait derechef assiégé Milan. Un beau matin de printemps Baudolino, maintenant jeune homme de vingt ans, le *Salve mundi domine* pour le Poète dans son bagage, et sa correspondance avec Béatrix, qu'il ne voulait pas laisser à Paris à la merci des voleurs, était arrivé devant les murs de cette ville.

« J'espère qu'à Milan Frédéric s'est mieux comporté qu'à Crema, dit Nicétas.

— Pire encore, d'après ce que j'ai entendu dire en arrivant. Il avait fait arracher les yeux à six prisonniers de Melzo et de Roncate, et un seul œil à un Milanais pour que l'éborgné reconduisît les autres à Milan, mais en contrepartie il lui avait coupé le nez. Et quand il capturait ceux qui tentaient d'introduire des marchandises à Milan, il leur faisait couper les mains.

— Alors tu vois que lui aussi crevait les yeux!

— Mais à des gens vulgaires, pas à des seigneurs, comme vous. Et à ses ennemis, pas à ses parents!

— Tu le justifies?

— Maintenant, pas à l'époque. A l'époque, j'en suis resté indigné. Je ne voulais même pas le rencontrer. Et puis j'ai dû aller lui rendre hommage, je ne pouvais l'éviter. »

L'empereur, comme il le revit après tant de temps, allait en grande joie l'embrasser, mais Baudolino ne put se retenir. Il recula, pleura, lui dit qu'il était mauvais, qu'il ne pouvait prétendre être la source de la justice si ensuite il se conduisait en homme injuste, qu'il avait honte d'être son fils.

N'importe qui d'autre lui eût dit des choses de ce genre, Frédéric lui aurait fait arracher non seulement les yeux et le nez, mais aussi les oreilles. En revanche, il fut frappé par la fureur de Baudolino et lui, l'empereur, il tenta de se justifier. « C'est de la rébellion, rébellion contre la loi, Baudolino, et tu as été le premier à me dire que la loi c'est moi. Je ne peux pas pardonner, je ne peux pas être bon. C'est mon devoir d'être impitoyable. Tu crois que cela me plaît?

— Bien sûr que ça te plaît, père, devais-tu tuer tous ces gens, il y a deux ans à Crema, et mutiler ces autres à Milan, pas dans une bataille, mais à froid, pour un point d'honneur, une vengeance, un affront?

— Ah, tu suis mes hauts faits, comme si tu étais Rahewin! Alors sache que ce n'était pas le point d'honneur, c'était l'exemple. C'est l'unique façon de plier ces fils désobéissants. Tu crois que César et Auguste étaient plus cléments? C'est la guerre, Baudolino, tu sais toi ce que c'est? Toi qui fais le grand bachelier à Paris, tu sais que quand tu reviendras je te voudrai à la cour parmi mes ministériaux, et que je te ferai peut-être chevalier? Et tu penses chevaucher avec le saint empereur romain sans te salir les mains? Le sang te répugne? Et alors dis-le-moi et je te fais devenir moine. Mais ensuite il faudra que tu sois chaste, prends bien garde, alors qu'on m'a raconté de tes histoires à Paris, et vraiment, moine, je ne te vois pas. Où t'es-tu fait cette cicatrice? Je m'étonne que tu l'aies sur le visage et pas sur le cul!?

— Tes espions t'auront raconté des histoires sur moi à Paris, mais moi sans avoir besoin d'espions j'ai entendu raconter partout une belle histoire sur toi, à Adrianopolis. Mieux vaut mes histoires avec les maris parisiens que les tiennes avec les moines byzantins. »

Frédéric s'était roidi, devenant pâle. Il savait parfaitement de quoi parlait Baudolino (qui l'avait appris par Otton). Quand il était encore duc de Souabe, il avait pris la croix et participé à la deuxième expédition Outremer, pour aller au secours du royaume chrétien de Jérusalem. Et alors que l'armée chrétienne avançait à grand-peine, près d'Adrianopolis, un de ses nobles, qui s'était éloigné de l'expédition, avait été attaqué et tué, sans doute par des bandits du cru. Il y avait déjà une grande tension entre Latins et Byzantins, et Frédéric avait pris l'incident comme un affront. Ainsi qu'à Crema, sa colère était devenue irrépressible : il avait attaqué un monastère tout proche et il en avait massacré tous les moines.

L'épisode était resté comme une tache sur le nom de Frédéric; ils avaient tous feint de l'oublier, et même Otton dans sa *Gesta Friderici* l'avait passé sous silence, en mentionnant par

118

contre aussitôt après comment le jeune duc avait échappé à une violente inondation non loin de Constantinople – signe que le ciel ne lui avait pas retiré sa protection. Le seul qui ne l'avait pas oublié c'était Frédéric et, combien la blessure de cette mauvaise action ne s'était jamais cicatrisée, sa réaction le prouva. De pâle qu'il était, il devint rouge, se saisit d'un chandelier de bronze et se jeta sur Baudolino comme pour le tuer. Il se retint difficilement, baissa son arme quand il l'avait déjà saisi par ses vêtements, et lui dit, les dents serrées : « Par tous les diables de l'Enfer, ne dis plus jamais ce que tu as dit. » Après quoi, il sortit de la tente. Sur le seuil, il se retourna un instant : « Va rendre hommage à l'impératrice, et puis rentre parmi ces femmelettes, tes amis, les clercs parisiens. »

« Je vais te faire voir, moi, si je suis une femmelette, je vais te faire voir ce que je sais faire », ruminait Baudolino en quittant le camp, et il ne savait pas lui-même ce qu'il aurait pu faire, sauf qu'il ressentait de la haine pour son père adoptif, et qu'il voulait lui faire du mal.

Encore furieux, il avait atteint les logements de Béatrix. Il avait courtoisement baisé le pan de la robe, puis la main de l'impératrice, elle s'était étonnée de la cicatrice, posant des questions anxieuses. Baudolino avait répondu avec nonchaloir que ç'avait été un accrochage avec quelques voleurs de grand chemin, choses qui arrivent en voyageant de par le monde, Béatrix l'avait regardé avec admiration, et il faut bien dire que ce jeune homme de vingt ans, avec son visage léonin rendu plus mâle encore par la cicatrice, était à présent ce qu'on a coutume de dire un beau chevalier. L'impératrice l'avait invité à s'asseoir et à raconter ses dernières aventures. Tandis qu'elle brodait en souriant, assise sous un gracieux baldaquin, il s'était couché à ses pieds et racontait, sans même savoir ce qu'il disait, rien que pour calmer sa tension. Mais, au fur et à mesure qu'il parlait, il apercevait, de bas en haut, son très beau visage, il ressentait toutes les ardeurs de ces années passées – toutes ensemble, centuplées – tant que Béatrix ne lui eût dit, avec un de ses plus séduisants sourires : « Mais tu n'as pas autant écrit que je te l'avais commandé, et autant que j'aurais désiré. »

Peut-être l'avait-elle dit avec l'habituelle sollicitude sororale, peut-être était-ce seulement afin d'animer la conversation, mais pour Baudolino Béatrix ne pouvait rien dire sans que ses paroles fussent à la fois baume et poison. Les mains tremblantes, il avait tiré de sa poitrine les lettres de lui à elle et d'elle à lui et, les lui présentant, il avait murmuré : « Non, j'ai écrit, et énormément, et toi ma Dame, tu m'as répondu. »

Béatrix ne comprenait pas, elle avait pris les feuilles, commencé à les lire, à mi-voix pour parvenir à mieux déchiffrer cette double calligraphie. Baudolino, à deux pas d'elle, transpirait en se tordant les mains, se disait qu'il avait été fou, qu'elle le chasserait en appelant ses gardes, il aurait voulu avoir une arme pour la plonger dans son propre cœur. Béatrix continuait à lire, et ses joues se coloraient de plus en plus, sa voix frémissait tandis qu'elle épelait ces mots de feu, comme si elle célébrait une messe blasphématoire ; elle s'était levée, à deux reprises au moins elle parut vaciller, à deux reprises au moins elle éloigna Baudolino qui s'était avancé pour la soutenir, puis, avec un filet de voix, elle dit seulement : « Oh mon garçon, mon garçon, qu'as-tu fait ? »

Baudolino s'était de nouveau approché pour lui ôter ces feuilles des mains, tout chancelant, toute chancelante elle avait tendu la main pour lui caresser la nuque, lui s'était tourné de profil car il ne parvenait pas à la fixer dans les yeux, elle lui avait caressé sa cicatrice du bout des doigts. Pour éviter aussi ce contact, il avait de nouveau tourné la tête, mais elle s'était désormais trop approchée, et ils s'étaient retrouvés nez contre nez. Baudolino avait mis les mains derrière le dos pour s'interdire une étreinte, mais désormais leurs lèvres s'étaient touchées, et, après s'être touchées, s'étaient ouvertes un peu, si bien que pendant un instant, seulement un instant des très rares que dura ce baiser, à travers leurs lèvres entrecloses, s'effleurèrent aussi leurs langues.

Finie cette foudroyante éternité, Béatrix avait reculé, maintenant blanche comme une malade et, en fixant Baudolino dans les yeux et avec dureté, elle lui avait dit : « Par tous les saints du Paradis, ne fais plus jamais ce que tu as fait. »

Elle l'avait dit sans colère, d'un ton presque dénué de sentiments, comme si elle allait s'évanouir. Puis ses yeux s'étaient mouillés et elle avait ajouté, suavement : « Je t'en prie! »

Baudolino s'était agenouillé touchant presque terre de son front, et il était sorti sans savoir où il allait. Plus tard, il s'était rendu compte qu'en un seul instant il avait commis quatre crimes : il avait offensé la majesté de l'impératrice, il s'était entaché d'adultère, il avait trahi la confiance de son père, et il avait cédé à l'infâme tentation de la vengeance. « Vengeance parce que, se demandait-il, si Frédéric n'avait pas commis ce massacre, s'il ne m'avait pas insulté, et si moi je n'avais pas éprouvé dans mon cœur un sentiment de haine, aurais-je également fait ce que j'ai fait? » Et en cherchant à ne pas répondre à cette question, il comprenait que, si la réponse avait été celle qu'il craignait, alors il aurait commis le cinquième et le plus horrible des péchés, il aurait entaché d'une façon indélébile la vertu de son idole rien que pour satisfaire sa rancœur, il aurait changé ce qui était devenu le but de son existence en un misérable instrument.

« Seigneur Nicétas, ce soupçon m'a accompagné de nombreuses années, même si je n'arrivais pas à oublier la déchirante beauté de ce moment. J'étais toujours plus amoureux, mais cette fois sans plus aucun espoir, fût-ce en rêve. Parce que, si je voulais un pardon quelconque, l'image de Béatrix devait disparaître même de mes rêves. Au fond, me suis-je dit pendant tant et tant de nuits blanches, tu as tout eu, et tu ne peux désirer autre chose. »

La nuit descendait sur Constantinople, et le ciel ne rougeoyait plus. L'incendie allait désormais s'éteignant, et seulement sur quelques collines de la ville on voyait luire par éclairs non pas des flammes mais des braises. Nicétas entre-temps avait commandé deux coupes de vin au miel. Baudolino l'avait siroté, les yeux perdus dans le vide. « C'est du vin de Thasos. Dans la jarre on met une pâte d'épeautre trempée de miel. Après quoi on mélange un vin fort et parfumé avec un autre plus délicat. Il est doux, n'est-ce pas? » lui avait demandé Nicétas. « Oui, très doux », lui avait répondu Baudolino, qui semblait être ailleurs. Puis il avait posé sa coupe.

121

« Ce soir-là même, avait-il conclu, j'ai renoncé pour toujours à juger Frédéric, parce que je me sentais plus coupable que lui. Le pire, est-ce de couper le nez à un ennemi ou de baiser sur la bouche l'épouse de ton bienfaiteur ? »

Le lendemain, il était allé demander pardon à son père adoptif pour les mots durs qu'il lui avait dits, et il avait rougi en s'apercevant que c'était Frédéric qui éprouvait du remords. L'empereur l'avait embrassé, en s'excusant pour sa colère et en lui disant qu'il préférait, aux cent adulateurs qu'il avait autour de lui, un fils comme Baudolino, capable de lui dire quand il se trompait. « Même mon confesseur n'a pas le courage de me le dire, lui avait-il déclaré en souriant. Tu es l'unique personne à laquelle je me fie. »

Baudolino commençait à payer son crime en brûlant de honte.

10

Baudolino trouve les Rois Mages
et canonise Charlemagne

BAUDOLINO ÉTAIT ARRIVÉ devant Milan quand désormais les Milanais ne tenaient plus, par faute aussi de leurs discordes internes. A la fin, ils avaient envoyé des ambassades pour concorder la reddition, et les conditions étaient encore celles de la diète de Roncaglia, autant dire que quatre années après, et avec tant de morts, de dévastations, c'était encore comme quatre années avant. Ou mieux, cela avait été une reddition encore plus honteuse que la précédente. Frédéric aurait voulu accorder derechef son pardon, mais Rainald soufflait sur le feu, impitoyable. Il fallait donner une leçon que tout le monde se rappellerait, et il fallait donner satisfaction aux villes qui s'étaient battues avec l'empereur, non par amour pour lui mais par haine envers Milan.

« Baudolino, dit l'empereur, cette fois-ci ne t'en prends pas à moi. Parfois, même un empereur doit faire ce que veulent ses conseillers. » Et il avait ajouté à voix basse : « A moi, ce Rainald me fait plus peur que les Milanais. »

Ainsi avait-il ordonné que Milan fût effacée de la surface de la terre, et il avait fait sortir de la ville toutes les personnes, hommes et femmes.

Les champs autour de la ville pullulaient à présent de Milanais qui rôdaient sans but, certains s'étaient réfugiés dans les villes voisines, d'autres restaient campés devant les murs en espérant que l'empereur leur pardonnât et leur permît de rentrer. Il pleuvait, les réfugiés tremblaient de froid pendant la nuit, les enfants tombaient malades, les femmes pleuraient, les hommes se trouvaient désormais désarmés, effondrés sur le bord des routes, levant les poings au ciel : il valait mieux maudire le Tout-Puissant que l'empereur, car l'empereur avait ses hommes qui circulaient dans les parages et demandaient la raison des lamentations trop violentes.

Frédéric avait d'abord essayé d'anéantir la ville rebelle en l'incendiant, puis il avait pensé qu'il serait mieux de laisser la chose entre les mains des Italiens, qui haïssaient Milan plus que lui. Il avait confié aux Lodesans le devoir de détruire toute la porte orientale, dite porte Renza, aux Crémonais celui de démanteler la porte de Rome, aux Pavesans de faire en sorte qu'il ne restât pierre sur pierre de la porte de Pavie, aux Novarois de raser au sol la porte de Verceil, aux Cômasques de faire disparaître la porte de Côme, et à ceux du Seprio et de la Martesana de faire de la porte Neuve une seule et unique ruine. Devoir qui avait beaucoup plu aux citadins de ces villes, lesquels avaient même payé de fortes sommes à l'empereur pour pouvoir jouir du privilège de régler de leurs propres mains leurs comptes avec Milan vaincue.

Le lendemain du début des démolitions, Baudolino s'était aventuré à l'intérieur des murs d'enceinte. Dans certains endroits, on ne voyait rien sauf un grand nuage de poussière. En entrant dans le nuage, on apercevait ici certains qui avaient assuré une façade à l'aide de grandes cordes, et tiraient à l'unisson, jusqu'à ce qu'elle se disloquât, là d'autres experts maçons qui, depuis le toit d'une église, donnaient des coups de pic jusqu'à ce qu'elle restât découverte, et puis avec de gros maillets ils brisaient les murs ou déchaussaient les colonnes en insérant des coins à leur base.

Baudolino passa quelques jours en vaguant dans les rues bouleversées, et il vit s'écrouler le campanile de l'église principale, si beau et si puissant qu'il n'y en avait pas d'autres comme lui en Italie. Les plus zélés étaient les Lodesans, qui ne soupiraient qu'après la vengeance : ce furent les premiers à démanteler leur part, et puis ils étaient accourus pour aider les Crémonais à raser la porte de Rome. Cependant, les Pavesans paraissaient les plus experts, ils ne donnaient pas de coups au hasard et maîtrisaient leur rage : ils réduisaient en miettes le malthe là où les pierres étaient bien unies les unes aux autres, ou encore ils creusaient à la base des murailles, et le reste s'écroulait tout seul.

Bref, pour qui n'eût pas compris ce qui se passait, Milan avait l'air d'un joyeux atelier où chacun travaillait avec alacrité tout en louant le Seigneur. Sauf que c'était comme si le temps avançait en arrière : il semblait qu'était en train de surgir du néant une nouvelle ville ; mais au contraire une ville ancienne était en train de redevenir poussière et terre pelée. Accompagné par ces pensées, le jour de Pâques, alors que l'empereur avait décrété de grandes festivités à Pavie, Baudolino se hâtait de découvrir les *mirabilia urbis Mediolani* avant que Milan n'existât plus. C'est ainsi qu'il lui arriva de se trouver près d'une splendide basilique encore intacte, et de voir aux alentours des Pavesans qui finissaient d'abattre une grosse bâtisse, très actifs même si c'était fête commandée. Par eux il sut que la basilique était celle de Saint-Eustorge, et que le lendemain ils s'occuperaient de celle-là aussi : « Elle est trop belle pour la laisser debout, non ? » lui dit, persuasif, un des destructeurs.

Baudolino entra dans la nef de la basilique, fraîche, silencieuse et vide. On avait déjà pillé les autels et les chapelles latérales ; des chiens venus de qui sait où, ayant trouvé le lieu accueillant, en avaient fait leur gîte et pissaient au pied des colonnes. A côté du maître-autel errait, plaintive, une vache. C'était un bel animal et Baudolino eut l'occasion de méditer sur la haine qui animait les démolisseurs de la ville, allant jusqu'à négliger des proies appétissantes pour la faire disparaître au plus vite.

Dans une chapelle latérale, à côté d'un sarcophage de pierre, il vit un vieux prêtre qui poussait des sanglots de désespoir, ou mieux, des petits cris d'animal blessé ; son visage était plus blanc que le blanc de ses yeux et son corps très maigre tressaillait à chaque geignement. Baudolino chercha à lui porter secours, lui offrant un flacon d'eau qu'il portait avec lui.

« Merci, bon chrétien, dit le vieillard, mais désormais il ne me reste plus qu'à attendre la mort.

— Ils ne vont pas te tuer, lui dit Baudolino, le siège est fini, la paix signée, ceux qui sont dehors veulent seulement abattre ton église, pas te prendre la vie.

— Et que sera ma vie sans mon église? Mais c'est la juste punition du ciel parce que, par ambition, il y a bien des années, j'ai voulu que mon église fût la plus belle et la plus célèbre de toutes, et j'ai commis un péché. »

Quel péché pouvait avoir commis ce pauvre vieux? Baudolino le lui demanda.

« Des années en arrière, un voyageur oriental m'a proposé d'acheter les reliques les plus splendides de la chrétienté, les corps intacts des trois Mages.

— Les trois Rois Mages? Tous les trois? Entiers?

— Trois, Mages et entiers. Ils paraissaient vivants, je veux dire qu'ils paraissaient à peine morts. Je savais que cela ne pouvait être vrai, parce que des Mages un seul Evangile en parle, celui de Matthieu, et il en dit très peu. Il ne dit pas combien ils étaient, d'où ils venaient, si c'étaient des rois ou des savants... Il dit seulement qu'ils étaient arrivés à Jérusalem en suivant une étoile. Aucun chrétien ne sait d'où ils provenaient et où ils sont retournés. Qui aurait pu trouver leur sépulcre? Raison pour quoi je n'ai jamais osé dire aux Milanais que je cachais ce trésor. J'avais peur que par avidité ils n'en saisissent occasion pour attirer les fidèles de toute l'Italie, gagnant de l'argent sur une fausse relique...

— Et donc tu n'as pas péché.

— J'ai péché parce que je les ai gardés cachés dans ce lieu consacré. J'attendais toujours un signe du ciel, et il n'est pas venu. A présent, je ne veux pas que ces vandales les trouvent. Ils pourraient se partager ces dépouilles pour conférer une extraordinaire dignité à quelques-unes de ces villes qui aujourd'hui nous détruisent. Je t'en prie, fais disparaître toute trace de ma faiblesse d'autrefois. Fais-toi aider, viens d'ici ce soir prélever ces incertaines reliques, fais-les disparaître. Avec peu de peine, tu t'assureras le Paradis, ce qui ne me paraît pas négligeable. »

« Tu vois, seigneur Nicétas, je me suis souvenu alors qu'Otton avait parlé des Mages à propos du royaume du Prêtre Jean. Certes, si ce pauvre prêtre les avait montrés comme ça, comme s'ils venaient du néant, personne ne l'aurait cru. Mais une relique, pour être vraie, devait-elle vraiment remonter au saint ou à l'événement dont elle faisait partie?

— Certainement pas. De nombreuses reliques que l'on conserve ici à Constantinople sont de très douteuse origine, mais le fidèle qui les baise sent qu'il émane d'elles des arômes surnaturels. C'est la foi qui les rend vraies, non pas elles qui rendent vraie la foi.

— Précisément. Moi aussi j'ai pensé qu'une relique est valable si elle trouve sa bonne place dans une histoire vraie. En dehors de l'histoire du Prêtre Jean, ces Mages pouvaient être la duperie d'un marchand de tapis; à l'intérieur de l'histoire véridique du Prêtre, ils devenaient témoignage sûr. Une porte n'est pas une porte si elle n'a pas un bâtiment autour, autrement ce ne serait qu'un trou, que dis-je, pas même un trou, parce qu'un vide sans un plein qui l'entoure n'est pas même un vide. Je compris alors que j'avais l'histoire dans laquelle les Mages pouvaient signifier quelque chose. J'ai pensé que, si je devais dire quelque chose sur Jean pour ouvrir à l'empereur les voies de l'Orient, avoir la caution des Mages, qui provenaient certainement d'Orient, renforcerait ma preuve. Ces trois pauvres rois dormaient dans leur sarcophage et laissaient Pavesans et Lodesans mettre en morceaux la ville qui les hébergeait sans le savoir. Ils ne lui devaient rien, ils étaient là de passage, comme dans une auberge, en attendant d'aller ailleurs, au fond ils étaient par nature des trotte-le-monde, ne s'étaient-ils pas mis en route de Dieu sait où pour suivre une étoile? Il me revenait à moi de donner à ces trois corps la nouvelle Bethléem. »

Baudolino savait qu'une bonne relique pouvait changer le destin d'une ville, la faire devenir but de pèlerinage ininterrompu, transformer une église paroissiale en un sanctuaire. Qui

127

pouvait s'intéresser aux Mages? Rainald lui vint à l'esprit : on lui avait donné l'archevêché de Cologne, mais il devait encore s'y rendre pour y être officiellement consacré. Franchir le porche de sa propre cathédrale en emmenant dans sa suite les Mages aurait été un grand coup. Rainald cherchait des symboles du pouvoir impérial? Et voilà qu'il avait sous la main non pas un mais trois rois qui avaient été prêtres en même temps.

Il demanda au desservant s'il pouvait voir les corps. Celui-ci réclama de l'aide car il fallait faire pivoter le couvercle du sarcophage jusqu'à ce que fût mise à découvert la châsse où les corps étaient gardés.

Ce ne fut pas sans mal, mais cela valait la peine. O merveille : les corps des trois Rois paraissaient encore vivants, même si leur peau s'était desséchée et parcheminée. Mais elle n'avait pas bruni, ainsi qu'il arrive aux corps momifiés. Deux des Mages avaient encore un visage presque laiteux, l'un avec une grande barbe blanche qui fluait jusqu'à sa poitrine, toujours entière, fût-elle durcie jusqu'à ressembler à des fils de sucre, l'autre imberbe. Le troisième était de couleur ébène, non pas à cause du temps, mais parce qu'il devait être foncé de son vivant aussi : on eût dit une statue de bois, et il avait même comme une fêlure sur la joue gauche. Il portait une barbe courte et ses deux lèvres charnues se soulevaient en montrant deux dents uniques, féroces et blanches. Tous les trois avaient les yeux écarquillés, grands et étonnés, avec une pupille brillante comme du verre. Ils étaient enveloppés de trois manteaux, un blanc, l'autre vert et le troisième pourpre, et sous les manteaux on apercevait trois braies, façonnées à la barbare, mais de pur damas piqué de rangs de perles.

Baudolino rentra à vive allure dans les campements impériaux, et il courut parler à Rainald. Le chancelier comprit aussitôt la valeur de la découverte de Baudolino, et dit : « Il faut tout faire en catimini, et vite. On ne pourra pas emporter la châsse telle quelle, elle est trop visible. Si quelqu'un d'autre alentour se rend compte de ce que tu as trouvé, il n'hésitera pas à nous le soustraire, pour l'emporter dans sa propre ville. Je vais faire préparer trois cercueils, en bois nu, et pendant la nuit on les emmène hors les murs en disant que ce sont les corps de trois valeureux amis tombés durant le siège. Vous opérerez seulement toi, le Poète et un de mes serviteurs. Puis nous les laisserons où nous les aurons mis, sans hâte. Avant que je puisse les emporter à Cologne, il faut que sur l'origine de la relique, et sur les Mages eux-mêmes, soient produits des témoignages véridiques. Demain tu retourneras à Paris, où tu connais des personnes savantes, et trouve tout ce que tu peux sur leur histoire. »

Dans la nuit les trois rois avaient été transportés dans une crypte de l'église Saint-Georges, hors les murs. Rainald avait voulu les voir, et il avait éclaté en une série d'imprécations indignes d'un archevêque : « Avec ces braies? Et avec ce bonnet qui a l'air de celui d'un bouffon?

— Seigneur Rainald, d'évidence à cette époque c'est ainsi que s'habillaient les sages de l'Orient; il y a des années, je suis allé à Ravenne et j'ai vu une mosaïque où, sur la robe de l'impératrice Théodora, les trois Mages sont représentés plus ou moins comme ça.

— Justement, choses qui peuvent convaincre les Gréculets de Byzance. Mais tu t'imagines si je présente à Cologne les Mages habillés en jongleurs? Rhabillons-les.

— Et comment? demanda le Poète.

— Et comment? Moi je t'ai consenti de manger et de boire comme un feudataire écrivant deux ou trois vers l'an et toi tu ne sais pas comment m'habiller qui le premier a adoré le Seigneur Notre Christ Jésus?! Tu l'habilles comme les gens imaginent qu'il est habillé, en évêque, en pape, en archimandrite, que sais-je!

— On a mis à sac l'église principale et l'évêché. Peut-être pouvons-nous récupérer des ornements sacrés. J'essaie », dit le Poète.

Ce fut une terrible nuit. Les ornements sacerdotaux avaient été retrouvés, et même quelque chose qui ressemblait à trois tiares, mais le problème a été de déshabiller les trois momies. Si les visages étaient encore comme vivants, les corps – sauf les mains, complètement desséchées – se trouvaient réduits à une charpente d'osier et de paille, qui se délitait à chaque tentative d'ôter les vêtements d'origine. « N'importe, disait Rainald, de toute façon, une fois à Cologne, personne n'ouvre plus la châsse. Insérez des piquets, quelque chose qui les tienne droits, comme on fait avec les épouvantails. Avec respect, je vous prie.

— Seigneur Jésus, se lamentait le Poète, même ivre mort je n'ai jamais imaginé que j'aurais pu enfiler les Rois Mages par-derrière.

— Tais-toi et habille-les, disait Baudolino, nous opérons pour la gloire de l'empire. » Le Poète émettait d'horribles jurons, et les Mages avaient désormais l'air de cardinaux de la sainte église romaine.

Le lendemain, Baudolino s'était mis en voyage. A Paris, Abdul, qui sur les choses d'Orient en savait long, l'avait abouché avec un chanoine de Saint-Victor qui en savait plus que lui.

« Les Mages, eh! disait-il. La tradition les nomme sans discontinuer, et de nombreux Pères nous en ont parlé, mais trois des Evangiles n'en disent rien, et les citations tirées d'Isaïe et d'autres prophètes disent sans dire : certains les ont lues comme si elles parlaient des Mages mais elles pouvaient parler aussi d'autre chose. Qui étaient-ils, comment s'appelaient-ils vraiment? Certains disent Hormidz, de Séleucie, roi de Perse, Jazdegard roi de Saba et Peroz roi de Séba; d'autres, Hor, Basander, Karundas. Mais selon d'autres auteurs des plus crédibles, ils s'appelaient Melkon, Gaspar et Balthasar, ou bien Melco, Gaspare et Fadizzarda. Ou encore, Magalath, Galgalath et Saracin. Ou peut-être, Appelius, Amerus et Damascus...

— Appelius et Damascus sont magnifiques, ils évoquent des terres lointaines, disait Abdul en regardant Dieu sait où.

— Et pourquoi pas Karundas? répliquait Baudolino. Nous ne devons pas trouver trois noms qui te plaisent à toi, mais trois vrais noms. »

Le chanoine poursuivait : « Moi je pencherais pour Bithisarea, Melichior et Gataspha, le premier roi de Godolie et de Saba, le deuxième roi de Nubie et d'Arabie, le troisième roi de Tharsis et de l'île Egriseula. Se connaissaient-ils entre eux avant d'entreprendre le voyage? Non, ils se sont rencontrés à Jérusalem et miraculeusement ils se sont reconnus. Mais d'autres disent que c'étaient des savants qui vivaient sur le mont Victorial, ou mont Vaus, du haut duquel ils scrutaient les signes du ciel, et au mont Victorial ils sont revenus après la visite à Jésus, et plus tard ils se sont unis à l'apôtre Thomas pour évangéliser les Indes, sauf qu'ils n'étaient pas trois mais douze.

— Douze Rois Mages? Ce n'est pas trop?

— C'est aussi l'avis de Jean Chrysostome. Selon d'autres, ils se seraient appelés Zhrwndd, Hwrmzd, Awstsp, Arsk, Zrwnd, Aryhw, Arthsyst, Astnbwzn, Mhrwq, Ahsrs, Nsrdyh et Mrwdk. Cependant il faut être prudent, car Origène dit qu'ils étaient trois comme les fils de Noé, et trois comme les Indes d'où ils venaient. »

Même s'il y a eu douze Mages, observa Baudolino, il n'en reste pas moins qu'à Milan on en avait trouvé trois et c'est sur trois qu'on devait bâtir une histoire acceptable. « Disons qu'ils s'appelaient Gaspar, Melchior et Balthazar, des noms à mon avis plus faciles à prononcer que ces admirables éternuements qu'il y a un instant notre vénérable maître a émis. Le problème est de savoir comment ils sont arrivés à Milan.

— Cela ne me semble pas un problème, dit le chanoine, vu qu'ils y sont arrivés. Je suis convaincu que leur tombe a été découverte sur le mont Victorial par la reine Hélène, mère de Constantin. Une femme qui a su retrouver la Vraie Croix a dû être aussi capable de retrouver les vrais Mages. Et Hélène a emmené les corps à Constantinople dans Sainte-Sophie.

— Eh non! autrement l'empereur d'Orient nous demande comment nous les lui avons pris, dit Abdul.

— N'aie pas peur, dit le chanoine. S'ils étaient dans la basilique de Saint-Eustorge, c'est certainement que ce saint homme les y avait emmenés, qui était parti de Byzance pour occuper la chaire épiscopale à Milan au temps du basileus Maurice, et bien avant les temps où chez nous vivait Charlemagne. Eustorge ne pouvait avoir volé les Mages, et alors il les avait reçus en don du basileus de l'empire d'Orient. »

Avec une histoire si bien construite, Baudolino était revenu à

131

la fin de l'année auprès de Rainald, et il lui avait aussi rappelé que, selon Otton, les Mages devaient être les ancêtres du Prêtre Jean qu'ils avaient investi de leur dignité et fonction. D'où le pouvoir du Prêtre Jean sur les Indes, toutes les trois, ou au moins sur l'une d'elles.

Rainald avait complètement oublié ces paroles d'Otton mais, à entendre mentionner un prêtre qui gouvernait un empire, encore une fois un roi avec des fonctions sacerdotales, pape et monarque en même temps, il était désormais convaincu d'avoir mis Alexandre III en difficulté : royaux et sacerdotaux les Mages, royal et sacerdotal Jean, quelle admirable figure, allégorie, vaticination, prophétie, anticipation de cette dignité impériale qu'aiguillée après aiguillée il cousait sur les épaules de Frédéric !

« Baudolino, dit-il aussitôt, des Mages, je m'en occupe moi, toi tu dois penser au Prêtre Jean. D'après ce que tu me racontes, pour l'instant nous n'avons que des rumeurs, et elles ne suffisent pas. Il faut un document qui atteste son existence, qui dise qui il est, où et comment il vit.

— Et je le trouve où ?

— Si tu ne le trouves pas, tu le fais. L'empereur t'a poussé aux études, et c'est le moment de voir fructifier tes talents. Et de mériter ton investiture de chevalier, dès que tu auras terminé ces études qui, à mon avis, ont déjà trop duré. »

« Tu as compris, seigneur Nicétas ? dit Baudolino. Désormais le Prêtre Jean était devenu pour moi un devoir, pas un jeu. Et je ne devais plus le chercher en mémoire d'Otton, mais pour obtempérer à un ordre de Rainald. Comme disait mon père Gagliaudo, j'ai toujours donné de la soupe au bœuf et de l'avoine au chien. Qu'on m'oblige à faire quelque chose, j'en perds sur-le-champ l'envie. J'obéis à Rainald et revins aussitôt à Paris, mais pour ne pas devoir rencontrer l'impératrice. Abdul avait recommencé à composer des chansons, et je me rendis compte que le pot de miel vert était maintenant à moitié vide. Je lui reparlais de l'entreprise des Mages, et lui, sur son instrument : *Personne ne s'étonne si moi, tu sais, — j'aime celle qui ne me verra jamais, – d'un autre amour mon cœur ne sait – si ce n'est de celui qu'il ne vit jamais : – ni autre joie rire me feras – et ne sais quel bien m'en viendra, – ah, ah.* Ah, ah... Je renonçai à discuter avec lui de mes projets et, en ce qui concernait le Prêtre, pendant un an environ je ne fis plus rien.

— Et les Rois Mages?

— Rainald a ensuite accompagné les reliques à Cologne, deux ans après, mais il a été généreux, car bien des années auparavant il avait été prévôt de la cathédrale de Hildesheim et, avant d'enfermer les dépouilles des rois dans la châsse de Cologne, il a coupé un doigt à chacun et l'a envoyé en don à sa vieille église. Cependant, au cours de cette même période, Rainald avait dû résoudre d'autres problèmes, et pas des moindres. Juste deux mois avant qu'il pût célébrer son triomphe à Cologne, mourait l'antipape Victor. Ils avaient presque tous poussé un ouf de soulagement, ainsi les choses se mettaient-elles en place toutes seules, et il se pouvait même que Frédéric se réconciliât avec Alexandre. Mais sur ce schisme Rainald vivait, tu comprends seigneur Nicétas, avec deux papes il comptait plus qu'avec un seul. Alors il s'est inventé un nouvel antipape, Pascal III, en organisant une parodie de conclave avec quatre ecclésiastiques cueillis presque en chemin. Frédéric n'était pas convaincu. Il me disait...

— Tu étais revenu auprès de lui? »

Baudolino avait soupiré : « Oui, pour quelques jours. Toujours cette même année, l'impératrice avait donné un fils à Frédéric.

— Qu'as-tu ressenti?

— J'ai compris que je devais définitivement l'oublier. J'ai jeûné sept jours, ne buvant que de l'eau, parce que j'avais lu quelque part que ça purifie l'esprit, et procure à la fin des visions.

— C'est vrai?

— Très vrai, mais dans ces visions il y avait elle. Alors j'ai décidé que je devais voir cet enfant, pour marquer la différence entre le rêve et la vision. Et je suis revenu à la cour. Il était passé plus de deux ans depuis ce jour magnifique et terrible, et depuis lors nous ne nous étions plus revus. Béatrix n'avait d'yeux que pour l'enfant et il semblait que ma vue ne lui procurait aucun trouble. Je me dis alors que, même si je ne pouvais pas me résigner à aimer Béatrix comme une mère, j'aimerais ce bambin comme un frère. Cependant j'observais cette petite chose dans son berceau, et je ne pouvais éviter de penser que, s'il en était allé à peine autrement, celui-ci aurait pu être mon fils. Dans tous les cas, je risquais toujours de me sentir incestueux. »

Pendant ce temps-là, Frédéric était agité par bien d'autres problèmes. Il disait à Rainald qu'un demi-pape garantissait fort peu ses droits, que les Rois Mages c'était très bien, mais insuffisant, car avoir trouvé les Mages ne signifiait pas nécessairement descendre d'eux. Le pape, heureux chançard, pouvait faire remonter ses origines à Pierre, et Pierre avait été désigné par Jésus lui-même, mais le saint empereur romain, que faisait-il ? Il faisait remonter ses origines à César, qui était bien toujours un païen ?

Baudolino avait alors lancé la première idée qui lui était venue à l'esprit, c'est-à-dire que Frédéric pouvait faire remonter sa dignité à Charlemagne. « Mais Charlemagne a été oint par le pape, on en est toujours au même point, avait répliqué Frédéric.

— A moins que tu ne le fasses devenir saint », avait dit Baudolino. Frédéric lui avait enjoint de réfléchir avant de dire des sottises. « Ce n'est pas une sottise », avait rétorqué Baudolino qui, entre-temps, plus que réfléchir, avait presque vu la scène que cette idée pouvait engendrer. « Ecoute : tu vas à Aix-la-Chapelle, où repose la dépouille de Charlemagne, tu l'exhumes, tu la mets dans un beau reliquaire au centre de la Chapelle Palatine et, en ta présence, avec un cortège d'évêques fidèles, y compris le seigneur Rainald qui, en tant qu'archevêque de Cologne, est aussi métropolite de cette province, et une bulle du pape Pascal qui te légitime, tu fais proclamer saint, Charlemagne. Tu comprends ? Tu proclames saint le fondateur du Saint Empire romain, une fois lui saint, il est supérieur au pape et toi, en tant que son légitime successeur, tu es de la lignée d'un saint, délié de toute autorité, fût-ce de celle qui prétendait t'excommunier.

— Par la barbe de Charlemagne, avait dit Frédéric, avec les poils de sa barbe à lui qui se dressaient d'excitation, tu as entendu Rainald? Comme toujours, le garçon a raison! »

Ainsi en était-il allé, même s'il avait fallu attendre la fin de l'année suivante, car certaines choses prennent du temps à les bien préparer.

Nicétas observa que comme idée c'était de la folie, et Baudolino lui répondit que pourtant ça avait marché. Et il regardait Nicétas avec orgueil. C'est normal, pensa Nicétas, ta vanité est démesurée, tu as même fait saint, Charlemagne. De la part de Baudolino, on pouvait s'attendre à tout. « Et après? demanda-t-il.

— Tandis que Frédéric et Rainald s'apprêtaient à canoniser Charlemagne, je me rendais peu à peu compte que ni lui ni les Mages ne suffisaient. Eux, ils se trouvaient tous les quatre au Paradis, sûrement les Mages et espérons Charlemagne aussi, sinon à Aix-la-Chapelle se créait un bel imbroglio, mais il fallait quelque chose qui fût encore ici sur cette terre et où l'empereur pût dire moi je suis ici, ce qui ratifie mon droit. La seule et unique chose que l'empereur pouvait trouver sur cette terre, c'était le royaume du Prêtre Jean. »

11

Baudolino construit un palais
au Prêtre Jean

L E MATIN DU VENDREDI, trois des Génois, Pévéré, Boïamondo et Grillo, vinrent confirmer ce que l'on voyait parfaitement, même de loin. L'incendie s'était éteint, presque tout seul parce que personne ne s'était donné beaucoup de peine pour le maîtriser. Ce qui ne voulait pas dire qu'on pouvait déjà s'aventurer dans Constantinople. Au contraire, circulant mieux dans les rues et sur les places, les pèlerins avaient intensifié leur chasse aux citadins aisés, et au milieu des gravats encore chauds ils démolissaient le peu qui était resté debout, à la recherche des derniers trésors échappés aux premières razzias. Nicétas soupira, affligé, et demanda du vin de Samos. Il voulut aussi qu'on lui grillât dans un voile d'huile des graines de sésame, à mâcher lentement entre une gorgée et l'autre, et puis il réclama aussi un peu de noix et de pistaches, pour mieux suivre le récit qu'il invitait Baudolino à poursuivre.

Un jour le Poète fut envoyé par Rainald à Paris pour quelque ambassade, et il en profita : il revint aux douceurs cabaretières, avec Baudolino et Abdul. Il connut aussi Boron, mais ses imaginations sur le Paradis terrestre paraissaient l'intéresser peu. Les années passées à la cour l'avaient changé,

137

remarquait Baudolino. Il s'était durci, sans cesser de trinquer avec allégresse, il semblait se contrôler pour ne point excéder, pour demeurer sur ses gardes, comme qui attendrait une proie au tournant, prêt à bondir.

« Baudolino, lui avait-il dit un jour, vous, ici, vous perdez votre temps. Ce que, ici, à Paris, nous devions apprendre, nous l'avons appris. Mais tous ces docteurs se chieraient dans les braies si moi, demain, je me présentais à une dispute en grande pompe de ministérial, l'épée au côté. A la cour, j'ai appris quatre choses : si tu vis auprès de grands hommes tu deviens grand toi aussi, les grands hommes sont en réalité très petits, le pouvoir est tout, et il n'y a pas de raison qu'un jour tu ne puisses le prendre toi, du moins en partie. Il faut savoir attendre, certes, mais pas laisser échapper l'occasion. »

Pourtant, il avait aussitôt dressé les oreilles quand il avait entendu que ses amis continuaient à parler du Prêtre Jean. Il les avait laissés à Paris alors que cette histoire paraissait encore imagination de rats de bibliothèque, mais à Milan il avait entendu Baudolino en parler à Rainald comme de quelque chose qui pouvait devenir un signe visible du pouvoir impérial, au moins autant que l'invention des Mages. En ce cas, l'entreprise l'intéressait : et il y participait comme s'il était en train de se construire un engin de guerre. Au fur et à mesure qu'il en parlait, il semblait que pour lui la terre du Prêtre Jean, telle une Jérusalem terrestre, se transformait, de lieu de pèlerinage mystique, en une terre de conquête.

Ainsi rappela-t-il à ses compagnons que, après l'affaire des Mages, le Prêtre était devenu beaucoup plus important qu'avant, il devait se présenter vraiment comme *rex et sacerdos*. Comme roi des rois, il devait avoir un palais en regard duquel ceux des souverains chrétiens, y compris le basileus des schismatiques de Constantinople, auraient l'air de masures, et comme prêtre il devait avoir un temple en regard de quoi les églises du pape seraient des bouges. Il fallait lui donner un palais digne de lui.

« Le modèle existe, dit Boron, c'est la Jérusalem céleste telle que l'a vue l'apôtre Jean dans l'Apocalypse. Elle doit être ceinte de hauts murs, avec douze portes comme les douze tribus d'Israël, au midi trois portes, à l'occident trois portes, à l'orient trois portes, au septentrion trois portes...

— Oui, plaisantait le Poète, et le Prêtre entre par l'une et sort par l'autre, et quand il y a un orage elles claquent toutes ensemble ; tu sais les courants d'air, moi, dans un palais de la sorte, je n'y demeurerais pas, même mort...

— Laisse-moi continuer. Les fondations des murs sont en jaspe, saphir, calcédoine, émeraude, sardoine, sardonyx, chrysolithe, béryl, topaze, chrysoprase, hyacinthe et améthyste, et les douze portes sont douze perles, et la place devant le palais de l'or pur transparent comme du verre.

— Pas mal, dit Abdul, mais je crois que le modèle doit être celui du Temple de Jérusalem, comme le décrit le prophète Ezéchiel. Venez demain matin avec moi à l'abbaye. Un des chanoines, le très docte Richard de Saint-Victor, est en train de chercher la manière de reconstruire le dessin du Temple, étant donné que le texte du prophète est, par endroits, obscur. »

« Seigneur Nicétas, dit Baudolino, je ne sais pas si tu t'es jamais occupé des mesures du Temple.

— Pas encore.

— Bon, ne le fais jamais, il y a de quoi y perdre la tête. Dans le *Livre des Rois*, il est dit que le Temple a soixante coudées de large, trente de haut et vingt de profondeur, et que le portique a vingt coudées de large et dix de profondeur. Dans les *Chroniques*, on dit pourtant que le portique a cent vingt coudées de haut. Or, vingt de large, cent vingt de haut et profond de dix, non seulement le portique serait quatre fois plus haut que tout le Temple, mais de plus il serait si mince qu'il s'écroulerait à peine tu souffles dessus. Mais le plus beau, c'est quand tu te mets à lire la vision d'Ezéchiel. Il n'y a pas une mesure qui tienne, tant et si bien que nombre d'hommes pieux ont admis qu'Ezéchiel avait eu justement une vision, ce qui revient un peu à dire qu'il avait bu un tantinet trop et y voyait double. Rien de mal à ça, pauvre Ezéchiel, lui aussi avait le droit de se distraire, si ce n'était que ce Richard de Saint-Victor avait fait le raisonnement suivant : si chaque chose, chaque nombre,

139

chaque paille dans la Bible a une signification spirituelle, il faut bien comprendre ce que ça dit littéralement, car c'est un compte, pour la signification spirituelle, de dire qu'une chose fait trois de long et un autre neuf de long, étant donné que ces deux nombres ont des significations mystiques différentes. Je ne te dis pas la scène quand nous sommes allés suivre la leçon de Richard sur le Temple. Lui, il avait le livre d'Ezéchiel sous les yeux, et il travaillait avec une cordelette pour prendre toutes les mesures. Il dessinait le profil de la construction qu'Ezéchiel avait décrite, ensuite il prenait des bâtons et des planchettes de bois tendre et, aidé par ses acolytes, il les coupait et cherchait à les faire tenir ensemble avec de la colle et des clous... Il cherchait à reconstruire le Temple, et il réduisait les mesures en proportion, je veux dire que là où Ezéchiel disait une coudée, lui faisait couper de l'épaisseur d'un doigt... Toutes les deux minutes tout dégringolait, Richard se mettait en colère contre ses assistants, disant qu'ils avaient lâché prise, ou trop épargné la colle, eux se justifiaient en disant que c'était lui qui avait donné des mesures erronées. Puis le maître se corrigeait, disait que le texte donnait *porte* sans doute, dans ce cas, pour *portique*, sinon il en résultait une porte presque aussi grande que le Temple entier, d'autres fois il revenait sur ses pas et il disait que quand deux mesures ne coïncidaient pas c'était parce que la première fois Ezéchiel se référait à la mesure de tout l'édifice et la deuxième à la mesure d'une partie. Ou bien, que parfois on disait coudée mais on entendait la coudée géométrique qui vaut six coudées ordinaires. Bref, durant quelques matinées il a été amusant de suivre ce saint homme qui s'escrimait, et nous éclations de rire chaque fois que le Temple s'écroulait. Pour éviter qu'on s'en aperçût, nous faisions semblant de ramasser quelque chose qui nous était tombé des mains, mais à la fin un chanoine s'est rendu compte qu'il nous tombait toujours quelque chose des mains, et il nous a chassés. »

Au cours des jours suivants, Abdul avait suggéré, étant donné qu'Ezéchiel n'en était pas moins du peuple d'Israël, que quelque lumière pouvait venir d'un de ses coreligionnaires. Et, comme ses compagnons observaient scandalisés qu'on ne pouvait pas lire les Ecritures en demandant conseil à un Juif, vu que notoirement cette gent perfide altérait le texte des livres saints pour y effacer toute référence au Christ à venir, Abdul révéla que certains des plus grands maîtres parisiens se servaient de temps à autre, bien qu'en cachette, du savoir des rabbins, au moins pour ces passages où n'était pas en question la venue du Messie. Comme par un fait exprès, précisément ces jours-là, les chanoines victoriens avaient invité l'un d'eux dans leur abbaye, jeune encore mais de grande renommée, Solomon de Gérone.

Naturellement Solomon ne séjournait pas à Saint-Victor : les chanoines lui avaient trouvé une chambre, sombre et fétide, dans une des rues les plus mal en point de Paris. C'était vraiment un homme jeune, même si son visage paraissait consumé par la méditation et par l'étude. Il s'exprimait en un bon latin, mais de façon peu compréhensible parce qu'il avait une curieuse particularité : toutes ses dents, en haut et en bas, de l'incisive centrale à tout le côté gauche de sa bouche, et pas une du côté droit. C'était le matin, mais l'obscurité de la chambre le contraignait à lire avec une lampe allumée, et à l'arrivée des visiteurs il mit les mains sur un rouleau qu'il avait devant lui comme pour empêcher les autres d'y lorgner – précaution inutile : le rouleau était écrit en caractères hébreux. Le rabbin tenta de s'excuser parce que, dit-il, c'était là un livre que les chrétiens justement exécraient, le très malfamé *Toledot Jeschu*, où l'on raconte que Jésus était le fils d'une courtisane et d'un mercenaire, certain Pantera. Mais c'étaient bien les chanoines victoriens qui lui avaient demandé d'en traduire quelques pages, parce qu'ils voulaient comprendre jusqu'à quel point pouvait arriver la perfidie des Juifs. Il dit aussi qu'il faisait ce travail de bon gré car lui-même jugeait ce livre trop sévère, dans la mesure où Jésus était certainement un homme vertueux, eût-il eu la faiblesse de se croire, injustement, le Messie, mais sans doute avait-il été trompé par le Prince des Ténèbres, et les Evangiles aussi admettent qu'il était venu le tenter.

Il fut interrogé sur la forme du Temple selon Ezéchiel, et il sourit : « Les commentateurs les plus attentifs du texte saint n'ont pas réussi à établir comment était exactement le Temple.

Même le grand Rabbi Solomon ben Isaac avait admis que, si l'on suit la lettre du texte, on ne comprend pas où se trouvent les chambres septentrionales extérieures, où elles commencent à l'occident et de combien elles s'étendent à l'est, et ainsi de suite. Vous, chrétiens, vous n'entendez pas que le texte saint naît d'une Voix. Le Seigneur, *ha-qadosh barúch hú*, que le Saint soit toujours béni, quand il parle à ses prophètes il leur fait écouter des sons, il ne montre pas des figures, comme il vous arrive à vous avec vos pages enluminées. La voix suscite certainement des images dans le cœur du prophète, mais ces images ne sont pas immobiles, elles se liquéfient, changent de forme selon la mélodie de cette voix, et si vous voulez réduire à des images les paroles du Seigneur, que soit toujours le Saint béni, vous congelez cette voix, comme une eau fraîche qui deviendrait glace, et ne désaltère plus, mais endort les membres dans le gel de la mort. Le chanoine Richard, pour comprendre le sens spirituel de chaque partie du Temple, voudrait le construire comme le ferait un maître maçon, et il n'y arrivera jamais. La vision est semblable aux rêves, où les choses se transforment les unes dans les autres, pas aux images de vos églises, où les choses restent toujours égales à elles-mêmes. »

Ensuite Rabbi Solomon demanda pourquoi ses visiteurs voulaient savoir comment était le Temple, et eux lui racontèrent leur recherche du royaume du Prêtre Jean. Le rabbin se montra très intéressé. « Peut-être ne savez-vous pas, dit-il, que nos textes aussi nous parlent d'un royaume mystérieux dans le Lointain Orient, où vivent encore les dix tribus perdues d'Israël.

— J'ai entendu parler de ces tribus, dit Baudolino, mais j'en sais très peu de chose.

— C'est tout écrit. Après la mort de Salomon, les douze tribus en quoi était alors divisé Israël entrèrent en conflit. Deux seulement, celle de Judas et celle de Benjamin, restèrent fidèles à la lignée de David, et bien dix tribus s'en allèrent vers le nord, où elles furent déconfites et mises en esclavage par les Assyriens. Et d'elles, on n'a plus jamais rien su. Esdras dit qu'elles partirent vers un pays jamais habité par des hommes, dans une région appelée Arsareth, et d'autres prophètes ont annoncé qu'un jour on les retrouverait et elles feraient un retour triomphal à Jérusalem. Or, un de nos frères, Eldad de la tribu de Dan, il y a plus de cent ans, est arrivé à Qayrawan, en Afrique, où existe une communauté du Peuple Elu, en disant qu'il venait du royaume des dix tribus perdues, une terre bénie par le ciel où l'on vit une vie pacifique, jamais troublée par aucun crime, où vraiment les ruisseaux sont un ruissellement de lait et de miel. Cette terre est demeurée séparée de toute autre contrée parce que défendue par le fleuve Sambatyon, qui est aussi large que la trajectoire d'une flèche tirée par l'arc le plus puissant, mais il est sans eau, et n'y coulent furieusement que sable et pierres avec un bruit si horrible qu'on l'entend même à une demi-journée de marche, et cette matière morte y roule si rapide que, si quelqu'un voulait traverser le fleuve, il serait emporté. Ce cours pierreux ne s'arrête qu'au début du samedi, et le samedi seulement il pourrait être traversé, mais aucun enfant d'Israël ne pourrait violer le repos sabbatique.

— Les chrétiens le pourraient? demanda Abdul.

— Non, parce que le samedi une haie de flammes rend inaccessibles les rives du fleuve.

— Et alors comment a-t-il fait, cet Eldad, pour atteindre l'Afrique? demanda le Poète.

— Cela, je l'ignore, mais qui suis-je, moi, pour discuter les décrets du Seigneur, que soit le Saint toujours béni? Hommes de peu de foi, Eldad pourrait avoir été passé par un ange. Le problème de nos rabbins, qui commencèrent sans tarder à discuter sur ce récit, de Babylone à l'Espagne, était plutôt différent : si les dix tribus perdues avaient vécu selon la loi divine, leurs lois auraient dû être les mêmes que celles d'Israël, tandis que selon le récit d'Eldad elles étaient tout autres.

— Mais si ce dont parle Eldad était le royaume du Prêtre Jean, dit Baudolino, alors ses lois seraient vraiment tout autres que les vôtres, mais semblables aux nôtres, même si elles sont meilleures!

— Voilà ce qui nous sépare de vous les gentils, dit Rabbi Solomon. Vous avez la liberté de pratiquer votre loi, et vous l'avez corrompue, si bien que vous cherchez un lieu où elle serait encore observée. Nous, nous avons gardé notre loi intègre, mais n'avons pas la liberté de la suivre. Quoi qu'il en soit, sache que ce serait aussi mon désir de retrouver ce royaume, car il se pourrait que là-bas nos dix tribus perdues et les gentils vivent en paix et en harmonie, chacun libre de pratiquer sa propre loi, et l'existence même de ce royaume prodigieux serait un exemple pour tous les enfants du Très-Haut, que béni le Saint toujours soit. Et de plus je te dis que je voudrais retrouver ce royaume pour une autre raison. D'après ce qu'affirma Eldad, là-bas on parle encore la Langue Sainte, la langue originaire que le Très-Haut, que le Saint béni toujours soit, avait donnée à Adam, et qui s'est perdue avec l'élévation de la tour de Babel.

— Quelle folie, dit Abdul, ma mère m'a toujours raconté que la langue d'Adam a été reconstruite dans son île, et c'est la langue gaélique, composée de neuf parties du discours, tout autant que furent les neuf matériaux dont était composée la tour de Babel, argile et eau, laine et sang, bois et chaux, poix, lin et bitume... Ce furent les soixante-douze sages de l'école de Fenius qui construisirent la langue gaélique en utilisant des fragments de chacun des soixante-douze parlers nés après la confusion des langues, en raison de quoi le gaélique contient ce qu'il y a de mieux dans chaque langue et comme la langue adamique a la même forme que le monde créé, chaque nom, en lui, exprime l'essence de la chose même qu'il nomme. »

Rabbi Solomon sourit avec indulgence : « De nombreux peuples croient que la langue d'Adam est la leur, en oubliant qu'Adam ne pouvait parler que la langue de la Torah, non pas celle de ces livres qui racontent des histoires de dieux faux et menteurs. Les soixante-douze langues nées après la confusion ignorent des lettres fondamentales : par exemple, les gentils ne connaissent pas la Het et les Arabes ignorent la Peh, d'où il résulte que de telles langues ressemblent au grognement des cochons, au coassement des grenouilles, au craquettement des grues, parce qu'elles sont propres aux peuples qui ont abandonné le juste chemin de la vie. Toutefois la Torah originaire, au moment de la création, était devant le Très-Haut, que béni soit toujours le Saint, écrite comme un feu noir sur un feu blanc, dans un ordre qui n'est pas celui de la Torah écrite, comme nous la lisons aujourd'hui, et qui ne s'est ainsi manifestée qu'après le péché d'Adam. C'est pourquoi je passe chaque nuit des heures et des heures à articuler, avec une grande concentration, les lettres de la Torah écrite, pour les mêler, et les faire tourner telle une roue de moulin, et en faire réaffleurer l'ordre originaire de la Torah éternelle, qui préexistait à la création et avait été confiée aux anges du Très-Haut, que soit béni toujours le Saint. Si je savais qu'il existe un royaume lointain où l'on a conservé l'ordre originaire et la langue qu'Adam parlait avec son créateur avant de commettre son péché, je consacrerais volontiers ma vie à le chercher. »

En disant ces mots le visage de Solomon s'était éclairé d'une telle lumière que nos amis se demandèrent s'il ne valait pas la peine de le faire participer à leurs conciliabules futurs. Ce fut le Poète qui trouva l'argument décisif : que ce Juif voulût trouver dans le royaume de Prêtre Jean sa langue et ses dix tribus, il ne fallait pas que cela les troublât ; le Prêtre Jean devait être puissant au point de gouverner jusqu'aux tribus perdues des Juifs, et on ne voit pas pourquoi il ne devrait pas parler aussi la langue d'Adam. La question principale était d'abord de construire ce royaume, et à cette fin un Juif pouvait être aussi utile qu'un chrétien.

Avec tout ça, on n'avait pas encore décidé comment devait être le palais du Prêtre. Ils résolurent le problème des nuits après, les cinq dans la chambre de Baudolino. Inspiré par le génie du lieu, Abdul se décida à révéler aux nouveaux amis le secret du miel vert, disant qu'il pourrait les aider à ne pas penser mais à voir directement le palais du Prêtre.

Rabbi Solomon dit aussitôt qu'il connaissait des façons beaucoup plus mystiques pour obtenir des visions, et que, la nuit tombée, il lui suffisait de murmurer les multiples combinaisons des lettres du nom secret du Seigneur, en les faisant tourner sur la langue tel un rouleau, sans les laisser jamais se reposer, et alors il en naissait un tourbillon et de pensées et d'images jusqu'à tomber comme plomb dans un bienheureux épuisement.

Le Poète paraissait méfiant au début, puis il s'était résolu à essayer mais, voulant tempérer la vertu du miel avec celle du vin, il avait perdu à la fin toute retenue et il déraisonnait mieux que les autres.

Et voilà que, une fois atteint le bon état d'ivresse, en s'aidant des quelques rares traits tremblés qu'il traçait sur la table de son doigt trempé dans le cruchon, il proposa que le palais devrait être comme celui que l'apôtre Thomas avait fait construire pour Gundophore, roi des Indiens : plafonds et poutres en bois de Chypre, le toit d'ébène, et une coupole surmontée de deux pommes d'or sur chacune desquelles brillaient deux escarboucles, si bien que l'or resplendissait le jour à la lumière du soleil et les gemmes la nuit à la lumière de la lune. Puis il avait cessé de se fier à sa mémoire, et à l'autorité de Thomas; il avait commencé à voir des portes de sardonyx mélangée de corne du serpent céraste empêchant qui la franchit d'introduire du poison à l'intérieur, et des fenêtres de cristal, des tables d'or sur des colonnes d'ivoire, des lumières qu'alimente du baume, et le lit du Prêtre en saphir pour protéger sa chasteté, car – terminait le Poète – ce Jean peut être roi tant que vous voulez, mais il a aussi sa dignité sacerdotale et donc, les femmes, pas question.

« Cela me semble beau, dit Baudolino, mais pour un roi qui gouverne sur un aussi vaste territoire je placerais aussi, dans quelques salles, de ces automates qui, dit-on, étaient à Rome et avertissaient quand une des provinces se soulevait.

— Je ne crois pas que dans le royaume du Prêtre Jean, observa Abdul, il puisse y avoir des révoltes, car il y règne paix et harmonie. » Cependant l'idée des automates ne lui déplaisait pas, parce que tout le monde savait qu'un grand empereur, qu'il fût maure ou chrétien, se devait d'avoir des automates à sa cour. Donc il les vit, et avec une admirable hypotypose il les rendit visibles à ses amis aussi : « Le palais se trouve sur une montagne, et c'est la montagne qui est faite d'onyx, avec une cime si lissée qu'elle resplendit comme la lune. Le temple est rond, sa coupole est d'or et d'or sont les murs incrustés de gemmes si rutilantes de lumières qu'elles produisent de la chaleur en hiver et de la fraîcheur en été. Le plafond est incrusté de saphirs qui représentent le ciel, et d'escarboucles qui représentent les étoiles. Un soleil doré et une lune d'argent, voilà les automates, ils parcourent la voûte céleste, et des oiseaux mécaniques chantent chaque jour, tandis que dans les angles quatre anges de bronze doré les accompagnent avec leurs buisines. Le

146

palais se dresse sur un puits caché où des attelages de chevaux actionnent une meule pour le faire tourner selon le changement des saisons, et ainsi devient-il l'image du cosmos. Sous le pavement de cristal nagent des poissons et de fabuleuses créatures marines. Cependant j'ai entendu parler de miroirs dans lesquels on peut voir tout ce qui arrive. Voilà qui serait très utile au Prêtre pour contrôler les extrêmes confins de son royaume... »

Le Poète, désormais enclin à l'architecture, se mit à dessiner le miroir en expliquant : « Il sera placé très haut, qu'on y accède par cent et vingt-cinq degrés de porphyre...

— Et d'albâtre, suggéra Boron qui, jusqu'alors, avait couvé en silence l'effet du miel vert.

— Va pour l'albâtre aussi. Et les degrés suprêmes seront d'ambre et de panthère.

— Qu'est-ce que la panthère, le père de Jésus? demanda Baudolino.

— Ne sois pas idiot, Pline en parle, c'est une pierre multicolore. Mais en réalité le miroir s'appuie sur un unique pilier. Ou plutôt non, ce pilier soutient une base sur laquelle reposent deux piliers, et ceux-ci soutiennent une base sur laquelle reposent quatre piliers, et ainsi de suite en augmentant le nombre des piliers jusqu'à ce que sur la base médiane il y en ait soixante-quatre. Ceux-ci soutiennent une base avec trente-deux piliers qui soutiennent une base avec seize piliers, et ainsi de suite en diminuant jusqu'à ce qu'on arrive à un unique pilier sur lequel s'appuie le miroir.

— Ecoute, dit Rabbi Solomon, avec cette histoire de piliers le miroir tombe à peine quelqu'un s'appuie à la base.

— Toi, tais-toi, que tu es faux comme l'âme de Judas. Toi, ça te va parfaitement si votre Ezéchiel voyait un Temple dont on ignore comment il était; si un maçon chrétien vient te dire qu'il ne pouvait pas tenir debout, tu lui réponds qu'Ezéchiel entendait des voix et ne faisait pas cas des figures, et moi alors je ne dois faire que des miroirs qui tiennent debout? Alors j'y mets aussi douze mille hommes armés à la garde du miroir, tous autour de la colonne de base, et ils y penseront eux à le tenir droit. D'accord?

« — D'accord, d'accord, le miroir est à toi », disait, conciliant, Rabbi Solomon.

Abdul suivait ces propos en souriant, les yeux perdus dans le vide, et Baudolino comprenait que dans ce miroir il aurait voulu apercevoir au moins l'ombre de sa princesse lointaine.

« Au cours des jours suivants, nous dûmes nous hâter parce qu'il fallait que le Poète reparte, et il ne voulait pas rater le reste de l'histoire, dit Baudolino à Nicétas. Mais nous étions maintenant sur la bonne voie.

— Sur la bonne voie? Mais ce Prêtre était, à mon avis, moins crédible que les Mages habillés en cardinaux et que Charlemagne au milieu des cohortes angéliques...

— Le Prêtre serait devenu crédible s'il s'était manifesté, en personne, par une lettre à Frédéric. »

12

Baudolino écrit la lettre du Prêtre Jean

L A DÉCISION D'ÉCRIRE une lettre du Prêtre Jean fut inspi-
rée par une histoire que Rabbi Solomon avait écoutée
chez les Arabes d'Espagne. Un marin, Sindbad, dont la
vie s'était passée au temps du calife Harun al-Rachid, avait fait
un jour naufrage sur une île, qui se trouve sous la ligne de
l'équinoxe, si bien que la nuit comme le jour y durent exactement douze heures. Sindbad disait avoir vu sur l'île de
nombreux Indiens, l'île était donc proche de l'Inde. Les Indiens l'avaient emmené pour le mettre en présence du prince
de Sarandib. Ce prince ne se déplaçait que sur un trône monté
sur un éléphant, haut de huit coudées, et à ses côtés marchaient
en double rang ses feudataires et ses ministres. Le précédait un
héraut avec son javelot d'or et derrière lui un deuxième avec
une masse d'or qui avait en guise de sommet une émeraude.
Quand il descendait de son trône pour continuer à cheval, le
suivaient mille cavaliers vêtus de soie et de brocart, et un autre
héraut le précédait en criant qu'arrivait un roi qui possédait
une couronne comme jamais n'en eut Salomon. Le prince avait
donné audience à Sindbad, s'enquérant beaucoup du royaume
d'où il venait. A la fin, il lui avait demandé d'apporter à Harun
al-Rachid une lettre écrite sur parchemin de peau d'agneau
avec une encre outremer, qui disait : « Je t'envoie le salut de la
paix, moi prince de Sarandib, par-devant qui sont mille élé-

149

phants, et dans le palais de qui les merles sont faits de joyaux. Nous te considérons comme un frère et te prions de nous envoyer une réponse. Et nous te prions d'accepter cet humble don. » L'humble don était une énorme coupe de rubis, au creux orné de perles. Ce don et cette lettre avaient rendu encore plus vénéré dans le monde sarrasin le nom du grand Harun al-Rachid.

« Ton marin a certainement été dans le royaume du Prêtre Jean, dit Baudolino. Seulement, en arabe, on l'appelle de façon différente. Mais il a menti en disant que le Prêtre aurait envoyé des lettres et des dons au calife, car Jean est chrétien, encore que nestorien, et s'il avait à envoyer une lettre il l'adresserait à Frédéric empereur.

— Et alors, on va l'écrire, cette lettre », dit le Poète.

En allant à la chasse de toute nouvelle qui pût alimenter leur construction du royaume du Prêtre, nos amis avaient rencontré Kyot. C'était un jeune homme natif de la Champagne, à peine revenu d'un voyage en Bretagne, l'âme encore enflammée d'histoires de chevaliers errants, mages, fées et maléfices, que les habitants de ces terres racontent dans les veillées nocturnes autour du feu. Quand Baudolino lui avait touché un mot des merveilles du palais du Prêtre Jean, il avait poussé un cri : « Mais moi, en Bretagne, j'ai déjà entendu parler d'un château comme ça, ou presque! C'est celui où on conserve le Gradale!

— Qu'est-ce que tu en sais, du Gradale? avait demandé Boron, devenant soudain soupçonneux, comme si Kyot avait allongé la main sur une chose qui ne lui appartenait pas.

— Qu'en sais-tu toi-même? avait répliqué Kyot, également soupçonneux.

— En somme, avait dit Baudolino, je vois que ce gradale vous tient à cœur à tous les deux. Qu'est-ce que c'est? Autant que je sache, un gradale devrait être une sorte d'escuelle.

— Ecuelle, écuelle, avait souri Boron, indulgent. Un calice, plutôt. » Puis, comme se résolvant à révéler son secret : « Je m'étonne que vous n'en ayez pas entendu parler. C'est la relique la plus précieuse de toute la chrétienté, la coupe où Jésus a consacré le vin de la Dernière Cène, et avec laquelle ensuite Joseph d'Arimathie a recueilli le sang qui coulait de la poitrine du

Crucifié. Certains disent que le nom de cette coupe est Saint Graal, d'autres disent Sangreal, sang royal, car qui la possède fait alors partie d'une lignée de chevaliers élus, de la même souche que David et Notre Seigneur.

— Gradale ou Graal ? demanda le Poète, sitôt attentif en entendant que quelque chose pouvait conférer quelque pouvoir.

— On ne sait, dit Kyot. Il en est qui disent aussi Grasal et d'autres Graalz. Et il n'est pas dit que ce soit une coupe. Qui l'a vu ne se rappelle pas sa forme, mais sait seulement que c'était un objet doté de pouvoirs extraordinaires.

— Qui l'a vu ? demanda le Poète.

— Certainement les chevaliers qui le gardaient dans Brocéliande. Mais d'eux aussi on a perdu toute trace, et moi je n'ai connu que des gens qui en parlent.

— Il vaudrait mieux qu'on parlât moins de cette chose, et qu'on cherchât à en savoir davantage, dit Boron. Ce garçon est allé maintenant en Bretagne, il vient à peine d'en entendre parler, et déjà il me regarde comme si je voulais lui voler ce qu'il n'a pas. Tout le monde en est là. On entend parler du Gradale, et on pense être le seul qui le trouvera. Mais moi, en Bretagne et dans les îles au-delà des mers, j'ai passé cinq ans, sans parler, juste pour trouver...

— Et tu l'as trouvé ? demanda Kyot.

— Le problème n'est pas de trouver le Gradale, mais les chevaliers qui savaient où il était. J'ai erré, j'ai demandé, je ne les ai jamais rencontrés. Sans doute n'étais-je pas un élu. Et me voilà ici, à fouiller dans les parchemins avec l'espoir de découvrir une trace qui m'a échappé en vagabondant parmi ces forêts...

— Mais ça rime à quoi de parler du Gradale, dit Baudolino, s'il est en Bretagne ou dans ces îles, alors ça n'a aucun intérêt pour nous car il n'a rien à voir avec le Prêtre Jean. » Non, avait dit Kyot, parce que où se trouvent le château et l'objet qu'il protège cela n'a jamais été clair mais, parmi toutes les histoires qu'il avait entendues, il y en avait une selon laquelle un de ces chevaliers, Feirefiz, l'avait retrouvé et puis il l'avait donné à son fils, un prêtre qui deviendrait roi de l'Inde.

151

« Folies, avait dit Boron, et moi j'aurais cherché pendant des années dans un mauvais endroit? Mais qui t'a raconté l'histoire de ce Feirefiz?

— Toute histoire peut être bonne, avait dit le Poète, et si tu suis celle de Kyot, qui sait, tu pourras découvrir ton Gradale. Mais, pour le moment, ce qui nous importe ce n'est pas tant de le trouver que d'établir s'il vaut la peine de le rattacher au Prêtre Jean. Mon cher Boron, nous ne cherchons pas une chose, mais quelqu'un qui puisse en parler. » Puis, s'adressant à Baudolino : « Pense un peu! Le Prêtre Jean possède le Gradale, de là vient sa très haute dignité, et il pourrait transmettre cette dignité à Frédéric en lui en faisant don!

— Et ce pourrait être la même coupe de rubis que le prince de Sarandib avait envoyée à Harun al-Rachid », suggéra Solomon qui, d'excitation, s'était mis à siffler du côté édenté. « Les Sarrasins honorent Jésus comme un grand prophète, ils pourraient avoir découvert la coupe, et puis Harun pourrait l'avoir à son tour donnée au Prêtre...

— Magnifique, dit le Poète. La coupe comme vaticination de la reconquête de ce que les Maures ont eu en injuste possession. Mieux que Jérusalem! »

Ils décidèrent d'essayer. Abdul réussit à soustraire nuitamment du *scriptorium* de l'abbaye de Saint-Victor un parchemin de grande valeur, jamais gratté. Il ne lui manquait qu'un sceau pour avoir l'air de la lettre d'un roi. Dans cette chambre qui était pour deux, et maintenant hébergeait six personnes toutes autour d'une table bancale, Baudolino, les yeux fermés, comme inspiré, dictait. Abdul écrivait car sa calligraphie, qu'il avait apprise dans les royaumes chrétiens d'Outremer, pouvait rappeler la façon dont écrit, en lettres latines, un Oriental. Avant de commencer il avait proposé, afin que tous fussent inventifs et subtils au bon moment, de liquider le fond de miel vert resté dans le pot, mais Baudolino avait répliqué que ce soir-là il fallait être lucide.

Ils s'étaient aussitôt demandé si le Prêtre n'aurait pas dû écrire dans sa langue adamique, ou au moins en grec, mais on avait conclu qu'un roi comme Jean avait probablement à son service des secrétaires qui savaient chaque langue, et par respect envers Frédéric il devait écrire en latin. C'est qu'aussi, avait ajouté Baudolino, la lettre devait étonner et convaincre le pape et les autres princes chrétiens, et être donc d'abord compréhensible pour eux. Ils débutèrent.

Le Presbyter Johannes, par vertu et pouvoir de Dieu et de Notre Seigneur Jésus-Christ seigneur de ceux qui gouvernent, à Frédéric, saint et romain empereur souhaite santé et jouissance perpétuelle des divines bénédictions...

Il avait été annoncé à notre majesté que tu tenais en grand compte notre excellence et que nouvelle de notre grandeur t'était parvenue. Mais nous avons su par nos émissaires que tu voulais nous envoyer quelque chose d'agréable et de divertissant, au plaisir de notre clémence. Volontiers nous acceptons le don, et par l'intermédiaire d'un de nos ambassadeurs nous t'envoyons un signe de notre côté, désireux de savoir si tu suis avec nous la juste foi et si en tout et pour tout tu crois en Notre Seigneur Jésus-Christ. Par largesse de notre munificence, si quelque chose te sert qui puisse te procurer plaisir, fais-le-nous savoir, aussi bien par un signe de notre messager que par un témoignage de ton affection. Accepte en retour...

« Arrête-toi un instant, dit Abdul, ce pourrait être le moment où le Prêtre envoie à Frédéric le Gradale !

— Oui, dit Baudolino, mais ces deux insensés de Boron et de Kyot ne sont pas encore arrivés à dire de quoi il s'agit !

— Ils ont entendu tant d'histoires, ils ont vu tant de choses, peut-être ne se souviennent-ils pas de tout. Voilà pourquoi je proposais le miel : il faut leur délier les idées. »

Peut-être bien, Baudolino qui dictait et Abdul qui écrivait pouvaient se limiter au vin, mais les témoins, ou les sources de la révélation, devaient être stimulés par le miel vert. Et voilà pourquoi, à peine quelques instants plus tard, Boron, Kyot (stupéfait par les nouvelles sensations qu'il éprouvait) et le Poète, qui désormais avait pris goût au miel, étaient assis par terre, un sourire ahuri buriné sur leur visage, et ils divaguaient comme autant d'otages d'Aloadin.

« Oh oui, disait Kyot, il y a un grand salon, et des torches qui éclairent la salle d'une clarté telle que jamais on n'en pourrait imaginer de pareille. Et un valet apparaît, qui empoigne une si blanche lance qu'elle brille au feu de la cheminée. De la pointe de la lance sort une goutte de sang qui coule sur la main du valet... Puis arrivent deux autres valets avec des chandeliers d'or niellés où brillent au moins dix chandelles sur chacun d'eux. Les valets sont très beaux... Maintenant voici qu'entre une demoiselle qui tient le Gradale, et une grande lumière se répand à travers la salle... Les chandelles pâlissent comme la lune et les étoiles quand se lève le soleil. Le Gradale est fait de l'or le plus pur, avec, serties, d'extraordinaires pierres précieuses, les plus riches qui existent de par la mer et de par la terre... Entre à présent une autre jouvencelle qui porte un tailloir d'argent...

— Et comment est-il fait, ce maudit Gradale? criait le Poète.

— Je ne le sais pas, je ne vois qu'une lumière...

— Toi, tu ne vois qu'une lumière, dit alors Boron, mais moi je vois davantage... Des flambeaux illuminent la salle, oui, mais à présent on entend un coup de tonnerre, un terrible tremblement, comme si le palais s'effondrait. Tombe une grande ténèbre... Non, maintenant un rayon de soleil illumine le palais sept fois plus qu'avant. Oh, voilà qu'entre le saint Gradale couvert d'un drap de velours blanc, et à son entrée le palais est envahi par les parfums de toutes les épices du monde. Et, au fur et à mesure que le Gradale passe autour de la table, les chevaliers voient leurs plats se remplir de toutes les nourritures qu'ils pouvaient désirer...

— Mais comment est-il ce Gradale du diable? interrompait le Poète.

— Ne blasphème pas, c'est une coupe.

— Comment le sais-tu, s'il se trouve sous un drap de velours?

— Je le sais parce que je le sais, s'obstinait Boron. On me l'a dit.

— Que tu sois damné dans les siècles des siècles et tourmenté par mille démons! On dirait que tu as une vision et puis tu racontes ce qu'on t'a dit et tu ne vois pas? Mais tu es pire que ce coyon d'Ezéchiel qui ne savait pas ce qu'il voyait parce que

154

ces espèces de Juifs ne regardent pas les enluminures et qu'ils n'écoutent que les voix!

— Je t'en prie, blasphémateur, intervenait Solomon, pas pour moi, mais la Bible est livre sacré pour vous aussi, abominables gentils!

— Calmez-vous, calmez-vous, disait Baudolino. Mais écoute ça, Boron. Admettons que le Gradale est la coupe où Notre Seigneur a consacré le vin. Comment pouvait-il, Joseph d'Arimathie, y recueillir le sang du crucifié si, quand il dépose Jésus de la croix, notre Sauveur était déjà mort, et comme tu sais le sang ne coule pas des morts?

— Même mort, Jésus pouvait faire des miracles.

— Ce n'était pas une coupe, interrompit Kyot, parce que celui qui m'a raconté l'histoire de Feirefiz m'a aussi révélé que c'était une pierre tombée du ciel, *lapis ex coelis*, et si c'était une coupe c'est parce qu'elle avait été ciselée dans cette pierre céleste.

— Et alors pourquoi n'était-ce pas la pointe de la lance qui a percé le saint côté? demandait le Poète. N'as-tu pas dit avant que tu voyais entrer dans le salon un valet qui portait une lance sanglante? Bien, et moi je vois non pas un mais trois valets avec une lance d'où tombent des rus de sang... Et puis un homme vêtu en évêque, une croix à la main, porté sur un siège par quatre anges qui le déposent devant la table d'argent où se trouve maintenant la lance... Ensuite, deux jouvencelles qui se présentent avec un plateau où la tête coupée d'un homme est immergée dans le sang. Et puis l'évêque qui officie au-dessus de la lance, et lève l'hostie, et dans l'hostie apparaît l'image d'un enfant! La lance est l'objet prodigieux, elle est signe de pouvoir parce qu'elle est signe de force!

— Non, la lance exsude du sang, mais les gouttes tombent dans une coupe, comme démonstration du miracle dont je parlais, disait Boron. C'est si simple... » Et il commençait à sourire.

« Arrêtons ça, dit Baudolino, désolé. Laissons tomber le Gradale et poursuivons.

— Mes amis, dit alors Rabbi Solomon, avec le détachement de celui qui, en tant que Juif, n'était pas tellement impressionné par cette relique sacrée, mes amis, faire aussitôt offrir par le Prêtre un objet de pareille nature me semble exagéré. En outre, qui lit la lettre pourrait demander à Frédéric de montrer ce prodige. Toutefois nous ne pouvons exclure que les histoires écoutées par Kyot et par Boron ne circulent pas déjà en de nombreux endroits, il suffirait donc d'une allusion et comprenne qui veut comprendre. N'écrivez pas Gradale, n'écrivez pas coupe, utilisez un terme plus imprécis. La Torah ne dit jamais les choses les plus sublimes dans un sens littéral, mais selon un sens secret que le lecteur dévot doit peu à peu deviner, celui que le Très-Haut, que le Saint béni soit toujours, voulait que l'on comprît à la fin des temps. »

Baudolino suggéra : « Disons alors qu'il lui envoie un écrin, un coffre, une arche, disons *accipe istam veram arcam*, accepte cet écrin véridique...

— Pas mal, dit Rabbi Solomon. Cela voile et dévoile en même temps. Et ouvre la voie au tourbillon de l'interprétation. »

Ils continuèrent à écrire.

S'il te plaît de venir dans nos domaines, nous te ferons le plus grand et le plus digne de notre cour et tu pourras jouir de nos richesses. De celles-ci, qui parmi nous abondent, tu seras enfin comblé s'il te plaît de retourner dans ton empire. Souviens-toi des Quatre fins de l'homme, et tu ne pécheras jamais.

Après cette pieuse recommandation, le Prêtre passait à la description de sa puissance.

« Aucune humilité, conseillait Abdul, le Prêtre se trouve à une telle hauteur qu'il peut se permettre des gestes de superbe. »

Pensez donc. Baudolino n'eut point d'hésitation, et il dicta. Ce *dominus dominantium* dépassait en pouvoir tous les rois de la terre et ses richesses étaient infinies, soixante-douze rois lui payaient tribut, soixante-douze provinces lui obéissaient, toutes ne fussent-elles pas chrétiennes – et voilà Rabbi Solomon satisfait, puisqu'on lui situait aussi dans le royaume les tribus perdues d'Israël. Sa souveraineté s'étendait sur les trois Indes,

156

ses territoires atteignaient les déserts les plus lointains, jusqu'à la tour de Babel. Chaque mois servaient à la table du Prêtre sept rois, soixante-douze ducs et trois cent soixante-cinq comtes, et chaque jour prenaient place à cette table douze archevêques, dix évêques, le patriarche de Saint-Thomas, le métropolite de Samarcande et l'archiprêtre de Suse.

« N'est-ce pas trop ? demandait Solomon.

— Non, non, dit le Poète, il faut faire crever de dépit et le pape et le basileus de Byzance. Et ajoute que le Prêtre a fait vœu de visiter le Saint-Sépulcre avec une grande armée pour tailler en pièces les ennemis du Christ. Ceci, afin de confirmer ce qu'en avait dit Otton, et clore le bec au pape si par hasard il objecte que, cependant, il n'avait pas réussi à traverser le Gange. Jean s'y essaiera de nouveau, raison pour quoi cela vaut la peine d'aller le chercher et de sceller une alliance avec lui.

— A présent, donnez-moi des idées pour peupler le royaume, dit Baudolino. Il faut qu'y vivent des éléphants, des dromadaires, des chameaux, des hippopotames, des panthères, des onagres, des lions blancs et roux, des cigales muettes, des griffons, des tigres, des lamies, des hyènes, toutes ces choses qu'on ne voit jamais chez nous, et dont les dépouilles seraient précieuses pour qui déciderait d'aller à la chasse là-bas. Et puis des hommes jamais vus, mais dont parlent les livres sur la nature des choses et de l'univers...

— Sagittaires, hommes cornus, faunes, satyres, pygmées, cynocéphales, géants de quarante coudées de haut, hommes monoculaires, suggérait Kyot.

— Bien, bien, bien, écris Abdul, écris », disait Baudolino.

Pour le reste il n'y avait qu'à reprendre ce qui avait été pensé et dit au cours des années précédentes, avec quelques embellissements. La terre du Prêtre ruisselait de miel et débordait de lait – et Rabbi Solomon se délectait à retrouver des échos de l'Exode, du Lévitique ou du Deutéronome –, elle n'hébergeait ni serpents ni scorpions, y coulait le fleuve Ydonus qui flue directement du Paradis terrestre, et dans son lit on trouvait... Des pierres et du sable, suggérait Kyot. Non, répondait Rabbi Solomon, ça c'est le Sambatyon. Et le Sambatyon, on ne doit pas le mettre ? Si, mais après, l'Ydonus coule à partir du Paradis terrestre et contient donc... Des émeraudes, des topazes, des escarboucles, des saphirs, des chrysolithes, des onyx, des béryls, des améthystes, contribuait Kyot qui venait d'arriver et ne comprenait pas que ses amis dussent donner des signes de nausée (si vous me présentez encore une topaze, je l'avale et puis je la chie par la fenêtre, s'écriait Baudolino), mais désormais, avec toutes les îles fortunées et les paradis qu'ils avaient visités au cours de leur recherche, des pierres précieuses ils n'en pouvaient plus.

Alors Abdul proposa, vu que le royaume se trouvait à l'orient, de nommer des épices rares, et on opta pour le poivre. Dont Boron dit qu'il pousse sur des arbres infestés de serpents, et quand il est mûr on met le feu aux arbres, les serpents s'enfuient et s'enfilent dans leurs trous, on s'approche des arbres, on les secoue, on fait tomber le poivre des ramilles, et on le cuit d'une manière que personne ne connaît.

« Maintenant on peut placer le Sambatyon ? » demanda Solomon. « Plaçons-le donc, dit le Poète, ainsi il est clair que les dix tribus perdues se trouvent au-delà du fleuve, mieux, nommons-les explicitement, et que Frédéric puisse aussi retrouver les tribus perdues, ce sera là un trophée de plus pour sa gloire. » Abdul observa qu'il fallait le Sambatyon car c'était l'obstacle insurmontable qui fouette la volonté et aiguise le désir, autrement dit la Jalousie. Quelqu'un avait proposé de mentionner aussi un ruisseau souterrain plein de gemmes précieuses. Baudolino avait dit qu'Abdul pouvait bien même l'écrire, mais lui il ne voulait pas s'en mêler de peur d'entendre encore nommer une topaze. Témoins Pline et Isidore, on décida en revanche de placer sur cette terre les salamandres, serpents à quatre pattes qui ne vivent que dans les flammes.

« Il suffit que ce soit vrai, et nous le mettons, avait dit Baudolino, l'important c'est de ne pas raconter des histoires. »

La lettre insistait encore un peu sur la vertu qui régnait dans ces terres où chaque pèlerin se voyait accueilli avec charité, où il n'existait aucun pauvre, ni voleurs, pillards, avares, adulateurs. Le Prêtre affirmait, sitôt après, penser qu'il n'existait pas au monde monarque aussi riche et avec tant de sujets. Pour preuve de cette richesse, comme d'ailleurs Sindbad avait vu à Sarandib, voici la grande scène où le Prêtre se décrivait tandis qu'il entrait en guerre contre ses ennemis, précédé par treize croix constellées de joyaux, chacune sur un char, chaque char suivi par dix mille chevaliers et cent mille valets d'armes. Par contre, quand le Prêtre chevauchait en temps de paix, il était précédé par une croix de bois, en souvenir de la passion du Seigneur, et par un vase d'or plein de terre, pour rappeler à tous et à lui-même que nous sommes poussière et poussière redeviendrons. Mais afin que personne n'oubliât que celui qui passait était bien toujours le roi des rois, voilà aussi un vase d'argent rempli d'or. « Si tu y mets des topazes, je te casse ce cruchon sur la tête », avait averti Baudolino. Et Abdul, du moins pour cette fois, n'en avait pas mis.

« Cependant, écris encore que là-bas il n'y a pas d'adultères, et que personne ne peut mentir, et que ceux qui mentent meurent à l'instant, en somme c'est comme s'ils mouraient car ils sont mis au ban et nul n'a plus cure d'eux.

— Mais j'ai déjà écrit qu'il n'y a pas de vices, qu'il n'y a pas de voleurs...

— N'importe, insiste, le royaume du Prêtre Jean doit être un lieu où les chrétiens parviennent à observer les commandements divins, alors que le pape n'est parvenu à obtenir rien de semblable avec ses fils, pire il ment lui aussi, et plus que les autres. Et puis, en insistant sur le fait que là-bas personne ne ment, il apparaît évident que tout ce que Jean dit est vrai. »

Jean continuait en disant que chaque année il rendait visite, accompagné d'une grande armée, à la tombe du prophète Daniel dans Babylone déserte, que dans son pays on pêchait des poissons dont on tirait la pourpre de leur sang, et qu'il exerçait sa souveraineté sur les Amazones et sur les Brahmanes. L'histoire des Brahmanes avait semblé utile à Boron car les Brahmanes avaient été vus par Alexandre le Grand quand il avait touché l'Orient le plus extrême que l'on pût imaginer. Leur présence prouvait donc que le royaume du Prêtre avait englobé l'empire même d'Alexandre.

Arrivés là, il n'y avait plus qu'à décrire son palais et son miroir magique, et sur ce dernier le Poète avait déjà tout dit des soirs auparavant. Sauf qu'il le rappela en murmurant à l'oreille d'Abdul, de façon que Baudolino n'entendît pas encore parler de topazes et de béryls, mais il est clair qu'il en fallait dans ce cas-là.

« Moi je crois que celui qui lira, dit Rabbi Solomon, se demandera pourquoi un roi si puissant doit se faire appeler seulement prêtre.

— Exact, ce qui nous permet d'arriver à la conclusion, dit Baudolino. Ecris, Abdul... »

Pourquoi donc, ô très cher Frédéric, notre sublimité ne nous permet pas un appellatif plus digne que celui de Presbyter est une question qui fait honneur à ta sagesse. A notre cour nous avons certainement des ministériaux investis de fonctions et de noms beaucoup plus dignes, surtout en ce qui concerne la hiérarchie ecclésiastique... Notre sénéchal est primat et roi, roi et archevêque notre échanson, évêque et roi notre chambellan, roi et archimandrite notre maréchal, roi et abbé le chef de nos queux. Ainsi donc notre altesse, ne pouvant supporter d'être désignée par ces mêmes appellatifs, ou d'être élevée aux mêmes ordres dont abonde notre cour, par humilité j'ai établi d'être appelé d'un nom moins important et avec un grade inférieur. Pour le moment qu'il te suffise de savoir que notre territoire s'étend d'un côté sur quatre mois de marche, tandis que de l'autre côté nul ne sait jusqu'où il peut arriver. Si tu pouvais toi dénombrer les étoiles du ciel et le sable de la mer, alors tu pourrais mesurer nos possessions et notre puissance.

C'était presque l'aube quand nos amis eurent terminé la lettre. Qui avait pris du miel vivait encore dans un état de souriante stupeur, qui n'avait bu que du vin était gris, le Poète, qui avait absorbé de nouveau l'une et l'autre substance, tenait péniblement debout. Ils allèrent chantant par les ruelles et les places, touchant le parchemin avec révérence, désormais convaincus qu'il venait tout juste d'arriver du royaume de Prêtre Jean.

« Tu l'as envoyé aussitôt à Rainald? demanda Nicétas.

— Non. Après le départ du Poète, pendant des mois et des

160

mois nous l'avons relu, et parachevé, grattant et récrivant plusieurs fois. De temps à autre l'un de nous proposait un petit ajout.

— Mais Rainald attendait la lettre, j'imagine...

— L'histoire c'est qu'entre-temps Frédéric avait libéré Rainald de la charge de chancelier de l'empire, pour la donner à Christian de Buch. Bien sûr Rainald, en tant qu'archevêque de Cologne, était aussi archichancelier d'Italie et demeurait très puissant, à telle enseigne que c'est lui, toujours, qui a organisé la canonisation de Charlemagne, mais cette substitution, du moins à mes yeux, signifiait que Frédéric avait commencé de sentir Rainald comme trop envahissant. Or donc, comment présenter à l'empereur une lettre qui, au fond, avait été voulue par Rainald ? J'oubliais : l'année même de la canonisation, Béatrix devenait mère d'un second fils, l'empereur avait donc ses pensées occupées ailleurs, d'autant qu'il m'arrivait des bruits au sujet de son premier fils donné comme continuellement malade. Ainsi, entre une chose et l'autre, il est passé plus d'un an.

— Rainald n'insistait pas ?

— D'abord il avait d'autres projets en tête. Puis il mourut. Alors que Frédéric était à Rome pour chasser Alexandre III et placer sur le trône son antipape, une épidémie de peste éclata, et la peste prend les riches comme les pauvres. Rainald aussi mourut. J'en suis resté secoué, même si je ne l'avais jamais vraiment aimé. Il était arrogant et rancunier, mais il avait été un homme hardi et il s'était battu jusqu'à la fin pour son seigneur. Paix à son âme. Sauf que, désormais, sans lui, la lettre avait-elle encore un sens ? C'était le seul suffisamment malin pour savoir en tirer parti en la faisant circuler dans les chancelleries de tout le monde chrétien. »

Baudolino fit une pause : « Et puis il y avait l'affaire de ma ville.

— Mais laquelle, si tu es né dans un marécage ?

— C'est vrai, je vais trop vite. Il nous faut encore construire la ville.

— Enfin tu ne me parles pas d'une ville détruite !

— Oui, dit Baudolino, c'est la première et l'unique fois dans ma vie que je devais voir une ville naître, et non pas mourir. »

13

Baudolino voit naître une nouvelle ville

IL Y AVAIT DÉSORMAIS dix ans que Baudolino vivait à Paris, il avait lu tout ce qu'il pouvait lire, il avait appris le grec auprès d'une prostituée byzantine, il avait écrit des poésies et des lettres d'amour qui seraient attribuées à d'autres, il avait pratiquement construit un royaume que désormais personne ne connaissait mieux que lui et ses amis, mais il n'avait pas terminé ses études. Il se consolait en pensant qu'étudier à Paris avait déjà été une belle entreprise, si l'on pensait qu'il était né au milieu des vaches, puis il se rappelait qu'il était plus facile qu'aillent étudier des sans-le-sol comme lui que les fils des seigneurs, lesquels devaient apprendre à combattre et pas à lire et à écrire... Bref, il ne se sentait pas tout à fait satisfait.

Un jour Baudolino se rendit compte, à un mois près, qu'il devait avoir vingt-six ans : étant parti de chez lui à treize, son absence durait depuis exactement treize ans. Il ressentit quelque chose que nous définirions nostalgie du pays natal, sauf que lui, qui ne l'avait jamais éprouvée, il ne savait pas ce que c'était. Raison pour quoi il pensa éprouver le désir de revoir son père adoptif, et il décida de le rejoindre à Bâle où il s'était arrêté, encore une fois de retour d'Italie.

Il n'avait plus vu Frédéric depuis la naissance de son premier fils. Tandis que lui écrivait et récrivait la lettre du Prêtre, l'empereur avait fait l'impossible, toujours en mouvement comme une anguille du nord au sud, mangeant et dormant à cheval comme les barbares ses ancêtres, et son palais royal était l'endroit où il se trouvait sur le moment. Pendant ces années-là il était revenu en Italie deux autres fois. La deuxième, sur le chemin du retour, il avait subi un affront à Suse où les citadins s'étaient rebellés contre lui, l'obligeant à s'enfuir en catimini et déguisé, et prenant en otage Béatrix. Puis les Susains l'avaient laissée aller sans lui faire aucun mal, mais en attendant il avait fait très mauvaise figure et gardé un chien de sa chienne à Suse. Et il ne faut pas croire que lorsqu'il revenait au-delà des Alpes, il se reposait : il lui fallait réduire à doux conseils les princes allemands.

Quand enfin Baudolino vit l'empereur, il lui trouva l'air très sombre. Il comprit que d'un côté il était préoccupé pour la santé de son fils aîné – Frédéric lui aussi – et d'un autre côté pour les choses de la Lombardie.

« D'accord, admettait-il, et je ne le dis qu'à toi, mes podestats et mes légats, mes collecteurs et mes procurateurs non seulement exigeaient ce qui me revenait, mais sept fois plus, pour chaque foyer ils ont fait payer chaque année trois sols de vieille monnaie, et vingt-quatre deniers anciens pour chaque moulin à nef qui naviguait sur des eaux navigables, aux pêcheurs ils prélevaient le tiers de leurs poissons, pour qui mourait sans enfants ils confisquaient l'héritage. J'aurais dû écouter les plaintes qui me parvenaient, je le sais, mais j'avais d'autres chats à fouetter... Et maintenant il paraît que depuis quelques mois les communes lombardes se seraient organisées en une ligue, une ligue anti-impériale, tu comprends ? Et qu'ont-ils délibéré en premier lieu ? De rebâtir les murs de Milan ! »

Que les villes italiennes fussent récalcitrantes et infidèles, passe encore, mais une ligue c'était la construction d'une autre *res publica*. Naturellement, que cette ligue pût durer, vu la façon dont, en Italie, une ville haïssait l'autre, n'était même pas envisageable, et toutefois il s'agissait pourtant bien d'un *vulnus* pour l'honneur de l'empire.

Qui allait adhérant à la ligue ? Des bruits couraient que dans une abbaye non loin de Milan s'étaient réunis les représentants de Crémone, Mantoue, Bergame, et puis peut-être aussi de Plaisance et Parme, mais ce n'était pas certain. La rumeur cependant ne s'arrêtait pas là, on parlait de Venise, Vérone, Padoue, Vicence, Trévise, Ferrare et Bologne. « Bologne, tu te rends compte?! » s'écriait Frédéric en faisant les cent pas devant Baudolino. « Tu te souviens, n'est-ce pas? Grâce à moi leurs maudits maîtres peuvent faire des sols comme ils veulent avec leurs mille fois maudits étudiants, sans en répondre ni au pape ni à moi, et maintenant ils font ligue avec ceux de la ligue? Mais peut-on être plus effronté? Il n'y manque plus que Pavie!

— Ou Lodi, participait Baudolino, pour en placer une plutôt forte.

— Lodi?! Lodi?! hurlait Barberousse, rouge de visage aussi, et tellement qu'il paraissait sur le point d'avoir une attaque. Mais s'il me faut prêter l'oreille aux nouvelles que je reçois, Lodi a déjà pris part à leurs rencontres! Je me suis tiré le sang de mes veines pour les protéger, ces moutons, sans moi les Milanais les aplatissaient jusqu'au fondement à chaque nouvelle saison, et maintenant ils font clique commune avec leurs bourreaux et complotent contre leur bienfaiteur!

— Mais père, demandait Baudolino, que sont ces il-paraît et ces on-dit? Ne t'arrive-t-il plus de nouvelles sûres?

— Mais vous qui étudiez à Paris, avez-vous donc complètement oublié comment vont les choses de ce monde? S'il y a une ligue, il y a une conspiration; s'il y a conspiration, ceux qui avant étaient avec toi ont trahi et ils te racontent précisément le contraire de ce qu'ils sont en train de faire là-bas, si bien que le dernier à savoir ce qu'ils font, ce sera précisément l'empereur, comme il arrive aux maris qui ont une épouse infidèle, ce dont toute la contrée est désormais au courant, sauf eux! »

Il ne pouvait choisir plus mauvais exemple car, juste à ce moment, entrait Béatrix qui avait su la nouvelle de l'arrivée du cher Baudolino. Baudolino s'était agenouillé pour lui baiser la main, sans la regarder au visage. Béatrix avait hésité un instant. Peut-être lui paraissait-il que, si elle ne donnait pas des signes de familiarité et d'affection, elle révélerait son embarras; alors elle lui avait posé l'autre main maternellement sur la tête en lui ébouriffant un peu les cheveux – oublieuse qu'une femme d'un peu plus de trente ans ne pouvait plus traiter de la sorte un homme fait, à peine plus jeune qu'elle. Pour Frédéric, la chose avait semblé normale, père lui, mère elle, fussent-ils adoptifs tous les deux. Qui se sentait déplacé, c'était Baudolino. Ce double contact, la proximité de Béatrix, dont on pouvait remarquer le parfum de la robe comme si c'était celui de sa chair, le son de sa voix – et heureusement que dans cette position il ne pouvait la fixer dans les yeux car il aurait aussitôt pâli et serait tombé par terre de tout son long sans connaissance – le comblaient d'insoutenable plaisir, cependant corrompu par la sensation qu'avec ce simple acte d'hommage il était encore une fois en train de trahir son propre père.

Il n'aurait pas su comment prendre congé si l'empereur ne lui avait pas demandé un service, ou donné un ordre, ce qui revenait au même. Pour y voir plus clair dans les affaires d'Italie, ne se fiant ni aux messagers officiels ni aux officiers messagers, il avait décidé d'envoyer là-bas une poignée d'hommes de confiance, qui devaient connaître le pays mais ne seraient pas immédiatement identifiés comme impériaux, de façon qu'ils flairassent l'atmosphère et recueillissent des témoignages non adultérés par la trahison.

L'idée de se soustraire à l'embarras qu'il ressentait à la cour plut à Baudolino, mais sitôt après il éprouva un autre sentiment : il se sentit extraordinairement ému à la pensée de revoir sa terre, et il comprit enfin que c'était pour cela qu'il s'était mis en voyage.

Après avoir circulé dans diverses villes, un jour Baudolino, chevauche que je te chevauche, et plutôt à l'allure de sa mule parce qu'il se faisait passer pour un marchand qui s'en allait, paisible, de bourg en bourg, était arrivé un jour sur ces buttes au-delà desquelles, après un bon bout de plaine, il devrait guéer le Tanaro pour rejoindre, entre terrain pierreux et marais, sa Frascheta natale.

Même si en ces temps-là quand on quittait son toit on le quittait, sans penser y jamais revenir, Baudolino sentait en cette circonstance un fourmillement dans les veines parce que d'un coup l'avait pris le désir anxieux de savoir si ses vieux étaient encore là.

Non seulement, mais soudain lui revenaient à l'esprit des visages d'autres garçons du pays, le Masulu des Panizza avec qui il allait placer des lacets pour les lapins sauvages, le Porcelli dit le Ghino (ou était-ce le Ghini dit le Porcello?), à peine se voyaient-ils qu'ils se tiraient des pierres, l'Aleramo Scaccabarozzi dit le Ciula et le Cuttica de Quargnento quand ils pêchaient ensemble dans la Bormida. « Seigneur, se disait-il, ne serais-je pas en train de mourir à présent, parce qu'il paraît que c'est seulement à l'article de la mort qu'on se rappelle aussi bien les choses de l'enfance... »

C'était la veille de Noël mais Baudolino ne le savait pas car, au cours de son voyage, il avait perdu le fil des jours. Il tremblait de froid sur sa mule aussi transie que lui, pourtant le ciel était clair dans la lumière du couchant, net comme quand on sent déjà à la ronde une odeur de neige. Lui reconnaissait ces lieux comme s'il y était passé la veille parce qu'il se rappelait avoir été sur ces collines avec son père, pour livrer trois mulets, ahanant dans des montées qui déjà à elles seules pouvaient couper les jambes, même d'un garçonnet, et on peut imaginer quand il fallait y pousser des bêtes qui n'en avaient aucune envie. Mais ils avaient pris du bon temps au retour, regardant la plaine d'en haut et flânant, libres, à la descente. Baudolino se souvenait que, pas très éloignée du cours de la rivière, la plaine, sur une courte distance, prenait la bosse d'un mamelon, et du sommet du mamelon cette fois il avait vu émerger d'une couverture lactescente les campaniles de certains bourgs, le long de la rivière Bergoglio, et Roboreto, et puis plus loin Gamondio, Marengo, et la Palea, autrement dit cette zone de marécages, de gravier et de fourrés au bord de quoi se dressait peut-être encore la masure du bon Gagliaudo.

Cependant, lorsqu'il fut sur le mamelon, il vit un panorama différent, comme si tout autour, sur les collines et dans les autres vallées, l'air était limpide, à l'exception de la plaine devant lui, troublée par des vapeurs brumeuses, par ces blocs grisâtres qui viennent de temps en temps à votre rencontre sur la route, vous enveloppent tout entier jusqu'à ce que vous ne voyiez plus rien, et puis vous dépassent et s'en vont comme ils s'en étaient venus – si bien que Baudolino se disait : tu te rends compte, tout autour on peut même être en août, mais sur la Frascheta règnent les brouillards éternels, telles les neiges sur les cimes des Alpes pyrénéennes – ce qui n'était pas pour lui déplaire parce que celui qui naît dans le brouillard s'y trouve toujours comme chez lui. Au fur et à mesure qu'il descendait vers la rivière, il se rendait pourtant compte que ces vapeurs n'étaient pas une brume épaisse mais au contraire des nuages de fumée laissaient entrevoir les feux qui les alimentaient. Entre fumées et feux, maintenant Baudolino comprenait que, dans la plaine au-delà de la rivière, autour de ce qui était autrefois Roboreto, le bourg avait débordé sur la campagne, et partout c'était une champignonnière de nouvelles maisons, certaines en maçonnerie et d'autres en bois, beaucoup encore à demi construites, et vers le ponant on pouvait apercevoir même le début de murs d'enceinte, tel qu'il n'y en avait jamais eu par ici. Et sur les feux bouillaient des chaudrons, sans doute pour réchauffer de l'eau, pour l'empêcher de geler sur-le-champ tandis que plus loin on la versait dans des trous pleins de chaux, ou de malthe, n'importe. Bref, Baudolino avait vu commencer la construction de la nouvelle cathédrale à Paris, sur l'île au milieu du fleuve, et il connaissait toutes ces machineries et ces échafaudages qu'utilisent les maîtres maçons : pour ce qu'il savait d'une ville, là-bas les gens finissaient d'en faire naître une du néant, et c'était un spectacle qu'on voit – quand tout va bien – une fois dans sa vie et puis c'est tout.

« Incroyable, c'est fou, s'était-il dit, tu tournes un moment la tête et aussitôt ils en font des leurs », et il avait éperonné sa mule pour arriver le plus vite possible dans le val. Une fois traversée la rivière sur un radeau qui passait des pierres de toutes sortes et dimensions, il s'était arrêté précisément là où quelques ouvriers, sur un bâti périlleux, faisaient grandir un maigre mur, alors que d'autres au sol, à l'aide d'un treuil, élevaient jusqu'à ceux d'en haut des paniers de blocaille. Mais dire treuil c'était une façon de parler : on ne pouvait le concevoir plus sauvage, fait de perches plutôt que de robustes poteaux, qui branlait à tout moment, et les deux qui, à terre, entraînaient le tambour, plus que faire glisser la corde, paraissaient être occupés à soutenir ce menaçant balancement de vergues. Baudolino s'était aussitôt dit : « Là, on le voit, les gens du coin quand ils font quelque chose ou ils le font mal ou ils le font pire, mais regarde un peu s'il est permis de travailler de cette manière, si j'étais le maître ici je les aurais déjà tous pris par le fond des braies et jetés au Tanaro. »

Mais ensuite il avait vu un peu plus loin un autre groupe qui prétendait bâtir une logette avec des pierres mal taillées, des poutres mal dégauchies, et des chapiteaux qui semblaient épannelés par une bête. Pour hisser le matériel de construction, ils avaient fabriqué eux aussi une sorte de poulie, et Baudolino se rendit compte que, comparés à ces derniers, ceux du mur maigrelet étaient des maîtres cômasques. Puis il cessa d'établir des comparaisons lorsque, faisant quelques pas en avant, il vit d'autres groupes qui bâtissaient comme font les enfants quand ils jouent avec la terre mouillée, et ils étaient en train de donner les derniers coups de pied, aurait-on dit, à une construction égale aux trois autres qui se trouvaient à côté, faite de boue et de pierres informes, avec des toits de paille méchamment comprimée : ainsi naissait une manière de ruelle de misérables masures fort mal bâties, comme si les ouvriers rivalisaient afin de finir avant les autres pour les fêtes, sans aucun égard pour les règles du métier.

Pourtant, en pénétrant dans les méandres incomplets de cette œuvre incertaine, il découvrait de temps à autre des murs tirés au fil à plomb, des façades solidement réticulées, des bastions qui, bien qu'inachevés, avaient un air massif et protecteur. Tout cela lui laissait comprendre qu'avaient concouru à construire la même ville des gens de différentes origine et habileté; et si nombre d'entre eux étaient certainement novices dans ce métier, des paysans qui bâtissaient des maisons comme ils avaient toute leur vie fait des cabanes pour leurs bêtes, d'autres devaient avoir l'habitude de l'art.

Tandis qu'il cherchait à s'orienter au milieu de cette multitude de savoirs, Baudolino découvrait aussi une multitude de dialectes – qui montraient comment cet ensemble de bouges était réalisé par des vilains de Solero, cette tour biscornue était

169

l'œuvre de Montferrins, ce malthe renversant était reversé par les Pavesans, ces ais étaient sciés par des gens qui, jusqu'alors, avaient abattu les arbres dans la Palea. Mais quand il entendait quelqu'un qui donnait des ordres, ou voyait une poignée d'hommes qui travaillait comme on doit, il entendait parler génois.

« Serais-je tombé juste au beau milieu de la construction de Babel, se demandait Baudolino, ou bien dans l'Hibernie d'Abdul, où ces soixante-douze sages ont reconstruit la langue d'Adam en unissant tous les langages, précisément de même que l'on mélange l'eau et l'argile, la poix et le malthe ? Pourtant, la langue d'Adam personne ne la parle encore ici et, bien qu'ils causent tous ensemble soixante-douze langues, des hommes de races si différentes, qui d'habitude feraient tournoyer la fronde les uns contre les autres, gâchent à merveille ensemble ! »

Il s'était approché d'un groupe qui savamment couvrait une construction d'entablements de bois, comme s'il s'agissait d'une église abbatiale, en utilisant un cabestan de grandes dimensions qui n'était pas actionné à la force des bras, mais en faisant travailler un cheval – sans que celui-ci fût opprimé par le collier, encore en usage dans certaines campagnes, qui serrait la jugulaire, car il tirait avec grande énergie grâce à un confortable collier d'épaule. Les ouvriers émettaient des sons à coup sûr génois, et Baudolino les aborda aussitôt dans leur vulgaire – même si son accent n'avait pas une perfection telle qu'il pût cacher n'être pas des leurs.

« Qu'est-ce que vous faites de beau ? » avait-il demandé simplement pour entamer la discussion. Et l'un d'eux, lui jetant un méchant regard, avait dit qu'ils étaient en train de faire une machine à se gratter la pine. Or, comme tous les autres s'étaient mis à rire, et il était clair qu'ils riaient de lui, Baudolino (dont les esprits bouillaient déjà à devoir faire le marchand désarmé sur une mule, alors que dans son bagage il gardait, soigneusement enveloppée dans un rouleau d'étoffe, son épée d'homme de cour) lui avait répondu dans le dialecte de la Frascheta qui, après tant de temps, lui revenait, spontané aux lèvres, en précisant qu'il n'avait pas besoin de *machinae* parce

170

que d'habitude sa pine à lui, que les gens comme il faut appellent oiseau, c'étaient leurs putes de mères qui la lui grattaient. Les Génois n'avaient pas bien compris le sens de ses paroles, mais ils en avaient saisi l'intention. Ils avaient abandonné leurs occupations, ramassant qui une pierre, qui une pioche, tout en formant un demi-cercle autour de la mule. Par chance à ce moment-là s'approchaient d'autres personnages, parmi lesquels un à l'air de chevalier et qui, dans une langue franque, mi-latine, mi-provençale et mi-qui-sait-quoi, avait dit aux Génois que le pèlerin parlait comme quelqu'un du coin et qu'on ne le traitât pas, par conséquent, comme qui n'aurait pas le droit de passer par là. Les Génois s'étaient justifiés en disant que lui il avait posé des questions comme s'il était un espion, et le chevalier avait dit que même si l'empereur envoyait des espions, tant mieux, car il était temps qu'il sût qu'ici avait surgi une ville exprès pour lui causer du dépit. Et puis, à Baudolino : « Je ne t'ai jamais vu, mais tu as l'air de quelqu'un qui revient. Tu es venu pour t'unir à nous ?

— Seigneur, avait honnêtement répondu Baudolino, je suis né dans la Frascheta, mais j'en suis parti il y a bien des années, et je ne savais rien de tout ce qui se passe ici. Je m'appelle Baudolino, fils de Gagliaudo Aulari... »

Il n'avait pas fini de parler que, du groupe des nouveaux arrivés, un vieux, à la chevelure et à la barbe blanches, avait levé un bâton et s'était mis à crier : « Sale menteur sans cœur, qu'une flèche te prenne à la tête, comment tu as le courage d'utiliser le nom de mon pauvre fils Baudolino, mon fils à moë qui suis ce Gagliaudo même et Aulari par-dessus le marché, parti de mon toit il y a tant d'années avec un seigneur allemand qui ressemblait à la reine Pédauque et puis c'était peut-être bien un qui, vrai, faisait danser les singes parce que de mon pauvre garçon j'ai plus jamais rien su et après tant de temps il peut qu'être mort, chose qui, moë et ma sainte femme, nous consume depuis trente ans que ça a été la plus grande douleur de notre vie qui était déjà bien misérable mais perdre un fils est un supplice que celui qui l'a pas éprouvé, le sait point ! »

A quoi Baudolino s'était écrié : « Mon père, c'est vraiment toi ! » Et il lui était venu comme un fléchissement dans la voix et des larmes aux yeux, mais c'étaient des larmes qui ne parvenaient pas à voiler une grande joie. Ensuite, il avait ajouté : « Et puis, ce ne sont pas trente ans de supplice parce que je me suis en allé il y a seulement treize ans, et tu devrais être content que je les aie mis à profit, maintenant je suis quelqu'un. » Le vieux s'était approché sous la mule, il avait bien regardé Baudolino au visage et dit : « Mais toë aussi t'es vraiment toë. Même si trente ans étaient passés, ce regard de fieffé coquin tu l'as vraiment pas perdu, et alors tu sais ce que je te dis ? Bien possible que tu soyes devenu quelqu'un, mais tort à ton père tu dois pas faire, si j'ai dit trente ans c'est parce qu'ils m'ont paru trente à moë et en trente ans tu pouvais même envoyer des nouvelles, espèce de bon à rien, tu es la ruine de notre famille, descends donc de cette bête que sans doute tu l'as volée et je te casse ce bâton sur la tête ! » Déjà il avait saisi Baudolino par les bas-de-chausses en cherchant à le tirer de sa selle quand celui qui paraissait un chef s'était interposé. « Allons Gagliaudo, tu retrouves ton fils au bout de trente ans...

— Treize, disait Baudolino.

— Tu la fermes toi, qu'après on va s'expliquer tous les deux – tu le retrouves après trente ans et dans ces cas-là on s'embrasse et on remercie Dieu, nom de Dieu ! » Et Baudolino était déjà descendu de la mule et sur le point de se jeter dans les bras de Gagliaudo, qui avait commencé à pleurer, quand le seigneur qui paraissait un chef s'était de nouveau interposé et avait saisi Baudolino par la peau du cou : « Pourtant, s'il y a quelqu'un ici qui a un compte à régler avec toi, c'est moi.

— Et toi, qui es-tu ? » avait demandé Baudolino. « Je suis Oberto del Foro, mais tu ne le sais pas, et tu ne te souviens peut-être même de rien. Je devais avoir dix ans et mon père a daigné passer chez le tien, pour voir des veaux qu'il voulait acheter. Moi j'étais habillé comme doit l'être le fils d'un chevalier et mon père ne voulait pas que j'entre avec eux dans l'étable de crainte que je ne me salisse. Je m'étais mis à tourner autour de la maison, et juste derrière tu t'y trouvais toi, laid et sale qu'on aurait dit que tu étais sorti d'un tas de fumier. Tu es venu devant moi, tu m'as regardé, tu m'as demandé si je voulais jouer à un jeu, moi idiot j'ai dit que oui, et toi tu m'as

172

donné une bourrade qui m'a fait tomber dans l'auge des cochons. Quand il m'a vu dans cet état, mon père m'a fouetté à coups de nerf de bœuf parce que j'avais abîmé mon habit neuf.

— C'est bien possible, disait Baudolino, mais c'est une histoire d'il y a trente ans...

— Pour le moment il y en a treize, et moi, depuis lors, j'y pense chaque jour car je n'ai jamais été autant humilié de ma vie que cette fois-là et j'ai grandi en me disant que si un jour je rencontre le fils de ce Gagliaudo, je le tue.

— Et tu veux me tuer maintenant?

— A présent non, ou plutôt, plus à présent, parce que nous sommes tous ici qui avons presque fini d'élever une ville pour nous battre contre l'empereur quand il remettra les pieds sur ces terres, et imagine un instant si je peux perdre mon temps à te tuer toi. Pendant trente ans...

— Treize.

— Pendant treize ans j'ai eu cette rage au cœur et juste en ce moment, tu te rends compte, elle m'a passé.

— Ce que c'est, parfois...

— A présent ne fais pas le malin. Va, et embrasse ton père. Ensuite, si tu me fais tes excuses pour ce jour-là, nous allons tout près d'ici où nous fêtons une construction à peine terminée, et dans ces cas on met du vin en perce, de celui de derrière les fagots et, comme disaient nos vieux, zou, on se gogue et s'engogue. »

Baudolino s'était retrouvé dans une immense cave. La ville n'était pas encore terminée que déjà s'ouvrait la première taverne, avec sa belle tonnelle dans la cour, mais à cette époque on se sentait mieux à l'intérieur, dans un antre qui n'était que futaille et longues tables de bois remplies de beaux cruchons et de saucisses de chair d'âne qui (expliquait Baudolino à Nicétas, horrifié) se présentent à toi comme des outres gonflées, tu les fends d'un coup de couteau, tu les jettes à frire dans de l'huile et de l'ail, et c'est un délice. Voilà pourquoi tous les participants étaient gais, puants et gris. Oberto del Foro avait annoncé le retour du fils de Gagliaudo Aulari, et aussitôt certains s'étaient précipités pour donner des coups de poing sur les épaules de Baudolino qui écarquillait d'abord les yeux, surpris, puis rendait le salut, dans un déchaînement de reconnaissance, et pour un peu ça n'en finissait plus. « O Seigneur, mais toi t'es le Scaccabarozzi, et toi le Cuttica de Quargnento — et toi, t'es qui? Non, tais-toi que je veux deviner, mais t'es le Squarciafichi! Et t'es le Ghini ou le Porcelli, toi?

— Non, le Porcelli c'est lui, toi et lui toujours à vous lancer des cailloux! Moi j'étais le Ghino Ghini, et à vrai dire je le suis encore. Nous deux on allait faire des glissades sur la glace, en hiver.

— Seigneur Jésus, c'est vrai, toi t'es le Ghini. Mais t'étais pas celui qu'était capable de vendre tout, même la merde de tes chèvres comme la fois où, pour le pèlerin, tu l'as fait passer pour les cendres de saint Baudolino?

— Et comment donc, de fait maintenant je suis marchand : tu te rends compte, le destin. Et lui là, essaie un peu de dire qui c'est...

— Mais c'est-y pas le Merlo! Merlo, qu'est-ce que je te disais toujours?

— Tu me disais : bienheureux, toi qui es stupide et ne prends personne à partie... Et au lieu, regarde, au lieu d'en prendre à partie, j'en ai perdu une partie », et il montrait son bras droit qui n'avait plus de main, « au siège de Milan, celui d'il y a dix ans.

— Justement, j'allais dire, pour ce que j'en sais, ceux de Gamondio, de Bergoglio et de Marengo ont toujours été avec l'empereur. Comment se fait-il qu'avant vous étiez avec lui et que maintenant vous faites une ville contre lui? »

Et alors, tous de chercher à expliquer, et l'unique chose que Baudolino comprenait bien c'était qu'autour du vieux château et de l'église de Sainte-Marie de Roboreto avait surgi une ville faite par les gens des bourgs voisins, comme précisément Gamondio, Bergoglio et Marengo, mais avec des groupes de familles entières qui s'étaient déplacées de tous les côtés, de Rivalta Bormida, de Bassignana ou de Piovera, pour bâtir les maisons qu'ils habiteraient. Tant et si bien que dès le mois de mai trois d'entre eux, Rodolfo Nebia, Aleramo di Marengo et Oberto del Foro, avaient apporté à Lodi, aux communes réunies là, l'adhésion de la nouvelle ville, même si elle existait, à cette époque, davantage dans les intentions que le long du Tanaro. Ils avaient cependant tous travaillé comme des bêtes, durant tout l'été et l'automne, et la ville était presque prête, prête à barrer le passage à l'empereur le jour où il redescendrait en Italie, comme il en avait le vice.

Mais barrer quoi, demandait Baudolino un peu sceptique, il suffit qu'il nous contourne... Eh non, lui répondaient-ils, tu ne connais pas l'empereur (tu parles), une ville qui se dresse sans son consentement est une honte à laver dans le sang, il sera obligé de l'assiéger (et là ils avaient raison eux, ils connaissaient bien le caractère de Frédéric), voilà pourquoi il faut des murs solides et des rues spécialement étudiées pour la guerre, et c'est pour cela que nous avons eu besoin des Génois, qui sont des marins, certes, mais traversent des pays lointains pour bâtir tant de nouvelles villes, et ils savent comment faire.

Mais les Génois, c'est pas des gens qui font rien pour rien, disait Baudolino. Qui les a payés? C'est eux qui ont payé, ils nous ont déjà fait un prêt de mille sols génois, et nous en ont promis mille autres pour l'an prochain. Et ça veut dire quoi, que vous faites des rues spécialement étudiées pour la guerre? Fais-le-toi expliquer par Emmanuele Trotti, c'est lui qui a eu l'idée, parle toi qui es le Poliorcète!

« C'est quoi, le poliorchose?

— Tranquille, Boïdi, laisse parler le Trotti. »

Et le Trotti (qui, comme Oberto, avait lui aussi l'air d'un *miles*, c'est-à-dire d'un chevalier, d'un vavasseur d'une certaine dignité) : « Une ville doit résister à l'ennemi de façon qu'il n'escalade pas ses murs mais, si par malheur il les escalade, la ville doit être encore en mesure de lui tenir tête, et de lui briser l'échine. Si, à l'intérieur des murs, l'ennemi trouve tout de suite un lacis de ruelles où s'enfiler, tu ne le prends plus, qui va par ici, qui par là, et peu après les défenseurs font la fin du rat. Au contraire, l'ennemi doit trouver sous les murs une esplanade, qu'il y reste à découvert le temps suffisant pour que, des angles et des fenêtres d'en face, il puisse être flagellé de flèches et de pierraille, de façon que, avant d'avoir franchi cet espace, il soit désormais réduit de moitié. »

(Voilà, interrompait tristement Nicétas, à entendre cette

175

histoire, ce qu'on aurait dû faire à Constantinople, et au contraire on a laissé s'accroître au pied des murs précisément ce lacis de ruelles... Certes, aurait voulu lui répondre Baudolino, mais il fallait aussi des gens avec les coyons de mes villageois, et non des chie-la-peur comme ces ramollis de votre garde impériale – mais il se taisait pour ne pas blesser son interlocuteur et il lui disait : chut! ne coupe pas la parole au Trotti et laisse-moi raconter.)

Le Trotti : « Et puis si l'ennemi franchit l'espace ouvert et s'enfile dans les rues, ces dernières ne doivent pas être tirées au cordeau et au fil à plomb, même pas si tu voulais t'inspirer des Romains anciens, qui dessinaient une ville comme une grille. Parce que, avec une rue droite, l'ennemi sait toujours ce qui l'attend devant lui, alors que les rues doivent être pleines d'angles, ou de coudes si l'on veut. Le défenseur est aux aguets derrière l'angle, et sur le sol et sur les toits, et il sait toujours ce que combine l'ennemi, car depuis le toit voisin – qui fait angle avec le premier – il y a un autre défenseur qui l'aperçoit et donne un signal à ceux qui ne le voient pas encore. L'ennemi, en revanche, ne sait jamais à l'encontre de quoi il va, et cela ralentit sa course. Or donc, une bonne ville doit avoir ses maisons mal plantées, comme les dents d'une vieille, ce qui paraît laid mais c'est au contraire là son bon côté. Enfin, il faut la fausse galerie!

— Celle-là tu ne nous l'avais pas encore dite, interrompait ce Boïdi.

— Forcément, un Génois vient à peine de me la raconter, qui la tient d'un Grec, et ce fut une idée de Bélisaire, général de Justinien, empereur. Quel est le propos d'un assiégeant? Creuser des galeries souterraines qui le conduisent au cœur de la ville. Et quel est son rêve? Trouver une galerie toute faite, et inconnue des assiégés. Alors, c'est nous qui lui préparons sans tarder une galerie donnant de l'extérieur à l'intérieur des murs, et à l'extérieur on en cache l'entrée parmi les rochers et les arbustes, mais pas au point qu'un jour ou l'autre l'ennemi ne la découvre. L'autre bout du tunnel, celui qui donne dans la ville, doit être un boyau étroit, pour qu'y passe un homme à la fois ou deux au maximum, fermé par une grille – en sorte que le premier découvreur puisse dire que, une fois arrivé à la grille on voit une place et, que sais-je, l'angle d'une chapelle, signe que la galerie mène justement dans la ville. Mais à la grille se trouve en permanence un garde, et donc quand les ennemis arrivent ils sont obligés de sortir un par un, et un qui sort c'est un que tu étends à terre...

— Et l'ennemi est si trou du cü qu'il continue à sortir sans s'apercevoir que ceux de devant tombent comme des figues, gouaillait le Boïdi.

— Et qui t'a dit que l'ennemi n'est pas trou du cü? Du calme. Il faut peut-être mieux étudier la chose, mais ce n'est pas une idée à jeter. »

Baudolino avait pris en aparté Ghini, qui maintenant était marchand et donc devait se montrer personne de bon sens et avec les pieds sur terre, non pas comme ces chevaliers, feudataires de feudataires qui, pour acquérir une renommée militaire, se précipitent même dans les causes perdues. « Ecoute un peu, Ghinèn, passe-moi encore de ce vin et en attendant, çà, dis-moi voir. L'idée me va bien que, à faire ici une ville, le Barberousse est contraint de l'assiéger pour ne pas perdre la face, et ainsi il donne du temps à ceux de la ligue pour le prendre par-derrière après que lui se sera cassé les reins durant le siège. Mais ceux qui font les frais de cette entreprise, ce sont les habitants de la ville. Et tu veux me porter à croire que nos gens quittent les endroits où, bien ou mal, ils vivaient, pour venir ici se faire tuer et complaire à ceux de Pavie? Et tu veux me faire croire que les Génois, qui ne lâcheraient pas un sol pour racheter leur propre mère aux pirates sarrasins, vous donnent argent et fatigue afin de bâtir une ville qui, au mieux, arrange Milan?

— Baudolino, dit le Ghini, l'histoire est beaucoup plus compliquée que ça. Observe bien où nous nous trouvons, nous. » Il trempa un doigt dans le vin et commença à tracer des signes sur la table. « Ici, c'est Gênes, d'accord? Et ici, il y a Terdona, et puis Pavie, et puis Milan. Ce sont là des villes riches, et Gênes est un port. Donc Gênes doit avoir la voie libre dans ses commerces avec les villes lombardes, c'est bon? Et les passages traversent le val de Lemme, le val d'Orba, le val de la Bormida et celui de la Scrivia. Nous parlons de quatre rivières

177

– n'est-ce pas ? – et toutes se nouent plus ou moins ici, au bord du Tanaro. Et si en plus tu as un pont sur le Tanaro, par là tu as la voie ouverte pour des commerces avec les terres du marchis du Montferrat, et Dieu sait jusqu'où encore. C'est clair ? Or, tant que Gênes et Pavie s'arrangeaient entre elles, ça leur allait parfaitement que ces vals restent sans maître, ou bien à mesure on faisait des alliances, par exemple avec Gavi ou avec Marengo, et les choses marchaient comme sur des roulettes... Mais avec l'arrivée de cet empereur ici, Pavie d'un côté et le Montferrat de l'autre se mettent avec l'empire, Gênes reste bloquée aussi bien à gauche qu'à droite, et, si elle passe du côté de Frédéric, elle peut dire adieu à ses affaires avec Milan. Alors, elle devrait ménager Terdona et Novi, qui lui permettent : l'une de contrôler le val de la Scrivia et l'autre celui de la Bormida. Mais tu sais ce qui est arrivé, l'empereur a rasé au sol Terdona, Pavie a pris le contrôle du Tortonais jusqu'aux montagnes de l'Appenin, et nos bourgs s'en sont allés vivre avec l'empire, et sacrénom, j'aurais bien aimé voir si, petits comme nous étions, nous pouvions jouer les impériaux. Que devaient nous donner les Génois pour nous convaincre de changer de camp ? Quelque chose que nous n'avions jamais rêvé d'avoir, c'est-à-dire une ville, avec des consuls, des soldats, et un évêque, et des murs, une ville qui lève des péages d'hommes et de marchandises. Tu te rends compte, Baudolino, qu'avec le simple contrôle d'un pont sur le Tanaro tu fais des sols à la pelle, tu es là assis et à l'un tu demandes une monnaie, à un autre deux poulets, à l'autre encore un bœuf entier, et eux tac tac, ils paient, une ville est une cocagne, regarde comme ils étaient riches ceux de Terdona par rapport à nous de la Palea. Et cette ville qui faisait notre affaire à nous, faisait l'affaire de la ligue aussi, et faisait l'affaire de Gênes, comme je te disais, parce que, pour faible qu'elle soit, du seul fait qu'elle est là, elle met sens dessus dessous les plans de tous les autres et garantit que dans cette zone ne peuvent faire la pluie et le beau temps ni Pavie ni l'empereur ni le marchis du Montferrat...

— Oui, mais ensuite arrive le Barberousse et il vous réduit à une vesse de conil, autrement dit il vous souffle comme un pet de lapin.

— Du calme. Qui l'a dit? Le problème c'est que lorsqu'il arrive, lui, la ville est là. Ensuite, tu sais bien comment vont les choses, un siège coûte du temps et de l'argent, nous, nous lui faisons un bel acte de soumission, lui il est content (car l'honneur avant tout, pour ces gens-là) et il s'en va ailleurs.

— Mais ceux de la ligue et les Génois, ils ont sué leurs sols pour édifier la ville, et vous les envoyez se la faire mettre dans le cü comme ça?

— Mais cela dépend de quand arrive le Barberousse. Tu vois bien qu'en l'espace de trois mois ces villes changent d'alliance comme si de rien n'était. Nous restons ici et nous attendons. Possible qu'à ce moment-là, la ligue soit l'alliée de l'empereur. » (Seigneur Nicétas, racontait Baudolino, que ces yeux m'en tombent, six ans plus tard, au siège de la ville, du côté de Frédéric il y avait les frondeurs génois, tu comprends, les Génois, ceux qui avaient contribué à la construire!)

« Et sinon, poursuivait le Ghini, nous soutenons le siège, ô vache d'un oignon, en ce monde on n'a rien pour rien. Avant de parler, viens voir un peu... »

Il avait pris Baudolino par la main et l'avait conduit hors de la taverne. On sortait sur une petite place d'où, on le devinait, devraient partir au moins trois rues, mais il n'y avait que deux angles déjà bâtis, avec des maisons basses, à un étage, aux toits de chaume. La placette était éclairée par quelques lumières qui venaient des fenêtres alentour, et des brasiers attisés par les derniers vendeurs, qui criaient : femmes, femmes, la nuit sainte va commencer et vous ne voudrez pas que vos maris ne trouvent rien de bon à table. Près de ce qui deviendrait le troisième angle, se trouvait un rémouleur qui faisait striduler ses couteaux tandis que d'une main il arrosait la meule. Plus loin, sur un éventaire, une femme vendait de la farine de pois chiches, des figues sèches et des caroubes; un berger vêtu de peau de mouton portait un panier en criant : eh! femmes, le bon mascarpone. Dans un espace vide entre deux maisons, deux hommes étaient en train de marchander le prix d'un cochon. Dans le fond, deux filles étaient appuyées languissamment à une porte, claquant des dents sous un châle qui laissait entrevoir un généreux décolleté, et l'une des deux avait dit à

Baudolino : « Mais quel charmant bambin tu fais, pourquoi ne viens-tu pas passer la Noël avec moi, que je t'apprenne à faire la bête à huit pattes ? »

Ils tournaient l'angle, et voilà un cardeur de laine qui criait à gorge déployée que c'était le dernier moment pour les paillasses et les sacs-à-sommeil afin de dormir au chaud et ne pas se geler comme l'Enfant Jésus ; et à côté s'égosillait un crieur d'eau ; et, tout en allant par les rues encore mal dessinées, on voyait déjà des porches où ici rabotait encore un menuisier, là un forgeron battait encore son enclume dans une fête d'étincelles, et là-bas un autre encore défournait des pains d'un four qui flamboyait par éclairs telle la bouche de l'Enfer ; et il y avait des marchands qui arrivaient de loin pour réaliser des affaires dans cette nouvelle frontière, ou bien des gens qui d'habitude vivaient dans la forêt, charbonniers, chercheurs de miel, fabricants de cendres pour le savon, ramasseur d'écorces pour en faire des cordes ou tanner les cuirs, vendeurs de peaux de lapin, faces patibulaires de ceux qui convergeaient dans le nouvel habitat en pensant qu'ils en tireraient de toute façon quelque avantage, et des manchots et des aveugles et des scrofuleux, pour qui la quête dans les rues d'un bourg, et pendant les saintes fêtes, s'annonçait plus riche que sur les routes désertes des campagnes.

Les premiers flocons de neige commençaient à tomber, puis ils étaient devenus denses, et déjà blanchissaient, pour la première fois, les jeunes toits dont personne ne savait encore s'ils résisteraient à ce poids. A un certain point Baudolino, se souvenant de l'invention qu'il avait faite dans Milan conquise, eut la berlue : trois marchands, qui entraient sur trois ânes par un arc ouvert dans les murs, lui parurent être les Mages, suivis de leurs serviteurs qui apportaient des vases et des draps précieux. Et derrière eux, au-delà du Tanaro, il lui semblait apercevoir des troupeaux descendant les pentes de la colline qui déjà s'argentait, avec leurs bergers qui jouaient musettes et cornemuses, et des caravanes de chameaux orientaux avec les Maures aux grands turbans à bandes multicolores. Sur la colline, de rares feux s'éteignaient sous le papillonnement de la neige toujours plus intense, mais dans l'un d'eux Baudolino crut voir une grande étoile caudée qui se déplaçait dans le ciel vers la cité vagissante.

« Tu vois ce que c'est qu'une ville? lui disait le Ghini. Et si elle est déjà comme ça quand elle n'est pas même terminée, on peut imaginer après : c'est une autre façon de vivre. Chaque jour tu vois des gens nouveaux – pour les marchands, pense un peu, c'est avoir la Jérusalem céleste, et quant aux chevaliers l'empereur leur interdisait de vendre les terres pour ne pas diviser le fief, et ils mouraient d'inanition à la campagne, en revanche à présent ils commandent des compagnies d'archers, ils sortent à cheval au pas de parade, ils donnent des ordres à droite et à gauche. Mais si ça va bien ce n'est pas seulement pour les seigneurs et les marchands, c'est une providence pour des comme ton père aussi, qui ne doit pas avoir quantité de terre mais il a un peu de bétail, et dans la ville des gens arrivent qui le demandent et paient en monnaies, on commence à vendre au moyen d'espèces sonnantes et trébuchantes et non pas au moyen d'autres marchandises en échange : je ne sais pas si tu comprends ce que ça veut dire, si tu prends deux poulets pour trois lapins, tôt ou tard il faut que tu les manges sinon ils vieillissent, tandis que deux monnaies tu les caches, où tu dors, en dessous, et elles sont bonnes même dix ans après, et si tout va bien pour toi, elles restent là même si les ennemis entrent chez toi. Et puis, c'est arrivé à Milan comme à Lodi ou à Pavie, et ça arrivera ici, chez nous aussi : les Ghini ou les Aulari n'ont pas à demeurer muets, et les Guasco ou les Trotti à commander tout seuls, nous faisons tous partie de ceux qui prennent les décisions, ici tu pourras devenir important même si tu n'es pas noble, et c'est là le beau côté d'une ville, et c'est particulièrement beau pour celui qui noble n'est pas, et est disposé à se faire tuer, si c'est vraiment nécessaire (si ça l'est pas, c'est mieux) afin que ses fils puissent circuler et dire : moi je m'appelle Ghini et tu peux bien t'appeler Trotti, tu es quand même une merde. »

Logique qu'à ce point-là Nicétas dût demander à Baudolino comment se nommait cette sacrée ville. Eh bien (grand talent de narrateur, ce Baudolino qui, jusqu'à ce moment, avait gardé en suspens la révélation) la ville ne se nommait pas encore, sinon du terme générique Civitas Nova, qui était le nom de *genus*, non d'*individuum*. Le choix du nom dépendrait d'un autre problème, et pas des moindres, celui de la légitimation. Comment acquiert-elle droit à l'existence une ville nouvelle, sans histoire et sans noblesse? Au mieux par investiture impériale, de même que l'empereur peut faire chevalier ou baron, mais là on parlait d'une ville qui naissait contre les volontés de l'empereur. Et alors? Baudolino et le Ghini étaient revenus à la taverne quand tous les autres se trouvaient justement en train d'en discuter.

« Si cette ville naît hors la loi impériale, on ne peut lui donner sa légitimité que selon une autre loi, tout aussi forte et ancienne.

— Et on la déniche où?

— Mais dans le *Constitutum Costantini*, dans la donation que l'empereur Constantin fit à l'Eglise, lui octroyant le droit de gouverner des territoires. Nous, nous faisons don de la ville au pontife et, vu qu'en ce moment, de pontifes, il y en a deux qui se baladent, nous la donnons à celui qui est du côté de la ligue, c'est-à-dire Alexandre III. Comme nous l'avons déjà dit à Lodi, et il y a des mois de cela, la ville s'appellera Alexandrie et sera fief papal.

— En attendant, toi, à Lodi, tu devais la fermer car nous n'avions encore rien décidé, disait le Boïdi, mais ce n'est pas la question, pour être beau le nom est beau, et en tout cas il n'est pas plus laid que tant d'autres. Pourtant, ce qui me reste sur l'estomac, c'est que nous nous faisons un cü comme ça pour faire une ville et puis nous l'offrons au pape qui en a tant déjà. Ainsi nous devons par la suite lui payer les tributs et, vous avez beau retourner la question, ce sont toujours des sols qui s'en vont de la maison et autant valait alors les payer à l'empereur.

— Boïdi, tu ne changeras pas, lui disait le Cuttica; primo, l'empereur ne veut pas la ville, pas même si on la lui offre, et s'il était prêt à l'accepter alors il ne valait pas la peine de la faire. Secundo, un compte est de ne pas payer tribut à l'empereur, qui te fond sur l'échine et te met en pièces comme il a fait à Milan, et un compte de ne pas le payer au pape, qui se trouve à mille milles de distance et avec les tracas qu'il a, imagine un peu s'il nous envoie une armée rien que pour lever deux sols.

— Tertio, intervint alors Baudolino, si vous me permettez d'y ajouter mon grain de sel, mais j'ai étudié à Paris et, sur la manière de rédiger lettres et diplômes, j'ai une certaine expérience, il y a façon et façon d'offrir. Vous établissez un document où vous dites qu'Alexandrie est fondée en l'honneur d'Alexandre le pape et consacrée à saint Pierre, par exemple. Comme preuve, vous bâtissez une cathédrale de Saint-Pierre sur un terrain allodial, libre donc d'obligations féodales. Et vous la construisez avec l'argent offert par le peuple entier de la ville. Après quoi, vous en faites don au pape, avec toutes les formules que vos notaires trouveront les plus appropriées et les plus astreignantes. Assaisonnez le tout avec des soumissions filiales, l'amour et tout le tralala, envoyez le parchemin au pape et vous recevez toutes ses bénédictions. Quiconque ensuite ira chercher la petite bête dans ce parchemin découvrira qu'en fin de compte vous ne lui avez donné que la cathédrale, et pas le reste de la ville, mais je voudrais bien voir le pape qui vient ici prendre sa cathédrale et la remporte avec lui à Rome.

— Cela me semble magnifique, dit Oberto, et tous acquiescèrent. Nous ferons comme dit Baudolino, qui me paraît plein d'astuce et j'espère vraiment qu'il restera ici pour nous donner d'autres bons conseils, attendu que c'est aussi un grand docteur de Paris. »

Là, Baudolino dut résoudre la partie la plus embarrassante de cette belle journée, c'est-à-dire révéler, sans que personne pût lui faire la morale, vu qu'eux-mêmes avaient été impériaux jusqu'à une date récente, que lui était un ministérial de Frédéric, à qui le liait aussi un lien d'affection filiale – et de se lancer à raconter toute l'histoire de ces treize admirables années, avec Gagliaudo qui ne faisait que murmurer : « On me l'aurait dit, j'y aurais point cru », et : « Mais regarde que ça me ressemblait tout craché à un bon à rien pire que les autres et maintenant qu'il m'est vrai de vrai devenu quelqu'un ! »

« Tout le mal ne vient pas pour nuire, dit alors le Boïdi. Alexandrie n'est pas encore terminée que déjà nous avons l'un de nous à la cour impériale. Cher Baudolino, tu ne dois pas trahir ton empereur, étant donné que tu lui es si attaché, et lui à toi. Mais tu seras à ses côtés et tu prendras notre parti chaque fois qu'il sera nécessaire. C'est la terre où tu es né et personne ne te fera de reproches si tu essaies de la défendre, dans les limites de la loyauté, cela s'entend.

— Pourtant, c'est mieux ce soir si tu vas trouver cette sainte femme de mère que tu as, et tu dors à la Frascheta, dit Oberto avec délicatesse, et demain tu t'en vas, sans rester ici à regarder le cours que prennent les rues et de quelle consistance sont les murs. Nous sommes sûrs que, pour l'amour de ton père naturel, si un jour tu apprenais que nous courions un grand danger, tu nous ferais avertir. Mais si tu as le cœur de le faire, qui sait si pour les mêmes raisons un jour tu n'avertirais pas ton père adoptif d'une de nos machinations éventuelles trop douloureuse pour lui. Donc, moins tu sais, mieux c'est.

— Oui, mon fils, dit alors Gagliaudo, fais au moins ça de bon, avec tous les ennuis que tu m'as donnés. Moë je dois rester ici parce que tu vois que nous parlons de choses sérieuses, mais ne laisse pas seule ta mère justement cette nuit, que si elle te voit toë au moins son contentement est si grand qu'elle comprend plus rien et elle voit point que j'y suis pas là. Va, et regarde ce que je te dis : je te donne même ma bénédiction, eh, qui sait quand ensuite on va se revoir.

— D'accord, dit Baudolino, en un seul jour je trouve une ville et je la perds. O vache de sale misère, mais vous vous rendez compte que si je veux revoir mon père, il faudra que je vienne l'assiéger? »

Ce qui, expliquait Baudolino à Nicétas, plus ou moins arriva. Par ailleurs, il n'y avait pas moyen d'en sortir de façon différente, signe que c'étaient là des temps vraiment difficiles.

« Et puis? demanda Nicétas.

— Je m'étais mis à chercher ma maison. Par terre, la neige arrivait déjà à mi-jambe, celle qui tombait du ciel était désormais un flot tourbillonnant qui te faisait tourner les billes des yeux et te coupait le visage, les feux de la Ville Nouvelle avaient disparu, et, au milieu de ce blanc d'en bas, de ce blanc d'en haut, je ne comprenais plus de quel côté il fallait que j'aille. Je croyais me souvenir des vieux sentiers mais à ce point-là il s'agissait bien de sentiers, on ne comprenait plus ce qui était terrain solide et ce qui était marécage. D'évidence, pour faire des maisons, ils avaient abattu des bosquets entiers et je ne trouvais même plus les silhouettes de ces arbres qu'autrefois je connaissais par cœur. Je m'étais perdu, comme Frédéric la nuit où il m'avait rencontré, sauf qu'à présent il s'agissait de neige, pas de brouillard, avec le brouillard je m'en tirais encore. C'est du propre, Baudolino, me disais-je, tu te perds par chez toi, elle avait bien raison ma maman : ceux qui savent lire et écrire sont plus idiots que les autres ; et maintenant je fais quoi, je m'arrête ici et je mange ma mule, ou demain matin à force de creuser ils me retrouvent à l'image d'une peau de lapin laissée dehors toute une nuit les jours de la merlette ? »

Si Baudolino était là à le raconter, cela veut dire qu'il s'en était tiré, mais par un de ces hasards presque miraculeux. Car, tandis qu'il allait désormais sans but, il avait aperçu une fois encore une étoile dans le ciel, pâle très pâle mais tout de même toujours visible, et il l'avait suivie, sauf à s'apercevoir qu'il avait fini dans un petit vallon et que la lumière semblait se trouver en haut justement parce que lui il était en bas mais, une fois la pente remontée, la lumière augmentait de plus en plus devant lui, jusqu'à ce qu'il se fût rendu compte qu'elle venait d'une de ces arcades où l'on garde les bêtes quand il n'y a pas assez de place dans la maison. Et, sous le porche, il y avait une vache et un âne qui brayait d'épouvante, une femme les mains entre les pattes d'une brebis, et la brebis, en train de pousser dehors un agnelet, bêlait aux quatre vents.

Et alors il s'était arrêté sur le seuil pour attendre que l'agnelet sortît tout entier, d'un coup de pied, il avait poussé l'âne de côté et il s'était précipité pour poser la tête dans le giron de la femme, en s'écriant : « Mère, ma mère bénie », laquelle, un instant, n'avait plus rien compris, lui avait relevé la tête en la tirant et la tournant vers le feu, et puis elle s'était mise à pleurer, et elle lui caressait les cheveux tout en murmurant entre des sanglots : « O Seigneur ô Seigneur, deux bêtes en

185

une seule nuit, une qui naît et une qui remonte de la maison du diable, c'est comme avoir la Noël et la Pâque ensemble, mais c'est trop pour mon pauvre cœur; tenez-moi que je vais perdre connaissance; à présent arrête, Baudolino, que je viens de réchauffer l'eau dans le chaudron pour laver ce pauvret, tu ne vois pas que tu te souilles de sang toi aussi; mais où tu l'as pris ce vêtement qu'on dirait celui d'un seigneur, tu l'auras tout de même pas volé, espèce de petit malheureux? »

Et il semblait à Baudolino entendre chanter les anges.

14

Baudolino sauve Alexandrie
avec la vache de son père

AINSI, POUR REVOIR TON PÈRE tu as dû l'assiéger, dit
Nicétas vers la tombée de la nuit, alors qu'il faisait
« goûter à son hôte des gâteaux de farine au levain,
pétris de façon à figurer des fleurs, des plantes ou des objets.

— Pas vraiment, parce que le siège a eu lieu six ans plus
tard. Après avoir assisté à la naissance de la ville, j'étais revenu
auprès de Frédéric et je lui avais raconté tout ce que j'avais vu.
Je n'avais pas terminé que déjà, devenu féroce, il rugissait. Il
hurlait qu'une ville naît seulement par consentement de
l'empereur, et si elle naît sans ce consentement, elle doit être
rasée au sol avant qu'elle ait fini de s'élever, sinon n'importe
qui peut faire son bon vouloir sans le vouloir impérial, et qu'il
en allait du *nomen imperii*. Ensuite, il s'est calmé; mais je le
connaissais bien, il ne pardonnerait pas. Par chance, pendant
environ six ans il fut pris par d'autres affaires. Il m'avait confié
différentes missions, celle, entre autres, de sonder les intentions
des Alexandrins. Si bien que je me suis rendu deux fois à
Alexandrie pour voir si mes concitadins voulaient concéder
quelque chose. Eux, en fait, ils étaient prêts à concéder énormément, mais la vérité c'est que Frédéric voulait une seule
chose, que la ville disparût dans le néant d'où elle avait surgi.

Imagine un peu les Alexandrins, je n'ose pas te répéter ce qu'ils me disaient de lui répéter... Moi, je me rendais compte que ces voyages n'étaient qu'un prétexte pour rester le moins possible à la cour, car cela m'était une raison de souffrance continuelle que de rencontrer l'impératrice, et respecter mon vœu...

— Que tu as respecté, demanda Nicétas en affirmant presque.

— Que j'ai respecté, et à jamais. Seigneur Nicétas, je peux être un faussaire de parchemins, mais je sais ce qu'est l'honneur. Elle m'a aidé. La maternité l'avait transformée. Ou du moins ainsi donnait-elle à voir, et je n'ai jamais plus compris ce qu'elle éprouvait pour moi. Je souffrais, et pourtant je lui étais reconnaissant pour la manière dont elle m'aidait à me comporter avec dignité. »

Baudolino dépassait désormais les trente ans et il était tenté de considérer la lettre du Prêtre Jean comme une bizarrerie juvénile, un bel exercice de rhétorique épistolaire, un *jocus*, un *ludibrium*. Cependant il avait retrouvé le Poète qui, après la mort de Rainald, était resté sans protecteur, et l'on sait ce qui arrive à la cour dans ces cas-là : tu ne vaux plus rien, et on commence même à dire que tes poésies au fond n'étaient pas si remarquables que ça. Rongé par l'humiliation et par la rancœur, il avait passé quelques années écervelées à Pavie, se remettant à faire l'unique chose qu'il savait bien faire, c'est-à-dire buvant et récitant les poésies de Baudolino (en particulier un vers, prophétique, qui disait *quis Papie demorans castus habeatur*, qui, habitant à Pavie, peut être chaste ?). Baudolino l'avait ramené avec lui à la cour, et en sa compagnie le Poète apparaissait comme un homme de Frédéric. De plus, entre-temps son père était mort, il en avait reçu l'héritage, et même les ennemis du défunt Rainald ne le voyaient plus comme un parasite, mais comme un *miles* entre tant d'autres, et pas plus porté sur le flacon que les autres.

Ensemble ils avaient évoqué les temps de la lettre, se complimentant encore mutuellement pour cette belle entreprise. Considérer qu'un jeu est un jeu ne voulait pas dire renoncer à y jouer. Baudolino gardait la nostalgie de ce royaume qu'il n'avait jamais vu et, de temps en temps, tout seul, il se récitait la lettre à voix haute, continuant à en perfectionner le style.

« La preuve que je n'arrivais pas à oublier la lettre c'est que j'ai réussi à convaincre Frédéric de faire venir à la cour mes amis de Paris, tous ensemble, en lui racontant qu'il était bon que dans la chancellerie d'un empereur il y eût des personnes qui connaissaient bien d'autres pays, leurs langues et leurs coutumes. En vérité, vu que Frédéric m'utilisait de plus en plus comme son envoyé confidentiel pour différentes besognes, je voulais me constituer ma petite cour personnelle, le Poète, Abdul, Boron, Kyot et Rabbi Solomon.

— Tu ne vas pas me raconter que l'empereur a pris un Juif à sa cour?

— Pourquoi pas? On ne l'obligeait pas à apparaître dans les grandes cérémonies, ou à aller à la messe avec lui et ses archevêques. Si les princes de toute l'Europe, et jusqu'au pape, ont des médecins juifs, pourquoi ne pouvait-on pas garder à portée de main un Juif qui connaissait la vie des Maures d'Espagne et tant d'autres choses des pays d'Orient? Et puis les princes germaniques ont toujours été très miséricordieux avec les Juifs, plus que tous les autres rois chrétiens. Comme me racontait Otton, quand Edesse fut reconquise sur les infidèles et que nombre de princes chrétiens prirent de nouveau la croix en suivant la prédication de Bernard de Clairvaux (et ce fut la fois où Frédéric en personne prit la croix lui aussi), un moine du nom de Rodolphe avait incité les pèlerins à massacrer tous les Juifs dans les villes qu'ils traversaient. Et ce fut vraiment un massacre. Au point que beaucoup de Juifs demandèrent protection à l'empereur, qui leur permit de se mettre à l'abri et de vivre dans la ville de Nuremberg. »

En somme, Baudolino s'était réuni à nouveau avec tous ses compagnons. Non que ceux-ci, à la cour, eussent beaucoup à faire. Solomon, dans chaque ville traversée par Frédéric, se mettait en contact avec ses coreligionnaires, et il en trouvait partout (« Mauvaise graine », le chahutait le Poète), Abdul avait découvert que le provençal de ses chansons était mieux compris en Italie qu'à Paris, Boron et Kyot s'exténuaient en batailles dialectiques, Boron cherchait à convaincre Kyot que l'inexistence du vide était cruciale pour établir l'unicité du Gradale, Kyot s'était mis en tête que le Gradale était une pierre tombée du ciel, *lapis ex coelis*, et, en ce qui le concernait, elle pouvait même être venue d'un autre univers en franchissant des espaces complètement vides.

A part ces faiblesses, ensemble ils discutaient souvent de la lettre du Prêtre, et maintes fois les amis demandaient à Baudolino pourquoi il ne poussait pas Frédéric à ce voyage qu'ils avaient contribué à si bien préparer. Un jour où Baudolino tentait d'expliquer comment ces années-là Frédéric avait trop de problèmes à résoudre encore, et en Lombardie et en Germanie, le Poète avait dit que peut-être valait-il la peine qu'ils s'en allassent eux à la recherche du royaume, pour leur propre compte, sans devoir attendre les aises de l'empereur : « L'empereur pourrait tirer de cette entreprise un double bénéfice. Suppose qu'il arrive à la terre de Jean et qu'il ne se mette pas d'accord avec ce monarque. Il reviendrait défait, et nous ne lui aurions fait que du mal. En revanche nous y allons nous, pour notre compte et, de toutes les manières, d'une terre si riche, si prodigieuse, nous reviendrons avec quelque chose d'extraordinaire.

— Oui vraiment, avait dit Abdul, assez d'atermoiements, partons, allons loin... »

« Seigneur Nicétas, j'ai éprouvé un grand découragement en voyant combien tous étaient conquis par la proposition du Poète, et j'ai compris pourquoi. Boron aussi bien que Kyot espéraient découvrir la terre du Prêtre pour s'approprier le Gradale qui leur aurait donné Dieu sait quelle gloire et quel pouvoir dans ces terres septentrionales où tout le monde le cherchait encore. Rabbi Solomon aurait trouvé les dix tribus perdues, et il serait devenu le plus important et le plus honoré non seulement d'entre les rabbins d'Espagne mais d'entre tous les enfants d'Israël. D'Abdul, il n'y avait pas grand-chose à dire : il avait désormais identifié le royaume de Jean avec celui de sa princesse, sauf que – prenant de l'âge et de la sapience – l'éloignement le satisfaisait de moins en moins et la princesse, que le dieu des amants lui pardonnât, il aurait voulu la toucher de sa main. Quant au Poète, allez savoir ce qu'il avait couvé dans son cœur à Pavie. Maintenant, avec une petite fortune à lui, il avait l'air de le vouloir, le royaume de Jean, pour lui-même et non pour l'empereur. Cela t'explique pourquoi pendant des années, déçu, je n'ai pas parlé à Frédéric du royaume du Prêtre. Si c'était là le jeu, mieux valait laisser ce royaume où il était, en le soustrayant aux concupiscences de ceux qui ne comprenaient pas sa mystique grandeur. Ainsi la lettre était devenue pour moi comme un rêve personnel où je ne voulais plus qu'entrât quelqu'un d'autre. Elle me servait à surmonter les tourments de mon amour malheureux. Un jour, me disais-je, j'oublierai tout ça parce que mes pas me porteront vers la terre du Prêtre Jean... Mais revenons aux choses de Lombardie. »

Aux temps de la naissance d'Alexandrie, Frédéric avait dit qu'il ne manquait plus que Pavie aussi passât à ses ennemis. Et deux ans après Pavie aussi s'était unie à la ligue anti-impériale. Cela avait été un vilain coup pour l'empereur. Il n'avait pas réagi aussitôt, mais au cours des années suivantes la situation en Italie était devenue si trouble que Frédéric avait résolu de revenir, et il fut clair à tous qu'il visait précisément Alexandrie.

« Excuse-moi, demanda Nicétas, il revenait donc en Italie pour la troisième fois ?

— Non, la quatrième. Plutôt, non, laisse-moi me souvenir... Ce devait être la cinquième, je crois. Parfois il s'arrêtait même pendant quatre années, comme à l'époque de Crema et de la destruction de Milan. Ou peut-être entre-temps était-il revenu ? Je l'ignore, il se trouvait plus en Italie que chez lui, mais quel était son chez-lui ? Habitué qu'il était à voyager, je m'aperçus qu'il se sentait à son aise seulement près d'un cours d'eau : c'était un bon nageur, il n'avait pas peur des gelées, des hautes eaux, des tourbillons. Il se jetait dans le courant, nageait, et il paraissait se sentir dans son propre élément. En tout cas, la fois dont je te parle, il redescendit très en colère, et préparé à une guerre dure. Il y avait avec lui le marchis du Montferrat, Albe, Acqui, Pavie et Côme...

191

« — Mais si tu viens de me dire que Pavie était passée avec la ligue...

— Vraiment? Ah, oui, avant, mais entre-temps elle était revenue avec l'empereur.

— O Seigneur, nos empereurs se crevaient l'un l'autre les yeux mais au moins, tant qu'il y en a un qui y voit, on sait avec qui on est...

— Vous n'avez pas d'imagination. Bref, au mois de septembre de cette année-là, Frédéric était descendu à travers le mont Cenis sur Suse. Il se rappelait bien l'affront subi sept ans avant, et il l'a mise à feu et à sang. Asti s'était aussitôt rendue, lui laissant la voie libre et le voilà qui avait planté son camp dans la Frascheta, le long de la Bormida, mais en plaçant d'autres hommes tout autour, jusqu'au-delà du Tanaro. C'était le moment de régler les comptes avec Alexandrie. Je recevais des lettres du Poète qui avait suivi l'expédition, et il paraît que Frédéric lançait feu et flammes, se sentait l'incarnation même de la justice divine.

— Pourquoi n'étais-tu pas avec lui?

— Parce qu'il était vraiment bon. Il avait compris quel motif d'angoisse ce pourrait être pour moi d'assister au châtiment sévère qu'il allait infliger à ceux de mes terres, et il m'encourageait sous divers prétextes à demeurer loin jusqu'à ce que Roboreto ne fût qu'un tas de cendres. Tu comprends, il ne l'appelait ni Civitas Nova ni Alexandrie, car une nouvelle ville, sans sa permission, ne pouvait exister. Il parlait encore du vieux bourg de Roboreto comme s'il ne s'était qu'étendu un peu plus. »

Ce, au début de novembre. Mais novembre, dans cette plaine, fut un déluge. Il pleuvait, il pleuvait, et même les champs ensemencés devenaient marécages. Le marquis du Montferrat avait assuré à Frédéric que ces murs étaient de terre et que derrière se trouvait une débandade d'hommes qui faisaient dans leurs braies rien qu'à entendre le nom de l'empereur, mais au contraire cette débandade avait donné de bons défenseurs, et les murs s'étaient montrés si solides que les chats-chasteils ou les béliers impériaux s'y épointaient les cornes. Les chevaux et les hommes d'armes glissaient dans la boue, et les assiégés à un moment donné avaient dévié le cours de la Bormida, si bien que le meilleur de la cavalerie allemande s'était embourbé jusqu'au cou.

Enfin les Alexandrins avaient sorti un de ces engins qu'on avait déjà vus à Crema : un échafaudage de bois bien accroché aux remparts, et on en tirait une passerelle très longue, un pont légèrement incliné qui permettait de dominer l'ennemi au-delà des murs. Et sur cette passerelle on faisait rouler des tonneaux pleins de bois sec et imprégnés d'huile, de lard, de saindoux et de poix liquide à quoi on avait mis le feu. Les tonneaux roulaient à vive allure et allaient tomber sur les engins impériaux, ou bien par terre où ils dégringolaient telles des boules enflammées tant qu'ils n'arrivaient pas à incendier un autre engin.

A ce point-là, la tâche la plus importante des assiégeants consistait à transporter des barils d'eau pour éteindre les feux. Ce n'est pas que manquât l'eau, entre celle des rivières, celle du marécage, et celle qui venait du ciel mais, si tous les coutiliers transportent de l'eau, qui va tuer l'ennemi ?

L'empereur avait décidé de consacrer l'hiver à remettre en ordre son armée, c'est qu'aussi il est difficile de donner l'assaut à des murailles en glissant sur la glace ou en s'enfonçant dans la neige. Malheureusement février aussi, cette année-là, avait été très dur, l'armée était découragée, et l'empereur encore plus. Ce Frédéric qui avait assujetti Terdona, Crema et même Milan, villes anciennes et des plus aguerries, ne parvenait pas à ses fins avec un amas de masures, à peine une ville et par miracle, habitée par des gens dont Dieu seul savait d'où ils venaient et pourquoi ils avaient tant d'affection pour ces bastions – qui, d'ailleurs, avant qu'ils fussent là-dedans, n'étaient même pas à eux.

Resté loin pour ne pas voir exterminer les siens, maintenant Baudolino s'était décidé à rejoindre ces lieux par crainte que les siens ne fissent du mal à l'empereur.

Et ainsi le voilà devant la plaine où se dressait cette ville qu'il avait vue au berceau. Toute hérissée d'étendards avec une

193

grande croix de gueules sur champ d'argent, comme si les habitants voulaient se donner du courage en exhibant, nouveau-nés qu'ils étaient, les quartiers d'une ancienne noblesse. Devant les murs se trouvait une forêt de catapultes, chats, mangoneaux, perrières, et, au milieu de ces engins, avançaient, tirés devant par des chevaux et poussés derrière par des hommes, trois chasteils fourmillant de gens tapageurs qui agitaient leurs armes vers les murs, comme pour dire : « Maintenant, c'est nous qui venons ! »

Il aperçut le Poète qui accompagnait les chasteils, caracolant de l'air de qui contrôle que tout va bien comme il se doit. « Qui sont ces forcenés sur les tours ? » demanda Baudolino. « Des arbalétriers génois, répondit le Poète, les plus redoutables des troupes d'assaut dans un siège fait comme il faut.

— Les Génois ? s'étonna Baudolino. Mais puisqu'ils ont contribué à la fondation de la ville ! » Le Poète se mit à rire et dit qu'en l'espace de quatre ou cinq mois seulement depuis qu'il était arrivé par ici, les villes qui avaient changé de bannière il en avait vu plus d'une. Terdona, en octobre, était encore ralliée aux communes, puis elle avait commencé à voir qu'Alexandrie résistait trop bien à l'empereur, les Dertonois avaient conçu le soupçon qu'elle pût devenir trop forte, et une bonne partie d'entre eux faisaient à présent pression pour que leur ville passât du côté de Frédéric. Crémone, aux temps de la reddition de Milan, était avec l'empire, ces dernières années elle avait rejoint la ligue, mais maintenant pour quelque mystérieuse raison qui lui appartenait, elle traitait avec les impériaux.

« Mais comment se déroule ce siège ?

— Il se déroule mal. Ou les autres là derrière les murs se défendent bien, ou c'est nous qui ne savons pas attaquer. A mon avis, cette fois Frédéric a emmené avec lui des mercenaires fatigués. Des gens perfides qui décampent aux premières difficultés, cet hiver nombre d'entre eux se sont enfuis et seulement parce qu'il faisait froid, quand d'ailleurs ils étaient flamands et ne venaient pas, loin de là, du *hic sunt leones*. Enfin, au campement on tombe comme des mouches, de mille maladies, et là-bas, à l'intérieur des murs, je ne crois pas qu'ils sont mieux lotis car ils devraient avoir terminé leurs vivres. »

Baudolino s'était enfin présenté à l'empereur. « Je suis venu, père, lui avait-il dit, parce que je connais les lieux et je pourrais être utile.

— Oui, avait répondu Barberousse, mais tu connais aussi les gens, et tu ne voudras pas leur faire du mal.

— Et toi tu me connais moi, si tu ne te fies pas à mon cœur, tu sais que tu peux te fier à mes paroles. Je ne ferai pas de mal aux miens mais à toi je ne mentirai pas.

— Au contraire, tu me mentiras, mais à moi non plus tu ne feras pas de mal. Tu mentiras, et moi je ferai semblant de te croire parce que tu mens toujours dans une bonne intention. »

C'était un homme rude, expliquait Baudolino à Nicétas, mais capable d'une grande finesse d'esprit. « Peux-tu comprendre ce qu'alors j'éprouvais? Je ne voulais pas qu'il détruisît cette ville, mais je l'aimais, et je voulais sa gloire.

— Il suffisait que tu fusses convaincu, dit Nicétas, que sa gloire aurait resplendi davantage encore s'il avait épargné la ville.

— Dieu te bénisse, seigneur Nicétas, c'est comme si tu lisais dans mon esprit d'alors. Avec cette idée en tête, je faisais la navette entre les héberges et les murs. J'avais mis au clair avec Frédéric qu'il me fallait d'évidence établir quelques contacts avec les natifs, comme si j'étais une sorte d'ambassadeur, mais il n'était évidemment pas clair pour tout le monde que je pouvais circuler sans soupçons. A la cour il y avait des gens envieux de ma familiarité avec l'empereur, tels l'évêque de Spire et un certain comte Ditpold, que tous appelait l'Evêquesse, peut-être seulement parce qu'il était blond de cheveux et rosé au visage comme une jouvencelle. Il se peut bien qu'il ne se concédât pas à l'évêque, il parlait même toujours de sa Tecla qu'il avait laissée là-haut dans le nord. Qui sait... Il était beau, mais par chance il était également sot. Et ce sont ceux-là précisément, jusque dans l'héberge, qui me faisaient suivre par leurs espions, pour aller dire à l'empereur que, la nuit passée, on m'avait vu chevaucher vers les murs et parler avec les habitants de la ville. Heureusement l'empereur les envoyait au diable car il savait que vers les murs moi j'y allais le jour et pas la nuit. »

Bref, Baudolino allait sous les murs, et même à l'intérieur.

La première fois ce ne fut pas facile parce que, en trottinant vers les portes, il commença à entendre siffler une pierre – signe que dans la ville on se mettait à épargner les flèches, et qu'on utilisait des frondes qui, depuis les temps de David, s'étaient montrées efficaces et peu coûteuses. Il dut crier en parfait vulgaire de la Frascheta, tout en faisant d'amples signes de ses mains désarmées, et grâce au ciel il fut reconnu par le Trotti.

« O Baudolino, lui cria Trotti d'en haut, tu viens t'unir à nous ?

— Ne fais pas l'âne, Trotti, tu sais déjà que je suis de l'autre côté. Mais certes je ne suis pas venu ici avec de mauvaises intentions. Laisse-moi entrer, que je veux saluer mon père. Je te jure sur la Vierge que je ne dis pas un mot de ce que je vois.

— J'ai confiance. Ouvrez la porte, oh, vous avez compris vous autres ou vous êtes ramollis de la tête ? Lui, c'est un ami. Ou presque. Je veux dire : c'est un des leurs qui est des nôtres, c'est-à-dire un des nôtres qui est avec eux, en somme, vous ouvrez c'te porte ou je vous flanque des coups de pied dans les gencives !

— D'accord, d'accord, disaient ces combattants hagards, ici on ne comprend plus qui est d'ici qui est de là-bas, hier il en est sorti un habillé comme un Pavesan...

— Tais-toi, animal », criait Trotti. Et « Ah, ah, ricanait Baudolino en entrant, vous avez envoyé des espions dans notre camp... T'inquiète pas, j'ai dit que je ne vois pas ni n'entends... »

Et voilà Baudolino qui embrasse de nouveau Gagliaudo – encore vigoureux et sec, quasi ragaillardi par le jeûne – devant le puits de la petite place par-delà les murs ; voilà Baudolino qui retrouve le Ghini et le Scaccabarozzi devant l'église ; voilà Baudolino qui demande à la taverne où est le Squarciafichi, et les autres pleurent et lui disent qu'il s'est pris un carreau génois dans la gorge juste au dernier assaut, et pleure aussi Baudolino, qui n'avait jamais aimé la guerre et à présent moins que jamais, et craint pour son vieux père ; voilà Baudolino qui, sur la place principale, belle, large et claire du soleil de mars, voit aussi les enfants qui portent des hottées de pierres pour renforcer les défenses, et des cruches d'eau aux guetteurs, et il se plaît à voir l'esprit indompté qui s'est emparé de tous les citadins ; voilà Baudolino se demandant qui peuvent être ces quantités de gens qui remplissent Alexandrie comme pour une fête nuptiale, et ses amis lui disent que c'est bien là le malheur, que par peur de l'armée impériale les fuyards de tous les villages alentour ont conflué ici, et la ville a certes beaucoup de bras, mais aussi trop de bouches à nourrir ; voilà Baudolino qui admire la nouvelle cathédrale, et elle n'est peut-être pas grande mais elle est bien faite, et il dit : nom de nom mais il y a même le tympan avec un nain sur le trône, et tous autour de lui font : hein hein, comme pour dire tu vois de quoi nous sommes capables, cependant, idiot, lui c'est pas un nain, c'est Notre Seigneur, sans doute pas très réussi mais si Frédéric arrivait un mois après, tu y trouvais le Jugement Dernier entier avec les vilains vieillards de l'Apocalypse ; voilà Baudolino qui demande au moins un gobelet de celui de derrière les fagots et tous de le regarder comme s'il venait du camp des impériaux, car il est clair que du vin, bon ou mauvais, on n'en trouve plus même une goutte, c'est la première chose qu'on offre aux blessés pour leur donner courage, et aux parents des morts afin qu'ils n'y pensent pas trop ; et voilà Baudolino qui voit autour de lui des visages émaciés et demande pendant combien de temps ils pourront résister, et eux font des signes en levant les yeux comme pour dire que ce sont là des choses entre les mains du Seigneur ; et enfin voilà Baudolino qui rencontre Anselmo Medico, à la tête de cent cinquante coutiliers placentins accourus pour prêter main-forte à la Civitas Nova, et Baudolino se félicite de cette belle preuve de solidarité, et ses amis, les Guasco, les Trotti, les Boïdi et l'Oberto del Foro disent que cet Anselmo est un qui la sait faire, la guerre, mais les Placentins sont les seuls, la ligue nous a incités à nous soulever mais à présent, de nous, elle s'en bat les coyons, les communes italiennes je te les recommande, si nous sortons vivants de ce siège désormais nous ne devons plus rien à personne, qu'elles se débrouillent avec l'empereur et amen.

« Mais les Génois, comment se fait-il qu'ils sont contre vous s'ils vous ont aidés à sortir de terre, avec de l'or sonnant et trébuchant ?

— Mais les Génois, leurs affaires, ils savent les faire, sois

197

tranquille ; maintenant ils sont avec l'empereur parce que ça leur convient, de toute façon ils savent que la ville, une fois qu'elle existe, ne disparaît pas même s'ils la flanquent toute à terre, t'as qu'à voir Lodi ou Milan. Ensuite, ils attendent la suite, et après ce qui reste de la ville leur sert encore à eux pour le contrôle des voies de passage, et ils peuvent aller jusqu'à payer pour rebâtir ce qu'ils ont aidé à abattre, en attendant tout est sol qui circule, et eux sont toujours de la partie.

— Baudolino, lui disait le Ghini, tu es à peine arrivé et tu n'as pas vu les assauts d'octobre et ceux des dernières semaines. Ils frappent fort, non seulement les arbalétriers génois mais ces Bohémiens aux moustaches presque blanches qui, s'ils parviennent à placer l'échelle, les précipiter ensuite est un travail... Il est vrai qu'à mon avis il y a eu plus de morts chez eux que chez nous car, même s'ils ont tortues et chats, des mottes de pierres sur la tête, ils en ont reçu des volées. Mais enfin, c'est dur, et on serre la ceinture.

— Nous avons reçu un message, dit le Trotti, les troupes de la ligue font mouvement et veulent prendre l'empereur par-derrière. Tu en sais quelque chose ?

— Nous l'avons entendu dire nous aussi, et c'est pour ça que Frédéric veut vous faire céder avant. Vous..., et il ouvrait ses bras ballants, vous, arrêter là, pas même envisageable, non ?

— Tu parles. Nous, on a la tête plus dure que l'oiseau. »

Ainsi, pendant quelques semaines, après chaque escarmouche Baudolino revenait chez lui, surtout pour établir le compte des morts (le Panizza aussi ? Le Panizza aussi était un brave garçon) et puis il revenait pour dire à Frédéric que les autres, se rendre, pas question. Frédéric ne lançait plus d'imprécations, il se limitait à dire : « Et que puis-je y faire, moi ? » D'évidence, il s'était maintenant repenti d'avoir mis le pied dans ce pétrin : l'armée se délitait sous ses yeux, les paysans cachaient le blé et les bêtes dans les fourrés ou pis dans les marais, on ne pouvait pousser ni au nord ni à l'est, sans risquer de tomber sur une avant-garde de la ligue – en somme, non que ces rustres fussent plus forts que les Crémasques mais quand c'est la malchance c'est la malchance. Pourtant, il ne pouvait s'en aller, car il aurait à jamais perdu la face.

198

Quant à sauver la face, Baudolino avait compris, par une allusion que l'empereur avait faite un jour à sa prophétie d'enfant décidant les Dertonais à la reddition, que si seulement il eût pu exploiter un signe du ciel, un quelconque, pour dire *urbi et orbi* que c'était le ciel qui lui suggérait de s'en retourner chez lui, il aurait saisi l'occasion...

Un jour, tandis que Baudolino parlait avec les assiégés, Gagliaudo lui avait dit : « Toë qu'es tant intelligent et qu'as étudié dans les livres où c'est qu'est tout écrit, te vient pas à l'esprit une idée que tous ils s'en retournent à la maison, que nous avons dû tuer nos vaches sauf une et ta mère à rester enfermée ici dans la ville ça lui donne l'étouffante ? »

Et voilà qu'il vint une belle idée à Baudolino, et aussitôt il demanda si cette fausse galerie dont parlait le Trotti quelques années auparavant, on l'avait finalement inventée, celle dont l'ennemi devait croire qu'elle l'emmenait tout droit dans la ville, et qui, en revanche, conduisait l'envahisseur dans un piège. « Comment donc, dit le Trotti, viens voir. Regarde, la galerie s'ouvre là-bas, dans ces broussailles à deux cents pas des murs, juste au-dessous d'une sorte de borne qui paraît être là depuis mille ans mais c'est nous qui l'avons déplacée de Villa del Foro. Et qui y entre arrive ici, derrière cette grille, d'où il voit la taverne et rien d'autre.

— Et un sorti un occis ?

— L'histoire c'est que, d'habitude, dans une galerie si étroite que pour faire passer tous les assiégeants il y faudrait des jours, on fait seulement entrer une escouade d'hommes qui doivent atteindre les portes et les ouvrir. Or, à part que nous ne savons pas comment informer les ennemis de l'existence de la galerie, quand au mieux tu as tué vingt ou trente pauvres diables, le jeu valait-il toute cette peine ? C'est pure méchanceté et voilà tout.

— Si c'est pour leur donner un coup sur la tête. Mais à présent, écoute la scène qu'il me semble voir avec ces yeux-là : à peine les autres sont entrés, on entend retentir des trompettes et, d'entre les lumières de dix torches, de cet angle surgit un homme à la longue barbe blanche et au manteau blanc, sur un cheval blanc avec une grande croix blanche au poing et il s'écrie : citadins citadins debout que l'ennemi est là, et à ce point – avant que les envahisseurs se soient encore décidés à faire un pas – les nôtres se penchent aux fenêtres et aux toits comme tu le disais. Et, après les avoir capturés, tous les nôtres se mettent à genoux et crient que cet homme était saint Pierre qui protégeait la ville, et ils refourrent les impériaux dans la galerie en disant remerciez Dieu que nous vous faisons grâce de la vie, allez et racontez au camp de votre Barberousse que la Ville Nouvelle du pape Alexandre est protégée par saint Pierre en personne...

— Et le Barberousse croit à une coyonnade de ce genre?

— Non, parce qu'il n'est pas idiot, mais comme il n'est pas idiot, il fera semblant d'y croire parce qu'il a plus envie d'en finir lui que vous.

— Mettons qu'il en va ainsi. Qui fait découvrir la galerie?

— Moi.

— Et toi tu le trouves où le cü qui se laisse prendre?

— Je l'ai déjà trouvé, il est si cü qu'il se laisse prendre et c'est une telle merde qu'il le mérite, d'autant plus que nous sommes bien d'accord que vous ne tuez personne. »

Baudolino pensait à ce fat de comte Ditpold, et, pour pousser Ditpold à faire quelque chose, il suffisait de lui laisser entendre que cela nuisait à Baudolino. Il ne restait plus qu'à faire savoir à Ditpold qu'il existait une galerie et que Baudolino ne voulait pas qu'elle fût découverte. Comment? Très simple, puisque Ditpold avait mis des espions au bliaud de Baudolino.

La nuit venue, de retour vers le camp, Baudolino prit d'abord par une petite clairière, puis il s'enfonça dans les fourrés, mais à peine au milieu des arbustes, il s'arrêta en se retournant, juste à temps pour voir, au clair de lune, une ombre légère qui glissait presque à quatre pattes en terrain découvert. C'était l'homme que Ditpold lui avait mis sur les talons. Il attendit entre les arbres tant que l'espion ne vint pas lui tomber quasi dessus, il lui pointa son épée sur la poitrine et, tandis que l'autre bredouillait de peur, il lui dit en flamand : « Je te reconnais, tu es un des Brabançons. Qu'est-ce que tu faisais en dehors du camp? Parle, je suis un ministériel de l'empereur! »

200

L'autre évoqua une histoire de femme et apparut même convaincant. « Ça va, lui dit Baudolino, en tous les cas c'est une chance que tu sois ici. Suis-moi, j'ai besoin de quelqu'un qui ouvre l'œil tandis que je fais quelque chose. »

Pour l'autre c'était une bénédiction, non seulement il n'était pas découvert mais il pouvait continuer à espionner bras dessus bras dessous avec le pisté. Baudolino atteignit les broussailles dont lui avait parlé le Trotti. Il n'eut pas à feindre car il fallait vraiment fouiller pour découvrir la borne, alors qu'il bougonnait comme à part soi au sujet d'une information qu'il venait de recevoir d'un de ses rapporteurs. Il trouva la borne qui avait réellement l'air d'avoir grandi là avec les arbustes, il s'escrima un peu tout autour, débarrassant la terre du feuillage jusqu'à ce qu'il mît à découvert une grille. Il demanda au Brabançon de l'aider à la soulever : il y avait trois marches. « A présent, écoute, dit-il au Brabançon. Tu descends ici et tu vas de l'avant tant que la galerie qui doit être là dessous ne prendra pas fin. Au bout du conduit tu verras peut-être déjà des lumières. Observe ce que tu vois et n'oublie rien. Ensuite, reviens et raconte. Moi, je reste ici et j'ouvre l'œil. »

A l'autre il parut normal, encore que douloureux, qu'un seigneur demandât d'abord d'ouvrir l'œil pour lui et puis qu'il ouvrît l'œil à son tour alors qu'il l'envoyait hasarder sa vie. Mais Baudolino brandissait l'épée, certes pour le protéger en ouvrant bien l'œil, cependant avec les seigneurs on ne sait jamais. L'espion fit le signe de croix, et il partit. Quand il revint après une vingtaine de minutes, il raconta en haletant ce que Baudolino savait déjà, qu'à la fin du conduit il y avait une claire-voie, pas très difficile à extirper, et, entre les barres de fer, on voyait une placette solitaire, par conséquent cette galerie menait tout juste au cœur de la ville.

Baudolino demanda : « Tu as dû prendre des tournants, ou tu es toujours allé tout droit ? » « Tout droit », dit l'autre. Et Baudolino, comme se parlant à lui-même : « La sortie est donc à quelques dizaines de mètres des portes. Ce vendu avait donc raison... » Puis au Brabançon : « Tu as compris ce que nous avons découvert. La première fois qu'il y aura un assaut aux murs, une poignée d'hommes courageux peut entrer dans la ville, se faire un chemin vers les portes et les ouvrir, il suffit qu'à l'extérieur il y ait un autre groupe prêt à entrer. Ma fortune est faite. Mais toi, tu ne dois dire à personne ce que tu as vu cette nuit car je ne veux pas que quelqu'un d'autre profite de ma découverte. » Il lui refila, d'un air munificent, une monnaie, et le prix du silence était si ridicule que, sinon par fidélité à Ditpold du moins par vengeance, l'espion aussitôt courrait lui raconter tout.

Il en faut peu pour imaginer ce qui devait arriver. Pensant que Baudolino voulait garder secrète la nouvelle afin de ne pas nuire à ses amis assiégés, Ditpold s'était précipité chez l'empereur pour lui confier que son filleul bien-aimé avait découvert une entrée dans la ville mais se gardait bien de le dire. L'empereur avait levé les yeux au ciel, comme pour signifier : sacré garçon, lui aussi, puis il avait dit à Ditpold c'est bon, je t'offre la gloire, vers le couchant je t'aligne un fort contingent d'assaut juste en face de la porte, je fais mettre quelques onagres et des tortues près des broussailles, de façon que quand tu t'enfiles dans la galerie avec tes hommes il fasse presque nuit et tu n'attires pas les regards, tu pénètres dans la ville, tu ouvres les portes de l'intérieur, et d'un jour à l'autre tu es devenu un héros.

L'évêque de Spire avait aussitôt prétendu au commandement de la troupe devant la porte, car Ditpold, disait-il, c'était comme son fils, comme on peut l'imaginer.

Ainsi, lorsque dans l'après-midi du Vendredi Saint le Trotti avait vu que les impériaux se préparaient devant la porte, quand déjà il faisait sombre, il avait compris qu'il s'agissait d'une parade pour distraire les assiégés, et qu'en catimini Baudolino y avait mis la patte. C'est pourquoi, tout en n'en discutant qu'avec le Guasco, le Boïdi et Oberto del Foro, il s'était empressé de sortir un saint Pierre crédible, et il s'était offert un des consuls des origines, Rodolfo Nebia, qui avait le physique requis. Ils avaient seulement perdu une demi-heure à discuter, savoir si l'apparition devait empoigner la croix ou les si fameuses clefs, penchant à la fin pour la croix, qu'on voyait mieux, même entre chien et loup.

Baudolino se trouvait à une courte distance des portes, certain qu'il n'y aurait pas eu bataille car, avant, quelqu'un se serait dégagé de la galerie pour apporter la nouvelle de l'aide céleste. De fait, le temps de trois pater, ave et gloria, de l'intérieur des murs on avait entendu un grand remue-ménage, une voix qui parut à tous surhumaine criait : « Alarme alarme, mes fidèles Alexandrins », et un chœur de voix terrestres vociférait : « C'est saint Pierre, oh miracle miracle ! »

Mais c'est alors le moment précis où quelque chose était allé de travers. Comme ensuite on l'expliquerait à Baudolino, Ditpold et les siens avaient été promptement pris et tous leur tombaient sur le dos pour les convaincre que leur était apparu saint Pierre. Ils s'y seraient probablement tous laissé prendre, à part Ditpold qui savait fort bien de qui lui arrivait la révélation de la galerie et – stupide mais pas jusqu'à ce point – il lui était venu comme l'idée d'avoir été moqué par Baudolino. Il s'était alors libéré avec force de son état captif, il avait enfilé une ruelle, criant à gorge si déployée que personne ne comprenait quelle langue il parlait, et à la lumière du crépuscule tous croyaient que c'était l'un des leurs. Mais, quand il fut sur les murs, il s'avéra qu'il s'adressait aux assiégeants, et pour les avertir d'un piège – allez savoir pour les protéger de quoi, vu que ceux de dehors, si la porte ne s'ouvrait pas, ne seraient pas entrés et donc ils ne risquaient pas grand-chose. Mais n'importe, justement parce qu'il était stupide, ce Ditpold avait de l'estomac, et il était au sommet des murs, agitant son épée et défiant tous les Alexandrins. Lesquels – ainsi que le veulent les règles d'un siège – ne pouvaient admettre qu'un ennemi atteignît les murs, fût-ce en passant de l'intérieur ; et surtout rares étaient ceux au courant du piège, et les autres se voyaient à l'improviste un Aleman chez eux comme si de rien n'était. Si bien que quelqu'un pensa qu'il était bon d'enfiler une pique dans le dos de Ditpold, l'expédiant hors du bastion.

A la vue de son si chéri compagnon qui tombait sans vie au pied des fortifications, l'évêque de Spire avait vu rouge et commandé l'assaut. Dans une situation normale, les Alexandrins se seraient comportés comme d'habitude, tirant sur les assaillants du haut des murs mais, tandis que les ennemis s'approchaient de la porte, le bruit s'était entre-temps répandu que saint Pierre était apparu sauvant la ville d'une ruse, et qu'il s'apprêtait à guider une sortie victorieuse. Raison pour quoi le Trotti avait pensé tirer parti de cette équivoque, et il avait envoyé son faux saint Pierre sortir le premier entraînant tous les autres derrière lui.

En somme, les balivernes de Baudolino, qui auraient dû obnubiler les esprits des assiégeants, obnubilèrent ceux des assiégés : les Alexandrins, pris de fureur mystique et d'un très belliqueux transport, se jetaient comme des fauves contre les impériaux – et de manière si désordonnée, si contraire aux règles de l'art de la guerre que l'évêque de Spire et ses chevaliers, déconcertés, reculèrent, et reculèrent aussi ceux qui poussaient les tours des arbalétriers génois, les laissant juste à l'orée des broussailles fatales. Pour les Alexandrins, c'était une invitation on ne peut plus agréable : aussitôt Anselmo Medico avec ses Placentins s'était enfilé dans la galerie qui à présent, montrait vraiment ses qualités, et il avait émergé dans le dos des Génois, suivi d'un groupe d'hommes hardis qui portaient des asts où ils avaient fait glisser des boules de poix ardente. Et voilà que les tours génoises prenaient feu comme des bûches de cheminée. Les arbalétriers cherchaient à se jeter en bas mais, comme ils touchaient terre, les Alexandrins étaient là pour leur abattre des gourdins sur la tête, une tour s'était d'abord inclinée puis renversée, répandant des flammes au milieu de la cavalerie de l'évêque, les chevaux paraissaient devenus fous, bouleversant encore plus les rangs des impériaux, et ceux qui n'étaient pas à cheval contribuaient au désordre car ils traversaient les rangs des cavaliers en criant que saint Pierre en personne arrivait, et sans doute même saint Paul, et quelqu'un avait vu aussi saint Sébastien et saint Tarcis – bref, tout l'olympe chrétien s'était rallié à cette très odieuse ville.

A la nuit close, quelqu'un rapportait au camp impérial, déjà en grand deuil, le cadavre du prélat de Spire, atteint dans le dos tandis qu'il s'enfuyait. Frédéric avait envoyé quérir Baudolino et il lui avait demandé en quoi il était mêlé à cette histoire et ce qu'il en savait, et Baudolino aurait voulu disparaître sous terre car, ce soir-là, nombre de braves *milites* étaient morts, y compris Anselmo Medico de Plaisance, et de valeureux sergents, et de pauvres coutiliers, et tout ça pour son beau plan – qui aurait dû tout résoudre sans que fût tordu un cheveu à personne. Il s'était jeté aux pieds de Frédéric, lui disant toute la vérité : il avait pensé qu'il était bon de lui offrir un prétexte crédible pour lever le siège et puis les choses étaient allées comme elles étaient allées.

« Je suis un misérable, père, disait-il, le sang me dégoûte et je voulais garder les mains propres, et épargner tant d'autres vies, et vois la boucherie que j'ai combinée, ces morts sont tous sur ma conscience!

— Malédiction à toi, ou à qui a flanqué en l'air le plan, répondit Frédéric, qui paraissait plus affligé que furieux, parce que – ne le dis à personne – mais ce prétexte aurait bien fait mon affaire. J'ai eu des nouvelles fraîches, la ligue est en route, dès demain peut-être il faudra nous battre sur deux fronts. Ton saint Pierre aurait convaincu les soldats, mais maintenant trop de gens sont morts et ce sont mes barons qui demandent vengeance. Ils disent et redisent que c'est le bon moment pour donner une leçon à ceux de la ville, qu'il suffisait de les voir quand ils ont fait leur sortie, ils étaient plus maigres que nous et ils ont vraiment donné leurs dernières forces. »

On était maintenant arrivé au Samedi Saint. L'air était tiède, les champs s'enjolivaient de fleurs et les arbres bruissaient, joyeux. Tout autour régnait une tristesse de funérailles : chez les impériaux, parce que chacun disait que c'était le moment d'attaquer et que personne n'en avait envie; chez les Alexandrins, parce qu'ils avaient, surtout après l'effort de la dernière sortie, l'âme au septième ciel et la panse qui ballottait entre leurs jambes. Ce fut ainsi que l'esprit fertile de Baudolino se remit au travail.

Il chevaucha de nouveau vers les murs et il trouva le Trotti, le Guasco et les autres chefs fort assombris. Eux aussi ils étaient au courant de l'arrivée de la ligue, mais ils savaient de source sûre que les différentes communes étaient très partagées sur ce qu'il fallait faire, et des plus indécises pour lancer une véritable attaque contre Frédéric.

« Parce qu'une chose, écoute-moi bien, seigneur Nicétas, car c'est là un point très subtil, tellement que les Byzantins ne sont peut-être pas assez subtils pour le comprendre, une chose était se défendre quand l'empereur t'assiégeait, et une autre lui livrer bataille de ta propre initiative. En somme, si ton père te frappe avec sa ceinture, tu as même le droit de tenter de la saisir pour la lui arracher des mains – c'est de la défense – mais si c'est toi qui lèves la main sur ton père, alors c'est un parricide. Et, une fois que tu as manqué définitivement de respect au saint et romain empereur, que te reste-t-il pour maintenir dans l'unité les communes d'Italie ? Tu comprends, seigneur Nicétas, ils étaient là, qui avaient tout juste mis en pièces les troupes de Frédéric, mais ils continuaient à le reconnaître comme leur unique seigneur, autrement dit ils ne le voulaient pas dans leurs jambes mais malheur s'il n'avait plus existé : ils se seraient occis les uns les autres, sans même plus savoir s'ils faisaient bien ou mal car le critère du bien et du mal était, au bout du compte, l'empereur. »

« Par conséquent, disait le Guasco, la meilleure chose serait que Frédéric abandonne sur-le-champ le siège d'Alexandrie, et je t'assure que les communes le laisseraient passer et rejoindre Pavie. » Mais comment lui permettre de sauver les apparences ? Avec le signe du ciel, on avait déjà essayé, les Alexandrins avaient éprouvé une belle satisfaction, mais on en était au point de départ. Sans doute l'idée de saint Pierre avait-elle été trop ambitieuse, observa alors Baudolino, et puis une vision ou une apparition, n'importe, c'est quelque chose qui est et qui n'est pas, et le lendemain il est facile de la nier. Enfin, pourquoi déranger les saints ? Ces mercenaires-là étaient des gens qui ne croyaient pas même au Père Eternel, la seule chose en quoi ils croyaient, c'était la panse pleine et l'oiseau dressé...

« Suppose, dit alors Gagliaudo avec cette sagesse que Dieu – comme chacun sait – n'insuffle qu'au peuple, suppose que les impériaux capturent une de nos vaches, et la trouvent si pleine de blé que pour un peu son ventre exclate. Alors le Barberousse et les siens pensent que nous avons encore tant à manger, à en résister pendant des *sculasculorum*, et voilà que c'est les seigneurs mêmes et les soldats à dire d'allons-nous-en pace que sinon la prochaine Pâque n'sommes encore ici...

— Je n'ai jamais entendu une idée aussi stupide », dit le Guasco, et le Trotti lui donna raison, se touchant la tempe d'un doigt, comme pour signifier que le vieux avait désormais perdu un peu la tête. « Et s'il y avait encore une vache vivante, nous l'aurions déjà mangée, même crue, ajouta le Boïdi.

— Ce n'est pas parce que c'est là mon père, mais il ne me semble pas, loin de là, qu'on doive se débarrasser de cette idée, dit Baudolino. Peut-être l'avez-vous oublié, mais il existe encore une vache, et c'est précisément la Rosina de Gagliaudo. Le seul problème est de savoir si en raclant dans tous les coins de la ville vous réussirez à trouver la quantité de grains nécessaire à faire éclater l'animal.

— Le problème est de savoir si moë je te donne l'animal, ô animal, s'emporta alors Gagliaudo, pace qu'il est clair que pour comprendre qu'elle est pleine de blé les impériaux doivent non seulement la trouver, mais aussi l'éventrer, et ma Rosina nous l'avons jamais tuée justement pace que pour ta mère et pour moë elle est comme la fille que le Seigneur nous a point donnée, or donc personne la touche, plutôt je t'envoye toë à la boucherie, que tu manques à la maison depuis trente ans alors qu'elle y a toujours été là sans araignée au plafond. »

Guasco et les autres qui, une minute avant, pensaient que cette idée était digne d'un fol, à peine Gagliaudo s'y opposa qu'ils se persuadèrent aussitôt que c'était ce qu'on pouvait imaginer de mieux, et ils se mirent en quatre pour persuader le vieux que devant les destinées de la ville on sacrifie même sa propre vache, et il était inutile qu'il dise plutôt Baudolino, car Baudolino éventré ne convainquait personne, tandis que devant la vache éventrée peut-être le Barberousse allait-il laisser réellement tout tomber. Quant au blé, il n'y avait au vrai pas de quoi gaspiller mais, gratte par-ci gratte par-là, de quoi engraisser la Rosina on trouverait, et sans trop chercher la petite bête, parce qu'une fois dans l'estomac, difficile pour quelqu'un de dire si c'était du blé ou du son, et sans trop chercher à y enlever les blattes, forficules ou zabres comme on veut les appeler, car en temps de guerre c'est ainsi qu'on fait même le pain.

« Allons, allons, Baudolino, dit Nicétas, tu ne vas pas me raconter que vous étiez tous en train de prendre au sérieux une bouffonnerie pareille.

— Non seulement nous la prenions au sérieux mais, comme tu le verras par la suite, l'empereur aussi la prit au sérieux. »

Voici en effet ce qui se passa. Vers la troisième heure de ce Samedi Saint, tous les consuls et les personnes les plus importantes d'Alexandrie se trouvaient sous des arcades où était couchée une vache qu'on ne pouvait imaginer plus maigre et moribonde, la peau pelée, les pattes qui étaient quatre piquets, les mamelles qui avaient l'air d'oreilles, les oreilles qui avaient l'air de pis, le regard mourant, flasques même les cornes, le reste plus carcasse que tronc, plus qu'un bovin un fantôme de bovin, une laitière pour Totentanz, veillée amoureusement par la mère de Baudolino qui lui caressait la tête en lui disant qu'au fond c'était mieux comme ça, qu'elle finirait de souffrir, et après une bonne ventrée, et donc mieux lotie que ses maîtres.

A ses flancs continuaient d'arriver des sacs de grains et de semences, recueillis au petit bonheur, que Gagliaudo mettait sous le museau de la pauvre bête en l'incitant à manger. Mais la vache regardait désormais le monde dans un détachement gémissant et ne se rappelait même pas ce que voulait dire ruminer. Si bien que, à la fin, avec beaucoup de bonne volonté certains lui immobilisèrent les pattes, d'autres la tête et d'autres encore lui ouvrirent de force les mâchoires et, tandis qu'elle mugissait faiblement son refus, ils lui enfilaient le blé dans la gorge, comme on gave les oies. Alors, peut-être par instinct de conservation, ou comme animée par le souvenir de temps meilleurs, l'animal commença à remuer de la langue toute cette manne et, un peu de sa propre volonté, un peu avec l'aide des présents, elle se mit à avaler.

Ce ne fut pas un repas joyeux, et plus d'une fois il parut à tous que Rosina était sur le point de rendre son âme animale à Dieu car elle mangeait comme si elle mettait bas, entre une plainte et l'autre. Et puis la force vitale prit le dessus, la vache se dressa sur ses quatre pattes et continua à manger toute seule, plongeant directement le museau dans les sacs qu'on lui proposait. A la fin, ce que tout le monde regardait était une vache bien étrange, décharnée et mélancolique, les os du dos saillants, marqués comme s'ils voulaient sortir du cuir qui les emprisonnait, et la panse au contraire opulente, arrondie, hydropique, tendue comme si elle était grosse de dix veaux.

« Ça ne peut pas aller, ça ne peut pas aller, disait en secouant la tête le Boïdi face à ce très triste phénomène, même un idiot s'aperçoit que cette bête n'est pas grasse, qu'elle n'est qu'une peau de vache à l'intérieur de quoi on a mis des vivres...

— Et même s'ils la croyaient grasse, disait le Guasco, comment pourraient-ils accepter l'idée que son maître la mène encore paître hors les murs, au risque d'y perdre et sa vie et son bien ?

— Mes amis, disait Baudolino, n'oubliez pas que ces gens, quels que soient ceux qui la trouveront, ont une telle faim qu'ils ne resteront pas là à regarder si elle est grosse d'un côté et maigre de l'autre. »

Baudolino avait raison. Vers la neuvième heure, à peine Gagliaudo eut-il passé la porte et gagné un pré à une demi-lieue des murs qu'aussitôt était sortie des fourrés une bande de Bohémiens qui certainement allait oiseler, s'il y avait encore eu un oiseau vivant dans les parages. Ils virent la vache, sans en croire leurs yeux faméliques, ils se jetèrent vers Gagliaudo, lui aussitôt leva les mains, ils le traînèrent avec la bête en direction des héberges. Bien vite s'était réunie autour d'eux une foule de guerriers aux joues creusées, aux yeux hors de la tête, et la pauvre Rosina avait été aussitôt égorgée par un Cômasque qui devait connaître le métier car il avait tout fait d'un seul coup d'un seul et la Rosina, dans le temps qu'il faut pour dire amen, avant elle était vivante et après elle était morte. Gagliaudo versait de vraies larmes, la scène apparaissait donc vraisemblable à tous.

Quand on ouvrit le ventre à la bête, il arriva ce qui devait arriver : toute cette nourriture avait été avalée en si grande hâte que maintenant elle débordait par terre comme si elle était encore intacte, et il ne fit de doute pour personne qu'il s'agissait de blé. L'étonnement fut tel qu'il prévalut sur l'appétit, et en tout cas la faim n'avait pas ôté à ces hommes d'armes une élémentaire capacité de raisonner : que dans une ville assiégée même les vaches pussent manger sans compter, voilà qui allait contre toute règle humaine et divine. Un sergent, au milieu de l'assistance vorace, sut réprimer ses propres instincts et décida que ses commandants devaient être informés du prodige. En un court laps de temps la nouvelle parvint aux oreilles de l'empereur auprès duquel Baudolino se trouvait dans une apparente indolence, très tendu et frémissant dans l'attente de l'événement.

La carcasse de Rosina, une pièce de toile où on avait recueilli le blé débordant et Gagliaudo enchaîné furent conduits devant Frédéric. Morte et fendue en deux, la vache ne paraissait plus ni grasse ni maigre, et la seule chose qu'on voyait c'était tous ces vivres dans sa panse et en dehors. Un signe que Frédéric ne sous-estima pas, raison pour quoi il demanda aussitôt au vilain : « Qui es-tu, d'où viens-tu, à qui est cette vache ? » Et Gagliaudo, tout en n'ayant pas compris un seul mot, répondit en très strict vulgaire de la Palea, je ne sais pas, je n'y étais pas, je n'ai rien à voir avec ça, je passais là par hasard et cette vache c'est la première fois que je la vois, et même, si tu ne me l'avais pas dit toë, je ne savais point que c'était une vache. Naturellement, Frédéric non plus ne comprenait pas, et il s'adressa à Baudolino : « Toi qui connais cette langue d'animaux, dis-moi ce qu'il raconte. »

Scène entre Baudolino et Gagliaudo, traduction : « Lui il dit qu'il ne sait rien de la vache, qu'un riche paysan de la ville la lui a donnée pour la mener au pâturage, et c'est tout.

— Oui, par le diable, mais la vache est pleine de blé, demande-lui comment ça se fait.

— Lui il dit que toutes les vaches, après qu'elles ont mangé, et avant d'avoir digéré, sont pleines de ce qu'elles ont mangé.

— Dis-lui de ne pas faire l'idiot sinon je l'attache par le cou à cet arbre ! Dans ce bourg, dans cette espèce de ville de bandits, ils donnent toujours à manger du blé aux vaches ? »

Gagliaudo : « *Quand y a point d'fein et point d'gerbée, faut ben maint'nir les bestiaux avec du blé... Et des t'i poës.* »

Baudolino : « Il dit que non, seulement à présent du fait de la pénurie de foin, à cause du siège. Et puis que ce n'est pas tout du blé mais qu'il y a aussi des poës secs.

« — Des poës?

— *Erbse, pisa*, petits pois.

— Par le démon, je vais le donner à béqueter à mes faucons, à mettre en pièces par mes chiens, qu'est-ce qu'il veut dire qu'il y a pénurie de foin et non pas de blé ni de pois verts?

— Il dit que dans la ville ils ont entassé toutes les vaches du comté et qu'à présent il y a de quoi manger des grillades jusqu'à la fin du monde, mais que les vaches ont consommé tout le foin, que si les gens peuvent manger de la viande, ils ne mangent pas de pain, et figurons-nous les petits pois secs, donc une part des grains qu'ils avaient amassés ils la donnent aux vaches, il dit que ce n'est pas comme ici chez nous où nous avons de tout, là-bas ils doivent s'arranger comme ils peuvent parce qu'ils sont de pauvres assiégés. Et il dit que c'est pour ça qu'on lui a donné la vache à mener dehors, qu'elle mangeât un peu d'herbe, parce que cette seule victuaille lui fait mal et il lui vient le ver-coquin.

— Baudolino, tu crois à ce que dit ce niais?

— Moi je traduis ce qu'il dit, pour ce que je me souviens de mon enfance je ne suis pas sûr que les vaches aiment manger du blé, mais certes celle-là en était pleine et l'évidence des yeux ne peut être déniée. »

Frédéric s'était lissé la barbe, il avait plissé les yeux et fixé attentivement Gagliaudo. « Baudolino, avait-il dit ensuite, j'ai l'impression que cet homme je l'ai déjà vu, seulement ce devait être il y a très longtemps. Tu ne le connais pas, toi?

— Père, moi les gens de ces lieux je les connais un peu tous. Mais maintenant le problème n'est pas de se demander qui peut bien être cet homme mais s'il est vrai que dans la ville ils ont toutes ces vaches et tout ce blé. Parce que, si tu veux mon avis sincère, ils pourraient tenter de te tromper et avoir gavé la dernière vache avec les derniers grains de blé.

— Belle pensée, Baudolino. Voilà qui ne m'était pas du tout venu à l'esprit.

— Sainte Majesté, intervint le marquis du Montferrat, ne reconnaissons pas à ces vilains plus d'intelligence qu'ils n'en ont. Il me semble que nous nous trouvons devant le signe clair que la ville est plus fournie que nous ne le supposions.

211

— Oh oui, oui », dirent d'une seule voix les autres seigneurs, et Baudolino en conclut qu'il n'avait jamais vu autant de gens de mauvaise foi, tous ensemble, chacun reconnaissant parfaitement la mauvaise foi de l'autre. Signe, cependant, que ce siège était désormais insupportable à tous.

« Et ainsi me semble-t-il à moi que ce doit me sembler, fit diplomatiquement Frédéric. L'armée ennemie presse aux arrières. Prendre cette Roboreto ne nous éviterait pas d'affronter l'autre armée. Et nous ne pouvons pas non plus penser enlever la ville et nous enfermer dans ces murs, si mal faits qu'il y en irait de notre dignité. Raison pour quoi, ô mes seigneurs, nous en avons décidé ainsi : nous abandonnons ce bourg misérable à ses misérables vachers, et nous préparons à tout autre combat. Que soient donnés les ordres opportuns. » Et puis, sortant du pavillon royal, à Baudolino : « Renvoie ce vieux chez lui. C'est certainement un menteur mais, si je devais pendre tous les menteurs, toi depuis longtemps tu ne serais plus de ce monde. »

« File à la maison, père, ça, tu as eu de la chance, souffla Baudolino entre ses dents tout en ôtant les ceps à Gagliaudo, et dis au Trotti que je l'attends ce soir à l'endroit qu'il sait. »

Frédéric fit tout à la hâte. Il n'y avait à enlever aucune toile de tente, dans ces lambeaux, ces pans déchirés qu'était désormais l'héberge des assiégeants. Il mit les hommes en colonne et donna l'ordre de tout brûler. A minuit, l'avant-garde de l'armée marchait déjà vers les camps de Marengo. Sur le fond, au pied des collines tortonaises, des feux scintillaient : là-bas attendait l'armée de la ligue.

Avec la permission demandée à l'empereur, Baudolino s'était éloigné à cheval en direction de Sale ; à un croisement, il avait trouvé Trotti et deux consuls crémonais qui l'attendaient. Ensemble ils avaient fait un mille, jusqu'à arriver à un avant-poste de la ligue. Là le Trotti avait présenté Baudolino aux deux chefs de l'armée communale, Ezzelino da Romano et Anselmo da Dovara. Un bref conciliabule avait suivi, scellé par une poignée de main. Après avoir serré le Trotti dans ses bras (ça a été une belle histoire, merci, non, merci à toi), Baudolino était revenu au plus vite auprès de Frédéric qui attendait à l'orée d'une clairière. « C'est décidé, père. Ils n'attaqueront pas. Ils n'en ont ni l'envie ni la hardiesse. Nous passerons, et eux ils salueront en toi leur seigneur.

— Jusqu'au prochain engagement, murmura Frédéric. Mais l'armée est fatiguée, plus tôt nous aurons pris nos quartiers à Pavie et mieux ce sera. Allons. »

C'étaient les premières heures de la Sainte Pâque. Dans les lointains, s'il s'était retourné, Frédéric aurait vu les murs d'Alexandrie resplendir de hauts feux. Baudolino se tourna et les vit. Il savait que beaucoup des flammes étaient celles des engins de guerre et des baraquements impériaux, mais il préféra imaginer les Alexandrins qui dansaient et chantaient pour fêter la victoire et la paix.

Un mille plus tard, ils rencontrèrent une avant-garde de la ligue. Le détachement de cavaliers s'ouvrit et forma comme deux ailes entre lesquelles passèrent les impériaux. On ne comprenait pas si c'était pour saluer ou pour s'écarter parce qu'on ne sait jamais. Quelques-uns de la ligue levèrent leurs armes, et cela pouvait être compris comme un signe de salut. Ou peut-être était-ce un geste d'impuissance, une menace. L'empereur, courroucé, feignit de ne pas les voir.

« Je ne sais pas, dit-il, j'ai l'impression de m'enfuir, et eux ils me rendent les honneurs des armes. Baudolino, est-ce que je fais bien ?

— Tu fais bien, père. Tu ne te rends pas plus qu'ils ne se rendent eux. Ils ne veulent pas t'attaquer en rase campagne, par respect. Et tu dois être reconnaissant de ce respect.

— Il est dû, dit le Barberousse avec obstination.

— Et si tu penses qu'ils te le doivent, sois heureux qu'ils te le donnent. De quoi te plains-tu ?

— De rien, de rien, comme d'habitude c'est toi qui as raison. »

Vers l'aube, ils entrevirent dans la plaine lointaine et sur les premières collines le gros de l'armée adverse. Elle ne faisait qu'un avec une légère brume, et une fois de plus il n'était pas clair si elle s'éloignait par prudence de l'armée impériale, si elle l'entourait d'égards ou si elle la serrait de près, et d'une manière menaçante. Ceux des communes se déplaçaient par petits groupes, tantôt ils accompagnaient le défilé impérial un bout de chemin, tantôt ils se postaient sur une butte et l'observaient défiler, tantôt encore ils paraissaient la fuir. Le silence était profond, brisé seulement par les coups de sabot des chevaux et par le pas des hommes d'armes. D'une hauteur à l'autre on apercevait parfois, dans la grande pâleur du matin, s'élever de fins filets de fumée, comme si un groupe faisait des signaux à l'autre, du sommet de quelque tour qui se cachait dans la végétation, là-haut sur les collines.

Cette fois Frédéric décida d'interpréter ce périlleux passage en sa faveur : il fit lever les étendards et les oriflammes, et il passa comme s'il était César Auguste qui avait soumis les barbares. Quoi qu'il en fût, il passa, comme le père de toutes ces batailleuses villes qui, cette nuit-là, auraient pu l'anéantir.

Désormais sur la route de Pavie, il appela auprès de lui Baudolino. « Tu es le coquin de toujours, lui dit-il. Mais au fond, je devais bien trouver une excuse pour sortir de ce bourbier. Je te pardonne.

— Pour quoi, père?

— Je le sais bien, moi. Mais ne crois pas que j'aie pardonné à cette ville sans nom.

— Un nom, elle en a un.

— Elle n'en a pas, parce que je ne l'ai pas baptisée, moi. Tôt ou tard, il faudra que je la détruise.

— Pas tout de suite.

— Non, pas tout de suite. Et avant cette date, j'imagine que tu en auras inventé encore une des tiennes. J'aurais dû le comprendre cette nuit-là, que j'emmenais sous mon toit un petit pendard. A propos, je me suis rappelé où j'avais déjà vu l'homme à la vache! »

Mais le cheval de Baudolino s'était comme emballé et Baudolino avait tiré les rênes, perdant ainsi du terrain. Ainsi Frédéric ne put lui dire ce dont il s'était souvenu.

15

Baudolino à la bataille de Legnano

FINI LE SIÈGE, Frédéric, d'abord soulagé, s'était retiré à Pavie, mais il était mécontent. Une mauvaise année avait suivi. Son cousin Henri le Lion lui donnait du fil à retordre en Allemagne, les villes italiennes étaient toujours récalcitrantes et faisaient semblant de rien chaque fois qu'il prétendait à la destruction d'Alexandrie. Il avait désormais peu d'hommes, et les renforts dans un premier temps n'arrivaient pas et quand ils étaient arrivés ils se montraient insuffisants.

Baudolino se sentait un peu coupable pour la trouvaille de la vache. Certes, il n'avait pas trompé l'empereur, qui simplement avait joué le jeu, mais à présent ils éprouvaient tous deux de l'embarras à se regarder en face, comme deux enfants qui auraient ourdi ensemble une polissonnerie dont ils avaient honte. Baudolino était attendri par la gêne presque enfantine de Frédéric qui désormais commençait à grisonner, et c'était justement sa belle barbe de cuivre qui, la première, avait perdu ses reflets léonins.

Baudolino aimait de plus en plus ce père qui continuait à poursuivre son rêve impérial, risquant de plus en plus de perdre ses terres d'outre-Alpes pour garder sous contrôle une Italie qui lui échappait de tous côtés. Un jour il avait pensé que, dans la situation où se trouvait Frédéric, la lettre du Prêtre Jean lui aurait permis de se tirer du marécage lombard sans avoir l'air de renoncer à quelque chose. En somme, la lettre du Prêtre un peu comme la vache de Gagliaudo. Il avait donc essayé de lui en parler mais l'empereur était de mauvaise humeur et lui avait dit qu'il devait s'occuper de choses beaucoup plus sérieuses que les imaginations séniles de feu l'oncle Otton. Ensuite, il lui avait confié quelques autres ambassades, le faisant aller et venir à travers les Alpes pendant presque douze mois.

A la fin mai de l'année du Seigneur 1176, Baudolino avait appris que Frédéric se trouvait à Côme, et il voulait le rejoindre dans cette ville. Au cours du voyage on lui avait dit que l'armée impériale faisait mouvement vers Pavie ; il avait alors dévié vers le sud, cherchant de le croiser à mi-chemin.

Il l'avait croisé le long de l'Olona, pas loin de la forteresse de Legnano où, quelques heures avant, l'armée impériale et celle de la ligue s'étaient rencontrées par erreur, sans avoir envie ni l'une ni l'autre de livrer bataille, et contraintes toutes les deux au combat rien que pour ne pas perdre l'honneur.

A peine arrivé à l'orée du champ de bataille, Baudolino avait vu un coutilier qui lui courait sus avec une longue pique. Il avait donné de l'éperon en essayant de le renverser, espérant qu'il prendrait peur. L'autre avait pris peur et il était tombé les quatre fers en l'air, lâchant sa pique. Baudolino était descendu de cheval et avait saisi l'hast tandis que l'autre s'était mis à crier qu'il le tuerait, et il s'était relevé, avait tiré une coutille de sa ceinture. Sauf qu'il hurlait en dialecte lodesan. Baudolino s'était habitué à l'idée que les Lodesans étaient avec l'empire et, le tenant à distance avec la pique, car il avait l'air d'un possédé, il lui criait à son tour : « Mais qu'est-ce que tu fais, tête de nœud, je suis moi aussi avec l'empire ! » Et l'autre : « Justement, c'est pour ça que je te tue ! » A ce moment-là Baudelino s'était souvenu que Lodi se trouvait maintenant du côté de la ligue, et il s'était demandé : « Qu'est-ce que je fais, je l'occis parce que la pique est plus longue que son couteau ? Mais moi je n'ai jamais tué personne ! »

Alors, il lui avait fiché la pique entre les jambes, le faisant tomber de tout son long par terre, puis il lui avait pointé son arme sur la gorge. « Ne me tue pas, *dominus*, j'ai sept enfants et si je disparais, ils meurent de faim dès demain, s'était écrié le

Lodesan, laisse-moi aller, tant, je ne peux pas causer grand mal aux tiens, tu as vu je me fais avoir comme un jean-jean!

— Que tu sois un jean-jean, ça se voit même d'aussi loin qu'une journée à pied, mais si je te laisse circuler avec quelque chose dans les mains, tu es capable de faire du mal. Enlève tes braies!

— Mes braies?

— Oui précisément, je te laisse la vie mais je te fais circuler coyons au vent. Ensuite, je veux voir si tu as l'estomac de retourner dans la bataille, ou si tu ne cours pas tout de suite auprès de tes morts-de-faim d'enfants! »

L'ennemi avait ôté ses braies et maintenant il courait à travers champs, sautant les haies, non tant pour la honte mais parce qu'il avait peur qu'un cavalier adverse le vît de derrière, pensât qu'il lui montrait les fesses par mépris, et l'empalât comme font les Turcs.

Baudolino était satisfait de n'avoir dû tuer personne, mais voilà qu'un à cheval galopait vers lui, habillé à la française, on voyait donc qu'il n'était pas lombard. Il décida alors de vendre cher sa peau et il tira l'épée. Le cavalier lui passa à côté en criant : « Mais que fais-tu, insensé, tu ne vois pas qu'aujourd'hui, à vous les impériaux, on vous l'a mis dedans, va chez toi ça vaut mieux! » Et de filer, sans chercher des noises.

Baudolino remonta en selle et se demanda où il devait aller car, à cette bataille, il ne comprenait proprement rien; jusqu'alors il n'avait vu que des sièges, et dans ces cas-là tu sais bien qui est d'un côté et qui est de l'autre.

Il contourna une touffe d'arbres et, au milieu de la plaine, il vit une chose qu'il n'avait jamais vue : un grand char découvert, peint en rouge et blanc, avec un grand mât pavoisé au milieu, et autour d'un autel des hommes d'armes avec des buisines longues comme celles des anges, qui peut-être servaient à exhorter les leurs au combat, tant et si bien que – comme d'usage de par chez lui – il dit : « Oh baste ça! » Un moment, il pensa être tombé chez le Prêtre Jean, ou du moins à Sarandib, où l'on allait à la bataille avec un char tiré par des éléphants, mais le char qu'il voyait était traîné par des bœufs, même si les hommes étaient tous habillés en seigneurs, et autour du char nul ne combattait. Les porteurs de buisines lançaient de temps en temps quelques sonneries, puis ils s'arrêtaient, indécis sur ce qu'il fallait faire. L'un d'entre eux indiquait un enchevêtrement de gens au bord de la rivière, qui se précipitaient encore les uns contre les autres en poussant des cris à réveiller les morts, et un autre cherchait à faire bouger les bœufs mais ces derniers, qui sont déjà rétifs d'habitude, on peut imaginer s'ils voulaient aller se mêler à cette chienlit.

« Qu'est-ce que je fais, se demandait Baudolino, je me jette au milieu de ces endémenés là-bas, et si d'abord ils ne parlent pas je ne sais pas même qui sont les ennemis? Et alors que j'attends qu'ils parlent, pourquoi ne me tueraient-ils pas? »

Tandis qu'il méditait sur ce qu'il fallait faire, voilà que venait à sa rencontre un autre cavalier, et c'était un ministérial qu'il connaissait bien. L'autre aussi le reconnut et lui cria : « Baudolino, nous avons perdu l'empereur!

— Qu'est-ce que ça signifie que vous l'avez perdu, nom d'un christ?

— On l'a vu qui se battait comme un lion au milieu d'une horde de coutiliers qui poussaient son cheval vers le bosquet là au fond, puis ils ont tous disparu parmi les arbres. Nous avons été là-bas mais il n'y avait plus personne. Il doit avoir tenté de fuir quelque part, mais il n'est certainement plus revenu auprès du gros de nos cavaliers...

— Et où est le gros de nos cavaliers?

— Voilà le malheur : ce n'est pas seulement qu'il n'a pas rejoint le gros de la cavalerie, c'est que le gros de la cavalerie n'existe plus. Ça a été un massacre, maudite journée. Au début, Frédéric s'est lancé avec ses cavaliers contre les ennemis, qui semblaient tous à pied et bâclés autour de leur catafalque. Mais ces coutiliers ont bien résisté et, soudain, est apparue la cavalerie des Lombards, et les nôtres ont été pris en tenailles.

— Bref, vous avez perdu le saint empereur romain! Et tu me le dis comme ça, ventredieu?

— Tu m'as l'air d'un qui arrive frais comme une rose, mais tu ne sais pas ce que nous avons passé, nous! Quelqu'un a même dit qu'il a vu l'empereur tomber, mais qu'il a été traîné par son destrier, un pied empêtré dans l'étrier!

— A présent, que font les nôtres?

— Ils s'enfuient, regarde là-bas, ils s'éparpillent au milieu des arbres, ils se jettent dans la rivière, désormais le bruit court que l'empereur est mort, et chacun essaie d'atteindre Pavie comme il peut.

— O les lâches! Et personne ne cherche plus notre seigneur?

— La nuit tombe, même ceux qui se battaient encore s'arrêtent, comment peux-tu trouver quelqu'un là au milieu de ça, et Dieu sait où?

— O les lâches », dit encore Baudolino qui n'était pas un homme de guerre mais avait un grand cœur. Il piqua des deux et se jeta flamberge au vent là où on voyait le plus de cadavres par terre, appelant à tue-tête son si cher père adoptif. Chercher un mort dans cette plaine, d'entre tant de morts, et en lui hurlant de donner signe de vie, c'était une entreprise bien désespérée, à telle enseigne que les dernières petites troupes de Lombards qu'il croisait le laissaient passer, le prenant pour quelque saint du Paradis qui était venu leur prêter main-forte, et ils lui adressaient de joviaux signes de salut.

A l'endroit où la lutte avait été la plus sanglante, Baudolino se mit à renverser les corps qui gisaient face au sol, toujours espérant et craignant à la fois de découvrir dans la faible lumière du crépuscule les traits chéris de son souverain. Il pleurait et il allait tellement à l'aveuglette qu'il finit par se cogner contre le grand char tiré par les bœufs qui lentement quittait le champ de bataille. « Vous avez vu l'empereur? » cria-t-il en larmes, sans jugeote et sans retenue. Les autres s'étaient mis à rire en lui disant : « Si, il était là-bas dans ces buissons en train d'emboucher ta sœur! », et l'un d'eux souffla méchamment dans sa buisine de manière à en faire sortir un crépitement obscène.

Ces derniers parlaient au hasard, mais Baudolino était allé regarder même dans ces buissons-là. Il y avait un petit tas de cadavres, trois sur le ventre que supportait un sur le dos. Il souleva les trois qui lui tournaient le dos, et dessous il vit, avec sa barbe rouge, mais de sang, Frédéric. Il comprit aussitôt qu'il était vivant car il sortait un râle léger de ses lèvres entrouvertes. Il avait une blessure à la lèvre supérieure, d'où il saignait encore, et une large meurtrissure au front, qui arrivait jusqu'à

219

l'œil gauche, il tenait les deux mains encore tendues, une coutille dans chacune comme un qui, désormais sur le point de perdre connaissance, avait encore su percer de part en part les trois misérables tombés sur lui pour le finir.

Baudolino lui souleva la tête, il lui essuya le visage, il l'appela et Frédéric ouvrit les yeux et demanda où il était. Baudolino le tâtait pour comprendre s'il était blessé quelque part. Frédéric cria quand il lui toucha un pied, sans doute était-ce vrai que le cheval l'avait traîné sur une certaine distance, lui déboîtant la cheville. Toujours en lui parlant, tandis qu'il demandait où il se trouvait, Baudolino le redressa. Frédéric reconnut Baudolino et l'embrassa.

« Seigneur et père, dit Baudolino, à présent tu montes sur mon cheval et il ne faut pas que tu te forces. Mais nous devons y aller, avec prudence, même si la nuit est tombée maintenant, car ici tout autour de nous il y a les troupes de la ligue, et l'unique espoir c'est qu'ils soient tous dans quelque village à faire ripaille, vu que sans offense il me semble qu'ils ont gagné. Mais certains pourraient encore être par là en train de chercher leurs morts. Nous devrons passer par bois et ravins, pas emprunter les routes, et rejoindre Pavie où les tiens se seront désormais retirés. Toi, sur le cheval, tu peux dormir, je veillerai que tu ne tombes pas par terre.

— Et qui veille sur toi pour que tu ne t'endormes pas en marchant ? » demanda Frédéric avec un sourire forcé. Puis il dit : « Ça me fait mal quand je ris.

— Je vois que ça va à présent », dit Baudolino.

Ils allèrent de l'avant toute la nuit, trébuchant, bronchant au milieu des racines et des branches basses ; une seule fois ils virent au loin des feux et ils firent un ample détour pour les éviter. Tout en allant, pour se tenir éveillé, Baudolino parlait et Frédéric se tenait éveillé pour le tenir éveillé.

« C'est bien la fin, disait Frédéric, je ne pourrai supporter la honte de cette défaite.

— Ça n'a été qu'une escarmouche, père. Par ailleurs tout le monde te croit mort, tu réapparais comme Lazare ressuscité et ce qui paraissait une défaite sera ressenti par tout le monde comme un miracle à en chanter le *Te Deum*. »

En vérité Baudolino cherchait seulement à consoler un vieil homme blessé et humilié. Ce jour-là avait été compromis le prestige de l'empire, on était loin du *rex et sacerdos*. A moins que Frédéric ne fût revenu sur la scène avec un halo de gloire nouvelle. Et là, Baudolino ne put que repenser aux augures d'Otton et à la lettre du Prêtre.

« Le fait est, père, dit-il, qu'avec ce qui est arrivé tu devrais apprendre enfin une chose.

— Et que voudrais-tu m'enseigner, seigneur le savant?

— Ce n'est pas de ma bouche que tu dois apprendre, Dieu m'en garde, mais du ciel. Tu dois faire trésor de ce que disait l'évêque Otton. Dans cette Italie, plus tu persévères et plus tu t'embourbes, on ne peut être empereur où il y a aussi un pape, avec ces villes tu perdras toujours parce que tu veux les réduire à l'ordre, qui est œuvre d'artifice, tandis qu'elles, au contraire, veulent vivre dans le désordre, qui est selon nature – ou encore, comme diraient les philosophes parisiens, c'est la condition de la *yle*, du chaos primitif. Tu dois viser à l'Orient, au-delà de Byzance, imposer les enseignes de ton empire dans les terres chrétiennes qui s'étendent au-delà des royaumes des infidèles, en t'unissant à l'unique et vrai *rex et sacerdos* qui domine là-bas depuis le temps des Mages. C'est seulement quand je nouerai alliance avec lui, ou que lui t'aura juré soumission, que tu pourras retourner à Rome et traiter le pape comme un de tes tournebroches, et les rois de France et d'Angleterre comme tes palefreniers. Alors seulement, tes vainqueurs d'aujourd'hui auraient de nouveau peur de toi. »

Frédéric ne se souvenait presque plus des augures d'Otton, et Baudolino dut les lui rappeler. « A nouveau ce prêtre? dit-il. Mais il existe? Et où vit-il? Et comment puis-je mettre en mouvement une armée pour aller le chercher? Je deviendrais Frédéric le Fol, et ainsi resterais-je dans la mémoire des siècles.

— Non, si dans les chancelleries de tous les royaumes chrétiens, y compris Byzance, circulait une lettre que ce Prêtre Jean t'écrit à toi, à toi seul, qu'il reconnaît comme son seul égal, où il t'invite à unir vos royaumes. »

Et Baudolino, qui la savait presque par cœur, s'était mis à réciter dans la nuit la lettre du Prêtre Jean, et il lui expliqua quelle était la relique la plus précieuse du monde que le Prêtre lui envoyait dans un écrin.

« Mais où est cette lettre ? Tu en as une copie ? Ce n'est pas toi qui l'aurais écrite ?

— Moi je l'ai recomposée en bon latin, j'ai réuni les membres dispersés de choses que les sages savaient déjà et disaient, sans que personne les écoutât. Mais tout ce qui se dit dans cette lettre est parole d'Évangile. Disons, si tu veux, que de ma main je n'y ai qu'apposé l'adresse, comme si la lettre était envoyée à toi.

— Et ce prêtre pourrait me donner, comment tu l'appelles, ce Gradale où fut versé le sang de Notre Seigneur ? Certes que ce serait là l'onction ultime et parfaite... » murmura Frédéric.

Ainsi se décida cette nuit-là, avec le destin de Baudolino, le destin de son empereur aussi, même si aucun des deux n'avait encore compris au-devant de quoi ils allaient.

Tout en s'abandonnant encore l'un et l'autre au rêve d'un royaume lointain, vers l'aube, près d'un petit canal d'irrigation, ils trouvèrent un cheval ayant fui le champ de bataille et maintenant incapable de reconnaître la direction du retour. Avec deux chevaux, fût-ce par mille voies secondaires, le parcours vers Pavie fut plus rapide. Chemin faisant, ils rencontrèrent quelques poignées de ministériaux qui se retiraient, ces derniers reconnurent leur seigneur et poussèrent des cris de joie. Et comme ils avaient pillé les villages où ils passaient, ils eurent de quoi les restaurer, coururent avertir ceux qui les précédaient, et, deux jours plus tard, Frédéric arriva aux portes de Pavie, précédé par l'heureuse nouvelle, trouvant les notables de la ville et ses compagnons qui l'attendaient en grand appareil sans qu'ils pussent encore en croire leurs propres yeux.

Il y avait aussi Béatrix, déjà vêtue de deuil, car on lui avait dit que désormais son époux était mort. Elle tenait par la main ses deux enfants, Frédéric qui avait bien douze ans mais en paraissait la moitié, souffreteux qu'il était de naissance, et Henri qui, au contraire, avait pris toute la force de son père mais, ce jour-là, pleurait, désorienté, et continuait à demander ce qui s'était passé. Béatrix aperçut Frédéric de loin, alla à sa rencontre en sanglotant et elle l'embrassa avec passion. Quand celui-ci lui dit qu'il était vivant grâce à Baudolino, elle s'avisa que lui aussi était là, devint toute rouge, puis toute pâle, puis elle pleura, enfin elle tendit seulement la main jusqu'à lui toucher le cœur et implora le ciel pour que lui fût rendu tout ce qu'il avait fait, en l'appelant fils, ami, frère.

« En cet instant précis, seigneur Nicétas, dit Baudolino, j'ai compris que, sauvant la vie de mon seigneur, j'avais soldé ma dette. Mais c'est précisément la raison pour quoi je n'étais plus libre d'aimer Béatrix. Ainsi me suis-je rendu compte que je ne l'aimais plus. C'était comme une blessure cicatrisée; sa vue éveillait en moi d'agréables souvenirs mais nul frémissement, je sentais que j'aurais pu rester à côté d'elle sans souffrir, m'en éloigner sans éprouver de douleur. Sans doute étais-je devenu définitivement adulte, et s'étaient assoupies en moi toutes les ardeurs de la jeunesse. Je n'en ai pas éprouvé de la peine, seulement une légère mélancolie. Je me sentais comme un pigeon qui avait roucoulé sans retenue, mais maintenant la saison des amours était finie. Il fallait bouger, aller au-delà des mers.

— Tu n'étais plus un pigeon, tu étais devenu une hirondelle.

— Ou une grue. »

16

Baudolino est trompé par Zosime

LE MATIN DU SAMEDI, Pévéré et Grillo étaient venus annoncer qu'en quelque sorte l'ordre se rétablissait à Constantinople. Non tant que la faim de pillage de ces pèlerins se fût apaisée, mais leurs chefs s'étaient aperçus que lesdits pèlerins avaient aussi fait main basse sur de nombreuses et vénérables reliques. On pouvait transiger sur un calice ou une tunique de damas, mais les reliques ne pouvaient pas être dispersées. Par conséquent le doge Dandolo avait ordonné que tous les objets précieux volés jusqu'alors fussent apportés dans Sainte-Sophie pour en faire une juste distribution. Ce qui voulait dire d'abord partager entre pèlerins et Vénitiens, ces derniers attendant encore le solde pour les avoir transportés avec leurs vaisseaux. Ensuite on aurait procédé en calculant la valeur de chaque pièce en marcs d'argent, et les chevaliers auraient eu quatre parts, les sergents à cheval deux et les sergents à pied une. On peut imaginer la réaction de la soldatesque, à qui on ne laissait rien rafler.

On murmurait que les envoyés de Dandolo avaient déjà prélevé les quatre chevaux de bronze doré de l'Hippodrome pour les expédier à Venise, et tous étaient de mauvaise humeur. En guise de réponse, Dandolo avait commandé qu'on fouillât les hommes d'armes de tout rang, et que l'on perquisitionnât aussi les lieux où ils habitaient à Pera. Ils avaient trouvé une fiole sur un chevalier du comte de Saint-Pol. Lui, il disait que c'était une médecine désormais sèche, mais quand ils l'avaient remuée, à la chaleur des mains on voyait couler dedans un liquide rouge, qui d'évidence était le sang sorti du côté de Notre Seigneur. Le chevalier criait qu'il avait honnêtement acheté cette relique à un moine, avant le sac, mais pour faire un exemple il avait été pendu séance tenante, son écu et son blason accrochés au cou.

« Merde, on aurait dit une merluche », disait Grillo.

Nicétas suivait, attristé, ces nouvelles mais Baudolino, soudain embarrassé, comme s'il en était allé de sa faute, avait changé de discours et aussitôt demandé si le moment était venu de quitter la ville.

« Il y a encore un grand bordel, disait Pévéré, et il faut faire attention. Toi tu voulais aller où, seigneur Nicétas?

— A Selymbria, où nous avons des amis fidèles qui peuvent nous héberger.

— C'est pas du gâteau, Selymbria, disait Pévéré. C'est au ponant, juste à côté des Longs Murs. Même avec des mulets, c'est toujours trois jours de route, et sans doute plus en se traînant une femme enceinte. Et puis, vous imaginez, à traverser la ville avec une belle écurie de mulets, t'as l'air d'un qui a de quoi, et les pèlerins te tombent sur le râble comme des mouches. » Il fallait donc préparer les mulets en dehors de la ville, et la ville il fallait la traverser à pied. Il fallait passer les murs de Constantin et puis éviter la côte, où il y avait à coup sûr plus de gens, faire le tour de l'église de Saint-Mocius et sortir par les murs de Théodose à la porte de Pégé.

« Difficile que tout aille si bien que personne ne vous arrête avant, disait Pévéré.

— Ah, commentait Grillo, le prendre dans le cü c'est en un éclair, et, avec toutes ces femmes, les pèlerins en auront la bave à la bouche. »

Une bonne journée était encore nécessaire pour préparer les femmes jeunes. Ne pas jouer de nouveau la scène des lépreux, désormais les pèlerins mêmes avaient compris que nul lépreux ne parcourait la ville. Il fallait leur faire des petites taches, des croûtes sur le visage, de façon qu'elles parussent atteintes de gale, juste pour chasser l'envie. Et puis tous ces gens, pendant trois jours, devraient tout de même manger car un sac vide ne tient pas debout. Les Génois prépareraient des paniers avec une poêlée entière de scripilita, leur galette de farine de pois chiches, croquante et fine, qu'ils découperaient en petites tranches enroulées dans autant de feuilles larges, il suffisait ensuite de mettre un peu de poivre dessus et ce serait un vrai délice, à nourrir un lion, mieux qu'une tranche de bœuf saignante; et d'abondantes portions de fougasse à l'huile, à la sauge, au fromage, et avec des oignons.

Nicétas n'aimait pas beaucoup ces aliments barbares et, vu qu'il fallait attendre encore un jour, il décida qu'il le consacrerait à savourer les derniers mets délicats que Théophile pouvait encore préparer, et à écouter les dernières vicissitudes de Baudolino, parce qu'il n'aurait pas voulu partir au moment le plus palpitant, sans savoir comment finissait son histoire.

« Mon histoire est encore bien longue, dit Baudolino. En tout cas, je viens avec vous. Ici, à Constantinople, je n'ai plus rien à faire, et chaque coin de la ville réveille en moi de mauvais souvenirs. Tu es devenu mon parchemin, seigneur Nicétas, sur lequel j'écris tant de choses que j'avais même oubliées, comme si la main allait toute seule, ou presque. Je pense que celui qui raconte des histoires devrait toujours avoir quelqu'un à qui les raconter, et c'est ainsi seulement qu'il peut se les raconter aussi à lui-même. Tu te souviens quand j'écrivais des lettres à l'impératrice, mais qu'elle ne pouvait pas les lire? Si j'ai fait la sottise de les donner à lire à mes amis, c'est parce que sinon mes lettres n'auraient pas eu de sens. Mais quand, ensuite, avec l'impératrice il y a eu ce moment du baiser, ce baiser je n'ai jamais pu le raconter à personne et j'en ai porté au fond de moi le souvenir durant des années et des années, tantôt le savourant comme s'il était ton vin mêlé au miel, et tantôt sentant le poison dans la bouche. C'est seulement quand j'ai pu te le raconter à toi que je me suis senti libre.

— Et pourquoi as-tu pu me le raconter?

— Parce que, à l'heure où je te raconte, tous ceux qui étaient mêlés à mon histoire ne sont plus là. Moi seul suis resté. Dorénavant, tu m'es nécessaire comme l'air que je respire. Je vais avec toi à Selymbria. »

A peine s'était-il remis des blessures subies à Legnano, Frédéric avait convoqué Baudolino en même temps que le chancelier impérial, Christian de Buch. Si l'on devait prendre au sérieux la lettre du Prêtre Jean, il était bon de commencer sans tarder. Christian lut le parchemin que Baudolino lui montrait et, en chancelier avisé, il fit certaines objections. L'écriture, avant tout, ne lui semblait pas digne d'une chancellerie. Cette lettre devait circuler près la cour papale, celle de France et d'Angleterre, parvenir au basileus de Byzance, elle devait donc être faite comme on fait les documents importants dans tout le monde chrétien. Puis il dit qu'il fallait du temps pour préparer des sceaux qui eussent l'air de sceaux. Si l'on voulait faire un travail sérieux, on devait le réaliser avec calme.

Comment porter la lettre à la connaissance des autres chancelleries? Envoyée par la chancellerie impériale, la chose n'était pas crédible. Allons donc, le Prêtre Jean t'écrit en privé pour te permettre de le trouver sur une terre à tous inconnue, et toi, tu le fais savoir *lippis et tonsoribus*, de sorte que quelqu'un y aille avant toi? Des bruits sur la lettre devaient sûrement circuler, non seulement pour légitimer une future expédition mais surtout pour frapper de stupeur tout le monde chrétien – cependant cela devait advenir peu à peu, comme si était en train de se trahir un secret des plus secrets.

Baudolino proposa d'avoir recours à ses amis. Ils seraient des agents insoupçonnables, doctes du *studium* parisien et non pas hommes de Frédéric. Abdul pouvait introduire en contrebande la lettre dans les royaumes de Terre Sainte, Boron en Angleterre, Kyot en France, et Rabbi Solomon pouvait la faire parvenir aux Juifs qui vivaient dans l'empire byzantin.

Ainsi les mois suivants furent employés à ces différentes tâches, et Baudolino se trouva à la tête d'un *scriptorium* où travaillaient tous ses vieux compagnons. De temps à autre, Frédéric sollicitait des nouvelles. Il avait avancé la proposition que cette offre du Gradale fût un peu plus explicite. Baudolino lui avait expliqué les raisons pour lesquelles il valait encore mieux la laisser dans le vague, mais il se rendait compte que ce symbole de pouvoir royal et sacerdotal avait fasciné l'empereur.

Tandis qu'ils discutaient de tout cela, Frédéric fut accaparé par de nouveaux soucis. Il devait désormais se résigner à chercher un accord avec le pape Alexandre III. Vu que de toute manière le reste du monde ne prenait pas au sérieux les antipapes impériaux, l'empereur accepterait de lui rendre hommage et de le reconnaître comme l'unique, le vrai pontife romain – et c'était beaucoup – mais en retour le pape devait se décider à retirer tout appui aux communes lombardes – et c'était beaucoup beaucoup. Cela valait-il la peine, se demandèrent à ce point-là aussi bien Frédéric que Christian, alors que se tissaient de très prudentes trames, de provoquer le pape avec un appel renouvelé à l'union *sacerdotium* et *imperium*? Baudolino rongeait son frein pour ces atermoiements, il ne pouvait protester.

Au contraire, Frédéric le détourna de ses projets en l'envoyant avec des missions très délicates, au mois d'avril 1177, à Venise. Il s'agissait d'organiser avec sagacité les différents aspects de la rencontre qui aurait lieu en juillet entre le pape et l'empereur. La cérémonie de la réconciliation devait être réglée dans tous ses détails et nul incident ne devrait la troubler.

« Christian, surtout, était préoccupé du fait que votre basileus pouvait vouloir provoquer quelques désordres pour faire échouer la rencontre. Tu n'es pas sans savoir que depuis beau temps Manuel Comnène intriguait avec le pape, et cet accord entre Frédéric et Alexandre compromettait certainement ses projets.

— Il les réduisait à jamais en fumée. Depuis dix ans, Manuel proposait au pape la réunification des deux Eglises : lui, il reconnaissait la primauté religieuse du pape et le pape reconnaissait le basileus de Byzance comme l'unique, le vrai empereur romain, aussi bien d'Orient que d'Occident. Mais avec un accord de ce genre, Alexandre n'acquérait que des miettes de pouvoir à Constantinople et ne se débarrassait pas de Frédéric en Italie, et peut-être aurait-il ameuté les autres souverains d'Europe. Il choisissait donc l'alliance la plus avantageuse pour lui.

— Cependant ton basileus a envoyé des espions à Venise. Ils se faisaient passer pour des moines...

— Ils l'étaient probablement. Dans notre empire les hommes d'Eglise travaillent pour leur basileus, et pas contre lui. Mais pour ce que j'en peux comprendre – et souviens-toi qu'à l'époque je n'étais pas encore à la cour – ils n'avaient pas ordonné de susciter quelque désordre que ce soit. Manuel s'était résigné à l'inévitable. Peut-être ne voulait-il être qu'informé de ce qui se passait.

— Seigneur Nicétas, je ne t'apprends certainement pas, à toi qui as été logothète de Dieu sait combien d'arcanes, que quand les espions de deux parties adverses se rencontrent sur le même champ d'intrigue, la chose la plus naturelle c'est qu'ils entretiennent de cordiaux rapports d'amitié, et que chacun confie aux autres ses propres secrets. Ils ne courent ainsi nul risque pour se les soustraire tour à tour et ils apparaissent d'une très grande habileté aux yeux de qui les a envoyés. Ainsi en advint-il entre nous et ces moines : nous nous sommes dit aussitôt l'un l'autre pourquoi nous étions là, nous à les espionner, eux, et eux à nous espionner, nous; et après nous avons passé ensemble de fort belles journées.

— Choses qu'un homme de gouvernement avisé prévoit, mais que devrait-il faire d'autre? S'il interrogeait directement les espions étrangers, que d'ailleurs il ne connaît pas, ceux-là ne lui diraient rien. Il envoie donc ses propres espions avec des secrets de peu d'importance à lâcher, et ainsi il sait ce qu'il devrait savoir et que d'habitude tout le monde sait déjà, sauf lui, disait Nicétas.

— Parmi ces moines, il y avait un certain Zosime de Chalcédoine. Je fus frappé par son visage émacié, deux yeux comme des escarboucles roulaient sans trêve en éclairant une grande barbe noire et des cheveux très longs. Quand il parlait, il paraissait dialoguer avec un crucifix qui saignait à deux empans de son visage.

— Je connais le genre, nos monastères en sont pleins. Ils meurent très jeunes, de consomption...

— Pas lui. Je n'ai jamais vu de ma vie pareil glouton. Un soir, je l'ai même emmené chez deux courtisanes vénitiennes qui, ainsi que tu le sais peut-être, sont des plus célèbres entre les prêtresses de ce culte vieux comme le monde. A trois heures du matin, j'étais ivre et je m'en suis allé, mais lui il est resté, et quelque temps après une des filles m'a dit qu'elles n'avaient jamais dû réfréner un démon d'homme de cet acabit.

— Je connais le genre, nos monastères en sont pleins. Ils meurent très jeunes, de consomption... »

Baudolino et Zosime étaient devenus, sinon amis, des compères de bombance. Leur familiarité avait commencé quand, après une première et généreuse libation en commun, Zosime avait proféré un horrible juron et dit que cette nuit-là il aurait donné toutes les victimes du massacre des Innocents pour une jouvencelle d'indulgente moralité. A la question, savoir si c'était là ce qu'on apprenait dans les monastères de Byzance, Zosime avait répondu : « Comme l'enseignait saint Basile, deux sont les démons qui peuvent troubler l'intellect, celui de la fornication et celui du blasphème. Mais le second opère un court temps et le premier, s'il n'agite pas les pensées avec la passion, n'empêche pas la contemplation de Dieu. » Ils étaient tout de suite allés prêter obédience, sans passion, au démon de la fornication, et Baudolino s'était rendu compte que Zosime avait, pour chaque occasion de la vie, une sentence de quelque théologien ou ermite qui le faisait se sentir en paix avec lui-même.

Une autre fois, ils étaient encore en train de boire ensemble, Zosime célébrait les merveilles de Constantinople. Baudolino avait honte car il ne pouvait que lui parler des ruelles de Paris, pleines d'excréments que les gens jetaient par les fenêtres, ou des eaux maussades du Tanaro, qui ne pouvaient pas rivaliser avec les eaux dorées de la Propontide. Il ne pouvait pas non plus lui raconter les *mirabilia urbis Mediolani* car Frédéric les avait toutes détruites. Il ne savait pas comment le faire taire et, pour l'étonner, il lui avait montré la lettre du Prêtre Jean, façon de lui dire qu'au moins il y avait quelque part un empire qui faisait apparaître le sien comme une bruyère.

Zosime, à peine lue la première ligne, avait aussitôt demandé avec méfiance : « Presbyter Johannes ? Et qui est-ce ?

231

« — Tu ne le sais pas ?

— Heureux celui qui est parvenu à cette ignorance au-delà de laquelle il n'est pas donné d'aller.

— Tu peux aller au-delà. Lis, lis. »

Il avait lu avec ces yeux qui s'enflammaient de plus en plus, puis il avait posé le parchemin et dit avec détachement : « Ah, le Prêtre Jean, bien sûr, dans mon monastère j'ai lu de nombreuses relations de ceux qui avaient visité son royaume.

— Mais si avant de lire tu ne savais même pas qui c'était ?

— Les grues forment des lettres dans leur vol sans connaître l'écriture. Cette lettre parle d'un Prêtre Jean et ment, mais elle parle d'un vrai royaume qui, dans les relations que j'ai lues, est celui du Seigneur des Indes. »

Baudolino était prêt à parier que ce malandrin essayait de deviner, mais Zosime ne lui laissa pas le temps pour suffisamment douter.

« Le Seigneur demande trois choses à l'homme qui a le baptême : à l'âme une foi droite, à la langue la sincérité, au corps la continence. Le Seigneur des Indes ne peut pas avoir écrit ta lettre car elle contient trop d'inexactitudes. Par exemple, elle nomme beaucoup d'êtres extraordinaires de là-bas, mais elle ne dit mot... laisse-moi réfléchir... voilà, elle ne dit mot des methagallinarii, des thinsiretae et des cametheterni.

— Et c'est quoi ?

— C'est quoi ?! Mais la première chose qui se passe pour quelqu'un qui arrive dans les parages du Prêtre Jean, c'est qu'il rencontre une thinsireta et s'il n'est pas préparé à l'affronter... sgnaff... elle n'en fait qu'une bouchée. Eh eh, tu ne peux pas y aller, dans ces endroits-là, comme tu vas à Jérusalem où, au maximum, tu trouves quelques chameaux, un crocodile, deux éléphants, et voilà tout. Par ailleurs, la lettre me semble suspecte parce qu'il est fort étrange qu'elle soit adressée à ton empereur au lieu de l'être à notre basileus, vu que le royaume de ce Jean est plus proche de l'empire de Byzance que de celui des Latins.

— Tu en parles comme si tu savais où il est.

— Je ne sais pas exactement où il est, mais je saurais comment y aller, car qui connaît le but connaît aussi la voie.

« — Et alors, pourquoi personne d'entre vous, les Romaniens, n'y est allé?

— Qui t'a dit que personne n'a jamais tenté d'y aller? Je pourrais te dire que si le basileus Manuel a fait une avancée dans les terres du sultan d'Iconium, c'est justement pour s'ouvrir la voie vers le royaume du Seigneur des Indes.

— Tu pourrais me le dire, mais tu ne me le dis pas.

— Parce que notre glorieuse armée a été défaite précisément sur ces terres, à Myrioképhalon, il y a deux ans. Par conséquent, il faudra du temps avant que notre basileus tente une nouvelle expédition. Mais si je pouvais disposer de beaucoup d'argent, d'un groupe d'hommes bien armés et capables d'affronter mille difficultés, ayant une idée de la direction à prendre, je n'aurais qu'à partir. Puis, chemin faisant, tu demandes, tu suis les indications des natifs... Il y aurait de nombreux signes, si tu te trouvais dans la bonne direction, tu commencerais à apercevoir des arbres qui fleurissent seulement sur ces terres, ou à rencontrer des animaux qui ne vivent que là-bas, comme justement les methagallinarii.

— Vive les methagallinarii! » avait dit Baudolino, il avait levé sa coupe. Zosime l'avait invité à trinquer ensemble au royaume du Prêtre Jean. Puis, par provocation, à boire à la santé de Manuel; et Baudolino avait répondu qu'il était d'accord si lui buvait à la santé de Frédéric. Ils avaient ensuite trinqué au pape, à Venise, aux deux courtisanes qu'ils avaient connues quelques soirs auparavant, et à la fin Baudolino s'était écroulé le premier, endormi, la tête à pic sur la table, tandis qu'il entendait encore Zosime bafouiller avec peine : « La vie du moine est : ne pas se comporter avec curiosité, ne pas marcher avec l'injuste, ne pas saisir de ses mains... »

Le lendemain matin, Baudolino avait dit, la bouche encore pâteuse : « Zosime, tu es une canaille. Tu n'as pas la moindre idée du lieu où se trouve ton Seigneur des Indes. Tu veux partir au petit bonheur, et quand quelqu'un te dit que là-bas il a vu un méthagallinaire, tu files sans hésiter par là-bas et en un rien de temps tu arrives devant un palais tout en pierres précieuses, tu vois un type et tu lui dis bonjour Prêtre Jean, comment allez-vous? Ces choses, tu les racontes à ton basileus, pas à moi.

— Mais moi j'aurais une bonne carte », avait dit Zosime en commençant à ouvrir les yeux.

Baudolino avait objecté que, même en ayant une bonne carte, tout serait resté encore vague et difficile à décider, car on sait que les cartes sont imprécises, surtout dans ces lieux où, pour le dire avec générosité, il y avait eu au plus Alexandre le Grand et personne d'autre après. Et il lui avait tracé tant bien que mal la carte faite par Abdul.

Zosime s'était mis à rire. A coup sûr, si Baudolino suivait l'idée des plus hérétiques et perverses que la terre était une sphère, il ne pourrait même pas commencer le voyage.

« Ou tu as foi dans les Saintes Ecritures, ou tu es un païen qui pense encore comme on pensait avant Alexandre – qui d'ailleurs a été incapable de nous laisser la moindre carte. Les Ecritures disent que non seulement la terre mais l'univers entier est fait en forme de tabernacle, autrement dit Moïse a construit son tabernacle comme la copie fidèle de l'univers, de la terre au firmament.

— Mais les philosophes anciens...

— Les philosophes anciens, qui n'étaient pas encore éclairés par la parole du Seigneur, ont inventé les Antipodes, alors que dans les Actes des Apôtres il est dit que Dieu a tiré d'un seul homme notre humanité pour qu'il habitât toute la face de la terre, la face, pas une autre partie qui n'existe pas. L'Evangile de Luc dit que le Seigneur a donné aux apôtres le pouvoir de marcher sur des serpents et des scorpions, et marcher signifie marcher sur, et non pas sous quelque chose. Par ailleurs, si la terre était sphérique et suspendue dans le vide, elle n'aurait ni dessus ni dessous et donc il n'y aurait aucun sens au cheminement ni cheminement en aucun sens. Qui a pensé que le ciel était une sphère? Les pécheurs chaldéens du haut de la tour de Babel, pour le peu qu'ils sont parvenus à en ériger, trompés par le sentiment de terreur que le ciel surplombant leur inspirait! Quel Pythagore ou quel Aristote a réussi à annoncer la résurrection des morts? Et des ignorants de cette espèce auraient compris la forme de la terre? Cette terre en forme de sphère aurait servi à prédire le lever et le coucher du soleil, ou encore le jour où tombe la Pâque, quand des personnes très humbles, qui n'ont étudié ni philosophie ni astronomie, savent parfaitement quand le soleil se couche et quand il se lève, selon les saisons, et que, dans des pays différents, elles calculent la Pâque de la même façon, sans se tromper? Faut-il connaître une autre géométrie que celle connue par un bon charpentier, et une autre astronomie que celle connue par le paysan quand il sème et quand il récolte? Et puis, de quels philosophes anciens me parles-tu? Vous connaissez, vous Latins, Xénophane de Colophon qui, tout en estimant que la terre était infinie, niait qu'elle pût être sphérique? L'ignorant peut bien dire que, à considérer l'univers comme un tabernacle, on ne parvient pas à expliquer les éclipses ou les équinoxes. Eh bien, dans notre empire à nous, Romains, il y a quelques siècles vécut un grand sage, Cosmas Indicopleustès, qui a voyagé jusqu'aux confins du monde et, dans sa *Topographie chrétienne*, il a démontré de manière inattaquable que la terre est vraiment en forme de tabernacle et que c'est de cette seule façon qu'on peut précisément expliquer les phénomènes les plus obscurs. Et tu voudrais que le plus chrétien des rois, Jean, dis-je, ne suive pas la plus chrétienne des topographies, qui n'est pas seulement celle de Cosmas mais aussi celle des Saintes Ecritures?

— Et moi je te dis que mon Prêtre Jean ne sait rien de la topographie de ton Cosmas.

— Toi-même tu m'as dit que le Prêtre est nestorien. Or les nestoriens eurent une discussion dramatique avec d'autres hérétiques, les monophysites. Les monophysites pensaient que la terre était faite comme une sphère, les nestoriens comme un tabernacle. On sait que Cosmas était lui aussi nestorien, et en tout cas disciple du maître de Nestorius, Théodore de Mopsueste, et il se battit toute sa vie contre l'hérésie monophysite de Jean Philopon d'Alexandrie qui suivait des philosophes païens comme Aristote. Nestorien Cosmas, nestorien le Prêtre Jean, l'un et l'autre ne peuvent que croire fermement à la terre comme à un tabernacle.

— Un instant. Aussi bien ton Cosmas que mon Prêtre sont nestoriens, je ne discute pas. Mais vu que les nestoriens, d'après ce que j'en sais, se trompent sur Jésus et sur sa mère, ils pourraient aussi se tromper sur la forme de l'univers. Ou pas?

— Ici se place mon argument subtilissime! Je veux te démontrer que – si tu veux trouver le Prêtre Jean – tu as intérêt dans tous les cas de t'en tenir à Cosmas et pas aux topographes païens. Supposons un instant que Cosmas ait écrit des choses fausses. Si même il en allait ainsi, ces choses sont pensées et crues par tous les peuples d'Orient que Cosmas a visités, sinon il ne les aurait pas apprises, dans ces terres au-delà desquelles se trouve le royaume du Prêtre Jean, et les habitants de ce royaume pensent certainement que l'univers a une forme de tabernacle, et ils mesurent les distances, les confins, le cours des fleuves, l'extension des mers, les côtes et les golfes, pour ne rien dire des montagnes, selon l'admirable dessin du tabernacle.

— Encore une fois, cela ne me semble pas un bon argument, dit Baudolino. Le fait qu'ils croient vivre, eux, dans un tabernacle ne signifie pas qu'ils y vivent vraiment.

— Laisse-moi finir ma démonstration. Si tu me demandais comment arriver en Chalcédoine où je suis né, je saurais fort bien te l'expliquer. Il se peut que je mesure les jours de voyage d'une manière différente de la tienne, ou que j'appelle droite ce que tu appelles gauche – d'ailleurs, on m'a dit que les Sarrasins dessinent des cartes où le sud est en haut et le nord en bas, par conséquent le soleil se lève à gauche des terres qu'ils représentent. Mais si tu acceptes ma façon de représenter le cours du soleil et la forme de la terre, en suivant mes indications tu arriveras sûrement où je veux t'envoyer, alors que tu ne sauras les comprendre si tu te réfères à tes cartes. Or donc, conclut triomphalement Zosime, si tu veux atteindre la terre du Prêtre Jean, tu dois utiliser la carte du monde que le Prêtre Jean utiliserait, et pas la tienne – et remarque bien : même si la tienne était plus juste que la sienne. »

Baudolino fut conquis par l'acuité de l'argument et demanda à Zosime de lui expliquer comment Cosmas, et par conséquent le Prêtre Jean, voyaient l'univers. « Eh non, dit Zosime, la carte, je sais bien moi où la trouver, mais pourquoi dois-je la donner à toi et à ton empereur ?

— A moins que lui ne te donne tant d'or que tu puisses partir avec un groupe d'hommes bien armés.

— Précisément. »

Dès lors, Zosime ne laissa plus échapper un mot sur la carte de Cosmas, ou plutôt, il y faisait allusion de temps à autre, quand il atteignait les cimes de l'ivresse, mais en dessinant vaguement du doigt des courbes mystérieuses dans l'air, et puis il s'arrêtait comme s'il en avait trop dit. Baudolino lui versait encore du vin et lui posait des questions apparemment extravagantes. « Mais quand nous serons près de l'Inde et que nos chevaux seront épuisés, nous devrons chevaucher des éléphants?

— Peut-être, disait Zosime, parce qu'en Inde vivent tous les animaux qui sont nommés dans ta lettre, et d'autres encore, sauf les chevaux. Cependant, ils en ont tout de même car ils les font venir de la Tzinista.

— Et quel est ce pays?

— Un pays où les voyageurs vont chercher les vers de la soie.

— Les vers de la soie? Qu'est-ce que ça veut dire?

— Cela veut dire qu'à Tzinista il existe des petits œufs qu'on met dans le giron des femmes et, vivifiés par la chaleur, il en naît les petits vers. Ces derniers sont placés sur des feuilles de mûriers dont ils se nourrissent. Quand ils ont grandi, ils filent à partir de leur corps la soie et s'en enveloppent comme dans une tombe. Ensuite, ils deviennent de merveilleux papillons multicolores et trouent le cocon. Avant de s'envoler, les mâles pénètrent par-derrière les femelles : les uns et les autres vivent sans nourriture dans la chaleur de leur étreinte jusqu'à la mort, et la femelle meurt en couvant ses œufs. »

« Un homme qui veut te faire croire que la soie se fait avec les vers, on ne peut vraiment pas lui faire confiance, dit Baudolino à Nicétas. Il espionnait pour son basileus, mais à la recherche du Seigneur des Indes il y serait allé même à la solde de Frédéric. Puis, quand il y serait arrivé, nous ne l'aurions plus revu. Pourtant son allusion à la carte de Cosmas m'excitait. Cette carte m'apparaissait comme l'étoile de Bethléem, sauf qu'elle se dirigeait dans la direction opposée. Elle m'aurait dit comment parcourir à rebours le chemin des Mages. Ainsi, me croyant plus malin que lui, je m'apprêtais à lui faire dépasser

237

les bornes de ses intempérances, de manière à le rendre plus abruti et plus bavard.

— Et au contraire?

— Et au contraire, c'est lui qui était plus malin que moi. Le lendemain je ne l'ai plus trouvé, certains de ses frères me dirent qu'il était retourné à Constantinople. Il m'avait laissé un message de salut. Il disait : "Comme les poissons meurent s'ils restent au sec, ainsi les moines qui s'attardent hors de leur cellule énervent la vigueur de l'union avec Dieu. Ces jours passés, je me suis desséché dans le péché, laisse-moi retrouver la fraîcheur de la source."

— C'était peut-être vrai.

— Pas du tout. Il avait trouvé le moyen de soutirer de l'or à son basileus. Et à mes dépens. »

17

Baudolino découvre que le Prêtre Jean
écrit à trop de monde

AU MOIS DE JUILLET suivant Frédéric arriva à Venise, accompagné sur mer, de Ravenne à Chioggia, par le fils du doge, puis il gagna l'église de Saint-Nicolas-au-Lido et, le dimanche 24, place Saint-Marc, il se prosterna aux pieds d'Alexandre. Celui-ci le releva et l'embrassa avec une affection ostentatoire, et tout autour l'assistance entière chantait le *Te Deum*. Cela avait vraiment été un triomphe, pour lequel des deux, ce n'était pas clair. En tout cas, une guerre finissait, qui avait duré dix-huit ans, et en ces mêmes jours l'empereur signait une trêve d'armes de six ans avec les communes de la ligue lombarde. Frédéric était si content qu'il décida de séjourner encore un mois à Venise.

Ce fut en août que, un matin, Christian de Buch convoqua Baudolino et les siens, demanda qu'ils le suivissent chez l'empereur et, arrivé devant Frédéric, il lui tendit, d'un geste dramatique, un parchemin qui ruisselait de sceaux : « Voici la Lettre du Prêtre Jean, avait-il dit, telle qu'elle m'arrive, par des voies confidentielles, de la cour de Byzance.

— La lettre? s'exclama Frédéric. Mais nous ne l'avons pas encore envoyée!

— De fait, ce n'est pas la nôtre, c'est une autre. Elle n'est

239

pas adressée à toi mais au basileus Manuel. Pour le reste, elle est identique à la nôtre.

— Donc ce Prêtre Jean m'offre d'abord l'alliance à moi et ensuite il l'offre aux Romaniens? » s'emporta Frédéric.

Baudolino était abasourdi car la lettre du Prêtre, il le savait bien, il y en avait une seule et c'est lui qui l'avait écrite. Si le Prêtre existait, il pouvait bien avoir même écrit une autre lettre, mais certes pas celle-ci. Il demanda de pouvoir examiner le document et, après l'avoir parcouru en hâte, il dit : « Elle n'est pas tout à fait pareille, il s'y trouve de petites variations. Père, si tu me le permets, je voudrais la regarder de plus près. »

Il se retira avec ses amis et, ensemble, ils lurent et relurent la lettre. D'abord, c'était toujours en latin. Curieux, avait observé Rabbi Solomon, parce que le Prêtre l'envoie au basileus grec. En effet le début disait :

Le Presbyter Johannes, par vertu et pouvoir de Dieu et de Notre Seigneur Jésus-Christ seigneur de ceux qui gouvernent, à Manuel, gouverneur des Romaniens, souhaite santé et jouissance perpétuelle des divines bénédictions.

« Deuxième bizarrerie, dit Baudolino, elle appelle Manuel gouverneur des Romaniens, et pas basileus. Elle n'a donc certainement pas été écrite par un Grec de l'entourage impérial. Elle a été écrite par quelqu'un qui ne reconnaît pas les droits de Manuel.

— Donc, conclut le Poète, par le vrai Prêtre Jean, qui se considère lui comme le *dominus dominantium*.

— Poursuivons, dit Baudolino, et je vous fais voir des mots et des phrases qui ne se trouvaient pas dans notre lettre.

Il avait été annoncé à notre majesté que tu tenais en grand compte notre excellence et que nouvelle de notre grandeur t'était parvenue. Mais nous avons su par nos apocrisiaires *que tu voulais nous envoyer quelque chose d'agréable et de divertissant, au plaisir de notre clémence.* En tant qu'homme, *volontiers j'accepte le don, et par l'intermédiaire d'un de mes* apocrisiaires *je t'envoie un signe de mon côté, désireux de savoir si tu suis avec nous la juste foi et si*

240

en tout et pour tout tu crois en Notre Seigneur Jésus-Christ. Tandis que moi, je sais en effet parfaitement que je suis homme, tes Gréculets croient que tu es un dieu, même si nous savons bien que tu es mortel et sujet à l'humaine corruption. *Par largesse de notre munificence, si quelque chose te sert qui puisse te procurer plaisir, fais-le-nous savoir, aussi bien par un signe de notre* apocrisiaire *que par un témoignage de ton affection.*

— Ici, les bizarreries sont trop nombreuses, dit Rabbi Solomon, d'un côté il traite avec condescendance et mépris le basileus et ses Gréculets, à la limite de l'insulte, de l'autre il utilise des termes comme *apocrisarium*, qui me semble grec.

— Et signifie exactement ambassadeur, dit Baudolino. Mais écoutez : là où nous avions dit qu'à la table du Prêtre sont assis le métropolite de Samarcande et l'archiprêtre de Suse, on écrit ici qu'il y a le *protopapaten Sarmagantinum* et l'*archiprotopapaten de Susis*. Et encore, parmi les merveilles du royaume on cite une herbe dite *assidios*, qui chasse les esprits malins. De nouveau trois termes grecs.

— Donc, dit le Poète, le parchemin est écrit par un Grec qui, pourtant, traite mal les Grecs. Je ne comprends pas. »

Entre-temps, Abdul avait pris la lettre : « Il y a autre chose : là où nous avons nommé la récolte du poivre, on a ajouté d'autres détails. Ici, que dans le royaume de Jean il existe peu de chevaux. Et ici, où nous, nous avons seulement nommé les salamandres, on dit qu'il est des sortes de vers, qui s'entourent d'une sorte de pellicule comme les vers produisant la soie, et la pellicule est ensuite lavée par les femmes du palais pour en faire des habits et des draps royaux qui ne se lavent que dans un feu violent.

— Comment, comment ? demanda Baudolino alarmé.

— Et enfin, poursuivit Abdul, dans la liste des êtres qui habitent le royaume, au milieu des hommes cornus, des faunes, des satyres, des pygmées, des cynocéphales, apparaissent aussi des methagallinarii, des cametheterni et des thinsiretae, toutes créatures que nous n'avions pas citées.

— Par la Vierge déipare ! s'exclama Baudolino. Mais l'histoire des vers, c'est Zosime qui la racontait ! Et c'est Zosime qui

241

m'a dit que, selon Cosmas Indicopleustès, les chevaux n'existent pas en Inde! Et c'est Zosime qui m'a nommé les methagallinarii et les autres bêtes là! Fils de pute, vaisseau d'excréments, menteur, voleur, hypocrite, faussaire frauduleux, traître, adultère, glouton, pusillanime, luxurieux, irascible, hérétique, incontinent, homicide et pillard, blasphémateur, sodomite, usurier, simoniaque, nécromancien, semeur de discorde, escroc!

— Mais qu'est-ce qu'il t'a fait?

— Vous n'avez pas encore compris? Le soir où je lui ai montré la lettre, il m'a fait enivrer et en a fait une copie! Ensuite, il est retourné chez son basileus de merde, il l'a averti que Frédéric était sur le point de se manifester comme ami et héritier du Prêtre Jean, et ils ont écrit une autre lettre, adressée à Manuel, parvenant à la mettre en circulation avant la nôtre! Voilà pourquoi elle paraît si pleine de morgue au regard du basileus, pour ne pas laisser soupçonner qu'elle a été produite par sa chancellerie! Voilà pourquoi elle contient tant de termes grecs, pour démontrer que c'est là une traduction latine d'un original écrit par Jean en grec. Mais elle est en latin parce qu'elle ne doit pas convaincre Manuel mais plutôt le chancelier des rois latins, et le pape!

— Il y a un autre détail qui nous avait échappé, dit Kyot. Vous vous rappelez l'histoire du Gradale, que le Prêtre enverrait à l'empereur? Nous avions voulu rester prudents, en parlant seulement d'une *veram arcam*... Tu en as fait une allusion à Zosime?

— Non, dit Baudolino, là je me suis tu.

— Voilà, ton Zosime a écrit *yeracam*. Le Prêtre envoie au basileus une *yeracam*.

— Et qu'est-ce que c'est? se demanda le Poète.

— Pas même Zosime ne le sait, dit Baudolino. Observez notre original : à cet endroit-là l'écriture d'Abdul n'est pas très lisible. Zosime n'a pas compris de quoi il s'agissait, il a pensé à un don étrange et mystérieux dont nous seuls avions connaissance, et voilà ce mot expliqué. Ah, misérable! Tout est de ma faute à moi, qui me suis fié à lui : quelle honte, comment le rapporterai-je à l'empereur? »

Ce n'était pas la première fois qu'ils racontaient des mensonges. Ils expliquèrent à Christian et à Frédéric pour quelles raisons la lettre avait été évidemment écrite par quelqu'un de la chancellerie de Manuel, précisément pour empêcher Frédéric de faire circuler la sienne, mais ils ajoutèrent qu'il y avait probablement un traître dans la chancellerie du Saint Empire romain, qui avait fait parvenir copie de leur lettre à Constantinople. Frédéric jura que s'il le trouvait il lui extirperait tout ce qui dépassait de son corps.

Ensuite Frédéric demanda s'ils ne devaient pas s'inquiéter de quelque initiative de Manuel. Et si la lettre avait été écrite pour justifier une expédition vers les Indes? Christian lui fit sagement observer que juste deux ans auparavant Manuel avait marché contre le sultan seldjoukide d'Iconium, en Phrygie, et subi une dramatique défaite à Myrioképhalon. Suffisante pour le tenir loin des Indes le reste de sa vie. Mieux, à bien y réfléchir, cette lettre était précisément une manière, assez puérile, de regagner un peu de prestige précisément quand il en avait tant perdu.

Toutefois, cela avait-il encore un sens, à ce point-là, de mettre en circulation la lettre envoyée à Frédéric? Ne fallait-il pas la changer peut-être afin de ne pas faire croire à tout le monde qu'elle avait été copiée sur la lettre envoyée à Manuel?

« Tu étais au courant de cette histoire, seigneur Nicétas? » demanda Baudolino.

Nicétas sourit : « En ces temps-là, je n'avais pas encore trente ans, je percevais les tributs en Paphlagonie. Si j'avais été conseiller du basileus, je lui aurais dit de ne pas recourir à des machinations aussi puériles. Mais Manuel prêtait l'oreille à trop de courtisans, à des cubiculaires et à des eunuques attachés à ses chambres, même à ses serviteurs, et souvent il subissait l'influence de certains moines visionnaires.

— Moi j'enrageais en pensant à ce ver. Mais qu'Alexandre le pape fût un ver, pis que Zosime et pis que les salamandres, on le découvrit en septembre, quand à la chancellerie impériale parvint un document qui avait été probablement déjà communiqué aux autres rois chrétiens aussi et à l'empereur grec.

C'était la copie d'une lettre qu'Alexandre III avait écrite au Prêtre Jean! »

Alexandre avait certainement reçu copie de la lettre à Manuel, peut-être était-il au courant de l'ancienne ambassade de Hughes de Jabala, peut-être craignait-il que Frédéric tirerait quelque parti de la nouvelle de l'existence du roi et prêtre, et voilà que c'était lui le premier, non pas à recevoir un appel, mais à le mander, directement, à telle enseigne que sa lettre disait qu'il avait aussitôt envoyé un de ses légats traiter avec le Prêtre.

La lettre débutait :

Alexandre évêque, serviteur des serviteurs de Dieu, au très cher Johannes, fils en Christ, illustre et magnifique souverain des Indes souhaite santé et envoie son apostolique bénédiction.

Après quoi, le pape rappelait qu'un seul siège apostolique (c'est-à-dire Rome) avait reçu de Pierre mandat d'être *caput et magistra* de tous les croyants. Il disait que le pape avait entendu parler de la foi et de la piété de Jean par son médecin personnel, Magister Philippe, et que cet homme prévoyant, circonspect et prudent, avait entendu de personnes dignes de confiance que Jean voulait enfin se convertir à la vraie foi catholique et romaine. Le pape déplorait de ne pouvoir, pour le moment, lui envoyer des dignitaires de haut rang, c'est qu'en outre ils étaient ignorants des *linguas barbaras et ignotas*, mais il lui envoyait Philippe, homme discret et fort réfléchi, afin qu'il l'éduquât à la vraie foi. A peine Philippe arriverait auprès de lui, Jean devrait mander au pape une lettre d'intentions et – il était averti – moins il abonderait en vantardises quant à son pouvoir et à ses richesses, mieux ce serait pour lui, s'il voulait être accueilli comme humble fils de la sainte Eglise romaine.

Baudolino était scandalisé à l'idée qu'il pût exister au monde des faussaires de cet acabit. Frédéric hurlait, furieux : « Fils du Démon! Personne ne lui a jamais écrit, et lui, par dépit, répond le premier! Et il se garde bien de l'appeler Presbyter, son Johannes, lui déniant toute dignité sacerdotale...

— Il sait que Jean est nestorien, ajoutait Baudolino, et il lui propose, sans y aller par quatre évangiles, de renoncer à son hérésie et de se soumettre à lui...

— C'est à coup sûr une lettre d'une arrogance suprême, observait le chancelier Christian, il l'appelle mon fils, il ne lui envoie même pas l'ombre d'un évêque, mais seulement son médecin personnel. Il le traite comme un enfant à rappeler à l'ordre.

— Il faut arrêter ce Philippe, dit alors Frédéric. Christian, envoie des messagers, des tueurs ou qui tu veux, qu'on le rejoigne sur son chemin, qu'on l'étrangle, qu'on lui arrache la langue, qu'on le noie dans un torrent! Il ne doit pas arriver là-bas! Le Prêtre Jean, c'est mon affaire!

— Sois tranquille, père, dit Baudolino, à mon avis ce Philippe n'est jamais parti et il n'est même pas dit qu'il existe. Primo, Alexandre sait parfaitement, selon moi, que la lettre à Manuel est fausse. Secundo, il ne sait pas du tout où peut se trouver son Jean. Tertio, il a écrit la lettre justement pour dire avant toi que Jean c'est son affaire à lui, et, entre autres, il vous invite toi et Manuel à oublier l'histoire du roi-prêtre. Quarto, même si Philippe existait, s'il cheminait vers le Prêtre, et s'il y arrivait vraiment, pense un seul instant ce qui se passerait s'il revenait avec du vent dans son sac parce que le Prêtre Jean ne s'est pas du tout converti. Pour Alexandre ce serait comme recevoir une poignée de bouse à la figure. Il ne peut pas risquer autant. »

En tout cas, il était désormais trop tard pour rendre publique la lettre à Frédéric, et Baudolino se sentait dépossédé. Il avait commencé de soupirer après le royaume du Prêtre à la mort d'Otton et, depuis lors, presque vingt ans étaient passés... Vingt ans passés pour rien...

Puis il se reprenait : non, elle s'estompe dans le néant la lettre du Prêtre, autrement dit elle se perd dans une foule d'autres lettres, maintenant quiconque le veut peut s'inventer une correspondance amoureuse avec le Prêtre, nous vivons dans un monde de fieffés menteurs, ce qui ne signifie pas qu'on doit renoncer à chercher son royaume. Au fond, la carte de Cosmas existait encore, il suffirait de retrouver Zosime, la lui arracher, et puis voyager vers l'inconnu.

Mais où avait fini Zosime? Et même à savoir qu'il se trouvait, couvert de prébendes, dans le palais impérial de son basileus, comment aller le débusquer là-bas, au milieu de l'armée byzantine tout entière? Baudolino avait commencé à interroger des voyageurs, des messagers, des marchands, pour glaner quelques nouvelles de ce moine scélérat. En attendant, il ne cessait de rappeler le projet à Frédéric : « Père, lui disait-il, à présent cela a plus de sens qu'avant, parce que avant tu pouvais craindre que ce royaume ne fût une de mes imaginations, à présent tu sais qu'y croient aussi le basileus des Grecs et le pape des Romains, et à Paris on me disait que si notre esprit est capable de concevoir une chose dont il n'est rien de plus grand, cette chose existe certainement. Je suis sur les traces de quelqu'un qui peut me donner des nouvelles quant au chemin à suivre, autorise-moi à dépenser quelques monnaies. » Il avait réussi à se faire donner suffisamment d'or pour corrompre tous les Gréculets qui passaient par Venise, il avait été mis en contact avec des personnes de confiance à Constantinople, et il attendait des nouvelles. Quand il les recevrait, il ne lui resterait qu'à engager Frédéric à prendre une décision.

« D'autres années d'attente, seigneur Nicétas, et entre-temps était mort aussi votre Manuel. Même si je n'avais pas encore visité votre pays, j'en savais assez pour penser que, le basileus changé, tous ses féaux seraient éliminés. Je priais la Sainte Vierge et tous les saints que Zosime n'eût pas été tué, même aveuglé cela me serait bien allé, lui, il suffisait qu'il me donnât la carte, ensuite moi je l'aurais lue. En attendant, j'avais l'impression de perdre mes années comme du sang. »

Nicétas invita Baudolino à ne pas se laisser abattre maintenant par sa déconvenue d'autrefois. Il avait demandé à son cuisinier et serviteur de se surpasser, il voulait que le dernier repas qu'il faisait sous le soleil de Constantinople lui rappelât toutes les douceurs de sa mer et de sa terre. Et voilà qu'il voulut sur la table langoustes et pagures, homards bouillis, crabes frits, lentilles aux huîtres et aux moules, dattes de mer, accompagnés d'une purée de fèves et de riz au miel, entourés d'une couronne d'œufs de poisson, le tout servi avec du vin de Crète. Mais ce n'était là que le premier plat. Vint ensuite un plat à l'étouffée qui exhalait un parfum délicieux : dans le pot fumaient quatre cœurs de chou beaux, durs et blancs comme neige, une carpe et une vingtaine de petits maquereaux, des filets de poisson salés, quatorze œufs, un peu de fromage de chèvre valaque, le tout arrosé d'une bonne livre d'huile, saupoudré de poivre et augmenté de la saveur de douze têtes d'ail. Pour ce second plat, il demanda un vin de Ganos.

18

Baudolino et Colandrina

DE LA COUR DES GÉNOIS montaient les plaintes des filles de Nicétas qui ne voulaient pas se faire souiller le visage, habituées qu'elles étaient au rouge vermeil de leurs fards. « Sages, sages, leur disait Grillo, beauté seule ne fait point femme. » Et il expliquait qu'il n'était même pas certain que ce peu de teigne et de petite vérole dont il estampait leurs visages fût suffisant pour dégoûter un pèlerin en rut – gens qui se soulageaient sur tout ce qu'ils trouvaient, jeunes et vieilles, saines et malades, Grecques, Sarrasines ou Juives, parce que la religion, dans ces cas-là, n'avait pas grand-chose à voir. Pour être dégoûtantes, ajoutait-il, vous devriez vraiment être pustuleuses comme une râpe. L'épouse de Nicétas amoureusement collaborait à enlaidir ses filles, en ajoutant soit une plaie au front, soit de la peau de poulet sur le nez pour qu'il apparût rongé.

Baudolino observait avec mélancolie cette belle famille et, tout à trac il dit : « Ainsi, tandis que je donnais une chandelle à Dieu et une au Diable sans savoir que faire, je pris femme moi aussi. »

Il raconta l'histoire de son mariage d'un air peu enclin à l'hilarité, comme s'il s'était agi d'un souvenir douloureux.

« En ce temps-là je faisais la navette entre la cour et Alexan-

249

drie. Frédéric continuait à ne pas digérer l'existence de cette ville et moi je cherchais à raccommoder les rapports entre mes concitadins et l'empereur. La situation était plus favorable qu'autrefois. Alexandre III était mort, Alexandrie avait perdu son protecteur. L'empereur en venait de plus en plus à pactiser avec les villes italiennes, Alexandrie ne pouvait plus se présenter comme le bastion de la ligue. Gênes était désormais passée du côté de l'empire, Alexandrie avait tout à gagner à se trouver du côté des Génois et rien à demeurer l'unique ville abhorrée par Frédéric. Il fallait imaginer une solution honorable pour tous. Ainsi, alors que je passais mes journées à parler avec mes concitadins et à revenir ensuite à la cour pour sonder l'humeur de l'empereur, je me suis aperçu de la présence de Colandrina. C'était la fille du Guasco, elle avait grandi peu à peu sous mes yeux et je ne m'étais pas rendu compte qu'elle était devenue une femme. Elle était très douce et ses mouvements empreints d'une grâce légèrement gauche. Après l'histoire du siège, mon père et moi étions tenus pour les sauveurs de la ville, et elle me regardait comme si j'étais saint Georges. Je parlais avec le Guasco, et elle restait blottie devant moi, les yeux tout brillants, à boire mes paroles. J'aurais pu être son père, elle avait à peine quinze ans et moi trente-huit. Je ne sais dire si j'étais tombé amoureux d'elle, mais j'aimais la voir autour de moi, à tel point que je me mettais à raconter aux autres des aventures incroyables pour qu'elle m'entendît. Le Guasco aussi s'en était aperçu, il est vrai que lui était un *miles*, et donc quelque chose de plus qu'un ministérial comme moi (fils de paysan par-dessus le marché), mais je te l'ai dit, j'étais l'enfant chéri de la ville, je portais une épée au côté, je vivais à la cour... Ce ne serait pas une mauvaise alliance, et ce fut justement le Guasco qui me dit : pourquoi tu ne maries pas la Colandrina, qu'elle m'est devenue tout empotée, elle laisse tomber les poteries par terre et quand t'es pas là elle passe ses journées à la fenêtre à regarder si tu arrives. Ce fut une belle fête nuptiale, dans l'église de Saint-Pierre, la cathédrale que nous avions offerte à feu le pape et dont le nouveau ignorait même l'existence. Et ce fut un étrange mariage car, après la première nuit, il fallait déjà que je parte rejoindre Frédéric, et cela a duré ainsi une bonne année,

250

avec une épouse que je voyais à chaque mort d'évêque et j'en avais le cœur ému devant sa joie à chacun de mes retours.

— Tu l'aimais?

— Je crois que oui; cependant c'était la première fois que je prenais femme et je ne savais pas bien ce que je devais en faire, sauf ces choses-là que font les maris la nuit, mais le jour je ne savais pas si je devais la caresser comme une enfant, la traiter comme une dame, la réprimander pour ses maladresses, parce qu'elle avait encore besoin d'un père, ou tout lui pardonner, au risque ensuite qu'elle fût gâtée. Jusqu'au moment où, à la fin de la première année, elle me dit qu'elle attendait un enfant, et alors j'ai commencé à la regarder comme si elle était la Vierge Marie, quand je revenais je lui demandais pardon d'avoir été loin, je l'emmenais à la messe le dimanche pour faire voir à tous que la chère bonne épouse de Baudolino allait lui donner un fils, et, les rares soirs où nous étions ensemble, nous nous racontions ce que nous ferions de ce Baudolinet Colandrinin qu'elle avait dans le ventre; elle, à un certain point, pensait que Frédéric lui aurait donné un duché et il s'en fallait de peu que je n'y aie cru moi aussi. Je lui parlais du royaume du Prêtre Jean et elle me disait qu'elle ne me laisserait pas y aller tout seul pour tout l'or du monde car Dieu sait quelles belles dames il y avait là-bas, et elle voulait voir cet endroit qui devait être plus beau et plus grand qu'Alexandrie et Solero mises ensemble. Puis je lui disais le Gradale et elle écarquillait les yeux : pense un peu, mon Baudolino, tu vas là-bas, tu reviens avec la coupe où a bu le Seigneur et tu deviens le chevalier le plus célèbre de la chrétienté, tu fais une chapelle pour ce Gradale à Monte-castello et ils viennent le voir depuis Quargnento... Nous laissions errer notre imagination tels des enfants et je me disais : pauvre Abdul, tu crois que l'amour est une princesse lointaine, en revanche la mienne est si proche que je peux la caresser derrière l'oreille, et elle rit et me dit que je lui donne des frissons de chatouilles... Mais ça a peu duré.

— Pourquoi?

— Parce que précisément quand elle était enceinte, les Alexandrins avaient fait alliance avec Gênes contre ceux de Silvano d'Orba. Ils étaient quatre pelés, mais en attendant ils rôdaient autour de la ville pour dépouiller les paysans. Ce jour-là, Colandrina était sortie hors les murs pour cueillir des fleurs parce qu'elle avait su que j'arrivais. Elle s'était arrêtée près d'un troupeau de brebis, à plaisanter avec le berger, qui était un homme de son père, et une bande de ces maudits s'est précipitée pour piller le bétail. Peut-être ne voulaient-ils pas lui faire du mal à elle, mais ils l'ont bousculée, jetée à terre, les brebis s'enfuyaient et lui passaient sur le corps... Le berger avait pris ses jambes à son cou, elle, ceux de sa famille l'ont retrouvée avec une forte fièvre, tard le soir, quand ils se sont aperçus qu'elle n'était pas revenue. Le Guasco avait envoyé quelqu'un pour me faire chercher, j'étais arrivé à bride abattue, mais en attendant deux jours étaient passés. Je l'ai trouvée au lit, mourante, et, comme elle me vit, elle s'efforça de s'excuser car, disait-elle, l'enfant était sorti avant le temps, et il était déjà mort, et elle s'affligeait parce qu'elle n'avait même pas su me donner un fils. Elle ressemblait à une petite madone de cire, et il fallait que j'approche mon oreille de sa bouche pour entendre ce qu'elle disait. Ne me regarde pas Baudolino, disait-elle, j'ai la figure blette d'avoir trop pleuré, et comme ça, en plus d'une mauvaise mère tu te retrouves une femme moche... Elle est morte en me demandant pardon, quand moi je lui demandais pardon pour n'avoir pas été à ses côtés au moment du danger. Ensuite, j'ai demandé le petit mort, on ne voulait pas me le faire voir. Il était, il était... »

Baudolino s'était arrêté. Il gardait son visage levé en l'air comme s'il ne voulait pas que Nicétas lui vît les yeux. « C'était un monstrelet, fit-il après un court laps de temps, comme ceux que nous imaginions sur la terre du Prêtre Jean. Visage aux yeux petits, telles deux fentes de travers, une poitrine maigre, maigre avec deux bras tout minces qui avaient l'air de tentacules de poulpe. Et, du ventre aux pieds, il était couvert d'un pelage blanc, comme s'il était une brebis. Je n'ai pu le regarder que peu de temps, puis je commandai qu'il fût enterré, mais je ne savais même pas si on pouvait appeler un prêtre. Je suis sorti de la ville et j'ai erré toute la nuit à travers la Frascheta, me disant que j'avais passé jusqu'alors ma vie à imaginer des créatures d'autres mondes, et dans mon imagination elles pa-

raissaient de merveilleux prodiges qui, dans leur diversité, té-
moignaient de l'infinie puissance du Seigneur, mais ensuite,
quand le Seigneur m'avait demandé de faire ce que font tous
les autres hommes, j'avais engendré non pas un prodige mais
au contraire une chose horrible. Mon fils était un mensonge de
la nature, Otton avait raison, mais plus qu'il ne pensait, j'étais
menteur et j'avais vécu en menteur à tel point que même ma
semence avait produit un mensonge. Un mensonge mort. Et
alors, j'ai compris...

— C'est-à-dire, hésita Nicétas, que tu as décidé de changer
de vie...

— Non, seigneur Nicétas. J'ai décidé que si tel était mon
sort, il s'avérait inutile que j'essaie de devenir comme les autres.
J'étais désormais consacré au mensonge. Il est difficile d'expliquer ce qui se passait dans ma tête. Je me disais : tant que tu
inventais, tu inventais des choses qui n'étaient pas vraies, mais
elles le devenaient. Tu as fait apparaître saint Baudolino, tu as
créé une bibliothèque à Saint-Victor, tu as fait circuler les Mages de par le monde, tu as sauvé ta ville en engraissant une
vache maigre, s'il y a des docteurs à Bologne c'est aussi grâce à
toi, tu as fait apparaître à Rome des merveilles dont les Romains même en rêve ne rêvaient pas, en partant d'une jonglerie
de cet Hughes de Jabala tu as créé un royaume d'une beauté
inégalable, jusqu'à aimer un fantôme à qui tu faisais écrire des
lettres qu'elle n'avait jamais écrites, ceux qui les lisaient se pâ-
maient tous, même elle qui ne les avait jamais écrites, et dire
que c'était une impératrice. En revanche, la seule fois où tu as
voulu faire une chose vraie, avec une femme on ne peut plus
sincère, tu as échoué : tu as produit quelque chose que nul ne
peut croire ni désirer qu'elle soit. Il vaut donc mieux que tu te
retires dans le monde de tes prodiges, car en lui tu peux au
moins décider combien ils sont, justement, prodigieux. »

19

Baudolino change le nom de sa ville

O PAUVRE BAUDOLINO, disait Nicétas tandis qu'ils continuaient les préparatifs pour le départ, déplorant « la perte d'une épouse et d'un fils, dans la fleur de l'âge. Et moi qui pourrais perdre demain la chair de ma chair et mon épouse chérie, par la main de quelqu'un de ces barbares. O Constantinople, reine des villes, tabernacle de Dieu Très-Haut, louange et gloire de tes ministres, délice des étrangers, impératrice des villes impériales, cantique des cantiques, splendeur des splendeurs, très rare spectacle des choses les plus rares à voir, qu'en sera-t-il de nous qui sommes sur le point de t'abandonner, nus comme nous sortîmes des ventres de nos mères? Quand te reverrons-nous, pas telle que tu es à présent, vallée de pleurs, foulée aux pieds par les armées?

— Tais-toi, seigneur Nicétas, lui disait Baudolino, et n'oublie pas que c'est peut-être la dernière fois que tu pourras goûter de ces mets recherchés dignes d'Apicius. Que sont ces boulettes de viande qui ont le parfum de votre marché aux épices?

— Keftedès, et le goût est donné par le cinnamome, et par un peu de menthe, répondait Nicétas, déjà réconforté. Et, pour la dernière journée, j'ai réussi à me faire apporter un peu d'anis, que tu dois boire alors qu'il se dissout dans l'eau comme un nuage.

— C'est bon, ça n'étourdit pas, tu te sens comme en rêve, disait Baudolino. Si j'avais pu en boire après la mort de Colandrina, j'aurais peut-être pu l'oublier, comme toi tu oublies déjà les malheurs de ta ville et perds toute crainte pour ce qui arrivera demain. Au contraire, je m'alourdissais avec le vin de chez nous, qui t'endort d'un coup, mais quand tu te réveilles tu vas pire qu'avant. »

Il avait fallu un an à Baudolino pour sortir de la folie mélancolique qui l'avait pris, un an dont il ne se rappelait plus rien sinon qu'il faisait de grandes chevauchées à travers bois et plaines, puis il s'arrêtait quelque part et buvait jusqu'à tomber dans des sommeils longs et agités. Dans ses rêves, il se voyait tandis qu'il rejoignait enfin Zosime et qu'il lui arrachait (avec la barbe) la carte pour atteindre un royaume où tous les nouveau-nés auraient été thinsiretae et methagallinarii. Il n'était plus retourné à Alexandrie, de peur que son père, sa mère ou le Guasco et les siens ne lui parlent de Colandrina et de ce fils jamais né. Souvent il se réfugiait auprès de Frédéric, paternellement attentif et compréhensif, qui cherchait à le distraire en lui parlant d'entreprises véritables qu'il pouvait mener à bien pour l'empire. Jusqu'au jour où il lui avait dit qu'il se décidât à trouver une solution pour Alexandrie, que sa colère, quant à lui, était désormais retombée, et pour faire plaisir à Baudolino il voulait guérir ce *vulnus* sans devoir par force détruire la ville.

Cette mission avait redonné vie nouvelle à Baudolino. Maintenant, Frédéric se disposait à signer une paix définitive avec les communes lombardes, et Baudolino s'était dit qu'au fond ce n'était qu'une question de point d'honneur. Frédéric ne supportait pas qu'il existât une ville qui s'était faite sans sa permission, et, par-dessus le marché, qui portait le nom de son ennemi. Bon, si Frédéric avait pu refonder cette ville, fût-ce au même endroit mais avec un autre nom, comme il avait refondé Lodi, dans un autre endroit mais avec le même nom, voilà qu'il ne s'en sortait pas tel un sac à vent! Quant aux Alexandrins, que voulaient-ils? Avoir une ville, et y mener leurs commerces. C'est par hasard s'ils lui avaient donné le nom d'Alexandre III, qui était mort et ne pouvait donc plus s'offenser s'ils l'appelaient d'un autre nom. Et alors voici l'idée. Un beau matin

Frédéric se placerait avec ses chevaliers devant les murs d'Alexandrie, tous les habitants en sortiraient, une cohorte d'évêques entrerait dans la ville, qui la déconsacrerait, si toutefois on pouvait dire qu'elle avait été consacrée, ou plutôt ils la débaptiseraient et puis la rebaptiseraient en l'appelant Césarée, ville de César, les Alexandrins passeraient devant l'empereur en lui rendant hommage, rentreraient en prenant possession de la toute nouvelle ville, comme si c'était une autre, fondée par l'empereur, et on vivrait bienheureux et contents.

Comme on voit, Baudolino guérissait de son désespoir avec un autre beau coup de son ardente imagination.

L'idée n'avait pas déplu à Frédéric, sauf qu'à cette époque il avait des difficultés pour retourner en Italie, devant régler des affaires importantes avec ses feudataires allemands. Baudolino s'était chargé des négociations. Il hésitait à entrer dans la ville, mais à la porte ses géniteurs étaient venus à sa rencontre, et tous les trois avaient fondu en larmes de délivrance. Les vieux compagnons avaient feint que Baudolino ne s'était même jamais marié, et ils l'avaient entraîné, avant de commencer à parler de sa mission, à la taverne d'autrefois, le pintant en toute beauté avec un petit blanc aigrelet de Gavi, mais pas assez pour l'endormir et suffisamment pour exciter son génie. Alors Baudolino avait raconté son idée.

Le premier à réagir fut Gagliaudo : « En restant devant içui, moë, tu deviens un niaiseux comme lui. Mais regarde un peu si on doit faire ce manège-là, que d'abord on sort et puis on rentre, et frinn frinn et frinn fronn, sors toë que j'entre moë, non merci passe toë, manque plus que quelqu'un joue musette et on danse la tresca pour la fête de saint Baudolino...

— Non, pour une trouvaille, elle est bonne, avait dit le Boïdi, mais après, au lieu d'Alexandrins, on doit s'appeler Césarins, et moi j'en ai honte, je ne vais pas aller le raconter à ceux d'Asti.

— Finissons-en avec ces coyonneries qu'on se fait toujours reconnaître, avait répliqué Oberto del Foro, pour moi, je le laisse rebaptiser la ville, mais c'est lui passer devant et lui rendre hommage que je n'arrive pas à avaler : au bout du compte, c'est nous qui la lui avons mise dans le cü à lui, et pas lui à nous, qu'il ne fasse donc pas trop le despote. »

Le Cuttica de Quargnento avait dit que passe pour le rebaptême, et qui s'en soucie si la ville s'appelle Césarette ou Césarone au choix, lui allait aussi bien Césire, Olivia, Sophronie ou Eutropie, mais le problème est de savoir si Frédéric voulait nous envoyer son podestat ou bien s'il se contentait de donner la légitime investiture aux consuls qu'ils élisaient eux.

« Retourne lui demander comment il veut faire », lui avait dit le Guasco. Et Baudolino : « C'est ça, moi je traverse en avant en arrière les Alpes pyrénéennes jusqu'à ce que vous vous soyez mis d'accord. Non mon seigneur, vous allez donner les pleins pouvoirs à deux d'entre vous qui viennent avec moi chez l'empereur et nous étudions un truc qui convient à tous. Frédéric, à voir de nouveau deux Alexandrins, attrape des vers, et rien que pour se les ôter de la vue vous verrez qu'il acceptera un accord. »

Ainsi étaient partis avec Baudolino deux envoyés de la ville, Anselmo Conzani et Teobaldo, un des Guasco. Ils avaient rencontré l'empereur à Nuremberg et l'accord avait été conclu. Même l'histoire des consuls avait été résolue sur-le-champ, il ne s'agissait que de sauver la forme, que les Alexandrins les élisent donc, il suffit que ce soit l'empereur qui les nomme ensuite. Quant à l'hommage à rendre, Baudolino avait pris Frédéric en aparté et lui avait dit : « Père, tu ne peux pas venir, il faudra que tu envoies un de tes légats. Et tu m'envoies moi. Au bout du compte, je suis ministériel, et en tant que tel, dans ton immense bonté, tu m'as donné la ceinture de chevalier, et je suis un *Ritter* comme on dit ici.

— Oui, mais tu appartiens pourtant toujours à la noblesse de service, tu peux avoir des fiefs mais tu ne peux pas en conférer, et tu n'es pas en condition d'avoir des vassaux, et...

— Et que veux-tu qu'il en importe à mes pays, pour lesquels il suffit qu'un soit à cheval et c'est un qui commande ? Eux ils rendent hommage à un de tes représentants, et donc à toi, mais ton représentant, c'est moi qui suis des leurs, et donc eux n'ont pas l'impression de te rendre hommage à toi. Ensuite, si tu veux, les serments et toutes ces choses-là, tu les fais faire par un de tes chambriers impériaux qui se place près de moi, et eux ils ne se rendent même pas compte de qui des deux est le plus important. Tu dois aussi comprendre comment sont faits les gens. Si de la sorte nous réglons pour toujours cette histoire, ça ne sera pas un bien pour tous ? »

Et voilà qu'à la mi-mars de l'année 1183 s'était accomplie la cérémonie. Baudolino s'était mis en tenue d'apparat, il paraissait plus important que le marquis du Montferrat, et ses géniteurs le dévoraient des yeux, la main sur la fusée de l'épée et un cheval blanc qui ne restait jamais tranquille. « Il est bardé comme le chien d'un seigneur », disait la mère, éblouie. Le fait qu'il eût à ses côtés deux porte-étendards avec les enseignes impériales, le chambrier impérial Rodolphe, et tant d'autres nobles de l'empire, et des évêques impossibles même à dénombrer, à ce point-là personne n'en faisait plus cas. Mais il y avait aussi les représentants des autres villes lombardes, c'est-à-dire Lanfranco de Côme, Siro Salimbene de Pavie, Filippo de Casal, Gerardo de Novare, Pattinerio d'Ossona et Malavisca de Brescia.

Comme Baudolino s'était placé juste en face de la porte de la ville, voilà que tous les Alexandrins sortaient en file, avec leurs petits à leur cou et leurs vieux à leur bras, et les malades aussi emmenés sur un chariot, et jusqu'aux idiots et aux éclopés, et les héros du siège restés avec une jambe en moins, un bras en moins, ou même le cü nu sur une planchette à roues, se poussant avec les mains. Puisqu'ils ne savaient pas combien de temps ils devaient demeurer dehors, nombre d'entre eux avaient apporté de quoi se restaurer, qui du pain et de la saucisse, qui des poulets rôtis, qui des corbeilles de fruits, et à la fin tout avait l'air d'un beau manger sur l'herbe.

En vérité, il faisait encore froid et les champs étaient couverts de gelée blanche, si bien que s'asseoir était un tourment. Ces citadins, à peine dépossédés, étaient debout, droits, tapaient des pieds, soufflaient dans leurs mains, et certains disaient : « Alors, on en finit bientôt avec cette foire, qu'on a laissé la marmite sur le feu ? »

Les hommes de l'empereur étaient entrés dans la ville et personne n'avait vu ce qu'ils avaient fait, pas même Baudolino qui attendait dehors pour le défilé du retour. A un moment donné, un évêque était sorti et avait annoncé que cette ville était la ville de Césarée, par la grâce du saint empereur romain. Les impériaux qui se trouvaient derrière Baudolino avaient levé les armes et les enseignes en acclamant le grand Frédéric. Baudolino avait mis son cheval au trot, il s'était approché des premiers rangs des évacués et il avait annoncé, justement en sa qualité de nonce impérial, que Frédéric venait de fonder cette noble ville aux sept lieux, Gamondio, Marengo, Bergoglio, Roboreto, Solero, Foro et Oviglio, qu'il lui avait imposé le nom de Césarée et qu'il la cédait aux habitants des bourgs précités, ici réunis, les invitant à prendre possession de ce don tourelé.

Le chambrier impérial énuméra quelques articles de l'accord, mais tous étaient transis de froid : et ils avaient glissé en hâte sur les détails des *regalia*, la curadia, les péages, et toutes ces choses qui rendent valide un traité. « Allons, Rodolphe, avait dit Baudolino au chambrier impérial, aussi bien c'est une farce tout ça et plus vite nous finissons mieux c'est. »

Les exilés avaient repris le chemin du retour, et ils étaient tous là, sauf Oberto del Foro qui n'avait pas accepté la honte de cet hommage, lui le vainqueur de Frédéric, et à sa place il avait délégué comme *nuncii civitatis* Anselmo Conzani et Teobaldo Guasco. En passant devant Baudolino les nuncii de la nouvelle Césarée prêtaient un serment formel, quitte à parler en un latin tellement horrible que si après ils disaient avoir juré le contraire, nul moyen de les démentir. Quant aux autres, ils venaient derrière en faisant de paresseux efforts pour saluer, certains disant : « Salut, Baudolino, comment va Baudolino, houlàlà Baudolino, seules les montagnes ne se rencontrent pas, on est ici, ici, eh ? » En passant Gagliaudo bafouilla que ce n'était pas une chose sérieuse, mais il eut la délicatesse d'ôter son chapeau et, vu qu'il l'ôtait devant son vaurien de fils, comme hommage cela valait plus que s'il avait léché les pieds à Frédéric.

La cérémonie terminée, les Lombards aussi bien que les Théotoniques s'étaient éloignés au plus vite, comme s'ils avaient honte. Baudolino, lui, avait suivi ses pays à l'intérieur des murs, et il entendit que certains disaient :

« Mais regarde un peu quelle belle ville !

— Mais tu sais qu'on dirait vraiment l'autre, comment s'appelait-elle, qui était là avant?

— Mais regarde quelle technique ces Alemans, en moins de deux ils t'ont élevé une ville qui est de toute beauté!

— Regarde, là au fond, cette maison, elle ressemble tout à fait à la mienne, ils l'ont refaite à l'identique!

— Les gars, criait Baudolino, dites merci pour avoir eu du son sans payer, en faisant les ânes!

— Et toi, ne monte pas trop sur tes grands chevaux, que tu vas finir par t'y croire. »

Ç'avait été une belle journée. Baudolino avait remisé tous les signes de son pouvoir et il était allé faire la fête. Sur la place de la cathédrale les filles dansaient en rond, le Boïdi avait accompagné Baudolino à la taverne, et, dans ce porche parfumé d'ail, tous maintenant allaient tirer directement le vin des tonneaux en perce parce que ce jour-là il ne devait plus y avoir ni maîtres ni serviteurs, surtout plus de servantes dans la taverne, et déjà quelques-unes avaient été emmenées à l'étage, on le sait, l'homme est chasseur.

« Sang de Jésus-Christ », disait Gagliaudo en versant un peu de vin sur sa manche pour montrer que le drap ne l'absorbait pas et qu'il restait une goutte compacte aux reflets de rubis, signe qu'il s'agissait de celui de derrière les fagots. « A présent, on va pendant quelques années l'appeler Césarée, du moins dans les parchemins avec le sceau, avait susurré le Boïdi à Baudolino, mais ensuite on recommence à l'appeler comme avant, et j'aimerais bien voir qui en fait cas.

— Oui, avait dit Baudolino, ensuite vous l'appelez de nouveau comme avant, parce que c'est ainsi que l'appelait cet ange de Colandrina, et maintenant qu'elle est au Paradis, il y a le risque qu'elle se trompe quand elle nous envoie ses bénédictions. »

« Seigneur Nicétas, je me sentais presque réconcilié avec mes malheurs car au fils que je n'avais jamais eu et à l'épouse que j'avais eue pour trop peu de temps, j'avais au moins donné une ville que nul n'abattrait plus. Peut-être, ajouta Baudolino inspiré par l'anis, un jour Alexandrie deviendra-t-elle la nouvelle

Constantinople, la troisième Rome, toute tours et basiliques, merveille de l'univers.

— Et ainsi Dieu le veuille », souhaita Nicétas en levant sa coupe.

20

Baudolino retrouve Zosime

AU MOIS D'AVRIL, à Constance, l'empereur et la ligue des communes lombardes paraphaient un accord définitif. Au mois de juin, des nouvelles confuses étaient arrivées de Byzance.

Depuis trois ans Manuel était mort, son fils Alexis lui avait succédé, qui n'était guère plus qu'un enfant. Un enfant mal élevé, commentait Nicétas, qui passait ses journées à se nourrir de souffles légers, sans avoir encore aucune connaissance de joies et de douleurs, se consacrant à la chasse et aux cavalcades, jouant en compagnie de jeunes garçons, tandis qu'à la cour différents prétendants pensaient conquérir la basilesse, sa mère, en se parfumant comme des niais et se ceignant de colliers comme font les femmes, d'autres s'employant à dilapider les deniers publics, chacun poursuivant ses propres envies et luttant l'un contre l'autre — comme si on avait arraché une colonne droite de soutien et que tout se mettait à pencher à l'opposé.

« Le prodige apparu à la mort de Manuel trouvait son accomplissement, dit Nicétas. Une femme avait accouché d'un fils aux membres mal articulés et courts, à la tête trop grosse, et c'était là présage de polyarchie, qui est mère d'anarchie.

— Ce que j'ai tout de suite appris par nos espions, c'est qu'un cousin tramait dans l'ombre, Andronic, dit Baudolino.

— C'était le fils d'un frère du père de Manuel, et donc il était comme un oncle du petit Alexis. Jusqu'alors resté en exil parce que Manuel voyait en lui un traître bien perfide. Or il s'était insidieusement rapproché du jeune Alexis, comme s'il était repenti de ses erreurs et voulait lui offrir protection, et peu à peu il avait acquis de plus en plus de pouvoir. Entre un complot et un empoisonnement, il avait poursuivi son escalade vers le trône impérial jusqu'au moment où, quand désormais il était vieux et roui par l'envie et par la haine, il avait poussé au soulèvement les citoyens de Constantinople, se faisant proclamer basileus. Tandis qu'il prenait l'hostie bénie, il avait juré qu'il assumait le pouvoir pour protéger son neveu encore jeune; mais sitôt après, son âme damnée, Stephanos Agiochristoforitès, avait étranglé le jeune Alexis avec la corde d'un arc. Comme on lui apportait le cadavre du malheureux, Andronic avait ordonné qu'il fût jeté au fond de la mer, après lui avoir d'abord coupé la tête, qui fut ensuite cachée en un lieu appelé Katabatès. Je n'ai pas compris pourquoi, vu qu'il s'agit d'un vieux monastère en ruine depuis longtemps, précisément hors les murs de Constantin.

— Je sais moi le pourquoi. Mes espions m'avaient rapporté qu'avec l'Agiochristoforitès il y avait un moine au plus haut point possédé qu'Andronic, après la mort de Manuel, avait voulu avec lui, comme expert ès nécromancies. Ce qu'est le hasard : il s'appelait Zosime, était célèbre pour évoquer les morts parmi les ruines de ce monastère où il avait constitué son palais royal à lui, souterrain... J'avais donc trouvé Zosime, ou du moins je savais où le pêcher. Cela se passa au mois de novembre 1184, quand à l'improviste mourut Béatrix de Bourgogne. »

Un autre silence. Baudolino avait longuement bu.

« J'entendis cette mort comme une punition. Il était juste que, après la deuxième, disparût aussi la première femme de ma vie. J'avais plus de quarante ans. J'avais ouï dire qu'à Terdona il y avait ou il y avait eu une église où qui s'y faisait baptiser vivait jusqu'à quarante ans. J'avais dépassé la limite accordée aux miraculés. J'aurais pu mourir tranquillement. Je ne pouvais pas supporter la vue de Frédéric : depuis la mort de Béatrix, il était prostré, il voulait s'occuper de son premier fils qui, maintenant, avait vingt ans mais était toujours plus fragile, et il préparait lentement la succession en faveur de son deuxième fils, Henri, en le faisant couronner roi d'Italie. Il devenait vieux, mon pauvre père, désormais Barbeblanche... J'étais revenu quelques fois de nouveau à Alexandrie et j'avais découvert que mes parents charnels se faisaient encore plus vieux. Blancs, hirsutes et frêles telles ces sphères de matière blanche qu'on voit rouler dans les champs au printemps, courbés comme des arbustes un jour de vent, ils passaient leurs journées autour du feu à se disputer, pour une écuelle pas à sa place ou un œuf que l'un des deux avait laissé tomber. Et ils me reprochaient, chaque fois que j'allais les trouver, pour ce que je ne venais jamais. J'ai alors décidé de vendre ma vie à vil prix, d'aller à Byzance pour chercher Zosime, eussé-je dû ensuite finir, aveuglé et au secret, les années qui me restaient. »

Aller à Constantinople pouvait être dangereux car, quelques années avant, et précisément poussés par Andronic, encore avant qu'il ne prît le pouvoir, les habitants de la ville s'étaient soulevés contre les Latins résidant là-bas, en en tuant pas qu'un peu, dévalisant toutes leurs maisons et en obligeant beaucoup à se mettre à l'abri dans les îles des Princes. Il semblait maintenant que Vénitiens, Génois ou Pisans pouvaient à nouveau circuler dans la ville, parce que c'étaient là des gens indispensable au bien-être de l'empire, mais Guillaume II roi de Sicile se mettait en mouvement contre Byzance, et pour les Gréculets était latin un Provençal, un Allemand, un Sicilien ou un Romain, et ça faisait peu de différence. Ils décidèrent donc de lever l'ancre de Venise et d'arriver par la mer comme une caravane de marchands qui venait (ce fut une idée d'Abdul) de Taprobane. Où se trouvait Taprobane, peu le savaient, et peut-être personne, et à Byzance on ne pouvait pas avoir une idée de la langue qu'ils parlaient là-bas.

Ainsi Baudolino était vêtu comme un dignitaire persan, Rabbi Solomon, qu'aussi bien on aurait identifié comme Juif même à Jérusalem, était le médecin de la compagnie, avec une belle simarre toute constellée de signes zodiacaux, le Poète avait l'air d'un marchand turc avec son cafetan bleu clair, Kyot aurait pu être un Libanais, de ceux qui s'habillent mal mais ont des monnaies en or dans leur sac, Abdul, qui s'était rasé la tête pour ne pas montrer ses poils roux, avait fini par ressembler à un eunuque de haut rang dont Boron passait pour le valet.

Quant à la langue, ils avaient décidé de parler entre eux le patois des voleurs appris à Paris et qu'eux tous parlaient à la perfection – ce qui nous en dit long sur l'application qu'ils avaient mise à l'étude dans ces jours bienheureux. Incompréhensible aux Parisiens eux-mêmes, pour les Byzantins ce pouvait fort bien être la langue de Taprobane.

Partis de Venise au début de l'été, au cours d'une escale en août ils avaient appris que les Siciliens avaient conquis Thessalonique, et pouvaient même déjà essaimer le long de la côte septentrionale de la Propontide; raison pourquoi, ayant pénétré dans ce bras de mer au cœur de la nuit, le capitaine avait préféré faire un long détour vers la côte opposée, pour ensuite pointer sur Constantinople comme s'il arrivait de Chalcédoine. Pour les consoler de cette déviation, il avait promis un débarquement digne d'un basileus, car – disait-il – c'est ainsi qu'on devait découvrir Constantinople, en arrivant face à elle aux premiers rayons du soleil.

Quand Baudolino et les siens étaient montés sur le pont, aux environs de l'aube, ils avaient éprouvé un élan de déception car la côte apparaissait voilée d'un brouillard dense, mais le capitaine les avait rassurés : c'est ainsi qu'il fallait s'approcher de la ville, lentement, et cette offuscation qui, d'ailleurs déjà s'imprégnait des premières lumières de l'aurore, se dissoudrait par degrés.

Après une autre heure de navigation, le capitaine avait indiqué un point blanc, et c'était le sommet d'une coupole qui paraissait percer la brume... Bientôt, au milieu de cette blancheur se dessinaient le long de la côte les colonnes de quelques palais, et puis les profils et les couleurs de quelques maisons, des campaniles qui se coloraient de rose, et encore plus en bas les murs avec leurs tours. Tout à coup, une grande ombre, là, encore couverte d'une série de vapeurs qui se levaient de la cime d'une éminence et erraient dans l'air jusqu'au moment où l'on voyait camper, si harmonieuse et resplendissante sous les rayons du soleil, la coupole de Sainte-Sophie comme issue par miracle du néant.

A partir de ce moment-là, ce fut une révélation continue, avec d'autres tours et d'autres coupoles qui émergeaient dans un ciel peu à peu dégagé, entre un triomphe de verdure, des colonnes dorées, des péristyles blancs, des marbres rosés, et la gloire entière du palais impérial du Boucoléon, avec ses cyprès dans un labyrinthe multicolore de jardins suspendus. Et puis l'entrée de la Corne d'Or avec la grande chaîne qui en barrait le passage, et la tour blanche de Galata à droite.

Baudolino racontait avec émoi et Nicétas répétait avec mélancolie combien Constantinople était belle, quand elle était belle.

« Ah, c'était une ville pleine d'émotions, dit Baudolino. A peine arrivés, nous avons aussitôt eu une idée de ce qui se passait ici. Nous sommes tombés sur l'Hippodrome alors qu'on préparait le supplice d'un ennemi du basileus...

— Andronic était comme devenu fou. Vos Latins de Sicile avaient mis à feu et à sang Thessalonique, Andronic avait fait faire quelques travaux de fortification, puis il s'était désintéressé du danger. Il s'adonnait à une vie dissipée, disant que les ennemis n'étaient pas à craindre, il envoyait au supplice ceux qui auraient pu l'aider, il s'éloignait de la ville en compagnie de putains et de concubines, il s'enfonçait entre vallons et forêts comme font les bêtes, suivi par ses amoureuses tel un coq par ses poules, tel Dionysos avec les bacchantes, il ne lui manquait plus que d'endosser une peau de faon et une robe safranée. Il ne fréquentait que des flûtistes et des hétaïres, effréné comme Sardanapale, lascif comme le poulpe, il n'en pouvait plus de supporter le poids de ses débauches et mangeait un immonde animal du Nil, semblable au crocodile, dont on disait qu'il favorisait l'éjaculation... Cependant, je ne voudrais pas que tu le considérasses comme un mauvais seigneur. Il fit aussi nombre de bonnes choses, il limita les tributs, il proclama des édits pour empêcher que dans les ports l'on hâtât le naufrage des nefs en difficulté pour les piller, il restaura le vieil aqueduc souterrain, il fit réparer l'église des Saints-Quarante-Martyrs...

— En somme, c'était une brave personne...

— Ne me fais pas dire ce que je ne dis pas. C'est qu'un basileus peut user de son pouvoir pour faire du bien, mais pour conserver le pouvoir il doit faire du mal. Toi aussi tu as vécu auprès d'un homme de pouvoir, toi aussi tu as admis qu'il pouvait être noble et irascible, cruel et empressé pour le bien commun. L'unique manière de ne pas pécher, c'est de s'isoler au sommet d'une colonne comme faisaient les saints pères de jadis, mais désormais ces colonnes sont tombées en ruine.

— Je ne veux pas discuter avec toi sur la façon dont on devait gouverner cet empire. C'est le vôtre, ou du moins c'était. Je reprends mon récit. Nous étions venus habiter ici, chez ces Génois car, tu l'auras déjà deviné, mes espions très féaux c'étaient eux. Et Boïamondo justement avait découvert un jour que le soir même le basileus se rendrait dans l'ancienne crypte de Katabatès pour suivre des pratiques de divination et de magie. Si on voulait dénicher Zosime, c'était la bonne occasion. »

Le soir tombé, ils s'étaient dirigés vers les murs de Constantin où il existait une sorte de petit pavillon, pas très loin de l'église des Très-Saints-Apôtres. Boïamondo dit que par là on arrivait directement à la crypte, sans emprunter l'église du monastère. Il avait ouvert une porte, leur avait fait descendre quelques marches glissantes, et ils s'étaient trouvés dans un couloir imprégné de relents moites.

« Voilà, avait dit Boïamondo, continuez encore un peu et vous êtes dans la crypte.

— Tu ne viens pas ?

— Moi je ne viens pas où on fait des choses avec les morts. Pour faire des choses, je préfère que ce soient des vivants, et que ce soient des femmes. »

Ils avancèrent tout seuls, ils passèrent par une salle aux voûtes basses où on apercevait des tricliniums, des lits défaits, quelques calices renversés par terre, des plats non lavés avec des restes de ventrées. D'évidence, ce glouton de Zosime consommait là en bas non seulement ses rites avec les trépassés, mais aussi quelque chose qui n'aurait pas déplu à Boïamondo. Cependant tout cet attirail orgiaque avait été entassé comme en hâte dans les coins les plus sombres car, ce soir-là, Zosime avait donné rendez-vous au basileus pour le faire parler avec les morts et non pas avec les putes, parce qu'il est connu, disait Baudolino, que les gens croient à tout pourvu qu'on leur parle des morts.

Au-delà de cette salle, on voyait déjà des lumières, et, de fait, ils entrèrent dans une crypte circulaire, éclairée par deux trépieds déjà allumés. La crypte était entourée d'une colonnade, et derrière les colonnes on entrevoyait les ouvertures de quelques couloirs, ou galeries, qui menaient Dieu sait où.

Au centre de la crypte, il y avait un bassin plein d'eau, dont le bord formait comme un canal qui courait circulairement autour de la surface du liquide, rempli d'une substance huileuse. A côté du bassin, sur une colonnette, se trouvait quelque chose d'imprécis, recouvert d'un drap rouge. Selon les bruits divers qu'il avait recueillis, Baudolino avait compris que, après s'en être remis aux ventriloques et aux astrologues, et avoir en vain essayé de trouver encore à Byzance qui, comme les anciens Grecs, saurait prédire le futur à travers le vol des oiseaux, et ne se fiant pas à certains misérables qui se vantaient de savoir interpréter les rêves, Andronic s'en était désormais remis aux hydromanciens, c'est-à-dire à ceux qui, tel Zosime, savaient tirer des présages en immergeant dans l'eau quelque chose qui avait appartenu à un trépassé.

Ils étaient arrivés en passant derrière l'autel et, se retournant, ils virent une iconostase dominée par un Christ Pantocrator qui les fixait de ses yeux sévères et grands ouverts.

Baudolino observa que, si les nouvelles de Boïamondo étaient justes, d'ici peu certainement quelqu'un arriverait et il fallait se cacher. Ils choisirent un côté de la colonnade où les trépieds ne réverbéraient aucune lumière, et là se disposèrent, juste à temps, car déjà on entendait les pas de quelqu'un qui approchait.

Du côté gauche de l'iconostase, ils virent entrer Zosime enveloppé dans une simarre qui semblait celle de Rabbi Solomon. Baudolino avait eu un mouvement instinctif de rage et on eût dit qu'il voulait sortir à découvert pour mettre la main sur ce traître. Le moine précédait obséquieusement un homme aux habits somptueux, suivi de deux autres personnages. D'après l'attitude respectueuse des deux accompagnateurs, on comprenait que le premier était le basileus Andronic.

Le monarque s'arrêta soudain, impressionné par la mise en scène. Il se signa avec dévotion devant l'iconostase puis il demanda à Zosime : « Pourquoi tu m'as fait venir ici ?

— Mon seigneur, répondit Zosime, je t'ai fait venir ici parce que seulement dans les lieux consacrés on peut pratiquer la vraie hydromancie, en établissant le bon contact avec le royaume des trépassés.

— Je ne suis pas un lâche, dit le basileus tout en se signant encore, mais toi, tu n'as pas peur d'évoquer les trépassés ? »

Zosime rit avec suffisance : « Seigneur, je pourrais lever ces mains-là qui sont miennes, et les dormeurs des dix mille niches mortuaires de Constantinople se précipiteraient, dociles, à mes pieds. Mais je n'ai pas besoin de rappeler ces corps à la vie. Je dispose d'un objet prodigieux, que j'utiliserai pour établir un contact plus rapide avec le monde des ténèbres. »

Il alluma un tison à l'un des trépieds, et l'approcha de l'égorgement du bord du bassin. L'huile commença à brûler, et une couronne de petites flammes, courant tout autour de la surface de l'eau, l'éclaira de reflets changeants.

« Je ne vois encore rien, dit le basileus en se penchant sur le bassin. Demande à ton eau qui est celui qui se prépare à prendre ma place. Je sens des ferments de désordres dans la ville, et je veux savoir qui je dois détruire pour ne pas devoir craindre. »

Zosime s'approcha de l'objet recouvert d'un drap rouge, qui se trouvait sur la colonnette, ôta le voile d'un geste théâtral et tendit au basileus une chose presque ronde qu'il tenait dans ses mains. Nos amis ne pouvaient voir de quoi il s'agissait, mais ils apercevaient le basileus qui reculait en tremblant, comme qui cherche à éloigner de soi une vision insupportable. « Non, non, dit-il, ça non ! Tu me l'avais demandée pour tes rites, mais je ne savais pas que tu la ferais réapparaître devant moi ! »

Zosime avait soulevé son trophée et il le présentait à une assemblée idéale tel un ostensoir, le tournant vers tous les points de cet antre. C'était la tête d'un petit mort, aux traits encore intacts, comme à peine décollée du buste, les yeux clos, les narines dilatée sur le nez menu effilé, deux fines lèvres au léger relief, qui découvraient une rangée intacte de quenottes. L'immobilité était rendue encore plus hiératique, et la troublante illusion de vie de ce visage, du fait qu'il apparaissait d'une uniforme couleur dorée, et il rayonnait presque à la lumière des petites flammes dont Zosime le rapprochait maintenant.

« Il me fallait utiliser la tête de ton neveu Alexis, disait Zosime au basileus, pour que le rite pût s'accomplir. Alexis était lié à toi par les liens du sang, et c'est par sa médiation que tu pourras te réunir au royaume de qui n'est plus. » Après quoi, il plongea lentement dans le liquide cette petite chose atroce, la laissant descendre au fond du bassin, sur lequel Andronic se pencha, autant que la couronne de flammes lui permettait de s'approcher. « L'eau se fait trouble », dit-il dans un souffle. « Elle a trouvé chez Alexis l'élément terrestre qu'elle attendait, et elle l'interroge, susurra Zosime. Attendons que ce nuage se dissipe. »

Nos amis ne pouvaient voir ce qui se passait dans l'eau, mais ils comprirent qu'à un moment donné elle était redevenue limpide et montrait sur le fond le visage du petit basileus. « Par l'Enfer, il retrouve ses couleurs de naguère, balbutiait Andronic, et je lis des signes qui sont apparus sur son front... Oh, miracle... Iota, Sigma... »

Il n'était pas nécessaire d'être un hydromancien pour entendre ce qui s'était passé. Zosime avait pris la tête de l'empereur enfant, lui avait gravé deux lettres sur le front, et puis il l'avait recouverte d'une substance dorée, soluble dans l'eau. A présent, cette patine artificielle dissoute, la malheureuse victime portait à l'instigateur de son homicide le message qu'évidemment Zosime, ou qui l'avait inspiré, voulait lui faire parvenir.

En effet, Andronic continuait à épeler : « Iota, Sigma, IS... IS... » Il s'était redressé, il avait entortillé plusieurs fois les poils de sa barbe à ses doigts, du feu paraissait jaillir de ses yeux, il avait penché la tête comme pour réfléchir, puis il l'avait relevée tel un cheval fougueux qui se retient à grand-peine : « Isaac! avait-il hurlé. L'ennemi est Isaac Comnène! Qu'est-ce qu'il est en train de tramer là-bas à Chypre? Je vais lui envoyer une flotte et je vais l'anéantir avant qu'il puisse bouger, le misérable! »

Un des deux accompagnateurs sortit de l'ombre, et Baudolino remarqua qu'il avait la face de quelqu'un qui était prêt à rôtir sa propre mère s'il lui avait manqué de la viande à table. « Seigneur, dit ce dernier, Chypre est trop éloignée, et ta flotte devrait sortir de la Propontide en passant là où désormais se répand l'armée du roi de Sicile. Mais comme tu ne peux aller à Isaac, lui de même ne peut venir à toi. Ce n'est pas au Comnène que je penserais, mais à Isaac Ange, qui est dans la ville, et tu sais combien il ne t'aime pas.

— Stephanos, rit avec mépris Andronic, tu voudrais que je m'inquiète pour Isaac Ange? Comment peux-tu penser que ce poussif, cet impuissant, cet incapable et bon à rien puisse seulement songer à me menacer? Zosime, Zosime, dit-il furieux au nécromancien, cette eau et cette tête me parlent ou d'un qui est trop loin ou d'un autre qui est trop stupide! A quoi te servent tes yeux si tu ne sais pas lire dans ce vase plein de pissat? » Zosime comprenait qu'il était sur le point de perdre la vue mais, par chance pour lui, intervint ce Stephanos qui avait pris d'abord la parole. D'après la jouissance évidente avec laquelle il promettait de nouveaux crimes, Baudolino comprit qu'il s'agissait de Stephanos Agiochristoforitès, l'âme damnée d'Andronic, celui qui avait étranglé et décapité l'enfant Alexis.

« Seigneur, ne méprise pas les prodiges. Tu as bien vu que sont apparus sur le visage du garçon des signes qui, de son vivant, à coup sûr n'y étaient pas. Isaac Ange peut être un petit homme pusillanime, mais il te hait. D'autres plus petits et pusillanimes que lui ont attenté à la vie d'hommes grands et courageux comme toi, si cependant il y en a jamais eu... Donne-moi ta permission, et cette nuit même je vais capturer l'Ange et je lui arrache les yeux de mes mains, ensuite je le pends à une colonne de son palais. Au peuple, on dira que tu as reçu un message du ciel. Mieux vaut éliminer quelqu'un qui ne te menace pas encore, que le laisser en vie en sorte qu'il puisse te menacer un jour. Frappons les premiers.

— Tu cherches à m'utiliser pour satisfaire quelqu'une de tes rancœurs, dit le basileus, mais il se peut qu'en faisant le mal tu agisses aussi pour le bien. Ote-moi des pieds Isaac. Il me déplaît seulement... », et il regarda Zosime de façon à le faire trembler comme une feuille de figuier, « que, mort Isaac, nous ne saurons jamais s'il voulait vraiment me nuire, et si ce moine m'a donc dit la vérité. Mais, en fin de compte, il a insinué en moi un juste soupçon et à penser à mal on a presque toujours raison. Stephanos, nous sommes obligés de lui montrer notre reconnaissance. Veille à lui donner ce qu'il demandera. » Il fit un geste à ses deux accompagnateurs et il sortit, laissant Zosime se reprendre lentement de la terreur qui l'avait pétrifié à côté de son bassin.

« L'Agiochristoforitès haïssait en effet Isaac Ange, et d'évidence il s'était mis d'accord avec Zosime pour le faire tomber en disgrâce, dit Nicétas. Mais en servant sa malveillance il n'a pas fait le bien de son seigneur, parce que maintenant tu sauras qu'il en a hâté la ruine.

— Je le sais, dit Baudolino, mais au fond, ce soir-là, il ne m'importait pas tellement de comprendre ce qui s'était passé. Il me suffisait de savoir que désormais j'avais Zosime pieds et poings liés. »

A peine les pas des royaux visiteurs s'étaient-ils éteints, Zosime avait poussé un grand soupir. Au fond, l'expérimentation était arrivée à bon port. Il s'était frotté les mains, ébauchant un sourire de satisfaction, il avait retiré de l'eau la tête du garçonnet et l'avait déposée où elle se trouvait auparavant. Puis il s'était retourné pour contempler la crypte entière, et il s'était mis à rire hystériquement, levant les bras et s'écriant : « Je tiens le basileus! Dorénavant, je n'aurai même pas peur des morts! »

Il avait à peine fini de parler que nos amis étaient lentement sortis à la lumière. Il arrive, à qui œuvre magiquement, qu'au bout du compte il se persuade que, même si lui ne croit pas au diable, le diable certainement croit en lui. A voir une cohorte de lémures qui se levaient comme si c'était le jour du Jugement Dernier, pour maraud qu'il fût, Zosime à ce moment-là se comporta avec une spontanéité exemplaire. Sans essayer de celer ses propres sensations, il les perdit, et s'évanouit.

Il revint à lui quand le Poète l'aspergea d'eau divinatoire. Il ouvrit les yeux et se trouva à un empan du nez d'un Baudolino épouvantable à voir, plus que s'il était un rescapé de l'autre monde. En cet instant Zosime comprit que ce n'étaient pas les flammes d'un enfer incertain, mais la vengeance archicertaine de son ancienne victime qui l'attendait sans faute.

« C'est pour servir mon seigneur, s'empressa-t-il de dire, et c'est pour te rendre service à toi aussi, que j'ai fait circuler ta lettre mieux que tu ne l'aurais pu, toi... » Baudolino dit : « Zosime, ce n'est pas par méchanceté, mais si je devais obéir à ce que le Seigneur m'inspire, il faudrait que je te brise le cü. Cependant, ce serait fatigant et, comme tu vois, je me retiens. » Et, d'un revers de main, il le gifla à lui faire tourner la tête deux fois sur elle-même.

« Je suis un homme du basileus, si vous touchez un seul poil de ma barbe, je vous jure que... » Le Poète le saisit par les cheveux, lui approcha le visage des petites flammes qui brûlaient encore autour du bassin, et la barbe de Zosime commença à fumer.

« Vous êtes fous », dit Zosime en cherchant à se soustraire à la prise d'Abdul et de Kyot qui l'avaient entre-temps empoigné en lui tordant le bras derrière le dos. Et Baudolino, d'une tape sur la nuque, le poussa à éteindre l'incendie de sa barbe, tête la première dans le bassin, l'empêchant de se relever jusqu'à ce que le misérable, non plus préoccupé par le feu, commença à se préoccuper de l'eau, et plus il se préoccupait plus il en ingurgitait.

« D'après les bulles que tu as fait monter à la surface, dit avec sérénité Baudolino en le tirant par les cheveux, je présage que cette nuit tu ne mourras pas avec la barbe, mais avec les pieds rôtis.

— Baudolino, sanglotait Zosime en vomissant de l'eau, Baudolino, nous pouvons toujours nous mettre d'accord... Laisse-moi tousser, je t'en prie, je ne peux pas m'enfuir, qu'est-ce que vous voulez faire, vous tous contre un, vous n'avez pas pitié? Ecoute, Baudolino, je sais que tu ne veux pas te venger pour ce moment de faiblesse, tu veux arriver à la terre de ton Prêtre Jean, et moi je t'ai dit que j'ai la bonne carte pour y arriver. Si on jette de la poussière sur le feu de la cheminée, on l'éteint.

— Qu'est-ce que ça veut dire, canaille? Arrête avec tes sentences!

— Cela veut dire que si tu me tues, tu ne verras plus jamais la carte. Souvent les poissons en jouant dans l'eau s'élèvent au-dessus des limites de leur demeure naturelle. Moi je peux te faire aller loin. Faisons un pacte, en hommes honnêtes. Tu me laisses et moi je te conduis où se trouve la carte de Cosmas l'Indicopleustès. Ma vie pour le royaume du Prêtre Jean. Ça ne te paraît pas un bon marché?

— Je préférerais te tuer, dit Baudolino, mais tu me sers vivant pour avoir la carte.

— Et après?

— Après nous te tenons bien attaché et enroulé dans un tapis tant que nous n'avons pas trouvé une nef sûre qui nous emmène loin d'ici, et alors seulement nous déroulons le tapis, parce que si nous te lâchions tout de suite, tu nous enverrais au train tous les sicaires de la ville.

— Et vous le déroulez dans l'eau...

— Arrête, nous ne sommes pas des assassins. Si nous voulions te tuer après, je ne te donnerais pas de gifles à présent. En revanche, regarde, je le fais précisément par pure satisfaction, vu que je n'entends pas faire davantage. » Et il se mit avec calme à lui flanquer d'abord une gifle et puis une autre, en alternant les mains, d'un coup il lui tournait la tête à gauche, d'un autre coup il la lui tournait à droite, deux fois à pleine paume, deux fois doigts tendus, deux fois du dos, deux fois du tranchant, deux fois d'un poing fermé, jusqu'à ce que Zosime devînt violâtre et que Baudolino eût presque les poignets foulés. Alors il dit : « Maintenant, ça me fait mal, et je m'arrête. Allons voir la carte. »

Kyot et Abdul traînèrent Zosime par les aisselles car à présent, tout seul, il ne tenait pas debout et ne pouvait qu'indiquer le chemin d'un doigt tremblant, tandis qu'il murmurait : « Le moine qui est méprisé et le supporte, c'est comme une plante qu'on arrose chaque jour. »

Baudolino disait au Poète : « Autrefois Zosime m'avait appris que la colère, plus que toute autre passion, bouleverse et trouble l'âme, mais parfois l'aide. Quand de fait nous en usons avec calme contre les impies et les pécheurs pour les sauver et les confondre, nous procurons de la douceur à notre âme parce que nous allons droit au but de la justice. » Et Rabbi Solomon de commenter : « Comme dit le Talmud, il est des châtiments qui lavent toutes les iniquités d'un homme. »

21

Baudolino et les douceurs de Byzance

LE MONASTÈRE DE KATABATÈS était en ruine, et tous le considéraient désormais comme un site inhabité, mais au niveau du sol il existait encore quelques cellules, et la vieille bibliothèque, bien que dénuée de livres, était devenue une sorte de réfectoire. Zosime vivait ici avec deux ou trois acolytes, et Dieu savait quelles étaient leurs pratiques monastiques. Quand Baudolino et les siens firent de nouveau surface avec leur prisonnier, les acolytes étaient en train de dormir mais, comme il fut clair le matin suivant, ils étaient suffisamment abrutis par leurs crapules et ne pouvaient constituer un danger. Nos amis décidèrent qu'il valait mieux dormir dans la bibliothèque. Zosime eut des sommeils agités alors qu'il était allongé par terre entre Kyot et Abdul, maintenant devenus ses anges gardiens.

Au matin, tous se placèrent autour d'une table et Zosime fut invité à en venir au fait.

« Au fait, dit Zosime, la carte de Cosmas se trouve au palais du Boucoléon, dans un endroit connu de moi et où moi seul peux accéder. Nous nous y rendrons ce soir, tard.

— Zosime, avait dit Baudolino, je te vois tourner autour du pot. En attendant, explique-moi bien ce que dit cette carte.

— Mais c'est simple, non? avait dit Zosime en prenant un

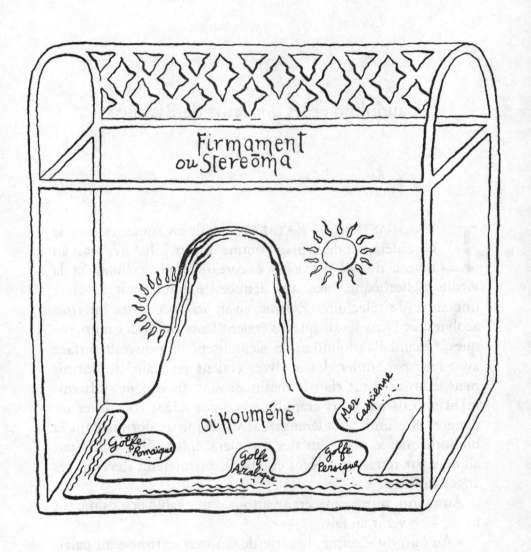

Firmament ou Stereōma

Oikouméné

Golfe Romaïque

Golfe Arabique

Golfe Persique

Mer Caspienne

parchemin et un style. Je t'ai dit que chaque chrétien qui suivrait la vraie foi doit accepter le fait que l'univers monde est fait comme le tabernacle dont parlent les Ecritures. Maintenant, suivez ce que je vais vous dire. Dans la partie inférieure du tabernacle il y avait une table avec douze pains et douze fruits, chacun pour un des mois de l'année, tout autour de la table était un socle qui figurait l'Océan, et autour du socle il y avait un cadre large d'un empan qui représentait la terre de l'au-delà, où, à l'orient, se trouve le Paradis terrestre. La voûte représentait le ciel, qui s'appuyait entièrement sur les extrémités de la terre, mais entre la voûte et la base était déployé le voile du firmament au-delà de quoi se trouve le monde céleste que nous ne verrons qu'un jour face à face. En effet, comme a dit Isaïe, Dieu est Celui qui est assis sur la terre, dont les habitants sont comme des locustes, Celui qui, tel un voile ténu, a tendu le ciel et l'a déplié comme une tente. Et le psalmiste loue Celui qui déploie le ciel comme un pavillon. Ensuite Moïse a placé, sous le voile, au sud le candélabre qui éclaire toute l'étendue de la terre, et sous celui-ci sept lampes, pour signifier les sept jours de la semaine et toutes les étoiles du ciel.

— Mais tu m'expliques comment était fait le tabernacle, dit Baudolino, pas comment est fait l'univers.

— Mais l'univers est fait comme le tabernacle, et donc si je t'explique comment était le tabernacle, je t'explique comment est l'univers. Comment se fait-il que tu ne comprennes pas une chose aussi simple? Regarde... » Et il lui esquissa un dessin.

Il montrait la forme de l'univers, exactement comme un temple, avec sa voûte bien recourbée, dont la partie supérieure reste cachée à nos yeux par le voile du firmament. Dessous s'étend l'œcoumène, autrement dit toute la terre sur laquelle nous habitons, qui cependant n'est pas plate mais repose sur l'Océan, qui l'entoure, et monte en une pente imperceptible et continue vers l'extrême septentrion et vers l'occident, où se dresse une montagne tellement haute que sa présence échappe à notre œil et son sommet se confond avec les nuages. Le soleil et la lune, mus par les anges – à qui l'on doit aussi les pluies, les tremblements de terre et tous les autres phénomènes atmosphériques – passent le matin d'orient vers le midi, devant la montagne, et éclairent le monde; le soir ils remontent à l'occident et disparaissent derrière la montagne, nous donnant l'impression de décliner. Ainsi, tandis que chez nous tombe la nuit, de l'autre côté de la montagne il fait jour, mais ce jour personne ne le voit, car le mont de l'autre côté est désert, et personne n'y est jamais allé.

« Et avec ce dessin, nous devrions trouver la terre du Prêtre Jean? demanda Baudolino. Zosime, note que le pacte est ta vie pour une bonne carte, mais si la carte est mauvaise, le pacte change.

— Du calme. Du calme. Puisque, pour représenter le tabernacle tel qu'il est, notre art est incapable de faire voir tout ce qui reste couvert par ses parois et par la montagne, Cosmas a dessiné une autre carte, qui montre la terre comme si nous la regardions d'en haut, en volant dans le firmament, ou comme peut-être la voient les anges. Cette carte, qui est gardée au Boucoléon, montre la position des terres que nous connaissons, comprises dans le cadre de l'Océan, et au-delà de l'Océan les terres où les hommes ont habité avant le déluge, mais après Noé nul n'y a plus jamais mis les pieds.

— Encore une fois, Zosime, dit Baudolino en faisant une tête féroce, si tu penses qu'en parlant de choses que tu ne nous montres pas...

— Mais moi ces choses je les vois, comme si elles étaient ici sous mes yeux, et bientôt vous les verrez vous aussi. »

Avec ce visage émacié, rendu encore plus tourmenté et pitoyable par les meurtrissures et par les ecchymoses, l'œil illuminé par des choses que lui seul apercevait, Zosime se révélait convaincant fût-ce pour qui s'en méfiait. C'était sa force, commentait Baudolino à Nicétas, et de cette façon il l'avait mené par le bout du nez une première fois, il le menait de même maintenant et il le mènerait pendant quelques années encore. Il était si persuasif qu'il allait jusqu'à vouloir éclaircir comment on pouvait, avec le tabernacle de Cosmas, expliquer aussi les éclipses, mais les éclipses n'intéressaient pas Baudolino. Ce qui le convainquait c'était qu'avec la vraie carte on pouvait peut-être vraiment partir à la recherche du Prêtre. « D'accord, dit-il, attendons le soir. »

280

Par l'un des siens, Zosime fit servir des légumes verts et des fruits, et au Poète qui demandait s'il n'y avait rien d'autre, il répondit : « Une nourriture frugale, uniformément réglée, conduira rapidement le moine au port de son invulnérabilité. » Le Poète lui dit d'aller au diable puis, voyant que Zosime mangeait de fort bon appétit, il jeta un regard sous les légumes et il découvrit que ses compères y avaient caché, pour lui seul, des beaux morceaux d'agneau gras. Sans dire un mot, il échangea les plats.

Ils se disposaient à passer ainsi la journée, dans l'attente, quand un des acolytes entra avec un air effaré et rapporta ce qui était en train de se passer. Dans la nuit, sitôt après le rite, Stephanos Agiochristoforitès, avec une troupe armée, s'était rendu au pied de la demeure d'Isaac Ange, près du monastère du Pribleptos, ou de la Vierge Renommée, et il avait appelé son ennemi à tue-tête lui intimant de sortir, mieux, il criait à ses hommes d'armes de défoncer la porte, d'empoigner Isaac par la barbe et de l'expulser la tête en bas. Alors Isaac, pour indécis et peureux que le voulût la rumeur publique, avait décidé de tenter le tout pour le tout : il avait enfourché dans la cour un cheval et, l'épée dégainée, presque dévêtu, un peu ridicule avec un mantelet bicolore qui lui arrivait à peine aux reins, il était sorti à l'improviste, prenant l'ennemi par surprise. L'Agiochristoforitès n'avait pas eu le temps de tirer son arme qu'Isaac, d'un seul coup d'épée, lui avait fendu la tête en deux. Puis il s'était retourné contre les coupe-jarrets de cet ennemi désormais bicéphale, à l'un il avait emporté oreille, et les autres, pris de peur, avaient fui.

Tuer l'homme de confiance de l'empereur avait été un mal extrême, et appelait des remèdes extrêmes. Isaac, montrant une grande intuition dans la manière de traiter avec le peuple, s'était précipité à Sainte-Sophie, demandant cet asile que la tradition accordait aux homicides, et il avait imploré à gorge déployée le pardon pour son méfait. Il s'était arraché le peu de vêtement qu'il avait, et les poils de sa barbe, il arborait son épée encore ensanglantée et, tout en demandant pitié, il laissait entendre qu'il avait agi pour défendre sa vie, rappelant à tous les mauvaises actions du trucidé.

« Cette histoire ne me plaît pas », avait dit Zosime, déjà bouleversé par la mort subite de son néfaste protecteur. Et moins encore devaient lui plaire les nouvelles qui arrivèrent par la suite, et d'heure en heure. Isaac avait été rejoint à Sainte-Sophie par des personnages illustres comme Johannes Doukas, Isaac continuait à haranguer la foule qui augmentait à chaque instant ; vers le soir un grand nombre de citadins s'était barricadé avec Isaac pour le protéger, certains avaient commencé à murmurer qu'il fallait en finir avec le tyran.

Qu'Isaac, comme l'avait affirmé la nécromancie de Zosime, préparât son coup depuis longtemps, ou qu'il profitât heureusement d'un faux pas de ses ennemis, il était clair que désormais le trône d'Andronic vacillait. Et il était tout aussi clair que, dans cette situation, il eût été fou de chercher à entrer dans le palais royal, qui pouvait devenir d'un moment à l'autre un abattoir public. Tous furent d'accord qu'il fallait attendre à Katabatès la suite des événements.

Le lendemain matin, la moitié des citadins avait envahi les rues en criant à pleins poumons qu'Andronic fût emprisonné et Isaac élu au trône impérial. Le peuple avait pris d'assaut les prisons publiques, libérant nombre de victimes innocentes du tyran, et d'illustre lignage, qui s'étaient aussitôt unies à l'émeute. Mais plus qu'une émeute c'était maintenant une révolte, une révolution, une prise de pouvoir. Les citadins circulaient armés dans les rues, qui avec épée et cuirasse, qui avec gourdins et bâtons. Certains d'entre eux, parmi lesquels de nombreux dignitaires de l'empire, jugeant le moment venu de choisir un autre autocrate, avaient descendu la couronne de Constantin le Grand qui pendait au-dessus du maître-autel, et couronné Isaac.

Essaimant combative au sortir du temple, la foule avait mis le siège devant le palais impérial, Andronic avait tenté une résistance désespérée en tirant des flèches du haut de la tour la plus haute, dite du Kentenarion, mais il avait dû céder à l'impétuosité désormais furieuse de ses sujets. On disait qu'il avait arraché le crucifix de son cou, ôté ses bas-de-chausses pourpres, mis sur sa tête un bonnet à pointe ainsi qu'en usent les barbares, et qu'il était remonté, à travers les labyrinthes du

282

Boucoléon, sur son navire, emmenant avec lui son épouse et la prostituée Maraptica dont il était follement amoureux. Isaac était entré triomphalement dans le palais, la foule avait submergé la ville, donné l'assaut à l'hôtel des monnaies ou, comme on l'appelait, aux Bains de l'Or, pénétré dans les salles d'armes, et elle s'était adonnée au pillage des églises du palais, arrachant les ornements des très saintes images.

Maintenant Zosime, à chaque rumeur, tremblait de plus en plus, puisqu'on racontait déjà que, repéré, un complice d'Andronic était sur-le-champ passé par les armes. Par ailleurs, Baudolino aussi et les siens ne jugeaient pas raisonnable de s'aventurer juste à présent dans les couloirs du Boucoléon. Ainsi, sans rien pouvoir faire d'autre que manger et boire, nos amis avaient passé encore quelques jours à Katabatès.

Jusqu'au moment où l'on vint à savoir qu'Isaac s'était transféré du Boucoléon au palais des Blachernes, à l'extrême pointe septentrionale de la ville. Ce qui rendait sans doute le Boucoléon moins protégé et (puisqu'il n'y avait plus rien à saccager) plutôt désert. Précisément ce même jour Andronic avait été capturé sur la côte du Pont-Euxin, et conduit devant Isaac. Les courtisans l'avaient reçu à coups de gifles et de pieds, ils lui avaient arraché la barbe, extirpé les dents, rasé la tête, puis ils lui avaient coupé la main droite, avant de le jeter en prison.

Comme il était arrivé la nouvelle que dans la ville avaient débuté des danses de joie et des festivités à chaque coin de rue, Baudolino décida qu'au milieu de cette confusion on pouvait s'aventurer vers le Boucoléon. Zosime fit observer que quelqu'un pouvait le reconnaître, et nos amis lui dirent de ne pas s'inquiéter. Armés de tous les instruments à leur disposition, ils lui rasèrent entièrement la tête, barbe comprise, tandis qu'il pleurait s'estimant déshonoré de perdre ces insignes de monastique vénérabilité. De fait, pelé comme un œuf, Zosime apparaissait tout à fait dépourvu de menton, la lèvre supérieure trop saillante, les oreilles pointues telles celles d'un chien et, observait Baudolino, il ressemblait davantage à Cichinisio, un idiot qui errait dans les rues d'Alexandrie en criant des choses obscènes aux filles, qu'à l'ascète maudit pour lequel il s'était fait passer jusqu'à présent. Afin de corriger ce déplorable effet, ils le couvrirent de fards, et à la fin il avait l'air d'un cinède, personnage qu'en Lombardie les garçonnets auraient suivi en criaillant et en lui jetant des fruits pourris, mais à Constantinople c'était un spectacle de tous les jours et cela équivalait, disait Baudolino, à circuler dans Alexandrie habillé en marchand de sirasso ou ricotta, comme on préférait l'appeler.

Ils avaient traversé la ville et vu passer, hissé enchaîné sur un chameau rouvieux, Andronic plus râpé que sa monture, presque dévêtu, un immonde grumeau de chiffons ensanglantés sur le poignet mutilé de la main droite, et du sang coagulé sur ses joues amaigries, parce qu'on venait de lui arracher un œil. Autour de lui les habitants les plus désespérés de cette ville, dont il avait été si longtemps seigneur et autocrate, charcutiers, tanneurs et rebuts de toutes les tavernes, s'étant rassemblés comme des essaims de mouches au printemps autour d'un crottin de cheval, le frappaient à la tête avec leurs gourdins, lui enfilaient dans les narines des excréments de bœuf, lui pressaient sur le nez des éponges imbibées de pissat bovin, lui embrochaient les jambes, les plus doux lui lançaient des pierres en l'appelant chien enragé et fils de chienne en chaleur. Par la fenêtre d'un bordel, une prostituée lui versa dessus une marmite d'eau bouillante, puis la fureur de la foule s'accrut encore, on le tira à bas du chameau et on le pendit par les pieds aux deux colonnes proches de la statue de la louve qui allaite Romulus et Remus.

Andronic, sans pousser une plainte, se comporta mieux que ses bourreaux. Il se limitait à murmurer : « *Kyrie eleison, Kyrie eleison* », et demandait pourquoi on rompait une chaîne déjà brisée. Pendu comme il était, on le déshabilla du peu qu'il avait encore sur lui, un, de son épée, lui coupa net ses parties génitales, un autre lui planta une lance dans la bouche, l'empalant jusqu'aux entrailles, tandis qu'un autre l'empalait à partir de l'anus. Il y avait aussi des Latins, qui brandissaient des cimeterres et remuaient comme s'ils dansaient autour de lui en estramaçonnant, ce qui lui arrachait toute sa chair, et peut-être étaient-ils les seuls à avoir droit à une vengeance, vu ce qu'Andronic avait fait à ceux de leur race quelques années auparavant. Enfin, le malheureux eut encore la force de porter à sa bouche son moignon droit, comme s'il voulait boire de son sang pour compenser celui qu'il perdait à flots. Puis il mourut.

Echappés de ce spectacle, les nôtres avaient essayé d'arriver au Boucoléon, mais déjà dans les environs ils s'étaient rendu compte qu'il s'avérait impossible d'y accéder. Isaac, dégoûté par les nombreux saccages, l'avait fait désormais protéger par ses gardes, et qui cherchait à passer outre cette défense était exécuté sur-le-champ.

« Tu passes quand même, Zosime, dit Baudolino. C'est simple, tu entres, tu prends la carte et tu nous l'apportes.

— Et ils me coupent la gorge?

— Si tu n'y vas pas, c'est nous qui te la coupons.

— Mon sacrifice aurait un sens, si dans le palais il y avait la carte. Mais, à dire la vérité, là-bas, la carte n'y est pas. »

Baudolino l'avait regardé comme s'il ne pouvait imaginer pareille impudence. « Ah, avait-il rugi, et c'est maintenant que tu dis enfin la vérité? Et pourquoi as-tu continué à mentir jusqu'à présent?

— Je cherchais à gagner du temps. Gagner du temps n'est pas péché. Le péché, pour le moine parfait, c'est de le perdre.

— Nous le tuons tout de suite sur place, dit alors le Poète. C'est le bon moment, dans ce carnage personne n'en fait cas. Décidons qui l'étrangle, et hop là.

— Un instant, dit Zosime. Le Seigneur nous enseigne comment nous abstenir de l'œuvre qui ne nous convient pas. J'ai menti, c'est vrai, mais pour le bien.

— Mais quel bien? hurla Baudolino exaspéré.

— Le mien, répondit Zosime. J'avais bien le droit de protéger ma vie, étant donné que vous entendiez me l'enlever. Le moine, comme les chérubins et les séraphins, doit être entièrement couvert d'yeux, autrement dit (c'est ainsi que je comprends la parole des saints pères dans le désert) il doit exercer la sagacité et l'astuce face à l'ennemi.

— Mais l'ennemi dont parlaient tes pères était le diable, pas nous! hurla encore Baudolino.

— Divers sont les stratagèmes des démons : ils apparaissent en rêve, créent des hallucinations, s'ingénient à nous tromper, se transforment en anges de lumière et ils t'épargnent pour t'inspirer une sécurité mensongère. Qu'auriez-vous fait à ma place?

— Et que feras-tu à présent, toi, Gréculet répugnant, pour avoir une fois de plus la vie sauve?

— Je vous dirai la vérité, comme j'en ai l'habitude. La carte de Cosmas existe à coup sûr, et moi je l'ai vue avec ces yeux-là. Où elle peut se trouver maintenant, je l'ignore mais je jure que je la porte inscrite dans ma tête, ici... » Et il se frappait le front débarrassé de sa tignasse. « Je pourrais te dire journée par journée les distances qui nous séparent de la terre du Prêtre Jean. Or, il est évident que je ne peux demeurer dans cette ville, et que vous n'avez plus besoin d'y demeurer vous non plus, vu que vous êtes arrivés pour me prendre, et vous m'avez, et pour trouver la carte, et vous ne l'aurez pas. Si vous me tuez, il ne vous reste rien. Si vous m'emmenez avec vous, je vous jure sur les très saints apôtres que je serai votre esclave et que je consacrerai mes jours à vous tracer un itinéraire qui vous emmènera tout droit à la terre du Prêtre. En épargnant ma vie, vous n'avez rien à perdre, sauf une bouche de plus à nourrir. En me tuant, vous aurez tout perdu. C'est à prendre ou à laisser.

— Voilà l'impudent le plus impudent que de ma vie j'aie jamais rencontré », dit Boron, et les autres en convinrent. Zosime attendait en silence, avec componction. Rabbi Solomon tenta de dire : « Le Saint, que toujours béni soit... », mais Baudolino ne le laissa pas finir : « Suffit avec les proverbes, que ce fieffé goupil en dit déjà trop. C'est un fieffé goupil, mais c'est lui qui a raison. Nous devons l'emmener avec nous. Autrement Frédéric nous voit revenir les mains vides et il pense qu'avec ses deniers nous nous sommes prélassés dans les douceurs de l'Orient. Revenons au moins avec un prisonnier. Mais toi, Zosime, jure, jure que tu ne chercheras pas à nous jouer un autre tour...

— Je le jure sur tous les douze très saints apôtres, dit Zosime.

— Onze, onze, malheureux, lui criait Baudolino en le saisissant par sa tunique, si tu dis douze, Judas est compris dedans!

— Bon d'accord, onze. »

« Ainsi, dit Nicétas, ce fut là ton premier voyage à Byzance. Je ne m'étonnerais pas, après ce que tu as vu, que tu considères ce qui arrive à présent comme un lavement purificateur.

— Vois-tu, seigneur Nicétas, dit Baudolino, moi, les lavements purificateurs, comme tu dis, je ne les ai jamais aimés. Il se peut qu'Alexandrie soit encore un bourg misérable, mais chez nous, quand quelqu'un qui commande ne nous plaît pas, nous lui disons le bonsoir et nous nous faisons un autre consul. Et même Frédéric, il a pu être parfois colérique, pourtant lorsque ses cousins l'embêtaient il ne les châtrait pas, il leur donnait un duché de plus. Cependant là n'est pas le propos. C'est que j'étais déjà aux confins extrêmes de la chrétienté, il m'aurait suffi de poursuivre vers l'est, ou vers le sud, et j'aurais trouvé les Indes. Mais désormais nous avions épuisé nos deniers, et pour pouvoir aller vers l'Orient il fallait que je retourne en Occident. J'avais maintenant quarante-trois ans, je poursuivais le Prêtre Jean depuis que j'en avais seize ou à peu près, et une fois de plus j'étais contraint de retarder mon voyage. »

22

Baudolino perd son père et trouve le Gradale

LES GÉNOIS AVAIENT ENVOYÉ Boïamondo avec Théophile faire un premier tour de la ville, pour voir si la situation était propice. Elle l'était suffisamment, avaient-ils référé à leur retour, car une grande partie des pèlerins se trouvait dans les tavernes, et le reste semblait s'être réuni à Sainte-Sophie pour regarder de leurs yeux cupides le trésor de reliques qui y avait été accumulé.

« Une chose à rester les yeux éblouis! » disait Boïamondo. Mais il ajoutait que l'amoncellement du butin s'était transformé en un sale manège. Certains faisaient semblant de verser leur prise, ils mettaient sur le tas un peu de quincaillerie, mais, furtifs, ils enfilaient dans leur vêtement l'os d'un saint. Cependant, comme personne ne voulait être pris avec une relique sur soi, à peine hors du temple il s'était formé une manière de petit marché, avec des citadins encore aisés et des trafiquants arméniens.

« Ainsi, ricanait Boïamondo, les Grecs qui ont sauvé quelques sols de Byzance en se les cachant dans leur trou mignon, les expulsaient pour un tibia de saint Bacchus qui avait peut-être même toujours été dans l'église d'à côté! Mais sans doute ensuite le revendaient-ils à l'église, car les Grecs sont malins. Ce n'est qu'une grande mangeoire, et puis on dit que c'est nous les Génois qui ne pensons qu'aux sols sonnants.

« — Mais qu'est-ce qu'ils apportent dans l'église? » demandait Nicétas. Théophile avait fait un résumé plus précis. Il avait vu la caisse qui renfermait le manteau pourpre du Christ, un morceau de roseau de la flagellation, l'éponge qui fut tendue à Notre Seigneur mourant, la couronne d'épines, un étui où était conservé un morceau du pain de la Dernière Cène, celui que Jésus avait offert à Judas. Puis était arrivée un reliquaire avec les poils de la barbe du Crucifié, arrachés par les Juifs après la déposition de la croix, et ce reliquaire était enroulé dans les vêtements du Seigneur, que les soldats avaient joués aux dés sous le gibet. Et puis la colonne de la flagellation tout entière.

— J'ai vu même apporter un morceau de la robe de la Vierge, avait dit Boïamondo.

— Quelle tristesse! s'était plaint Nicétas. Si vous n'en avez vu qu'un morceau, c'est le signe qu'ils se la sont déjà partagée. Elle existait entière au palais des Blachernes. Il y a très longtemps, certains Galbio et Candido étaient allés en pèlerinage en Palestine, et à Capharnaüm ils avaient appris que le *pallion* de la Vierge était conservé dans la maison d'un Juif. Ils ont lié amitié avec lui, ils ont passé la nuit chez lui, pris à la dérobée les mesures du coffre de bois où se trouvait la robe, puis à Jérusalem ils s'en sont fait faire un à l'identique, ils sont revenus à Capharnaüm, ont substitué de nuit le coffre et apporté la robe à Constantinople, où avait été construite l'église des apôtres Pierre et Marc pour la conserver. »

Boïamondo avait ajouté qu'on disait que deux, oui deux, chevaliers chrétiens auraient prélevé, sans les avoir encore remises, deux têtes de saint Jean-Baptiste, une chacun, et tous de se demander quelle était la bonne. Nicétas avait souri avec compréhension : « Je savais qu'ici, dans la ville, on en vénérait deux. La première avait été apportée par Théodore le Grand, et elle avait été placée dans l'église du Précurseur. Mais ensuite Justinien en avait trouvé une autre à Emèse. Il me semble qu'il l'avait donnée à quelque monastère de cénobites, on disait que par la suite elle serait revenue ici, mais personne ne savait plus où elle était.

— Comment est-il possible d'oublier une relique, avec ce qu'elle vaut? demandait Boïamondo.

— La piété du peuple est changeante. Pendant des années on s'enthousiasme pour un reste sacré, et puis on s'excite à l'arrivée de quelque chose d'encore plus miraculeux, et le premier est oublié.

— Mais laquelle des deux têtes est la bonne? avait demandé Boïamondo.

— Lorsqu'on parle de choses saintes, on ne doit pas user de critères humains. Des deux reliques, quelle que fût celle que tu me tendrais, je t'assure qu'en m'inclinant pour la baiser je sentirais le parfum mystique qu'elle répand, et je saurais qu'il s'agit de la vraie tête. »

A ce moment-là, Pévéré aussi arriva de la ville. Il se passait des choses extraordinaires. Pour empêcher que la soldatesque ne volât même dans le tas de Sainte-Sophie, le doge avait ordonné un premier rapide recensement des objets récoltés, et il avait aussi requis quelques moines grecs pour reconnaître les différentes reliques. Et là on avait découvert que, après avoir obligé la plupart des pèlerins à restituer ce qu'ils avaient pris, maintenant se trouvaient dans le temple non seulement deux têtes de Jean-Baptiste, ça on le savait déjà, mais aussi deux éponges pour le fiel et le vinaigre et deux couronnes d'épines, pour ne rien dire du reste. Un miracle, ricanait Pévéré en regardant Baudolino à la dérobée, les plus précieuses d'entre les reliques de Byzance s'étaient multipliées tels les pains et les poissons. Certains pèlerins voyaient l'événement comme un signe du ciel en leur faveur, et ils criaient que, si de ces biens très rares il y avait maintenant pareille richesse, le doge devrait permettre que chacun emportât chez soi ce qu'il avait pris.

« Mais c'est un miracle en notre faveur, dit Théophile, parce que ainsi les Latins ne sauront plus quelle est la bonne relique, et ils seront obligés de tout laisser ici.

— Je n'en suis pas certain, dit Baudolino. Chaque prince ou marchis ou vassal sera content d'emmener chez lui une sainte dépouille, qui attirera des foules de dévots, et des donations. Si ensuite le bruit court qu'il y en a une semblable à mille milles de distance, ils diront qu'elle est fausse. »

Nicétas s'était fait pensif. « Je ne crois pas à ce miracle. Le Seigneur ne confond pas nos esprits avec les reliques de ses saints... Baudolino, au cours des mois passés, après ton arrivée dans la ville, tu n'aurais pas ourdi quelque manigance avec des reliques?

— Seigneur Nicétas! » tenta de dire Baudolino avec un air offensé. Puis il avança les mains comme pour imposer le calme à son interlocuteur. « En somme, s'il me faut tout te raconter, eh bien, le moment arrivera où je devrai te parler d'une histoire de reliques. Mais je te la raconterai plus tard. Et puis toi-même tu as dit il y a un instant que lorsqu'on parle de choses saintes on ne doit pas user de critères humains. A présent il est tard, et je pense que d'ici à une heure, dans l'obscurité, nous pouvons nous mettre en route. Tenons-nous prêts. »

Nicétas, qui voulait partir bien réconforté, avait depuis longtemps donné ordre à Théophile qu'il préparât un *monoky-thron*, qui prenait du temps à bien cuire. C'était un pot de bronze plein de viande de bœuf et de porc, d'os avec encore un peu de chair et de choux de Phrygie, saturé de gras. Puisqu'il ne restait pas beaucoup de temps pour un souper détendu, le logothète avait abandonné ses bonnes habitudes et puisait dans le pot non pas avec trois doigts mais à pleines mains. C'était comme s'il consommait sa dernière nuit d'amour avec la ville qu'il aimait, vierge, prostituée et martyre. Baudolino n'avait plus faim et il se limita à siroter du vin résiné, car qui sait s'il en trouverait encore à Selymbria.

Nicétas lui demanda si dans cette histoire des reliques Zosime n'y entrait pas pour quelque chose, et Baudolino dit qu'il préférait procéder par ordre.

« Après les choses horribles que nous avions vues ici dans la ville, nous étions revenus par voie de terre parce que nos deniers n'étaient pas suffisants pour payer le voyage par nef. La confusion de ces jours-là avait permis à Zosime, avec l'aide d'un de ses acolytes qu'il était sur le point d'abandonner, de prélever Dieu sait où des mulets. Puis, pendant le voyage, une battue de chasse dans quelque forêt, l'hospitalité de quelque monastère le long de la route, et à la fin nous sommes arrivés à Venise, et ensuite dans la plaine lombarde...

— Et Zosime, il n'a jamais tenté de vous échapper?

— Il ne pouvait pas. Depuis ce moment-là, et après le retour, et toujours à la cour de Frédéric, et pendant le voyage vers Jérusalem que nous fîmes par la suite, durant plus de quatre ans, il est resté à la chaîne. A savoir, quand il se trouvait avec nous il était en liberté, mais quand on le laissait seul il était assuré à son lit, à un poteau, à un arbre, selon le lieu où nous pouvions nous trouver, et si nous allions à cheval, il était attaché de telle sorte aux rênes que s'il essayait de descendre sa monture s'emballait. Dans la crainte que même cela ne lui fît oublier ses obligations, chaque soir, avant qu'il s'endormît, je lui flanquais mes cinq doigts sur la figure. Il le savait, désormais, et il s'y attendait, avant de dormir, comme au baiser maternel. »

D'abord, durant leur trajet, nos amis n'avaient cessé d'aiguillonner Zosime pour qu'il reconstruisît la carte, et ce dernier montrait de la bonne volonté, se rappelant chaque jour un nouveau détail, tant et si bien qu'il était déjà parvenu à faire un calcul sur les vraies distances.

« Ainsi, à vue d'œil, montrait-il en dessinant du doigt sur la poussière de la route, de la Tzinista, le pays de la soie, à la Perse il y a cent cinquante journées de marche, la Perse entière fait quatre-vingts journées, de la frontière persane à Séleucie treize journées, de Séleucie à Rome et puis au pays des Ibères, cent cinquante journées. Plus ou moins, pour aller d'un bout à l'autre du monde, quatre cents journées de marche, si tu fais trente milles par jour. La terre, en outre, est plus longue que large – et tu te souviendras que dans l'Exode il est dit que la table du tabernacle doit avoir deux coudées de long et une de large. Voilà, du septentrion au midi, on peut donc calculer cinquante journées des régions septentrionales à Constantinople, de Constantinople à Alexandrie cinquante autres journées, d'Alexandrie à l'Ethiopie, sur le golfe Arabique, soixante-dix journées. En somme, plus ou moins deux cents journées. Par conséquent, si tu pars de Constantinople vers l'Inde extrême, en calculant que tu vas de biais et que tu devras t'arrêter très souvent pour trouver ton chemin, et qui sait combien de fois revenir sur tes pas, je dirais que tu arrives chez le Prêtre Jean en une année de voyage. »

A propos de reliques, Kyot avait demandé à Zosime s'il avait entendu parler du Gradale. Il en avait entendu parler, bien sûr, et par les Galates qui vivaient autour de Constantinople, donc des gens qui, par tradition, connaissaient les récits des prêtres très anciens de l'extrême septentrion. Kyot lui avait demandé s'il avait entendu parler de ce Feirefiz qui aurait apporté le Gradale au Prêtre Jean, et Zosime avait dit que certainement il en avait entendu parler, mais Baudolino demeurait sceptique. « Et alors, qu'est-ce que c'est ce Gradale? » lui demandait-il. « La coupe, la coupe où Christ a consacré le pain et le vin, vous l'avez dit vous aussi. » Du pain dans une coupe? Non, du vin, le pain était sur un plat, une patène, un petit plateau. Mais alors, le Gradale, c'était quoi, le plat ou la coupe? Les deux, essayait de négocier Zosime. A y bien penser, lui suggérait le Poète avec un regard à faire peur, c'était la lance qui servit à Longin pour percer le côté. C'est ça, oui, il lui semblait que c'était vraiment ça. A ce point-là, Baudolino le frappait d'un revers de main, même s'il n'était pas encore l'heure de se coucher, mais Zosime se justifiait : les bruits étaient encore incertains, d'accord, mais le fait qu'ils couraient même parmi les Galates de Byzance était la preuve que ce Gradale existait vraiment. Et à continuer ainsi, du Gradale on en savait toujours autant, c'est-à-dire qu'on en savait fort peu.

« Certes, disait Baudolino, si j'avais pu apporter le Gradale à Frédéric, au lieu d'un gibier de potence comme toi...

— Tu peux toujours le lui apporter, suggérait Zosime. Trouve le vase conforme...

— Ah, parce qu'à présent c'est un vase. Mais je vais te la mettre moi dans le vase! Je ne suis pas, moi, un faussaire comme toi! » Zosime haussait les épaules et se caressait le menton, suivant la repousse de sa barbe, mais il était plus laid à présent qu'il avait l'air d'un poisson-chat, qu'avant, quand il était tout poli et propre comme une bille.

« Et puis, ruminait Baudolino, même en sachant que c'est un vase ou un calice, comment fait-on pour le reconnaître quand on le trouve?

— Ah, pour ça, sois tranquille, intervenait Kyot, les yeux perdus dans le monde de ses légendes, tu verras la lumière, tu percevras le parfum...

— Espérons, espérons », disait Baudolino. Rabbi Solomon secouait le chef : « Ce doit être quelque chose que vous, les gentils, vous avez volé dans le Temple de Jérusalem quand vous l'avez mis à sac et nous avez dispersés de par le monde. »

Ils arrivèrent juste à temps pour les noces d'Henri, le deuxième fils de Frédéric, et désormais couronné roi des Romains, avec Costanza d'Altavilla. L'empereur misait maintenant tous ses espoirs sur ce fils plus jeune. Non que le premier ne lui tînt à cœur, au contraire, il l'avait même nommé duc de Souabe, mais il était évident qu'il l'aimait avec tristesse, ainsi qu'il arrive avec les enfants mal réussis. Baudolino le vit, pâle, tousseur, qui agitait toujours sa paupière gauche comme pour chasser un moucheron. Même pendant ces festivités royales, il s'éloignait souvent et Baudolino l'avait vu aller par la campagne battre nerveusement les buissons avec un petit fouet, comme pour calmer quelque chose qui le rongeait au fond de lui.

« Il est au monde avec peine », lui avait dit un soir Frédéric. Il vieillissait de plus en plus, le Barbeblanche, il se déplaçait comme s'il avait le torticolis. Il ne renonçait pas à la chasse, et s'il voyait une rivière il s'y jetait, nageant comme autrefois. Mais Baudolino avait peur qu'un jour ou l'autre, pris par la morsure de l'eau froide, il ne lui vînt un coup de sang, et il lui disait de faire attention.

Pour le consoler, il lui avait raconté le succès de leur expédition, qu'ils avaient capturé ce moine infidèle, que bien vite ils auraient la carte qui les emmènerait dans le royaume du Prêtre, que le Gradale n'était pas une fable et qu'un jour ou l'autre il le remettrait entre ses mains. Frédéric acquiesçait. « Le Gradale, ah, le Gradale, murmurait-il les yeux perdus Dieu sait où, certes qu'avec lui je pourrais, je pourrais... » Puis il était distrait par quelque message important, il soupirait encore et il s'apprêtait avec peine à accomplir son devoir.

De temps à autre il prenait Baudolino en aparté, et il lui racontait combien Béatrix lui manquait. Pour le consoler Baudolino lui racontait combien Colandrina lui manquait. « Eh, je le sais, disait Frédéric, toi qui as aimé Colandrina, tu comprends combien je peux avoir aimé Béatrix. Mais sans doute ne te rends-tu pas compte combien Béatrix était vraiment digne d'être aimée. » Et Baudolino sentait se rouvrir la blessure du vieux remords.

En été l'empereur revint en Germanie, mais Baudolino ne put pas le suivre. On vint lui annoncer que sa mère était morte. Il se précipita à Alexandrie, et tandis qu'il allait, il repensait à cette femme qui l'avait engendré et à laquelle il n'avait jamais vraiment montré de la tendresse, sauf ce soir de Noël bien des années en arrière, alors qu'elle faisait mettre bas la brebis (sacrédié, se disait-il, plus de quinze hivers sont déjà passés, mon Dieu, peut-être dix-huit). Il arriva, sa mère avait déjà été enterrée, et il trouva Gagliaudo qui avait abandonné la ville et s'était retiré dans sa vieille maison de la Frascheta.

Il était allongé, une écuelle de bois pleine de vin à côté de lui, sans force, bougeant péniblement la main pour chasser les mouches de son visage. « Baudolino, lui avait-il dit aussitôt, dix fois par jour je me fâchais tout rouge avec cette pauvre femme, demandant au ciel de lui envoyer la foudre. Et à présent que le ciel me l'a foudroyée je sais plus quoë faire. Là-dedans je trouve plus rien de rien, les choses c'est elle qui les mettait à leur place. Je trouve même plus la fourche pour les bouses, et dans l'étable les bêtes ont plus de fumier que de foin. Voilà pour tout et pourquouë, j'ai décidé de mourir moë aussi et c'est-y peut-être pas plus mal. »

Les protestations du fils n'avaient servi à rien. « Baudolino, tu sais que par chez nous on a la tête dure et quand on se fourre quelque chose dedans, pas moyen de nous faire changer d'idée. Je suis point un faignant comme toë, qu'un jour t'es par ici, un jour par là, la belle vie vous les seigneurs! Que des gens qui pensent seulement à la manière de tuer les autres, mais si un jour on leur dit qu'ils vont manger les pissenlits par la racine, ils se chient dans les braies. Au contraire, moë j'ai bien vécu sans faire de mal à une mouche, près d'une femme qui était une sainte, et à présent que j'ai décidé de mourir je meurs. Toë, laisse-moë m'en aller comme je veux, et je suis content comme tout, pace que encore plus je reste dans mon jus encore plus c'est pire. »

De temps en temps, il buvait un peu de vin, puis il s'endormait, puis il rouvrait les yeux et demandait : « Je suis mort ? » « Non, père, lui répondait Baudolino, par chance tu es encore vivant. » « O! pauvre de moë, disait-il, encore un jour, mais demain je meurs, sois tranquille. » A aucun prix il ne voulait toucher à la nourriture.

Baudolino lui caressait le front et chassait les mouches, puis, ne sachant comment consoler son père qui mourait, et voulant lui montrer que son fils n'était pas ce bourriquet qu'il avait toujours cru, il lui racontait la sainte entreprise à quoi il se préparait depuis Dieu sait combien de temps, et la manière dont il voulait atteindre le royaume du Prêtre Jean. « Si tu savais, lui disait-il, j'irai découvrir des endroits merveilleux. Il y en a un où prospère un oiseau jamais vu, le Phénix, qui vit et vole pendant cinquante ans. Quand les cinquante ans sont passés, les prêtres préparent un autel en y répandant des épices et du soufre, ensuite arrive l'oiseau qui s'enflamme et devient cendre. Le lendemain, au milieu des cendres, on trouve un ver à soie, le deuxième jour un oiseau est déjà formé, le troisième jour cet oiseau prend son essor. Il n'est pas plus gros qu'un aigle, sur la tête il a une crête de plumes comme le paon, le cou d'une couleur dorée, le bec indigo, les ailes pourpres et la queue striée de jaune, vert et rouge. Ainsi le Phénix ne meurt-il jamais.

— Toutes des coyonnades, disait Gagliaudo. Moë, c'était assez que tu me faisais renaître la Rosina, pauvre bête que vous me l'avez étouffée avec tout ce blé mal fini, loin d'être Félix, elle.

— A mon retour, je t'apporterai de la manne, qui se trouve sur les montagnes du pays de Job. Elle est blanche et très douce, elle provient de la rosée qui du ciel tombe sur l'herbe, où elle se coagule. Elle nettoie le sang, chasse la mélancolie.

— Elle nettoye mes coyons. C'est bon pour ces sales gens de rien qui sont à la cour, qui mangent des bécasses et des poules mouillées.

— Tu ne veux pas au moins un morceau de pain ?

— J'ai pas le temps, je dois mourir demain matin. »

Le matin suivant Baudolino lui racontait qu'il donnerait à l'empereur le Gradale, la coupe où avait bu Notre Seigneur. « Ah oui? Et elle est comment?

— Tout en or, constellée de lapis-lazulis.

— Tu vois que t'as rien dans la caboche? Notre Seigneur était le fils d'un menuisier et il se trouvait avec des morts-de-faim pires que lui; pendant toute sa vie il a porté la même vêture, qu'il nous le disait le prêtre à l'église, qui n'avait pas de coutures pour ne pas s'abîmer avant ses trente-trois ans accomplis, et tu viens me dire qu'il festoyait avec un calice en or et en glapishusolis. Tu m'en racontes des vertes et des pas mûres. Trop de bonté s'il avait une écuelle comme celle-là, creusée par son père dans une racine, comme j'ai fait moë, chose qui dure une vie et se casse pas, tu peux y aller avec la masse, et même, déjà que j'y pense, donne-moë encore un tantinet de ce sang de Jésus-Christ, que c'est le seul qui m'aide à bien mourir. »

Par tous les diables, se disait Baudolino. Il a raison, ce pauvre vieux. Le Gradale devait être une écuelle comme celle-ci. Simple, pauvre comme le Seigneur. Raison pour quoi il peut bien être là, à la portée de tout le monde, et personne ne l'a jamais reconnu parce que pendant toute leur vie ils ont cherché une chose qui brille.

Non que Baudolino, en ces moments-là, pensât beaucoup au Gradale. Il ne voulait pas voir son père mourir, mais il comprenait qu'à le laisser mourir on accomplissait sa volonté. Quelques jours plus tard, le vieux Gagliaudo s'était désormais recroquevillé comme une châtaigne sèche, et il respirait avec difficulté, refusant maintenant même le vin.

« Père, lui disait Baudolino, si tu tiens vraiment à mourir, réconcilie-toi avec le Seigneur, et tu entreras au Paradis, qui est comme le palais du Prêtre Jean. Le bon Dieu sera assis sur un grand trône au sommet d'une tour, et sur le dossier du trône il y aura deux pommes d'or, en chacune d'elles deux grandes escarboucles qui brillent toute la nuit. Les bras du trône seront en émeraude. Les sept degrés pour monter au trône seront en onyx, en cristal, en jaspe, en améthyste, sardoine, cornaline et chrysolithe. Tout autour il y aura des colonnes d'or fin. Et, au-dessus du trône, voleront des anges chantant des chansons très douces...

— Et il y aura des diables qui me chasseront à coups de pied dans le derrière, pace que dans un endroit pareil un comme moë qui pue le purin, ils ne le veulent pas dans les parages. Mais tais-toë donc... »

Puis, tout d'un coup, il avait écarquillé les yeux en tentant de se dresser sur son séant, tandis que Baudolino le soutenait. « O Seigneur, voilà maintenant je meurs vraiment pace que je voë le Paradis. Oh! comme il est beau...

— Que vois-tu, mon père? sanglotait à présent Baudolino.

— C'est exactement comme notre étable, mais toute propre, et il y a aussi Rosina... Et il y a ta sainte de maman, espèce de malheureuse tu vas me dire à présent où t'as mis la fourche pour les bouses... »

Gagliaudo avait fait un rot, laissé tomber l'écuelle, et il était resté les yeux grands ouverts à fixer son étable céleste.

Baudolino lui avait passé doucement une main sur le visage, parce que aussi bien, désormais, ce qu'il devait voir il le voyait même les yeux fermés, et il était allé dire ce qui était arrivé à ceux d'Alexandrie. Les citadins voulurent qu'au grand vieux fussent rendus des honneurs funèbres solennels, car c'était celui qui avait sauvé la ville, et ils décidèrent qu'ils placeraient sa statue au-dessus du portail de la cathédrale.

Baudolino alla une fois encore dans la maison de ses parents, pour y chercher quelque souvenir, vu qu'il avait résolu de n'y retourner plus jamais. Il vit par terre l'écuelle de son père, et il la recueillit telle une relique précieuse. Il la lava bien, de façon qu'elle ne puât pas le vin car, se disait-il, si un jour on avait dit que c'était le Gradale, avec tout le temps écoulé depuis la Dernière Cène, elle ne devrait plus rien sentir, sinon peut-être ces arômes que tout le monde, pensant que c'était la Vraie Coupe, sentirait certainement. Il roula l'écuelle dans son manteau et l'emporta.

23

Baudolino à la troisième croisade

QUAND SUR CONSTANTINOPLE tomba l'obscurité, ils se mirent en chemin. C'était un groupe dense, mais en ces jours plus d'une bande de citadins, restés sans maison, se déplaçaient comme des âmes perdues d'un point à l'autre de la ville, à la recherche d'un porche où passer la nuit. Baudolino avait abandonné sa tenue de pèlerin à croix cousue car, si quelqu'un l'avait arrêté en lui demandant qui était son seigneur, il aurait été en difficulté. Devant eux allaient Pévéré, Boïamondo, Grillo et Taraburlo, de l'air de qui ferait par hasard la même route. Mais ils regardaient autour d'eux à chaque coin de rue, et ils serraient sous leur vêtement des coutelas qu'ils venaient d'affiler.

Peu avant leur arrivée à Sainte-Sophie, un insolent aux yeux bleus et à longues moustaches jaunes s'était précipité vers le groupe, il avait pris par la main une des filles, pour laide et variolée qu'elle parût, en cherchant à l'entraîner avec lui. Baudolino s'était dit que l'heure avait sonné de livrer bataille, et les Génois avec lui, mais Nicétas avait eu une meilleure idée. Il avait vu un peloton de chevaliers qui arrivaient le long de la rue et il s'était jeté à genoux dans leur direction, demandant justice et pitié, en appelant à leur honneur. C'étaient probablement des hommes du doge, qui avaient chassé à coups de plat d'épée le barbare, et restitué la jouvencelle à sa famille.

Après l'Hippodrome, les Génois choisirent les voies les plus sûres : ruelles étroites, où les maisons avaient toutes brûlé ou portaient les stigmates évidents d'un minutieux saccage. Les pèlerins, s'ils cherchaient encore quelque chose à voler, étaient ailleurs. A la nuit tombée, ils avaient passé les murs de Théodose. Là, attendait le reste des Génois avec les mulets. Ils avaient pris congé de leurs protecteurs, au milieu d'embrassades et de vœux, et suivi une route de campagne, sous un ciel printanier, avec une lune presque pleine à l'horizon. De la mer lointaine venait un vent léger. Ils s'étaient tous reposés durant la journée et le voyage ne paraissait même pas fatiguer l'épouse de Nicétas. Mais lui était épuisé, il haletait à chaque soubresaut de son animal, et toutes les demi-heures il demandait aux autres de le laisser souffler un peu.

« Tu as trop mangé, seigneur Nicétas, lui disait Baudolino.

— Aurais-tu refusé à un exilé les dernières douceurs de sa patrie qui se meurt? » répondait Nicétas. Puis il cherchait un rocher ou bien le tronc d'un arbre chu où prendre place : « Mais c'est pour l'attente anxieuse où je suis de connaître la suite de ton aventure. Assieds-toi ici Baudolino, écoute cette paix, sens les bonnes odeurs de la campagne. Reposons-nous un peu, et raconte. »

Puisque, au cours des trois jours suivants, ils voyagèrent le jour et se reposèrent la nuit à l'enseigne de la lune pour éviter les lieux habités par Dieu sait qui, ce fut sous les étoiles, dans un silence rompu seulement par un bruissement de ramures et des sons soudains d'animaux nocturnes, que Baudolino continua son récit.

En ce temps-là – et nous en sommes à l'année 1187 – Saladin avait déclenché la dernière attaque à la Jérusalem chrétienne. Il avait vaincu. Il s'était comporté généreusement, laissant sortir indemnes tous ceux qui pouvaient payer une taxe, et il s'était limité à décapiter devant les murs tous les chevaliers du Temple parce que, comme tout le monde l'admettait, généreux oui, mais la troupe d'élite des ennemis envahisseurs aucun condottiere digne de ce nom ne pouvait l'épargner, et les Templiers aussi le savaient que, dans ce métier, on acceptait la règle : pas de prisonniers. Cependant, pour magnanime que se fût montré Saladin, le monde chrétien tout entier avait été secoué par la fin de ce royaume franc d'Outre-mer qui avait résisté pendant presque cent ans. Le pape en avait appelé à tous les monarques d'Europe pour une troisième expédition sous le signe de la croix afin que les pèlerins libèrent de nouveau cette Jérusalem reconquise par les infidèles.

Pour Baudolino, que son empereur s'unît à l'entreprise était l'occasion qu'il attendait. Descendre vers la Palestine signifiait se disposer à faire mouvement vers l'orient avec une armée in-vincible. Jérusalem serait reprise en un clin d'œil, et après il ne restait plus qu'à poursuivre vers les Indes. Mais ce fut à cette occasion qu'il découvrit combien vraiment Frédéric se sentait las et incertain. Il avait pacifié l'Italie, mais il craignait à coup sûr, s'il s'en éloignait, de perdre les avantages gagnés. Ou peut-être le troublait l'idée d'une nouvelle expédition vers la Palestine, au souvenir de son crime pendant l'expédition précé-dente, quand il avait détruit, poussé par la colère, ce monastère bulgare. Qui sait. Il hésitait. Il se demandait quel était son de-voir, et lorsque tu commences à te poser cette question (se disait Baudolino) c'est déjà le signe qu'il n'y a pas de devoir qui t'entraîne.

« J'avais quarante-cinq ans, seigneur Nicétas, et je mettais en jeu le rêve d'une vie, autrement dit la vie même, vu que ma vie avait été construite autour de ce rêve. Ainsi, à froid, confiant dans ma bonne étoile, j'ai décidé de donner à mon père adoptif un espoir, un signe céleste de sa mission. Après la chute de Jé-rusalem arrivaient dans nos terres chrétiennes les rescapés de cet écroulement, et près de la cour impériale étaient passés sept chevaliers du Temple qui, Dieu sait comme, avaient échappé à la vengeance de Saladin. Ils étaient mal en point, mais peut-être ne sais-tu pas comment sont les Templiers : buveurs et fornicateurs, et ils te vendent leur sœur si tu leur donnes à tri-poter la tienne – mieux encore, dit-on, ton petit frère. En somme, disons que je les ai restaurés, et tout le monde me voyait aller avec eux dans les tavernes. Raison pour quoi il ne m'a pas été difficile de dire un jour à Frédéric que ces simoniaques éhontés avaient vraiment dérobé le Gradale. J'ai dit que, les Templiers étant réduits à la dernière extrémité, et moi prodiguant tous mes deniers, je l'avais acquis. Frédéric naturellement, d'abord, s'étonna. Mais le Gradale n'était-il pas entre les mains du Prêtre Jean qui voulait le lui offrir justement à lui? Et ne se proposait-il pas d'aller à la recherche de Jean justement pour recevoir en don ce très saint vestige? C'était bien ainsi, père, lui ai-je dit, mais d'évidence quelque ministre perfide l'a volé à Jean, et l'a vendu à une poignée de Templiers, arrivés pour piller dans cette région, sans se rendre compte du lieu où ils étaient. Mais il n'importait pas de savoir le comment et le quand. Il se présentait maintenant au saint empereur romain une autre et plus extraordinaire occasion : qu'il se mît à la recherche du Prêtre Jean précisément pour lui restituer le Gradale. En n'utilisant pas cette incomparable relique pour acquérir du pouvoir, mais pour accomplir un devoir, il en tirerait la reconnaissance du Prêtre, et renommée éternelle dans toute la chrétienté. Entre s'emparer du Gradale et le restituer, entre en faire un trésor et le rapporter où il avait été volé, entre l'avoir et le donner, entre le posséder (comme tous en rêvaient) et accomplir le sacrifice sublime de s'en dépouiller – de quel côté se trouvait la véritable onction, c'était manifeste, la gloire d'être l'unique et vrai *rex et sacerdos*. Frédéric devenait le nouveau Joseph d'Arimathie.

— Tu mentais à ton père.

— Je faisais son bien, et le bien de l'empire.

— Tu ne te demandais pas ce qu'il serait advenu si Frédéric était vraiment arrivé chez le Prêtre Jean, lui avait tendu le Gradale, et l'autre avait écarquillé les yeux en se demandant ce qu'était cette écuelle que lui n'avait jamais vue? Frédéric serait devenu non pas la gloire, mais le bouffon de la chrétienté.

— Seigneur Nicétas, tu connais les hommes mieux que moi. Imagine : tu es le Prêtre Jean, un grand empereur d'Occident s'agenouille à tes pieds et te présente une relique de ce genre, en disant qu'elle est tienne de droit, et toi tu te mets à ricaner en répliquant que tu n'as jamais vu cette jatte digne d'une taverne? Allons, allons! Je ne dis pas que le Prêtre aurait fait semblant de la reconnaître. Je dis que, ébloui par la gloire qui serait descendue sur lui en s'en reconnaissant le gardien, il l'aurait reconnue tout de suite, croyant l'avoir toujours possédée. Ainsi ai-je tendu à Frédéric, telle une chose très précieuse, l'écuelle de mon père Gagliaudo, et je te jure qu'en ce moment-là je me sentais comme le célébrant d'un rite sacré. Je confiais le don et le souvenir de mon père charnel à mon père spirituel, et mon père charnel avait raison : cette chose des plus humbles, avec laquelle, durant toute sa vie de pêcheur, il avait communié, était vraiment et spirituellement la coupe utilisée par le Christ pauvre, qui allait à la mort pour la rédemption de tous les pécheurs. En disant la messe, le prêtre ne prend-il donc pas du pain très vil et un très vil vin, et ne les fait-il pas devenir chair et sang de Notre Seigneur?

— Mais toi, tu n'étais pas un prêtre.

— En effet, et je ne disais pas que cette chose était le sang du Christ, je disais seulement qu'elle l'avait contenu. Je n'usurpais pas un pouvoir sacramentel. Je rendais témoignage.

— Faux.

— Non. Tu m'as dit que, à croire vraie une relique, on en perçoit le parfum. Nous pensons seulement que nous avons besoin, nous, de Dieu, mais souvent Dieu a besoin de nous. En ce moment-là, je pensais qu'il fallait l'aider. Cette coupe devait bien avoir existé, si Notre Seigneur l'avait utilisée. Si elle avait été perdue, la faute en incombait à quelque homme de rien. Moi je restituais le Gradale à la chrétienté. Dieu ne me démentirait pas. Preuve en est que même mes compagnons y ont cru sur-le-champ. Le vase sacré était là, devant leurs yeux, à présent dans les mains de Frédéric qui l'élevait au ciel comme s'il était en extase, et Boron s'agenouillait en voyant pour la première fois l'objet sur lequel il avait toujours divagué, Kyot avait tout de suite dit qu'il lui semblait percevoir une grande lumière, Rabbi Solomon avait admis que — même si Christ n'était pas le vrai Messie attendu par son peuple — certainement ce réceptacle exhalait une senteur d'encens, Zosime écarquillait ses yeux visionnaires et se signait plusieurs fois à l'envers, comme vous faites, vous les schismatiques, Abdul tremblait comme une feuille de figuier et murmurait que posséder cette dépouille sacrée équivalait à avoir reconquis tous les royaumes d'Outremer – et on comprenait qu'il aurait voulu la remettre comme gage d'amour à sa princesse lointaine. Moi-même j'avais les yeux humides, et je me demandais par quel mystère le ciel avait voulu que je fusse le médiateur de cet événement prodigieux. Quant au Poète, il se rongeait les ongles, irrité. Je savais le fond de ses pensées : que j'avais été un idiot, que Frédéric était vieux et ne saurait tirer parti de ce trésor, autant valait que nous l'eussions gardé nous, et fussions partis vers les terres du Nord, où on nous aurait offert un royaume. Face à la faiblesse évidente de l'empereur, il revenait à ses lubies de pouvoir. Mais j'en fus presque consolé car je comprenais que, réagissant de la sorte, lui aussi tenait désormais le Gradale pour une chose vraie. »

Frédéric avait dévotement enfermé la coupe dans un écrin, dont il attacha ensuite la clef à son cou, et Baudolino pensa qu'il avait bien fait car, en cet instant, il avait eu l'impression que non seulement le Poète, mais tous ses autres amis auraient été prêts à voler cet objet afin de courir par la suite leur aventure personnelle.

Après quoi, l'empereur avait affirmé que maintenant, vraiment, il fallait partir. Une expédition de conquête doit être préparée avec soin. Au cours de l'année suivante, Frédéric avait dépêché des ambassadeurs à Saladin, et sollicité des rencontres avec des envoyés du prince des Serbes, Etienne Nemanja, du basileus byzantin et du sultan seldjoukide d'Iconium, pour organiser la traversée de leurs territoires.

Tandis que les rois d'Angleterre et de France décidaient de partir par la mer, au mois de mai 1189 Frédéric s'était mis en branle par voie de terre, à partir de Ratisbonne avec quinze mille cavaliers et quinze mille écuyers, certains disaient que dans les plaines de Hongrie il aurait passé en revue soixante mille cavaliers et cent mille hommes d'armes à pied. D'autres ensuite seraient allés jusqu'à parler de six cent mille pèlerins, sans doute tout le monde exagérait-il, même Baudolino n'était pas en mesure de dire combien au vrai, ils pouvaient être, sans doute en tout vingt mille hommes, mais quoi qu'il en fût c'était une grande armée. Si on ne se mettait pas à les compter un par un, vus de loin c'était une foule dont on savait où commençaient les tentes mais pas où elles pouvaient finir.

Pour éviter les massacres et les saccages des expéditions précédentes, l'empereur n'avait pas voulu à sa suite ces masses de déshérités qui, cent ans plus tôt, avaient répandu tant de sang à Jérusalem. Ce devait être une chose bien faite, par des gens qui savaient comment on mène une guerre, pas par des misérables qui partaient avec l'excuse de gagner le Paradis et revenaient chez eux avec les dépouilles de quelque Juif auquel ils avaient coupé la gorge le long de leur chemin. Frédéric n'avait admis que ceux qui pouvaient subvenir à leurs besoins pendant deux ans, et les soldats pauvres avaient reçu trois marcs d'argent chacun pour se nourrir durant le voyage. Si tu dois libérer Jérusalem, il faut que tu dépenses ce qu'il faut.

Nombre d'Italiens s'étaient unis à l'entreprise, il y avait les Crémonais avec l'évêque Sicardo, les Brescians, les Véronais avec le cardinal Adelardo, et même quelques Alexandrins, parmi lesquels de vieux amis de Baudolino comme le Boïdi, le Cuttica de Quargnento, le Porcelli, Aleramo Scaccabarozzi dit le Ciula, Colandrino frère de Colandrina, qui lui était donc beau-frère, un des Trotti, et puis Pozzi, Ghilini, Lanzavecchia, Peri, Inviziati, Gambarini et Cermelli, tous à leurs frais ou à ceux de la ville.

Ce fut un départ fastueux le long du Danube, jusqu'à Vienne ; et puis à Bratislava, en juin, Frédéric rencontrait le roi de Hongrie. Ensuite ils étaient entrés dans la forêt bulgare. Au mois de juillet, ils rencontraient le prince des Serbes qui sollicitait une alliance contre Byzance.

« Je crois que cette entrevue, dit Baudolino, a préoccupé votre basileus Isaac. Il craignait que l'armée ne voulût conquérir Constantinople.

— Il ne se trompait pas.

— Il se trompait de quinze ans. Alors, Frédéric voulait vraiment arriver à Jérusalem.

— Mais nous, nous étions inquiets.

— Je le comprends, une immense armée étrangère allait traverser votre territoire, et vous, vous étiez préoccupés. Mais il est certain que vous nous avez rendu la vie difficile. Nous sommes arrivés à Serdica et nous n'avons pas trouvé les ravitaillements promis. Autour de Philippopolis, nous avons été affrontés par vos troupes, qui ont fini par se retirer, jambes à leur cou, comme cela s'est passé à chaque engagement de ces mois-là.

— Tu sais qu'à l'époque j'étais gouverneur de Philippopolis. Nous recevions des nouvelles contrastées de la cour. Un coup le basileus nous donnait l'ordre de bâtir un mur d'enceinte et de creuser un fossé pour résister à votre arrivée et, sitôt après que nous l'avions construit, arrivait l'ordre de tout détruire pour que ça ne servît pas après d'abri pour vous.

— Vous avez barré les cols de montagne en faisant abattre des arbres. Vous attaquiez les nôtres qui allaient, isolés, à la recherche de nourriture.

— Vous saccagiez nos terres.

— Parce que vous ne donniez pas les vivres promis. Les vôtres faisaient descendre du haut des murs des villes la victuaille avec des paniers, mais au pain ils mélangeaient de la chaux et d'autres substances vénéfiques. Justement pendant ce voyage, l'empereur avait reçu une lettre de Sibylle, l'ex-reine de Jérusalem, qui l'avertissait de la manière dont Saladin, pour arrêter l'avancée des chrétiens, aurait envoyé à l'empereur de Byzance des boisseaux de blé empoisonné et un vase de vin si mêlé de poison qu'un esclave d'Isaac, obligé de le humer, en était mort sur le coup.

— Pures fables.

— Mais quand Frédéric a envoyé des ambassadeurs à Constantinople, votre basileus les a fait attendre debout, et puis il les a emprisonnés.

— Mais après ils ont été renvoyés à Frédéric.

— Quand nous étions entrés à Philippopolis, nous l'avons trouvée vide parce que tout le monde s'était évanoui. Toi non plus tu n'y étais pas.

— C'était mon devoir de me soustraire à une capture.

— Possible. Mais c'est après notre entrée à Philippopolis que votre basileus a changé de ton. C'est que là nous avons rencontré la communauté arménienne.

— Les Arméniens vous sentaient comme des frères. Ils sont

schismatiques comme vous, ils ne vénèrent pas les saintes images, ils consomment du pain azyme.

— Ce sont de bons chrétiens. Certains d'entre eux ont aussitôt parlé au nom de leur prince Léon, nous assurant passage et assistance à travers leur pays. Que les choses ne fussent cependant pas si simples, nous l'avons compris à Adrianopolis, quand est arrivée aussi une ambassade du sultan seldjoukide d'Iconium, Kilidj Arslan, qui se proclamait seigneur des Turcs et des Syriens, mais aussi des Arméniens. Qui commandait, et où ?

— Kilidj essayait de mettre un frein à la suprématie de Saladin, et il aurait voulu conquérir le royaume chrétien d'Arménie, il espérait donc que l'armée de Frédéric aurait pu l'aider. Les Arméniens espéraient que Frédéric aurait pu contenir les prétentions de Kilidj. Notre Isaac, que brûlait encore la défaite infligée par les Seldjoukides à Myrioképhalon espérait que Frédéric affronterait Kilidj, mais il n'aurait pas non plus vu d'un mauvais œil qu'il eût quelques heurts avec les Arméniens, qui ne causaient pas de minces ennuis à notre empire. Voilà pourquoi, lorsqu'il a su qu'aussi bien les Seldjoukides que les Arméniens assuraient à Frédéric un passage à travers leurs terres, il a compris qu'il ne devait pas arrêter sa marche, mais la favoriser, lui permettre de traverser la Propontide. Il l'envoyait contre nos ennemis et il l'éloignait de nous.

— Mon pauvre père. Je ne sais pas s'il soupçonnait qu'il était une arme entre les mains d'une bande d'ennemis croisés. Ou peut-être s'en est-il rendu compte, mais il a espéré pouvoir tous les défaire. Ce que je sais c'est que, à entrevoir l'alliance avec un royaume chrétien, l'arménien, outre Byzance, Frédéric frémissait en pensant à son but final. Il rêvait (et moi avec lui) que les Arméniens pourraient lui ouvrir la voie vers le royaume du Prêtre Jean... En tout cas, c'est comme tu le dis, après les ambassades des Seldjoukides et des Arméniens, votre Isaac nous a donné les vaisseaux. Et ce fut justement à Gallipoli, à Kallioupolis, que je t'ai vu toi, tandis qu'au nom de ton basileus tu nous offrais des nefs.

— Ce ne fut pas une décision facile de notre part, dit Nicétas, le basileus risquait de se trouver en grave désaccord avec

Saladin. Il a dû lui envoyer des messagers pour lui expliquer les raisons de son fléchissement. Grand seigneur, Saladin comprit aussitôt, et ne nous porta point rancœur. Je le répète, de la part des Turcs nous n'avons rien à craindre : notre problème c'est vous, les schismatiques, toujours. »

Nicétas et Baudolino se dirent qu'il ne seyait pas de récriminer sur les torts et les raisons de cet événement désormais passé. Peut-être Isaac avait-il raison, chaque pèlerin chrétien qui passait par Byzance était toujours tenté de s'arrêter là, où il y avait tant de belles choses à conquérir, sans aller trop risquer sous les murs de Jérusalem. Mais Frédéric voulait vraiment avancer.

Ils arrivèrent à Gallipoli et, même si ce n'était pas Constantinople, l'armée fut séduite par cet endroit joyeux, avec son port plein de galies, de dromons et d'huissiers prêts à serrer dans leurs cales chevaux, cavaliers et vivres. Ce ne fut pas l'affaire d'un jour, et pendant ce temps nos amis vivaient dans l'oisiveté. Depuis le début du voyage, Baudolino avait décidé d'employer Zosime à quelque chose d'utile, et il l'avait contraint à enseigner le grec à ses compagnons : « Dans les lieux où nous irons, disait-il, le latin personne ne le sait, sans parler du tudesque, du provençal ou de ma langue. Avec le grec, il y a toujours une espérance de se comprendre. » Ainsi, entre une visite à un bordel et une lecture de quelques textes des pères de l'Eglise d'Orient, l'attente ne pesait pas.

Au port, il y avait un marché qui n'en finissait plus, et ils décidèrent de s'y aventurer, captivés par des scintillements lointains et l'odeur des épices. Zosime, qu'ils avaient libéré pour qu'il leur servît de guide (mais sous vigilante escorte de Boron qui ne le perdait pas des yeux une seule seconde), les avait avisés : « Vous, barbares latins et alemans, vous ne connaissez pas les règles de notre civilisation à nous, Romains. Il faut que vous sachiez que dans nos marchés, de prime abord, vous ne voudriez rien acheter parce qu'ils demandent trop, et si vous payez aussitôt ce qu'ils vous demandent, ils ne vous prendront pas pour des niais, car ils savent déjà que vous l'êtes, ils le prendront mal eux, car la joie du marchand c'est de marchander. Offrez donc deux monnaies quand on vous en demande dix, eux-mêmes baisseront à sept, vous offrez alors trois et eux baisseront à cinq, vous restez fermes sur trois, tant qu'ils ne cèdent pas en pleurant et jurant qu'ils finiront sur le pavé, eux et toute leur famille. A ce point, vous pouvez acheter, mais sachez que la marchandise valait une monnaie.

— Et alors pourquoi devons-nous acheter? demanda le Poète.

— Parce que eux aussi ont le droit de vivre, et trois monnaies pour ce qui en vaut une, c'est un marché honnête. Mais je dois vous donner un autre avis : non seulement les marchands ont le droit de vivre, mais les voleurs aussi, et comme ils ne peuvent pas se voler entre eux, ils vont essayer de vous voler, vous. Si vous les en empêchez, c'est votre droit, mais s'ils réussissent, il ne faut pas vous plaindre. Je vous conseille donc d'emporter dans votre bourse peu d'argent, la somme que vous avez décidé de dépenser, et c'est tout. »

Instruits par un guide si au fait des usages du lieu, nos amis s'étaient aventurés au milieu d'une marée de gens qui puaient l'ail, comme tous les Romaniens. Baudolino s'était acheté deux dagues arabes de belle facture, à tenir aux deux côtés de la ceinture et à tirer au clair vivement en croisant les bras. Abdul avait trouvé un petit reliquaire transparent qui renfermait une mèche de cheveux (de Dieu sait qui, mais à qui il pensait, c'était évident). Solomon avait appelé les autres à gorge déployée quand il avait découvert la tente d'un Persan qui vendait des potions miraculeuses. Le marchand d'élixirs avait montré une fiole qui, selon ses dires, contenait une médecine très puissante : prise à petites doses, elle stimulait les esprits vitaux, mais, à toute l'avaler, elle entraînait rapidement la mort. Ensuite, il avait exhibé une fiole semblable, qui cependant contenait le plus puissant des contrepoisons, capable d'annuler l'action de n'importe quel poison. Solomon, qui se plaisait aussi à taquiner l'art médical, comme tous les Juifs, avait acheté le contrepoison. Appartenant à la gent qui en savait plus long que les Romaniens, il réussit à payer une monnaie au lieu des dix demandées, et il se tourmentait à la crainte d'avoir déboursé au moins le double.

Une fois quittée la tente de l'apothicaire, Kyot avait trouvé une écharpe somptueuse et Boron, après avoir longuement considéré chaque marchandise, avait secoué la tête en murmurant que, comme ils étaient à la suite d'un empereur qui possédait le Gradale, tous les trésors du monde étaient du crottin, et ceux-ci alors!

Ils retrouvèrent le Boïdi d'Alexandrie, qui était entré dans leur groupe et désormais en faisait partie. Il s'était entiché d'une bague, peut-être en or (le vendeur pleurait en la lui cédant parce qu'elle était à sa mère) qui recelait dans le chaton un cordial prodigieux, dont une seule gorgée pouvait ranimer un blessé et, dans certains cas, ressusciter un mort. Il l'avait achetée car, disait-il, s'il fallait vraiment risquer sa peau sous les murs de Jérusalem, mieux valait prendre quelques précautions.

Zosime s'était extasié devant un sceau qui portait un Zêta, et donc son initiale, et que l'on cédait avec un bâtonnet de cire à cacheter. Le Zêta était si patiné qu'il ne laisserait probablement aucun signe sur la cire, mais c'était là même le témoignage de l'éminente ancienneté de l'objet. Naturellement, en tant que prisonnier, il n'avait pas d'argent, mais Solomon s'était ému et il avait pris le sceau pour lui.

A un moment donné, bousculés par la foule, ils s'étaient aperçus qu'ils avaient perdu le Poète, pour le retrouver alors qu'il marchandait une épée qui, selon le vendeur, remontait à la conquête de Jérusalem. Cependant, lorsqu'il avait cherché sa bourse, il s'était rendu compte que Zosime avait raison, et que lui, avec ses yeux bleus d'Aleman pensif, les voleurs il les attirait comme des mouches. Baudolino s'était ému et lui avait offert l'épée.

Le lendemain, dans les héberges se présenta un homme richement vêtu, aux manières exagérément obséquieuses, accompagné de deux serviteurs, qui demanda à voir Zosime. Le moine s'entretint un peu avec lui, puis il vint dire à Baudolino qu'il s'agissait de Makhitar Ardzrouni, un noble dignitaire arménien qui était chargé d'une ambassade secrète de la part du prince Léon.

« Ardzrouni? dit Nicétas. J'ai entendu parler de lui. Il était venu plusieurs fois à Constantinople, depuis le temps d'Andronic. Je comprends qu'il ait rencontré ton Zosime, parce qu'il avait réputation d'amateur de sciences magiques. Un de mes amis de Selymbria, mais Dieu seul sait si nous le retrouverons là-bas, a été lui aussi son hôte dans son château de Dadjig...

— Nous aussi, comme je te dirai, et pour notre malheur. Le fait qu'il fût ami de Zosime était pour moi signe fort funeste, mais j'en informai Frédéric, qui voulut le voir. Il avait été envoyé et il n'avait pas été envoyé par Léon, autrement dit, s'il avait été envoyé, il ne devait pas le dire. Il était là pour servir de guide à l'armée impériale à travers le territoire des Turcs jusqu'à l'Arménie. Avec l'empereur, Ardzrouni s'exprimait en un latin acceptable, mais quand il voulait rester dans le vague, il feignait de ne pas trouver le mot approprié. Frédéric disait qu'il était perfide comme tous les Arméniens, mais qu'une personne connaissant bien les lieux faisait son affaire et il avait décidé de l'agréger à l'armée, se limitant à me demander de l'avoir à l'œil. Je dois dire que durant le voyage il s'est comporté d'une manière impeccable, donnant toujours des informations qui se révélaient ensuite véridiques. »

24

Baudolino dans le château d'Ardzrouni

AU MOIS DE MARS 1190 l'armée était entrée en Asie, elle avait atteint Laodicée et s'était dirigée vers les territoires des Turcs seldjoukides. Le vieux sultan d'Iconium se disait l'allié de Frédéric, mais ses fils l'avaient destitué et ils avaient attaqué l'armée chrétienne. Ou bien non, même Kilidj avait changé d'idée, on n'avait jamais précisément su. Heurts, escarmouches, véritables batailles, Frédéric avançait en vainqueur mais son armée avait été décimée par le froid, par la faim et par les attaques des Turcomans qui surgissaient à l'improviste, frappaient les ailes marchantes, et s'enfuyaient en connaissant à la perfection les chemins et les refuges.

Allant péniblement à travers des territoires écrasés de soleil et déserts, les soldats avaient dû boire leur urine, ou le sang des chevaux. Quand ils étaient arrivés devant Iconium, l'armée des pèlerins était réduite à pas plus de mille cavaliers.

Et pourtant, cela avait été un beau siège, et le jeune Frédéric de Souabe, encore que malade, s'était bien battu, prenant lui-même d'assaut la ville.

« Tu parles avec froideur du jeune Frédéric.

— Il ne m'aimait pas. Il se méfiait de tout le monde, il était jaloux de son frère puîné occupé à lui soustraire la couronne impériale, et, certes, il était jaloux de moi, qui n'étais pas de

315

son sang, de l'affection que son père me portait. Peut-être dès son enfance avait-il été troublé de la façon dont moi je regardais sa mère, ou dont elle me regardait moi. Il était jaloux de l'autorité que j'avais acquise en donnant le Gradale à son père, et sur cette histoire il s'était toujours montré sceptique. Quand il écoutait parler d'une expédition vers les Indes, je l'entendais murmurer qu'on en reparlerait en temps voulu. Il se sentait évincé par tous. C'est pour cela qu'à Iconium il s'est comporté avec vaillance, même si ce jour-là il avait la fièvre. C'est seulement lorsque son père l'a loué pour cette belle entreprise, et devant tous ses barons, que j'ai vu briller une lumière de joie dans ses yeux. La seule fois de sa vie, je crois. Je suis allé lui rendre hommage, et j'étais vraiment heureux pour lui, mais il m'a remercié distraitement.

— Tu me ressembles, Baudolino. Moi aussi j'ai écrit et j'écris les chroniques de mon empire en m'attardant davantage sur les petites envies, les haines, les jalousies qui bouleversent les familles des puissants comme les entreprises grandes et publiques. Les empereurs aussi sont des êtres humains, et l'histoire est aussi l'histoire de leurs faiblesses. Mais continue.

— Iconium conquise, Frédéric a aussitôt dépêché des ambassadeurs à Léon d'Arménie pour qu'il l'aidât à avancer à travers ses territoires. Il y avait une alliance, c'étaient eux qui l'avaient promise. Et pourtant Léon n'avait encore envoyé personne nous accueillir. Peut-être avait-il été saisi de la crainte de connaître la fin du sultan d'Iconium. Ainsi sommes-nous allés de l'avant sans savoir si nous recevrions de l'aide, et Ardzrouni nous guidait en disant que les ambassadeurs de son prince arriveraient certainement. Un jour de juin, en nous dirigeant vers le sud, une fois passée Laranda nous avons pris par les montagnes du Taurus, et enfin sont apparus des cimetières avec des croix. Nous étions en Cilicie, en terre chrétienne. Sur-le-champ nous avons été reçus par le seigneur arménien de Sibilia et, plus loin, près d'une rivière maudite dont j'ai voulu oublier jusqu'au nom, nous avons rencontré une ambassade envoyée par Léon. A peine l'aperçut-on, Ardzrouni avertit qu'il valait mieux que lui ne se fît pas voir, et il disparut. Nous rencontrâmes deux dignitaires, Constant et Baudoin de Camardeis, et je n'ai jamais vu ambassadeurs aux propos plus incertains. L'un annonçait comme imminente l'arrivée en grande pompe de Léon et du catholicos Grégoire; l'autre tergiversait, faisant remarquer que, très désireux d'aider l'empereur, le prince arménien ne pouvait montrer à Saladin qu'il ouvrait la voie à ses ennemis, et donc il devait agir avec beaucoup de prudence. »

Les ambassadeurs partis, Ardzrouni était réapparu, il avait pris en aparté Zosime, qui s'était rendu ensuite auprès de Baudolino, et avec lui auprès de Frédéric.

« Ardzrouni dit que, loin de lui le désir de trahir son seigneur, il soupçonne que pour Léon ce serait une chance si tu t'arrêtais ici.

— Dans quel sens, demanda Frédéric, il veut m'offrir du vin et des jouvencelles pour que j'oublie que je dois aller à Jérusalem?

— Du vin, peut-être bien que oui, mais empoisonné. Il dit de te rappeler la lettre de la reine Sibylle, dit Zosime.

— Comment est-il au courant de cette lettre?

— Les bruits circulent. Si Léon arrêtait ta marche, il rendrait un très grand service à Saladin, et Saladin pourrait l'aider à réaliser son vœu de devenir sultan d'Iconium, vu que Kilidj et ses fils ont été honteusement défaits.

— Et pourquoi Ardzrouni se soucie-t-il tant de ma vie, jusqu'à trahir son seigneur?

— Seul Notre Seigneur donna sa vie par amour de l'humanité. La semence des hommes, née du péché, est semblable à la semence des animaux : la vache aussi ne te donne du lait que si tu lui donnes du foin. Qu'enseigne cette sainte maxime? Qu'Ardzrouni ne dédaignerait pas un jour de prendre la place de Léon. Ardzrouni est estimé de nombre d'entre les Arméniens, Léon pas. Or donc, en gagnant la reconnaissance du saint empereur romain, il pourrait un jour compter sur le plus puissant des amis. Voilà pourquoi il propose de continuer jusqu'à son château de Dadjig, toujours sur les berges de cette rivière, et de dresser le campement de tes hommes là autour. En attendant que l'on comprenne ce que Léon assure vraiment, tu pourrais habiter chez lui, à l'abri de toute embûche. Et il re-

317

commande que toi surtout, dorénavant, tu sois prudent avec la nourriture et les boissons que quelqu'un de ses compatriotes pourrait t'offrir.

— Par le diable, hurlait Frédéric, voilà un an que je me trouve à traverser un nid de vipères après l'autre! Mes braves princes tudesques étaient des agneaux en comparaison et – je vais te dire une chose – même ces très perfides Milanais qui m'ont tant fait peiner, au moins ils m'affrontaient en rase campagne, sans essayer de me scramasaxer dans mon sommeil! Que fait-on? »

Le fils de Frédéric avait conseillé d'accepter l'invitation. Mieux valait se garder d'un seul ennemi possible, connu, que de nombreux et inconnus. « C'est juste, père, avait dit Baudolino. Tu séjournes dans ce château, et moi et mes amis nous formons tout autour de toi une barrière, de façon que personne ne puisse t'approcher sans passer sur nos corps, de jour comme de nuit. Nous goûterons d'abord toute substance qui te serait destinée. Ne dis rien, je ne suis pas un martyr. Tout le monde saura que nous boirons et mangerons avant toi, et personne ne croira sage d'empoisonner l'un d'entre nous pour qu'ensuite ton ire se déchaîne sur chaque habitant de cette forteresse. Tes hommes ont besoin de repos, la Cilicie est habitée par la gent chrétienne, le sultan d'Iconium n'a plus de forces pour passer les montagnes et t'attaquer de nouveau, Saladin est encore trop loin, cette région est faite de pics et de crevasses qui sont d'excellentes défenses naturelles, elle me semble la terre qu'il faut pour que chacun retrempe ses forces. »

Après un jour de marche dans la direction de Séleucie, ils s'engagèrent dans une gorge qui laissait à peine l'espace pour suivre le cours de la rivière. D'un coup la gorge s'ouvrait et, à travers un vaste espace plat, elle laissait couler la rivière qui ensuite accélérait son cours et déclinait en s'engouffrant dans une autre gorge. A peu de distance des rives, se dressait, surgie de cette surface plane comme un champignon, une tour aux contours irréguliers se détachant bleu clair aux yeux de qui venait d'orient, tandis que le soleil se couchait dans son dos, tant et si bien qu'on n'aurait pu dire si c'était une œuvre de l'homme ou de la nature. C'est seulement en s'en approchant que l'on comprenait qu'il s'agissait d'une sorte de massif rocheux au sommet duquel se plantait une forteresse d'où à l'évidence on pouvait dominer et la plaine et la couronne des monts environnants.

« Voilà, dit alors Ardzrouni, toi, ô seigneur, tu peux faire planter les pavillons de ton armée dans la plaine, et je te conseille de la disposer là-bas, en aval de la rivière, où il y a de l'espace pour l'héberge, et de l'eau pour les hommes et les bêtes. Ma forteresse n'est pas grande, je te conseille d'y monter seul avec une poignée d'hommes sûrs. »

Frédéric dit à son fils de s'occuper de l'héberge et de demeurer avec l'armée. Il décida de n'emmener avec lui qu'une dizaine d'hommes, plus le groupe de Baudolino et de ses amis. Le fils essaya de protester, disant qu'il voulait rester auprès de son père, et non pas à un mille de distance. Encore une fois, il considérait Baudolino et les siens peu dignes de confiance, mais l'empereur fut inébranlable. « Je dormirai dans cette forteresse, dit-il. Demain matin je me baignerai dans la rivière, et pour ce faire je n'aurai pas besoin de vous. Je viendrai à la nage vous souhaiter le bon jour. » Le fils dit que sa volonté était loi, mais à contrecœur.

Frédéric se sépara du gros de l'armée, avec ses dix hommes d'armes, Baudolino, le Poète, Kyot, Boron, Abdul, Solomon et le Boïdi qui traînait Zosime à la chaîne. Tous étaient curieux de savoir comment on monterait à ce refuge mais, en tournant autour du massif, on découvrait enfin que vers l'occident l'à-pic s'adoucissait, de peu, mais suffisamment pour qu'on y eût pu creuser et paver un sentier fait d'épaisses marches, par lequel ne passaient pas plus de deux chevaux de front. Quiconque eût voulu monter avec des intentions hostiles, devait parcourir l'escalier lentement, si bien que même deux seuls archers, du haut des créneaux de la forteresse, pouvaient exterminer les envahisseurs, deux par deux.

Au bout de la montée s'ouvrait une porte qui donnait dans une cour. De l'extérieur de cette porte le sentier continuait, au ras des murs, et encore plus étroit, à pic sur le précipice, jusqu'à une autre porte plus petite, sur le côté septentrional, puis s'arrêtait sur le vide.

Ils entrèrent dans la cour, qui introduisait au véritable château dont les murs étaient hérissés de meurtrières, mais à leur tour défendus par des murs qui séparaient la cour de l'abîme. Frédéric disposa ses gardes sur les remparts extérieurs, pour qu'ils contrôlent d'en haut le sentier. Il ne semblait pas qu'Ardzrouni eût des hommes à lui, sauf quelques sergents patibulaires qui gardaient les différentes portes et les couloirs. « Je n'ai pas besoin d'une armée, ici, dit Ardzrouni en souriant avec orgueil. Je suis inattaquable. Et puis ceci, tu le verras, saint empereur, n'est pas un lieu de guerre, c'est le refuge où je cultive mes études sur l'air, le feu, la terre et l'eau. Viens, je te montrerai où tu pourras loger de digne façon. »

Ils gravirent un grand escalier, au second tournant ils entrèrent dans une vaste salle d'armes meublée de quelques bancs, et d'armes et d'armures aux parois. Ardzrouni ouvrit une porte de bois robuste cloutée de métal, et il introduisit Frédéric dans une chambre somptueusement meublée. Il y avait un lit à baldaquin, un coffre avec des coupes et des candélabres en or, surmonté d'une arche de bois sombre, soit un coffret soit un tabernacle, et une ample cheminée prête à être allumée, avec des petits troncs d'arbres et des morceaux d'une substance semblable au charbon, mais couverts d'une matière huileuse qui devait probablement alimenter la flamme, le tout bien disposé sur un lit de branchages secs, et couvert de rameaux aux baies odoriférantes.

« C'est la meilleure chambre dont je dispose, dit Ardzrouni, et c'est pour moi un honneur de te l'offrir. Je ne te conseille pas d'ouvrir cette fenêtre. Elle est exposée à l'orient et demain matin le soleil pourrait t'ennuyer. Ces verres colorés, une merveille de l'art vénitien, en filtreront doucement la lumière.

— Personne ne peut entrer par cette fenêtre? » demanda le Poète.

Ardzrouni ouvrit laborieusement la fenêtre, qui était bien fermée par diverses chevilles. « Tu vois, dit-il, elle est située très haut. Et au-delà de la cour se trouvent les remparts, où déjà veillent les hommes de l'empereur. » On voyait en effet les remparts des murs extérieurs, le chemin de ronde où par moments passaient les gardes et, juste à un jet de sagette de la fenêtre, deux grands cercles, ou plats de métal brillant, très concaves, entés sur un support installé entre les créneaux. Frédéric demanda de quoi il s'agissait.

« Ce sont des miroirs d'Archimède, dit Ardzrouni, avec lesquels ce savant des temps anciens détruisit les vaisseaux romains qui assiégeaient Syracuse. Chaque miroir capture et renvoie les rayons de lumière qui tombent, parallèles, sur sa surface, et c'est pourquoi il reflète les choses. Mais si le miroir n'est pas plat et qu'il est incurvé en une forme adéquate, comme enseigne la géométrie, souveraine d'entre les sciences, les rayons ne se reflètent pas parallèles, ils vont tous se concentrer sur un point précis devant le miroir, selon sa courbure. Or, si tu orientes le miroir de façon à capturer les rayons du soleil au moment de son plus grand éclat et que tu les amènes à percuter tous ensemble un seul point lointain, pareille concentration de rayons solaires sur ce point précis crée une combustion, et tu peux incendier un arbre, les ais d'une nef, un engin de guerre ou les broussailles autour de tes ennemis. Les miroirs sont au nombre de deux, car l'un est incurvé de manière à frapper loin, l'autre incendie de près. Ainsi moi, avec ces deux engins extrêmement simples, je peux défendre ma forteresse mieux que si j'avais mille archers. »

Frédéric dit qu'Ardzrouni devrait lui enseigner ce secret, parce que alors les murs de Jérusalem tomberaient mieux que ceux de Jéricho, et pas au son des buisines mais aux rayons du soleil. Ardzrouni dit qu'il était là pour servir l'empereur. Puis il ferma la fenêtre et ajouta : « Ici l'air ne passe pas, mais il entre par les autres interstices. Malgré la saison, comme les murs sont épais, tu pourrais avoir froid cette nuit. Plutôt qu'allumer la cheminée, qui fait une fumée gênante, je te conseille de te couvrir avec ces peaux que tu vois sur le lit. Je m'excuse si je suis lourd, mais le Seigneur nous a faits avec un corps : derrière cette petite porte voici un réduit, où est un siège fort peu royal, mais tout ce que ton corps voudra expulser cherra dans une cuve au sous-sol, sans corrompre l'air de cette chambre. On n'entre que par la porte que nous venons de franchir, et au-delà de celle-ci, après que tu l'auras fermée de l'intérieur avec le verrou, resteront tes courtisans qui devront s'habituer à dormir sur ces bancs, mais ils seront garants de ta tranquillité. »

Ils avaient remarqué sur le manteau de la cheminée un haut relief circulaire. C'était une tête de Méduse, aux cheveux entortillés tels des serpents, les yeux clos et une bouche charnue ouverte, qui montrait une cavité sombre dont on ne discernait pas le fond (« Comme celle que j'ai vue avec toi dans la citerne, seigneur Nicétas »). Intrigué, Frédéric avait demandé de quoi il retournait.

Ardzrouni avait dit que c'était une oreille de Denys : « C'est une de mes magies. A Constantinople, il est encore de vieilles pierres de ce genre, il a seulement suffi de mieux creuser la bouche. Il y a une salle, au-dessous, où se trouve d'habitude ma petite garnison, mais tant que toi, seigneur empereur, tu habiteras ici, on la laissera déserte. Tout ce que l'on dit en bas sort par cette bouche, comme si celui qui parle était derrière le tondo. Et si je voulais, je pourrais entendre de quoi s'entretiennent mes hommes.

— Si je pouvais savoir, moi, de quoi s'entretiennent mes cousins, dit Frédéric. Ardzrouni, tu es un homme précieux. Nous reparlerons de ça aussi. A présent, faisons nos projets pour demain. Au matin, je veux me baigner dans la rivière.

— Tu pourras l'atteindre aisément, à cheval ou à pied, dit Ardzrouni, et sans même passer par la cour où tu es entré. De fait, après la porte de la salle d'armes, s'ouvre un étroit escalier qui arrive à la cour secondaire. A partir de là, tu peux retrouver le sentier principal.

— Baudolino, dit Frédéric, fais préparer quelques chevaux dans cette cour, pour demain matin.

— Père, dit Baudolino, je sais parfaitement combien tu aimes affronter les eaux les plus agitées. Mais maintenant tu es las du voyage, et de toutes les épreuves que tu as subies. Tu ne connais pas les eaux de cette rivière, qui me semblent pleines de remous. Pourquoi veux-tu risquer ?

— Parce que je suis moins vieux que tu ne penses, cher enfant, et parce que, s'il n'était pas trop tard, à la rivière, j'irais tout de suite, tant je me sens sale de poussière. Un empereur ne doit pas puer, si ce n'est des huiles des saintes onctions. Fais préparer les chevaux.

— Comme dit l'*Ecclésiaste*, fit timidement Rabbi Solomon, tu ne nageras jamais contre le courant du fleuve.

— Et qui a dit que je nagerai contre, rit Frédéric, je le suivrai.

« — Il ne faudrait jamais se laver trop souvent, dit Ardzrouni, si ce n'est sous la conduite d'un médecin avisé, mais toi ici tu es le maître. Plutôt, il n'est pas tard, ce serait pour moi un honneur immérité que de te faire visiter mon château. »

Il leur fit redescendre le grand escalier, à l'étage inférieur ils passèrent par une salle consacrée au festin du soir, déjà éclairée par de nombreux chandeliers. Puis ils passèrent par une vaste salle pleine de tabourets, dont une partie était sculptée d'un immense colimaçon renversé, une structure spiraliforme qui se resserrait en entonnoir, avec un trou central. « C'est la salle des gardes dont je t'ai parlé, dit-il, et qui parle en approchant la bouche de ce pertuis peut être entendu dans ta chambre.

— J'aimerais en entendre l'effet », dit Frédéric. Baudolino dit, par plaisanterie, que cette nuit il viendrait là pour le saluer alors qu'il serait endormi. Frédéric rit et dit non, car cette nuit il voulait se reposer en paix. « A moins, ajouta-t-il, que tu ne doives m'avertir que le sultan d'Iconium s'introduit par le manteau de la cheminée. »

Ardzrouni les fit passer par un couloir, et ils entrèrent dans une salle aux amples voûtes, qui luisaient de lueurs et fumaient de volutes de vapeur. Il y avait des chaudières où bouillait une matière en fusion, des cornues et des alambics, et d'autres curieux récipients. Frédéric demanda si Ardzrouni produisait de l'or. Ardzrouni sourit, disant que c'étaient là des fables d'alchimistes. Mais il savait dorer les métaux et produire un élixir qui, s'il n'était pas de longue vie, du moins allongeait un peu la très brève que le sort nous a impartie. Frédéric dit qu'il ne voulait pas en goûter : « Dieu a fixé la longueur de notre vie, et il faut se résigner à sa volonté. Je peux mourir demain, comme je peux vivre jusqu'à cent ans. Tout est entre les mains du Seigneur. » Rabbi Solomon avait observé que ses paroles étaient très sages, et tous deux s'étaient entretenus assez longtemps sur l'affaire des décrets divins, et c'était la première fois que Baudolino écoutait Frédéric parler de ces choses-là.

Tandis que les deux conversaient, Baudolino vit du coin de l'œil Zosime qui s'introduisait dans un local contigu par une porte étroite, et Ardzrouni qui le talonnait, préoccupé. Craignant que Zosime ne connût quelque passage qui lui

323

aurait permis de s'échapper, Baudolino avait suivi ces derniers et s'était retrouvé dans une chambre exiguë meublée d'une seule maie, et sur la maie il y avait sept têtes dorées. Elles représentaient toutes le même visage barbu, et elles se maintenaient sur un piédestal. On les reconnaissait pour des reliquaires, car, entre autres, on voyait que la tête aurait pu s'ouvrir comme une châsse, mais les bords du couvercle, où se dessinait le visage, étaient fixés sur le côté postérieur par un sceau de cire sombre.

« Qu'est-ce que tu cherches ? » demandait Ardzrouni à Zosime, sans avoir encore remarqué la présence de Baudolino.

Zosime répondit : « J'avais entendu dire que tu fabriquais des reliques, et que tes diableries pour la dorure des métaux te servaient à ça. Ce sont des têtes de Jean-Baptiste, n'est-ce pas ? J'en ai vu d'autres, et maintenant je sais à coup sûr d'où elles viennent. »

Baudolino toussota avec délicatesse, en un sursaut Ardzrouni fit volte-face et porta les mains à sa bouche, ses yeux roulaient de peur : « Je t'en prie, Baudolino, ne dis rien à l'empereur, il me fait pendre, dit-il à voix basse. Eh bien oui, ce sont des reliquaires avec la vraie tête de saint Jean-Baptiste. Chacun d'eux contient un crâne, traité avec des fumigations de façon qu'il rapetisse et paraisse très ancien. Je vis sur cette terre sans ressource aucune, point de champs à ensemencer et point de bétail, et mes richesses sont limitées. Je fabrique des reliques, c'est vrai, et elles sont très demandées aussi bien en Asie qu'en Europe. Il suffit de placer deux de ces têtes à une grande distance l'une de l'autre, par exemple une à Antioche et l'autre en Italie, et personne ne s'aperçoit qu'il y en a deux. » Il souriait avec une huileuse humilité, comme s'il demandait compréhension pour un péché, somme toute, véniel.

« Je n'ai jamais soupçonné que tu sois un homme vertueux, Ardzrouni, dit Baudolino en riant. Garde tes têtes, mais sortons tout de suite, sinon nous éveillons des soupçons chez les autres, et chez l'empereur. » Ils sortirent, alors que Frédéric terminait son échange de réflexions religieuses avec Solomon.

L'empereur demanda quelles autres choses prodigieuses leur hôte avait à produire, et Ardzrouni, impatient de les éloigner de cette salle, les ramena dans le couloir. De là, ils parvinrent devant une porte close, à deux battants, flanquée d'un autel, de ceux dont les païens se servaient pour leurs sacrifices, et dont Baudolino avait vu de nombreux vestiges à Constantinople. Sur l'autel, il y avait des fagots et des branchages. Ardzrouni versa dessus un liquide pâteux et foncé, il prit une des torches qui éclairaient le couloir et alluma le bûcher. Aussitôt l'autel flamba et en l'espace de quelques minutes on commença à entendre un léger bouillonnement souterrain, un lent grincement, tandis qu'Ardzrouni, bras levés, prononçait des formules dans une langue barbare mais en regardant de temps à autre ses hôtes, comme pour faire comprendre qu'il incarnait un hiérophante ou un nécromancien. Enfin, à la stupeur générale, les deux battants s'ouvrirent sans que personne les eût touchés.

« Les merveilles de l'art hydraulique, sourit, orgueilleux, Ardzrouni, que je cultive en suivant les sages des arts mécaniques d'Alexandrie, d'il y a de nombreux siècles. C'est simple : sous l'autel se trouve un récipient de métal qui contient de l'eau, laquelle est réchauffée par le feu qui brûle sur l'autel. Elle est changée en vapeur et, à travers un siphon, qui n'est au fond rien qu'un tube recourbé servant à transvaser de l'eau d'un endroit à un autre, cette vapeur va remplir un seau, et là, se refroidissant, la vapeur se change en eau ; le poids de l'eau fait déplacer le seau vers le bas ; le seau, en descendant, grâce à une petite poulie à quoi il est suspendu, entraîne le mouvement de deux rouleaux de bois, qui agissent directement sur les tourillons de la porte. Et la porte s'ouvre. Simple, pas vrai ?

— Simple ? dit Frédéric. Stupéfiant ! Mais vraiment les Grecs connaissaient pareils prodiges ?

— Ceux-ci et d'autres, et les prêtres égyptiens les connaissaient, qui utilisaient cet artifice pour commander à haute voix l'ouverture des portes d'un temple, et les fidèles criaient au miracle », dit Ardzrouni. Puis il invita l'empereur à franchir le seuil. Ils entrèrent : au centre de la salle se dressait un extraordinaire instrument. C'était une sphère de cuir, fixée à une surface circulaire par ce qui semblait être deux manches pliés à angle droit, et la surface délimitait une sorte de bassin métallique sous lequel se trouvait un autre amoncellement de bois. De la sphère, en haut et en bas, sortaient deux tubes, qui se terminaient par deux becs tournés dans des directions opposées. A mieux observer, on remarquait que les deux manches aussi, qui fixaient la sphère au plan circulaire, étaient des tubes insérés en bas dans le bassin et en haut ils pénétraient à l'intérieur de la sphère.

« Le bassin est plein d'eau. A présent nous allons réchauffer cette eau », dit Ardzrouni, et de nouveau il fit s'enflammer un grand feu. On dut attendre quelques minutes que l'eau commençât à bouillir, après quoi on entendit un sifflement d'abord léger, puis plus fort, et la sphère se mit à tourner autour de ses deux supports, tandis que, des becs, s'échappaient des jets de vapeur. La sphère tourna un petit laps de temps puis son élan donna des signes de ralentissement, et Ardzrouni se hâta d'obturer les tubes avec une sorte d'argile molle. Il dit : « Là aussi le principe est simple. L'eau qui bout dans le bassin se transforme en vapeur. La vapeur monte dans la sphère mais, en sortant avec violence de deux directions opposées, elle lui imprime un mouvement tournoyant.

— Et quel miracle cela devrait-il feindre? demanda Baudolino.

— Cela ne feint rien, mais montre une grande vérité, en somme cela fait toucher du doigt l'existence du vide. »

On peut imaginer alors Boron. A entendre parler du vide, il avait tout de suite eu un soupçon et demandé comment il se faisait que ce tour de magie hydraulique pouvait prouver que le vide existe. C'est simple, lui avait dit Ardzrouni, l'eau du bassin devient vapeur et va occuper la sphère, la vapeur s'échappe de la sphère en la faisant tourner; quand la sphère fait mine de vouloir s'arrêter, signe qu'à l'intérieur elle n'a plus de vapeur, on ferme les becs. Et alors, que reste-t-il dans le bassin et dans la sphère? Rien, c'est-à-dire le vide.

« Je voudrais bien le voir, dit Boron.

— Pour le voir, il faudrait que tu ouvres la sphère, et aussitôt l'air y entrerait. Cependant il est un lieu où tu pourrais te trouver et ressentir la présence du vide. Mais tu t'en rendrais compte pendant peu de temps car, l'air faisant défaut, tu mourrais étouffé.

— Et où est cet endroit?

— C'est une salle au-dessus de nous. Et maintenant, je te montre comment tu pourrais faire le vide dans cette salle. » Il éleva sa torche et montra une autre invention qui jusqu'alors était restée dans la pénombre. Elle était beaucoup plus complexe que les deux précédentes parce qu'elle avait, pour ainsi dire, ses propres entrailles mises à nu. Il y avait un énorme et vertical rouleau d'albâtre dont l'intérieur montrait l'ombre obscure d'un autre corps en forme de tambour qui l'occupait à moitié, et moitié se trouvait à l'extérieur, verrouillé dans la partie supérieure à une sorte de manche démesuré pouvant être actionné par les deux mains d'un homme, à la manière d'un levier. Ardzrouni maniait ce levier, et on voyait le tambour d'abord s'élever et puis s'abaisser jusqu'à occuper complètement le rouleau. Sur la partie supérieure du rouleau d'albâtre était entée une grande buse faite de morceaux de vessies d'animaux, soigneusement cousus entre eux. Cette buse finissait avalée par le plafond. Sur la partie inférieure, à la base du rouleau, s'ouvrait un trou.

« Donc, expliquait Ardzrouni, ici nous n'avons pas d'eau mais seulement de l'air. Quand à l'intérieur le tambour est abaissé, il comprime l'air contenu dans le rouleau d'albâtre, et l'expulse par le trou inférieur. Quand le levier l'élève, le tambour actionne un petit couvercle qui va obturer le trou inférieur, de façon que l'air qui est sorti du rouleau d'albâtre ne puisse rentrer. Quand le tambour se soulève complètement, il actionne un autre couvercle faisant entrer de l'air qui, par la buse que vous voyez, provient de la salle dont je vous ai parlé. Lorsque le tambour s'abaisse à nouveau, il expulse aussi cet air-là. Peu à peu cette invention aspire tout l'air de la salle du haut et le fait sortir ici, à telle enseigne que là-haut se crée le vide.

— Et dans cette salle du haut, de nulle part l'air ne peut entrer? s'enquit Baudolino.

— Non. A peine cette invention est mise en mouvement, grâce à ces cordes auxquelles est relié le levier, elle ferme chaque pertuis ou hiatus par quoi la salle pourrait recevoir de l'air.

— Mais avec cette invention tu pourrais tuer un homme qui se trouverait dans cette salle, dit Frédéric.

— Je pourrais, mais je ne l'ai jamais fait. Toutefois j'y ai placé un poulet. Après l'expérience, je suis monté, le poulet était mort. »

Boron secouait le chef et murmurait à l'oreille de Baudolino : « Ne vous fiez pas à lui, il ment. Si le poulet était mort, cela voudrait dire que le vide existe. Mais comme il n'existe pas, le poulet a encore bon bec bon œil. Ou bien il est mort, mais de peines subies. » Puis il dit à haute voix à Ardzrouni : « Tu n'as jamais entendu dire que les animaux meurent aussi au fin fond des puits vides, où s'éteignent les chandelles ? Certains en tirent la conclusion que là-bas il n'y a donc pas d'air, qu'il y a le vide, donc. En revanche, au fin fond des puits manque l'air subtil, mais il reste l'air dense et méphitique, et c'est celui-ci qui éteint et le souffle de l'homme et la flamme de la chandelle. C'est sans doute ce qui se passe dans ta salle. Tu aspires l'air subtil, mais il reste le dense, qui ne se laisse pas aspirer, et ce dernier suffit à faire mourir ton poulet.

— Suffit, dit Frédéric, tous ces artifices sont gracieux mais, sauf les miroirs là-haut, aucun ne pourrait servir dans un siège ou dans une bataille. Et alors, à quoi bon ? Allons, j'ai faim. Ardzrouni, tu m'as promis un bon souper. Il me semble que c'est la bonne heure. »

Ardzrouni s'inclina et conduisit Frédéric et les siens dans la salle du festin, qui, à dire vrai, fut splendide, du moins pour des personnes qui avaient mangé des semaines durant les maigres vivres du camp. Ardzrouni offrit le meilleur de la cuisine arménienne et turcomane, y compris certains gâteaux si doux qu'ils donnèrent aux invités la sensation de se noyer dans le miel. Comme convenu, Baudolino et les siens goûtaient chaque plat avant qu'il fût présenté à l'empereur. Contre toute étiquette de cour (mais quand on était en guerre, l'étiquette subissait toujours de larges exceptions) ils étaient tous assis à la même table, et Frédéric buvait et mangeait avec jubilation comme s'il se trouvait être un de leurs compères, en écoutant, piqué de curiosité, une dispute qui avait débuté entre Boron et Ardzrouni.

Boron disait : « Tu t'obstines à parler du vide, comme si c'était un espace dépourvu de tout autre corps, fût-il aérien. Mais un espace dépourvu de corps ne peut exister parce que l'espace est une relation entre les corps. En outre, le vide ne peut résister parce que la nature en a horreur, comme enseignent tous les grands philosophes. Si tu aspires l'air d'un roseau plongé dans l'eau, l'eau monte parce qu'elle ne peut laisser un espace vide d'air. En outre écoute, les objets tombent vers la terre, et une statue de fer plus rapidement qu'un morceau de drap, parce que l'air a de la peine à soutenir le poids de la statue alors qu'il porte aisément le drap. Les oiseaux volent parce que, en remuant les ailes, ils agitent beaucoup d'air, qui les porte malgré leur poids. Ils sont soutenus par l'air autant que les poissons le sont par l'eau. Si l'air n'existait pas, les oiseaux cherraient, mais remarque bien, à la même vélocité que tout autre corps. Par conséquent, s'il y avait le vide dans le ciel, les étoiles auraient une vélocité infinie, parce qu'elles ne seraient pas retenues dans leur chute, ou dans leur cercle, par l'air, qui fait résistance à leur poids immense. »

Ardzrouni répliquait : « Qui a dit que la vélocité d'un corps est proportionnelle à son poids? Comme disait Johannes Philoponus, cela dépend du mouvement qu'on lui a donné. Et puis dis-moi, s'il n'y avait pas le vide, comment feraient les choses pour se déplacer? Elles se heurteraient à l'air, qui ne les laisserait pas passer.

— Mais non! Quand un corps déplace l'air, qui se trouvait où le corps va, l'air va occuper la place que le corps a quittée! C'est comme deux personnes qui vont dans des directions opposées par une voie étroite. Elles rentrent le ventre, s'écrasent chacune contre le mur, au fur et à mesure que l'une s'insinue dans une direction, l'autre s'insinue dans la direction opposée, et enfin l'une a pris la place de l'autre.

— Oui, parce que chacune des deux en vertu de sa propre volonté donne un mouvement à son propre corps. Mais il n'en va pas ainsi avec l'air, qui n'a pas de volonté. Il se déplace à cause de l'élan que lui transmet le corps achoppant contre lui. Mais l'élan engendre un mouvement dans le temps. Au moment où l'objet se meut et donne un élan à l'air qui se trouve face à lui, l'air n'est pas encore mû, et n'est donc pas encore à la place que l'objet vient de quitter pour le pousser. Et qu'y a-t-il à cette place, ne fût-ce qu'un instant? Le vide! »

Jusque-là, Frédéric s'était amusé à suivre la dispute, mais maintenant il en avait assez : « Ça suffit, avait-il dit. Demain, le cas échéant, vous essaierez de mettre un autre poulet dans la salle supérieure. A présent, en matière de poulets, laissez-moi manger celui-ci, et j'espère qu'on lui a tiré le cou comme Dieu le veut. »

25

Baudolino voit mourir Frédéric deux fois

L E SOUPER S'ÉTAIT PROLONGÉ jusqu'à une heure tardive, et l'empereur demanda de pouvoir se retirer. Baudolino et les siens le suivirent jusque dans sa chambre, dont ils firent encore une inspection à la lumière de deux torches qui brûlaient, fichées aux murs. Le Poète voulut aussi contrôler le manteau de la cheminée, mais il se contracturait presque aussitôt de manière à ne pas laisser d'espace pour le passage d'un être humain. « Ici, c'est déjà beaucoup si la fumée passe », dit-il. Ils regardèrent même dans le réduit défécatoire, mais nul n'aurait pu monter du fond du puits d'écoulement.

Près du lit, avec une lampe déjà allumée, il y avait un cruchon d'eau, et Baudolino voulut la goûter. Le Poète observa qu'ils auraient pu mettre une substance vénéfique sur le coussinet où Frédéric appuierait la bouche en dormant. Il aurait été bon, observa-t-il, que l'empereur eût toujours un contrepoison à portée de main, on ne sait jamais...

Frédéric dit de ne pas exagérer avec ces peurs, mais Rabbi Solomon demanda humblement la parole. « Seigneur, dit Solomon, tu sais que je me suis loyalement consacré, bien que juif, à l'entreprise qui couronnera ta gloire. Ta vie m'est chère comme ma propre vie. Ecoute. J'ai acheté à Gallipoli un contrepoison prodigieux. Prends-le, ajouta-t-il en sortant la fiole de sa simarre, je te le donne, car dans ma pauvre vie j'aurai peu d'occasions d'être insidieusement poursuivi par des ennemis trop puissants. Si par hasard une de ces nuits tu te sentais mal, avale-le tout de suite. T'eût-on fait boire quelque chose de nocif, il te sauverait à l'instant.

— Je te remercie, Rabbi Solomon, dit Frédéric ému, et bien nous en a pris, nous Teutoniques, de protéger ceux de ta race, et ainsi ferons-nous pour les siècles à venir, je te le jure au nom de mon peuple. J'accepte ton liquide salvifique, et voici ce que je fais. » Il tira de son sac de voyage l'écrin et son Gradale, qu'il portait désormais toujours et jalousement avec lui. « Voici, regarde, dit-il, je verse la liqueur, que toi Juif, tu m'as donnée, dans la coupe qui a contenu le sang du Seigneur. »

Solomon s'inclina, mais il murmura, perplexe, à Baudolino : « La potion d'un Juif qui devient le sang du faux Messie... Que le Saint, toujours béni soit-il, me pardonne. Mais d'ailleurs cette histoire du Messie, vous l'avez inventée, vous, les gentils, et pas Yeoshoua de Nazareth, qui était un juste, et nos rabbins racontent qu'il étudiait le Talmud avec Rabbi Yeoshoua ben Pera'hia. Au fond, j'aime bien ton empereur. Je crois qu'il faut obéir aux mouvements du cœur. »

Frédéric avait pris le Gradale, et il s'apprêtait à le déposer dans l'arche, quand Kyot l'interrompit. Ce soir-là, tous se sentaient autorisés à adresser la parole à l'empereur sans avoir été sollicités à le faire : il s'était créé un climat de familiarité, entre cette poignée de fidèles et leur seigneur, barricadés dans un lieu dont ils ne savaient pas encore s'il était hospitalier ou hostile. Or donc, Kyot dit : « Seigneur, ne pense pas que je doute de Rabbi Solomon, mais lui aussi pourrait avoir été trompé. Permets-moi de goûter ce liquide.

— Seigneur, je t'en prie, laisse faire Kyot », dit Rabbi Solomon.

Frédéric consentit. Kyot leva la coupe, du geste du célébrant, puis il l'approcha à peine de sa bouche, comme s'il communiait. A ce moment, Baudolino aussi eut l'impression que dans la chambre se répandait une intense lumière, mais sans doute était-ce une des torches qui avait commencé à mieux brûler, là où s'accumulait une plus grande quantité de résine. Kyot demeura quelques instants incliné sur la coupe, remuant les lèvres comme pour bien absorber le peu de liquide qu'il avait pris. Puis il se retourna, la coupe serrée contre sa poitrine, et il la mit dans l'arche, avec délicatesse. Après quoi, il ferma le tabernacle, lentement, pour éviter le moindre bruit.

« Je sens le parfum, murmurait Boron.

— Vous voyez cette clarté? disait Abdul.

— Tous les anges du ciel descendent sur nous, dit avec conviction Zosime, en se signant à l'envers.

— Fils de femme dissolue, susurra le Poète à l'oreille de Baudolino, c'était une excuse pour dire sa sainte messe avec le Gradale, et quand il retournera chez lui, il s'en vantera depuis la Champagne jusqu'à la Bretagne. » Baudolino lui chuchota en retour de ne pas être malveillant, car Kyot agissait vraiment comme qui aurait été ravi dans le plus haut des cieux.

« Personne ne pourra plus nous faire plier, dit alors Frédéric, saisi d'une forte et mystique émotion. Jérusalem sera vite libérée. Et puis, tous nous irons restituer cette très sainte relique au Prêtre Jean. Baudolino, je te remercie pour ce que tu m'as donné. Je suis vraiment roi et prêtre... »

Il souriait, tout en tremblant. Cette brève cérémonie paraissait l'avoir bouleversé. « Je suis las, dit-il. Baudolino, maintenant je m'enferme dans cette chambre avec ce verrou. Faites bonne garde, et merci pour votre attachement. Ne me réveillez pas tant que le soleil ne sera pas haut dans le ciel. Et puis j'irai me baigner. » Il ajouta encore : « Je suis terriblement las, je voudrais ne plus me réveiller pendant des siècles et des siècles.

— Une longue nuit tranquille, te suffira, père, dit Baudolino avec affection. Tu ne dois pas partir à l'aube. Si le soleil est haut, l'eau sera moins froide. Dors dans la sérénité. »

Ils sortirent. Frédéric rapprocha les battants de la porte et ils entendirent le déclenchement du verrou. Ils se rangèrent sur les bancs tout autour.

« Nous n'avons pas de réduit impérial à notre disposition, dit Baudolino. Allons vite faire nos besoins dans la cour. Un à la fois, pour ne jamais laisser dégarnie la chambre. Cet Ardzrouni peut bien être une brave personne, mais nous devons ne nous fier qu'à nous-mêmes. » Quelques minutes plus tard, tous étaient rentrés. Baudolino éteignit la lampe, souhaita la bonne nuit à tous, et il essaya de s'endormir.

« Je me sentais inquiet, seigneur Nicétas, sans pour autant en avoir de bonnes raisons. Je dormais d'une manière anxieuse, et je me réveillais après de courts rêves pâteux, comme pour interrompre un cauchemar. Dans le demi-sommeil je voyais ma pauvre Colandrina qui buvait à un gradale de pierre noire et tombait raide morte sur le sol. Une heure après, j'entendis un bruit. La salle d'armes aussi avait une fenêtre, par où filtrait une lumière nocturne très pâle; je crois qu'il y avait un quart de lune dans le ciel. Je compris que c'était le Poète qui sortait. Sans doute ne s'était-il pas assez libéré. Plus tard – je ne sais pas combien de temps, parce que je m'endormais et me réveillais, et chaque fois il me semblait que peu de temps avait passé, mais sans doute n'était-ce pas le cas – Boron sortit. Puis je l'entendis revenir, et Kyot qui lui murmurait que lui aussi il était nerveux et voulait prendre l'air. Mais au fond mon devoir était de contrôler qui tenterait d'entrer, pas qui sortait, et je comprenais que nous étions tous tendus. Ensuite, je ne me souviens pas, je ne me rendis pas compte du moment où rentra le Poète mais, bien avant l'aube, ils dormaient tous profondément, et ainsi les ai-je vus quand, aux premières clartés du soleil, je me suis définitivement éveillé. »

La salle d'armes était maintenant illuminée par le matin triomphant. Des serviteurs apportèrent du vin et du pain, et quelques fruits de la région. Bien que Baudolino avertît de ne pas faire de vacarme, pour ne pas déranger l'empereur, chacun faisait du bruit avec bonne humeur. Une heure après, encore que Frédéric eût demandé de ne pas être réveillé, il parut à Baudolino qu'il était suffisamment tard. Il frappa à la porte, sans obtenir de réponse. Il frappa encore.

« Il dort comme un loir, rit le Poète.

— Je ne voudrais pas qu'il ne se fût pas senti très bien », hasarda Baudolino.

Ils frappèrent encore, de plus en plus fort. Frédéric ne répondait pas.

« Hier, il paraissait vraiment épuisé, dit Baudolino. Il pourrait avoir été pris de quelque malaise. Enfonçons la porte.

— Restons calmes, dit le Poète, violer la porte qui protège le sommeil de l'empereur est presque un sacrilège!

— Allons pour le sacrilège, dit Baudolino. Cette histoire ne me plaît pas. »

En désordre ils se jetèrent contre la porte, qui était robuste, et le verrou, qui la barrait, devait être solide.

« De nouveau, tous ensemble, à mon signal un seul coup d'épaule », dit le Poète, en ayant désormais conscience que, si un empereur ne s'éveille pas alors que tu abats sa porte, de toute évidence il dort d'un sommeil suspect. La porte résistait encore. Le Poète alla libérer Zosime endormi à la chaîne, et il disposa tout le monde sur deux rangées, de façon qu'ensemble ils s'élançassent pour pousser avec force les deux battants. A la quatrième tentative, la porte céda.

Alors, étendu au milieu de la chambre, ils virent Frédéric inanimé, presque nu, tel qu'il s'était mis au lit. A côté de lui, le Gradale, vide, avait roulé par terre. La cheminée montrait seulement des résidus de combustion, comme si elle avait été allumée et s'était enfin éteinte. La fenêtre était fermée. Dans la chambre dominait une odeur de bois et de charbon brûlé. Boron, en toussant, alla ouvrir les vitres pour faire entrer l'air.

Pensant que quelqu'un s'était introduit dans la chambre et s'y trouvait encore, le Poète et Boron se précipitèrent l'épée au clair pour fouiller chaque coin, tandis que Baudolino, agenouillé près du corps de Frédéric, soulevait la tête impériale et la giflait avec délicatesse. Le Boïdi se rappela le cordial qu'il avait acheté à Gallipoli, ouvrit le chaton de sa bague, écarta de force les lèvres de l'empereur et lui versa le liquide dans la bouche. Frédéric restait inanimé. Son visage était terreux. Rabbi Solomon se pencha sur lui, tenta de lui ouvrir les yeux, lui tâta le front, le cou, le pouls, puis il dit en tremblant : « Cet homme est mort, que le Saint, béni soit-il toujours, ait pitié de son âme.

— Très saint Christ, ce n'est pas possible! » hurla Baudolino. Mais, pour inexpert qu'il fût en médecine, il se rendit compte que Frédéric, saint et romain empereur, gardien du très saint

Gradale, espérance de la chrétienté, dernier et légitime descendant de César, Auguste et saint Charlemagne, n'était plus. Immédiatement il pleura, couvrit de baisers cette face pâle, se déclara son fils très aimé, dans l'espoir qu'il l'entendît, puis il se rendit compte que tout était vain.

Il se leva, cria à ses amis de regarder encore partout, jusque sous le lit, ils cherchèrent des passages secrets, ils sondèrent chaque mur : il était évident que non seulement personne ne se cachait, mais ne s'était jamais caché dans cet endroit. Frédéric Barberousse était mort dans une chambre hermétiquement close de l'intérieur, et protégée de l'extérieur par ses fils les plus dévoués.

« Appelez Ardzrouni, il est expert ès arts de la médecine, criait Baudolino.

— Moi, je suis expert ès arts de la médecine, se plaignait Rabbi Solomon, crois-moi, ton père est mort.

— Mon Dieu, mon Dieu, extravaguait Baudolino, mon père est mort! Avertissez les gardes, appelez son fils. Cherchons ses assassins!

— Un instant, dit le Poète. Pourquoi parler d'assassinat? Il était dans une chambre close, il est mort. Tu vois à ses pieds le Gradale, qui contenait le contrepoison. Peut-être s'est-il senti mal, il a craint d'être empoisonné, il a bu. D'autre part, il y avait un feu allumé. Qui peut l'avoir allumé, si ce n'est lui? Je connais des gens qui ont ressenti une forte douleur à la poitrine, se sont couverts de sueur glacée, ont essayé de se réchauffer, claquaient des dents, et ils sont morts peu après. Peut-être la fumée de la cheminée a-t-elle empiré son état.

— Mais qu'y avait-il dans le Gradale? hurla alors Zosime en roulant des yeux et en empoignant Rabbi Solomon.

— Arrête, perfide, lui dit Baudolino. Tu as vu toi aussi que Kyot a goûté le liquide.

— Trop peu, trop peu, répétait Zosime, en secouant Solomon. Pour s'enivrer une gorgée ne suffit pas! Sots que vous êtes, vous fier à un Juif!

— Sots que nous sommes, mais de nous fier à un maudit Gréculet comme toi », cria le Poète en donnant une bourrade à Zosime et en le séparant du pauvre Rabbi qui grelottait de peur.

Kyot, entre-temps, avait pris le Gradale et l'avait replacé religieusement dans l'arche.

« En somme, demanda Baudolino au Poète, tu veux dire qu'il n'a pas été tué, et qu'il est mort par la volonté du Seigneur?

— Il est plus facile de penser de la sorte, plutôt que de penser à un être fait d'air qui aurait franchi la porte que nous gardions si bien.

— Et alors, appelons le fils, et les gardes, dit Kyot.

— Non, dit le Poète. Mes amis, nous jouons là notre tête. Frédéric est mort, et nous savons que personne n'aurait jamais pu entrer dans cette chambre close. Mais le fils, et les autres barons, ne le savent pas. Pour eux, ç'aura été nous.

— Quelle pensée misérable! » dit Baudolino encore en pleurs.

Le Poète dit : « Baudolino, écoute : le fils ne t'aime pas, il ne nous aime pas et il s'est toujours méfié de nous. Nous étions de garde, l'empereur est mort, par conséquent nous sommes les responsables. Avant que nous n'ayons pu dire quoi que ce soit, le fils nous aura pendu à quelque arbre, et si dans cette maudite vallée il n'existe pas un arbre, il nous fera pendre du haut des murailles. Tu le sais, Baudolino, le fils, cette histoire du Gradale, il l'a toujours vue comme un complot pour entraîner son père où il n'aurait jamais dû aller. Il nous occit, et d'un seul coup d'un seul il se libère de nous tous. Et ses barons? Le bruit que l'empereur ait été tué les aiguillonnerait à s'accuser les uns les autres, ce serait un massacre. Nous, nous sommes le bouc à sacrifier pour le bien de tous. Qui croira au témoignage d'un petit bâtard comme toi, excuse-moi tu veux, d'un ivrogne comme moi, d'un Juif, d'un schismatique, de trois clercs errants, et du Boïdi qui, en tant qu'Alexandrin, avait plus que tous des motifs de rancœur envers Frédéric? Nous sommes déjà morts, Baudolino, comme ton père adoptif.

— Et alors? demanda Baudolino.

— Et alors, dit le Poète, l'unique solution c'est de faire croire que Frédéric a rendu l'âme hors d'ici, où nous n'étions pas tenus de le protéger.

— Mais comment?

— N'a-t-il pas dit qu'il voulait aller à la rivière? Nous le rhabillons sans cérémonie et nous lui mettons son manteau sur le dos. Nous descendons dans la petite cour, où il n'y a personne mais nous attendent depuis hier soir les chevaux. Nous l'attachons sur la selle, nous allons au fleuve, et là les eaux l'emporteront. Mort glorieuse, pour cet empereur qui, tout vieux qu'il soit, affronte les forces de la nature. Le fils décidera si poursuivre vers Jérusalem ou rentrer à la maison. Et nous, nous pourrons dire que nous continuons vers les Indes, pour nous acquitter du dernier vœu de Frédéric. Au Gradale, le fils ne paraît pas croire. Nous le prenons, nous, et nous allons faire ce que l'empereur aurait voulu faire.

— Mais il faudra feindre une mort, dit Baudolino avec un regard éperdu.

— Il est mort? Il est mort. Cela nous navre tous, mais il est mort. Au moins on ne va pas raconter qu'il est mort alors qu'il est encore vif? Il est mort, Dieu l'accueille au milieu de ses saints. Simplement nous disons qu'il est mort noyé dans la rivière, au grand air, et pas dans cette chambre que nous aurions dû défendre. Nous mentons? Si peu. S'il est mort, qu'importe s'il a pu mourir là-dedans ou là-dehors? Nous l'avons tué, nous? Nous savons tous qu'il n'en a pas été ainsi. Nous le faisons mourir là où même les gens les plus mal disposés à notre égard ne pourront nous calomnier. Baudolino, c'est l'unique voie, il n'y en a pas d'autre, que tu tiennes à ta peau ou que tu veuilles arriver chez le Prêtre Jean et célébrer en sa présence l'extrême gloire de Frédéric. »

Le Poète, bien que Baudolino maudît sa froideur, avait raison, et tous furent d'accord avec lui. Ils revêtirent Frédéric, le portèrent dans la plus petite cour, l'assurèrent à la selle en lui glissant un étai contre le dos, comme le Poète avait fait un jour avec les trois Mages, de manière qu'il eût l'air droit sur son palefroi.

« Seuls Baudolino et Abdul l'emmènent à la rivière, dit le Poète, car une escorte nombreuse attirerait l'attention des sentinelles, qui pourraient avoir l'idée de se réunir au groupe. Nous autres, nous demeurons à la garde de la chambre, qu'Ardzrouni ou d'autres ne pensent pas y entrer, et nous la remettons en ordre. Mieux, moi j'irai sur les murs pour bavarder avec ceux de l'escorte, ainsi je les distrais tandis que vous deux vous sortez. »

Il semblait que le Poète fût resté le dernier en mesure de prendre des décisions sensées. Tous obéirent. Baudolino et Abdul sortirent par la cour sur leurs palefrois, lentement, en tenant entre eux celui de Frédéric. Ils parcoururent le sentier latéral jusqu'à ce qu'ils rejoignissent le principal, descendirent les épaisses marches en épi serré, puis ils s'élancèrent au petit trot dans la plaine, en direction du fleuve. Les hommes d'armes, du haut des remparts, saluèrent l'empereur. Ce court voyage parut durer une éternité, mais enfin ils atteignirent la rive.

Ils se cachèrent derrière une touffe d'arbres. « D'ici, personne ne nous voit, dit Baudolino. Il y a un fort courant, le corps sera aussitôt emporté. Nous entrerons avec les chevaux dans l'eau pour le secourir, mais le fond est accidenté et il ne nous permettra pas de le rejoindre. Alors nous suivrons le corps depuis la rive, en demandant de l'aide... Le courant va vers les héberges. »

Ils délièrent le cadavre de Frédéric, le déshabillèrent, lui laissant le peu qu'un empereur nageant aurait voulu pour défendre sa pudeur. A peine le poussèrent-ils au milieu de la rivière que le courant s'en empara, et le corps fut entraîné en aval. Ils entrèrent dans la rivière, tirèrent les mors pour faire accroire que les chevaux s'emballaient, remontèrent sur la rive et suivirent au galop cette pauvre dépouille ballottée entre eau et pierre, en faisant des gestes d'alarme et en criant à ceux du camp qu'ils sauvent l'empereur.

Au loin, certains s'aperçurent de leurs signaux, sans comprendre ce qui se passait. Le corps de Frédéric était pris par les tourbillons, il allait de l'avant en tournant en rond, disparaissait sous l'eau et remontait un court instant à la surface. A une grande distance, il était difficile que l'on imaginât qu'un homme était en train de se noyer. A la fin quelqu'un comprit, trois cavaliers entrèrent dans l'eau mais le corps, quand il arriva jusqu'à eux, battit contre les sabots des chevaux effrayés et fut entraîné plus loin. Là-bas, des soldats entrèrent dans l'eau avec des piques et ils réussirent enfin à harponner le cadavre, le tirant à la rive.

Quand Baudolino et Abdul arrivèrent, Frédéric apparaissait souillé par les heurts contre la pierraille, et nul ne pouvait désormais supposer qu'il vécût encore. S'élevèrent de hautes lamentations, le fils fut averti, qui arriva, pâle et encore plus fiévreux, déplorant que son père eût voulu tenter une fois de plus sa lutte avec les eaux d'une rivière. Il se mit en colère contre Baudolino et Abdul, mais eux lui rappelaient qu'ils ne savaient pas nager, comme presque tous les êtres terricoles, et que lui savait parfaitement que quand l'empereur voulait se jeter à l'eau, personne ne parvenait à le retenir.

Le cadavre de Frédéric apparaissait à tout le monde gonflé d'eau, et pourtant – s'il était mort depuis des heures – de l'eau, il n'en avait certes pas avalé. Mais c'est ainsi, si tu tires un corps mort d'une rivière, tu penses qu'il s'est noyé, et noyé il te semble.

Tandis que Frédéric de Souabe et les autres barons recomposaient la dépouille de l'empereur et se consultaient, angoissés, sur ce qu'il fallait faire, et tandis qu'Ardzrouni descendait dans la vallée, prévenu du terrible événement, Baudolino et Abdul revinrent au château pour s'assurer que tout maintenant était en place.

« Imagine ce qui était arrivé entre-temps, seigneur Nicétas, dit Baudolino.

— Il ne faut pas être devin, sourit Nicétas. La sainte coupe, le Gradale avait disparu.

— C'est ça. Personne ne savait plus dire s'il avait disparu alors que nous étions dans la cour intérieure à attacher Frédéric au palefroi, ou après, quand chacun avait essayé de remettre en ordre la chambre. Ils étaient tous émotionnés, remuaient comme des abeilles ; le Poète était allé s'entretenir avec les gardes et il n'était pas là pour coordonner les actions de chacun avec son bon sens. A un certain point, au moment où ils allaient quitter la chambre, dans laquelle maintenant il semblait que rien de dramatique ne fût arrivé, Kyot avait donné un coup d'œil à l'arche, pour s'apercevoir que le Gradale n'était plus là. Quand je suis arrivé en compagnie d'Abdul, désormais chacun accusait les autres, soit de vol, soit d'incurie, tout en disant que peut-être, tandis que nous mettions Frédéric à cheval, Ardzrouni était entré dans la chambre. Mais non, disait Kyot, j'ai aidé à porter en bas l'empereur, mais ensuite je suis aussitôt remonté, précisément pour contrôler qu'ici ne viendrait personne, dans ce bref laps de temps Ardzrouni n'aurait pas réussi à monter. Alors c'est toi qui l'as pris, grinçait des dents Boron, en l'empoignant par le cou. Non, plutôt toi au contraire, répliquait Kyot en le repoussant, alors que je jetais par la fenêtre les cendres ramassées au pied de la cheminée. Du calme, du calme, criait le Poète, où se trouvait Zosime, plutôt, lorsque nous étions dans la cour ? Avec vous, et avec vous je suis remonté, jurait ses grands dieux Zosime, et Rabbi Solomon confirmait. Une chose était certaine, quelqu'un avait pris le Gradale, et de là à penser que celui qui l'avait dérobé était le même qui en quelque manière avait tué Frédéric, il n'y avait pas loin. Le Poète avait beau dire que Frédéric pouvait être mort de sa belle mort, et puis qu'un d'entre nous en avait profité pour prendre le Gradale, personne n'y croyait plus. Mes amis, nous calmait Rabbi Solomon, l'humaine folie a imaginé des crimes atroces, et cela depuis Caïn, mais aucun esprit humain n'a jamais été tortueux au point d'imaginer un crime dans une chambre close. Mes amis, disait Boron, quand nous sommes entrés, le Gradale était ici, et à présent il n'y est plus. Par conséquent, l'un d'entre nous l'a. Naturellement chacun demanda que ses bissacs fussent fouillés, mais le Poète se mit à rire. Si quelqu'un avait pris le Gradale, il l'avait serré dans un lieu caché de ce château, pour venir le reprendre après. Solution ? Si Frédéric de Souabe n'y avait pas mis d'obstacles, on partait tous ensemble pour le royaume du Prêtre Jean, et personne ne serait resté en arrière pour venir reprendre le Gradale. Moi je dis que c'était une chose horrible, nous aurions entrepris un voyage plein de dangers, chacun devant avoir confiance en l'appui de l'autre, et chacun (sauf un) aurait soupçonné tous les autres d'être l'assassin de Frédéric. Le Poète dit c'est comme ça ou rien, et il avait raison, malédiction. Nous aurions dû partir pour une des plus grandes aventures que jamais de bons chrétiens eussent encore affrontée, et tous nous nous serions méfiés de tous.

— Et vous êtes partis ?

« — Pas du jour au lendemain, on aurait pris cela pour une fuite. La cour entière se réunissait continuellement pour décider du sort de l'expédition. L'armée se désagrégeait, beaucoup voulaient rentrer chez eux par voie de mer, d'autres s'embarquer pour Antioche, d'autres encore pour Tripoli. Le jeune Frédéric avait choisi de poursuivre par voie de terre. Puis avait commencé la discussion sur ce que l'on devait faire du corps de Frédéric : qui proposait d'en extraire tout de suite les viscères, le plus corruptible, et de les enterrer au plus vite ; qui d'attendre l'arrivée à Tarse, la patrie de l'apôtre Paul. Mais le corps, même ainsi allégé, ne pouvait pas se conserver longtemps, et tôt ou tard il aurait fallu le faire bouillir dans un mélange d'eau et de vin, jusqu'à ce que les chairs se soient toutes séparées des os, et puissent être inhumées sur-le-champ, tandis que le reste aurait dû être placé dans un sépulcre à Jérusalem, une fois reconquise. Mais avant de faire bouillir le corps, je savais qu'il allait falloir le démembrer. Je ne voulais pas assister à ce carnage.

— J'ai entendu dire que personne ne sait ce qui est advenu de ces os.

— C'est ce que j'ai entendu moi aussi, mon pauvre père. A peine arrivé en Palestine, le jeune Frédéric est mort à son tour, consumé par la douleur, et par les âpretés du voyage. Du reste, ni Richard Cœur de Lion ni Philippe Auguste ne sont jamais arrivés à Jérusalem. Ce fut vraiment une entreprise malheureuse pour tous. Mais ces choses-là je ne les ai sues que cette année, depuis que je suis revenu à Constantinople. En ces jours lointains de Cilicie, j'ai réussi à convaincre Frédéric de Souabe que nous devions partir pour les Indes, afin d'obtempérer aux vœux de son père. Le fils m'a semblé soulagé par ma proposition. Il voulait seulement savoir de combien de chevaux j'aurais besoin, et combien de vivres. Va avec Dieu, Baudolino, m'a-t-il dit, je crois que nous ne nous reverrons plus. Sans doute pensait-il que je me perdrais dans des terres lointaines, et il s'est perdu lui, pauvre malheureux. Il n'était pas méchant, même s'il était rongé d'humiliation et d'envie. »

Doutant les uns des autres, nos amis durent décider qui

prendrait part au voyage. Le Poète avait observé que nous devions être douze. Si l'on voulait se voir traiter avec respect le long du chemin vers la terre du Prêtre Jean, il serait conseillable que les gens les prissent pour les douze Rois Mages, sur la voie du retour. Cependant comme il n'était pas certain que les Mages fussent vraiment douze, ou trois, aucun d'entre eux n'affirmerait jamais qu'ils étaient les Mages; mieux, si quelqu'un le demandait, ils répondraient que non, comme qui ne pourrait révéler un grand secret. Ainsi, niant devant tout le monde, quiconque voudrait croire, croirait. La foi des autres ferait devenir vraie leur réticence.

Or donc, il y avait Baudolino, le Poète, Boron, Kyot, Abdul, Solomon et le Boïdi. Zosime était indispensable, car il continuait à jurer connaître sur le bout des doigts la carte de Cosmas, même s'il était pour tous un peu écœurant que cette crapule dût passer pour un des Mages, mais on ne pouvait pas se montrer trop délicat. Il manquait quatre personnes. A ce point-là, Baudolino ne se fiait qu'aux Alexandrins, et il avait tenu au courant du projet le Cuttica de Quargnento, le frère de Colandrina, Colandrino Guasco, le Porcelli et Aleramo Scaccabarozzi, certes dit le Ciula, la Mule, mais cette Mule était un homme robuste, de confiance, pas questionneur. Ils avaient accepté car, désormais, eux aussi pensaient qu'à Jérusalem plus personne n'arriverait. Le jeune Frédéric donna dix chevaux et sept mulets, avec de la nourriture pour une semaine. Après, dit-il, la Divine Providence prendrait soin d'eux.

Tandis qu'ils s'occupaient de l'expédition, ils furent approchés par Ardzrouni, qui s'adressait à eux avec la même soumission courtoise qu'il réservait avant à l'empereur.

« Mes très chers amis, dit-il, je sais que vous êtes sur le point de partir pour un royaume lointain...

— Comment fais-tu pour le savoir, seigneur Ardzrouni? demanda, méfiant, le Poète.

— Les bruits courent... J'ai aussi entendu parler d'une coupe...

— Que tu n'as pas vue, n'est-ce pas? lui avait dit Baudolino en s'approchant si près de lui, qu'il l'obligea à se détourner.

— Jamais vue. Mais j'en ai entendu parler.

— Etant donné que tu sais tant de choses, demanda alors le Poète, tu ne saurais pas par hasard si quelqu'un est entré dans cette chambre alors que l'empereur mourait à la rivière?

— Vraiment, il est mort à la rivière? demanda Ardzrouni. C'est là ce que pense son fils, pour le moment.

— Mes amis, dit le Poète, il est évident que cet homme nous menace. Avec la confusion qu'il y a ces jours-ci entre héberge et château, il en faudrait peu pour lui donner un coup de scramasaxe dans le dos, et le jeter quelque part. Mais avant j'aimerais savoir ce qu'il nous veut. Le cas échéant, je lui coupe la gorge après.

— Seigneur et mon ami, dit Ardzrouni, je ne veux pas votre ruine, je veux éviter la mienne. L'empereur est mort sur ma terre, alors qu'il mangeait ma nourriture et buvait mon vin. De la part des impériaux, je ne peux plus m'attendre à aucune faveur, ou protection. Je devrai les remercier s'ils me laissent sain et sauf. Ici, cependant, je suis en danger. Depuis que j'ai donné l'hospitalité à Frédéric, le prince Léon a compris que je voulais l'attirer de mon côté contre lui. Tant que Frédéric était vivant, Léon n'aurait rien pu me faire — et c'est le signe que la mort de cet homme a été pour moi, ô combien, le plus grand des malheurs. Maintenant Léon dira que, par ma faute, lui, prince des Arméniens, n'a pas su garantir la vie du plus illustre de ses alliés. Une excellente occasion pour m'envoyer à la mort. Je n'ai plus d'issue. Il faut que je disparaisse pendant un long temps, et que je revienne avec quelque chose qui me redonne prestige et autorité. Vous êtes sur le point de partir pour trouver la terre du Prêtre Jean, et si vous réussissez ce sera une entreprise glorieuse. Je veux venir avec vous. Ce faisant, je vous montre avant tout que je n'ai pas pris la coupe dont vous parlez, car, dans le cas contraire, je resterais ici et je m'en servirais pour négocier avec quelqu'un. Je connais bien les terres vers l'orient, et je pourrais vous être utile. Je sais que le duc ne vous a pas donné d'argent, et j'emporterais avec moi le peu d'or dont je dispose. Enfin, et Baudolino le sait, j'ai sept reliques précieuses, sept têtes de saint Jean-Baptiste, et au cours du voyage nous pourrions les vendre, une ici une là.

— Et si nous refusions, dit Baudolino, tu irais souffler dans l'oreille de Frédéric de Souabe que nous sommes, nous, les responsables de la mort de son père.

— Je ne l'ai pas dit.

— Ecoute, Ardzrouni, tu n'es pas la personne que j'emmènerais avec moi, nulle part, mais désormais dans notre damnée aventure quiconque risque de devenir l'ennemi de l'autre. Un ennemi de plus, ça ne fera pas de différence.

— En vérité, cet homme serait un poids supplémentaire, avait dit le Poète, nous sommes déjà douze, et un treizième porte malheur. »

Tandis qu'ils discutaient, Baudolino réfléchissait aux têtes de Jean-Baptiste. Il n'était pas convaincu que ces têtes pussent vraiment être prises au sérieux mais, si elles pouvaient l'être, il s'avérait qu'elles valaient une fortune. Il était descendu dans la chambre exiguë où il les avait découvertes, et il en avait pris une pour l'observer avec attention. Elles étaient bien faites, le visage sculpté du saint avec les grands yeux grands ouverts et sans pupilles, inspirait de saintes pensées. Certes, à les voir toutes les sept en file, elles célébraient leur fausseté, mais montrées une à une, elles pouvaient être convaincantes. Il avait replacé la tête sur la maie, et il était remonté.

Trois d'entre eux étaient d'accord pour prendre Ardzrouni, les autres hésitaient. Boron disait qu'Ardzrouni avait quand même toujours l'air d'un homme qui tient son rang, et Zosime, ne serait-ce que pour des raisons de respect envers ces douze vénérables personnes, aurait pu passer pour un palefrenier. Le Poète objectait que les Mages ou bien avaient dix valets chacun ou bien ils voyageaient en grand secret tout seuls, un unique palefrenier aurait fait mauvaise impression. Quant aux têtes, ils auraient pu les prendre également sans prendre Ardzrouni. Alors là, Ardzrouni se mettait à pleurer et disait qu'ils le voulaient vraiment mort. En somme, ils renvoyèrent toute décision au lendemain.

Ce fut précisément le lendemain, quand le soleil était haut dans le ciel, alors qu'ils avaient presque terminé les préparatifs, qu'à l'improviste quelqu'un se rendit compte que de toute la matinée on n'avait plus vu Zosime. Dans la frénésie des deux derniers jours, personne ne l'avait plus surveillé, il aidait lui aussi à barder les chevaux et à charger les mulets, et on ne l'avait plus mis à la chaîne. Kyot prévint qu'il manquait un des mulets, et Baudolino eut comme une illumination. « Les têtes, s'écria-t-il, les têtes! Zosime était le seul avec moi et Ardzrouni à savoir où elles se trouvaient! » Il les entraîna tous dans le réduit des têtes et là ils se rendirent compte qu'il n'y avait plus désormais que six têtes.

Ardzrouni fouilla sous la maie pour voir si une tête par hasard était tombée, et il découvrit trois choses : un crâne d'homme, petit et noirci, un sceau avec un Zêta, et des résidus de cire à cacheter brûlée. La chose maintenant était hélas claire. Zosime, dans la confusion de la matinée fatale, avait enlevé le Gradale de l'arche où Kyot l'avait remis, en un éclair il était descendu ici, avait ouvert une tête, en avait ôté le crâne, y avait caché le Gradale, avec son sceau de Gallipoli il avait refermé le couvercle, remis la tête où elle était avant, était remonté innocent comme un ange, et il avait attendu le moment opportun. Quand il s'était rendu compte que les partants se seraient partagé les têtes, il avait compris qu'il ne pouvait pas attendre davantage.

« Il faut dire, seigneur Nicétas, que, malgré notre fureur d'avoir été joués, je ressentais un certain soulagement, et je crois que tous étaient de mon sentiment. Nous avions trouvé le coupable, un vil à la vilenie tout à fait crédible, et nous n'étions plus tentés de nous soupçonner entre nous. La fraude de Zosime nous rendait livides de rage, mais nous restituait une confiance réciproque. Nulle preuve que Zosime, ayant volé le Gradale, eût aussi quelque chose à voir avec la mort de Frédéric, parce que cette nuit-là il avait toujours été attaché à son propre lit, ce qui nous faisait revenir à l'hypothèse du Poète, à savoir que Frédéric n'avait pas été tué. »

Ils tinrent un conciliabule. Avant tout – s'il s'était enfui à la tombée de la nuit – Zosime avait maintenant douze heures d'avantage sur eux. Le Porcelli rappela qu'eux ils étaient à cheval et lui à dos de mulet, mais Baudolino lui fit remarquer qu'ils étaient entourés de montagnes, qui sait jusqu'où, et sur les sentiers de montagne les chevaux vont plus lentement que les mulets. Impossible de le suivre à fond de train. Il avait pris une demi-journée d'avance, et demi elle resterait. La seule chose c'était de réussir à comprendre où il s'était dirigé, et de prendre la même direction.

Le Poète dit : « Il ne peut pas s'être mis en voyage pour Constantinople, d'abord parce que là-bas, avec Isaac Ange sur le trône, pour lui l'air n'est pas bon ; par ailleurs, il devrait traverser les terres des Seldjoukides, que nous venons de quitter après moult vicissitudes, et il sait fort bien que tôt ou tard ils lui feraient la peau. L'hypothèse la plus sensée, puisque c'est lui qui connaît cette carte, c'est qu'il veuille faire ce que nous voulons faire nous : il arrive au royaume du Prêtre, il se dit l'envoyé de Frédéric ou de Dieu sait qui, il restitue le Gradale, et il se voit couvert d'honneurs. Par conséquent, pour trouver Zosime il faut voyager vers le royaume du Prêtre, et le bloquer le long de la route. Nous partons, nous interrogeons chemin faisant, nous cherchons les traces d'un moine gréculet dont on voit qu'il est de cette race à un mille de distance, vous me laissez enfin la satisfaction de l'étrangler et nous reprenons le Gradale.

— Très bien, avait dit Boron, mais quelle direction prenons-nous, vu que lui seul connaît la carte ?

— Mes amis, avait dit Baudolino, Ardzrouni tombe à point. Il connaît les lieux et, par ailleurs, nous sommes restés onze, il nous faut le douzième Roi à tout prix. »

Et voilà qu'Ardzrouni entra solennellement dans le groupe de ces hardis, à son grand soulagement. Sur la route à suivre, il dit des choses sensées : si le royaume du Prêtre se trouvait à l'orient, près du Paradis terrestre, nous aurions dû aller vers le lieu où se lève le soleil. Mais à prendre si droit, on risquait de traverser des terres d'infidèles, tandis que lui il connaissait la façon de voyager, du moins pendant un certain temps limité, par les territoires habités de gens chrétiens – car en outre il fallait se rappeler les têtes de Jean-Baptiste, que tu ne peux pas vendre aux Turcs. Il soutenait que Zosime aussi raisonnerait de la même manière, et il mentionnait des pays et des villes que nos amis n'avaient jamais entendu nommer. Avec son habileté de maître ès arts mécaniques, il avait construit une sorte de marionnette qui, en définitive, ressemblait beaucoup à Zosime, avec cheveux et barbe longs et hirsutes, faits de sorgho noirci, et deux pierres noires à la place des yeux. Le portrait apparaissait comme celui d'un possédé, tel celui qu'il représentait : « Nous devrons passer par des contrées où on parle des langues inconnues, disait Ardzrouni, et, pour demander si on a vu passer Zosime, nous n'aurons plus qu'à montrer cette image. » Baudolino assurait que pour les langues inconnues il n'y avait pas de problèmes, car, peu après avoir échangé quelques mots avec des barbares, lui il apprenait à parler comme eux, mais le portrait serait quand même utile parce que, dans certains endroits, on n'aurait pas le temps de s'arrêter et d'apprendre une langue.

Avant de partir, ils descendirent tous prendre chacun une tête de Jean-Baptiste. Eux étaient douze et les têtes, maintenant, six. Baudolino décida qu'Ardzrouni se tînt tranquille, Solomon certes ne voudrait pas circuler avec une relique chrétienne sur lui, le Cuttica, le Ciula, le Porcelli et Colandrino étaient les derniers arrivés, or donc les têtes, c'est lui, le Poète, Abdul, Kyot, Boron et le Boïdi qui les prendraient. Le Poète allait s'emparer aussitôt de la première et Baudolino lui fit observer en riant que de toute façon elles étaient toutes pareilles, vu que Zosime s'était déjà assuré de la seule bonne. Le Poète rougit et laissa choisir Abdul d'un ample geste courtois de la main. Baudolino se contenta de la dernière, et chacun cacha la sienne dans son bissac.

« Voilà tout, dit Baudolino à Nicétas. Vers la fin du mois de juin de l'année du Seigneur 1190, nous partions, douze comme les Mages, même si nous étions moins vertueux qu'eux, en vue d'atteindre enfin à la terre du Prêtre Jean. »

26

Baudolino et le voyage des Mages

A PARTIR DE LÀ, le récit de Baudolino à Nicétas se fit
presque sans discontinuer, non seulement durant les
haltes nocturnes, mais aussi le jour, tandis que les femmes se plaignaient de la chaleur, que les enfants devaient
s'arrêter pour uriner, que les mulets se refusaient de temps à
autre à aller de l'avant. Ce fut donc un récit interrompu
comme leur cheminement, où Nicétas devinait des vides, des
accrocs, des espaces illimités et des temps très longs. Et c'était
compréhensible parce que, comme Baudolino le racontait, le
voyage des douze avait duré environ quatre ans, entre moments
d'égarement, haltes ennuyées et douloureuses péripéties.

Sans doute, à voyager ainsi sous des soleils ardents, les yeux
battus parfois par des tourbillons sableux, écoutant des langages
tout nouveaux, les voyageurs avaient-ils passé des moments où
ils vivaient comme brûlés par la fièvre, d'autres de somnolente
attente. D'innombrables jours avaient été consacrés à leur sur-
vie, poursuivant des animaux enclins à la fuite, marchandant
avec la gent sauvage pour une fouace ou un morceau d'agneau,
découvrant des sources épuisées dans des pays où il ne pleuvait
qu'une fois l'an. Et puis, se disait Nicétas, à voyager sous un
soleil qui te frappe sur la tête, à travers des déserts, les voyageurs racontent que tu es abusé par des mirages, tu entends des
voix retentir la nuit entre les dunes, et quand tu trouves un ar-

buste, tu risques de goûter à des baies qui, au lieu de te nourrir le ventre, te donnent la berlue.

Pour ne rien dire du fait que, comme Nicétas le savait très bien, Baudolino n'était pas sincère par nature, et s'il est difficile de croire un menteur quand il te dit, mettons, qu'il a été à Iconium, comment et à quel point le croire quand il te raconte avoir vu des êtres que l'imagination la plus enflammée a peine à imaginer, et que lui-même n'est pas sûr d'avoir vus?

A une seule chose Nicétas avait résolu de croire, car la passion avec laquelle Baudolino en parlait était témoignage de vérité : que tout au long du voyage nos douze Mages étaient au fond toujours entraînés par le désir d'atteindre à leur fin. Qui devenait de plus en plus, pour chacun, différente. Boron et Kyot voulaient seulement retrouver le Gradale, même s'il n'avait pas abouti dans le royaume du Prêtre; Baudolino, ce royaume il le voulait de façon toujours plus irréfrénable, et avec lui Rabbi Solomon, parce que là-bas il trouverait ses tribus perdues; le Poète, Gradale ou pas, cherchait un royaume, quel qu'il fût; Ardzrouni était le seul intéressé à fuir d'où il venait, et Abdul, on le sait, pensait que plus il s'éloignait plus il s'approchait de l'objet de ses très chastes envies.

Le groupe des Alexandrins était le seul qui paraissait aller de l'avant avec les pieds sur terre, eux ils avaient fait un pacte avec Baudolino et ils le suivaient par solidarité, ou peut-être par entêtement, parce que si on doit trouver un Prêtre Jean on doit le trouver, autrement, comme disait Aleramo Scaccabarozzi, dit le Ciula, les gens après ne te prennent pas au sérieux. Mais peut-être continuaient-ils aussi parce que le Boïdi s'était mis en tête que, arrivés au but, ils feraient provision de reliques prodigieuses (et pas fausses comme les têtes de Jean-Baptiste), ils les emporteraient dans leur Alexandrie natale, transformant ainsi cette ville encore sans histoire en le sanctuaire le plus célébré de la chrétienté.

Ardzrouni, pour éviter les Turcs d'Iconium, les avait tout de suite fait passer par certains défilés où les chevaux risquaient de se casser une jambe, puis il les avait conduits pendant six jours le long d'amas de pierres parsemés de cadavres de gros lézards longs d'un empan, morts pour un coup de soleil. Heureusement que nous avons des vivres avec nous et que nous ne sommes pas obligés de manger ces bêtes dégoûtantes, avait dit le Boïdi avec un haut-le-cœur, et il se trompait parce qu'un an après il aurait pris des gros lézards encore plus dégoûtants et les aurait rôtis en les enfilant dans une branche, avec l'eau à la bouche qui lui descendait sur le menton dans l'attente que ces derniers fristillassent bien comme il faut.

Ils avaient ensuite traversé quelques villages, et, dans chacun, montré la marionnette de Zosime. Oui, disait quelqu'un, un moine précisément comme ça est passé dans le coin, il s'est arrêté un mois durant et puis il s'est enfui parce qu'il avait mis enceinte ma fille. Mais comment il s'est arrêté un mois durant, si nous sommes en voyage depuis seulement deux semaines? Quand est-ce arrivé? Eh, il doit y avoir sept Pâques de ça, vous voyez, le fruit de la faute est cet enfant avec les écrouelles, là-bas. Alors ce n'était pas lui, tous les mêmes ces salauds de moines. Ou bien : oui, il nous semble, précisément avec une barbe comme ça, il doit y avoir trois jours, c'était un petit bossu sympathique... Mais s'il était bossu, ce n'était pas lui, Baudolino, ce ne serait pas toi qui ne comprends pas la langue et traduis ce qui te vient à l'esprit? Ou encore : oui, oui bien sûr que nous l'avons vu, c'était lui – et ils montraient du doigt Rabbi Solomon, peut-être en raison de sa barbe noire. En somme, ils demandaient peut-être bien aux plus abêtis?

Plus loin, ils avaient rencontré des gens qui habitaient sous des tentes circulaires, et qui les avaient salués d'un « La ellec olla Sila, Makimet rores alla ». Ils avaient répondu avec une égale courtoisie en aleman, car de toute façon une langue en valait une autre, puis ils avaient montré la marionnette de Zosime. Ceux-ci s'étaient mis à rire, ils parlaient tous ensemble, mais d'après leurs gestes on déduisait que Zosime, ils se le rappelaient : il était passé par ici, il avait offert la tête d'un saint chrétien, et eux ils avaient menacé de lui enfiler quelque chose dans le derrière. D'où nos amis comprirent qu'ils étaient tombés au milieu d'une congrégation de Turcs empaleurs, qui s'en allèrent avec de grands gestes de salut et des sourires qui leur découvraient toutes les dents, tandis que le Poète tirait

351

Ardzrouni par les cheveux, lui renversant la tête et lui disant : mais c'est parfait, toi oui que tu connais le chemin, tu allais nous envoyer juste dans la gueule des Antéchrists – et Ardzrouni expliquait dans un râle que ce n'était pas lui qui s'était trompé de route, mais les autres qui étaient des nomades, et les nomades tu ne sais jamais où ils vont.

« Mais plus loin, assurait-il, nous ne trouverons que des chrétiens, même s'ils sont nestoriens.

— Bon, disait Baudolino, s'ils sont nestoriens, ils sont déjà de la race du Prêtre, mais avant de parler dorénavant faisons attention quand nous entrons dans un village, s'il y a des croix et des clochers. »

Il s'agissait bien de clochers ! Ce qu'ils rencontraient c'étaient des entassements de masures de tuf, et même s'il y avait une église au milieu on ne la reconnaissait pas, c'étaient des gens qui se contentaient de peu pour louer le Seigneur.

« Mais tu es sûr que Zosime est passé par là ? » demandait Baudolino. Et Ardzrouni lui disait de ne pas s'en faire. Un soir Baudolino le vit observant le soleil qui se couchait, et il semblait prendre des mesures dans le ciel, les bras tendus et les doigts des deux mains croisés, comme pour former des petites fenêtres triangulaires à travers quoi il lorgnait les nuages. Baudolino lui demanda pourquoi, et lui il dit qu'il cherchait à repérer où était la grande montagne sous laquelle chaque soir le soleil disparaissait, sous la grande arcade du tabernacle.

« Très sainte Vierge, s'écria Baudolino, mais tu crois peut-être toi aussi à l'histoire du tabernacle comme Zosime et Cosmas Indicopleustès ?

— Et pourquoi pas ? dit Ardzrouni comme si on lui demandait s'il croyait que l'eau mouille. Comment ferais-je autrement pour être aussi certain que nous suivons le même chemin que doit avoir pris Zosime ?

— Mais alors, tu connais la carte de Cosmas, que Zosime continuait à nous promettre ?

— J'ignore ce que vous promettait Zosime, mais moi j'ai la carte de Cosmas. » Il sortit un parchemin de son bissac et le montra à ses amis.

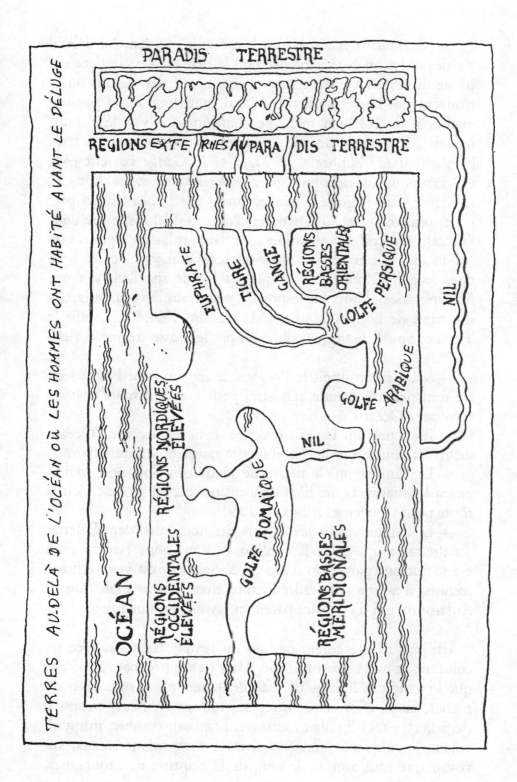

TERRES AU-DELÀ DE L'OCÉAN OÙ LES HOMMES ONT HABITÉ AVANT LE DÉLUGE

PARADIS TERRESTRE

REGIONS EXTE RNES AU PARA DIS TERRESTRE

EUPHRATE

TIGRE

GANGE

RÉGIONS BASSES ORIENTALES

GOLFE PERSIQUE

NIL

OCÉAN

RÉGIONS NORDIQUES ÉLEVÉES

RÉGIONS OCCIDENTALES ÉLEVÉES

GOLFE ROMAÏQUE

NIL

GOLFE ARABIQUE

RÉGIONS BASSES MÉRIDIONALES

« Voilà, vous voyez? Ça, c'est le cadre de l'Océan. Au-delà, il y a des terres où Noé habitait avant le déluge. Vers l'orient extrême de ces terres, séparées de l'Océan par des régions où se trouvent des êtres monstrueux – qui sont donc celles par lesquelles il faudra bien que nous passions – il y a le Paradis terrestre. Il est facile de voir comment, en partant de cette terre bienheureuse, l'Euphrate, le Tigre et le Gange passent sous l'Océan pour traverser les régions vers lesquelles nous allons, et se jettent dans le golfe Persique, tandis que le Nil fait un parcours plus tortueux sur les terres d'avant le déluge, entre dans l'Océan, reprend son cheminement dans les basses régions méridionales, et plus précisément en terre d'Egypte, et se jette dans le golfe Romaïque, ce que les Latins appellent d'abord Méditerranée et puis Hellespont. Voilà, nous devrons suivre la direction de l'orient pour croiser d'abord l'Euphrate, puis le Tigre et puis le Gange, et obliquer par les basses régions orientales.

— Mais, interrompit le Poète, si le royaume du Prêtre Jean est tout près du Paradis terrestre, pour y arriver nous devrons traverser l'Océan?

— Il est près du Paradis terrestre, mais en deçà de l'Océan, dit Ardzrouni. En revanche, il faudra traverser le Sambatyon...

— Le Sambatyon, le fleuve de pierre, dit Solomon en joignant les mains. Donc Eldad n'avait pas menti, et c'est bien la route pour trouver les tribus perdues!

— Le Sambatyon, nous l'avons cité nous aussi dans la lettre du Prêtre, coupa court Baudolino, et il est donc évident qu'il existe quelque part. Bon d'accord, le Seigneur est venu à notre secours, il nous a fait perdre Zosime mais il nous a fait trouver Ardzrouni, qui d'évidence paraît en savoir plus que lui. »

Un jour ils aperçurent de loin un temple fastueux, avec ses colonnes et un tympan historié. Mais en s'approchant ils virent que le temple n'était qu'une façade, parce que le reste était du rocher, et en effet cette entrée se trouvait en haut, encaissée dans le mont, et il fallait escalader, Dieu sait comme, jusqu'où volent les oiseaux, pour y arriver. En regardant mieux, on voyait que tout autour, le long de la ceinture de montagnes, d'autres façades se détachaient là-haut sur les parois de lave à pic, et parfois il fallait aiguiser la vue pour distinguer la pierre travaillée de celle façonnée par la nature : et on apercevait encore des chapiteaux sculptés, voûtes et arcs, et superbes colonnades. Les habitants, dans la vallée, parlaient une langue fort semblable au grec, et ils disaient que leur ville s'appelait Bacanor, mais ce qu'ils voyaient là c'étaient des églises d'il y a mille ans, quand sur ce lieu dominait Aleksandros, un grand roi des Grecs qui honorait un prophète mort sur la croix. Désormais, ils avaient oublié comment monter au temple, et ne savaient pas ce qu'il y avait encore dedans : ils préféraient honorer les dieux (ils avaient proprement dit les dieux, non pas le bon Dieu) dans un enclos à eux à l'air libre, au milieu duquel trônait la tête dorée d'un buffle hissée sur un poteau de bois.

Ce jour-là précisément, la ville entière célébrait les funérailles d'un jeune homme que tous avaient aimé. Sur l'esplanade au pied de la montagne, on avait préparé un festin, et, au centre du cercle des tables déjà dressées, se trouvait un autel où reposait le corps du défunt. Dans le ciel volaient, en d'amples mouvements concentriques et toujours plus bas, des aigles, des busards, des corbeaux et autres oiseaux de proie, comme s'ils avaient été convoqués à cette fête. Tout vêtu de blanc, le père s'était approché du cadavre, avec une hache lui avait tranché la tête, qu'il avait mise sur un plateau d'or. Puis les forgerons, également de blanc vêtus, avaient coupé le corps en petits morceaux, et les invités s'avançaient chacun pour prendre un de ces fragments et le jetaient à un oiseau, qui l'attrapait au vol et puis disparaissait dans les lointains. Quelqu'un expliqua à Baudolino que les oiseaux apportaient le mort au Paradis, et que leur rite était bien mieux que celui d'autres peuples qui laissaient le corps des morts pourrir sous la terre. Ensuite, tous se blottirent devant les tables et chacun goûta la chair de la tête jusqu'à ce que, seul le crâne étant resté, propre et brillant comme du métal, ils en firent une coupe où ils burent tous dans l'allégresse, louant le défunt.

Une autre fois, ils traversèrent, et une semaine durant, une arène océanique, où le sable s'élevait telles les lames de la mer, et on eût dit que tout était mouvant sous les pieds et sous les sabots des chevaux. Solomon, qui avait déjà souffert du mal de mer après l'embarquement à Gallipoli, passa ces jours au milieu de continuels haut-le-cœur, mais il put vomir bien peu parce que le groupe eut bien peu l'occasion d'ingurgiter, et heureusement qu'ils avaient fait provision d'eau avant de franchir cette mauvaise passe. Abdul commença alors à être secoué de frissons de fièvre, qui l'accompagnèrent de plus en plus aigus pendant tout le reste du voyage, tellement qu'il ne réussit plus à chanter ses chansons, comme les amis l'y invitaient quand ils faisaient une halte sous la lune.

Parfois, ils allaient à vive allure, à travers des plaines herbeuses et, ne devant pas lutter contre des éléments adverses, Boron et Ardzrouni commençaient d'interminables diatribes sur le sujet devenu pour eux une obsession, à savoir le vide.

Boron utilisait ses arguments habituels : s'il y avait le vide dans l'univers, rien n'aurait empêché qu'après le nôtre, dans le vide, existassent d'autres mondes, et caetera, et caetera. Mais Ardzrouni lui faisait remarquer qu'il confondait le vide universel, sur quoi on pourrait discuter, avec le vide qui se crée dans les interstices entre corpuscule et corpuscule. Et comme Boron lui avait demandé ce qu'étaient ces corpuscules, son antagoniste lui rappelait que, selon certains anciens philosophes grecs, et d'autres sages théologiens arabes, les disciples de Kalam, autrement dit les motokallimun, il ne fallait pas penser que les corps fussent des substances denses. Tout l'univers, chaque chose qui est en lui, et nous-mêmes, sommes composés de corpuscules indivisibles, qui s'appellent atomes, lesquels en continuel mouvement donnent son origine à la vie. Ce mouvement de corpuscules est la condition même de toute génération et corruption. Et, entre atome et atome, précisément parce qu'ils peuvent, eux, se mouvoir librement, il y a le vide. Sans le vide entre les corpuscules qui composent chaque corps, rien ne pourrait être coupé, cassé ou brisé, ni absorber de l'eau, ni être envahi par le froid ou par le chaud. Comment fait la nourriture pour se répandre dans notre corps si ce n'est en voyageant à travers les espaces vides entre les corpuscules qui nous composent? Enfile une aiguille, disait Ardzrouni, dans une vessie gonflée, avant qu'elle ne commence à se dégonfler seulement parce que l'aiguille en bougeant élargit le trou qu'elle a fait. Comment se fait-il que pendant un instant l'aiguille soit dans une vessie qui est encore pleine d'air? Parce qu'elle s'insinue dans le vide interstitiel entre les corpuscules de l'air.

« Tes corpuscules sont une hérésie et personne ne les a jamais vus, sauf tes Arabes kallomotemun, appelle-les comme tu veux, répondait Boron. Alors que l'aiguille entre, il sort déjà un peu d'air, qui laisse de l'espace pour l'aiguille.

— Prends alors un flacon vide, immerge-le dans l'eau, le col en bas. L'eau n'entre pas, parce qu'il y a l'air. Suce l'air du flacon, ferme-le avec un doigt pour qu'il n'en pénètre plus, immerge-le dans l'eau, ôte ton doigt, l'eau entrera là où tu as créé le vide.

— L'eau monte parce que la nature agit de sorte que ne se crée pas le vide. Le vide est contre nature, étant contre nature il ne peut exister dans la nature.

— Mais tandis que l'eau monte, et elle ne le fait pas d'un coup, qu'y a-t-il dans la partie du flacon qui n'est pas encore emplie, vu que tu y as ôté l'air?

— Quand tu suces l'air, tu n'élimines que l'air froid qui se meut lentement, mais tu y laisses une partie d'air chaud, qui va vite. L'eau entre et fait aussitôt fuir l'air chaud.

— Maintenant, reprends ce flacon plein d'air, mais réchauffe-le, de sorte qu'à l'intérieur il n'y ait que de l'air chaud. Ensuite, immerge-le, le col en bas. Bien qu'il n'y ait que de l'air chaud, l'eau n'entre quand même pas. Donc la chaleur de l'air n'a rien à y voir.

— Ah oui? Prends de nouveau le flacon, et fais-lui sur le fond, du côté arrondi, un trou. Plonge-le dans l'eau du côté du trou. L'eau n'entre pas, parce qu'il y a l'air. Ensuite, pose tes lèvres sur le col, qui est resté hors de l'eau, et suce bien tout l'air. A mesure que tu suces bien l'air, l'eau monte à travers le trou inférieur. Alors, sors le flacon de l'eau, en tenant fermée l'embouchure supérieure, pour que l'air ne pousse pas pour entrer. Et tu vois que l'eau se trouve dans le flacon et ne sort

357

pas par le trou d'en bas, en vertu du dégoût que la nature éprouverait si elle laissait du vide.

— L'eau ne descend pas la seconde fois parce qu'elle est montée la première, et un corps ne peut faire un mouvement opposé au premier, s'il ne reçoit une nouvelle sollicitation. Et maintenant écoute ça. Enfile une aiguille dans une vessie gonflée, laisse sortir tout l'air, pfuitttt, puis bouche aussitôt le trou fait par l'aiguille. Après quoi, prends la vessie avec tes doigts de part et d'autre, comme si tu tirais la peau ici sur le dos de ta main. Et tu vois s'ouvrir la vessie. Qu'est-ce qu'il y a dans cette vessie dont tu as écarté les parois? Le vide.

— Qui a dit que les parois de la vessie se séparent?

— Essaie!

— Moi non, je ne suis pas un connaisseur ès arts mécaniques, je suis un philosophe, et je tire mes conclusions conformément à la pensée. Et puis si la vessie s'élargit, c'est parce qu'elle a des pores, et, après s'être dégonflée, un peu d'air est entré par ses pores.

— Ah oui? D'abord, que sont les pores sinon des espaces vides? Et comment fait l'air pour entrer tout seul, si tu ne lui as pas transmis un mouvement? Et pourquoi après que tu as ôté l'air de la vessie, elle ne se regonfle pas spontanément? Et s'il y a des pores, pourquoi alors quand la vessie est gonflée et bien fermée et que tu la comprimes en transmettant un mouvement à l'air, la vessie ne se dégonfle-t-elle pas? Parce que les pores sont certes des espaces vides, mais plus petits que les corpuscules de l'air.

— Continue à comprimer toujours plus fort, et tu verras. Et puis laisse pendant quelques heures la vessie gonflée au soleil et tu vois que peu à peu elle se dégonfle toute seule, parce que la chaleur change l'air froid en air chaud, qui sort plus rapidement.

— Alors prends un flacon...

— Avec le trou au fond ou sans?

— Sans. Plonge-le tout, incliné, dans l'eau. Tu vois que, à mesure que l'eau entre, l'air sort et fait plop plop, manifestant ainsi sa présence. Maintenant sors le flacon, vide-le, suce tout l'air qu'il contient, ferme avec ton pouce l'ouverture, mets-le incliné dans l'eau, ôte ton doigt. L'eau entre mais on n'entend ni ne voit aucun plop plop. Parce que, dedans, il y avait le vide. »

A ce point-là, le Poète les interrompait, rappelant qu'Ardzrouni ne devait pas se distraire car, avec tout ce plop plop et tous ces flacons, tout le monde commençait à avoir soif, leurs vessies étaient désormais vides, et il eût été sensé de se diriger vers une rivière ou quelque autre endroit plus humide que celui où ils se trouvaient.

De temps en temps, ils entendaient parler de Zosime. Quelqu'un l'avait vu, quelqu'un avait ouï dire d'un homme à la barbe noire qui s'informait sur le royaume du Prêtre Jean. A quoi nos amis demandaient anxieux : « Et que lui avez-vous dit? », et les autres presque toujours répondaient qu'ils lui avaient dit ce que dans ces contrées tout le monde savait, que le Prêtre Jean se trouvait à l'orient, mais que pour y arriver il fallait des années.

Le Poète disait, écumant de rage, que dans les manuscrits de la bibliothèque de Saint-Victor on lisait que ceux qui voyageaient dans ces terres ne faisaient rien d'autre que tomber sur des villes splendides, avec des temples au toit couvert d'émeraudes, avec des palais royaux aux plafonds d'or, des colonnes avec des chapiteaux d'ébène, des statues qui paraissent vivantes, des autels d'or avec soixante marches, des murs de saphir pur, pierres si lumineuses qu'elles éclairent comme des torches, des montagnes de cristal, des fleuves de diamants, des jardins avec des arbres d'où ruissellent des baumes parfumés qui permettent aux habitants de vivre en aspirant leur seule odeur, des monastères où l'on n'élève que des paons très colorés dont la chair ne subit point la corruption, et si on l'emporte en voyage, elle se conserve durant trente jours et plus, même sous un soleil brûlant, sans jamais répandre une mauvaise odeur, des sources resplendissantes dont l'eau brille comme la lumière de l'éclair qui, à y mettre dedans un poisson sec conservé dans le sel, voilà que celui-ci revient à la vie et file en frétillant, signe que c'est ici la source de l'éternelle jeunesse – mais, jusqu'alors, ils avaient vu des déserts, des broussailles, des massifs où l'on ne pouvait même pas se reposer sur les pierres parce qu'on se cuisait les fesses, les seules villes qu'ils avaient rencontrées étaient faites de masures misérables, et habitées par de sales engeances répugnantes, comme à Couledieufons où ils avaient vu les Artabants, hommes qui marchent prosternés comme des brebis, à Yambut, où ils espéraient se reposer après avoir traversé des plaines brûlées, et les femmes, même si elles n'y étaient pas belles, n'étaient pas trop laides non plus, mais ils avaient découvert que, d'une grande fidélité à leurs maris, elles tenaient des serpents venimeux dans leur vagin pour défendre leur chasteté – et si au moins elles l'avaient dit avant, mais non, une avait feint de se donner au Poète, et pour un peu il aurait dû se vouer à une chasteté perpétuelle, mais bien lui en a pris, en entendant le sifflement, il avait fait un bond en arrière. Près des marécages de Cataderche, ils avaient rencontré des hommes aux testicules longs jusqu'aux genoux, et à Nécuvéran, des hommes nus comme des bêtes sauvages, qui s'accouplaient sur les routes ainsi que les chiens, le père s'unissait avec la fille et le fils avec la mère. A Tantre, ils avaient rencontré des anthropophages qui, par chance, ne mangeaient pas les étrangers, ceux-ci les dégoûtaient, mais seulement leurs enfants. Près du fleuve Arlon, ils étaient tombés sur un village où les habitants dansaient autour d'une idole et, à l'aide de couteaux effilés, ils s'infligeaient des blessures sur tous leurs membres, ensuite l'idole avait été placée sur un chariot et transportée le long des routes, et nombre d'entre eux se jetaient avec joie sous les roues du chariot se brisant jambes et bras jusqu'à en mourir. A Salibut, ils avaient traversé un bois infesté de puces grosses comme des grenouilles, à Cariamaria ils avaient rencontré des hommes velus qui aboyaient et pas même Baudolino ne pouvait comprendre leur langue, et des femmes aux dents de sanglier, aux cheveux jusqu'aux pieds et à la queue de vache.

Voilà, entre autres, les très horribles choses qu'ils avaient vues, mais les merveilles de l'Orient jamais, comme si tous ceux qui en avaient écrit étaient de grands salauds.

Ardzrouni recommandait de patienter car il avait bien dit qu'avant le Paradis terrestre on rencontrait une terre très sauvage, mais le Poète répondait que la terre sauvage était habitée par des bêtes féroces, que par chance ils n'avaient pas encore vues, et donc c'était à venir, et si celles qu'ils avaient vues étaient par contre des terres non sauvages, on peut imaginer le reste. Abdul, toujours plus fébricitant, disait qu'il était impossible que sa princesse vécût dans des endroits aussi maudits de Dieu, et que sans doute ils avaient pris la mauvaise route : « Mais je n'ai certes pas la force de retourner en arrière, mes amis, disait-il plaintivement, et donc je crois que je mourrai sur mon chemin vers le bonheur.

— Mais tais-toi donc, tu ne sais même pas ce que tu te dis, lui criait le Poète, tu nous as fait perdre des nuits et des nuits à t'entendre chanter la beauté de ton amour impossible, et maintenant que tu vois que plus impossible que ça ce n'est pas possible, tu devrais être content et toucher le ciel du doigt ! » Baudolino le tirait par la manche et lui murmurait qu'Abdul délirait désormais, et qu'il ne fallait pas le faire souffrir davantage.

Ils passèrent, après un temps qui n'en finissait plus, par Salopatana, une ville assez misérable, où on les accueillit avec stupeur, en bougeant les doigts comme pour les compter. Il fut clair qu'ils étaient frappés du fait de leur nombre, douze, et tous se mirent à genoux, tandis que l'un d'eux courait donner la nouvelle aux autres citadins. Vint à leur rencontre une sorte d'archimandrite qui psalmodiait en grec, en tenant une croix de bois (on est loin des croix d'argent constellées de rubis, bougonnait le Poète), et il dit à Baudolino que depuis longtemps on attendait par ici le retour des très saints Mages qui, durant mille et mille ans, avaient couru mille aventures, après qu'ils avaient adoré l'Enfant à Bethléem. Et cet archimandrite justement demandait s'ils retournaient dans la terre du Prêtre Jean, d'où certainement ils venaient, pour le soulager de sa longue fatigue et reprendre le pouvoir qu'ils avaient eu jadis sur ces terres bénies.

Baudolino exultait. Ils posèrent de nombreuses questions sur ce qui les attendait, mais ils comprirent que ces habitants non plus ne savaient où était le royaume du Prêtre, sauf qu'ils croyaient fermement qu'il était quelque part, vers l'orient. Et même, vu que les Mages provenaient précisément de là-bas, ils s'étonnaient que ce ne fussent pas eux qui avaient des nouvelles certaines.

« Mes seigneurs très saints, dit le bon archimandrite, vous n'êtes sûrement pas comme ce moine byzantin qui est passé par ici il y a quelque temps, et qui cherchait le royaume pour restituer au Prêtre je ne sais quelle relique qu'on lui avait volée. Cet homme avait un air perfide, et c'était indubitablement un hérétique comme tous les Grecs des terres qui longent la mer, parce qu'il invoquait toujours la Très Sainte Vierge mère de Dieu, et Nestorius, notre père et lumière de vérité, nous a enseigné que Marie fut seulement mère de Christ homme. Mais comment peut-on penser à un Dieu dans les langes, à un Dieu de deux mois, à un Dieu sur la croix? Seuls les païens donnent une mère à leurs dieux!

— Et perfide, ce moine l'est vraiment, interrompit le Poète, et sachez que cette relique, il nous l'a volée à nous.

— Que le Seigneur le punisse. Nous l'avons laissé poursuivre sans rien lui dire des dangers qu'il rencontrerait, et donc il ne savait rien de l'Abcasia, que Dieu le châtie en le précipitant dans cette obscurité. Et il tombera sûrement sur la manticore et sur les pierres noires du Boubouctor.

— Mes amis, commentait à mi-voix le Poète, ceux-là pourraient dire bien des choses précieuses, mais ils nous les diraient seulement parce que nous sommes les Mages; cependant, vu que nous sommes les Mages, ils ne pensent pas qu'il est nécessaire de nous les dire. Si vous suivez mon conseil, nous nous en allons tout de suite, parce que si nous parlons encore un peu avec eux, nous finirons par dire quelque niaiserie, et ils comprendront que nous ne savons pas ce que devraient savoir les Mages. On ne peut pas non plus leur proposer une tête de Jean-Baptiste, parce que des Mages qui pratiquent la simonie, vraiment, je ne l'imagine pas. Filons vite, car ils peuvent bien être de bons chrétiens, mais personne ne nous dit qu'ils soient doux avec ceux qui les gaulent par le fond des braies. »

Raison pour quoi ils prirent congé, recevant en dons de nombreuses provisions, et se demandant ce qu'était cette Abcasia où on s'abîmait si aisément.

Ils apprirent vite ce qu'étaient les pierres noires du Boubouctor. Ils étaient depuis des milles et des milles sur la grève de ce fleuve, et quelques nomades qu'ils avaient croisés peu avant avaient expliqué que celui qui les touchait devenait noir comme elles. Ardzrouni avait dit que ce devaient être au contraire des pierres très précieuses, que les nomades vendaient sur Dieu sait quel marché lointain, et ils racontaient cette fable pour empêcher les autres de les recueillir. Il s'était précipité pour s'en accaparer et il montrait à ses amis combien elles étaient brillantes et parfaitement taillées par l'eau. Mais, tandis qu'il parlait, sa face, son cou, ses mains devinrent rapidement noirs comme l'ébène; il avait ouvert sa robe sur sa poitrine, et tout noir était aussi son buste désormais, il avait découvert jambes et pieds, qui, de même, paraissaient de charbon.

Ardzrouni s'était jeté nu dans le fleuve, roulé dans l'eau, il se grattait la peau avec le gravier du lit... Rien à faire, Ardzrouni était devenu noir comme la nuit, on ne voyait que ses yeux blancs, et ses lèvres rouges sous la barbe, elle aussi noire.

D'abord, les autres rirent à en mourir, alors qu'Ardzrouni maudissait leurs mères, ensuite ils cherchèrent à le consoler : « Nous voulons passer pour les Mages? dit Baudolino. Eh bien, au moins l'un d'entre eux était noir, je jure qu'un des trois qui reposent à présent à Cologne est noir. Et voilà que notre groupe gagne encore en vraisemblance. » Solomon, plus empressé, rappelait qu'il avait entendu parler de pierres qui changent la couleur de la peau, mais on trouve des remèdes, et Ardzrouni redeviendrait plus blanc qu'avant. « Oui, la semaine des trois jeudis », ricanait le Ciula; et l'infortuné Arménien, ils durent le retenir parce qu'il voulait, d'un coup de dents, lui détacher une oreille.

Un beau jour, ils entrèrent dans une forêt riche d'arbres très touffus, avec des fruits de toutes les espèces, à travers laquelle coulait un fleuve à l'eau blanche comme le lait. Et dans la forêt s'ouvraient des clairières verdoyantes, avec des palmiers et des plants de vigne chargés de splendides grappes aux grains gros comme un cédrat. Dans l'une de ces clairières, il y avait un village de cabanes simples et robustes, de paille propre, d'où sortirent des hommes complètement nus de la tête aux pieds, et, pour certains de ces hommes, c'était pur hasard si parfois une barbe très longue et fluante recouvrait les pudenda. Les femmes n'avaient pas honte de montrer et leurs seins et leur ventre, mais elles donnaient l'impression de le faire de manière fort chaste : elles regardaient les nouveaux venus hardiment dans les yeux, sans susciter des pensées inconvenantes.

Ceux-là parlaient grec et, en accueillant leurs hôtes avec courtoisie, ils dirent être des gymnosophistes, c'est-à-dire des créatures qui, en une innocente nudité, cultivaient la sapience et pratiquaient la bienveillance. Nos voyageurs furent invités à circuler en toute liberté dans leur sylvestre village, et le soir ils furent conviés à un souper uniquement fait de nourritures produites spontanément par la terre. Baudolino posa quelques questions au plus vieux d'entre eux, que tout le monde traitait avec une révérence particulière. Il demanda ce qu'ils possédaient, et l'autre répondit : « Nous possédons la terre, les arbres, le soleil, la lune et les astres. Quand nous avons faim, nous mangeons les fruits des arbres qu'ils produisent tout seuls en suivant le soleil et la lune. Quand nous avons soif, nous allons au fleuve et nous buvons. Nous avons une femme chacun et, en suivant le cycle lunaire, chacun féconde sa compagne, tant qu'elle n'a pas accouché de deux enfants, et nous en donnons un au père et l'autre à la mère. »

Baudolino s'étonna de n'avoir vu ni un temple ni un cimetière, et le vieux dit : « Ce lieu où nous sommes est aussi notre tombe, et nous mourons ici en nous allongeant dans le sommeil de la mort. La terre nous engendre, la terre nous nourrit, sous terre nous dormons le sommeil éternel. Quant au temple, nous savons qu'on en érige en d'autres lieux, pour honorer ce qu'eux appellent Créateur de toutes choses. Mais nous, nous croyons que les choses sont nées par *charis*, grâce à elles-mêmes, et qu'ainsi par elles-mêmes elles subviennent à leurs besoins, et le papillon dépose son pollen sur la fleur qui, en croissant, le nourrira.

— Mais d'après ce que je comprends, vous pratiquez l'amour et le respect réciproque, vous ne tuez pas les animaux,

et encore moins vos semblables. En vertu de quel commandement le faites-vous?

— Nous le faisons précisément pour compenser l'absence de
tout commandement. Ce n'est qu'en pratiquant et en enseignant le bien que nous pouvons consoler nos semblables du
manque d'un Père.

— On ne peut pas se passer d'un Père, murmurait le Poète à
Baudolino, regarde comment s'est réduite notre belle armée à
la mort de Frédéric. Eux, ils sont là à se secouer l'oiseau à l'air
libre mais ils sont loin de savoir comment va la vie... »

Boron avait été par contre frappé par cette sagesse, et il
s'était mis à poser une série de questions au vieillard.

« Qui sont les plus nombreux, les vivants ou les morts?

— Les morts sont plus nombreux, mais on ne peut plus les
compter. Par conséquent ceux qu'on voit sont plus nombreux
que les autres qu'on ne peut plus voir.

— Qui est la plus forte, la mort ou la vie?

— La vie, parce que le soleil quand il se lève a des rayons
lumineux et resplendissants et quand il se couche il apparaît
plus faible.

— Qu'est-ce qui est en plus grande quantité, la terre ou la
mer?

— La terre, parce que même la mer repose sur le fond de la
terre.

— Qu'est-ce qui est venu d'abord, la nuit ou le jour?

— La nuit. Tout ce qui naît se forme dans l'obscurité du
ventre et après seulement est donné à la lumière.

— Quel est le meilleur côté, le droit ou le gauche?

— Le droit. De fait, même le soleil se lève sur la droite et
parcourt son orbite dans le ciel vers la gauche, et la femme allaite d'abord à la mamelle droite.

— Quel est le plus féroce des animaux? demanda alors le
Poète.

— L'homme.

— Pourquoi?

— Demande-le à toi-même. Toi aussi tu es une bête féroce
qui a avec elle d'autres bêtes féroces et par soif de pouvoir veut
priver de leur vie toutes les autres bêtes féroces. »

Alors, le Poète dit : « Mais si tout le monde était comme vous, on ne naviguerait pas sur la mer, la terre ne serait pas cultivée, les grands royaumes ne naîtraient pas, qui apportent ordre et grandeur dans le pauvre désordre des choses terrestres. »

Le vieillard répondit : « Chacune de ces choses est certes une chance, mais elle est bâtie sur la malchance d'autrui, et nous, nous ne voulons pas de ça. »

Abdul demanda s'ils savaient où vivait la plus belle et la plus lointaine de toutes les princesses. « Tu la cherches ? » demanda le vieux, et Abdul répondit que oui. « L'as-tu jamais vue ? », et Abdul répondit que non. « Tu la veux ? », et Abdul répondit qu'il ne savait pas. Alors le vieux entra dans sa cabane et en sortit avec un plat de métal, si poli et brillant que tout autour les choses s'y reflétaient comme sur une surface d'eau claire. Il dit : « Nous avons jadis reçu en don ce miroir, et nous ne pouvions pas le refuser par courtoisie envers le donateur. Mais personne d'entre nous ne voudrait se regarder dedans, parce que cela pourrait nous induire à tirer vanité de notre corps, ou horreur pour quelque défaut, et ainsi vivrions-nous dans la peur que les autres ne nous méprisent. Dans ce miroir, peut-être, un jour verras-tu ce que tu cherchais. »

Alors qu'ils étaient sur le point de s'endormir, le Boïdi, les yeux humides, dit : « Arrêtons-nous ici.

— Tu en ferais une belle figure, nu comme un ver, répliqua le Poète.

— Sans doute nous voulons trop, dit Rabbi Solomon, mais désormais nous ne pouvons éviter de le vouloir. »

Ils repartirent le lendemain matin.

27

Baudolino dans les ténèbres d'Abcasia

UNE FOIS QUITTÉS les gymnosophistes ils errèrent longtemps, toujours se demandant quelle pouvait être la façon de parvenir au Sambatyon sans passer par ces lieux terribles qu'on venait de leur mentionner. Mais en vain. Ils traversaient des plaines, guéaient des torrents, grimpaient par des escarpements roides, avec Ardzrouni qui faisait de temps à autre ses calculs sur la carte de Cosmas et avertissait que ou le Tigre, ou l'Euphrate, ou le Gange ne devaient pas être loin. Le Poète lui disait de se taire, hideux avorton noir ; Solomon lui répétait que tôt ou tard il redeviendrait blanc, et les journées et les mois passaient toujours pareils.

Une fois ils dressèrent leur camp près d'un étang. L'eau n'était pas très limpide, mais elle pouvait se boire, et les chevaux surtout en tirèrent avantage. Ils s'apprêtaient à dormir quand la lune se leva et, à la lumière de ses premiers rayons, ils virent dans l'ombre un sinistre grouillement. C'était un nombre infini de scorpions, tous avec la pointe de leur queue dressée, à la recherche de l'eau, et les suivait une bande de serpents d'une grande variété de couleurs : certains avaient des écailles rouges, d'autres noires et blanches, d'autres encore avaient l'éclat de l'or. L'endroit entier n'était qu'un sifflement, et une immense terreur s'empara d'eux. Ils se mirent en cercle, les épées pointées vers l'extérieur, cherchant à tuer ces pestes malignes avant qu'elles ne pussent approcher leur barrière. Mais les serpents et les scorpions paraissaient davantage attirés par l'eau que par eux, et comme ils eurent bu, ils se retirèrent peu à peu, regagnant leurs nids dans certaines fentes du terrain.

A minuit, alors qu'ils pensaient déjà pouvoir s'endormir, arrivèrent des serpents crêtés, chacun avec deux ou trois têtes. De leurs squames, ils balayaient le sol et gardaient leur gueule grande ouverte, où vibraient trois langues. On sentait à un mille leur puanteur et on avait l'impression que leurs yeux, qui scintillaient à la clarté sélénite, répandaient du poison, comme du reste c'est le cas du basilic... Ils combattirent une heure, car ces animaux étaient plus agressifs que les autres, et peut-être cherchaient-ils de la chair fraîche. Ils en tuèrent quelques-uns et leurs compagnons se précipitèrent sur les cadavres, en en faisant un festin et oubliant les hommes. Ils étaient déjà convaincus d'avoir surmonté ce danger quand, après les serpents, surgirent des crabes, plus de cent, cuirassés d'écailles de crocodile qui repoussaient les coups d'épée. Jusqu'au moment où Colandrino eut une idée dictée par le désespoir : il s'approchait de l'un d'eux, lui donnait un violent coup de pied juste sous le ventre, et celui-ci se renversait sur le dos en agitant furieusement ses pinces. Ainsi purent-ils les cerner, les joncher de branchages et leur mettre le feu. Ensuite ils s'avisèrent que, une fois privés de leur cuirasse, ils étaient même bons à manger, et ainsi, deux jours durant, ils eurent une provision de viande douce et filandreuse, mais somme toute fort bonne et nourrissante.

Une autre fois, ils le rencontrèrent vraiment, le basilic, et il était juste comme l'avaient transmis tant de récits, indubitablement véridiques. Il était sorti d'un bloc de pierre en fendant la roche, comme avait bien averti Pline. Il avait une tête et des serres de coq, et au lieu de la crête une excroissance rouge, en forme de couronne, des yeux jaunes et globuleux comme ceux du crapaud, et un corps de serpent. Il était d'un vert émeraude, avec des reflets argentés, à première vue il semblait presque beau, mais on savait que son haleine pouvait empoisonner un animal ou un être humain, et déjà à une certaine distance on percevait son horrible puanteur.

« Ne vous approchez pas, cria Solomon, et surtout ne le regardez pas dans les yeux parce que eux aussi exhalent un pouvoir vénéfique! » Le basilic rampait vers eux, son odeur se faisait encore plus insupportable, jusqu'à l'instant où vint à l'esprit de Baudolino qu'il y avait une manière de le tuer. « Le miroir, le miroir! » cria-t-il à Abdul. Qui lui tendit le miroir de métal offert par les gymnosophistes. Baudolino le prit, et de la dextre il le tenait devant lui, tel un écu précisément tourné vers le monstre, tandis que de la sénestre il se couvrait les yeux de façon à se soustraire à ce regard, et il mesurait ses pas selon ce qu'il voyait par terre. Il s'arrêta devant la bête, tendit encore le miroir. Attiré par ces reflets, le basilic leva la tête et fixa ses propres yeux de batracien juste sur la surface brillante, exhalant son souffle on ne peut plus atroce. Mais aussitôt il trembla tout entier, battit de ses paupières violettes, poussa un cri terrible et s'affaissa, mort. Tous alors se rappelèrent que le miroir renvoie au basilic aussi bien la puissance de son regard que le flux de l'haleine qu'il exhale, et de ces deux prodiges il reste victime lui-même.

« Nous sommes déjà sur une terre de monstres, dit tout content le Poète. Le royaume se fait de plus en plus proche. » Baudolino ne comprenait pas si, désormais, en disant « le royaume », il pensait encore à celui du Prêtre ou au sien propre, à venir.

Ainsi, rencontrant aujourd'hui des hippopotames anthropophages, demain des chauves-souris plus grandes que des pigeons, ils parvinrent à une ville entre les monts, au pied desquels s'étendait une plaine semée de rares arbres qui, de près, paraissait immergée dans un léger brouillard, mais ensuite le brouillard devenait de plus en plus dense, pour se faire graduellement nuage obscur et impénétrable, se changeant à l'horizon en une seule bande très noire qui contrastait avec les bandes rouges du couchant.

Les habitants étaient cordiaux, mais pour apprendre leur langue, toute faite de sons gutturaux, il fallut plusieurs jours à Baudolino, au cours desquels ils furent hébergés et nourris avec la viande de certains lièvres des montagnes, qui abondaient parmi ces rochers. Quand il fut possible de les comprendre, ils dirent qu'au pied du mont commençait la vaste province d'Abcasia, qui avait la caractéristique suivante : elle était une unique et immense forêt où régnait toujours l'obscurité la plus profonde, pourtant pas celle de la nuit, au moins là on a la lumière du ciel étoilé, mais le noir vraiment le plus épais, comme si on se trouvait au fond d'une grotte, les yeux fermés. Cette province sans lumière était habitée par les Abcasiens, qui y vivaient fort bien, comme il arrive aux aveugles dans les lieux où ils ont grandi depuis leur enfance. Il semble qu'ils s'orientaient avec l'ouïe et avec l'odorat, mais comment ils étaient personne ne le savait, parce que personne n'avait jamais osé s'aventurer là-bas.

Ils s'enquirent s'il y avait d'autres façons de poursuivre vers l'orient, et eux dirent que oui, qu'il suffisait de contourner Abcasia et sa forêt, mais ce détour, comme nous le communiquaient d'anciens récits, aurait pris plus de dix années de voyage, parce que la forêt obscure s'étendait sur cent et douze mille *salamocs* et il fut impossible de comprendre combien un *salamoc* était long pour eux, mais certainement plus d'un mille, d'un stade, d'une parasange.

Ils étaient sur le point de se rendre, quand le Porcelli, qui avait été toujours le plus silencieux du groupe, rappela à Baudolino qu'eux, de la Frascheta, ils étaient habitués à marcher dans des gros brouillards à couper au couteau, ce qui était pire que l'obscurité la plus épaisse, parce que dans ce gris on voyait, par tromperie de la vue fatiguée, surgir des formes qui n'existaient pas au monde, et donc tu devais t'arrêter même où tu aurais pu aller de l'avant, et, si tu cédais au mirage, tu changeais de route et tu tombais dans un précipice. « Et qu'est-ce que tu fais dans le brouillard de chez nous, disait-il, sinon avancer à l'estime, par instinct, à vue de nez, telles les pipistrelles qui sont aveugles comme tout, et tu ne peux pas même suivre ton odorat, parce que le brouillard t'entre dans les naseaux et l'unique odeur que tu sens c'est la tienne ? Donc, conclut-il, si tu t'es habitué au brouillard, l'obscurité épaisse c'est comme aller de jour. »

Les Alexandrins en convinrent, et par conséquent ce furent Baudolino et ses cinq compères qui conduisirent le groupe, tandis que les autres s'étaient attachés chacun à un de leurs chevaux, et les suivaient en espérant que tout irait pour le mieux.

Au début on avançait que c'en était un plaisir, car ils avaient précisément l'impression de se trouver dans le brouillard de chez eux, mais quelques heures plus tard, ce fut vraiment la nuit noire. Les guides dressaient les oreilles pour écouter un bruit de feuillage, et quand ils ne l'entendaient plus ils en arguaient qu'ils étaient entrés dans une clairière. Les habitants du village avaient dit que sur ces terres soufflait toujours un vent très fort du midi vers le septentrion, et donc de temps en temps Baudolino s'humectait un doigt, l'élevait en l'air, sentait d'où venait le vent, et il obliquait vers l'orient.

Quand il faisait nuit, ils s'en apercevaient parce que l'air fraîchissait, et alors ils s'arrêtaient pour se reposer – décision inutile, avait dit le Poète, car dans un endroit pareil tu peux très bien te reposer le jour aussi. Mais Ardzrouni fit observer que, quand tombait le froid, on n'entendait plus de bruits d'animaux, et on les entendait de nouveau, surtout le chant des oiseaux, lorsque arrivait une première tiédeur. Signe que tous les vivants, en Abcasia, mesuraient la journée d'après l'alternance du froid et du chaud, comme s'il s'agissait de l'apparition de la lune ou du soleil.

Pendant de longs jours, ils ne perçurent point de présences humaines. Les provisions terminées, ils tendaient la main jusqu'à toucher les branches des arbres, et ils palpaient, branche par branche, parfois des heures durant, tant qu'ils ne trouvaient pas un fruit – ils le mangeaient en espérant qu'il ne fût pas vénéneux. Souvent c'était le parfum piquant de quelque merveille végétale qui fournissait à Baudolino (de tous il avait l'odorat le plus subtil) l'indice pour décider d'aller tout droit, ou de tourner à droite ou à gauche. Les jours passant, ils se firent de plus en plus pénétrants. Aleramo Scaccabarozzi dit le Ciula avait un arc, et il le bandait aussi longtemps qu'il n'entendait pas devant lui le battement d'ailes de quelque oiseau moins véloce et sans doute moins ailé, comme les poules de chez nous. Il décochait le dard, et le plus souvent eux, guidés par un cri ou par un battement frénétique d'ailes moribondes, ils saisissaient la proie, la plumaient et la cuisaient sur un feu de branchages. La chose la plus stupéfiante c'était que, en frottant des pierres, ils pouvaient allumer le bois : la flamme s'élevait, rouge comme il se doit, mais elle n'éclairait rien, pas même eux qui étaient à côté d'elle, et puis elle s'évanouissait à l'endroit où, enfilé sur une branche, on introduisait l'animal à rôtir.

Il n'était pas difficile de trouver de l'eau, car assez souvent on discernait le gargouillement d'une source ou d'un ruisseau. Ils avançaient avec grande lenteur, et une fois ils s'étaient rendu compte que, après deux journées de voyage, ils revenaient là d'où ils étaient partis, parce que près d'un petit cours d'eau, en tâtant tout autour, ils avaient trouvé les traces de leur campement précédent.

Enfin, ils perçurent la présence des Abcasiens. Ils entendirent d'abord des voix, comme des susurrements qui les cernaient et c'étaient des voix excitées, encore que très faibles, comme si les habitants de la forêt se montraient les uns aux autres ces visiteurs inattendus et jamais vus – ou, mieux, jamais entendus. Le Poète avait poussé un cri à gorge déployée, et les voix s'étaient éteintes, tandis qu'une agitation d'herbes et de feuillages disait que les Abcasiens s'enfuyaient, apeurés. Mais ensuite, ils étaient revenus, et ils s'étaient remis à susurrer toujours plus stupéfaits de cette invasion.

A un moment donné, le Poète s'était senti effleurer par une main, ou bien par un membre pelu, il avait attrapé d'un coup quelque chose, et on avait entendu un hurlement de terreur. Le Poète avait lâché prise, et les voix des natifs s'étaient éloignées un peu, comme s'ils avaient élargi leur cercle pour se tenir à la bonne distance.

Il ne se passa rien pendant quelques jours. Le voyage se poursuivait et les Abcasiens les accompagnaient, peut-être pas les mêmes que la première fois mais d'autres, qui avaient été avertis de leur venue. En effet, une nuit (était-ce la nuit?) ils avaient entendu au loin comme un roulement de tambours, ou comme si quelqu'un tapait sur un tronc d'arbre creux. C'était un bruit moelleux, mais il se répandait à travers l'espace entier autour d'eux, peut-être sur des milles, et ils avaient compris qu'avec ce système les Abcasiens se tenaient informés, à distance, de tout ce qui arrivait dans leur forêt.

A la longue, ils s'étaient habitués à cette compagnie invisible. Et ils étaient en train de s'accoutumer de mieux en mieux à l'obscurité, tant et si bien qu'Abdul, qui avait particulièrement souffert des rayons solaires, disait se sentir mieux, presque tombée sa fièvre, et il était revenu à ses chansons. Un soir (était-ce le soir?) alors qu'ils se réchauffaient autour d'un feu, il avait décroché son instrument de sa selle, et recommencé à chanter :

Triste et joyeux, à la fin de ma route
j'espère voir cet amour lointain.
Mais où que j'aille si le verrai je doute,
de lui serai toujours bien trop loin.
Dur est le passage et âpre m'est le chemin
et je ne pourrai jamais prédire mon destin.
Qu'il en soit fait comme il plaira au Seigneur.

Quelle joie m'apparaîtra quand je lui demanderai
pour l'amour de Dieu, d'héberger l'hôte lointain.
S'il lui plaît réconfort près d'elle trouverai
même si c'est encore dans les lointains.
Et ma chanson sera subtile et fine
si elle a la joie de lui être voisine.
Et chanter me sera douce offrande au cœur.

Ils se rendirent compte que les Abcasiens, qui jusqu'alors avaient susurré sans trêve autour d'eux, s'étaient tus. Ils avaient écouté en silence le chant d'Abdul, puis ils avaient essayé de répondre : on entendait cent lèvres (étaient-ce des lèvres?) qui sifflaient, sifflotaient avec grâce comme des merles gentils, répétant la mélodie jouée par Abdul. Ils trouvèrent ainsi une entente sans mots avec leurs hôtes, et les nuits suivantes ils s'entretinrent à tour de rôle, les uns chantant et les autres qui semblaient jouer de la flûte. Une fois le Poète entonna grossièrement une de ces chansons de taverne qui, à Paris, faisaient rougir même les servantes, et Baudolino lui emboîta le pas. Les Abcasiens ne répondirent pas, mais après un long silence, un ou deux d'entre eux se remirent à moduler les mélodies d'Abdul, comme pour dire que celles-ci étaient agréables et appréciées, pas les autres. En conséquence, ils manifestaient douceur de sentiments et capacité de discerner la bonne de la mauvaise musique, observait Abdul.

Seul autorisé à « parler » avec les Abcasiens, Abdul se sentait rené. Nous sommes dans le royaume de la tendresse, disait-il, et donc près de mon but. Courage, allons. Non, répondait le Boïdi, fasciné, pourquoi ne restons-nous pas ici ? Y a-t-il peut-être plus bel endroit au monde, où même s'il existe quelque chose de laid, tu ne le vois pas ?

Baudolino aussi pensait que, après avoir vu tant de choses dans le vaste monde, ces longs jours passés dans l'obscurité l'avaient réconcilié avec lui-même. Dans le noir il revenait à ses souvenirs, il songeait à son enfance, à son père, à sa mère, à Colandrina si douce et malheureuse. Un soir (était-ce un soir ? Oui, parce que les Abcasiens se taisaient en dormant), ne pouvant trouver le sommeil, il se déplaça en touchant de ses mains le feuillage des arbres, comme s'il cherchait quelque chose. Il tomba tout à coup sur un fruit, mol au toucher et très parfumé. Il le prit et le mordit, et il se sentit envahir par une langueur subite, au point de ne plus savoir s'il rêvait ou s'il était éveillé.

Soudain il vit, ou mieux sentit près de lui comme s'il la voyait, Colandrina. « Baudolino, Baudolino, elle l'appelait d'une voix adolescente, ne t'arrête pas, même si ici-bas il semble que tout soit si beau. Il faut que tu arrives au royaume de ce Prêtre dont tu me parlais et que tu lui remettes cette coupe, sinon qui fait duc notre Baudolinet Colandridri ? Rends-moi heureuse, ici on n'est pas mal, mais tu me manques tant.

— Colandrina, Colandrina, criait Baudolino, ou croyait-il crier, tais-toi, tu es une larve, un leurre, le fruit de ce fruit ! Les morts ne reviennent pas !

— D'habitude non, répondait Colandrina, mais j'ai tant insisté. J'ai dit : en somme, vous ne m'avez donné qu'une saison avec mon homme, un brin. Rendez-moi ce saint service, si vous avez un cœur vous aussi. Ici, je suis bien, et je vois la

374

Bienheureuse Vierge Marie et tous les saints, mais elles me manquent les caresses de mon Baudolino qui me faisaient venir la chair de chatouilles. Ils m'ont donné peu de temps, seulement pour t'offrir un petit baiser. Baudolino, ne t'arrête pas le long de la route avec les femmes de ces endroits-là, qui peuvent bien avoir de sales maladies que même moi j'en sais rien. Mets les jambes à ton cou et va vers le soleil. »

Elle disparut, alors que Baudolino sentait une tape douce sur la joue. Il se secoua de son demi-sommeil, eut des sommeils tranquilles. Le jour suivant, il dit à ses compagnons qu'ils devaient poursuivre leur chemin.

Après de nombreux autres jours encore, ils discernèrent un clignotement, une clarté lactescente. De nouveau, l'obscurité se changeait en le gris d'une brume épaisse et continue. Ils se rendirent compte que les Abcasiens qui les accompagnaient s'étaient arrêtés, et ceux-ci les saluaient en pipotant. Ils les sentirent immobiles à l'orée d'une clairière, à la frontière de cette lumière qu'eux certainement craignaient, comme s'ils agitaient leurs mains, et, d'après le moelleux de leurs sons, nos amis perçurent qu'ils étaient en train de sourire.

Ils passèrent à travers le brouillard, puis ils revirent la lumière du soleil. Ils demeurèrent comme éblouis, et Abdul fut à nouveau secoué par des tremblements fiévreux. Ils pensaient qu'après l'épreuve d'Abcasia ils entreraient dans les terres désirées, mais ils durent reconnaître leur erreur.

Aussitôt se mirent à battre des ailes sur leurs têtes des oiseaux au visage humain qui criaient : « Quel sol foulez-vous ? Retournez en arrière ! On ne peut violer la terre des Bienheureux ! Retournez en arrière fouler la terre qui vous a été donnée ! » Le Poète dit qu'il s'agissait de sorcellerie, peut-être une des manières dont était protégée la terre du Prêtre, et il les convainquit de continuer.

Après quelques jours de marche à travers un terrain pierreux dépourvu de tout brin d'herbe, ils virent venir trois bêtes à leur rencontre. L'une était certainement un chat, le dos incurvé, le poil hérissé et les yeux comme deux tisons rougeoyants. L'autre avait une tête de lion, qui rugissait, le corps d'une chèvre et le derrière d'un dragon, mais sur le dos caprin se levait une seconde tête cornue et bêlante. La queue était un serpent, qui en sifflant se dressait en avant pour menacer l'assistance. La troisième avait corps de lion, queue de scorpion et tête presque humaine, avec des yeux bleus, un nez bien dessiné et une bouche grande ouverte où se montrait, dessus et dessous, une triple rangée de dents, affilées comme des lames.

La bête qui les préoccupa le plus fut aussitôt le chat, notoirement messager de Satan et familier des seuls nécromanciens, c'est qu'aussi tu peux te défendre de n'importe quel monstre, mais pas de lui, qui, avant que tu puisses avoir tiré l'épée, te saute au visage et te plante ses griffes dans les yeux. Solomon murmurait qu'il n'y avait rien de bon à attendre d'un animal que le Livre des Livres n'avait jamais nommé, Boron dit que le deuxième animal était certainement une chimère, le seul qui, si le vide existait, pourrait voler en bourdonnant dedans, et sucer les pensers des êtres humains. Pour le troisième animal, nul doute, et Baudolino le reconnut pour une manticore, pas différente de la bête leucocroque dont il y avait bien longtemps (combien de temps, désormais?) il écrivait à Béatrix.

Les trois monstres avançaient sur eux : le chat, à pas feutrés agiles, les deux autres avec une égale détermination, mais un peu plus lents, pour la difficulté qu'a un animal triforme à s'adapter au mouvement de complexions si différentes.

Aleramo Scaccabarozzi dit le Ciula, qui maintenant ne se séparait plus de son arc, prit le premier l'initiative. Il décocha une flèche juste au milieu de la tête du chat, qui s'abattit, inanimé. A cette vue, la chimère fit un bond en avant. Avec courage le Cuttica de Quargnento, criant que chez lui il avait su réduire à de douces résolutions des taureaux en amour, vint au-devant d'elle pour la transpercer, mais inopinément le monstre fit un bond, fut sur lui pour le saisir dans sa gueule léonine, quand accoururent le Poète, Baudolino et Colandrino qui assenèrent une grêle d'estramaçons sur la bête jusqu'à ce qu'elle lachât prise et s'écroulât sur le sol.

Entre-temps, la manticore avait attaqué. L'affrontèrent Boron, Kyot, le Boïdi et le Porcelli; tandis que Solomon lui lançait des pierres en murmurant des malédictions dans sa langue sainte, Ardzrouni se retirait derrière lui, noir aussi de terreur, et Abdul était recroquevillé par terre, pris de plus intenses tremblements. La bête parut considérer la situation avec astuce humaine et sauvage à la fois. D'une agilité inattendue, elle esquiva qui se campait devant elle et, avant que ses antagonistes pussent la blesser, elle s'était déjà jetée sur Abdul, incapable de se défendre. Avec ses triples dents, elle le mordit à une omoplate, et ne lâcha pas prise quand les autres coururent libérer leur compagnon. Elle hurlait sous les coups de leurs épées, mais elle tenait fermement le corps d'Abdul, qui giclait du sang d'une blessure s'élargissant de plus en plus. Enfin, le monstre ne put survivre aux coups que lui portaient quatre adversaires furieux, et avec un râle horrible il s'éteignit. Mais il fallut beaucoup d'efforts pour lui ouvrir la gueule et libérer Abdul de ces tenailles.

A la fin de cette bataille, le Cuttica avait un bras blessé, mais Solomon le soignait déjà avec un de ses onguents, disant qu'il s'en tirerait à bon compte. Abdul par contre émettait des plaintes étouffées en perdant beaucoup de sang. « Bandez-le, dit Baudolino, faible comme il était déjà, il ne faut pas qu'il saigne encore! » Ils cherchèrent tous à arrêter ce flux, utilisant leurs vêtements pour tamponner la blessure, mais la manticore avait mordu au profond des membres, jusqu'à atteindre peut-être le cœur.

Abdul délirait. Il murmurait que sa princesse devait être toute proche et qu'il ne pouvait pas mourir juste à ce moment-là. Il demandait qu'on le remît debout, et ils devaient le retenir, car il était clair que le monstre avait infusé qui sait quel poison dans ses chairs.

Croyant à sa propre tromperie, Ardzrouni avait extrait du bissac d'Abdul la tête de Jean-Baptiste, il avait brisé le sceau, il avait pris le crâne contenu dans le reliquaire, et il le lui avait placé entre les mains. « Prie, lui disait-il, prie pour ton salut.

— Imbécile, lui disait avec mépris le Poète, primo, il ne t'entend pas, et secundo, cette tête est la tête de Dieu sait qui, que tu as ramassée dans quelque cimetière déconsacré.

377

« — Qu'importe la relique, si elle peut raviver l'esprit d'un mourant », disait Ardzrouni.

En fin d'après-midi, Abdul ne voyait plus rien, et il demandait s'ils se trouvaient de nouveau dans la forêt d'Abcasia. Comprenant qu'arrivait l'instant suprême, Baudolino se décida et – par bon cœur comme d'habitude – il consomma un autre mensonge.

« Abdul, dit-il, maintenant tu es au comble de tes désirs. Tu es arrivé à l'endroit auquel tu aspirais, il te fallait seulement surmonter l'épreuve de la manticore. Voilà, tu vois, ta dame est devant toi. Comme elle a su ton amour malheureux, des derniers confins de la terre bienheureuse où elle vit, elle est accourue, ravie et émue par ta dévotion.

— Non, souffla Abdul dans un râle, ce n'est pas possible. C'est elle qui vient auprès de moi et non moi qui vais auprès d'elle? Comment pourrais-je survivre à tant de grâce? Dites-lui d'attendre; levez-moi, je vous en prie, que je puisse aller lui rendre hommage...

— Reste tranquille, mon ami, si elle en a décidé ainsi tu dois te plier à son vouloir. Voilà, ouvre les yeux, elle se penche sur toi. » Et tandis qu'Abdul soulevait les paupières, Baudolino tendit à ce regard désormais obscurci, le miroir des gymnosophistes où le mourant aperçut, peut-être, l'ombre de traits qui ne lui étaient pas inconnus.

« Je te vois, ô ma dame, dit-il dans un filet de voix, pour la première et la dernière fois. Je ne croyais pas mériter cette joie. Mais je crains que tu ne m'aimes, et ce pourrait assouvir ma passion... Oh non, princesse, à présent c'en est trop, pourquoi t'inclines-tu pour m'embrasser? » Et il approchait ses lèvres tremblantes du miroir. « Qu'éprouvé-je à présent? Peine pour la fin de ma recherche ou plaisir pour la conquête imméritée?

— Je t'aime, Abdul, et c'est ce qui compte », eut le cœur de susurrer Baudolino dans l'oreille de l'ami qui expirait, et celui-ci sourit. « Oui, tu m'aimes et c'est ce qui compte. N'est-ce pas ce que j'ai toujours voulu, même si j'en éloignais le penser, par crainte que cela n'advînt? Ou ce que je ne voulais pas, de crainte que ce ne fût comme je l'avais espéré? Mais à présent je ne pourrais désirer davantage. Comme tu es belle, ma prin-

378

cesse, et comme elles sont rouges tes lèvres... » Il avait laissé rouler par terre le faux crâne de Jean-Baptiste, il avait saisi d'une main tremblante le miroir, et il se tendait les lèvres en avant, sans y réussir, pour en effleurer la surface embuée par son souffle. « Aujourd'hui nous célébrons une mort joyeuse, celle de ma douleur. Oh, doulce dame, tu as été mon soleil et ma lumière, là où tu passais là était le printemps, et en mai tu étais la lune qui enchantait mes nuits. » Il revint à lui un instant et dit d'une voix vacillante : « Mais peut-être est-ce un songe?

— Abdul, lui susurrait Baudolino se souvenant des vers qu'il avait un jour chantés, qu'est-ce que la vie, sinon l'ombre d'un songe qui s'enfuit?

— Merci, mon amour », dit Abdul. Il fit un dernier effort, alors que Baudolino lui soulevait la tête, et il baisa trois fois le miroir. Puis pencha son visage désormais exsangue, cireux et éclairé par la lumière du soleil qui se couchait sur l'étendue pierreuse.

Les Alexandrins creusèrent une fosse. Baudolino, le Poète, Boron et Kyot, qui pleuraient un ami avec qui ils avaient tout partagé depuis les années de leur jeunesse, descendirent la pauvre dépouille dans la terre, lui posèrent sur la poitrine cet instrument qui ne chanterait jamais plus les louanges de la princesse lointaine, et ils lui couvrirent le visage avec le miroir des gymnosophistes.

Baudolino recueillit le crâne et son reliquaire doré, puis il alla prendre le bissac de l'ami, où il trouva un rouleau de parchemin avec ses chansons. Il était sur le point d'y replacer aussi le crâne de Jean-Baptiste, qu'il avait remis dans le reliquaire, puis il se dit : « S'il va au Paradis, comme je l'espère, il n'en aura pas besoin parce qu'il rencontrera Jean-Baptiste, le vrai, la tête et le reste. De toute façon, mieux vaut que par ici on ne trouve pas sur lui une relique, qui plus fausse ne peut être. Celle-là je la prends moi, et si un jour je la vends j'utiliserai l'argent pour lui faire faire, sinon un sépulcre, du moins une belle pierre tombale dans une église chrétienne. » Il serra le reliquaire, en recomposant du mieux qu'il put le sceau, avec le sien, dans son bissac. Un court laps de temps, il eut le soupçon de voler un mort, mais il décida qu'au fond il empruntait quelque chose qu'il restituerait sous une autre forme. En tout cas, il ne dit rien aux autres. Il rassembla tout le reste dans le bissac d'Abdul, et alla le déposer dans la tombe.

Ils comblèrent la fosse et y plantèrent, en guise de croix, l'épée de leur ami. Baudolino, le Poète, Boron et Kyot s'agenouillèrent en prière, tandis qu'à quelques pas Solomon murmurait certaines litanies en usage parmi les Juifs. Les autres restèrent un peu en arrière. Le Boïdi fit mine de commencer un sermon, puis il se limita à dire : « En somme!

— Et dire qu'il y a quelques minutes il était encore là, observa le Porcelli.

— Un jour ici, un jour là... fit Aleramo Scaccabarozzi dit le Ciula.

— ... Les meilleurs qui s'en vont les premiers, dit le Cuttica.

— C'est le destin », conclut Colandrino qui, bien qu'encore jeune, était très sage.

28

Baudolino traverse le Sambatyon

LLÉLUIA! s'exclama après trois jours de marche Nicétas. Voici là-bas Selymbria, ornée de trophées. » Et de « trophées elle était vraiment ornée, cette petite ville aux maisons basses et aux rues désertes, car — comme ils le surent ensuite — on célébrait le lendemain la fête de quelque saint ou archange. Les habitants avaient festonné jusqu'à une haute colonne blanche qui se dressait dans un champ à la limite de l'habitat, et Nicétas expliquait à Baudolino qu'au sommet de cette colonne, des siècles et des siècles auparavant, avait vécu un ermite, qu'il n'en était plus descendu qu'après sa mort, et de là-haut il avait accompli de nombreux miracles. Désormais, des hommes de cette trempe, il n'en existait plus, et peut-être était-ce là aussi une des raisons des malheurs de l'empire.

Ils se dirigèrent aussitôt vers la maison de l'ami sur qui Nicétas pouvait compter, et ce Théophylacte, homme d'un certain âge, hospitalier et jovial, les accueillit avec une affection vraiment fraternelle. Il s'informa de leurs mésaventures, il pleura avec eux sur Constantinople détruite, leur montra la maison avec une quantité de chambres libres pour toute la compagnie des hôtes, il les restaura sur-le-champ avec un vin jeune et une généreuse salade aux olives et au fromage. Il ne s'agissait pas des raffinements auxquels Nicétas était habitué, mais ce repas champêtre fut plus que suffisant pour oublier les inconvénients du voyage et la demeure lointaine.

« Restez à la maison pendant quelques jours, sans faire de tours à l'extérieur, recommanda Théophylacte. De nombreux réfugiés de Constantinople sont déjà arrivés ici, et les gens de chez nous n'ont jamais été d'accord avec ceux de la capitale. A présent vous êtes ici à demander l'aumône, vous qui vous donniez de grands airs, disent-ils. Et, pour un morceau de pain, ils veulent son poids en or. Mais si ce n'était que ça. Ici, depuis longtemps, des pèlerins sont déjà arrivés. Ils jouaient les despotes avant, imaginez maintenant qu'ils ont su que Constantinople est à eux, et qu'un de leurs chefs deviendra le basileus. Ils se promènent avec des habits de cérémonie qu'ils ont volés à nos fonctionnaires, ils mettent les mitres prises dans les églises sur la tête de leurs chevaux, et ils chantent nos hymnes dans un grec qu'ils inventent eux, y mêlant qui sait quels mots obscènes de leur langue, ils cuisent leurs nourritures dans nos vases consacrés, et ils se font voir déambulant avec leurs putains vêtues en grandes dames. Tôt ou tard cela aussi passera, mais pour l'heure restez bien tranquilles, ici, chez moi. »

Baudolino et Nicétas ne demandaient rien d'autre. Au cours des jours suivants, Baudolino continua à raconter sous les oliviers. Ils avaient du vin frais et des olives, des olives, et puis encore des olives à déguster pour donner encore envie de boire. Nicétas était impatient de savoir si, enfin, ils étaient arrivés au royaume du Prêtre Jean.

Oui et non, lui dit Baudolino. En tout cas, avant de dire où ils étaient arrivés, il fallait traverser le Sambatyon. Et ce fut cette aventure qu'il commença tout de suite à conter. Comme il avait été tendre et pastoral en relatant la mort d'Abdul, ainsi fut-il épique et majestueux en faisant la relation de ce gué. Signe, pensait une fois de plus Nicétas, que Baudolino était comme cet étrange animal, dont lui – Nicétas – avait seulement entendu parler, mais que peut-être Baudolino avait même vu, dit caméléon, semblable à une toute petite chèvre, qui change de couleur selon l'endroit où il se trouve, et peut varier du noir au vert amande, et le blanc seul, couleur de l'innocence, ne peut prendre.

Tristes de la disparition de leur compagnon, les voyageurs s'étaient remis en route et trouvés de nouveau au début d'une zone montueuse. Alors qu'ils avançaient, ils avaient entendu d'abord une rumeur lointaine, puis un crépitement, un fracas qui devenait de plus en plus évident et distinct, comme si quelqu'un jetait une énorme quantité de cailloux et de rochers du haut des cimes, et que l'avalanche entraînait avec elle terre et pierraille en grondant vers la vallée. Puis ils avaient aperçu un poudroiement, telle une brume ou un brouillard, mais à la différence d'une grande masse d'humidité, qui eût obscurci les rayons du soleil, celui-ci renvoyait une myriade de reflets, comme si les rayons solaires donnaient sur un papillonnement d'atomes minéraux.

A un certain point, Rabbi Solomon, le premier, avait compris : « C'est le Sambatyon, s'était-il écrié, nous sommes donc près du but! »

C'était vraiment le fleuve de pierre, et ils s'en rendirent compte quand ils arrivèrent le long de ses rives, étourdis par le grand fracas qui empêchait presque chacun d'écouter les paroles de l'autre. C'était une coulée majestueuse de rocs et de limon, un flux sans trêve, et on pouvait voir, dans ce courant de grandes roches informes, des dalles irrégulières, coupantes comme des lames, larges comme des pierres tombales, et, entre les unes et les autres, du gravier, des fossiles, des pics, des roches et des éperons.

Allant à une vitesse égale comme poussés par un vent impétueux, des fragments de travertin roulaient les uns sur les autres, de grandes lèvres de failles y glissaient dessus, pour ensuite réduire leur élan quand elles rebondissaient sur des flots de caillasse, alors que les cailloux désormais ronds, polis comme par l'eau dans leurs glissades entre bloc et bloc, sautillaient bien haut, retombaient avec des bruits secs, et se voyaient pris par ces mêmes tourbillons qu'eux créaient en se heurtant les uns contre les autres. Au milieu et au-dessus de ce chevauchement de masses minérales, se formaient des souffles de sable, des bouffées de craie, des nues de lapilli, des écumes de ponces, des rus de malthe.

Ici et là, giclées de gypse, grêles de charbons retombaient sur la rive, et les voyageurs devaient parfois se couvrir le visage pour éviter d'en être balafrés.

« On est quel jour aujourd'hui ? » criait Baudolino à ses compagnons. Et Solomon, qui tenait les comptes de chaque samedi, rappelait que la semaine venait de commencer, et pour que le fleuve suspendît son cours il fallait attendre au moins six jours. « Et puis quand il s'arrête, on ne peut pas le traverser en violant le précepte sabbatique, criait-il, bouleversé. Mais pourquoi le Saint, qu'il soit béni toujours, dans sa sagesse n'a-t-il pas voulu que ce fleuve s'arrêtât le dimanche, car de toute façon vous, les gentils, vous êtes des mécréants et le repos dominical vous vous le mettez sous les braies ?

— Toi, ne pense pas au samedi, hurlait Baudolino, car si le fleuve s'arrêtait je saurais très bien comment te faire passer sans que tu doives commettre un péché. Il suffira de te flanquer sur un mulet quand tu dors. Le problème, c'est que, comme toi-même tu nous l'as dit, lorsque le fleuve s'arrête apparaît le long des rives une barrière de flammes, et nous sommes bien avancés... Il est donc inutile d'attendre ici pendant six jours. Allons vers la source, et il se peut qu'il y ait un passage avant la naissance du fleuve.

— Comment, comment ? » s'égosillaient ses compagnons qui ne réussissaient pas à comprendre quoi que ce fût, et puis, le voyant aller, ils le suivaient en devinant que sans doute il avait eu une bonne idée. Elle fut au contraire très mauvaise, car ils chevauchèrent six jours durant, en voyant certes que le lit se resserrait et que le fleuve devenait au fur et à mesure torrent et puis ruisseau, mais en ne parvenant à la source que vers le cinquième jour, quand désormais depuis le troisième on avait vu surgir à l'horizon une chaîne inaccessible de très hauts monts qui, à la fin, dominaient les voyageurs jusqu'à presque leur empêcher la vue du ciel, serrés qu'ils étaient dans une gorge de plus en plus étroite, et sans aucune issue, d'où tout en haut on apercevait désormais seulement un amas de nuages errants, à peine luminescents, qui rongeaient le faîte de ces cimes.

Là, par une fente, presque une blessure entre deux monts, on voyait le Sambatyon prendre sa source : un bouillonnement d'arène, un gargouillement de tuf, un égouttement de boue, un cliquètement d'éclats, un grondement de limon qui s'encaillotte, un débordement de mottes, une pluie d'argiles peu à peu se transformaient en un flux plus constant qui débutait son voyage vers quelque immense océan de sable.

Nos amis employèrent un jour à tenter de contourner les montagnes et découvrir un passage en amont de la source, mais en vain. Par contre, ils furent menacés par des moraines subites qui venaient se briser devant les sabots de leurs chevaux, ils durent prendre un chemin plus tortueux, furent surpris par la nuit dans un lieu où de temps à autre roulaient du haut de la cime des blocs de soufre vif, plus loin la chaleur se fit insupportable et ils comprirent que, à poursuivre au-delà, même s'ils avaient trouvé le moyen de franchir les montagnes, quand serait terminée l'eau de leurs flacons dans cette nature morte, ils ne trouveraient aucune forme d'humidité, et ils se décidèrent à revenir sur leurs pas. Sauf qu'ils se découvrirent perdus dans ces méandres, et mirent un autre jour pour retrouver la source.

Ils y arrivèrent quand, d'après les calculs de Solomon, le samedi était déjà passé et, même si le fleuve s'était arrêté, il avait déjà repris son cours, et il fallait attendre six autres jours. En proférant des exclamations qui certes ne leur garantissaient pas la bienveillance du ciel, ils décidèrent alors de suivre le fleuve dans l'espoir que celui-ci, s'ouvrant enfin, que ce fût en une bouche, en un delta ou un estuaire, se changeât en un désert plus calme.

Ils voyagèrent ainsi durant quelques aubes et quelques couchants, s'écartant des rives pour trouver des zones plus accueillantes, et le ciel devait avoir oublié leurs injures parce qu'ils découvrirent une petite oasis avec un peu de verdure et une veine d'eau très avare mais suffisante pour leur donner soulas et provisions pendant un certain nombre de jours encore. Puis ils poursuivirent, toujours accompagnés par le mugissement du fleuve, sous des ciels ardents striés de temps à autre par des nuages noirs, minces et plats comme les pierres du Boubouctor.

Jusqu'au moment où, après cinq journées de voyage ou presque, et de nuits étouffantes comme le jour, ils se rendirent compte que le continuel grondement de ce déferlement était en train de se transformer. Le fleuve avait pris une vitesse plus grande, dans son cours se dessinaient des manières de courants, des rapides qui entraînaient des gros blocs de basalte comme des fétus, on entendait une sorte de tonnerre lointain... Puis, toujours plus impétueux, le Sambatyon commençait à se subdiviser en une myriade de méchantes petites rivières qui s'inséraient entre les déclivités montagneuses tels les doigts de la main dans une motte de boue grumeleuse; parfois un flot s'engouffrait dans une grotte puis, par une sorte de passage rocheux qui paraissait praticable, il ressortait en rugissant et se jetait avec rage en aval. Et soudain, après un large tour qu'ils furent obligés de faire parce que les rives mêmes étaient devenues inaccessibles, battues par des tourbillons d'éboulis, ils virent, grimpés au sommet d'un petit plateau, comment le Sambatyon – au-dessous d'eux – s'anéantissait dans une manière de gorge de l'Enfer.

C'étaient des cataractes qui tombaient de dizaines d'avant-toits rupestres disposés en amphithéâtre, dans un vortex final démesuré, un vomissement incessant de granit, un engloutissement de bitumes, un seul ressac d'alun, un bouillonnement de schistes, une répercussion d'orpiment contre les berges. Et sur la matière que le gouffre éructait vers le ciel, mais en bas, aux yeux de qui regardait comme du haut d'une tour, les rayons du soleil formaient sur ces gouttes siliceuses un immense arc-en-ciel qui, chaque corps renvoyant les rayons avec une splendeur différente selon sa propre nature, avait beaucoup plus de couleurs que ceux qui se forment d'habitude dans le ciel après un orage, et, à la différence de ces derniers, il paraissait destiné à briller éternellement sans jamais se dissoudre.

C'était un rougeoiement d'hématites et de cinabres, un scintillement d'atramentum comme le ferait l'acier, un survol de paillettes d'auripigment du jaune à l'orange vif, un bleuissement d'arménium, un blanchoiement de coquilles calcinées, un verdoiement de malachites, une dissipation de litharge en safrans toujours plus pâles, une stridence de réalgar, une éructation de lourde terre verdâtre qui pâlissait en poussière de chrysocolle et puis transmigrait en nuances d'indigo et de violet, un triomphe d'or mussif, un empourprement de céruse brûlée, un flamboiement de sandaraque, un chatoiement d'argile argentée, une unique transparence d'albâtres.

Nulle voix humaine ne pouvait se faire entendre dans ce fracas, les voyageurs n'avaient d'ailleurs point le désir de parler. Ils assistaient à l'agonie du Sambatyon rendu furieux de devoir disparaître dans les entrailles de la terre, cherchant à emporter tout ce qui se trouvait autour de lui, grinçant des pierres pour exprimer toute son impuissance.

Ni Baudolino ni les siens ne s'étaient rendu compte du temps qu'ils avaient passé à admirer les colères du précipice où le fleuve s'enterrait contre son gré, mais ils devaient s'être attardés longtemps, et le couchant du vendredi était survenu, donc le début du samedi, car d'un coup, comme sur un ordre, le fleuve s'était roidi en une rigidité cadavérique et le tourbillon au fond de l'abîme s'était changé en une vallée squameuse et inerte sur quoi dominait, soudain et terrifiant, un insondable silence.

Ils avaient alors attendu, selon le récit qu'ils avaient écouté, que s'élevât le long des rives une barrière de flammes. Mais il n'était rien arrivé. Le fleuve se taisait, le tourbillon de particules qui flottait au-dessus de lui s'était lentement posé dans son lit, le ciel nocturne s'était rasséréné, montrant un étincellement d'étoiles jusqu'alors cachées.

« Où l'on voit qu'il ne faut pas toujours prêter l'oreille à ce qu'on nous dit, en avait conclu Baudolino. Nous vivons dans un monde où les gens inventent les histoires les plus incroyables. Solomon, celle-là vous l'avez mise en circulation, vous les Juifs, pour empêcher les chrétiens de venir par ici. »

Solomon n'avait pas répondu, parce qu'il était homme de prompte intelligence, et à cet instant il avait compris comment Baudolino pensait lui faire traverser le fleuve. « Moi je ne vais pas m'endormir, avait-il aussitôt dit.

— N'y pense pas, avait répondu Baudolino, repose-toi tandis que nous cherchons un gué. »

Solomon aurait voulu s'enfuir, mais le samedi il ne pouvait ni chevaucher ni encore moins voyager à travers des escarpements montueux. Ainsi il était resté assis toute la nuit, s'assénant des coups de poing sur la tête et maudissant, avec son sort, les maudits gentils.

Le lendemain matin, quand les autres eurent avisé un point où l'on pouvait passer sans risque, Baudolino était revenu auprès de Solomon, il lui avait souri plein d'affectueuse compréhension, et il l'avait frappé avec un maillet juste derrière l'oreille.

Et ce fut ainsi que Rabbi Solomon, seul et unique d'entre tous les fils d'Israël, traversa en dormant le Sambatyon, un samedi.

29

Baudolino arrive à Pndapetzim

TRAVERSER LE SAMBATYON ne voulait pas dire être arrivé dans le royaume du Prêtre Jean. Cela signifiait simplement qu'on avait abandonné les terres connues où étaient parvenus les plus hardis voyageurs. Et de fait nos amis durent aller encore pendant de nombreux jours, et par des terres accidentées au moins autant que les rives de ce fleuve de pierre. Puis ils étaient arrivés dans une plaine qui n'en finissait plus. Loin à l'horizon, on apercevait un relief montueux assez bas mais dentelé de pics fins comme des doigts, qui rappelèrent à Baudolino la forme des Alpes pyrénéennes lorsque, enfant, ils les avait traversées sur le versant oriental, pour monter de l'Italie à la Germanie – mais celles-là étaient bien plus hautes et imposantes.

Le relief était cependant sur l'extrême horizon, et dans cette plaine les chevaux avançaient en peinant car poussait partout une végétation luxuriante, tel un interminable champ de blé mûr, sauf qu'il s'agissait d'une espèce de fougères vertes et jaunes, plus hautes qu'un homme, et cette manière de très féconde steppe s'étendait à perte de vue, ainsi qu'une mer agitée par une brise continue.

En traversant une clairière, presque une île dans cette mer, ils virent que de loin, et à un seul endroit, la surface ne bougeait plus de façon uniformément ondulatoire, mais elle

389

s'agitait irrégulièrement, comme si un animal, un lièvre énorme, fendait les herbes, mais si c'était un lièvre, il se déplaçait par courbes des plus sinueuses et pas en ligne droite, à une vitesse supérieure à celle de tout lièvre. Puisque nos hommes aventureux, des animaux, ils en avaient déjà rencontré, et tels qu'ils n'inspiraient pas confiance, ils tirèrent les rênes, et se préparèrent à une nouvelle bataille.

La ligne sinueuse venait vers eux, et on entendait un bruissement de fougères froissées. A l'orée de la clairière enfin les herbes s'écartèrent et apparut une créature qui les ouvrait de ses mains, comme s'il s'agissait d'une tenture.

C'étaient certainement des mains et des bras, qui appartenaient à l'être venant à leur rencontre. Pour le reste, il avait une jambe, mais c'était la seule. Non qu'il fût estropié, parce que de plus cette jambe s'unissait naturellement au corps comme s'il n'y avait jamais eu de place pour l'autre, et grâce à l'unique pied de cette unique jambe l'être courait avec grande désinvolture, comme si depuis sa naissance il était habitué à se déplacer ainsi. Mieux, tandis qu'il venait à vive allure vers eux, ils ne parvinrent pas à comprendre s'il avançait par sauts, ou bien réussissait, ainsi configuré, à faire des pas, et si son unique jambe allait en avant et en arrière, comme nous, nous l'exécutons avec deux, et, à chaque pas, le faisait avancer. L'agilité avec laquelle il bougeait était telle qu'on n'arrivait pas à discerner un mouvement d'un autre, comme avec les chevaux, dont personne n'a jamais pu dire s'il y a un moment où tous les quatre sabots se soulèvent de terre, ou si au moins deux toujours y prennent appui.

Quand l'être s'arrêta devant eux, ils virent que son seul pied avait deux fois la grandeur d'un pied humain, mais bien formé, avec des ongles carrés, et cinq doigts qui ressemblaient tous à des orteils, trapus et robustes.

Pour le reste, celui-ci avait la hauteur d'un enfant de dix ou douze ans, c'est-à-dire qu'il arrivait à mi-corps de l'un d'eux, il avait une tête bien faite, avec de courts cheveux jaunâtres dressés sur le crâne, deux yeux ronds de bœuf affectueux, un nez petit et rondelet, une bouche large qui touchait presque les oreilles, et découvrait, dans ce qui indubitablement était un sourire, une belle et vigoureuse denture. Baudolino et ses amis le reconnurent aussitôt, pour en avoir lu et entendu parler tant de fois : c'était un Sciapode – et d'ailleurs ils avaient mis aussi des Sciapodes dans la lettre du Prêtre.

Le Sciapode sourit encore, leva les deux mains en les joignant au-dessus de sa tête en signe de salut et, droit telle une statue sur son unique pied, il dit plus ou moins : « *Aleichem sabì, Iani kalà bensor.* »

« Ça c'est une langue que je n'ai jamais entendue », dit Baudolino. Puis, s'adressant à lui en grec : « Quelle langue parles-tu ? »

Le Sciapode répondit en un grec bien à lui : « Je n'a su quelle langue j'a parlé. J'a cru vous étrangers et j'a parlé langue inventée comme celle d'étrangers. Vous au contraire parle la langue de Presbyter Johannes et de son Diacre. Moi j'a salué vous, moi il est Gavagaï, à votre service. »

Voyant que Gavagaï était inoffensif, et même bienveillant, Baudolino et les siens descendirent de cheval et s'assirent par terre, en l'invitant à en faire autant et lui offrant le peu de nourriture qu'ils avaient encore. « Non, dit-il, moi j'a rendu grâces, mais moi a mangé très beaucoup cette matin. » Puis il fit ce que, selon toute bonne tradition, on devait attendre d'un Sciapode : il s'étendit d'abord de tout son long par terre, ensuite il leva la jambe de façon à se faire de l'ombre avec le pied, il mit les mains sous la tête et derechef sourit, bienheureux, comme s'il se trouvait allongé sous un parasol. « Peu de frais fait du bien aujourd'hui, après pareille course. Mais vous qui est-il ? Dommage, si vous était douze vous était les très saints Mages qui revient, avec un noir même. Dommage qu'il est seulement onze.

— Dommage, oui, dit Baudolino. Mais nous sommes onze. Toi, onze Mages, ça ne t'intéresse pas, vrai ?

— Onze Mages n'intéresse à personne. Tous les matins à l'église, nous prie pour retour de douze. Si retourne onze, nous a mal prié.

— Là-bas, ils attendent vraiment les Mages, murmura le Poète à Baudolino. Il faudra trouver une façon pour laisser penser que le douzième est quelque part.

391

« — Mais sans jamais nommer les Mages, recommanda Baudolino. Nous sommes douze, et le reste ils le penseront eux, pour leur propre compte. Autrement, il se passe qu'à la fin le Prêtre Jean découvre qui nous sommes et nous fait manger par ses lions blancs ou quelque chose du même genre. »

Puis il s'adressa de nouveau à Gavagaï : « Tu as dit que tu es un serviteur du Presbyter. Nous sommes donc arrivés au royaume du Prêtre Jean ?

— Toi attendre. Tu il ne peut dire : voilà moi dans le royaume du Presbyter Johannes, après que toi il a fait quelque petit chemin. Sinon, tous vient. Vous il est dans grande province de Diacre Johannes, fils de Presbyter, et il gouverne toute ce terre que vous s'il veut le royaume de Presbyter peut passer seulement par elle. Tous les visiteurs qui vient, doit d'abord attendre dans Pndapetzim, grande capitale du Diacre.

— Combien de visiteurs sont déjà arrivés jusqu'ici ?

— Aucun. Vous il est les premiers.

— Vraiment il n'est pas arrivé avant nous un homme avec une barbe noire ? demanda Baudolino.

— Moi j'a jamais vu, dit Gavagaï. Vous il est les premiers.

— Par conséquent, nous devrons faire le pied de grue dans cette province pour attendre Zosime, maugréa le Poète, et qui sait s'il arrivera. Peut-être est-il encore en Abcasia, à tituber dans le noir.

— Ce serait pire s'il était déjà arrivé et avait remis le Gradale à ces gens, observa Kyot. Mais sans Gradale, avec quoi on se présente nous ?

— Calme-toi, même la hâte demande du temps, dit le Boïdi avec sagesse. Maintenant voyons ce qu'on va trouver là-bas, et puis nous imaginerons quelque chose. »

Baudolino dit à Gavagaï que volontiers ils demeureraient à Pndapetzim, dans l'attente de leur douzième compagnon, qui s'était perdu pendant une tempête de sable dans un désert à de nombreux jours de marche du lieu où ils se trouvaient à présent. Il lui demanda où vivait le Diacre.

« Là-bas, dans son palais lui. Moi il emmène vous. Mieux, moi d'abord il dit mes amis que vous arrive, et quand vous arrive vous il est fêtés. Les hôtes est don du Seigneur.

— Y a-t-il d'autres Sciapodes par là dans l'herbe?

— Moi il ne croit pas, mais je vu il y a peu Blemmye que moi il connaît, un bien beau cas parce que Sciapodes n'est pas très amis de Blemmyes. » Il porta ses doigts à sa bouche et il émit un sifflement long et fort bien modulé. Quelques instants après, les fougères s'ouvrirent et apparut un autre être. Il était très différent du Sciapode, et, au reste, à entendre nommer un Blemmye, nos amis s'attendaient à voir ce qu'ils virent. La créature, aux épaules extrêmement larges et donc des plus trapues, mais de taille fine, avait deux jambes courtes et pelues et n'avait pas de tête ni d'ailleurs de cou. Sur sa poitrine, là où les hommes ont des bouts de sein, s'ouvraient deux yeux en amande, très vifs, et, sous un léger renflement avec deux narines, une sorte d'orifice circulaire, mais très ductile, si bien que lorsqu'il se mit à parler il lui faisait prendre différentes formes, selon les sons qu'il produisait. Gavagaï alla s'entretenir avec lui; alors qu'il lui montrait les visiteurs, l'autre visiblement faisait signe que oui, et il faisait oui en courbant les épaules comme s'il s'inclinait.

Il s'approcha des visiteurs et dit plus ou moins : « *Ouiii, ouioïoïoï, aouéoua!* » En signe d'amitié, les voyageurs lui offrirent une tasse d'eau. Le Blemmye prit dans un sac qu'il portait avec lui une sorte de paille, il l'enfila dans l'orifice qu'il avait sous le nez, et il commença à sucer l'eau. Ensuite Baudolino lui offrit un gros morceau de fromage. Le Blemmye le porta à sa bouche, et celle-ci d'un coup devint grande comme le fromage, qui disparut dans ce trou. Le Blemmye dit : « *Eouaoï oéa!* » Puis il mit une main sur sa poitrine, autrement dit sur son front, comme qui promettrait, salua les nôtres de ses deux bras, et il s'éloigna au milieu des herbes.

« Lui il arrivé avant que nous, dit Gavagaï. Blemmyes ne courir pas comme Sciapodes, mais toujours mieux qu'animals lentissimes que vous va dessus. Qu'est-ce qu'il est eux?

— Des chevaux, dit Baudolino, se rappelant que dans le royaume du Prêtre il n'en naissait pas.

— Comment il est chevaux? demanda le Sciapode, curieux.

— Comme ceux-ci, répondit le Poète, exactement les mêmes.

— Je il rend grâces. Vous hommes puissants, qui va avec animals les mêmes que chevaux.

— Mais à présent écoute. Je t'ai entendu dire il y a quelques instants que les Sciapodes ne sont pas amis des Blemmyes. Ils n'appartiennent pas au royaume ou à la province?

— Oh non, eux comme nous est serviteurs de Presbyter, et comme eux Ponces, Pygmées, Panoties, Sans-Langue, Nubiens, Eunuques et Satyres-Qu'On-Ne-Voit-Jamais. Tous bons chrétiens et serviteurs fidèles de Diacre et de Presbyter.

— Vous n'êtes pas amis parce que vous êtes différents? demanda le Poète.

— Comment dit-il toi différents?

— Euh... dans le sens où tu es différent de nous et...

— Pourquoi moi différent de vous?

— Mais Dieu très saint, dit le Poète, bon, pour commencer tu n'as qu'une seule jambe! Nous et le Blemmye en avons deux!

— Vous aussi et Blemmye s'il lève une jambe en a une seule.

— Mais toi tu n'en as pas une autre à baisser!

— Pourquoi il doit moi baisser jambe qu'il n'a pas? Il doit toi baisser troisième jambe qu'il n'a pas? »

Conciliant, le Boïdi s'interposa : « Ecoute, Gavagaï, tu admettras que le Blemmye n'a pas de tête.

— Comment il n'a pas de tête? Il a yeux, nez, bouche, il parle, il mange. Comment toi il fait ça s'il n'a pas de tête?

— Mais tu n'as jamais remarqué qu'il n'a pas de cou, et après le cou cette chose ronde que toi aussi tu as sur le cou et lui pas?

— Qu'est-ce que veut dire remarqué?

— Vu, aperçu que, que tu sais quoi!

— Peut-être toi il dit que lui n'est pas tout pareil à moi, que ma mère ne peut confondre moi avec lui. Mais toi aussi il n'est pas pareil à ton ami là parce que lui a signe sur joue et toi il n'a pas. Et ton ami est différent de celui noir comme un de Mages, et lui différent de celui autre avec barbe noire de rabbin.

— Comment sais-tu que j'ai une barbe de rabbin? demanda plein d'espoir Solomon, qui d'évidence pensait aux tribus perdues, et tirait de ces paroles un signe patent qu'elles seraient passées par là ou qu'elles résideraient dans ce royaume. Aurais-tu déjà vu d'autres rabbins?

— Moi non, mais tous dit barbe de rabbin là-bas à Pndapetzim. »

Boron dit : « Coupons court. Ce Sciapode ne sait pas voir la différence entre lui et un Blemmye, pas davantage que nous ne savons la voir entre le Porcelli et Baudolino. Si vous y pensez, cela arrive quand on rencontre des étrangers. Entre deux Maures, savez-vous bien voir la différence?

— Oui, dit Baudolino, mais un Blemmye et un Sciapode ne sont pas comme nous et les Maures, que nous voyons seulement quand nous allons chez eux. Eux ils vivent tous dans la même province, et lui il fait la distinction entre Blemmye et Blemmye, s'il dit que celui que nous venons de voir est son ami, alors que les autres ne le sont pas. Ecoute-moi bien, Gavagaï : tu as dit que dans la province habitent des Panoties. Moi je sais ce que sont les Panoties : des gens presque comme nous, sauf qu'ils ont deux oreilles si énormes qu'elles leur descendent jusqu'aux genoux, et, quand il fait froid, ils s'en enveloppent le corps comme d'un manteau. Ils sont comme ça, les Panoties?

— Oui, comme nous. Moi aussi je a des oreilles.

— Mais pas jusqu'aux genoux, par Dieu!

— Toi aussi il a des oreilles beaucoup plus grandes que celles de ton ami à côté.

— Mais pas comme les Panoties, misère!

— Chacun a oreilles que sa mère a faites à lui.

— Mais alors pourquoi dis-tu que les Blemmyes et les Sciapodes ne peuvent pas se souffrir?

— Eux il pense mal.

— Comment mal?

— Eux chrétiens qui fait erreurs. Eux *phantasiastoï*. Eux il dit juste comme nous que Fils n'est pas de même nature que Père, parce que Père existe d'avant que débute le temps, alors que Fils est créé par Père, pas par besoin mais par volonté. Par conséquent, Fils est fils adoptif de Dieu, non? Les Blemmyes il dit : oui, Fils n'a pas même nature que Père, mais ce Verbe même si seulement fils adoptif ne peut pas faire soi chair. Donc

395

Jésus jamais devenait chair, celui que les apôtres a vu était seulement... comment dire... *phantasma*...

— Pure apparence.

— Voilà. Eux il dit que seul fantôme de Fils est mort en croix, il naît pas à Bethléem, il naît pas de Marie, un jour sur fleuve Jourdain devant Jean-Baptiste lui apparaît et tous dit oh. Mais si Fils est pas chair, comment tu il dit ce pain est ma chair? De fait eux ne fait pas communion avec pain et *burq*.

— Peut-être parce qu'ils devraient sucer le vin, ou comme tu l'appelles toi, avec leur paille, dit le Poète.

— Et les Panoties? demanda Baudolino.

— Oh, à eux peu importe ce que Fils fait quand il descend sur terre. Eux ne pourra jamais penser qu'à Saint-Esprit. Ecoute : eux il dit que chrétiens à occident pense que Esprit-Saint procède de Père et de Fils. Eux il a toujours protesté et dit que ce de Fils est mis après et dans le credo de Constantinople il dit pas comme ça. Saint-Esprit pour eux procède seulement de Père. Eux il a pensé contraire de Pygmées. Les Pygmées dit que Saint-Esprit procède seulement de Fils et pas de Père. Les Panoties hait avant tout Pygmées.

— Amis, dit Baudolino en s'adressant à ses compagnons. Il me semble évident que les diverses races existantes dans cette province n'accordent aucune importance aux différences du corps, à la couleur, à la forme, comme nous le faisons nous qui, rien qu'à voir un nain, le taxons d'erreur de la nature. En revanche, comme d'ailleurs nombre de nos sages, ils donnent beaucoup d'importance aux différences des idées sur la nature du Christ, ou sur la Très Sainte Trinité, dont nous avons tant entendu parler à Paris. C'est leur manière de penser. Tâchons de le comprendre, autrement nous nous perdrons toujours dans des discussions sans fin. Bon d'accord, nous ferons semblant que les Blemmyes sont comme les Sciapodes, et ce qu'ils pensent sur la nature de Notre Seigneur au fond ne nous regarde pas.

— D'après ce que je comprends, les Sciapodes participent de la terrible hérésie d'Arius, dit Boron qui, comme toujours, était celui d'entre eux qui avait lu le plus de livres.

— Et alors? dit le Poète. Ce me semble une chose digne de

Gréculets. Nous, au nord, nous étions plus préoccupés de qui était le vrai pape et qui l'antipape, et dire que tout dépendait d'un caprice de mon défunt seigneur Rainald. Chacun a ses défauts. Baudolino a raison, faisons semblant de rien et demandons à celui-ci de nous conduire chez son Diacre, qui ne doit pas être grand-chose, mais du moins il s'appelle Jean. »

Ils demandèrent donc à Gavagaï de les conduire à Pndapetzim, et lui se mit en route à bonds modérés, pour permettre aux chevaux de le suivre. Deux heures plus tard, ils arrivèrent à la fin de la mer de fougères, et ils entrèrent dans une zone cultivée, plantée d'oliviers et d'arbres fruitiers : sous les arbres étaient assis, les observant avec curiosité, des êtres aux traits presque humains, qui saluaient de leurs mains mais en n'émettant que des hululements. C'étaient, expliqua Gavagaï, les êtres sans langue, qui vivaient hors de la ville parce qu'ils étaient des messaliens, ils croyaient pouvoir aller au ciel à la seule grâce d'une prière silencieuse et continue, sans s'approcher des sacrements, sans pratiquer des œuvres de miséricorde et autres formes de mortification, sans autres actes de culte. Raison pour quoi ils n'allaient jamais dans les églises de Pndapetzim. Ils étaient mal vus de tous parce qu'ils estimaient que même le travail était une œuvre de bien, et donc inutile. Ils vivaient très pauvres, se nourrissant des fruits de ces arbres, qui cependant appartenaient à toute la communauté, et où ils se servaient sans aucune retenue.

« Pour le reste, ils sont comme vous, n'est-ce pas ? le taquinait le Poète.

— Il est comme nous quand nous se taire. »

Les montagnes se faisaient de plus en plus proches, et plus ils s'approchaient plus ils se rendaient compte de leur nature. A la fin de la zone pierreuse, s'élevaient graduellement des douces buttes jaunâtres, comme s'il s'agissait, suggérait Colandrino, de crème fouettée, non, de tas d'écheveaux de fils de sucre, allons donc, de monticules de sable mis les uns à côté des autres, comme si c'était une forêt. Derrière se dressait ce qui de loin ressemblait à des doigts, des pics rocheux, qui avaient à leur faîte une manière de couvre-chef de roche plus sombre, parfois en forme de capuchon, parfois de calotte presque plate, qui dépassait en avant et en arrière. En continuant plus loin, les reliefs étaient moins pointus, mais chacun apparaissait percé de trous comme une ruche, jusqu'à ce que l'on comprît que c'étaient là des habitations, ou des ostels de pierre où avaient été creusées des grottes, et à chacune d'elles on accédait par un petit escalier de bois différent, les escaliers s'unissant les uns aux autres de terrasse à terrasse et formant tous ensemble, pour chacun de ces éperons, un lacis aérien que les habitants, ressemblant de loin encore à des fourmis, parcouraient avec agilité de haut en bas.

Au cœur de la ville on voyait de véritables constructions, des édifices, mais eux aussi encaissés dans la roche, d'où faisaient saillie quelques aunes de façade, et tous en hauteur. Plus loin se profilait un massif plus imposant, de forme irrégulière, lui aussi une seule ruche de grottes, mais de ligne plus géométrique, comme des fenêtres et des portes, et dans certains cas avançaient, de ces voûtes, des plateformes, des logettes et des petits balcons. Certaines de ces entrées étaient couvertes par une tenture colorée, d'autres par des nattes de paille tressée. En somme, on se trouvait au milieu d'une enceinte de montagnes très sauvages, et en même temps au centre d'une ville populeuse et active, mais à coup sûr pas aussi magnifique qu'ils l'auraient attendu.

Que la ville fût active et populeuse, on le voyait à la foule qui animait, nous ne dirons pas ces rues et ces places, mais les espaces entre pic et éperon, entre massifs et tours naturelles. C'était une foule chamarrée, où se mêlaient des chiens, des ânes et beaucoup de chameaux, que nos voyageurs avaient déjà vus au début de leur cheminement, mais jamais aussi nombreux ni aussi différents qu'en ce lieu, certains avec une bosse, d'autres avec deux et quelques-uns jusqu'à trois. Ils virent même un mangeur de feu qui s'exhibait devant un attroupement d'habitants et tenait en laisse une panthère. Les animaux qui les étonnèrent le plus étaient des quadrupèdes d'une grande agilité, affectés à la traction des charrettes : ils avaient un corps de poulain, des jambes très hautes avec un sabot bovin, ils étaient d'un jaune à larges taches marron, et surtout ils avaient un cou immense sur lequel se dressait une tête de chameau et ses deux petites cornes au sommet. Gavagaï dit que c'étaient des camélopards, difficiles à capturer parce qu'ils s'enfuyaient à très vive allure, et seuls les Sciapodes pouvaient les suivre et les prendre au lacs.

En fait, même sans rues et sans places, cette ville n'était qu'un gigantesque marché, et dans chaque espace libre avait été plantée une tente, dressé un pavillon, étendu un tapis par terre, placé une planche horizontalement sur deux pierres. Et on voyait des étalages de fruits, des morceaux de viande (privilégiée semblait-il, celle de camélopard), de tapis tissés avec toutes les couleurs de l'arc-en-ciel, de vêtements, de couteaux en obsidienne noire, haches de pierre, coupes d'argile, colliers d'osselets et de petites pierres rouges et jaunes, chapeaux aux formes les plus bizarres, châles, couvertures, boîtes de bois gravé, instruments pour travailler la campagne, balles et poupées de chiffons pour les enfants, et puis des amphores pleines de liquides bleus, ambre, rose et citron, et des jattes pleines de poivre.

Les seuls objets qu'on ne voyait pas dans cette foire c'étaient ceux en métal, et, de fait, comme on lui en demandait le pourquoi, Gavagaï ne comprenait pas ce que pouvaient signifier des mots comme fer, métal, bronze ou cuivre, quelle que fût la langue où Baudolino cherchait de les nommer.

Dans cette foule circulaient des Sciapodes très actifs qui, bondissant et rebondissant, portaient sur leur tête des mannes débordantes, des Blemmyes, presque toujours en groupes isolés, ou bien derrière des étals où on vendait des noix de coco, des Panoties avec leurs oreilles au vent, sauf les femmes qui s'en enveloppaient pudiquement le sein, les serrant d'une main sur leur poitrine à la manière d'un châle, et d'autres gens qui paraissaient sortis d'un de ces livres des merveilles dont les miniatures avaient ravi Baudolino quand il cherchait l'inspiration pour ses lettres à Béatrix.

Ils reconnurent ceux qui devaient certainement être des Pygmées, de peau très sombre, avec un perizonium de paille et cet arc en bandoulière, grâce à quoi, comme le voulait leur nature, ils faisaient éternellement la guerre aux grues – une guerre qui devait leur valoir plus d'une victoire, si nombre d'entre eux allaient offrant aux passants leurs proies suspendues à un long bâton, au point qu'il fallait quatre d'entre eux pour le portage, deux à chaque bout. Comme les Pygmées étaient plus petits que les grues, les animaux raclaient le sol, raison pour quoi ils les avaient attachés par le cou, de façon que ce fussent les pattes qui laissent une longue traînée sur la poussière.

Voilà les Ponces et, malgré ce qu'ils en avaient lu, nos amis ne cessaient d'examiner d'un œil curieux ces êtres aux jambes droites sans articulations aux genoux, qui marchaient de manière rigide en appuyant au sol des sabots équins. Mais ce qui les faisait remarquer c'était, pour les hommes, le phallus qui pendait sur leur poitrine, et pour les femmes, dans la même situation, le vagin, qui cependant ne se voyait pas car elles le couvraient avec un châle noué dans le dos. La tradition voulait qu'ils fissent paître des chèvres à six cornes, et de fait c'étaient quelques-uns de ces animaux qu'ils vendaient au marché.

« Exactement comme il était écrit dans les livres », continuait à murmurer, ébahi, Boron. Puis, à voix haute pour se faire entendre d'Ardzrouni : « Et dans les livres il était pourtant bien écrit que le vide n'existe pas. Donc, si les Ponces existent, le vide n'existe pas. » Ardzrouni haussait les épaules, préoccupé qu'il était de voir si dans quelque fiole on vendait un liquide pour éclaircir la peau.

Afin de tempérer l'agitation de tous ces gens, passaient parfois des hommes très noirs, de haute taille, nus jusqu'à la ceinture, avec pantalons à la mauresque et turbans blancs, armés seulement d'énormes massues noueuses qui auraient pu étendre un bœuf d'un seul coup. Comme les habitants de Pndapetzim s'assemblaient au passage des étrangers, montrant en particulier les chevaux que, d'évidence, ils n'avaient jamais vus, les hommes noirs intervenaient pour discipliner la foule, et ils n'avaient qu'à faire tournoyer leurs massues pour créer sur-le-champ le vide alentour.

Il n'avait pas échappé à Baudolino que, lorsque le rassemblement devenait plus dense, c'était précisément Gavagaï qui faisait un signal d'alarme aux hommes noirs. D'après les gestes de nombreux présents on comprenait qu'ils voulaient servir de guides à ces hôtes illustres, mais Gavagaï était décidé à les garder pour lui, et même il se pavonait comme pour dire : « Ceux-ci, c'est ma propriété et ne me les touchez pas. »

Quant aux hommes noirs, c'étaient, dit Gavagaï, les gardes nubiens du Diacre, dont les ancêtres étaient venus du plus profond de l'Afrique, mais qui n'étaient plus étrangers car, depuis d'innombrables générations, ils naissaient dans les alentours de Pndapetzim, et ils étaient dévoués au Diacre jusqu'à la mort.

Enfin ils virent, beaucoup plus grands que les Nubiens mêmes, apparaître à nombre d'empans au-dessus des têtes des autres, les Géants qui, outre que géants, étaient monocles. Ils apparaissaient échevelés, mal vêtus et, dit Gavagaï, ils s'occupaient ou de construire des habitations sur ces roches, ou bien de faire paître moutons et bœufs, et en cela ils excellaient car ils pouvaient plier un taureau en le saisissant par les cornes, et, si une brebis s'éloignait du troupeau, ils n'avaient pas besoin du chien, ils allongeaient une main, l'attrapaient par le pelage et la remettaient à l'endroit d'où elle était partie.

« Et de ceux-là aussi vous êtes ennemis ? demanda Baudolino.

— Ici personne ennemi de personne, répondit Gavagaï. Tu il voit eux tous ensemble vend et achète comme bons chrétiens. Après, tous revient chez lui chacun d'eux, et ne reste pas ensemble à manger ou dormir. Chacun pense comme il veut, même s'il pense mal.

— Et les Géants pensent mal...

— Hou là là !... Pire que les pires ! Eux il est artotyrites, il croit que Jésus à la Dernière Cène consacre pain et fromage, car eux dit que c'est nourriture normale d'anciens patriarches. Ainsi eux fait communion en blasphémant avec pain et pecorino et considère hérétiques tous ceux qui la fait avec *burq*. Mais ici des gens qui pense mal c'est presque tous, sauf Sciapodes.

— Tu m'as dit que dans cette ville il y a aussi les Eunuques ? Eux aussi pensent mal ?

— Moi mieux qu'il ne parle pas d'Eunuques, trop puissants. Eux ne s'est pas mêlé avec gens communs. Mais ils a pensée différente de la mienne.

— Et, à part la pensée, ils sont pareils à toi, j'imagine...

— Pourquoi qu'est-ce que j'a moi différent d'eux?

— Mais diable d'un gros pied, se fâchait le Poète, tu vas avec les femmes?

— Avec femmes sciapodes oui, parce qu'elles ne penser pas mal.

— Et à tes femmes sciapodes tu leur enfiles cette chose-là, malédiction, mais tu l'as où, toi?

— Ici, derrière la jambe, comme tout le monde.

— A part le fait que moi je ne l'ai pas derrière la jambe, et que nous venons de voir des types qui l'ont au-dessus du nombril, sais-tu au moins que les Eunuques cette chose-là, ils ne l'ont pas du tout et qu'avec les femmes ils n'y vont pas?

— Peut-être parce que à Eunuques ne plaît pas femmes. Peut-être parce que moi à Pndapetzim jamais vu femmes eunuques. Les pauvres, peut-être à eux plaît, mais eux n'a pas trouvé femme eunuque et ils ne peut tout de même pas aller avec femmes de Blemmyes ou de Panoties, qui penser mal?

— Mais tu as remarqué que les Géants n'ont qu'un seul œil?

— Aussi moi. Tu vois, je ferme ce œil et reste seul l'autre.

— Retenez-moi sinon je me l'occis, disait le Poète rouge au visage.

— En somme, dit Baudolino, les Blemmyes pensent mal, les Géants pensent mal; tous pensent mal, excepté les Sciapodes. Et qu'est-ce que pense votre Diacre?

— Diacre ne pense pas. Lui, commande. »

Tandis qu'ils parlaient, un des Nubiens s'était précipité devant le cheval de Colandrino, il s'était agenouillé et, tendant les bras, baissant la tête, il avait prononcé quelques mots dans une langue inconnue, mais, d'après le ton, on se rendait compte qu'il s'agissait d'une douloureuse prière.

« Que veut-il? » s'était enquis Colandrino. Gavagaï avait répondu que le Nubien lui demandait au nom de Dieu de lui couper la tête avec cette belle épée que Colandrino portait au côté.

« Il veut que je le tue? Et pourquoi? »

Gavagaï paraissait embarrassé. « Nubiens est gens très étranges. Tu il sait, eux circoncellions. Bons guerriers seulement parce qu'il veut martyre. Il n'y a pas guerre et eux a toujours désiré martyre tout de suite. Nubien est comme des enfants, il veut tout de suite chose qui plaît à lui. » Il adressa quelques mots au Nubien, et l'autre s'éloigna, tête basse. Comme on lui demandait d'expliquer quelque chose de plus sur ces circoncellions, Gavagaï dit que les circoncellions étaient les Nubiens. Puis il observa que le couchant approchait, que le marché se défaisait, et qu'il fallait aller à la tour.

En effet, la foule s'éclaircissait, les vendeurs recueillaient leurs denrées dans de grandes corbeilles; du haut des différentes voûtes qui guignaient sur les parois de la roche, descendaient des cordes et quelqu'un, depuis les diverses habitations, tirait les marchandises. Tout était diligentes montées et descentes, et en un court laps de temps la ville entière se fit déserte. On eût dit maintenant un vaste cimetière aux innombrables niches mortuaires mais, l'une après l'autre, ces portes ou fenêtres dans la roche commençaient à s'éclairer, signe que les habitants de Pndapetzim étaient en train d'allumer cheminées et lampes pour se préparer au soir. En vertu de Dieu sait quels tunnels invisibles, les fumées de ces feux sortaient toutes par les cimes des pics et des éperons, et le ciel désormais pâle était strié de panaches noirâtres qui allaient se dissoudre parmi les nuages.

Ils parcoururent le peu qui restait de Pndapetzim et ils arrivèrent à une esplanade derrière laquelle les monts ne laissaient plus aucun passage visible. A moitié encaissée dans la montagne, on voyait l'unique construction artificielle de toute la ville. C'était une tour, ou bien la partie antérieure d'une tour à larges marches, vaste à la base et de plus en plus étroite au fur et à mesure qu'elle s'élevait, mais pas comme une pile de fouaces, une plus petite que l'autre qu'on aurait superposées pour former de nombreuses strates, car un boyau en forme de spirale continuait sans interruption de marche en marche et on devinait qu'il pénétrait aussi dans la roche, enveloppant la construction de la base au sommet. La tour était entièrement tissue de grandes portes en arc, l'une à côté de l'autre, sans aucun espace libre entre elles qui ne fût le jambage séparant une porte d'une autre, et elle ressemblait à un monstre aux mille

403

yeux. Solomon dit qu'ainsi devait être la tour élevée à Babel par le cruel Nembroth, pour défier le Saint, que toujours il fût béni.

« Et ceci, dit Gavagaï d'un accent orgueilleux, ceci est le palais du Diacre Johannes. Maintenant vous ne bouge pas et attend, car eux sait que vous arrive et a préparé solennelle bienvenue. Moi à présent je va.

— Où tu vas?

— Moi il ne peut pas entrer dans tour. Après que vous était reçus et vu Diacre, alors moi il revient près de vous. Moi votre guide à Pndapetzim, moi jamais il laisse vous. Attention avec Eunuques, lui est homme jeune..., il montrait Colandrino, et eux il plaît les jeunes. *Ave, evcharisto, salam.* » Il salua, droit sur son pied, de façon vaguement martiale, se tourna et un instant après il était déjà loin.

30

Baudolino rencontre le Diacre Jean

QUAND ILS FURENT à une cinquantaine de pas de la tour, ils virent qu'un cortège en sortait. D'abord, un détachement de Nubiens, mais plus fastueusement mis que ceux qui se trouvaient au marché : de la ceinture jusqu'en bas, ils étaient enveloppés de bandes blanches serrées autour des jambes recouvertes d'une jupette qui arrivait à mi-cuisses; torse nu, ils portaient cependant une cape rouge, et à leur cou ils arboraient un collier de cuir où étaient fixées des pierres colorées, non pas des gemmes mais bien des petits cailloux de grève d'un fleuve, disposés néanmoins comme une vivace mosaïque. Sur la tête ils avaient un capuchon blanc aux multiples nœuds de rubans. Aux bras, aux poignets et aux doigts, ils portaient des bracelets et des anneaux de corde tressée. Ceux du premier rang jouaient fifres et tambours, ceux du deuxième tenaient leur énorme massue en appui sur l'épaule, ceux du troisième n'avaient qu'un arc en bandoulière.

Suivait de près une troupe de ceux qui étaient certainement les Eunuques, enveloppés dans d'amples vêtements moelleux, maquillés comme des femmes et avec des turbans qui avaient l'air de cathédrales. Celui qui se tenait au centre portait un plateau de fouaces. Enfin, escorté à ses côtés par deux Nubiens qui agitaient sur sa tête des flabellums de plumes de paon, avançait celui qui certainement était le plus haut dignitaire de

405

cette troupe : son chef était couvert d'un turban élevé comme deux cathédrales, un entrelacement de bandes de soie aux couleurs variées, il portait aux oreilles des pendants de pierre colorée, aux bras des bracelets de plumes multicolores. Il avait lui aussi une robe longue jusqu'aux pieds, mais serrée à la ceinture par une taillole large d'un empan, de soie bleu clair, et sur sa poitrine pendait une croix de bois peint. C'était un homme d'un grand âge, et le maquillage des lèvres et le bistre aux yeux contrastaient avec sa peau désormais flasque et jaunâtre, faisant davantage encore ressortir un double menton qui tremblait à chacun de ses pas. Il avait des mains potelées, des ongles très longs et affilés comme des lames, laqués de rose.

Le cortège s'arrêta devant les visiteurs, les Nubiens se disposèrent sur deux files tandis que les Eunuques de rang inférieur s'agenouillaient et que celui qui portait le plateau s'inclinait en offrant la nourriture. Baudolino et les siens, d'abord indécis sur la façon de faire, descendirent de cheval et acceptèrent des morceaux de fouace qu'ils mastiquèrent courtoisement, en s'inclinant. A leur salut, s'avança enfin vers eux l'Eunuque le plus âgé et le plus important qui se prosterna face à terre, puis se releva et s'adressa à nos amis, en grec.

« Depuis la naissance de Notre Seigneur Christ Jésus, nous attendions votre retour, si vous êtes certainement ceux que nous pensons, et je suis désolé de savoir que le douzième d'entre vous, mais comme vous premier d'entre tous les chrétiens, a été dévié le long de son chemin à la nature inclémente. Tandis que je donnerai l'ordre à nos gardes de scruter inlassablement l'horizon dans son attente, je vous souhaite un heureux séjour à Pndapetzim, dit-il d'une voix blanche. Je vous le dis, au nom du Diacre Jean, moi Praxeas, chef suprême des Eunuques de cour, protonotaire de la province, unique légat du Diacre près le Prêtre, majeur gardien et logothète du chemin secret. » Il le dit comme si même des Mages dussent être impressionnés par tant de dignité.

« Oh là ! Suffit, murmura Aleramo Scaccabarozzi dit le Ciula, mais écoute un peu ça ! »

Baudolino avait pensé cent fois à la manière dont il se présenterait au Prêtre, mais jamais à la manière dont il devrait se

406

présenter à un chef Eunuque au service du diacre d'un prêtre. Il décida de suivre la ligne qu'ils avaient fixée d'avance : « Seigneur, dit-il, je t'exprime notre joie pour avoir atteint cette noble, riche et merveilleuse ville de Pndapetzim, dont nous n'avons jamais vu plus belles et plus florissantes au cours de notre voyage. Nous venons de loin, et porteurs, pour le Prêtre Jean, de la plus considérable relique de la chrétienté, la coupe où Jésus a bu pendant la Dernière Cène. Hélas, le démon, envieux, a déchaîné contre nous les forces de la nature, fourvoyant chemin faisant un de nos frères, et justement celui qui portait le don, et avec lui d'autres témoignages de notre respect envers le Prêtre Jean...

— Comme par exemple, ajouta le Poète, cent lingots d'or massif, deux cents grands singes, une couronne de mille livres d'or avec des émeraudes, dix rangs de perles inestimables, quatre-vingts caisses d'ivoire, cinq éléphants, trois léopards domptés, trente chiens anthropophages et trente taureaux de combat, trois cents défenses d'éléphant, mille peaux de panthère et trois mille verges d'ébène.

— Nous avions entendu parler de ces richesses et substances de nous inconnues dont abonde la terre où se couche le soleil, dit Praxeas, les yeux brillants, et le ciel soit loué si avant de quitter cette vallée de larmes je peux les voir !

— Mais tu ne peux pas fermer ta bouche de merde? sifflait le Boïdi derrière le Poète, tout en lui donnant des coups de poing dans le dos, et si après Zosime arrive, et qu'ils voient qu'il est plus déplumé que nous?

— Tais-toi, grinçait des dents, bouche tordue, le Poète, nous avons déjà dit que le démon y a mis sa patte, et le démon aura tout mangé. Sauf le Gradale.

— Mais au moins un don maintenant, il faudrait un don, pour montrer que nous ne sommes pas vraiment des gueux, continuait à murmurer le Boïdi.

— Peut-être la tête de Jean-Baptiste, suggéra à voix basse Baudolino.

— Il n'en reste plus que cinq, dit le Poète, toujours sans bouger les lèvres, mais n'importe, tant que nous demeurons dans le royaume, les quatre autres, on ne peut certes pas les sortir. »

Baudolino était le seul à savoir que, avec celle qu'il avait prise à Abdul, des têtes, il y en avait encore six. Il en tira une de son bissac et la tendit à Praxeas, en lui disant que pour l'instant – dans l'attente de l'ébène, des léopards et de toutes ces autres belles choses-là – ils voulaient qu'il remît au Diacre l'unique souvenir resté sur cette terre de celui qui avait baptisé Notre Seigneur.

Praxeas accepta avec émotion ce don, inestimable à ses yeux pour le reliquaire scintillant qu'il considéra certainement fait de cette précieuse substance jaune sur quoi il avait entendu raconter tant de fables. Impatient de vénérer ce reste sacré, et de l'air de qui considérait comme sa propriété chaque offrande faite au Diacre, il l'ouvrit sans effort (c'était donc la tête d'Abdul, au sceau déjà violé, se dit Baudolino), prit entre ses mains le crâne brunâtre et desséché, œuvre du talent d'Ardzrouni, en s'exclamant d'une voix brisée que jamais de sa vie il n'avait contemplé relique plus précieuse.

Ensuite l'Eunuque demanda par quel nom il devrait s'adresser à ses vénérables hôtes, parce que la tradition leur en avait assigné quantité et nul ne savait plus quels étaient les vrais. Avec grande cautèle, Baudolino répondit que, du moins tant qu'ils ne seraient pas en présence du Prêtre, ils désiraient être appelés par les noms connus qu'ils portaient dans le lointain Occident, et il dit le véritable nom de chacun d'eux. Praxeas apprécia le son évocateur de noms comme Ardzrouni ou Boïdi, il trouva retentissants Baudolino, Colandrino et Scaccabarozzi, et il rêva de pays exotiques en entendant nommer Porcelli et Cuttica. Il dit qu'il respectait leur discrétion, et il conclut : « A présent, entrez. L'heure est tardive et le Diacre ne pourra vous recevoir que demain. Ce soir vous serez mes hôtes et je vous assure que jamais festin n'aura été plus riche et somptueux, et que vous savourerez des mets d'une délicatesse telle que vous penserez avec mépris à ceux qui vous ont été offerts dans les terres où se couche le soleil. »

« Mais s'ils sont vêtus de si pauvres guenilles, qu'une de nos femmes ferait le diable à quatre devant son mari pour avoir mieux, grommelait le Poète. Nous sommes partis et nous avons subi ce que nous avons subi pour voir des cascades d'émeraudes; quand nous écrivions la lettre du Prêtre, toi, Baudolino, les topazes te soulevaient le cœur, et les voici, là, avec dix petits cailloux et quatre cordelettes et ils pensent être les plus riches du monde!

— Tais-toi et allons voir », lui murmurait Baudolino.

Praxeas les précéda à l'intérieur de la tour, et les fit entrer dans une grand-salle sans fenêtres, éclairée par des trépieds à la flamme vive, avec un tapis central plein de coupes et de plateaux d'argile, et une série de coussins sur les côtés, où les convives s'accroupirent, les jambes croisées. Le repas était servi par des jouvenceaux, certainement eunuques eux aussi, à demi nus et aspergés d'huiles odorantes. Ils présentaient aux hôtes des vases aux mélanges aromatiques, où les Eunuques trempaient leurs doigts pour ensuite se toucher le lobe des oreilles et les narines. Après aspersion, les Eunuques caressaient mollement les jouvenceaux et les invitaient à offrir les parfums aux hôtes, qui s'adaptèrent aux coutumes de ces gens, tandis que le Poète grognait que si un de ceux-là l'effleurait il lui faisait tomber toutes les dents d'une seule chiquenaude.

Ainsi fut le souper : de grands plats de pain, autrement dit de leurs fouaces; une énorme quantité de légumes verts bouillis, où abondaient les choux, qui ne puaient pas trop parce qu'ils étaient saupoudrés d'épices variées; des coupes d'une sauce noirâtre brûlante, le *sorq*, où on trempait les fouaces, et le Porcelli, qui fut le premier à essayer, commença à tousser comme s'il soufflait des flammes par le nez, si bien que ses amis se limitèrent à en goûter avec modération (et puis ils passèrent la nuit embrasés par une soif inextinguible); un poisson de rivière, sec, squelettique, qu'ils appelaient *thinsirèta* (tiens, tiens! murmuraient nos amis), pané dans une semoule et littéralement noyé dans une huile bouillante qui devait être toujours la même depuis nombre de repas; une soupe de graines de lin, qu'ils appelaient *marac*, et qui, au dire du Poète, avait le goût de la merde, sur quoi flottaient des fibres de volaille, mais si mal cuites qu'on eût dit du cuir, et Praxeas annonça avec orgueil qu'il s'agissait de méthagallinaire (tiens, tiens! nos amis se donnaient de nouveau des coups de coude); une moutarde qu'ils appelaient *tchenfelec*, faite de fruits confits, mais où il y avait davantage de poivre que de fruits. A chaque nouveau plat, les Eunuques se servaient gloutonnement, et en mastiquant ils faisaient des bruits avec leurs lèvres pour exprimer leur plaisir, outre des signes d'entente aux hôtes, comme pour dire : « Vous aimez? N'est-ce pas un don du ciel? » Ils mangeaient en prenant la nourriture avec les mains, même la soupe, l'absorbant dans leur paume repliée en conque, mélangeant en une seule poignée des choses différentes, et fourrant le tout dans leur bouche d'un seul coup. Mais seulement de la main droite, parce que la gauche ils la tenaient sur l'épaule du jouvenceau qui veillait à renouveler toujours leur nourriture. Ils ne l'enlevaient que pour boire, et ils se saisissaient des cruches en les élevant jusqu'au-dessus de leur tête, se versant ensuite l'eau dans la bouche comme d'une fontaine.

Ce n'est qu'à la fin de ce repas lucullien que Praxeas fit un signe, et arrivèrent des Nubiens qui remplirent d'un liquide blanc de toutes minuscules coupes. Le Poète engloutit la sienne et aussitôt devint rouge, émit une sorte de rugissement, et tomba comme mort, jusqu'à ce que des jouvenceaux lui aspergeassent d'eau le visage. Praxeas expliqua que chez eux l'arbre du vin ne poussait pas, et que l'unique boisson alcoolique qu'ils savaient produire provenait de la fermentation du *burq*, une baie très commune en ces lieux. Sauf que la puissance de cette boisson était telle qu'il ne fallait la goûter qu'à petites gorgées, mieux, en mettant à peine la langue dans la coupe. Un vrai malheur, ne pas avoir ce vin dont on parlait dans les Evangiles, parce que les prêtres de Pndapetzim, chaque fois qu'ils disaient la messe, s'abîmaient dans l'ivresse la plus inconvenante et peinaient pour arriver au congé final.

« D'ailleurs, que devrions-nous attendre d'autre de la part de ces monstres? » dit Praxeas avec un soupir, en s'isolant dans un coin avec Baudolino, tandis que les autres Eunuques examinaient avec des glapissements de curiosité les armes de fer des voyageurs.

« Des monstres? demanda Baudolino avec une feinte ingénuité. J'avais eu l'impression qu'ici personne ne s'apercevait des admirables difformités d'autrui.

— Tu auras entendu parler l'un d'entre eux, dit Praxeas avec un sourire de mépris. Ils vivent tous ensemble depuis des siècles, ils se sont habitués les uns aux autres, et, refusant de voir la monstruosité de leurs voisins, ils ignorent la leur. Monstres, oui, plus semblables à des bêtes qu'à des hommes, et capables de se reproduire plus vite que les lapins. Voilà le peuple que nous devons gouverner, et d'une main impitoyable, pour éviter qu'ils ne s'exterminent à tour de rôle, chacun obnubilé par sa propre hérésie. Raison pour quoi, il y a des siècles, le Prêtre les a mis à vivre ici, aux confins du royaume, pour qu'ils ne troublassent pas par leur spectacle odieux ses sujets, qui sont – je te l'assure, seigneur Baudolino – des hommes très beaux. Mais il est naturel que la nature engendre même des monstres, et l'inexplicable est plutôt que monstrueux ne soit pas désormais devenu l'entier genre humain, après qu'il a commis le crime le plus horrible de tous, en crucifiant Dieu le Père. »

Baudolino se rendait compte que les Eunuques aussi pensaient mal, et il posa quelques questions à son hôte. « Certains de ces monstres, dit Praxeas, croient que le Fils n'a été qu'adopté par le Père, d'autres s'exténuent à discuter qui procède de qui, et chacun est entraîné, monstre qu'il est, dans sa monstrueuse erreur, multipliant les hypostases de la divinité, croyant que le Bien Suprême est trois substances différentes ou même quatre. Des païens. Il y a une unique substance divine qui se manifeste au cours des vicissitudes humaines en différentes manières ou personnes. L'unique substance divine en tant qu'elle engendre est Père, en tant qu'elle est engendrée est Fils, en tant qu'elle sanctifie est Esprit, mais il s'agit toujours de la même nature divine : le reste est comme un masque derrière lequel Dieu se cache. Une substance et une seule triple personne et non pas, comme certains hérétiques l'affirment, trois personnes en une substance. Mais s'il en va ainsi, et si Dieu, tout entier, prête bien attention, et ne déléguant pas quelque rejeton adoptif, s'est fait chair, alors c'est le Père lui-même qui a pâti sur la croix. Crucifier le Père! Mais tu comprends? Seule une race maudite pouvait arriver à cet outrage, et le devoir du fidèle est de venger le Père. Aucune pitié pour la lignée maudite d'Adam. »

411

Depuis qu'avait débuté le récit du voyage, Nicétas avait écouté en silence, sans plus interrompre Baudolino. Mais il le fit alors, car il s'aperçut que son interlocuteur était incertain sur l'interprétation à donner à ce dont il parlait. « Tu penses, demanda-t-il, que les Eunuques haïssaient le genre humain parce qu'il avait fait souffrir le Père, ou qu'ils avaient embrassé cette hérésie parce qu'ils haïssaient le genre humain?

— C'est ce que je me suis demandé, ce soir-là et après, sans savoir répondre.

— Je sais comment pensent les eunuques. J'en ai beaucoup connu au palais impérial. Ils cherchent à accumuler du pouvoir pour donner libre cours à leur rancune envers tous ceux à qui il est donné d'engendrer. Mais souvent, dans ma longue expérience, j'ai eu l'intuition que nombre de ceux qui ne sont pas des eunuques se servent du pouvoir pour exprimer ce qu'autrement ils ne sauraient faire. Et sans doute est-ce une passion plus bouleversante de commander que de faire l'amour.

— D'autres choses m'avaient laissé perplexe. Ecoute : les Eunuques de Pndapetzim constituaient une caste qui se reproduisait par élection, vu que leur nature ne permettait pas d'autres voies. Praxeas disait que depuis des générations et des générations les anciens choisissaient des jeunes garçons charmants et les réduisaient à leur condition, en en faisant d'abord leurs serviteurs et puis leurs héritiers. Où prenaient-ils ces jeunes, gracieux et bien formés, si la province entière de Pndapetzim n'était habitée que de prodiges de la nature?

— Tes Eunuques venaient certainement d'un pays étranger. Il arrive, dans de nombreuses armées et administrations publiques, que ceux qui ont du pouvoir ne doivent pas appartenir à la communauté qu'ils gouvernent, de façon à ne pas éprouver de sentiments de tendresse ou de complicité pour leurs sujets. Ainsi peut-être avait voulu le Prêtre, afin de pouvoir garder dans la soumission ces gens difformes et querelleurs.

— Pour pouvoir les envoyer sans remords à la mort. Parce que d'après les paroles de Praxeas, j'ai compris deux autres choses. Pndapetzim était, avant que ne commençât le royaume du Prêtre, le dernier avant-poste. Après, il n'y avait qu'une gorge entre les montagnes qui conduisait à un autre territoire, et sur

412

les rochers qui surmontaient la gorge se trouvaient en permanence les gardes nubiens, prêts à faire dévaler des avalanches de rocs sur quiconque se fût aventuré dans ce défilé. A la sortie de la gorge, c'était le début d'un marécage sans fin, mais un marécage tellement insidieux que ceux qui tentaient de le traverser se voyaient happer par des terrains boueux et sableux en perpétuel mouvement, et comme ils avaient commencé à s'enfoncer jusqu'à mi-jambes, ils ne pouvaient plus s'en sortir, jusqu'à ce qu'ils disparussent tout entiers, tels ceux qui se noient dans la mer. Dans le marécage, il n'y avait qu'un seul parcours sûr, qui permettait de le traverser, mais il n'était connu que des Eunuques, qui avaient été éduqués à le reconnaître d'après certains signes. Par conséquent, Pndapetzim était la porte, la défense, le verrou qu'il fallait violer si l'on voulait atteindre le royaume.

— Vu que vous étiez les premiers visiteurs depuis Dieu sait combien de siècles, cette défense ne constituait pas une entreprise bien pénible.

— Au contraire. Praxeas fut très vague sur ce point-là, comme si le nom de ceux qui les menaçaient était frappé d'interdit, mais ensuite, en parlant à demi-mot, il se résolut à me dire que l'entière province vivait sous le cauchemar d'un peuple guerrier, celui des Huns blancs qui, d'un moment à l'autre, auraient pu tenter une invasion. Si ces derniers étaient arrivés aux portes de Pndapetzim, les Eunuques auraient envoyé les Sciapodes, les Blemmyes et tous les autres monstres se faire massacrer pour suspendre un peu la conquête, puis ils auraient dû conduire le Diacre à la gorge, faire dévaler une telle quantité de rocs en bas qu'ils obstrueraient tout passage, et se retirer dans le royaume. S'ils n'y avaient pas réussi et avaient été capturés, comme les Huns blancs auraient pu contraindre l'un d'eux, sous la torture, à révéler l'unique bonne route pour atteindre la terre du Prêtre, ils avaient tous été endoctrinés de sorte que, avant de tomber prisonniers, ils se seraient tués avec un poison que chacun gardait dans un sachet suspendu au cou, sous son vêtement. La chose terrible c'est que Praxeas était certain qu'ils se seraient sauvés dans tous les cas, parce qu'au dernier moment ils auraient eu les Nubiens comme bouclier.

413

C'est la fortune, disait Praxeas, d'avoir comme gardes du corps des circoncellions.

— J'en ai entendu parler, mais c'est arrivé il y a tant de siècles sur les côtes de l'Afrique. Il y avait donc là-bas des hérétiques dits donatistes, qui estimaient que l'Eglise devait être la société des saints, mais qu'hélas désormais tous ses ministres étaient corrompus. Raison pour quoi, selon eux, aucun prêtre ne pouvait administrer les sacrements, et ils étaient dans une guerre pérenne avec tous les autres chrétiens. Les plus décidés d'entre les donatistes étaient précisément les circoncellions, gens barbares de race maure, qui allaient par champs et par vaux cherchant le martyre, se précipitaient du haut des rochers sur les passants en criant " *Deo laudes* " et les menaçaient de leurs massues, les sommant de les tuer afin qu'ils pussent éprouver la gloire du sacrifice. Et comme les gens, épouvantés, se refusaient à le faire, les circoncellions d'abord les dépouillaient de tout bien, puis leur fracassaient la tête. Mais je croyais que ces exaltés s'étaient éteints.

— D'évidence, les Nubiens de Pndapetzim étaient leurs descendants. Ils eussent été, me disait Praxeas avec son habituel mépris pour ses sujets, précieux à la guerre, car volontiers ils se fussent fait tuer par l'ennemi, et pendant le temps nécessaire à les abattre tous, les Eunuques auraient pu obstruer la gorge. Mais depuis trop de siècles les circoncellions attendaient cette aventure, personne n'arrivait pour envahir la province, ils rongeaient leur frein, ne sachant vivre en paix ; ils ne pouvaient assaillir et dépouiller les monstres qu'ils avaient ordre de protéger, et ils se soulageaient en chassant et en affrontant à mains nues des animaux sauvages ; ils se hasardaient parfois au-delà du Sambatyon, dans les terrains pierreux où prospéraient chimères et manticores, et certains avaient eu la joie de finir comme Abdul. Mais cela ne leur suffisait pas. Parfois les plus convaincus d'entre eux devenaient fous. Praxeas avait déjà su que l'un d'eux, dans l'après-midi, nous avait imploré de le décapiter ; d'autres, alors qu'ils se trouvaient de garde à la gorge, se jetaient du haut des pics, bref il était difficile de les tenir en bride. Il ne restait aux Eunuques qu'à les maintenir dans un état de veille, leur préfigurant chaque jour le danger imminent, leur faisant croire que les Huns blancs étaient vraiment aux portes, et ainsi les Nubiens vaguaient souvent à travers la plaine aiguisant leur regard, tressaillant de joie à chaque nuage de poussière qui s'entrevoyait de loin, attendant l'arrivée des envahisseurs, en une espérance qui les consumait depuis des siècles, génération après génération. Et pendant ce temps, comme tous n'étaient pas réellement prêts au sacrifice mais annonçaient à grand bruit leur désir de martyre pour être bien nourris et bien vêtus, il fallait les maintenir au calme en leur donnant des gourmandises, et moult *burq*. J'ai compris comment la rancœur des Eunuques pouvait augmenter de jour en jour, contraints qu'ils étaient de gouverner des monstres qu'ils haïssaient, et devant confier leur vie à des ripailleurs exaltés et perpétuellement ivres. »

L'heure était tardive, Praxeas les avait fait accompagner par le garde nubien à leurs logements, face à la tour, dans une ruche de pierre de dimensions réduites, qui à l'intérieur laissait de l'espace pour eux tous. Ils gravirent ces petits escaliers aériens et, épuisés par cette singulière journée, dormirent jusqu'au matin.

Ils furent réveillés par Gavagaï, prêt à leur service. Il avait été informé par les Nubiens que le Diacre était à présent disposé à recevoir ses hôtes.

Ils revinrent à la tour et Praxeas en personne les fit monter le long des marches extérieures, jusqu'au dernier étage. Là, ils franchirent une porte et s'engagèrent dans un couloir circulaire sur lequel s'ouvraient de nombreuses autres portes, les unes à côté des autres, telle une rangée de dents.

« J'ai compris seulement après comment avait été conçu ce plan, seigneur Nicétas. J'ai du mal à le décrire, mais j'essaierai. Imagine que ce couloir circulaire est la périphérie d'un cercle, au centre duquel se trouve une grand-salle centrale également circulaire. Chaque porte qui s'ouvre dans le couloir donne dans un conduit, et chaque conduit devrait être un des rayons du cercle, qui mène à la salle centrale. Mais si les couloirs étaient droits, tout un chacun depuis le couloir circulaire périphérique

415

pourrait voir ce qui se passe dans la grand-salle centrale et quiconque se trouverait dans la grand-salle centrale pourrait voir si quelqu'un arrive en prenant un conduit. En revanche, chaque conduit débutait en ligne droite, mais à la fin obliquait en faisant une courbe, et après celle-ci on entrait dans la grand-salle centrale. Ainsi personne depuis le couloir périphérique ne pouvait apercevoir la grand-salle, ce qui assurait la discrétion à qui l'habitait...

— Mais l'habitant de la grand-salle ne pouvait pas voir davantage qui arrivait, sinon au dernier moment.

— En effet, et ce détail m'a tout de suite frappé. Tu comprends, le Diacre, seigneur de la province, était à l'abri des regards indiscrets, mais en même temps il pouvait être surpris sans préavis par une visite de ses Eunuques. C'était un prisonnier qui ne pouvait être épié par ses gardiens, mais ne pouvait pas non plus les épier.

— Tes Eunuques avaient plus d'astuce que les nôtres. Mais parle-moi à présent du Diacre. »

Ils entrèrent. La grand-salle circulaire était vide, sauf quelques coffres autour du trône. Le trône se trouvait au centre, il était de bois foncé, couvert d'un baldaquin. Sur le trône il y avait une figure humaine, enveloppée dans une robe de couleur sombre, le chef couvert par un turban, et un voile qui descendait sur son visage. Les pieds étaient chaussés de babouches sombres, et sombres étaient les gants qui lui couvraient les mains, si bien que rien ne se pouvait voir de la forme de l'être assis.

De part et d'autre du trône, accroupies aux côtés du Diacre, deux autres silhouettes voilées. L'une d'elles de temps à autre présentait au Diacre une coupe où brûlaient des parfums, pour qu'il en aspirât les vapeurs. Le Diacre cherchait à refuser, mais Praxeas lui faisait un signe par lequel, implorant, il lui commandait d'accepter, il devait donc s'agir d'une médecine.

« Arrêtez-vous à cinq pas du trône, inclinez-vous et avant de présenter votre salut, attendez qu'Il vous y invite, murmura Praxeas.

— Pourquoi est-il voilé? demanda Baudolino.

416

— On ne demande pas, c'est ainsi, c'est son bon plaisir. »

Ils firent comme on leur avait dit. Le Diacre leva une main et dit, en grec : « Dès mon enfance, j'ai été préparé au jour de votre venue. Mon logothète m'a déjà tout raconté, et je serai heureux de vous assister et de vous donner l'hospitalité dans l'attente de votre auguste compagnon. J'ai aussi reçu votre incomparable don. Il est immérité, et d'autant plus qu'une chose si sainte me vient de donateurs aussi dignes de vénération. »

Sa voix était mal assurée, celle d'une personne souffrante, mais le timbre était juvénile. Baudolino se répandit en salutations si révérencieuses que personne ne pourrait jamais par la suite les accuser d'avoir usurpé la dignité qu'on leur attribuait. Mais le Diacre observa que tant d'humilité était le signe évident de leur sainteté, et il n'y avait rien à faire.

Ensuite il les invita à s'asseoir sur une couronne de onze coussins qu'il avait fait préparer à cinq pas du trône, il leur fit offrir du *burq* avec des sortes de gimblettes douces au goût de moisi et il dit qu'il était impatient de savoir par eux, qui avaient visité le fabuleux Occident, si vraiment il existait là-bas toutes les merveilles dont il avait pris connaissance dans tant de livres qui lui étaient passés par les mains. Il demanda s'il y avait réellement une terre dite Œnotrie, où croît l'arbre d'où ruisselle la boisson que Jésus avait changée en son propre sang. Si réellement là-bas le pain n'était pas aplati et de la minceur d'un demi-doigt, mais enflait miraculeusement chaque matin au chant du coq, en forme de fruit doux et moelleux sous une croûte dorée. S'il était vrai que là-bas on voyait des églises construites en dehors du rocher, si le palais du Grand Prêtre de Rome avait plafonds et poutres de bois parfumé de l'île légendaire de Chypre. Si ce palais avait des portes de pierre bleue mêlée à de la corne du serpent céraste, qui empêchent le visiteur d'introduire du poison à l'intérieur, et des fenêtres d'une pierre telle qu'à travers y passe la lumière. Si, dans cette même ville, il y avait une grande construction circulaire où maintenant les chrétiens mangeaient les lions, et sur sa voûte apparaissaient deux parfaites imitations du soleil et de la lune, grands comme en effet ils sont, qui parcouraient leur arc céleste au milieu d'oiseaux faits de main humaine et chantant des mélodies très douces. Si sous le pavement, lui aussi de pierre transparente, nageaient d'eux-mêmes des poissons en pierre de Florence. S'il était vrai qu'on parvenait à la construction par un escalier où, à la base d'une certaine marche, il y avait un pertuis par lequel on voyait défiler toutes les choses qui se passent dans l'univers, tous les monstres des abysses de la mer, l'aube et le soir, les foules qui vivent dans la Dernière Thulé, une toile d'araignée de fils couleur de la lune au centre d'une noire pyramide, les flocons d'une substance blanche et froide qui tombent du ciel sur l'Afrique Torride au mois d'août, tous les déserts de cet univers, chaque lettre de chaque feuillet de chaque livre, des couchants couleur de rose au-dessus du Sambatyon, le tabernacle du monde placé entre deux plaques brillantes qui le reproduisent à l'infini, des étendues d'eau comme des lacs sans rivages, des taureaux, des tempêtes, toutes les fourmis qui existent sur la terre, une sphère qui reproduit le mouvement des étoiles, la secrète palpitation de son propre cœur et de ses propres entrailles, et le visage de chacun de nous quand nous serons transfigurés par la mort... »

« Mais qui est-ce qui raconte tant de sornettes à ces gens? » se demandait scandalisé le Poète, tandis que Baudolino cherchait à répondre avec prudence, en disant que les merveilles du lointain Occident étaient certainement nombreuses, même si certainement parfois la renommée, qui survole en les gigantifiant vallées et montagnes, aime amplifier, et certainement lui-même pouvait témoigner n'avoir jamais vu, là-bas où se couche le soleil, des chrétiens manger des lions. Le Poète ricanait tout bas : « Du moins, pas les jours maigres... »

Ils se rendirent compte que leur présence avait enflammé l'imagination de ce jeune prince perpétuellement enfermé dans sa prison circulaire et que, si tu vis là où se lève le soleil, tu ne peux que rêver des merveilles du Ponant – surtout, continuait à murmurer le Poète, heureusement en tudesque, si tu vis dans un merdier comme Pndapetzim.

Ensuite le Diacre comprit que ses hôtes aussi voulaient savoir quelque chose, et il observa que sans doute, après tant d'années d'absence, ils ne se souvenaient pas comment revenir dans le royaume d'où, selon la tradition, ils provenaient, c'était aussi qu'au cours des siècles une série de tremblements de terre, et autres transformations de ce sol à eux, avait profondément modifié montagnes et plaines. Il expliqua comment il était difficile de franchir la gorge et de traverser le marécage, il avertit que commençait la saison des pluies, et qu'il n'était pas opportun de se mettre en voyage tout de suite. « En outre, mes Eunuques, dit-il, devront envoyer des messagers à mon père, qui lui parlent de votre visite, et ceux-ci devront revenir avec son consentement à votre voyage. La route est longue, et tout cela prendra un an et peut-être davantage encore. Pendant ce temps, il faudra que vous attendiez l'arrivée de votre frère. Sachez qu'ici vous aurez l'hospitalité due à votre rang. » Il le disait d'une voix presque mécanique, comme s'il récitait une leçon à peine apprise.

Les hôtes lui demandèrent quelles étaient la fonction et la destinée d'un Diacre Jean, et il expliqua : sans doute, en leur temps, les choses n'allaient pas encore ainsi, mais les lois du royaume avaient été justement modifiées après le départ des Mages. Il ne fallait pas penser que le Prêtre fût une seule personne qui avait continué à régner durant des millénaires, c'était plutôt une dignité. A la mort de chaque Prêtre, montait sur le trône son Diacre. Alors, aussitôt, des dignitaires du royaume allaient visiter toutes les familles et ils reconnaissaient, d'après certains signes miraculeux, un nourrisson qui ne devait pas avoir plus de trois mois, et qui devenait futur héritier et fils putatif du Prêtre. Le nourrisson était cédé avec joie par sa famille et immédiatement envoyé à Pndapetzim où il passait son enfance et sa jeunesse à recevoir une préparation pour succéder à son père adoptif, pour le craindre, l'honorer et l'aimer. Le jeune homme parlait d'une voix triste car, disait-il, c'est le destin d'un Diacre de n'avoir jamais connu son père, ni le charnel ni le putatif, qu'il ne voyait pas même sur son catafalque parce que, à partir du moment de sa mort jusqu'à celui où l'héritier rejoignait la capitale du royaume, passait, comme il l'avait dit, au moins une année.

« J'en verrai seulement, disait-il, et j'implore que cela advienne le plus tard possible, l'effigie empreinte sur le drap funèbre où il aura été enveloppé avant l'ensevelissement, le corps recouvert d'huiles et autres substances miraculeuses qui en marquent les formes sur le lin. » Ensuite il dit : « Vous devrez demeurer ici un long temps, et je vous demande de venir me visiter de temps à autre. J'adore entendre raconter les merveilles de l'Occident, et aussi écouter les récits des mille batailles et sièges qui, là-bas, dit-on, rendent la vie digne d'être vécue. Je vois à vos côtés des armes, beaucoup plus belles et puissantes que celles dont on use ici, et j'imagine que vous-mêmes avez guidé des armées dans des batailles, comme il se doit pour un roi, tandis que chez nous on se prépare depuis des temps immémoriaux à la guerre, mais je n'ai jamais eu le plaisir de commander une armée en terrain découvert. » Il n'invitait pas, il implorait presque, et du ton d'un petit jeune qui avait enfiévré son esprit sur des livres d'aventures mirobolantes.

« Pourvu que vous ne vous fatiguiez pas trop, seigneur, dit avec grande révérence Praxeas. Maintenant il est tard et vous êtes las ; il vaudra mieux que vous congédiiez vos visiteurs. » Le Diacre acquiesça mais, au geste de résignation qui accompagna son salut, Baudolino et les siens comprirent qui vraiment commandait dans ce lieu

31

Baudolino attend de partir
vers le royaume du Prêtre Jean

BAUDOLINO AVAIT TROP longuement raconté et Nicétas était affamé. Théophylacte le fit asseoir au souper, lui offrant du caviar de différents poissons, suivi d'une soupe aux oignons et à l'huile d'olive servie dans un plat plein de miettes de pain, puis une sauce de mollusques hachés, assaisonné avec vin, huile, ail, cinnamome, origan et moutarde. Pas beaucoup, selon ses goûts, mais Nicétas y fit honneur. Tandis que les femmes, qui avaient pris à part leur repas, s'apprêtaient à dormir, Nicétas s'était remis à interroger Baudolino, impatient de savoir si enfin il était arrivé dans le royaume du Prêtre.

« Tu voudrais que je courusse, seigneur Nicétas, mais nous, à Pndapetzim, nous sommes restés pendant deux longues années, et le temps d'abord s'écoulait toujours égal. De Zosime, aucune nouvelle, et Praxeas nous faisait observer que, s'il n'arrivait pas le douzième de notre groupe, sans l'offrande annoncée pour le Prêtre, il était inutile de se mettre en route. En outre, chaque semaine il nous donnait de récentes et décourageantes nouvelles : la saison des pluies avait duré plus longtemps que prévu et le marécage était devenu encore plus impraticable, on n'avait pas de nouvelles des ambassadeurs envoyés au Prêtre, peut-être ne parvenaient-ils pas à retrouver l'unique sentier possible...

Ensuite, venait la bonne saison et on vociférait que les Huns blancs étaient en train d'arriver, un Nubien les avait repérés vers le nord, on ne pouvait donc sacrifier des hommes pour nous accompagner dans un voyage aussi difficile, et ainsi de suite. Ne sachant que faire, nous apprenions, peu à peu, à nous exprimer dans les différentes langues de ce pays, désormais nous savions que si un Pygmée s'exclamait *Hekinah degul*, il voulait dire qu'il était content, et que le salut à échanger avec lui était *Lumus kelmin pesso desmar lon emposo*, c'est-à-dire qu'on s'engageait à ne pas faire la guerre contre lui ni contre son peuple; que si un Géant répondait *Bodh-koom* à une question, cela signifiait qu'il ne savait pas, que les Nubiens appelaient *nek* le cheval, peut-être par imitation de *nekbrafpfar* qui était le chameau, alors que les Blemmyes indiquaient le cheval comme *houyhmhnm*, et c'est la seule fois où nous les entendîmes prononcer des sons qui ne fussent pas des voyelles, signe qu'ils inventaient un terme jamais utilisé pour un animal jamais vu; les Sciapodes priaient en disant *Hai coba*, qui pour eux signifiait Pater Noster, et ils appelaient *deba* le feu, *deta* l'arc-en-ciel et *zita* le chien. Les Eunuques, durant leur messe, louaient Dieu en chantant : *Khondinbas Ospamerostas, kame-dumas karpanemphas, kapsimunas Kamerostas perisimbas pros-tamprostamas.* Nous devenions des habitants de Pndapetzim, tant et si bien que les Blemmyes ou les Panoties ne nous paraissaient plus tellement différents de nous. Nous nous étions transformés en une troupe d'indolents, Boron et Ardzrouni passaient leurs journées à discuter sur le vide, et même Ardzrouni avait convaincu Gavagaï de le mettre en contact avec un menuisier des Ponces, et il était en train d'ergoter avec lui, savoir s'il était possible de construire avec seulement du bois, sans aucun métal, une de ses pompes miraculeuses. Quand Ardzrouni se consacrait à sa folle entreprise, Boron se retirait avec Kyot, ils chevauchaient dans la plaine et s'abandonnaient à rêver au Gradale, tandis qu'ils aiguisaient leur regard pour voir si à l'horizon apparaissait le fantôme de Zosime. Sans doute, suggérait le Boïdi, avait-il pris un chemin différent, avait-il rencontré les Huns blancs, Dieu sait ce qu'il leur avait raconté à eux qui devaient être des idolâtres, et les

422

persuadait-il d'attaquer le royaume... Le Porcelli, le Cuttica et Aleramo Scaccabarozzi dit le Ciula, qui avaient participé à la fondation d'Alexandrie en acquérant certain savoir édificateur, s'étaient mis en tête de convaincre les habitants de cette province que quatre murs bien construits étaient mieux que leurs pigeonniers, et ils avaient trouvé des Géants, qui par métier perçaient ces niches mortuaires dans la roche, disposés à apprendre comment on gâche le malthe ou on modèle des briques d'argile en les faisant ensuite sécher au soleil. En bordure de la ville s'étaient élevées cinq ou six masures, mais un beau matin ils les avaient vues occuper par les hommes sans langue, vagabonds par vocation, et voleurs du pain qu'ils mangent. Ils cherchèrent à les déloger à coups de pierres, mais eux, rien. Le Boïdi regardait toujours chaque soir vers la gorge, pour voir si le beau temps était revenu. En somme, chacun avait inventé son passe-temps, nous nous étions habitués à cette nourriture dégoûtante, et surtout nous n'arrivions plus à nous passer du *burq*. Nous consolait le fait que de toute façon le royaume était à deux pas, c'est-à-dire à une année de marche, dans le meilleur des cas, mais nous n'avions plus le devoir de découvrir quoi que ce soit, ni de trouver un chemin, nous devions seulement attendre que les Eunuques nous conduisent par le bon. Nous étions, comment dire, béatement accablés et heureusement ennuyés. Chacun de nous, sauf Colandrino, avait désormais son âge ; moi j'avais dépassé les cinquante ans, à cet âge-là les gens meurent s'ils ne sont pas morts depuis beau temps ; nous remerciions le Seigneur, et on voit que cet air nous faisait du bien parce que nous semblions tous rajeunis, il paraît que j'en démontrais dix de moins qu'à mon arrivée. Nous étions vigoureux de corps et languissants d'esprit, si je peux m'exprimer ainsi. Nous nous identifiions tellement aux gens de Pndapetzim que nous avions même commencé à nous prendre de passion pour leurs débats théologiques.

— Pour qui penchiez-vous ?

— En fait tout avait commencé parce que le sang du Poète bouillonnait et qu'il n'arrivait pas à rester sans femme. Dire qu'y réussissait même le pauvre Colandrino, mais lui était un ange sur terre, comme sa pauvre sœur. La preuve que nos yeux aussi s'étaient habitués à cet endroit, je l'ai eue quand le Poète a commencé à laisser errer son imagination autour d'une Panotie. Il était attiré par ses oreilles ondoyantes, l'excitait la blancheur de sa peau, il la trouvait flexueuse, les lèvres bien dessinées. Il avait vu deux Panoties s'accoupler dans un champ et il devinait que l'expérience devait être délicieuse : tous deux s'enveloppaient l'un dans l'autre avec leurs oreilles et ils copulaient comme s'ils se trouvaient dans une coquille, ou comme s'ils étaient la chair hachée enroulée dans des feuilles de vigne qu'ils avaient goûtée en Arménie. Ce doit être magnifique, disait-il. Puis, ayant eu des réactions peu engageantes de la Panotie qu'il avait tenté d'approcher, il s'était entiché d'une femme des Blemmyes. Il trouvait que, à part l'absence de la tête, elle avait une taille fine et un vagin invitant, et en outre il eût été beau de pouvoir embrasser une femme sur la bouche comme si on lui baisait le ventre. Et ainsi avait-il cherché à fréquenter ces gens. Un soir il nous avait emmené à une de leurs réunions. Les Blemmyes, comme tous les monstres de la province, n'auraient admis aucun des autres êtres à leurs discussions sur les choses sacrées, mais nous, nous étions différents, on ne pensait pas que nous aussi nous pouvions mal penser, mieux, chaque race était convaincue que nous pensions comme elle. Le seul qui aurait pu montrer son désappointement pour notre familiarité avec les Blemmyes, c'était bien sûr Gavagaï, mais désormais le fidèle Sciapode nous adorait, et ce que nous faisions ne pouvait qu'être bien fait. Un peu par ingénuité, un peu par amour, il s'était persuadé que nous allions aux rites des Blemmyes pour leur apprendre que Jésus était le fils adoptif de Dieu. »

L'église des Blemmyes se trouvait au niveau du sol, deux colonnes, un tympan, une seule façade, et le reste dans les profondeurs de la roche. Leur prêtre appelait au rassemblement des fidèles en frappant d'un martelet sur une plaque de pierre enroulée de cordes, qui donnait un son de cloche fêlée. A l'intérieur, on ne voyait que l'autel éclairé par des lampes qui, d'après l'odeur, ne brûlaient pas de l'huile mais du beurre, sans doute de lait de chèvre. Il n'y avait pas de crucifix alentour, ni

424

d'autres images car, comme l'expliquait le Blemmye qui faisait le guide, jugeant eux (les seuls à bien penser) que le Verbe ne s'était pas fait chair, ils ne pouvaient adorer l'image d'une image. Ni, pour les mêmes raisons, ils ne pouvaient prendre au sérieux l'eucharistie, et donc leur messe était une messe sans consécration des espèces. Ils ne pouvaient pas non plus lire l'Evangile, parce que c'était le récit d'un leurre.

Baudolino demanda à ce point-là quelle sorte de messe ils pouvaient célébrer, et leur guide dit qu'en fait ils se réunissaient en prière, puis discutaient ensemble du grand mystère de la fausse incarnation, sur laquelle ils n'avaient pas encore réussi à faire pleine lumière. Et en effet, après que les Blemmyes s'étaient agenouillés et avaient consacré une demi-heure à leurs étranges vocalises, le prêtre avait commencé ce qu'il appelait la sainte conversation.

Un des fidèles s'était levé et avait rappelé que peut-être le Jésus de la Passion n'était pas un véritable fantôme, avec quoi on aurait moqué les apôtres, mais une puissance supérieure émanée du Père, un Eon, qui était entré dans le corps déjà existant d'un quelconque menuisier de la Galilée. Un autre avait fait remarquer que peut-être, comme certains l'avaient suggéré, Marie avait réellement accouché d'un être humain, mais le Fils, qui ne pouvait pas se faire chair, était passé à travers elle comme l'eau à travers un tube, ou peut-être lui était-il entré par une oreille. Ce fut alors un chœur de potestations, et beaucoup criaient « Pauliciens! Bogomiles! », pour dire que le sujet parlant avait énoncé une doctrine hérétique — et de fait il fut chassé du temple. Un troisième hasardait que celui qui avait souffert sur la croix était le Cyrénéen, qui avait remplacé Jésus au dernier moment, mais les autres lui avaient fait remarquer que pour remplacer quelqu'un, ce quelqu'un devait tout de même être là. Non, avait répliqué le fidèle, le quelqu'un remplacé était justement Jésus comme fantôme, qui en tant que fantôme n'aurait pas pu souffrir, et sans Passion il n'y aurait pas eu rédemption. Autre chœur de protestations, parce que ce disant on affirmait que l'humanité avait été rachetée par ce pauvret de Cyrénéen. Un quatrième rappelait que le Verbe était descendu dans le corps de Jésus sous la forme d'une colombe au moment du baptême dans le Jourdain, mais de cette façon on confondait certainement le Verbe et le Saint-Esprit, et ce corps envahi n'était pas un fantôme – alors pourquoi les Blemmyes auraient-ils été, et correctement, des fantasiastes?

Pris par le débat, le Poète avait demandé : « Mais si le Fils non incarné n'était qu'un fantôme, alors pourquoi dans le Jardin des Oliviers prononce-t-il des paroles de désespoir et pousse-t-il des lamentations sur la croix. Qu'importe à un divin fantôme si on lui plante des clous dans un corps qui est pure apparence? N'était-ce que de la mise en scène, comme un histrion? » Il avait dit cela en pensant séduire, faisant montre de finesse d'esprit et de désir de connaissance, la femme blemmye qu'il avait lorgnée, mais il se produisit l'effet contraire. L'assemblée entière se mit à crier : « Anathème, anathème! », et nos amis comprirent que le moment était venu d'abandonner ce sanhédrin. Ce fut ainsi que le Poète, par excès de finesse théologique, ne parvint pas à satisfaire son épaisse passion charnelle.

Tandis que Baudolino et les autres chrétiens s'adonnaient à ces expériences, Solomon interrogeait un par un tous les habitants de Pndapetzim pour savoir quelque chose sur les tribus perdues. L'allusion de Gavagaï aux rabbins, le premier jour, lui disait qu'il était sur la bonne piste. Mais, soit que les monstres des différentes races ne sussent vraiment rien, soit que le sujet fût tabou, Solomon faisait chou blanc. Enfin un des Eunuques lui avait dit que oui, la tradition voulait qu'à travers le royaume du Prêtre Jean fussent passées des communautés de Juifs, et ce bien des siècles auparavant, mais qu'ensuite ces derniers avaient décidé de se remettre en voyage, peut-être de peur que la menaçante invasion future des Huns blancs ne les obligeât à affronter une nouvelle diaspora, et Dieu seul savait où ils pouvaient être allés. Solomon décida que l'Eunuque mentait, et il continua à attendre le moment où ils iraient dans le royaume : là, certainement il trouverait ses coreligionnaires.

Parfois Gavagaï cherchait à les convertir à la bonne pensée. Le Père est tout ce qu'il peut y avoir de plus parfait et loin de nous dans l'univers, non? Par conséquent comment pourrait-il avoir engendré un Fils? Les hommes engendrent des enfants pour se prolonger à travers leur progéniture et vivre en elle, même dans ce temps qu'ils ne verront pas parce qu'ils auront été cueillis par la mort. Mais un Dieu qui a besoin d'engendrer un fils ne serait déjà pas parfait depuis le début des siècles. Et si le Fils avait existé depuis toujours avec le Père, étant de son identique divine substance ou nature comme on veut (ici Gavagaï s'embrouillait en citant des termes grecs tels *ousia*, *hyposthasis*, *physis* et *hyposopon*, que pas même Baudolino n'arrivait à déchiffrer) nous aurions le cas incroyable qu'un Dieu, par définition ingénérable, est depuis le début des siècles engendré. Donc le Verbe, que le Père engendre pour qu'il s'occupe de la rédemption du genre humain, n'est pas de la substance du Père : il est engendré après, certainement avant le monde et supérieur à toute autre créature, mais tout aussi certainement inférieur au Père. Le Christ n'est pas puissance de Dieu, insistait Gavagaï, certes il n'est pas une puissance quelconque comme la locuste, mieux, il est grande puissance, mais il est premier-né et non pas incréé.

« Par conséquent, pour vous le Fils, lui demandait Baudolino, a été seulement adopté par le Père, et par conséquent il n'est pas Dieu?

— Non, mais quand même très saint, comme très saint est Diacre qui est fils adoptif Prêtre. S'il fonctionne avec Prêtre pourquoi il ne fonctionne pas avec Dieu? Je il sait que Poète demandé à Blemmyes pourquoi si Jésus fantôme, lui a peur dans Jardin des Oliviers et il pleure sur croix. Les Blemmyes, qui a mal pensé, ne sait pas répondre. Jésus pas fantôme, mais Fils adoptif, et Fils adoptif ne sait pas tout comme son Père. Il comprend toi? Fils n'est pas *omoousios*, de même substance que le Père, mais *omoiusios*, de semblable mais pas égale substance. Nous n'existe pas hérétiques comme anoméens : eux croire Verbe pas même semblable à Père, tout différent. Mais par fortune à Pndapetzim il n'est pas d'anoméens. Eux penser plus mal que tous. »

Comme Baudolino, en citant cette histoire, avait ajouté qu'eux continuaient à demander quelle différence il y avait entre *omoousios* et *omoiusios*, et si le bon Dieu pouvait être réduit à deux petits mots, Nicétas avait souri : « Il y a une différence, il y a une différence. Sans doute chez vous, en Occident, ces diatribes ont été oubliées, mais dans notre empire à nous, Romains, elles se sont longtemps poursuivies, et il y a eu des gens excommuniés, bannis ou même tués, pour des nuances de ce genre-là. Ce qui m'étonne c'est que ces discussions qui, chez nous, ont été réprimées depuis beau temps, survivent encore sur cette terre dont tu me parles. »

Et puis il pensait : je crains toujours que ce Baudolino ne me raconte des fables, mais un demi-barbare tel que lui, ayant vécu entre Alemans et Milanais, qui distinguent difficilement la Très Sainte Trinité de saint Charlemagne, ne pourrait savoir ces choses s'il ne les avait entendues là-bas. Ou peut-être les a-t-il entendues ailleurs ?

De temps à autre nos amis étaient invités aux dégoûtants soupers de Praxeas. Encouragés par le *burq*, ils devaient avoir dit, vers la fin d'un de ces festins, des choses fort inconvenantes pour des Mages, et par ailleurs désormais Praxeas s'était familiarisé avec eux. Ainsi, une nuit, ivre lui et ivres eux, il avait dit : « Mes seigneurs et hôtes très bienvenus, j'ai réfléchi longuement sur chaque parole que vous avez prononcée depuis que vous êtes arrivés ici, et je me suis rendu compte que vous n'avez jamais affirmé être les Mages que nous attendions. Moi je continue à croire que vous l'êtes, mais si par hasard, je dis par hasard, vous ne l'étiez pas, ce ne serait pas de votre faute que tous le croient. En tout cas, permettez que je vous parle comme un frère. Vous avez vu quelle sentine d'hérésies est Pndapetzim, et comme il est difficile de tenir tranquille cette monstrueuse racaille, d'un côté avec la terreur des Huns blancs, et de l'autre en nous faisant interprètes de la volonté et de la parole de ce Prêtre Jean qu'eux n'ont jamais vu. A quoi peut bien servir notre jeune Diacre, vous vous en serez aperçu vous aussi. Si nous, Eunuques, pouvons compter sur l'appui et sur l'autorité des Mages, notre pouvoir s'accroît. Il s'accroît et se fortifie ici, mais il pourra s'étendre aussi... ailleurs.

— Dans le royaume du Prêtre ? demanda le Poète.

— Si vous arriviez là-bas, vous devriez être reconnus comme les seigneurs légitimes. Vous, pour arriver là-bas, vous avez besoin de nous, nous, nous avons besoin de vous ici. Nous sommes une étrange race, non pas comme les monstres d'en bas qui se reproduisent selon les misérables lois de la chair. On devient Eunuque parce que les autres Eunuques nous ont choisis, et nous ont rendus tels. Dans ce que beaucoup considèrent comme un malheur, nous nous sentons tous unis en une unique famille, je dis nous avec les autres Eunuques qui gouvernent ailleurs, et nous savons qu'il y en a de très puissants même dans le lointain Occident, pour ne rien dire de tant d'autres royaumes de l'Inde et de l'Afrique. Il suffirait que, à partir d'un centre de grande puissance, nous pussions lier à nous en une secrète alliance nos frères de toutes les terres, et nous aurions construit le plus vaste de tous les empires. Un empire que nul ne pourrait conquérir ni détruire, parce qu'il ne serait pas fait d'armées et de territoires, mais d'une toile d'araignée d'intérêts réciproques. Vous, vous seriez le symbole et la garantie de notre pouvoir. »

Le lendemain, Praxeas vit Baudolino et il lui confia qu'il avait l'impression d'avoir dit, la veille au soir, des choses mauvaises et absurdes, qu'il n'avait jamais pensées. Il demandait pardon, implorait d'oublier ses paroles. Il l'avait quitté en lui répétant : « Je vous en prie, souvenez-vous de les oublier. »

« Prêtre ou non, avait commenté le jour même le Poète, Praxeas nous offre un royaume.

— Tu es fou, lui avait dit Baudolino, nous avons une mission, et nous l'avons juré à Frédéric.

— Frédéric est mort », avait sèchement répondu le Poète.

Avec la permission des Eunuques, Baudolino allait souvent rendre visite au Diacre. Ils étaient devenus amis, Baudolino lui racontait la destruction de Milan, la fondation d'Alexandrie, la manière dont on escalade les murailles ou ce qu'il faut pour faire incendier mangoneaux et chats-chasteils des assiégeants. A ces récits, Baudolino aurait juré que brillaient les yeux du jeune Diacre, même si son visage continuait à rester voilé.

Ensuite Baudolino demandait au Diacre de lui parler des

controverses théologiques qui enfiévraient sa province, et il lui semblait que le Diacre, en lui répondant, souriait avec mélancolie. « Le royaume du Prêtre, disait-il, est très ancien, et en lui ont trouvé refuge toutes les sectes qui, au cours des siècles, avaient été exclues du monde chrétien d'Occident », et il était clair que pour lui Byzance aussi, dont il savait peu de chose, était Extrême Occident. « Le Prêtre n'a pas voulu ôter sa foi à chacun de ces exilés, et la prédication de nombre d'entre eux a séduit les différentes races qui habitent le royaume. Mais au fond, qu'importe de savoir comment est vraiment la Très Sainte Trinité? Il suffit que ces gens suivent les préceptes de l'Evangile, et ils n'iront pas en Enfer rien que parce qu'ils pensent que l'Esprit procède seulement du Père. Ce sont de bonnes gens, tu t'en seras aperçu, et cela me déchire le cœur de savoir qu'un jour ils devront sans doute tous périr en faisant rempart contre les Huns blancs. Tu vois, tant que mon père sera vivant, je gouvernerai le royaume de ceux-qui-vont-mourir. Mais peut-être mourrai-je moi le premier.

— Que dis-tu, seigneur? Par ta voix, et par ta dignité même de prêtre héritier, je sais que tu n'es pas vieux. » Le Diacre secouait la tête. Alors Baudolino, pour le soulager, tentait de le faire rire en lui racontant ses propres prouesses d'étudiant à Paris et celles des autres, mais il se rendait compte qu'il agitait ainsi dans le cœur de cet homme des désirs furieux, et la rage de ne pouvoir jamais les assouvir. Ce faisant, Baudolino se montrait pour ce qu'il était et avait été, oublieux d'être un des Mages. Mais le Diacre aussi désormais n'y prêtait plus attention, et il laissait voir qu'il n'avait jamais cru à ces onze Mages, et qu'il avait seulement récité la leçon suggérée par les Eunuques.

Devant son abattement évident pour se sentir exclu des joies que la jeunesse consent à tous, un jour Baudolino essaya de lui dire qu'on peut avoir le cœur empli d'amour même pour une aimée impossible à atteindre, et il lui raconta sa passion pour une dame de très haute noblesse et les lettres qu'il lui écrivait. Le Diacre interrogeait d'une voix excitée, puis il explosait en une plainte de bête blessée : « Tout m'est interdit, Baudolino, même un amour seulement rêvé. Si tu savais comme je voudrais chevaucher à la tête d'une armée en sentant l'odeur du vent et celle du sang. Il vaut mille fois mieux mourir dans une bataille en murmurant le nom de l'aimée que demeurer dans cet antre et attendre... quoi? Peut-être rien...

— Mais toi, ô seigneur, lui avait dit Baudolino, tu es destiné à devenir le chef d'un grand empire, toi – Dieu sauve longtemps ton père – tu sortiras un jour de cette caverne, et Pndapetzim ne sera que la dernière et la plus perdue de tes provinces.

— Un jour je ferai, un jour je serai... murmura le Diacre. Qui me l'assure? Tu vois Baudolino, ma peine profonde, Dieu me pardonne ce doute qui me ronge, c'est qu'il n'y ait point de royaume. Qui m'en a parlé? Les Eunuques, et cela dès mon enfance. Auprès de qui reviennent les messagers qu'eux, je dis bien eux, envoient à mon père? Auprès d'eux, auprès des Eunuques. Ces messagers sont-ils vraiment partis? Sont-ils vraiment revenus? Ont-ils jamais vraiment existé? Moi je sais tout par les Eunuques seulement. Et si tout, cette province, peut-être l'univers entier, était le fruit d'un complot des Eunuques, qui se moquent de moi comme du dernier Nubien ou Sciapode? Et s'il n'existait pas même les Huns blancs? Il est demandé à tous les hommes une foi profonde pour croire en le créateur du ciel et de la terre et aux mystères les plus insondables de notre sainte religion, fussent-ils contraires à notre intellect. Mais la demande de croire en ce Dieu incompréhensible est infiniment moins exigeante que celle qui m'est faite à moi, de croire uniquement aux Eunuques.

— Non, mon seigneur, non, ami, le consolait Baudolino, le royaume de ton père existe, parce que moi j'en ai entendu parler non certes par les Eunuques mais par des personnes qui y croyaient. La foi fait devenir vraies les choses; mes concitoyens ont cru en une ville nouvelle, telle qu'elle inspirât de la peur à un grand empereur, et la ville a surgi car eux ils voulaient y croire. Le royaume du Prêtre est vrai parce que mes compagnons et moi nous avons consacré deux tiers de notre vie à le chercher.

— Qui sait, disait le Diacre, mais même s'il existe, moi je ne le verrai pas.

431

— Bon, ça suffit, lui avait dit un jour Baudolino. Tu crains que le royaume n'existe pas, dans l'attente de le voir tu t'avilis dans un ennui sans fin, qui te tuera. Au fond, tu ne dois rien ni aux Eunuques ni au Prêtre. Ce sont eux qui t'ont choisi toi, tu étais un enfant à la mamelle et tu ne pouvais pas les choisir eux. Tu veux une vie d'aventure et de gloire? Pars, monte sur un de nos destriers, rejoins les terres de Palestine où des chrétiens vaillants se battent contre les Maures. Deviens le héros que tu voudrais être, les châteaux de Terre Sainte sont pleins de princesses qui donneraient leur vie pour un de tes sourires.

— As-tu jamais vu mon sourire? » demanda alors le Diacre. D'un seul geste il arracha le voile de son visage, et apparut à Baudolino un masque spectral, avec des lèvres rongées qui découvraient des gencives pourries et des dents cariées. La peau du visage s'était racornie et par endroits elle s'était complètement retirée, montrant la chair d'un rose répugnant. Les yeux transparaissaient sous des paupières chassieuses et grignotées. Le front était une seule plaie. Il avait des cheveux longs, et une rare barbe fourchue couvrait ce qui lui était resté de menton. Le Diacre ôta ses gants, et apparurent des mains amaigries maculées de nodules sombres.

« C'est la lèpre, Baudolino, la lèpre qui ne pardonne ni aux rois ni aux autres puissants de la terre. Depuis l'âge de vingt ans je porte avec moi ce secret, que mon peuple ignore. J'ai demandé aux Eunuques d'envoyer des messages à mon père, qu'il sache que je n'arriverai pas à lui succéder, et qu'il se hâte donc de faire croître un autre héritier – qu'ils disent même que je suis mort, j'irais me cacher dans quelque colonie de mes semblables et nul ne saurait plus rien de moi. Mais les Eunuques disent que mon père veut que je reste. Et moi je n'y crois pas. Un Diacre faible arrange les Eunuques, peut-être mourrai-je et eux continueront à garder mon corps embaumé dans cette caverne, en gouvernant au nom de mon cadavre. Peut-être à la mort du Prêtre l'un d'eux prendra ma place, et personne ne pourra dire que ce n'est pas moi, car ici personne n'a jamais vu mon visage, et dans le royaume ils m'ont seulement vu quand je buvais encore le lait de ma mère. Voilà Baudolino pourquoi j'accepte la mort par ennui, moi qui de mort suis déjà pénétré jusqu'aux os. Je ne serai jamais chevalier, je ne serai jamais amant. Toi aussi maintenant, et tu ne t'en es même pas aperçu, tu as fait trois pas en arrière. Et si tu l'as remarqué, Praxeas se tient au moins à cinq pas en arrière quand il me parle. Tu vois, les seuls qui osent rester à mes côtés ce sont ces deux Eunuques voilés, jeunes comme moi, frappés du même mal, et qui peuvent toucher les objets que j'ai touchés, sans avoir rien à perdre. Laisse-moi me couvrir de nouveau, de nouveau peut-être ne me jugeras-tu pas indigne de ta compassion, sinon de ton amitié. »

« Je cherchais des paroles de réconfort, seigneur Nicétas, sans parvenir à en trouver. Je me taisais. Puis je lui ai dit que sans doute, d'entre tous les chevaliers qui avançaient à l'assaut d'une ville, c'est lui qui était le vrai héros, consumant ainsi son sort en silence et dignité. Il m'a remercié, et pour ce jour il m'a demandé de m'en aller. Mais je m'étais désormais pris d'affection pour ce malheureux, j'avais commencé à le fréquenter quotidiennement, je lui racontais mes lectures de jadis, les discussions écoutées à la cour, je lui décrivais les lieux que j'avais vus, de Ratisbonne à Paris, de Vienne à Byzance, et puis Iconium et l'Arménie, et les peuples que nous avions rencontrés au cours de notre voyage. Il était destiné à mourir sans avoir jamais rien vu sauf les niches mortuaires de Pndapetzim, et moi je cherchais de le faire vivre à travers mes récits. Sans doute ai-je aussi inventé, je lui ai parlé de villes que je n'avais jamais visitées, de batailles que je n'avais jamais livrées, de princesses que je n'avais jamais possédées. Je lui racontais les merveilles des terres où meurt le soleil. Je l'ai fait jouir de couchants sur la Propontide, de reflets d'émeraude dans la lagune vénitienne, d'une vallée en Hibernie, où sept églises blanches se déploient sur les rives d'un lac silencieux, au milieu de troupeaux de moutons tout aussi blancs, je lui ai raconté comment les Alpes pyrénéennes sont toujours couvertes d'une moelleuse substance immaculée qui, l'été, fond en cataractes majestueuses et se disperse en rivières et ruisseaux le long de pentes aux châtaigniers luxuriants, je lui ai dit les déserts de sel qui s'étendent sur les côtes de l'Apulie, je l'ai fait trembler en évoquant des mers que je n'avais jamais sillonnées, où sautent des poissons aussi grands que des veaux, si paisibles que les hommes peuvent les chevaucher, je lui ai relaté les voyages de saint Brandan aux îles Fortunées et comment un jour, en croyant aborder à une terre au milieu de la mer, il était descendu sur le dos d'une baleine, qui est un poisson aussi grand qu'une montagne, capable d'avaler une nef tout entière, mais j'ai dû lui expliquer ce qu'étaient les nefs, des poissons de bois qui labourent les flots en remuant des ailes blanches, je lui ai énuméré les bêtes prodigieuses de mes pays, le cerf, qui a deux grandes cornes en forme de croix, la cigogne, qui vole de terre en terre, et prend soin de ses géniteurs sénescents en les conduisant sur leur dos à travers les ciels, la coccinelle, qui est semblable à un petit champignon, rouge et piquée de taches couleur du lait, le lézard, qui est comme un crocodile, mais si menu qu'il passe sous les portes, le coucou, qui dépose ses œufs dans le nid des autres oiseaux, la chouette, aux yeux ronds qui dans la nuit ressemblent à deux lampes, et qui vit en mangeant dans les églises l'huile des luminaires, le hérisson, animal au dos en pelote de piquants, qui suce le lait des vaches, l'huître, écrin vivant, qui produit parfois une beauté morte mais d'inestimable valeur, le rossignol, qui veille la nuit en chantant et vit en adoration de la rose, la langouste, monstre loriqué d'un rouge flamboyant, qui s'enfuit en arrière pour se soustraire à la chasse de ceux qui sont friands de ses chairs, l'anguille, épouvantable serpent aquatique à la saveur grasse et exquise, le goéland, qui survole les eaux comme s'il était un ange du seigneur, mais émet des cris stridents tel un démon, le merle, oiseau noir au bec jaune qui parle comme nous, sycophante qui dit ce que lui a confié son maître, le cygne qui sillonne, majestueux, les eaux d'un lac et chante au moment de la mort une très doulce mélodie, la belette, sinueuse comme une jouvencelle, le faucon, qui vole à pic sur sa proie et la rapporte au chevalier qui l'a élevé. J'ai imaginé la splendeur de gemmes qu'il n'avait jamais vues – ni moi non plus –, les taches purpurines et lactescentes de la murrhe, les veines violâtres et blanches de certaines pierres égyptiennes, la blancheur de l'orichalque, la transparence du cristal, l'éclat du diamant, et puis je lui ai célébré la splendeur de l'or, métal tendre que l'on peut modeler en fines feuilles, le grésillement des lames chauffées au rouge quand on les plonge dans l'eau pour les tremper, quels reliquaires inimaginables on voit dans les trésors des grandes abbayes, comme elles sont hautes et pointues les tours de nos églises, comme elles sont hautes et droites les colonnes de l'Hippodrome de Constantinople, et ces livres que lisent les Juifs, parsemés de signes qui ont l'air d'insectes, et quels sons ils prononcent quand ils les lisent, comment un grand roi chrétien avait reçu d'un calife un coq en fer qui chantait tout seul à chaque lever de soleil, ce qu'est la sphère qui roule en éructant de la vapeur, comment brûlent les miroirs d'Archimède, comment il est effrayant de voir la nuit un moulin à vent, et puis je lui ai raconté le Gradale, les chevaliers qui encore allaient le cherchant en Bretagne, nous qui le remettrions à son père à peine nous trouverions l'infâme Zosime. Voyant que ces splendeurs le fascinaient, mais que leur inaccessibilité l'attristait, j'ai pensé qu'il serait bien, pour le convaincre que sa peine n'était pas la pire, de lui raconter le supplice d'Andronic avec des détails tels qu'ils dépassaient de très loin ce qu'il avait subi, les massacres de Crema, les prisonniers avec le nez coupé, la main, l'oreille, je lui ai fait miroiter devant les yeux des maladies indicibles au regard de quoi la lèpre était un mal mineur, je lui ai décrit comme horriblement horribles les écrouelles, l'érysipèle, la danse de Saint-Guy, le feu Saint-Antoine, la morsure de la tarentule, la gale qui te porte à te gratter la peau squame après squame, l'action pestifère de l'aspic, le supplice de sainte Agathe à qui on extirpa les seins, celui de sainte Lucie à qui on arracha les yeux, celui de saint Sébastien percé de flèches, celui de saint Etienne avec son crâne ouvert par des cailloux, celui de saint Laurent rôti sur le gril à feu lent, et j'ai inventé d'autres saints et d'autres atrocités, comment saint Ursidin avait été empalé de l'anus à la bouche, saint Sarapion écorché, saint Mopsueste attaché par ses quatre membres à quatre chevaux furieux et puis écartelé, saint Draconze contraint à avaler de la poix bouillante... J'avais l'impression que ces horreurs lui procuraient un soulagement, puis je craignais d'avoir exagéré et je passais à la description des autres beautés du monde, dont la pensée était souvent la consolation du prisonnier, la grâce des adolescentes parisiennes, la paresseuse vénusté des prostituées vénitiennes, l'incomparable incarnat d'une impératrice, le rire enfantin de Colandrina, les yeux d'une princesse lointaine. Il s'excitait, demandait que je lui raconte encore, voulait savoir comment étaient les cheveux de Mélisande comtesse de Tripoli, les lèvres de ces resplendissantes beautés qui, plus que le saint Gradale, avaient charmé les chevaliers de Brocéliande, il s'excitait ; Dieu me pardonne, mais je crois qu'une fois ou deux il a eu une érection et éprouvé le plaisir de répandre son liquide séminal. Et encore, je cherchais à lui faire comprendre combien l'univers était riche d'épices aux parfums énervants, et comme je n'en avais pas sur moi, j'essayais de me rappeler et le nom de celles que j'avais connues et le nom de celles que je ne connaissais qu'à travers leur nom, pensant que ces noms le saouleraient ainsi que des odeurs, et je lui nommais le malobathre, le benjoin, l'oliban, le nard, le lycien, la sandaraque, le cinnamome, le santal, le safran, le gingembre, la cardamome, la casse fistuleuse, le zédoaire, le laurier, la marjolaine, la coriandre, l'aneth, l'herbe aux dragons, le poivre à l'œillet, le sésame, le pavot, la noix muscade, la citronnelle, le curcuma et le cumin. Le Diacre écoutait au bord de la pâmoison, il se touchait le visage comme si son pauvre nez ne pouvait supporter toutes ces senteurs, il demandait en pleurant qu'est-ce que lui avaient donné à manger jusqu'alors les maudits Eunuques, sous le prétexte qu'il était malade, du lait de chèvre et du pain mouillé dans le *burq*, lui disant que c'était bon pour la lèpre, et il passait ses journées abruti, presque toujours endormi avec la même saveur dans la bouche, jour après jour.

— Tu accélérais sa mort en le portant à l'extrême de la frénésie et de la consommation de tous ses sens. Et tu satisfaisais ton goût pour la fable, tu étais fier de tes inventions.

— Sans doute, mais pour le peu qu'il a encore vécu, je l'ai rendu heureux. Et puis, je te raconte nos conversations comme si elles se fussent toutes déroulées en un seul jour, mais entre-temps s'était allumée en moi aussi une nouvelle flamme, et je vivais dans un état d'exaltation continue, que je cherchais à lui transmettre, lui faisant don sous une fausse enveloppe d'une part de mon bien. J'avais rencontré Hypatie. »

32

Baudolino voit une dame avec un unicorne

« AVANT, IL Y A EU L'HISTOIRE de l'armée des monstres, seigneur Nicétas. La terreur des Huns blancs avait grandi, et plus harcelante que jamais, car un Sciapode, qui s'était aventuré jusqu'aux confins extrêmes de la province (ces êtres aimaient parfois courir à l'infini, comme si leur volonté était dominée par leur pied infatigable), était revenu en disant les avoir vus : ils étaient jaunes de visage, avec des moustaches très longues, et de petite stature. Montés sur des chevaux petits comme eux, mais très rapides, ils paraissaient former ensemble un seul corps. Ils voyageaient par déserts et par steppes en emportant seulement, outre leurs armes, un flacon de cuir pour le lait et un poêlon de terre cuite pour cuire la nourriture qu'ils trouvaient le long de leur chemin, mais ils pouvaient chevaucher des jours et des jours sans manger ni boire. Ils avaient attaqué la caravane d'un calife, avec esclaves, odalisques, chameaux, qui avait déployé des tentes somptueuses. Les guerriers du calife avaient fondu sur les Huns, et ils étaient beaux et terribles à voir, des hommes gigantesques qui faisaient irruption sur leurs chameaux, armés de redoutables épées recourbées. Sous cette impétuosité, les Huns avaient feint de se retirer, entraînant derrière eux leurs poursuivants, puis ils avaient formé un cercle, voltant autour des ennemis, et poussant des hurlements féroces ils les avaient exterminés. Après quoi, ils avaient envahi le camp et égorgé tous les survivants – femmes, serviteurs, tous, même les enfants –, laissant en vie un seul témoin de la tuerie. Ils avaient incendié les tentes et repris leur chevauchée sans s'abandonner le moins du monde au pillage, signe qu'ils détruisaient seulement pour que se répandît leur renommée à travers le monde : où ils passaient, l'herbe ne poussait plus ; et au prochain combat leurs victimes seraient d'avance paralysées de terreur. Peut-être le Sciapode parlait-il après s'être conforté avec le *burq*, mais qui pouvait contrôler s'il rapportait des choses vues ou extravaguait ? La peur se répandait à Pndapetzim, on la sentait dans l'air, dans les voix basses que les gens adoptaient en faisant courir les nouvelles de bouche en bouche, comme si les envahisseurs pouvaient déjà les entendre. A ce point-là, le Poète avait décidé de prendre au sérieux les offres, fussent-elles travesties en divagations d'ivrogne, de Praxeas. Il lui avait dit que les Huns blancs pouvaient arriver d'un moment à l'autre et qu'est-ce qu'il leur opposerait ? Les Nubiens, certes, combattants prêts au sacrifice, mais ensuite ? A part les Pygmées, qui savaient manier l'arc contre les grues, les Sciapodes combattraient à mains nues, les Ponces iraient à l'assaut le membre en arrêt, les Sans-Langue seraient envoyés en reconnaissance pour rapporter ensuite ce qu'ils avaient vu ? Et pourtant, de ce ramas de monstres, en exploitant les possibilités de chacun, on pouvait tirer une armée redoutable. Et s'il y avait quelqu'un qui savait le faire, c'était lui, le Poète.

— On peut aspirer à la couronne impériale après avoir été un condottiere victorieux. Voilà du moins ce qui est arrivé plusieurs fois chez nous à Byzance.

— C'était là certainement le propos de mon ami. Les Eunuques avaient aussitôt consenti. A mon avis, tant qu'ils seraient en paix, le Poète avec son armée ne constituait pas un danger, et s'il y avait eu la guerre il pouvait au moins retarder l'entrée de ces forcenés dans la ville, leur laissant à eux davantage de temps pour franchir les monts. Et puis, la constitution d'une armée tenait les sujets en état de veille obéissante, et il est certain que c'était ce qu'eux avaient toujours voulu. »

Baudolino, qui n'aimait pas la guerre, demanda d'en rester exclu. Pas les autres. Le Poète estimait que les cinq Alexandrins étaient de bons capitaines, parce qu'il avait vécu le siège de leur ville, et de l'autre côté, c'est-à-dire de celui des vaincus. Il se fiait aussi à Ardzrouni, qui aurait pu peut-être apprendre aux monstres à construire quelques engins de guerre. Il ne dédaignait pas Solomon : une armée, disait-il, se doit d'avoir avec elle un homme expert en médecine, car on ne fait pas une omelette sans casser les œufs. A la fin, il avait décidé que même Boron et Kyot, qu'il considérait comme des rêveurs, pourraient remplir une fonction dans son plan car, en tant qu'hommes de lettres, ils pouvaient tenir les livres de l'armée, veiller aux ravitaillements, pourvoir au réconfort des guerriers.

Il avait attentivement considéré la nature et les vertus des différentes races. Sur les Nubiens et sur les Pygmées, rien à dire, il s'agissait seulement d'établir dans quelle position les placer pour une éventuelle bataille. Les Sciapodes, rapides comme ils l'étaient, pouvaient être utilisés en tant qu'escadron d'assaut, à condition qu'ils pussent approcher l'ennemi en glissant vites entre fougères et herbes folles, surgissant à l'improviste sans que ces museaux jaunes aux grandes moustaches eussent eu le temps de s'en apercevoir. Il suffisait de les entraîner à l'usage de la sarbacane, ou fistula, ou busiel, comme avait suggéré Ardzrouni, facile à fabriquer, vu que la zone abondait en cannaies. Peut-être Solomon pourrait-il trouver un poison où tremper les flèches, et qu'il ne minaudât pas car à la guerre comme à la guerre. Solomon répondait que son peuple, aux temps de Massada, avait donné du fil à retordre aux Romains, parce que les Juifs n'étaient pas gens à recevoir des gifles sans rien dire, ainsi que le croyaient les gentils.

Les Géants pouvaient être bien employés, pas de loin, à cause de cet unique œil qu'ils avaient, mais pour un heurt rapproché, peut-être bien en se dressant hors des herbes sitôt après l'attaque des Sciapodes. Grands comme ils étaient, ils dépasseraient tellement les tout petits chevaux des Huns blancs qu'ils pourraient les arrêter d'un coup de poing sur le museau, les prendre à mains nues par la crinière, les secouer ce qu'il fallait pour faire tomber le cavalier de sa selle et le finir d'un coup de pied qui, quant à la taille, valait, le leur, deux fois celui d'un Sciapode.

D'un service plus incertain demeuraient les Blemmyes, les Ponces et les Panoties. Ardzrouni avait suggéré que ces derniers, avec les oreilles qui leur étaient dévolues, pourraient être employés pour planer de haut. Si les oiseaux se soutiennent dans l'air en battant des ailes, pourquoi les Panoties ne pourraient-ils pas le faire avec leurs oreilles, admettait Boron, et heureusement qu'ils ne les battent pas dans le vide. Par conséquent, les Panoties étaient à réserver pour le moment infortuné où les Huns blancs, ayant franchi les premières défenses, entreraient dans la ville. Les Panoties les attendraient du haut de leurs refuges rupestres, leur fondraient sur la tête, et pourraient les égorger, s'ils étaient bien entraînés à utiliser un couteau, fût-il d'obsidienne. Les Blemmyes n'étaient pas à placer en vedettes, parce que pour voir ils devraient pointer leur buste entier, et ce, en termes de guerre, eût été un suicide. Cependant, disposés avec opportunité, comme bande d'assaut ils n'étaient pas mal, car le Hun blanc a été (on le présume) habitué à viser à la tête, et quand tu trouves devant toi un ennemi sans tête, tu as au moins un instant de perplexité. C'était cet instant-là que les Blemmyes devraient exploiter, en se jetant sous les chevaux avec des haches de pierre.

Les Ponces étaient le point faible de l'art militaire du Poète, car comment peux-tu faire avancer des gens avec le pénis sur le ventre qui, au premier choc, se prennent tout dans les coyons et restent étendus par terre en appelant leur mère? On pouvait cependant les utiliser en tant que vedettes, parce qu'on avait découvert que ce pénis était pour eux comme l'antenne de certains insectes qui, à la moindre variation du vent ou de la température, se dresse et commence à vibrer. Ils pouvaient donc exercer la fonction d'informateurs, envoyés en avant-garde, et puis, disait le Poète, s'ils étaient tous occis les premiers, à la guerre comme à la guerre, ce qui ne consent point d'espace pour la chrétienne pitié.

Les Sans-Langue, d'abord on avait pensé les laisser cuire dans leur bouillon parce que, indisciplinés comme ils l'étaient, ils pouvaient poser à un condottiere plus de problèmes que l'ennemi. Puis on avait décidé que, dûment pris à coups de nerf de chèvre, ils pouvaient travailler à l'arrière en aidant les plus jeunes d'entre les Eunuques qui, avec Solomon, s'occuperaient des blessés, et garderaient au calme les femmes et les enfants de toute race, veillant à ce qu'ils ne missent pas la tête hors de leurs trous.

Gavagaï, à leur première rencontre, avait aussi nommé les Satyres-Qu'On-Ne-Voit-Jamais, et le Poète présumait qu'ils pouvaient frapper avec leurs cornes, et sauter comme des chèvres sur leurs sabots fourchus, mais toute question sur ce peuple n'avait obtenu que des réponses évasives. Ils se trouvaient sur la montagne, au-delà du lac (lequel?) et personne justement ne les avait jamais vus. Formellement soumis au Prêtre, ils vivaient pour leur propre compte, sans entretenir aucun commerce avec les autres, et c'était donc comme s'ils n'existaient pas. Tant pis, disait le Poète, et d'abord ils pourraient avoir des cornes recourbées, la pointe tournée en dedans ou en dehors, et pour frapper ils devraient se mettre la panse à l'air ou à quatre pattes, soyons sérieux, on ne fait pas la guerre avec des chèvres.

« On fait la guerre même avec les chèvres », avait dit Ardzrouni. Il raconta l'histoire d'un grand condottiere qui avait attaché des torches aux cornes des chèvres et puis il en avait envoyé de nuit des milliers à travers la plaine d'où provenaient les ennemis, leur faisant croire que les défenseurs disposaient d'une immense armée. Ayant sous la main des chèvres à six cornes, l'effet eût été grandiose. « A condition que les ennemis arrivent de nuit », avait commenté, sceptique, le Poète. De toute façon, qu'Ardzrouni se mît donc à préparer quantité de chèvres et quantité de torches, on ne sait jamais.

En se fondant sur ces principes, inconnus de Végèce et de Frontin, les entraînements avaient débuté. La plaine était peuplée de Sciapodes qui s'exerçaient à souffler dans leurs busiels tout neufs, avec le Porcelli qui lâchait des bordées de jurons chaque fois qu'ils manquaient leur cible, et heureusement qu'il se limitait à christonner, et pour ces hérétiques nommer en vain le nom d'un qui était seulement le fils adoptif n'était pas péché. Colandrino se préoccupait d'habituer les Panoties à voler, chose qu'ils n'avaient jamais faite, mais on eût dit que le bon Dieu les avait créés rien que pour ça. Il était difficile de circuler dans les rues de Pndapetzim car, quand tu t'y attendais le moins, un Panotie te tombait sur la tête, mais tout le monde avait accepté l'idée qu'on était en train de se préparer à une guerre et personne ne se plaignait. Les plus heureux de tous étaient les Panoties, tellement ébahis de découvrir leurs vertus inouïes que désormais les femmes et les enfants aussi voulaient participer à l'entreprise, et le Poète avait consenti de bon gré.

Le Scaccabarozzi exerçait les Géants à la capture des chevaux, mais les seuls chevaux de l'endroit étaient ceux des Mages, et, après deux ou trois exercices, ils risquaient de rendre l'âme à Dieu, raison pour quoi on s'était replié sur les ânes. C'était même mieux, parce que les ânes ruaient en brayant, il s'avérait plus difficile de les prendre par la peau du cou qu'un cheval au galop, et les Géants étaient devenus maîtres en cet art. Mais ils devaient aussi apprendre à courir le dos courbé au milieu des fougères, pour ne pas se faire voir aussitôt par les ennemis, et beaucoup d'entre eux se lamentaient car après chaque exercice ils avaient mal aux reins.

Le Boïdi entraînait les Pygmées, parce qu'un Hun blanc n'est pas une grue, et qu'il fallait viser entre les yeux. Le Poète endoctrinait directement les Nubiens qui n'attendaient rien d'autre que mourir dans une bataille, Solomon cherchait des potions vénéfiques et il essayait chaque fois d'en tremper la pointe de quelque dard, mais un coup il réussit à faire dormir un lapin pendant une poignée de minutes, et un autre coup il porta une poule à voler. N'importe, disait le Poète, un Hun blanc qui s'endort la durée d'un Bénédicité, ou qui se met à battre des ailes avec ses bras, c'est déjà un Hun mort, continuons.

Le Cuttica se consumait sur les Blemmyes, en leur apprenant à glisser sous un cheval et à leur fendre le ventre d'un coup de hache, mais chercher à s'y essayer avec les ânes était toute une entreprise. Quant aux Ponces, vu qu'ils faisaient partie des services et du ravitaillement, ce sont Boron et Kyot qui en avaient la charge.

Baudolino avait informé le Diacre de ce qui arrivait, et le

jeune homme paraissait rené. Il s'était fait conduire, avec la permission des Eunuques, sur les grands escaliers extérieurs et d'en haut il avait observé les troupes qui s'entraînaient. Il avait dit qu'il voulait apprendre à monter sur un cheval, pour guider ses sujets, mais sitôt après il avait été victime d'une défaillance, sans doute pour l'excès d'émotion, et les Eunuques l'avaient reconduit sur le trône afin qu'il reprît à dépérir.

Ce fut pendant ces jours-là que, un peu par curiosité et un peu par ennui, Baudolino se demanda où pouvaient vivre les Satyres-Qu'On-Ne-Voit-Jamais. Il le demandait à tout le monde, et il interrogea même un des Ponces, dont ils n'étaient jamais parvenus à déchiffrer la langue. Ce dernier répondit : « *Prug frest frinss sorgdmand strochdt drhds pag brlelang gravot chavygny rusth pkalhdrcg* », et ce n'était pas grand-chose. Même Gavagaï resta dans le vague. Là-bas, dit-il, et il montra du doigt une chaîne de collines bleu clair à l'occident, derrière lesquelles se profilaient au loin les montagnes, mais là-bas personne n'est jamais allé, car les Satyres n'aiment pas les intrus. « Que pensent les Satyres ? » avait demandé Baudolino, et Gavagaï avait répondu qu'ils pensaient pire que tous, parce qu'ils estimaient qu'il n'y avait jamais eu de péché originel. Les hommes n'étaient pas devenus mortels par suite de ce péché, ils le seraient même si Adam n'avait jamais mangé la pomme. Par conséquent il n'y a pas besoin de la rédemption, et chacun peut se sauver avec sa propre bonne volonté. Toute l'histoire de Jésus n'a servi qu'à nous proposer un bon exemple de vie vertueuse, et rien d'autre. « Presque comme les hérétiques de Mahumeth, qui dit que Jésus est seulement prophète. »

A la question de savoir pourquoi personne n'allait jamais chez les Satyres, Gavagaï avait répondu qu'au pied des collines des Satyres se trouvait un bois avec un lac, et qu'il était interdit à tout le monde de le fréquenter, parce qu'y habitait une race de mauvaises femmes toutes païennes. Les Eunuques disaient qu'un bon chrétien ne va pas là-bas, car il pourrait s'exposer à certain maléfice, et personne n'y allait. Mais Gavagaï, sournois, décrivait tellement bien le chemin pour s'y rendre qu'il laissait à penser que lui, ou quelques autres Sciapodes, dans leurs courses en tout sens, avaient fourré le nez là aussi.

Cela suffisait amplement pour susciter la curiosité de Baudolino. Il attendit que personne ne fît attention à lui, monta à cheval, en moins de deux heures traversa une vaste étendue de broussailles et il arriva à l'orée du bois. Il attacha son cheval à un arbre et pénétra dans cette végétation fraîche et parfumée. Achoppant dans les racines qui affleuraient à chaque pas, effleurant des champignons énormes et de toute couleur, il parvint enfin sur la rive d'un lac, au-delà duquel s'élevaient les pentes des collines des Satyres. C'était vers l'heure du couchant, les eaux du lac, d'une extrême limpidité, s'assombrissaient, reflétant l'ombre longue des nombreux cyprès qui le bordaient. Il régnait partout un très haut silence, que ne brisait pas même le chant des oiseaux.

Tandis que Baudolino méditait sur les rives de ce miroir d'eau, il vit sortir du bois un animal qu'il n'avait jamais rencontré de sa vie, mais reconnaissait fort bien. Il ressemblait à un cheval d'âge tendre, de robe tout blanc, et ses mouvements étaient délicats et flexueux. Sur le museau bien formé, juste au-dessus du front, il avait une corne, blanche elle aussi, ouvrée en spirale, qui se terminait par une pointe aiguë. C'était la licorne ou, comme disait Baudolino quand il était petit, le lioncorne, autrement dit l'unicorne, le monocéros de ses imaginations enfantines. Il l'admirait en retenant son souffle, quand derrière l'animal sortit des arbres une figure féminine.

Armée d'une lance, enveloppée d'une longue tunique qui lui dessinait avec grâce des petits seins dressés, la créature marchait d'un pas de camélopard indolent, et sa robe frôlait l'herbe qui embellissait les rives du lac comme si elle se déplaçait en planant au-dessus de la terre. Elle avait de longs et soyeux cheveux blonds, qui lui arrivaient jusqu'aux hanches, et un profil très pur, comme modelé sur un bijou d'ivoire. Son teint était à peine rosé, et ce visage angélique était tourné vers le lac en une attitude de muette prière. L'unicorne piaffait doucement autour d'elle, levant parfois son museau aux petits naseaux vibrant pour recevoir une caresse.

Baudolino regardait, ravi.

« Tu te diras, seigneur Nicétas, que c'était depuis le début du voyage que je n'avais plus vu une femme digne de ce nom. Ne te méprends pas : il ne s'agissait pas pour moi de désir, mais bien plutôt d'un sentiment de sereine adoration, non seulement devant elle, mais devant l'animal, le lac tranquille, les monts, la lumière de ce jour qui déclinait. Je me sentais comme dans un temple. »

Baudolino cherchait, avec les mots, à décrire sa vision – chose qui certainement ne se peut.

« Tu vois, il est des moments où la perfection même apparaît dans une main ou un visage, dans quelques nuances sur les flancs d'une colline ou sur la mer, des moments où ton cœur se paralyse face au miroir de la beauté... Cette créature m'apparaissait en cet instant comme un superbe oiseau aquatique, tantôt un héron, tantôt un cygne. J'ai dit que ses cheveux étaient blonds, mais non, comme elle bougeait légèrement la tête ils prenaient tantôt des reflets d'azur, tantôt ils semblaient parcourus par un feu léger. J'apercevais son sein de profil, doux et délicat comme la poitrine d'une colombe. J'étais devenu pur regard. Je voyais quelque chose d'antique, car je savais que je voyais non pas une chose belle mais la beauté même, en tant que penser sacré de Dieu. Je découvrais que la perfection, à l'apercevoir une fois, et une seule fois, était quelque chose de léger et de gracieux. Je regardais cette figure de loin, mais je sentais que sur cette image je n'avais point prise, comme il arrive quand tu es avancé en âge, et qu'il te semble distinguer des signes clairs sur un parchemin, mais tu sais qu'à peine tu t'approcheras ceux-ci se confondront et que tu ne pourras jamais lire le secret que ce feuillet te promettait – ou comme dans les rêves, quand t'apparaît quelque chose que tu voudrais, tu allonges la main, remues les doigts dans le vide, et tu ne saisis rien.

— Je t'envie cet enchantement.

— Pour ne pas le rompre, je m'étais changé en statue. »

33

Baudolino rencontre Hypatie

MAIS L'ENCHANTEMENT ÉTAIT FINI. Comme une créature du bois, la jouvencelle avait senti la présence de Baudolino, et elle s'était tournée vers lui. Elle n'avait pas eu un instant de peur, seulement un regard étonné.

Elle avait dit en grec : « Mais qui es-tu ? » Et puisqu'il ne répondait pas, elle s'était hardiment approchée de lui, le scrutant de près, sans vergogne et sans malice, et ses yeux aussi étaient comme ses cheveux, d'une couleur changeante. L'unicorne s'était placé à ses côtés, la tête basse comme pour tendre en avant sa très belle arme afin de défendre sa maîtresse.

« Toi, tu n'es pas de Pndapetzim, dit-elle encore, tu n'es ni un Eunuque ni un monstre, tu es... un homme ! » Elle faisait voir qu'elle reconnaissait un homme comme lui il avait reconnu l'unicorne, pour en avoir entendu parler tant de fois, sans l'avoir jamais vu. « Tu es beau, c'est beau un homme, je peux te toucher ? » Elle avait tendu la main, de ses doigts fins elle lui avait caressé la barbe et effleuré la balafre de son visage, telle Béatrix en ce jour lointain. « C'était une blessure, tu es un homme de ceux qui font la guerre ? Ça, qu'est-ce que c'est ?

— Une épée, répondit Baudolino, mais je m'en sers pour me défendre des fauves, je ne suis pas un homme qui fait la guerre. Je m'appelle Baudolino, et je viens des terres où se couche le

447

soleil, là-bas », et il fit un signe vague. Il s'aperçut que sa main tremblait. « Qui es-tu, toi?

— Je suis une Hypatie », dit-elle du ton de qui s'amuse à entendre une question aussi ingénue, et elle rit, devenant encore plus belle. Puis, se rappelant que celui qui parlait était un étranger : « Dans ce bois, au-delà de ces arbres, nous vivons, nous seules, les Hypaties. Tu n'as pas peur de moi, comme ceux de Pndapetzim? » Cette fois, ce fut au tour de Baudolino de sourire : c'était elle qui craignait qu'il eût peur. « Tu viens souvent ici, au lac? » demanda-t-il. « Pas toujours, répondit l'Hypatie, la Mère ne souhaite pas que nous sortions seules dans le bois. Mais le lac est si beau, et Acacios me protège », et elle indiquait l'unicorne. Puis elle ajouta, le regard soucieux : « Il est tard. Je ne dois pas rester éloignée aussi longtemps. Je ne devrais pas non plus rencontrer les gens de Pndapetzim, s'ils s'aventuraient jusqu'ici. Mais toi tu n'es pas l'un d'eux, tu es un homme, et personne ne m'a jamais dit de me tenir loin des hommes.

— Je reviendrai demain, osa Baudolino, mais quand le soleil est haut dans le ciel. Tu seras là?

— Je ne sais pas, dit l'Hypatie troublée, peut-être. » Et elle disparut, leste, entre les arbres.

Cette nuit-là, Baudolino ne dormit pas, de toute façon – se disait-il – il avait déjà rêvé, et suffisamment pour se rappeler ce rêve toute sa vie. Pourtant, le lendemain, en plein midi, il prit son cheval et retourna au lac.

Il attendit jusqu'au soir, sans voir personne. Affligé, il revint à sa demeure, et, à la limite de la ville, il tomba sur un groupe de Sciapodes qui s'exerçaient avec leurs busiels. Il vit Gavagaï, qui lui dit : « Toi il regarde! » Il dirigea son roseau en l'air, décocha le dard et transperça un oiseau qui tomba à une courte distance. « Moi grand guerrier, dit Gavagaï, s'il arrive Hun blanc je il passe travers à lui! » Baudolino lui dit parfait parfait, et s'en alla tout de suite se coucher. Cette nuit-là, il rêva de la rencontre de la veille et au matin il se dit qu'un rêve ne suffisait pas pour toute la vie.

Il retourna de nouveau au lac. Il resta assis près de l'eau à écouter le chant des oiseaux, qui célébraient le matin, ensuite les cigales, à l'heure où sévit le diable méridien. Mais il ne faisait pas chaud, les arbres répandaient une fraîcheur délicieuse, et il ne souffrit pas d'attendre quelques heures. Puis elle réapparut.

Elle s'assit à côté de lui, et elle lui dit qu'elle était revenue parce qu'elle voulait en savoir davantage sur les hommes. Baudolino ne savait par où commencer, et il se mit à décrire le lieu où il était né, les événements à la cour de Frédéric, ce qu'étaient les empires et les royaumes, comment on allait à la chasse avec un faucon, ce qu'était et comment se bâtissait une ville, les mêmes choses qu'il avait racontées au Diacre, mais en évitant de parler d'histoires farouches et licencieuses, et se rendant compte, tandis qu'il parlait, qu'on pouvait aller jusqu'à faire un portrait affectueux des hommes. Elle l'écoutait, et ses yeux se coloraient de reflets divers selon son émotion.

« Comme tu racontes bien, toi. Tous les hommes racontent des histoires belles comme les tiennes? » Non, admit Baudolino, lui sans doute en racontait plus et mieux que ses congénères, mais parmi eux il y avait les poètes, qui savaient raconter mieux encore. Et il se mit à chanter une des chansons d'Abdul. Elle ne comprenait pas les paroles provençales mais, comme les Abcasiens, elle fut ensorcelée par la mélodie. Maintenant ses yeux étaient voilés de rosée.

« Dis-moi, demanda-t-elle en rougissant un peu, mais avec les hommes il y a aussi... leurs femelles? » Elle le dit comme si elle avait entendu que ce que Baudolino chantait était adressé à une femme. Et comment donc, lui répondit Baudolino, comme les Sciapodes mâles s'unissent aux Sciapodes femelles ainsi les hommes s'unissent aux femmes, sinon ils ne peuvent engendrer des enfants, et il en va de même, ajouta-t-il, dans tout l'univers.

« Ce n'est pas vrai, dit l'Hypatie en riant, les Hypaties sont seulement des Hypaties et il n'y a pas, comment dire... d'Andrhypatis! » Et elle rit encore, amusée à cette idée. Baudolino se demandait ce qu'il fallait faire pour l'écouter rire encore, car son rire était le son le plus suave qu'il eût jamais entendu. Il fut tenté de lui demander comment naissaient les Hypaties si les Andrhypatis n'existaient pas, mais il craignit d'offusquer son innocence. Pourtant à ce point-là il se sentit encouragé à demander qui étaient les Hypaties.

« Oh, dit-elle, c'est une longue histoire, moi je ne sais pas bien raconter les histoires comme toi. Tu dois savoir que mille et mille ans en arrière, dans une ville puissante et lointaine, vivait une femme vertueuse et sage nommée Hypatie. Elle tenait une école de philosophie, qui est l'amour de la sagesse. Mais dans cette ville vivaient aussi des hommes mauvais, qui s'appelaient chrétiens, ne craignaient pas les dieux, avaient la philosophie en haine et en particulier ne supportaient pas que ce fût une femme qui connût la vérité. Un jour, ces derniers prirent Hypatie et ils la firent mourir dans d'atroces tourments. Or, quelques-unes d'entre les plus jeunes de ses disciples furent épargnées, sans doute parce qu'ils les crurent fillettes ignorantes qui ne se trouvaient auprès d'elle que pour la servir. Elles s'enfuirent, mais les chrétiens étaient désormais partout, et elles durent voyager longtemps avant d'atteindre ce lieu de paix. Ici, elles cherchèrent à garder vivant ce qu'elles avaient appris de leur maîtresse, mais elles l'avaient entendue parler quand elles étaient encore toutes jeunes, elles n'étaient pas sages comme elle et ne se rappelaient pas bien tous ses enseignements. Elles se dirent alors qu'elles vivraient entre elles, séparées du monde, pour redécouvrir ce qu'avait vraiment dit Hypatie. C'est qu'aussi Dieu a laissé des ombres de vérité au profond du cœur de chacun de nous, et il s'agit seulement de les faire réaffleurer et resplendir à la lumière de la sapience, de même qu'on libère de son écorce la pulpe d'un fruit. »

Dieu, les dieux, qui, s'ils n'étaient pas le Dieu des chrétiens étaient par force faux et menteurs... Mais que racontait cette Hypatie? se demandait Baudolino. Cependant peu lui importait, il lui suffisait de l'écouter parler et il était déjà prêt à mourir pour sa vérité.

« Dis-moi au moins une chose, interrompit-il. Vous êtes les Hypaties, au nom de cette Hypatie, et je le comprends. Mais comment t'appelles-tu, toi?

— Hypatie.

— Non, je veux dire toi en tant que toi, en tant que différente d'une autre Hypatie... Je veux dire, comment t'appellent tes compagnes?

— Hypatie.

— Mais toi, ce soir, tu vas retourner à l'endroit où vous demeurez, et tu rencontreras une Hypatie avant les autres. Comment tu la salueras?

— Je lui souhaiterai une heureuse soirée. C'est ainsi.

— Oui, mais si moi je rentre à Pndapetzim et que je vois, mettons, un Eunuque, lui me dira : heureuse soirée, ô Baudolino. Toi, tu diras : heureuse soirée ô... quoi?

— Si tu veux, je dirai : heureuse soirée, Hypatie.

— Vous vous nommez donc toutes Hypatie.

— C'est normal, toutes les Hypaties se nomment Hypatie, aucune n'est différente des autres, autrement ce ne serait pas une Hypatie.

— Mais si une Hypatie quelconque te cherche, précisément maintenant où tu n'es pas là-bas, et demande à une autre Hypatie si elle a vu cette Hypatie qui se promène avec un unicorne qui s'appelle Acacios, comment elle dit?

— Comme tu l'as dit toi, elle cherche l'Hypatie qui va avec l'unicorne qui s'appelle Acacios. »

Si Gavagaï avait répondu de la sorte, Baudolino aurait été tenté de lui flanquer des gifles. Avec Hypatie non, Baudolino pensait déjà combien était merveilleux un lieu où toutes les Hypaties s'appelaient Hypatie.

« Il m'a fallu quelques jours, seigneur Nicétas, pour comprendre qui étaient au vrai les Hypaties...

— Parce que vous vous êtes encore vus, j'imagine.

— Chaque jour, ou presque. Que moi je ne pusse plus me passer de la voir et de l'écouter, cela ne devrait pas t'étonner, mais comprendre qu'elle aussi était heureuse de me voir et de m'écouter moi, cela m'étonnait et me donnait une fierté infinie. J'étais... j'étais redevenu comme un enfant qui cherche le sein maternel, et quand sa mère s'absente, il pleure parce qu'il a peur qu'elle ne revienne plus.

— Cela arrive aussi aux chiens avec leur maître. Mais cette

histoire des Hypaties excite ma curiosité. Car peut-être sais-tu, ou ne sais-tu pas, qu'Hypatie a réellement vécu, même s'il n'y a pas mille et mille ans, mais presque huit siècles de cela, et elle a vécu à Alexandrie d'Egypte, alors que l'empire était dirigé par Théodose et puis par Arcadius. C'était vraiment, raconte-t-on, une femme de grande sagesse, versée dans la philosophie, dans la mathématique et dans l'astronomie, et les hommes mêmes étaient suspendus à ses lèvres. Alors que désormais notre sainte religion avait triomphé dans tous les territoires de l'empire, il y avait encore certains récalcitrants qui cherchaient à garder vivante la pensée des philosophes païens, tel le divin Platon, et je ne nie pas qu'ils firent bien, nous transmettant à nous aussi chrétiens son savoir qui se serait sinon perdu. Sauf qu'un des plus grands chrétiens de son temps, qui ensuite devint un saint de l'Eglise, Cyrille, homme de grande foi mais aussi de grande intransigeance, voyait l'enseignement d'Hypatie comme contraire aux Evangiles, et il déchaîna contre elle une foule de chrétiens ignorants et rendus féroces, qui ne savaient pas même ce qu'elle prêchait, mais la jugeaient désormais, témoins Cyrille et les autres, menteuse et dissolue. Peut-être fut-elle calomniée, même s'il est vrai cependant que les femmes ne devraient pas se mêler de questions divines. Bref, ils la traînèrent dans un temple, la dénudèrent, la tuèrent et firent carnage de son corps avec des morceaux coupants de vases brisés, puis ils mirent sur le bûcher son cadavre... Tant de légendes ont fleuri sur elle. On dit qu'elle était très belle, mais qu'elle s'était vouée à la virginité. Une fois un de ses jeunes disciples tomba follement amoureux d'elle, et elle lui montra un drap avec le sang de ses menstrues en lui disant que c'était là seulement l'objet de son désir à lui, non pas la beauté en tant que telle... En réalité, ce qu'elle pouvait enseigner, personne ne l'a jamais su exactement. D'elle, ont été perdus tous les écrits, ceux qui avaient recueilli sa pensée de sa bouche avaient été à ce moment-là tués, ou avaient cherché d'oublier ce qu'ils avaient entendu. Tout ce que nous savons d'elle, les saints pères nous l'ont transmis, qui la condamnèrent et, honnêtement, en tant qu'écrivain de chroniques et d'Histoires, je tends à ne pas trop prêter foi aux paroles qu'un ennemi met dans la bouche de son ennemi. »

Ils eurent d'autres rencontres et moult conversations. Hypatie parlait, et Baudolino aurait voulu que sa doctrine fût immensément vaste et infinie, pour ne pas cesser d'être pendu à ses lèvres. Elle répondait à toutes les questions de Baudolino, avec intrépide candeur, sans jamais rougir : rien pour elle n'était sujet d'interdiction sordide, tout était transparent.

Baudolino s'était enfin hasardé à lui demander comment les Hypaties, depuis tant de siècles, se perpétuaient. Elle avait répondu qu'à chaque saison la Mère choisissait certaines d'entre elles qui devraient procréer, et elle les accompagnait chez les fécondateurs. Hypatie avait été vague sur ces derniers, naturellement elle n'en avait jamais vu, mais non plus les Hypaties vouées au rite. Elles étaient conduites dans un lieu, de nuit, buvaient une potion qui les enivrait et les étourdissait, elles étaient fécondées, puis revenaient à leur communauté, et celles qui restaient enceintes se voyaient prises en charge par leurs compagnes jusqu'à l'accouchement : si le fruit de leurs entrailles était masculin, on le restituait aux fécondateurs, qui l'éduqueraient à être un des leurs, s'il était féminin il restait dans la communauté et grandissait comme une Hypatie.

« S'unir charnellement, disait Hypatie, comme font les animaux, qui n'ont pas d'âme, n'est qu'une façon de multiplier l'erreur de la création. Les Hypaties envoyées auprès des fécondateurs acceptent cette humiliation pour la seule raison que nous devons continuer à exister afin de racheter le monde de cette erreur. Qui d'entre nous a subi la fécondation ne se souvient en rien de cette opération qui, si elle n'avait pas été accomplie par esprit de sacrifice, aurait altéré notre apathie...

— Qu'est-ce que l'apathie ?

— Ce en quoi chaque Hypatie vit et est heureuse de vivre.

— Pourquoi l'erreur de la création ?

— Mais Baudolino, disait-elle en riant de candide étonnement, tu as l'impression que le monde est parfait ? Regarde cette fleur, regarde la délicatesse de la tige, regarde cette sorte d'œil poreux qui triomphe en son centre, regarde comme ses pétales sont tous égaux, et un peu arqués pour recueillir le matin la rosée comme dans une conque, regarde la joie qu'elle a de s'offrir à cet insecte qui en suce la sève... N'est-ce pas beau?

— C'est beau, vraiment. Mais justement, n'est-ce pas beau que ce soit beau? N'est-ce pas là un miracle divin?

— Baudolino, demain matin cette fleur sera morte, dans deux jours elle ne sera que pourriture. Viens avec moi. » Elle le conduisait dans le sous-bois et elle lui montrait un champignon au chapeau rouge strié de flammes jaunes.

« Est-il beau? disait-elle.

— Il est beau.

— Il est vénéneux. Qui en mange, meurt. Elle te semble parfaite une création où la mort est en embuscade? Tu sais que je serai morte moi aussi, un jour, et que moi aussi je serais pourriture si je n'étais pas vouée à la rédemption de Dieu?

— La rédemption de Dieu? Dis voir un peu...

— Tu ne seras tout de même pas toi aussi un chrétien, Baudolino, comme les monstres de Pndapetzim? Les chrétiens qui ont tué Hypatie croyaient en une divinité cruelle qui avait créé le monde, et avec lui la mort, la souffrance et, pire encore que la souffrance physique, le mal de l'âme. Les êtres créés sont capables de haïr, de tuer, de faire souffrir leurs propres semblables. Tu ne croiras pas qu'un Dieu juste ait pu vouer ses enfants à cette misère...

— Mais ce sont les hommes injustes qui font ces choses-là, et Dieu les punit, sauvant les bons.

— Mais alors, pourquoi ce Dieu nous aurait créés, pour ensuite nous exposer au risque de la damnation?

— Mais parce que le bien suprême est la liberté de faire le bien ou le mal et, pour donner ce bien à ses enfants, Dieu doit accepter que certains d'entre eux en fassent un mauvais usage.

— Pourquoi dis-tu que la liberté est un bien?

— Parce que si on te l'enlève, si on te met dans les chaînes, si on ne te laisse pas faire ce que tu désires, tu souffres, et donc le manque de liberté est un mal.

— Tu peux tourner la tête en sorte de regarder juste derrière toi, mais la tourner vraiment, au point de pouvoir te voir le dos? Tu peux entrer dans un lac et rester sous l'eau jusqu'au soir, mais je dis dessous, sans jamais mettre la tête dehors? disait-elle, et elle riait.

— Non, car si je cherchais à tourner tout à fait la tête je me casserais le cou, si je restais sous l'eau cela m'empêcherait de respirer. Dieu m'a créé avec ces contraintes pour empêcher que je me fasse du mal.

— Et alors tu dis qu'il t'a ôté certaines libertés pour ton bien, n'est-ce pas?

— Il me les a ôtées afin que je ne souffre pas.

— Et alors pourquoi t'a-t-il donné la liberté de choisir entre le bien et le mal, de sorte que tu risques ensuite de souffrir les châtiments éternels?

— Dieu nous a donné la liberté en pensant que nous la puissions bien utiliser. Mais il y a eu la rébellion des anges, qui a introduit le mal dans le monde, et c'est le serpent qui a tenté Eve, si bien qu'à présent nous souffrons tous du péché originel. Ce n'est pas la faute de Dieu.

— Et qui a créé les anges rebelles et le serpent?

— Dieu, certainement, mais avant qu'ils se fussent rebellés ils étaient bons ainsi que lui les avait faits.

— Alors le mal, ce ne sont pas eux qui l'ont créé?

— Non, eux ils l'ont commis, mais il existait avant, comme possibilité de se rebeller à Dieu.

— Donc le mal, c'est Dieu qui l'a créé?

— Hypatie, tu es subtile, sensible, perspicace, tu sais mener une *disputatio* bien mieux que moi qui ai étudié à Paris, mais ne me dis pas ces choses-là du bon Dieu. Il ne peut vouloir le mal!

— Bien sûr que non, un Dieu qui veut le mal serait le contraire de Dieu.

— Et alors?

— Et alors Dieu, le mal il l'a trouvé à ses côtés, sans le vouloir, comme la part obscure de lui-même.

— Mais Dieu est l'être suprêmement parfait!

— Certes, Baudolino, Dieu est tout ce qui peut exister de plus parfait, mais si tu savais quelle peine être parfait! A présent, Baudolino, je te dis qui est Dieu, ou ce qu'il n'est pas. »

Elle n'avait vraiment peur de rien. Elle dit : « Dieu est

l'Unique, et il est tellement parfait qu'il n'est semblable à aucune des choses qui sont et à aucune des choses qui ne sont pas ; tu ne peux pas le décrire en usant de ton intelligence humaine, comme s'il était quelqu'un qui se met en colère si tu es méchant ou qui s'occupe de toi par bonté, quelqu'un qui aurait bouche, oreilles, visage, ailes ou qui serait esprit, père ou fils, pas même de soi-même. De l'Unique, tu ne peux dire qu'il est ou qu'il n'est pas, il embrasse tout mais il n'est rien ; tu peux le nommer seulement à travers la dissemblance, parce qu'il est inutile de l'appeler Bonté, Beauté, Sapience, Amabilité, Puissance, Justice, ce serait la même chose que de le dire Ours, Panthère, Serpent, Dragon ou Griffon, car, quoi que tu en dises, cela ne l'exprimera jamais. Dieu n'est pas corps, n'est pas figure, n'est pas forme, n'a pas de quantité, qualité, poids ou légèreté, il ne voit, n'entend, ne connaît désordre et perturbation, il n'est pas âme, intelligence, imagination, opinion, pensée, parole, nombre, ordre, grandeur, il n'est pas égalité et il n'est pas inégalité, il n'est pas temps et il n'est pas éternité, il est une volonté sans but ; essaie de comprendre, Baudolino, Dieu est une lampe sans flamme, une flamme sans feu, un feu sans chaleur, une lumière sombre, un grondement silencieux, un éclair aveugle, une brume très lumineuse, un rayon de sa propre ténèbre, un cercle en expansion qui se contracte sur son centre, une multiplicité solitaire, il est... il est... » Elle hésita pour trouver un exemple qui pouvait les convaincre l'un et l'autre, elle la maîtresse et lui l'élève. « Il est un espace qui n'est pas, où toi et moi sommes la même chose, comme aujourd'hui dans ce temps qui ne s'écoule pas. »

Une flamme légère vacilla sur sa joue. Elle se tut, effrayée par cet exemple incohérent, mais comment juger incohérent quelque ajout que ce soit à une liste d'incohérences ? Baudolino sentit la même flamme lui traverser la poitrine, mais il craignit sa gêne à elle, se roidit sans permettre à un seul muscle de son visage de trahir les mouvements de son cœur, ni à sa voix de trembler, et il demanda, avec théologique fermeté : « Mais alors, la création ? Le mal ? »

Le visage d'Hypatie reprit sa pâleur rosée : « Mais alors l'Unique, à cause de sa perfection, tend, généreux de soi-même, à se répandre, à s'étendre en des sphères toujours plus amples de sa propre plénitude, il est comme une chandelle victime de la lumière qu'elle diffuse, plus elle éclaire et plus elle se dissout. Voilà, Dieu se liquéfie dans les ombres de soi-même, il devient une foule de divinités messagères, Eons qui ont beaucoup de sa puissance, mais en une forme déjà plus faible. Il y a tant de dieux, de démons, d'Archontes, de Tyrans, de Forces, d'Etincelles, d'Astres, et ceux-là mêmes que les chrétiens nomment anges ou archanges... Mais ils ne sont pas créés par l'Unique, ils sont une émanation de lui.

— Emanation ?

— Tu vois cet oiseau ? Tôt ou tard il engendrera un autre oiseau par l'intermédiaire d'un œuf, comme une Hypatie peut engendrer un enfant par son ventre. Mais une fois engendrée, la créature, qu'elle soit Hypatie ou oisillon, vit pour son propre compte, elle survit même si la mère meurt. A présent pense par contre au feu. Le feu n'engendre pas de la chaleur, il l'exhale. La chaleur est la même chose que le feu, si tu éteignais le feu cesserait aussi la chaleur. La chaleur du feu est très forte où le feu naît, et il se fait toujours plus faible à mesure que la flamme devient fumée. Ainsi en va-t-il de Dieu. A mesure qu'il se propage loin de son propre centre obscur, il perd en quelque sorte de vigueur, et il en perd de plus en plus jusqu'à devenir matière visqueuse et sourde, comme la cire sans forme en quoi se défait la chandelle. L'Unique ne voudrait pas s'exhaler si loin de soi, mais il ne peut résister à cette dissolution jusqu'à la multiplicité et au désordre.

— Et ton Dieu ne parvient pas à dissoudre le mal qui... qui se forme autour de lui ?

— Oh si, il pourrait. Continuellement l'Unique cherche à résorber cette sorte de souffle qui peut devenir poison, et pendant soixante-dix fois sept milliers d'années il a réussi continuellement à faire rentrer dans le néant ses déchets. La vie de Dieu était une respiration réglée, il soufflait sans effort. Comme ça, écoute. » Elle aspirait l'air aux vibrations de ses délicates narines, puis elle exhalait son haleine par sa bouche. « Un jour, pourtant, il n'a pas réussi à contrôler une de ses puissances intermédiaires, que nous appelons, nous, le Dé-

457

miurge, et qui est peut-être Sabaoth ou Ildabaoth, le faux Dieu des chrétiens. Cette imitation de Dieu, par erreur, par orgueil, par sottise a créé le temps, là où avant il y avait la seule éternité. Le temps est une éternité qui balbutie, tu comprends? Et, avec le temps, il a créé le feu, qui donne de la chaleur mais risque aussi de tout brûler, l'eau, qui désaltère mais noie aussi, la terre, qui nourrit les herbes mais peut devenir avalanche et les étouffer, l'air qui nous fait respirer mais peut devenir ouragan... Il a failli en tout, pauvre Démiurge. Il a fait le soleil, qui donne de la lumière, mais peut dessécher les prés, la lune, qui ne parvient pas à dominer la nuit au-delà de quelques jours, puis mincit et meurt, les autres corps célestes, qui sont splendides mais peuvent émettre des influences néfastes, et puis les êtres dotés d'intelligence, mais incapables d'entendre les grands mystères, les animaux, qui tantôt nous sont fidèles et tantôt nous menacent, les végétaux, qui nous nourrissent mais ont la vie très brève, les minéraux, sans vie, sans âme, sans intelligence, condamnés à ne jamais rien comprendre. Le Démiurge était comme un enfant, qui gâche la boue pour imiter la beauté d'un unicorne, et il en sort quelque chose qui ressemble à un rat!

— Par conséquent le monde est une maladie de Dieu?

— Si tu es parfait, tu ne peux pas ne pas t'exhaler, si tu t'exhales tu vas mal. Et puis essaie de comprendre que Dieu, dans sa plénitude, est aussi le lieu, ou le non-lieu, où les opposés se confondent, non?

— Les opposés?

— Oui, nous ressentons le chaud et le froid, la lumière et l'obscurité, et toutes ces choses qui sont le contraire l'une de l'autre. Tantôt le froid nous déplaît, et il nous semble mauvais par rapport à la chaleur, mais tantôt c'est la trop grande chaleur, et nous désirons la fraîcheur. C'est nous qui, devant les opposés, croyons, selon notre caprice, selon notre passion, que l'un d'eux serait le bien et l'autre le mal. Or, en Dieu les opposés s'ordonnent et trouvent une réciproque harmonie. Mais quand Dieu commence à s'exhaler, il n'arrive plus à contrôler l'harmonie des opposés, et ceux-ci se brisent et luttent l'un contre l'autre. Le Démiurge a perdu le contrôle des opposés, et il a créé un monde où silence et fracas, le oui et le non, un bien contre un autre bien combattent entre eux. C'est ce que nous sentons comme mal. »

En s'exaltant elle remuait les mains comme une petite fille qui, parlant d'un rat, en imite la forme, nommant un orage, dessine les tourbillons de l'air.

« Tu parles de l'erreur de la création, Hypatie, et du mal, mais comme si cela ne te touchait pas, et tu vis dans ce bois comme si tout était aussi beau que toi.

— Mais si même le mal nous vient de Dieu, il y aura néanmoins quelque chose de bien même dans le mal. Ecoute-moi, parce que tu es un homme, et que les hommes ne sont pas habitués à penser de la bonne manière tout ce qui est.

— Je le savais, moi aussi je pense mal.

— Non, tu penses seulement. Et penser ne suffit pas, ce n'est pas la bonne manière. Maintenant, essaie d'imaginer une source qui n'a aucun commencement et qui se répand en mille rivières, sans jamais s'assécher. La source reste toujours calme, fraîche et limpide, tandis que les rivières vont vers des points différents, se troublent de sable, s'engorgent entre les roches et toussent, étranglées, parfois tarissent. Les rivières souffrent beaucoup, sais-tu ? Et pourtant, même l'eau des rivières et du plus boueux des torrents, c'est de l'eau, et elle vient de la même source que ce lac. Ce lac souffre moins qu'une rivière, parce que dans sa limpidité il rappelle mieux la source d'où il naît, un étang plein d'insectes souffre davantage qu'un lac et qu'un torrent. Mais tous en quelque manière souffrent parce qu'ils voudraient retourner d'où ils viennent, et ils ont oublié comment on fait. »

Hypatie prit Baudolino par le bras, et elle le fit se tourner vers le bois. Ce faisant, sa tête à elle s'approcha de la sienne, et il remarqua le parfum végétal de cette chevelure. « Regarde cet arbre. Ce qui coule en lui, depuis les racines jusqu'à la dernière feuille, c'est la vie même. Mais les racines se renforcent dans la terre, le tronc se fortifie et survit à toutes les saisons, alors que les branches tendent à sécher et à se casser, les feuilles durent quelques mois et puis tombent, les bourgeons vivent quelques semaines. Il y a plus de mal parmi les feuilles que dans le tronc.

L'arbre est un, mais il souffre de son expansion car il devient multiple, et en se multipliant il s'affaiblit.

— Mais les feuillages sont beaux, toi-même tu jouis de leur ombre...

— Tu vois que toi aussi tu peux devenir sage, Baudolino ? S'il n'y avait pas ces ramures, nous ne pourrions rester assis à parler de Dieu, s'il n'y avait pas le bois, nous ne nous serions jamais rencontrés, et cela aurait peut-être été le plus grand des maux. »

Elle le disait comme si c'était la vérité nue et simple, mais Baudolino se sentait encore une fois percer la poitrine, sans pouvoir ou vouloir montrer son frémissement.

« Mais alors explique-moi, comment les multiples peuvent-ils être bons, au moins d'une certaine mesure, s'ils sont une maladie de l'Unique ?

— Tu vois que toi aussi tu peux devenir sage, Baudolino ? Tu as dit d'une certaine mesure. Malgré l'erreur, une partie de l'Unique est restée en chacun de nous, créatures pensantes, et aussi en chacune des autres créatures, depuis les animaux jusqu'aux corps morts. Tout ce qui nous entoure est habité par des dieux, les plantes, les graines, les fleurs, les racines, les sources, chacun d'eux, tout en souffrant d'être une mauvaise imitation de la pensée de Dieu, ne voudrait rien d'autre que se réunir à lui. Nous devons retrouver l'harmonie entre les opposés, nous devons aider les dieux, nous devons raviver ces étincelles, ces souvenirs de l'Unique qui gisent encore ensevelis dans notre esprit et dans les choses mêmes. »

A bien deux reprises Hypatie avait laissé échapper qu'il était beau d'être avec lui. Ce qui encouragea Baudolino à revenir encore.

Un jour Hypatie lui expliqua comment elles faisaient, elles, pour raviver l'étincelle divine en toute chose, car par sympathie elles renvoyaient à quelque chose de plus parfait qu'elles, pas directement à Dieu, mais à ses émanations les moins exténuées. Elle le conduisit en un point vers le lac où poussaient des tournesols, alors que sur les eaux s'étalaient des fleurs de lotus.

« Tu vois ce que fait l'héliotrope ? Il bouge en suivant le soleil, il le cherche, le prie, dommage que tu ne saches pas encore écouter le bruissement qu'il fait dans l'air tandis qu'il accomplit son mouvement circulaire au cours de la journée. Tu te rendrais compte qu'il chante au soleil son hymne. Regarde à présent le lotus : il s'ouvre au lever du soleil, il s'offre pleinement au zénith et il se ferme quand le soleil s'en va. Il loue le soleil en ouvrant et en fermant ses pétales, comme nous ouvrons et fermons les lèvres quand nous prions. Ces fleurs vivent en sympathie avec l'astre, elles conservent donc une part de sa puissance. Si tu agis sur la fleur, tu agiras sur le soleil, si tu sais agir sur le soleil, tu pourras influencer son action, et à partir du soleil te réunir avec quelque chose qui vit en sympathie avec le soleil, et qui est plus parfait que le soleil. Mais cela ne se passe pas seulement avec les fleurs, cela se passe avec les pierres et avec les animaux. Chacun d'eux est habité par un dieu mineur qui cherche à se réunir, à travers des dieux plus puissants, à l'origine commune. Nous, nous apprenons dès l'enfance à pratiquer un art qui nous permette d'agir sur les dieux majeurs et de rétablir le lien perdu.

— Qu'est-ce que ça veut dire?

— C'est facile. On nous enseigne à ourdir pierres, herbes, arômes, parfaits et déiformes, pour former... comment puis-je te dire, des vases de sympathie qui condenseraient la force de nombreux éléments. Tu sais, une fleur, un caillou, même un unicorne, tous ont un caractère divin mais tout seuls ils ne parviennent pas à évoquer les dieux majeurs. Nos mixtions reproduisent grâce à l'art l'essence que l'on veut évoquer, elles multiplient le pouvoir de chaque élément.

— Et puis, quand vous avez évoqué ces dieux majeurs?

— A ce point-là, c'est seulement le début. Nous apprenons à devenir des messagères entre ce qui est en haut et ce qui est en bas, nous prouvons que le courant en quoi Dieu s'exhale peut être remonté, de peu, mais nous montrons à la nature que c'est possible. Le devoir suprême n'est cependant pas de réunir un tournesol avec le soleil, c'est de nous réunir nous-mêmes avec l'origine. Ici commence l'ascèse. D'abord nous apprenons à nous comporter de manière vertueuse, nous ne tuons pas de créatures vivantes, nous cherchons à répandre de l'harmonie sur les êtres qui nous entourent, et déjà ce faisant nous pouvons ainsi réveiller partout des étincelles cachées. Tu vois ces tiges d'herbe? Elles ont désormais jauni, et elles ploient vers le sol. Moi je peux les toucher et les faire encore vibrer, leur faire sentir ce qu'elles ont oublié. Regarde, peu à peu elles regagnent leur fraîcheur, comme si elles sortaient maintenant de la terre. Mais ce n'est pas encore assez. Pour raviver ce brin d'herbe, il est suffisant de pratiquer les vertus naturelles, atteindre la perfection de la vue et de l'ouïe, la vigueur du corps, la mémoire et la facilité d'apprendre, la finesse des manières, à travers de fréquentes ablutions, cérémonies lustrales, hymnes, prières. On avance d'un pas en cultivant sagesse, force, tempérance et justice, et enfin on arrive à acquérir les vertus purificatrices : nous essayons de séparer l'âme du corps, nous apprenons à évoquer les dieux – non pas à parler des dieux, comme il en allait pour les autres philosophes, mais à agir sur eux, faisant tomber la pluie par l'entremise d'une sphère magique, plaçant des amulettes contre les tremblements de terre, expérimentant les pouvoirs divinatoires des trépieds, animant les statues pour obtenir des oracles, convoquant Asclépios pour qu'il guérisse les malades. Mais attention, en opérant de la sorte nous devons toujours éviter d'être possédées par un dieu, parce que, en ce cas-là, on se décompose et on s'agite, et donc on s'éloigne de Dieu. Il faut apprendre à faire cela dans le calme le plus absolu. »

Hypatie prit la main de Baudolino, qui la tenait immobile afin que ne cessât cette sensation de tiédeur. « Baudolino, peut-être t'ai-je laissé croire que je suis désormais avancée dans l'ascèse comme mes sœurs aînées... Si tu savais au contraire combien je suis encore imparfaite. Je m'embrouille encore quand je place une rose en contact avec la puissance supérieure dont elle est amie... Et puis, tu vois, je parle encore beaucoup, et c'est le signe que je ne suis pas sage, car la vertu s'acquiert dans le silence. Mais je parle parce que tu es là toi, qui dois être instruit, et si j'instruis un tournesol pourquoi ne devrais-je pas t'instruire, toi? Nous atteindrons un stade plus parfait lorsque nous réussirons à être ensemble sans parler, il suffira de nous toucher et tu comprendras également. Comme avec le tournesol. » Elle caressait le tournesol en se taisant. Puis en se taisant, elle se prit à caresser la main de Baudolino, et elle dit seulement, à la fin : « Tu sens ? »

Le lendemain, elle lui parla du silence cultivé par les Hypaties, afin que, disait-elle, il pût l'apprendre lui aussi. « Il faut créer un calme absolu autour de soi. On se met alors en solitude lointaine devant ce que nous pensions, imaginions et ressentions; on trouve la paix et la tranquillité. Alors, nous n'éprouverons plus ni colère ni désir, ni douleur ni félicité. Nous serons sorties de nous-mêmes, ravies en absolue solitude et profonde quiétude. Nous ne regarderons plus les choses belles et bonnes, nous serons au-delà du beau même, au-delà du chœur des vertus, tel qui, entré dans le sein du temple, laisserait derrière soi les statues des dieux, et sa vision ne serait plus d'images mais de Dieu même. Nous ne devrons plus évoquer des puissances intermédiaires : les surmontant nous en aurons vaincu le défaut, en cette retraite, en ce lieu inaccessible et saint, nous serons parvenues au-delà de la lignée des dieux et des hiérarchies des Eons, tout cela sera désormais en nous comme souvenir de quelque chose que nous avons guéri de son propre mal d'être. Ce sera la fin du chemin, la libération, le dénouement de tout lien, la fuite de qui est maintenant seul vers le Seul. Dans ce retour à l'absolument simple nous ne verrons plus rien, sinon la gloire de l'obscurité. Vidées d'âme et d'intellect, nous serons arrivées au-delà du royaume de l'esprit, en vénération nous reposerons là-haut, comme si nous étions un soleil qui se lève, avec les pupilles closes nous mirerons le soleil de la lumière, nous deviendrons feu, feu noir dans ce noir, et par voies de feu nous accomplirons notre trajet. Et ce sera à ce moment-là que, une fois remonté le courant du fleuve, et montré non seulement à nous-mêmes, mais aussi aux dieux et à Dieu, que le courant peut être remonté, nous aurons guéri le monde, tué le mal, fait mourir la mort, nous aurons dénoué le nœud où s'étaient embrouillés les doigts du Démiurge. Nous, Baudolino, nous sommes destinées à guérir Dieu, c'est à nous qu'a été confiée sa rédemption : nous ferons revenir, à travers notre extase, la création entière dans le cœur même de l'Unique. Nous donnerons à l'Unique la force d'émettre cette grande respiration qui lui permette de réabsorber en soi le mal qu'il a expiré.

— Vous, vous le faites, l'une d'entre vous l'a déjà fait?

— Nous attendons d'y réussir, nous nous préparons toutes, depuis des siècles, afin que quelques-unes d'entre nous y réussissent. Ce que nous avons appris dès l'enfance, c'est qu'il n'est pas nécessaire que nous toutes parvenions à ce miracle : il suffit qu'un jour, fût-ce même dans mille autres années, une seule d'entre nous, l'élue, atteigne le moment de la perfection suprême, où elle se sente une seule et unique chose avec son origine lointaine, et le prodige sera accompli. Alors, en montrant qu'à partir de la multiplicité du monde qui souffre on peut revenir à l'Unique, nous aurons redonné à Dieu la paix et la confiance, la force pour se recomposer dans son propre centre, l'énergie pour reprendre le rythme de son propre souffle. »

Ses yeux scintillaient, sa carnation avait comme tiédi, ses mains presque tremblaient, sa voix s'était emplie de tristesse, et il semblait qu'elle implorait Baudolino de croire lui aussi à cette révélation. Baudolino pensa que sans doute le Démiurge avait commis beaucoup d'erreurs, mais l'existence de cette créature faisait du monde un lieu enivrant et étincelant de toutes les perfections.

Il ne résista pas, s'enhardit à lui prendre la main et à l'effleurer d'un baiser. Elle eut une sorte de tressaillement, comme si elle avait goûté à une expérience inconnue. Elle dit d'abord : « Toi aussi tu es habité par un dieu. » Ensuite, elle couvrit son visage de ses mains et Baudolino l'entendit murmurer, stupéfiée : « J'ai perdu... J'ai perdu l'apathie... »

Elle fit volte-face et courut vers le bois sans plus rien dire et sans se retourner.

« Seigneur Nicétas, à ce moment-là je me suis rendu compte que j'aimais comme je n'avais jamais aimé, mais que j'aimais encore une fois l'unique femme qui ne pouvait être mienne. L'une m'avait été soustraite par la sublimité de son état, l'autre par la misère de la mort, à présent la troisième ne pouvait m'appartenir parce qu'elle était vouée au salut de Dieu. Je me suis éloigné, je suis allé à la ville en pensant que peut-être je ne devrais plus jamais revenir. Je me suis senti presque soulagé, le lendemain, quand Praxeas m'a dit que, aux yeux des habitants de Pndapetzim, j'étais certainement le plus prestigieux des Mages, je jouissais de la confiance du Diacre et c'était moi que le Diacre voulait au commandement de cette armée que le Poète, par ailleurs, entraînait si bien. Je ne pouvais me défiler devant cette invitation, une fracture dans le groupe des Mages eût rendu notre situation insoutenable aux yeux de tous, et tous se consacraient désormais si passionnément à la préparation de la guerre, que j'ai accepté – et en outre pour ne pas décevoir les Sciapodes, les Panoties, les Blemmyes et tous les autres braves gens pour qui je m'étais sincèrement pris d'affection. J'ai surtout pensé que, me consacrant à cette nouvelle entreprise, j'oublierais ce que j'avais quitté dans le bois. J'ai été pris pendant deux jours par mille tâches. Cependant, je m'évertuais distraitement, j'étais terrorisé à l'idée qu'Hypatie fût revenue au lac et, ne me trouvant pas, pensât que sa fuite m'avait offensé, et que j'avais décidé de ne plus la voir. J'étais bouleversé à l'idée qu'elle fût bouleversée, et ne voulût plus me voir. S'il en était ainsi, j'aurais suivi ses pistes, je serais arrivé à cheval dans le lieu où vivaient les Hypaties, qu'est-ce que j'aurais fait, je l'aurais ravie, j'aurais détruit la paix de cette communauté, j'aurais troublé son innocence en lui faisant comprendre ce qu'elle ne devait pas comprendre, ou bien non, je l'aurais vue comblée par sa mission, désormais libre de son moment, infinitésimal, de passion terrestre? Mais au fond y avait-il eu ce moment? Je revivais chacune de ses paroles, chacun de ses gestes. Deux fois, pour dire comment était Dieu, elle avait utilisé notre rencontre comme exemple, mais sans doute n'était-ce qu'une manière enfantine, tout à fait innocente, de me rendre compréhensible ce qu'elle disait. Deux fois, elle m'avait touché, mais comme elle eût fait avec un tournesol. Ma bouche sur sa main l'avait fait frémir, je le savais, mais c'était naturel : nulle bouche humaine ne l'avait jamais effleurée, cela avait été pour elle comme achopper sur une racine et perdre un instant le maintien qu'on lui avait enseigné; le moment était passé, maintenant elle n'y pensait plus... Je discutais avec les miens de questions guerrières, je devais décider où disposer les

Nubiens, et je ne saisissais pas même où j'étais. Je devais sortir de cette angoisse, je devais savoir. Pour ce faire, je devais mettre ma vie, et la sienne, entre les mains de quelqu'un qui nous tînt en contact. J'avais déjà eu bien des preuves du dévouement de Gavagaï. Je lui parlai en secret, lui faisant faire moult serments, je lui en dis le moins possible, mais ce qu'il fallait pour qu'il allât au lac et attendît. Le bon Sciapode était vraiment généreux, sagace et discret. Il me demanda peu, je crois qu'il a beaucoup compris, pendant deux jours il revint au couchant me disant n'avoir vu personne, et il était contrit de me voir pâlir. Le troisième jour, il arriva avec un de ces sourires qui avaient l'air d'une faux de lune et il me dit que, tandis qu'il attendait béatement allongé sous l'ombrelle de son pied, cette créature était apparue. Elle s'était approchée, confiante et empressée, comme si elle s'attendait à voir quelqu'un. Elle avait reçu avec émotion mon message ("Elle semble que beaucoup veut voir toi", disait Gavagaï, non sans malice dans la voix) et elle me faisait savoir qu'elle reviendrait au lac tous les jours, tous les jours ("Elle dit deux fois"). Peut-être, avait commenté Gavagaï de façon chafouine, elle aussi attendait depuis longtemps les Mages. Je dus demeurer à Pndapetzim encore le jour suivant, mais je vaquais à mes devoirs de condottiere avec un enthousiasme qui étonna le Poète, lequel me savait peu enclin aux armes, et enthousiasma mon armée. Il me semblait que j'étais le maître du monde, j'aurais pu affronter cent Huns blancs sans crainte. Deux jours après, je revins en tremblant de peur dans ce lieu fatal. »

34

Baudolino découvre le véritable amour

« P ENDANT CES JOURS D'ATTENTE, seigneur Nicétas,
j'avais éprouvé des sentiments opposés. Je brûlais du
désir de la voir, j'avais peur de ne plus la voir, je
l'imaginais en proie à mille dangers, j'éprouvais en somme
toutes les sensations propres à l'amour, mais je ne me sentais
pas jaloux.

— Tu ne pensais pas que la Mère aurait pu l'envoyer chez
les fécondateurs, alors précisément?

— C'est un doute qui ne m'a même pas effleuré. Peut-être,
sachant désormais combien j'étais à elle, je pensais qu'elle était
tellement à moi qu'elle aurait refusé de se faire toucher par
d'autres. J'y ai réfléchi longuement, après, et je me suis persuadé que l'amour parfait ne laisse pas d'espace à la jalousie. La
jalousie est soupçon, crainte et calomnie entre amant et aimée,
et saint Jean a dit que le parfait amour chasse toute crainte. Je
n'éprouvais pas de jalousie, mais je cherchais à chaque minute
d'évoquer son visage, et je n'y parvenais pas. Je me rappelais ce
que j'éprouvais en la regardant, mais je ne pouvais pas
l'imaginer. Et pourtant, durant nos rencontres, je ne faisais que
fixer son visage, je ne faisais rien d'autre...

— J'ai lu que cela arrive à qui aime d'un intense amour... dit
Nicétas, avec l'embarras de celui qui, sans doute, n'avait jamais

ressenti une passion aussi impérieuse. Cela ne t'était-il pas arrivé avec Béatrix et avec Colandrina?

— Non, pas de façon à me faire souffrir à tel point. Je crois qu'avec Béatrix je cultivais l'idée même de l'amour, qui n'avait pas besoin d'un visage, et puis ce me semblait sacrilège que de m'efforcer de m'imaginer les lignes de ses chairs. Quant à Colandrina, je m'apercevais – après avoir connu Hypatie – qu'avec elle ça n'avait pas été de la passion, mais plutôt de l'allégresse, de la tendresse, une affection très intense, comme j'eusse pu en éprouver, Dieu me pardonne, pour une fille, ou une sœur puînée. Je crois qu'il en va ainsi pour tous ceux qui tombent amoureux, mais en ces jours-là j'étais convaincu qu'Hypatie était la première femme que j'avais vraiment aimée, et c'est certainement vrai, encore à présent, et à jamais. J'ai ensuite compris que le véritable amour prend demeure dans le triclinium du cœur, et là trouve quiétude, attentif à ses plus nobles secrets, et rarement revient dans les chambres de l'imagination. En raison de quoi il ne réussit pas à reproduire la forme corporelle de l'aimée absente. Seul l'amour de fornication, qui n'entre jamais dans les tréfonds du cœur, et se nourrit seulement de fantaisies voluptueuses, parvient à produire de telles images. »

Nicétas se tut, dominant avec peine son envie.

Leur revoir fut timide et ému. Ses yeux à elle brillaient de félicité, mais aussitôt elle baissait pudiquement son regard. Ils s'assirent parmi les herbes. Acacios paissait, tranquille, à une courte distance. Les fleurs tout autour parfumaient plus que d'habitude, et Baudolino se sentait comme s'il venait d'effleurer du *burq* de ses lèvres. Il n'osait pas parler, mais il se résolut à le faire car l'intensité de ce silence l'eût entraîné à quelque geste inconvenant.

Il appréhendait alors seulement pourquoi il avait entendu raconter que les véritables amants, à leur première entrevue d'amour, pâlissent, tremblent et deviennent muets. C'est parce que, vu que l'amour domine les deux règnes, celui de la nature et celui de l'âme, il attire à soi toutes leurs forces, quel que soit son mouvement. Ainsi, quand les véritables amants en viennent au conciliabule, l'amour perturbe et presque pétrifie toutes les fonctions du corps, aussi bien physiques que spirituelles : raison pour quoi la langue se refuse de parler, les yeux de voir, les oreilles d'entendre, et chaque membre se soustrait à son propre devoir. Ce qui fait que, lorsque l'amour s'attarde trop dans les profondeurs du cœur, le corps, dénué de force, dépérit. Mais à un certain point le cœur, par l'impatience de l'ardeur qu'il éprouve, quasiment jette hors de soi sa passion, permettant au corps de reprendre ses fonctions. Et alors l'amant parle.

« Et ainsi, dit Baudolino sans expliquer ce qu'il ressentait et ce qu'il comprenait, toutes ces belles et terribles choses que tu m'as racontées, c'est ce qu'Hypatie vous a transmis...

— Oh non, dit-elle, je t'ai raconté que nos aïeules se sont enfuies en ayant oublié tout ce qu'Hypatie leur avait enseigné, sauf le devoir de la connaissance. C'est à travers la méditation que nous avons découvert de plus en plus la vérité. Pendant tous ces mille et mille ans chacune de nous a réfléchi sur le monde qui nous entoure, et sur ce qu'elle sentait dans son propre esprit, et notre conscience s'est enrichie jour après jour, et l'œuvre n'est pas encore achevée. Peut-être dans ce que je t'ai dit se trouvait-il des choses que mes compagnes n'avaient pas encore comprises, et que moi j'ai comprises en cherchant à te les expliquer. Ainsi chacune de nous se fait sage, enseignant ses compagnes sur ce qu'elle sent, et, se faisant maîtresse, elle apprend. Peut-être si tu n'avais pas été ici avec moi, je n'eusse pas éclairci pour moi-même certaines choses. Tu as été mon démon, mon archonte bienveillant, Baudolino.

— Mais toutes tes compagnes sont aussi claires et éloquentes que toi, ma doulce Hypatie ?

— Oh, moi je suis la dernière d'entre elles. Parfois elles me moquent parce que je ne sais pas exprimer ce que je ressens. Je dois encore grandir, tu sais ? Pourtant ces jours-ci je me sentais fière, comme si je possédais un secret qu'elles ne connaissent pas, et – je ne sais pourquoi – j'ai préféré qu'il restât secret. Je ne comprends pas bien ce qui m'arrive, c'est comme si... comme si je préférais dire les choses à toi plutôt qu'à elles. Tu penses que c'est mal, que je suis déloyale avec elles ?

— Tu es loyale avec moi.

469

— Avec toi, c'est facile. Je pense qu'à toi je dirais tout ce qui me passe par le cœur. Même si je n'étais pas encore sûre que ce fût juste. Tu sais ce qui m'arrivait, Baudolino, ces jours-ci? Je rêvais de toi. Quand je m'éveillais le matin, je pensais que c'était une belle journée parce que tu étais quelque part. Puis je pensais que la journée était laide, parce que je ne te voyais pas. C'est étrange, on rit quand on est content, on pleure quand on souffre, et à présent il m'arrive que je rie et que je pleure au même moment. Serais-je donc malade? Et pourtant c'est une maladie très belle. Est-il juste d'aimer sa propre maladie?

— C'est toi ma maîtresse, ma doulce amie, souriait Baudolino, il ne faut pas que tu me le demandes à moi, c'est qu'aussi je pense avoir la même maladie que toi. »

Hypatie avait allongé une main, et elle lui frôlait encore sa cicatrice : « Tu dois être une chose bonne, Baudolino, car j'aime te toucher, comme il m'arrive avec Acacios. Touche-moi toi aussi, peut-être pourras-tu réveiller quelques étincelles qui se trouvent encore en moi, et que j'ignore.

— Non, mon doulx amour, j'ai peur de te faire du mal.

— Touche-moi ici derrière l'oreille. Oui, comme ça, encore.. Sans doute à travers toi peut-on évoquer un dieu. Tu devrais avoir quelque part le signe qui te lie à quelque chose d'autre... »

Elle lui avait mis les mains sous son vêtement, elle faisait courir ses doigts au milieu des poils de sa poitrine. Elle se rapprocha pour le humer. « Tu es plein d'herbe, d'herbe bonne », dit-elle. Puis elle disait encore : « Que tu es beau là-dessous, tu es doux comme un animal jeune. Tu es jeune, toi? Moi je ne comprends pas l'âge d'un homme. Tu es jeune, toi?

— Je suis jeune, mon amour, je commence à naître maintenant. »

A présent, il lui caressait presque avec violence les cheveux, elle lui avait mis les mains derrière la nuque, puis elle s'était mis à lui donner de petits coups de langue sur le visage, elle le léchait comme s'il était un cabri, puis elle riait en le regardant de près dans les yeux et elle disait qu'il avait le goût du sel. Baudolino n'avait jamais été un saint, il la serra contre lui et de ses lèvres chercha ses lèvres. Elle émit un gémissement de peur et de surprise, tenta de se retirer, puis elle céda. Sa bouche avait le goût de pêche, d'abricot, et de sa langue elle donnait de petits coups à sa langue à lui, qu'elle goûtait pour la première fois.

Baudolino la poussa en arrière, non pas par vertu mais pour se libérer de ce qui le couvrait, elle vit son membre, elle le toucha de ses doigts, elle sentit qu'il était vivant et elle dit qu'elle le voulait : il était clair qu'elle ne savait pas comment et pourquoi elle le voulait, mais quelque puissance des bois ou des sources lui suggérait ce qu'elle devait faire. Baudolino se remit à la couvrir de baisers, il descendit des lèvres au cou, puis aux épaules, tandis qu'il lui ôtait lentement sa tunique il découvrit ses seins, y plongea le visage, et de ses mains il continuait à faire glisser la tunique le long de ses hanches, il percevait le petit ventre tendu, tâtait son nombril, sentit avant qu'il ne s'y attendît ce qui devait être la toison lui cachant son bien suprême. Elle chuchotait, en l'appelant : mon Eon, mon Tyran, mon Abîme, mon Ogdoade, mon Pléroma...

Baudolino poussa ses mains sous la tunique qui la voilait encore, et il sentit que cette toison qui paraissait annoncer le pubis s'épaississait, lui recouvrait le début des jambes, la partie intérieure des cuisses, se prolongeait vers les fesses...

« Seigneur Nicétas, je lui ai arraché sa tunique, et j'ai vu. A partir de son ventre et jusqu'en bas, Hypatie avait des formes caprines, et ses jambes se terminaient par deux sabots couleur ivoire. D'un seul coup j'ai compris pourquoi, voilée par sa tunique jusqu'à terre, elle ne semblait pas marcher tel qui pose les pieds, mais passait, légère, comme si elle ne touchait pas le sol. Et j'ai compris qui étaient les fécondateurs : les Satyres-Qu'On-Ne-Voit-Jamais, à la tête humaine cornue et au corps de bélier, les Satyres qui, depuis des siècles, vivaient au service des Hypaties, leur donnant les femelles et élevant leurs propres mâles, ceux-ci avec leur même visage horrible, celles-là rappelant encore la vénusté égyptienne de la belle Hypatie, l'antique, et de ses premières pupilles.

— Quelle horreur! dit Nicétas.

— Horreur? Non, ce n'est pas ce que j'ai éprouvé à ce moment-là. Surprise, oui, mais un seul instant. Et puis j'ai décidé, mon corps a décidé pour mon âme, ou mon âme pour mon corps, que ce que je voyais et touchais était d'une grande beauté, parce que c'était là Hypatie, et même sa nature bestiale faisait partie de ses grâces, ce poil frisotté et doux était ce que de plus désirable j'eusse jamais désiré, il sentait la mousse, ces membres d'abord cachés étaient dessinés par une main d'artiste, et j'aimais, je voulais cette créature odorante comme le bois, et j'aurais aimé Hypatie même si elle avait eu des formes de chimère, d'ichneumon, de céraste. »

C'est ainsi qu'Hypatie et Baudolino s'unirent, jusqu'au couchant, et quand ils furent désormais épuisés, ils restèrent allongés l'un près de l'autre, se caressant et s'appelant avec des noms très tendres, oublieux de tout ce qui les entourait.

Hypatie disait : « Mon âme s'en est allée tel un souffle de feu... Il me semble que je fais partie de la voûte étoilée... » Elle ne cessait d'explorer le corps de son aimé : « Comme tu es beau, Baudolino. Pourtant vous aussi les hommes vous êtes des monstres, badinait-elle. Tu as des jambes longues et blanches sans pelage et des pieds aussi grands que ceux de deux Sciapodes! Mais tu es beau quand même, davantage encore... » Et il lui baisait les yeux en silence.

« Elles ont aussi des jambes comme les tiennes les femmes des hommes? demandait-elle fâchée. Tu as... essayé l'extase à côté de créatures avec des jambes comme les tiennes?

— Parce que je ne savais pas que tu existais toi, mon amour.

— Je ne veux plus que tu regardes, plus jamais, les jambes des femmes des hommes. » Il lui baisait en silence les sabots.

L'obscurité tombait, et ils durent se quitter. « Je crois, murmura Hypatie en lui effleurant encore les lèvres, que je ne raconterai rien à mes compagnes. Sans doute ne comprendraient-elles pas, elles ne savent pas, elles, qu'il existe aussi cette manière de s'élever davantage encore. A demain, mon amour. Tu entends? Je t'appelle comme tu m'as appelée. Je t'attends. »

« Ainsi quelques mois ont-ils passé, les plus doux et les plus purs de ma vie. Je me rendais auprès d'elle chaque jour et, quand je ne pouvais pas, le féal Gavagaï nous servait de paranymphe. J'espérais que les Huns n'arriveraient jamais et que cette attente à Pndapetzim durerait jusqu'à ma mort, et au-delà. Je me sentais comme si j'avais défait la mort. »

Jusqu'au jour où, de nombreux mois plus tard, après s'être donnée avec l'ardeur de toujours, à peine se furent-ils calmés, Hypatie dit à Baudolino : « Il m'arrive quelque chose. Je sais ce que c'est, car j'ai entendu les confidences de mes compagnes à leur retour de la nuit avec les fécondateurs. Je crois avoir un enfant dans le ventre. »

Sur le coup, Baudolino fut seulement envahi d'une joie indicible, et il lui baisait ce ventre béni, de Dieu ou des Archontes, peu lui importait. Puis il s'inquiéta : Hypatie ne pourrait pas celer son état à la communauté, que ferait-elle ?

« J'avouerai la vérité à la Mère, dit-elle. Elle comprendra. Quelqu'un, quelque chose a voulu que ce que les autres font avec les fécondateurs, moi je le fasse avec toi. Cela a été juste, selon la part bonne de la nature. Elle ne pourra pas me faire de reproches.

— Mais tu seras gardée pendant neuf mois par la communauté, et ensuite je ne pourrai jamais voir la créature qui naîtra !

— Je viendrai ici encore longtemps. Il faut du temps avant que le ventre soit très enflé et que tous s'en aperçoivent. Nous ne nous verrons pas dans les derniers mois seulement, quand je dirai tout à la Mère. Et quant à la créature, si c'est un mâle, il te sera donné, si c'est une femelle, ça ne te regarde pas. Ainsi veut la nature.

— Ainsi veulent ce coyon de ton Démiurge et ces demi-chèvres avec qui tu vis ! hurla Baudolino hors de lui. La créature est à moi aussi, qu'elle soit fille ou garçon !

— Comme tu es beau Baudolino quand tu deviens furieux, même si on ne devrait jamais, dit-elle en lui baisant le nez.

— Mais tu te rends compte qu'après que tu auras accouché elles ne te laisseront plus jamais venir auprès de moi, de même que tes compagnes n'ont jamais revu leur fécondateur ? N'est-ce pas ainsi, selon vous, que veut nature ? »

Elle s'en était rendu compte juste à ce moment-là, et elle se mit à pleurer, avec de petits gémissements comme quand elle faisait l'amour, la tête repliée sur la poitrine de son homme, alors qu'elle lui serrait les bras et qu'il sentait contre lui son sein qui tressaillait. Baudolino la caressa, lui dit des mots très tendres à l'oreille et puis il lui fit l'unique proposition qui lui semblait sensée : Hypatie s'enfuirait avec lui. Devant son regard effrayé, il lui dit que ce faisant elle ne trahirait pas sa communauté. Simplement on lui avait conféré un privilège différent, et différent devenait son devoir. Lui il l'emporterait dans un royaume lointain, et là elle créerait une nouvelle colonie d'Hypaties, elle rendrait simplement plus féconde la semence de leur mère lointaine, elle porterait ailleurs son message, sauf que lui il vivrait à côté d'elle et trouverait une nouvelle colonie de fécondateurs, sous forme d'homme comme serait probablement le fruit de leurs entrailles. En t'enfuyant tu ne fais pas de mal, lui disait-il, au contraire tu diffuses le bien...

« Alors je demanderai la permission à la Mère.

— Attends, je ne sais pas encore de quelle pâte est faite cette Mère. Laisse-moi penser, nous irons ensemble auprès d'elle, je saurai la convaincre, donne-moi quelques jours pour que j'invente la manière juste.

— Mon amour, je ne veux pas ne plus te voir, sanglotait à présent Hypatie. Je fais ce que tu veux, je passerai pour une femme des hommes, je viendrai avec toi dans la ville nouvelle dont tu m'as parlé, je me comporterai comme les chrétiens, je dirai que Dieu a eu un fils mort sur la croix, si toi tu n'es plus là je ne veux plus être une Hypatie !

— Sois calme, amour. Tu verras que je trouverai une solution. J'ai fait devenir Charlemagne saint, j'ai retrouvé les Mages, je saurai garder mon épouse !

— Epouse ? Qu'est-ce que c'est ?

— Par la suite, je te l'enseignerai. A présent va, qu'il est tard. A demain notre revoir. »

« Il n'y a plus eu un demain, seigneur Nicétas. A mon retour à Pndapetzim, tous venaient à ma rencontre, et me cherchaient depuis des heures. Il n'y avait aucun doute : les Huns blancs arrivaient, on pouvait apercevoir à l'extrême horizon le nuage de poussière que levaient leurs chevaux. Ils parviendraient à l'orée de la plaine des fougères aux premières lueurs de l'aube. Il ne restait donc que peu d'heures pour préparer la défense. Aussitôt je suis allé chez le Diacre, pour lui annoncer que j'assumais le commandement de ses sujets. Trop tard. Ces mois d'attente spasmodique de la bataille, l'effort qu'il avait fait pour pouvoir rester debout et participer à l'entreprise, peut-être aussi la nouvelle sève que j'avais infusée dans ses veines avec mes récits, accélérèrent sa fin. Je n'ai pas eu peur de demeurer auprès de lui lorsqu'il rendait son dernier souffle, au contraire je lui ai serré la main tandis qu'il me saluait et me souhaitait la victoire. Il m'a dit que, si j'étais vainqueur, je pourrais peut-être rejoindre le royaume de son père, et donc il m'implorait de lui rendre un ultime service. A peine expirerait-il que ses deux acolytes voilés prépareraient son cadavre comme si c'était celui d'un Prêtre, oignant son corps avec ces huiles qui empreindraient son image sur le lin où on l'envelopperait. Qu'il portât au Prêtre ce portrait, et pour pâle qu'il y apparût, il se montrerait à son père adoptif moins défait qu'il n'était. Il a expiré peu après, et les deux acolytes ont fait ce qu'il fallait faire. Ils disaient que le drap prendrait plusieurs heures pour s'imprégner de ses traits, et qu'ensuite ils l'enrouleraient pour le placer dans un étui. Ils me suggéraient timidement d'informer les Eunuques de la mort du Diacre. J'ai résolu de ne pas le faire. Le Diacre m'avait investi du commandement et c'est à ce seul prix que les Eunuques n'oseraient pas me désobéir. J'avais besoin qu'eux aussi collaborassent de quelque manière à la guerre, en préparant dans la ville l'accueil pour les blessés. S'ils avaient aussitôt appris la disparition du Diacre, ils auraient au moins troublé l'esprit des combattants en répandant la funeste nouvelle, et en les distrayant avec les rites funèbres. Au plus, perfides comme ils l'étaient, ils auraient sans doute pris sur-le-champ le pouvoir suprême et auraient également bouleversé tous les plans de défense du Poète. Allons à la guerre, me suis-je dit. Même si j'avais toujours été homme de paix, maintenant il s'agissait de défendre la créature qui allait naître. »

35

Baudolino contre les Huns blancs

LE PLAN, ILS L'AVAIENT ÉTUDIÉ depuis des mois, dans les moindres détails. Si le Poète s'était montré, en entraînant ses troupes, un bon capitaine, Baudolino avait révélé des dons de stratège. Dès les abords de la ville s'élevait la plus haute de ces collines semblables à des amoncellements de crème fouettée, qu'ils avaient vues à leur arrivée. De là-haut on dominait toute la plaine, jusqu'aux montagnes d'un côté, et au-delà de l'étendue des fougères. D'ici, Baudolino et le Poète dirigeraient les mouvements de leurs guerriers. A côté d'eux, un détachement choisi de Sciapodes, instruit par Gavagaï, permettrait des communications très rapides avec les différentes escouades.

Les Ponces, disséminés en divers points de la plaine, seraient prêts à capter, avec leur très sensible appendice ventral, les déplacements de l'adversaire et à faire, comme il était convenu, des signaux de fumée.

Devant tous, presque aux confins extrêmes de la plaine des fougères, devaient attendre les Sciapodes, sous le commandement du Porcelli, prêts à émerger soudain face aux envahisseurs, avec leurs busiels et les dards empoisonnés. Une fois les colonnes des ennemis bouleversées par ce premier impact, derrière les Sciapodes surgiraient les Géants, menés par Alera-

477

mo Scaccabarozzi dit le Ciula, qui feraient un massacre de leurs chevaux. Mais, recommandait le Poète, tant qu'ils ne recevraient pas l'ordre d'entrer en action, ils devaient se déplacer à quatre pattes.

Si une partie des ennemis dépassait le barrage des Géants, alors, depuis les côtés opposés de la plaine, devaient entrer en action, d'une part les Pygmées conduits par le Boïdi et d'autre part les Blemmyes conduits par le Cuttica. Poussés vers le côté opposé par le nuage de flèches décochées par les Pygmées, les Huns se dirigeraient vers les Blemmyes et, avant que ceux-ci fussent découverts au milieu de l'herbe, ils pourraient glisser sous leurs chevaux.

Aucun, cependant, ne devait trop risquer. Ils devaient infliger des pertes sévères à l'ennemi, mais en limitant au maximum les leurs. En effet, le véritable nerf de la stratégie était les Nubiens, en position de combat au centre de la plaine. Les Huns franchiraient certainement les premiers heurts, mais ils arriveraient devant les Nubiens déjà en nombre réduit, couverts de blessures, et leurs chevaux ne pourraient plus se mouvoir trop vite dans ces herbes hautes. C'est là que les belliqueux circoncellions seraient prêts, avec leurs massues mortifères et leur légendaire mépris du danger.

« D'accord, mords et te sauve, disait le Boïdi, la vraie barrière infranchissable sera ces braves circoncellions.

— Et vous, recommandait le Poète, après que les Huns sont passés, vous devez aussitôt rassembler les vôtres et les disposer en un demi-cercle long au moins d'un demi-mille. Ainsi, si l'ennemi recourait à cet artifice puéril de feindre la fuite pour encercler ensuite les poursuivants, voilà que ce sera vous qui les serrerez entre vos pinces, alors qu'ils se précipitent juste dans vos bras. Surtout, qu'aucun d'eux ne reste en vie. Un ennemi vaincu, s'il survit, trame tôt ou tard une vengeance. Et si enfin quelques rescapés réussissaient à vous échapper à vous et aux Nubiens, et à marcher sur la ville, voilà que les Panoties sont prêts à leur voler sus, et avec une telle surprise aucun ennemi ne pourrait résister. »

La stratégie ayant été dessinée de manière que rien ne fût laissé au hasard, la nuit voici se presser les cohortes au centre de

478

la ville et se mettre en marche vers la plaine à la lumière des premières étoiles, tout un chacun précédé par ses propres prêtres et chantant dans sa propre langue le Pater Noster, avec un majestueux effet sonore qu'on n'avait jamais entendu, pas même à Rome dans la plus solennelle des processions :

Mael nio, kui vai o les zeal, aepseno lezai tio mita. Veze lezai tio tsaeleda.

O fat obas, kel binol in süs, paisalidumöz nemola. Komömöd monargän ola.

Pat isel, ka bi ni sieloes. Nom al zi bi santed. Klol alzi komi.

O baderus noderus, ki du esso in seluma, fakdade sankadus hanominanda duus, adfenade ha rennanda duus.

Amy Pornio dan chin Orhnio viey, gnayjorhe sai lory, eyfodere sai bagalin, johre dai domion.

Hai coba ggia rild dad, ha babi io sgymta, ha salta io velca...

A la fin défilèrent les Blemmyes, tandis que Baudolino et le Poète s'interrogeaient sur leur retard. Quand ils arrivèrent, chacun portait sur ses épaules, attaché sous les aisselles, un montage de roseaux au sommet duquel était placée une tête d'oiseau. Avec orgueil, Ardzrouni dit que c'était là sa dernière invention. Les Huns verraient une tête, ils la viseraient, et les Blemmyes leur tomberaient dessus, sains et saufs, en quelques secondes. Baudolino dit que l'idée était bonne, mais qu'ils se hâtassent, car ils n'avaient qu'une poignée d'heures pour rejoindre leurs positions. Les Blemmyes ne paraissaient pas embarrassés d'avoir acquis une tête, ils se pavanaient même comme s'ils portaient un chapeau de fer empanaché.

Baudolino et le Poète, accompagnés d'Ardzrouni, gravirent le relief d'où ils devaient diriger la bataille, et ils attendirent l'aurore. Ils avaient envoyé Gavagaï en première ligne, prêt à les mettre au courant de ce qui arrivait. Le brave Sciapode courut à son poste de combat, au cri de « Vive les très saints Mages, vive Pndapetzim! »

Les montagnes vers l'orient s'illuminaient déjà aux premiers rayons du soleil, quand un filet de fumée, alimenté par les vigilants Ponces, avertit que les Huns allaient apparaître à l'horizon.

Et en effet ils apparurent, sur une longue ligne frontale, si bien que de loin on eût dit qu'ils n'avançaient jamais, mais ondoyaient ou tressaillaient, un temps qui sembla à tous très long. On se rendait compte qu'ils allaient de l'avant car peu à peu on n'apercevait plus les pattes de leurs chevaux, déjà couvertes par les fougères pour qui observait de loin, jusqu'au moment où ils furent à une courte distance des rangs cachés des premiers Sciapodes, et on s'attendait, dans un court laps de temps, à voir ces braves monopodes se montrer à découvert. Mais le temps s'écoulait, les Huns s'avançaient dans la prairie, et on sentait que là-bas se passait quelque chose d'étrange.

Alors que les Huns étaient désormais parfaitement visibles, et que les Sciapodes ne donnaient pas encore signe de vie, on crut apercevoir les Géants qui, plus tôt que prévu, se dressaient, émergeant énormes de la végétation mais, au lieu d'affronter les ennemis, ils se jetaient entre les herbes, engagés dans une lutte avec ceux qui devaient être les Sciapodes. Baudolino et le Poète, de loin, ne pouvaient pas bien saisir ce qui advenait, mais il fut possible de reconstituer les phases de la bataille pas à pas, grâce au courageux Gavagaï qui faisait comme l'éclair la navette d'un bout à l'autre de la plaine. Par instinct atavique, quand se lève le soleil le Sciapode est poussé à s'allonger et à abriter sa tête sous son pied. Ainsi avaient fait les guerriers de leur troupe d'assaut. Les Géants, même sans être trop vifs de la comprennette, avaient senti que quelque chose n'allait pas dans le bon sens, et ils s'étaient mis à les solliciter mais, selon leur habitude hérétique ils les appelaient omoousiastes de merde, excréments d'Arius.

« Sciapode bon et fidèle, se désespérait Gavagaï en donnant ces nouvelles, il est courageux pas vil, mais ne peut supporter insulte d'hérétique mangefromage, toi chercher à comprendre! » Bref, d'abord avait commencé une rapide empoignade théologique verbale, puis un échange de coups à mains nues, et les Géants avaient eu assez vite le dessus. Aleramo Scaccabarozzi dit le Ciula avait tenté de détourner ses monocles de cette confrontation insensée, mais ces derniers avaient perdu l'usage de la raison et ils l'éloignaient à coups de pognes à le faire voler dix mètres plus loin. Ainsi ne s'étaient-ils pas rendu compte que les Huns se trouvaient maintenant sur eux, et un massacre s'était ensuivi. Tombaient les Sciapodes et tombaient les Géants, même si certains de ces derniers essayaient de se défendre en saisissant un Sciapode par le pied et en s'en servant, mais en vain, de massue. Le Porcelli et le Scaccabarozzi s'étaient jetés dans la mêlée pour ranimer chacun ses propres troupes, mais ils avaient été cernés par les Huns. Ils s'étaient défendus en braves, faisant tournoyer leurs épées, mais bien vite cent flèches les avaient transpercés.

On voyait à présent les Huns s'ouvrir un chemin, écrasant les herbes, entre les victimes de leur carnage. Le Boïdi et le Cuttica, des deux côtés de la plaine, ne parvenaient pas à comprendre ce qui se passait, et il fut nécessaire de leur envoyer Gavagaï afin qu'ils avançassent l'intervention latérale des Blemmyes et des Pygmées. Les Huns se trouverent attaqués sur leurs deux flancs, mais ils eurent une idée admirable : leur avant-garde poursuivit au-delà des troupes tombées, Sciapodes et Géants, l'arrière-garde se retira, et voilà que les Pygmées d'un côté et les Blemmyes de l'autre en arrivèrent à se courir sus. Les Pygmées, voyant ces têtes de volatile qui pointaient hors des herbasses, ignorants de l'artifice d'Ardzrouni, s'étaient écriés : « Les grues, les grues! » et, croyant devoir affronter leur ennemi millénaire, ils avaient oublié les Huns et couvert de flèches la troupe des Blemmyes. Les Blemmyes à présent se défendaient contre les Pygmées et, croyant à une trahison, ils hurlaient : « Mort à l'hérétique! » Les Pygmées crurent à une trahison des Blemmyes et, comme ils s'entendaient taxer d'hérésie, s'estimant les seuls et uniques gardiens de la vraie foi, ils hurlaient à leur tour : « Tuons le fantasiaste! » Les Huns fondirent sur cette mêlée et ils frappaient à mort, un par un, leurs ennemis, tandis que ces derniers se frappaient entre eux. Gavagaï rapportait maintenant qu'il avait vu le Cuttica chercher à arrêter les ennemis tout seul. Et puis, accablé par le nombre, il était tombé emporté par leurs chevaux.

Le Boïdi, à la vue de l'ami qui mourait, jugea perdues les deux troupes, sauta à cheval et chercha à se porter vers la barrière nubienne pour l'alerter, mais les fougères arrêtaient sa course, comme du reste elles rendaient difficile la progression des ennemis. Le Boïdi rejoignit avec peine les Nubiens, se mit derrière eux, et il les incita à marcher, compacts, sur les Huns. Mais sitôt qu'ils trouvèrent ceux-ci en face d'eux, assoiffés de sang, ces damnés de circoncellions suivirent leur nature, autrement dit leur propension naturelle au martyre. Ils pensèrent que le moment sublime du sacrifice était venu, et mieux valait le devancer. Ils se jetèrent l'un après l'autre à genoux en implorant : « Tue-moi, tue-moi ! » Les Huns n'en crurent pas leurs oreilles, ils dégainèrent des épées courtes et affilées, et ils se mirent à trancher les têtes des circoncellions, qui se pressaient autour d'eux en tendant le cou et en invoquant le lavement purificateur.

Le Boïdi, levant les poings au ciel, prit la fuite en filant vers la colline, et il y arriva juste avant que la plaine s'incendiât.

En effet, Boron et Kyot, depuis la ville, avertis du danger, avaient pensé utiliser les chèvres qu'Ardzrouni avait préparées pour son stratagème, inutile en plein jour. Ils avaient fait aiguillonner par les Sans-Langue des centaines d'animaux, les cornes en feu dans la plaine. La saison était avancée, les herbes déjà assez sèches, qui prirent feu en un instant. La mer d'herbe se changeait en une mer de flammes. Sans doute Boron et Kyot avaient-ils pensé que les flammes se limiteraient à tracer une barrière, ou repousseraient la cavalerie ennemie, mais ils n'avaient pas calculé la direction du vent. Le feu prenait de plus en plus de vigueur, mais il se répandait vers la ville. Cela certainement favorisait les Huns, qui n'avaient qu'à attendre que les herbes brûlent, que les cendres se refroidissent, et ils auraient la voie libre pour le galop final. Mais en tout cas il arrêtait au moins pour une heure leur avancée. Les Huns cependant savaient qu'ils avaient du temps. Ils se limitèrent à se placer à la lisière de l'incendie et, en levant leurs arcs au ciel, ils décochaient tant de flèches qu'ils en obscurcissaient le soleil pour les faire tomber au-delà de la barrière, sans savoir encore si d'autres ennemis les attendaient.

Une flèche piqua d'en haut en sifflant et s'enfila dans le cou d'Ardzrouni, qui chut à terre dans un sanglot étranglé, perdant du sang par la bouche. En cherchant de porter ses mains à son cou pour arracher la flèche, il vit qu'elles étaient en train de se recouvrir de taches blanchâtres. Baudolino et le Poète se penchèrent sur lui et lui murmurèrent qu'il arrivait la même chose à son visage. « Tu vois que Solomon avait raison, lui disait le Poète, il existait un remède. Les flèches des Huns sont peut-être trempées dans un poison qui pour toi est une panacée, et dissout l'effet de ces pierres noires.

— Que m'importe si je meurs blanc ou noir », souffla Ardzrouni dans un râle, et il mourut, d'une couleur encore incertaine. Mais d'autres flèches tombaient maintenant, drues et serrées, il fallait abandonner la colline. Ils s'enfuirent vers la ville, avec le Poète pétrifié qui disait : « C'est fini, j'ai joué un royaume. Il ne faut pas trop attendre de la résistance des Panoties. Nous ne pouvons qu'espérer dans le temps que nous octroient les flammes. Rassemblons nos affaires et fuyons. A l'occident la voie est encore libre. »

En cet instant, Baudolino n'eut qu'une seule pensée. Les Huns entreraient dans Pndapetzim, la détruiraient, mais leur course forcenée ne s'arrêterait pas là, ils pousseraient jusqu'au lac, ils envahiraient le bois des Hypaties. Il devait les précéder. Mais il ne pouvait pas abandonner ses amis, il fallait les retrouver, rassembler leurs affaires, quelques provisions, se préparer à une longue fuite. « Gavagaï, Gavagaï! cria-t-il, et aussitôt il vit son féal à ses côtés. Cours au lac, trouve Hypatie, je ne sais pas comment tu feras mais trouve-la, dis-lui de se tenir prête, j'arrive et la sauve!

— Je il sait pas comment il fait, mais moi il trouve elle », dit le Sciapode, et il fila comme l'éclair.

Baudolino et le Poète entrèrent dans la ville. La nouvelle de la défaite y était maintenant parvenue, les femmes de toute race, avec leurs petits dans les bras, couraient sans but dans les rues. Les Panoties, terrorisés, pensant désormais savoir voler, s'élançaient dans le vide. Mais ils avaient été éduqués à planer

483

vers le bas, pas à planer dans le ciel, et ils se retrouvaient aussitôt par terre. Ceux qui cherchaient en vain de battre des oreilles pour se déplacer dans l'air, tombaient, épuisés, et s'écrasaient sur les roches. Ils trouvèrent Colandrino, désespéré de l'insuccès de son entraînement, Solomon, Boron et Kyot, qui s'enquirent des autres. « Ils sont morts, paix à leur âme, dit avec rage le Poète. Vite, aux héberges, cria Baudolino, et puis à l'occident! »

Arrivés à leurs logements, ils recueillirent tout ce qu'ils pouvaient. En descendant en toute hâte, devant la tour ils virent un va-et-vient d'Eunuques, qui chargeaient leurs biens sur des mulets. Praxeas les affronta, livide : « Le Diacre est mort, et toi tu le savais, dit-il à Baudolino.

— Mort ou vif, tu te serais enfui de même.

— Nous, nous allons. Arrivés à la gorge, nous ferons se précipiter l'avalanche, et la route vers le royaume du Prêtre sera fermée à jamais. Vous voulez venir avec nous? Vous devrez cependant vous soumettre à nos conditions. »

Baudolino ne lui demanda pas même quelles étaient les conditions. « Mais que m'importe à moi ton maudit Prêtre Jean, hurla-t-il, j'ai bien d'autres choses à quoi penser! Allons, mes amis! »

Les autres restèrent interdits. Puis Boron et Kyot admirent que leur véritable but était toujours de retrouver Zosime avec le Gradale, et Zosime, au royaume, il n'était certes pas encore arrivé et n'arriverait plus jamais; Colandrino et le Boïdi dirent qu'avec Baudolino ils étaient venus et qu'avec lui ils s'en retourneraient; Solomon observa que ses dix tribus pouvaient être aussi bien au-deçà qu'au-delà de ces montagnes et donc pour lui toute direction était la bonne. Le Poète ne parlait pas, il paraissait avoir perdu toute volonté, et il échut à quelqu'un de prendre la bride de son cheval pour l'entraîner.

Tandis qu'ils étaient sur le point de s'enfuir, Baudolino vit venir vers lui un des deux acolytes voilés du Diacre. Il portait un étui : « C'est le drap avec ses traits, dit-il. Il voulait que tu l'aies toi. Fais-en bon usage.

— Vous fuyez vous aussi? »

Le voilé dit : « Ou ici ou là-bas, si un là-bas il y a, pour nous

484

ce sera égal. Le sort de notre seigneur nous attend. Nous resterons ici et nous empesterons les Huns. »

A peine hors de la ville, Baudolino eut une vision atroce. Vers les collines bleues fulguraient des flammes. D'une façon ou d'une autre, une partie des Huns avait commencé à contourner dès le matin, en employant plusieurs heures, le lieu de la bataille, et était déjà arrivée au lac.

« Vite, criait Baudolino désespéré, tous là-bas, au galop ! » Les autres ne comprenaient pas. « Pourquoi là-bas, si eux y sont déjà ? demandait le Boïdi. Plutôt par ici, peut-être l'unique passage qui nous reste est au sud.

— Faites ce que vous voulez, moi j'y vais », hurla Baudolino hors de lui. « Il est devenu fou, suivons-le pour qu'il ne se fasse pas du mal », implorait Colandrino.

Mais Baudolino les avait désormais distancés de beaucoup, et en invoquant le nom d'Hypatie il allait vers une mort certaine.

Il s'arrêta après une demi-heure de galop furibond, en apercevant une silhouette rapide qui venait à sa rencontre. C'était Gavagaï.

« Toi il soit tranquille, lui dit-il. Moi il a vu elle. Maintenant elle est sauve. » Cette belle nouvelle devait bien vite se transformer en source de désespoir, car voici ce que disait Gavagaï : les Hypaties avaient été averties à temps de l'arrivée des Huns, et précisément par les Satyres, qui étaient descendus de leurs collines, les avaient rassemblées, et quand Gavagaï était arrivé ils les emmenaient déjà avec eux, les conduisant là-haut, pardelà les montagnes, où eux seuls savaient comment se déplacer et les Huns ne réussiraient jamais à arriver. Hypatie avait attendu la dernière, avec ses compagnes qui la tiraient par les bras, pour avoir des nouvelles de Baudolino, et elle ne voulait pas partir avant de savoir quelque chose sur son sort. A entendre le message de Gavagaï, elle s'était calmée, en souriant au milieu de ses larmes elle lui avait dit de le saluer, en tremblant elle l'avait chargé de lui dire qu'il s'enfuît, car sa vie était en danger, elle lui avait laissé son dernier message en sanglotant : elle l'aimait, et ils ne se reverraient plus jamais.

Baudolino lui demanda s'il était fou, il ne pouvait laisser aller Hypatie sur les montagnes, il voulait la prendre avec lui. Mais Gavagaï lui dit que désormais il était tard, qu'avant qu'il n'arrivât là-bas, où d'ailleurs désormais couraient de long en large, souverains, les Huns, les Hypaties seraient déjà qui sait où. Et puis, passant outre au respect pour un des Mages, lui posant une main sur le bras, il lui répéta le dernier message d'Hypatie : elle l'aurait même attendu, mais son devoir premier était de protéger leur créature : « Elle a dit : moi à jamais j'a une créature qui rappelle à moi Baudolino. » Puis, le regardant de bas en haut : « Tu il a fait créature avec cette femelle?

— Ce ne sont pas tes affaires », lui avait dit, ingrat, Baudolino. Gavagaï s'était tu.

Baudolino hésitait encore, quand ses compagnons le rejoignirent. Il se rendit compte qu'à eux il ne pouvait rien expliquer, rien qu'ils pussent comprendre. Puis il chercha de se convaincre. Tout était si raisonnable : le bois était maintenant terre de conquête, les Hypaties avaient par bonheur atteint les escarpements où se trouvait leur salut, Hypatie avait justement sacrifié son amour pour Baudolino à l'amour pour cette chose à naître qu'il lui avait donnée. Tout était à la fois si déchirant, si sensé, et il n'y avait pas d'autre choix possible.

« J'étais pourtant averti, seigneur Nicétas, que le Démiurge n'avait fait les choses qu'à moitié. »

36

Baudolino et les oiseaux Roq

« PAUVRE, INFORTUNÉ BAUDOLINO », dit Nicétas ému à en oublier de goûter à la tête de porc, bouillie avec du sel, des oignons et de l'ail, que Théophylacte avait conservée durant tout l'hiver dans un tonnelet d'eau de mer. « Encore une fois, chaque fois qu'il t'arrivait de te passionner pour une chose vraie, le sort te punissait.

— A partir de ce soir-là, nous avons chevauché pendant trois jours et pendant trois nuits, sans nous arrêter, ni manger ni boire. J'ai su après que mes amis déployèrent des prodiges d'astuce pour éviter les Huns, qu'on pouvait rencontrer partout sur des milles et des milles à la ronde. Je me laissais conduire. Je les suivais, et je pensais à Hypatie. Il est juste, me disais-je, qu'il en soit allé ainsi. Aurais-je vraiment pu l'emmener avec moi? Se serait-elle habituée à un monde inconnu, soustraite à l'innocence du bois, à la tiédeur familiale de ses rites et à la société de ses sœurs? Aurait-elle renoncé à être une élue, appelée à racheter la divinité? Je l'aurais changée en une esclave, en une malheureuse. Et puis, je ne lui avais jamais demandé quel âge elle pouvait avoir, mais sans doute aurait-elle pu être deux fois ma fille. Quand j'ai abandonné Pndapetzim j'avais, je crois, cinquante-cinq ans. Je lui étais apparu jeune et vigoureux parce que j'étais le premier homme qu'elle voyait, mais en vérité je m'acheminais vers la vieillesse. J'aurais pu lui donner très peu, en lui enlevant tout. Je cherchais à me convaincre que les choses étaient allées comme elles devaient aller : de manière à me rendre malheureux à jamais. Si j'acceptais cela, peut-être aurais-je trouvé ma paix.

— Tu n'as pas été tenté de revenir en arrière?

— Chaque instant, après ces trois premiers jours sans mémoire. Mais nous avions perdu notre route. La direction que nous avions prise n'était pas celle d'où nous étions venus, nous avions fait d'infinis tours et détours, et franchi trois fois la même montagne, ou peut-être étaient-ce trois montagnes différentes, mais nous n'étions plus en mesure de les distinguer. Le soleil ne suffisait pas pour trouver une orientation, et nous n'avions avec nous ni Ardzrouni ni sa carte. Peut-être avions-nous fait le tour de ce grand mont qui occupait la moitié du tabernacle, et étions-nous de l'autre côté de la terre. Puis nous restâmes sans chevaux. Les pauvres bêtes étaient avec nous depuis le début du voyage, et elles avaient vieilli avec nous. Nous ne nous en étions pas rendu compte, car à Pndapetzim il n'existait pas d'autres chevaux à qui les comparer. Ces trois derniers jours de fuite précipitée nous les avions exténués. Petit à petit ils moururent, et ce fut pour nous presque une grâce, parce qu'ils eurent toujours le bon sens de nous quitter, l'un après l'autre, dans des endroits où on ne trouvait pas de nourriture, et nous mangions leurs chairs, ce peu qui était resté collé aux os. Nous poursuivions à pied, et avec des pieds couverts de plaies, le seul qui ne se plaignait pas était Gavagaï, qui n'avait jamais eu besoin de chevaux, et sur la plante de son pied il avait un cal de deux doigts de haut. Nous mangions vraiment des locustes, et sans miel, à la différence des saints pères. Et puis nous avons perdu Colandrino.

— Précisément le plus jeune...

— Le plus inexpert d'entre nous. Il cherchait de la nourriture entre les rochers, il a mis la main dans une anfractuosité traîtresse, il a été mordu par un serpent. Il a eu à peine la force de me saluer, et de me murmurer de rester fidèle au souvenir de sa sœur aimée, de mon épouse très aimée, de façon que moi au moins je la fasse vivre dans ma mémoire. J'avais oublié Colandrina, et encore une fois je me suis senti adultère et félon, envers Colandrina et envers Colandrino.

— Et puis?

— Puis tout devient noir. Seigneur Nicétas, je suis parti de Pndapetzim, selon mes calculs, pendant l'été de l'année du Seigneur 1197. Je suis arrivé ici à Constantinople au mois de janvier passé. Au milieu, il y a donc eu six ans et demi de vide, vide de mon esprit et peut-être vide du monde.

— Six ans à errer dans les déserts?

— Un an, peut-être deux, qui aurait pu tenir le compte du temps? Après la mort de Colandrino, peut-être des mois après, nous nous sommes retrouvés au pied de certaines montagnes que nous ne savions comment escalader. Des douze que nous étions au départ, nous étions restés six, six hommes et un Sciapode. Haillonneux, amaigris, brûlés par le soleil, il ne nous restait que nos mains et nos bissacs. Nous nous sommes dit que nous étions sans doute arrivés au terme de notre voyage, qu'il nous revenait de mourir là. Soudain nous avons vu se diriger vers nous une troupe d'hommes à cheval. Ils étaient somptueusement vêtus, ils avaient des armes luisantes, un corps humain et des têtes de chien.

— C'étaient des Cynocéphales. Donc ils existent.

— Aussi vrai que Dieu. Ils nous ont interrogés en émettant des aboiements, nous ne comprenions pas; celui qui avait l'air du chef a souri – peut-être était-ce un sourire, ou un grondement, qui lui découvrait des canines affûtées, il a donné un ordre aux siens, et ceux-ci nous ont attachés, en file. Ils nous ont fait traverser la montagne par un sentier connu d'eux; ensuite, après quelques heures de marche, nous sommes descendus dans une vallée qu'entourait de toute part un autre mont très haut, avec une forteresse puissante au-dessus de laquelle tournoyaient des oiseaux rapaces qui, même de loin, paraissaient énormes. Je me suis rappelé l'ancienne description d'Abdul, et j'ai reconnu la forteresse d'Aloadin. »

C'était ça. Les Cynocéphales les firent monter par de fort sinueux escaliers creusés dans la pierre jusqu'à cet imprenable refuge et ils les introduisirent dans le château, presque aussi grand qu'une ville, où, entre tours et donjons, on entrevoyait des jardins suspendus et des boyaux fermés par des grilles robustes. Ils furent pris en charge par d'autres Cynocéphales armés de fouets. En parcourant un couloir, Baudolino vit en raccourci par une fenêtre une sorte de cour entre des murs très hauts où languissaient enchaînés de nombreux jouvenceaux, et il se souvint de la manière dont Aloadin éduquait au crime ses sicaires, les ensorcelant avec le miel vert. Introduits dans une salle somptueuse, ils virent, assis sur des coussins brodés, un vieux qui semblait avoir cent ans, barbe blanche, sourcils noirs et regard sombre. Déjà vivant et puissant quand il avait capturé Abdul, presque un demi-siècle avant, Aloadin était encore là, à gouverner ses esclaves.

Il les regarda avec mépris, d'évidence il s'apercevait que ces malheureux n'étaient pas bons à enrôler parmi ses jeunes assassins. Il ne leur adressa même pas la parole. Il fit un geste ennuyé à l'un de ses serviteurs, comme pour dire : faites-en ce qu'il vous plaira. Il fut intrigué seulement en voyant derrière eux le Sciapode. Il le fit bouger, l'invita par des gestes à dresser son pied sur sa tête, il rit. Les six hommes furent emmenés, et Gavagaï resta auprès de lui.

Ainsi débuta la très longue captivité de Baudolino, Boron, Kyot, Rabbi Solomon, du Boïdi et du Poète, perpétuellement avec une chaîne aux pieds, qui se terminait par un boulet de pierre, employés à des travaux serviles, tantôt à laver les carreaux des pavements et des parois, tantôt à tourner les meules des pressoirs, tantôt encore chargés d'apporter des quartiers de mouton aux oiseaux Roq.

« C'étaient, expliquait Baudolino à Nicétas, des bêtes volantes grandes comme dix aigles mis ensemble, avec un bec crochu et coupant, grâce auquel ils pouvaient en quelques instants décharner un bœuf. Leurs pattes avaient des serres semblables aux éperons d'un navire de bataille. Ils vaguaient inquiets dans une vaste cage placée sur un donjon, prêts à attaquer quiconque, sauf un eunuque qui paraissait parler leur langage, et il les surveillait en déambulant parmi eux comme s'il se trouvait au milieu des poulets de son poulailler. Il était aussi le seul qui pût les envoyer comme messagers d'Aloadin : à l'un d'eux, il plaçait, au cou et sur le dos, des courroies solides qu'il faisait passer sous les ailes, et à celles-là il attachait un panier, ou un autre poids, ensuite il ouvrait une sorte de sarrasine, donnait un ordre et l'oiseau ainsi harnaché, et celui-là seul, s'envolait du donjon et disparaissait dans le ciel. Nous en vîmes aussi revenir, l'eunuque les faisait rentrer, et il détachait de leur bât un sac ou un cylindre de métal qui contenait évidemment un message pour le seigneur du lieu. »

D'autres fois, les prisonniers passaient des jours et des jours dans l'oisiveté, parce qu'il n'y avait rien à faire ; parfois ils étaient chargés de servir l'eunuque qui apportait le miel vert aux jeunes enchaînés, et ils étaient saisis d'horreur en voyant leurs visages minés par le songe qui les consumait. Si ce n'était un songe, un subtil ennui toutefois ravageait nos prisonniers, qui trompaient le temps en se racontant continuellement les événements passés. Ils se rappelaient Paris, Alexandrie, le gai marché de Gallipoli, le séjour serein auprès des gymnosophistes. Ils parlaient de la lettre du Prêtre, et le Poète, chaque jour plus sombre, semblait répéter les paroles du Diacre comme s'il les avait entendues : « Le doute qui me ronge, c'est qu'il n'y ait point de royaume. Qui nous en a parlé, à Pndapetzim ? Les Eunuques. Auprès de qui revenaient les messagers qu'eux envoyaient au Prêtre ? Auprès d'eux, auprès des Eunuques. Et ces messagers étaient-ils vraiment partis ? Sont-ils vraiment revenus ? Le Diacre n'avait jamais vu son père. Tout ce que nous avons appris, nous l'avons appris par les Eunuques. Peut-être était-ce tout un complot des Eunuques, qui se moquaient du Diacre, de nous, et du dernier Nubien ou du dernier Sciapode. Parfois je me demande si les Huns blancs aussi ont existé... » Baudolino lui disait de se rappeler leurs compagnons morts dans la bataille, mais le Poète secouait la tête. Plutôt que se répéter à lui-même qu'il avait été vaincu, il préférait croire avoir été la victime d'un charme.

Puis ils repensaient au jour de la mort de Frédéric, et chaque fois ils inventaient une nouvelle explication pour trouver une raison à cette mort inexplicable. Le coupable, Zosime, c'était clair. Non, Zosime avait volé le Gradale, mais après seulement; quelqu'un, en espérant s'approprier le Gradale, avait agi avant. Ardzrouni? Et qui pouvait le savoir? Un de leurs compagnons disparus? Quelle pensée atroce. L'un d'eux, l'un des survivants? Mais dans pareille disgrâce, disait Baudolino, devons-nous aussi endurer les tourments du soupçon réciproque?

« Tant que nous voyagions, excités par la découverte du royaume du Prêtre, nous n'étions pas saisis par ces doutes; chacun aidait l'autre dans un esprit d'amitié. C'était la captivité qui nous rendait hargneux, nous ne pouvions nous regarder en face les uns les autres, et pendant des années nous nous sommes haïs à tour de rôle. Je vivais retiré en moi-même. Je pensais à Hypatie, mais je ne réussissais pas à me rappeler son visage, je me rappelais seulement la joie qu'elle me donnait; la nuit, il m'arrivait d'avancer des mains inquiètes sur les poils de mon pubis, et je rêvais de toucher sa toison qui sentait la mousse. Je pouvais m'exciter car, si notre esprit déclinait en extravaguant, notre corps se rétablissait graduellement des effets de notre pérégrination. Là-haut, on ne nous nourrissait pas mal, nous mangions en abondance deux fois par jour. Sans doute était-ce la façon dont Aloadin, qui ne nous admettait pas aux mystères de son miel vert, nous tenait tranquilles. En effet, nous avions repris de la vigueur mais, malgré les durs travaux auxquels nous devions nous plier, nous engraissions. Je regardais mon ventre proéminent et je me disais : tu es beau Baudolino, ils sont tous beaux comme toi les hommes? Puis je riais comme un abruti. »

Les seuls moments de consolation étaient ceux où Gavagaï leur rendait visite. Leur excellent ami était devenu le bouffon d'Aloadin, il le divertissait avec ses gestes inopinés, il lui rendait de petits services en volant à travers salles et couloirs pour porter ses ordres, il avait appris la langue sarrasine, il jouissait d'une grande liberté. Il apportait à ses amis quelques gourmandises des cuisines du seigneur, il les tenait informés des événements de la forteresse, des luttes sourdes entre les eunuques pour s'assurer la faveur du maître, des missions homicides qu'on ordonnait aux jeunes hallucinés.

Un jour, il avait donné du miel vert à Baudolino, mais peu,

492

disait-il, sinon il en serait réduit à l'état de ces bêtes assassines. Baudolino en avait pris, et il avait vécu une nuit d'amour avec Hypatie. Mais vers la fin du rêve, la jouvencelle avait changé d'apparence, elle avait des jambes agiles, blanches et aimables comme les femmes des hommes, et une tête de chèvre.

Gavagaï les avertissait que leurs armes et leurs bissacs avaient été jetés dans un réduit, et qu'il saurait les retrouver quand ils tenteraient l'évasion. « Mais vraiment, Gavagaï, tu penses qu'un jour on puisse s'enfuir? » lui demandait Baudolino. « Moi il croit que oui. Moi il croit que beaucoup bonnes façons pour évader. Moi seulement il doit trouver la meilleure. Mais toi il devient gras comme eunuque, et si toi gras toi il fuit mal. Toi il doit faire mouvements de corps, comme moi, tu il met ton pied au-dessus ta tête et il devient très agile. »

Le pied sur la tête, non, mais Baudolino avait compris que l'espoir d'une fuite, fût-elle vaine, l'aiderait à supporter la captivité sans devenir fou, et donc il se préparait à l'événement, remuant les bras, se pliant sur ses jambes des dizaines et des dizaines de fois jusqu'à tomber épuisé sur son ventre rond. Il l'avait recommandé à ses amis, et avec le Poète il simulait des mouvements de lutte; ils passaient parfois un après-midi entier en essayant de se jeter par terre. Avec la chaîne au pied, ce n'était pas facile, et ils avaient perdu la souplesse d'autrefois. Pas seulement à cause de la captivité. C'était l'âge. Mais ça faisait du bien.

Le seul qui avait tout à fait oublié son corps, c'était Rabbi Solomon. Il mangeait très peu, il était trop faible pour les différents travaux, et ses amis se chargeaient de sa tâche. Il n'avait aucun rouleau à lire, aucun instrument pour écrire. Il passait les heures à répéter le nom du Seigneur, et chaque fois c'était un son différent. Il avait perdu les dents qui lui étaient restées, à présent il n'avait que des gencives, aussi bien à droite qu'à gauche. Il mangeait en mâchonnant et il parlait en sifflant. Il était maintenant convaincu que les dix tribus perdues ne pouvaient avoir élu demeure dans un royaume pour moitié de nestoriens, encore supportables car pour les Juifs aussi cette brave femme de Marie ne pouvait avoir engendré aucun dieu, mais pour l'autre moitié d'idolâtres qui augmentaient ou diminuaient à volonté le nombre des divinités. Non, disait-il, inconsolé, sans doute les dix tribus sont-elles passées à travers le royaume, mais ensuite elles se sont remises à vagabonder ; nous, les Juifs, nous cherchons toujours une terre promise, pourvu qu'elle soit ailleurs, et à présent qui sait où elles sont, peut-être à quelques pas de ce lieu où je finis mes jours, mais j'ai abandonné toute espérance de les rencontrer. Supportons les épreuves que le Saint, qu'il soit béni toujours, nous envoie. Job en a vu de pires.

« Il avait perdu la tête, cela sautait aux yeux. Et Kyot et Boron me semblaient l'avoir perdue aussi, à se triturer continuellement la cervelle sur ce Gradale qu'ils retrouveraient, mieux, à présent, ils pensaient que lui se ferait retrouver par eux, et plus ils en parlaient plus ses vertus miraculeuses devenaient suprêmement miraculeuses, et plus encore ils rêvaient de le posséder. Le Poète répétait : laissez-moi mettre la main sur Zosime, et je deviens le maître du monde. Oubliez Zosime, disais-je : il n'est même pas arrivé à Pndapetzim, sans doute s'est-il perdu en route, son squelette se transforme en poussière dans quelque endroit poussiéreux, son Gradale des nomades infidèles l'ont pris, qui peut-être en usent pour y pisser dedans. Taistoi, tais-toi, me disait Boron en blêmissant.

— Comment avez-vous réussi à vous libérer de cet enfer ? demanda Nicétas.

— Un jour Gavagaï vint nous dire qu'il avait trouvé la voie de l'évasion. Pauvre Gavagaï, lui aussi avait entre-temps vieilli, je n'ai jamais su combien de temps peut vivre un Sciapode, mais il ne se précédait plus lui-même, comme la foudre. Il arrivait comme le tonnerre, un peu après, et, en fin de course, il haletait. »

Le plan était le suivant : on devait surprendre, armés, l'eunuque de garde aux oiseaux Roq, l'obliger à les harnacher comme d'habitude, mais de manière que les courroies qui assuraient leur bagage fussent attachées aux ceintures des fugitifs. Ensuite, il devait donner l'ordre aux oiseaux de voler jusqu'à Constantinople. Gavagaï avait parlé avec l'eunuque, et il avait su qu'il envoyait souvent les Roq dans cette ville, auprès d'un de leurs agents qui vivait sur une colline près de Pera. Tous deux, Baudolino comme Gavagaï, comprenaient la langue sarrasine et pouvaient contrôler si l'eunuque donnait l'ordre exact. Une fois arrivés au but, les oiseaux descendraient tout seuls. « Comment j'a fait moi à ne pas penser avant ça ? » se demandait Gavagaï, en se donnant d'une façon comique des coups de poing sur la tête.

« Oui, disait Baudolino, mais comment pouvons-nous voler avec une chaîne au pied ?

— Moi il trouve la lime », disait Gavagaï.

Nuitamment Gavagaï avait retrouvé leurs armes et les bissacs, et il les avait apportés dans leur dortoir. Epées et dagues étaient rouillées, mais ils passèrent leurs nuits à les nettoyer et à les aiguiser en les frottant contre les pierres des murs. Ils eurent la lime. Elle ne valait pas grand-chose, et ils perdirent des semaines à inciser l'anneau qui leur serrait les chevilles. Ils y réussirent, sous l'anneau fendu ils passèrent une corde, attachée à la chaîne, et ils avaient l'air de circuler dans le château comme d'habitude, entravés. A bien regarder, on discernait la ruse, mais ils étaient là depuis tant d'années que personne ne faisait plus attention à eux, et les Cynocéphales les considéraient désormais comme des animaux domestiques.

Un soir, ils surent que le lendemain ils auraient à prélever des cuisines certains sacs de viande gâtée pour les porter aux oiseaux. Gavagaï les avertit que c'était là l'occasion qu'ils attendaient.

Au matin, ils allèrent prendre les sacs, de l'air de qui fait les choses à contrecœur, ils passèrent par leur dortoir, glissèrent les armes entre les morceaux de viande. Ils arrivèrent à la cage, Gavagaï était déjà là et il distrayait l'eunuque gardien en faisant des cabrioles. Le reste fut facile, ils ouvrirent les sacs, tirèrent leurs dagues, en mirent six sous la gorge du gardien (Solomon les regardait comme si rien ne lui importait de ce qui arrivait) et Baudolino expliqua à l'eunuque ce qu'il devait faire. Il paraissait qu'il n'avait pas assez de harnais, mais le Poète esquissa le geste de lui couper les oreilles et l'eunuque, qui avait été suffisamment coupé, se déclara disposé à collaborer. Sept oiseaux furent apprêtés pour soutenir le poids de sept hommes, ou de six hommes et un Sciapode. « Je veux le plus robuste, dit le Poète, parce que toi, et il s'adressait à l'eunuque, hélas tu ne peux rester ici, tu donnerais l'alarme, ou tu crierais à tes bêtes de revenir dans la cage. A ma ceinture sera assurée une autre sangle, à quoi tu pendilleras. Par conséquent, mon oiseau doit supporter le poids de deux personnes. »

Baudolino traduisit, l'eunuque se dit heureux d'accompagner ses ravisseurs au bout du monde, mais il demanda ce qu'il en serait ensuite de lui. Ils le rassurèrent : une fois à Constantinople, il pourrait aller son chemin. « Et faisons vite, intima le Poète, car la puanteur de cette cage est insupportable. »

Il fallut en revanche une heure pour tout disposer selon les règles de l'art. Chacun se suspendit solidement à son propre rapace, et le Poète assura à sa ceinture la sangle qui soutiendrait l'eunuque. Le seul encore sans liens était Gavagaï, qui lorgnait du coin d'un couloir si quelqu'un ne venait pas tout faire tomber à l'eau.

On vint. Des gardiens s'étaient étonnés que les prisonniers, envoyés nourrir les animaux, après tant de temps ne fussent pas revenus. Arriva du fond du couloir un groupe de Cynocéphales, jappant, préoccupés. « Il vient têtes de chien ! s'écria Gavagaï. Vous partir tout de suite !

— Nous partir tout de suite, des clous, s'écria Baudolino. Viens, que nous avons le temps de te mettre ton harnais ! »

Ce n'était pas vrai, et Gavagaï le comprit. S'il s'enfuyait, les Cynocéphales arriveraient à la cage avant que l'eunuque eût pu en ouvrir la sarrasine et faire envoler les oiseaux. Il cria aux autres d'ouvrir la cage et de partir. Il avait glissé dans les sacs de viande son busiel aussi. Il le prit, avec les trois dards qui lui étaient restés. « Sciapode meurt, mais demeure fidèle aux très saints Mages », dit-il. Il s'allongea par terre, leva son pied, tête en bas il porta le busiel à sa bouche, souffla, et le premier Cynocéphale tomba, mort. Tandis que ces derniers reculaient, Gavagaï eut encore le temps d'en descendre deux autres, puis il resta sans flèches. Pour retenir les attaquants, il tint son busiel comme s'il allait y souffler encore, mais le leurre fut de courte durée. Ces monstres lui sautèrent dessus et le transpercèrent de leurs épées.

Pendant ce temps le Poète avait fait pénétrer un tantinet sa dague sous le menton de l'eunuque qui, au premier sang perdu, avait compris ce qu'on lui demandait et, tout empêtré qu'il fût dans ses liens, il avait réussi à ouvrir la sarrasine. Quand il vit Gavagaï succomber, le Poète cria : « C'est fini, allez allez! » L'eunuque donna un ordre aux Roq, qui se précipitèrent à l'extérieur et s'envolèrent. Les Cynocéphales entraient dans la cage juste à ce moment-là, mais leur élan fut freiné par les oiseaux restants, rendus furieux par ce tohu-bohu, qui les reçurent à coups de bec.

Ils se trouvèrent tous les six en plein ciel. « Il a donné l'ordre exact pour Constantinople? » demanda à gorge déployée le Poète à Baudolino, et Baudolino fit signe que oui. « Alors, il ne nous sert plus », dit le Poète. D'un seul coup de dague il coupa la sangle qui le reliait à l'eunuque, et ce dernier piqua dans le vide. « Nous volerons mieux, dit le Poète. Gavagaï est vengé. »

« Nous avons volé, seigneur Nicétas, haut au-dessus des plaines désolées marquées seulement par les blessures de fleuves taris depuis Dieu sait quand, au-dessus des champs cultivés, des lacs, des forêts, en nous tenant agrippés aux pattes des oiseaux, car nous craignions que le bât ne nous supportât pas. Nous avons volé pendant un temps que je ne sais calculer, et nous avions les paumes couvertes de plaies. Nous voyions se dérouler en dessous de nous des étendues sablonneuses, des terres très fécondes, des prés et des escarpements montagneux. Nous volions sous le soleil, mais à l'ombre de ces longues ailes qui battaient l'air au-dessus de nos têtes. Je ne sais combien nous avons volé, même de nuit, et à une hauteur certes refusée aux anges. A un certain point nous avons vu en dessous de nous, dans une plaine déserte, dix cohortes – ainsi nous est-il apparu – de personnes (ou étaient-ce des fourmis?) qui allaient presque parallèles Dieu sait où. Rabbi Solomon s'est mis à crier que c'étaient les dix tribus perdues et qu'il voulait les rejoindre. Il tentait de faire descendre son oiseau en le tirant par les pattes, d'en diriger le vol comme on fait avec le cordage d'une voile ou la barre d'un timon, mais l'autre devenait furieux, il s'était libéré de sa prise et cherchait de lui planter ses serres dans la tête. Solomon, ne fais pas le coyon, lui criait le Boïdi, ce ne sont pas les tiens, ce sont des nomades quelconques qui s'en vont sans savoir où ! Peine perdue. En proie à une folie mystique, Solomon s'agitait tellement qu'il s'est délié de son bât, et s'est abîmé, ou plutôt non, il volait, les bras écartés, parcourant les ciels comme un ange du Très-Haut, que toujours soit le Saint béni, mais c'était un ange attiré par une terre promise. Nous l'avons vu rapetisser, jusqu'à ce que son image se soit confondue avec celle des fourmis là-bas. »

Un certain temps plus tard, les oiseaux Roq, très fidèles à l'ordre reçu, arrivèrent en vue de Constantinople, et de ses coupoles qui resplendissaient au soleil. Ils descendirent où ils devaient descendre, et nos amis se libérèrent de leurs liens. Une personne, peut-être le sycophante d'Aloadin, vint à leur rencontre, étonné par ce débarquement de trop nombreux messagers. Le Poète lui sourit, prit son épée et le frappa à la tête d'un coup de plat. « Benedico te in nomine Aloadini », dit-il séraphique, alors que l'autre tombait comme un sac. « Psch psch ! Oust ! » fit-il ensuite aux oiseaux. Ceux-ci parurent comprendre le ton de la voix, ils s'envolèrent et disparurent à l'horizon.

« Nous sommes chez nous, dit heureux le Boïdi, qui cependant était à mille milles de chez lui.

— Espérons que quelque part il y ait encore les amis génois, dit Baudolino. Cherchons-les.

— Vous verrez qu'elles auront du bon nos têtes de Jean-Baptiste, dit le Poète, qui semblait soudain rajeuni. Nous sommes revenus au milieu de chrétiens. Nous avons perdu Pndapetzim, mais nous pourrions conquérir Constantinople. »

« Il ne savait pas, commenta Nicétas avec un sourire triste, que d'autres chrétiens s'y employaient déjà. »

37

Baudolino enrichit les trésors de Byzance

« A PEINE AVONS-NOUS ESSAYÉ de franchir la Corne d'Or et d'entrer dans la ville, que nous avons compris : nous nous trouvions dans la plus étrange situation que nous eussions jamais vue. Ce n'était pas une ville assiégée parce que les ennemis, même si leurs nefs mouillaient en rade, étaient cantonnés à Pera, et nombre d'entre eux allaient et venaient dans la ville. Ce n'était pas une ville conquise, parce que à côté des envahisseurs avec la croix cousue sur la poitrine déambulaient aussi les hommes armés de l'empereur. En somme, les porteurs du signe de la croix étaient à Constantinople, mais Constantinople n'était pas à eux. Et lorsque nous rejoignîmes mes amis génois, ceux-là mêmes auprès de qui tu as habité toi aussi, eux non plus ne savaient pas bien expliquer ni ce qui était arrivé ni ce qui était sur le point d'arriver.

— C'était difficile à comprendre pour nous aussi, dit Nicétas dans un soupir de résignation. Et pourtant moi, un jour, il faudra que j'écrive l'histoire de cette période. Après la mauvaise issue de l'expédition pour la reconquête de Jérusalem, tentée par ton Frédéric et par les rois de France et d'Angleterre, plus de dix ans après les Latins avaient voulu retenter, sous la conduite de grands princes comme Baudoin de Flandre et de Hainaut ou Boniface de Montferrat. Mais ils avaient besoin d'une flotte, et ils se la sont fait construire par les Vénitiens. Je t'ai entendu parler avec raillerie de l'avidité des Génois, mais en regard des Vénitiens ceux de Gênes sont la générosité en personne. Les Latins avaient eu leurs nefs, mais ils n'avaient pas l'argent pour les payer et le doge de Venise, Dandolo (le destin voulait qu'il fût aveugle lui aussi, mais, d'entre tous les aveugles de cette histoire, c'était le seul qui voyait loin), a demandé que, pour solde de leur dette, avant de se rendre en Terre Sainte ils l'aidassent à soumettre Zara. Les pèlerins ont accepté, et ce fut le premier crime, car on ne prend pas la croix pour aller ensuite conquérir une ville pour les Vénitiens. Entre-temps, Alexis, frère de cet Isaac Ange qui avait déposé Andronic pour lui ravir le pouvoir, l'avait fait aveugler, l'exilant au bord de la mer, et il s'était proclamé basileus.

— C'est ce que m'avaient tout de suite raconté les Génois. Une histoire confuse, parce que le frère d'Isaac était devenu Alexis III, mais il y avait aussi un Alexis fils d'Isaac, qui a réussi à s'enfuir, est allé à Zara désormais dans la main vénitienne, et il a demandé aux pèlerins latins de l'aider à revenir sur le trône de son père, promettant en échange des aides pour la conquête de la Terre Sainte.

— Facile de promettre ce qu'on n'a pas encore. Alexis III, d'autre part, aurait dû comprendre que son empire était en danger. Mais, même s'il avait encore ses yeux, il était aveuglé par la paresse, et par la corruption qui l'entourait. Pense un peu, à un moment donné il voulait faire bâtir d'autres vaisseaux de guerre, mais les gardiens des forêts impériales n'avaient pas permis que l'on coupât les arbres. Par ailleurs, Michael Stryphno, général de l'armée, avait déjà vendu voiles et haubans, timons et autres pièces des nefs existantes, pour remplir ses coffres. Entre-temps, à Zara, le jeune Alexis était salué empereur par ces populations-là, et, au mois de juin de l'année dernière, les Latins sont arrivés ici, devant la ville. Cent dix galies et soixante-dix nefs qui transportaient mille sergents et trente mille hommes d'armes, avec les écus sur les bordées et les étendards au vent et les gonfanons sur les châteaux, se sont déployées en paradant sur le Bras Saint-Georges, faisant retentir les buisines et rouler les tambours, et les nôtres étaient sur les murs à contempler le spectacle. Seuls quelques-uns lançaient des pierres, mais davantage pour faire du tintamarre que du dégât. C'est seulement quand les Latins ont accosté juste en face de Pera que cet insensé d'Alexis III a fait sortir l'armée impériale. Mais c'était là aussi une parade, à Constantinople on vivait comme dans un demi-sommeil. Sans doute sais-tu que l'entrée à la Corne était défendue par une grande chaîne qui reliait une rive à l'autre, mais les nôtres l'ont mal défendue : les Latins ont brisé la chaîne, ils sont entrés dans le port et ont débarqué leur armée juste devant le palais impérial des Blachernes. Notre armée est sortie hors les murs, guidée par l'empereur, les dames du haut des remparts regardaient le spectacle et disaient que les nôtres ressemblaient à des anges, avec leurs belles armures qui étincelaient au soleil. Elles ont compris que quelque chose clochait seulement quand l'empereur, au lieu de livrer bataille, est rentré dans la ville. Et elles l'ont compris encore mieux quelques jours plus tard, quand les Vénitiens ont attaqué les murs à partir de la mer, que des Latins ont réussi à y monter et ont mis le feu aux maisons les plus proches. Mes concitadins ont commencé à voir clair après ce premier incendie. Qu'a fait alors Alexis III ? Nuitamment il a fait porter dix mille monnaies d'or sur un navire et il a abandonné la ville.

— Et Isaac est revenu sur le trône.

— Oui, mais il était maintenant vieux, aveugle par surcroît, et les Latins lui ont rappelé qu'il devait partager l'empire avec son fils, devenu Alexis IV. Avec ce garçon, les Latins avaient fait des pactes que nous ignorions encore : l'empire de Byzance revenait dans l'obédience catholique et romaine, le basileus donnait aux pèlerins deux cent mille marcs d'argent, des vivres pour un an, dix mille cavaliers pour marcher sur Jérusalem, et une garnison de cinq cents cavaliers en Terre Sainte. Isaac s'était aperçu qu'il n'y avait pas assez d'argent dans le trésor impérial, et il ne pouvait pas aller raconter au clergé et au peuple qu'à l'improviste on se soumettait au pape de Rome... Ainsi a débuté une farce qui a duré pendant des mois. D'un côté, Isaac et son fils, pour recueillir suffisamment d'argent pillaient les églises, coupaient les images du Christ avec des haches et après les avoir dépouillées de leurs ornements, ils les jetaient dans le feu, fondaient tout ce qu'ils trouvaient d'or et d'argent. De l'autre côté, les Latins, retranchés à Pera, faisaient aussi des incursions sur ce versant de la Corne, ils s'asseyaient à table avec Isaac, régnaient en maîtres partout et s'efforçaient tant qu'ils pouvaient de retarder le départ. Ils disaient qu'ils attendaient d'être payés jusqu'au dernier sol, et le plus pressant de tous était le doge Dandolo avec ses Vénitiens, mais en vérité je crois qu'ils avaient trouvé ici le Paradis, et ils vivaient, béats, à nos dépens. Non contents de rançonner les chrétiens, et sans doute pour justifier le fait qu'ils tardaient à se mesurer avec les Sarrasins de Jérusalem, certains d'entre eux sont allés mettre à sac les maisons des Sarrasins de Constantinople, qui habitaient là tranquilles, et dans cette bataille ils ont allumé le deuxième incendie, où j'ai perdu aussi la plus belle de mes demeures.

— Et les deux basileus ne s'indignaient pas contre leurs alliés?

— C'étaient désormais deux otages aux mains des Latins, qui avaient fait d'Alexis IV l'objet de leur risée : une fois, alors qu'il se trouvait dans leur camp, à se divertir comme n'importe quel homme d'armes, ils lui ont ôté de sa tête le chapeau doré et ils s'en sont coiffés eux. Jamais basileus de Byzance n'avait été humilié à ce point! Quant à Isaac, il s'abêtissait au milieu de moines gloutons, il divaguait disant qu'il deviendrait empereur du monde et recouvrerait la vue... Jusqu'au moment où le peuple s'est insurgé, et a élu basileus Nicolas Cannabos. Brave personne, mais maintenant l'homme fort était devenu Alexis Doukas Murzuphle, appuyé par les chefs de l'armée. Ainsi lui a-t-il été aisé de s'emparer du pouvoir. Isaac en est mort de crève-cœur, Murzuphle a fait décapiter Cannabos et étrangler Alexis IV, et il est devenu Alexis V.

— Voilà, nous sommes arrivés en ces jours où personne ne savait plus qui commandait d'Isaac, d'Alexis, de Cannabos, de Murzuphle, ou des pèlerins, et nous ne comprenions pas si ceux qui parlaient d'Alexis entendaient le troisième, le quatrième ou le cinquième. Nous avons trouvé les Génois qui habitaient encore où tu les as trouvés toi aussi, tandis que les maisons des Vénitiens et des Pisans avaient été brûlées dans le deuxième incendie, et que ces derniers s'étaient retirés à Pera. Dans cette ville infortunée, le Poète décida que nous devions rétablir notre fortune. »

Quand règne l'anarchie, disait le Poète, n'importe qui peut se faire roi. En attendant, il fallait trouver de l'argent. Nos cinq survivants étaient en guenilles, sales, dénués de toute ressource. Les Génois les avaient accueillis de bon cœur, mais ils disaient que l'hôte est comme le poisson, après trois jours il pue. Le Poète se lava avec soin, se coupa les cheveux et la barbe, se fit prêter un habit décent par nos hôtes, et un beau matin il alla recueillir des nouvelles dans la ville.

Il revint le soir et dit : « A partir d'aujourd'hui Murzuphle est le basileus, il a éliminé tous les autres. Il paraît que, pour faire belle figure devant ses sujets, il veut provoquer les Latins, et ces derniers le considèrent comme un usurpateur, car eux, les pactes, ils les avaient faits avec le pauvre Alexis IV, paix à son âme, si jeune, mais d'évidence il avait vraiment une mauvaise destinée. Les Latins attendent que Murzuphle fasse un faux pas ; pour l'heure, ils continuent à se saouler dans les tavernes, mais ils savent bien que tôt ou tard ils le prendront à coups de pied et mettront la ville à sac. Ils savent déjà quels ors se trouvent dans quelle église, ils savent aussi que la ville est pleine de reliques cachées, mais ils savent parfaitement que sur les reliques on ne plaisante pas, et que leurs chefs voudront se les approprier pour les emporter dans leurs villes. Comme cependant ces Gréculets ne valent pas mieux qu'eux, les pèlerins font la cour à celui-ci et à celui-là, pour s'assurer maintenant, et pour peu de sols, les reliques les plus importantes. Morale : qui veut faire fortune dans cette ville, vend des reliques, qui veut faire fortune en revenant chez soi, les achète.

— Alors le moment est venu de sortir nos têtes de Jean-Baptiste ! dit plein d'espoir le Boïdi.

— Toi Boïdi, tu parles seulement parce que tu as une bouche, dit le Poète. D'abord, dans une seule ville, des têtes au maximum tu en vends une, parce que après le bruit s'en répand. Ensuite, j'ai entendu dire qu'ici, à Constantinople, des têtes de Jean-Baptiste il y en a déjà une, et peut-être même deux. Mettons qu'ils les aient déjà vendues toutes les deux, et nous, nous arrivons avec la troisième, on nous coupe la gorge. Donc, les têtes de Jean-Baptiste, on n'en fait rien. Cependant, à chercher des reliques, on perd du temps. Le problème n'est pas d'en trouver, c'est d'en faire, les mêmes que celles qui existent déjà, mais que personne n'a encore dénichées. En me promenant, j'ai entendu parler du manteau de pourpre du Christ, du jonc et de la colonne de la flagellation, de l'éponge imbibée de fiel et de vinaigre qui fut tendue à Notre Seigneur mourant, sauf que maintenant elle est sèche, de la couronne d'épines, d'un étui où serait conservé un morceau du pain consacré de la Dernière Cène, des poils de la barbe du Crucifié, de la tunique sans couture de Jésus, que les soldats avaient jouée aux dés, de la robe de la Vierge...

— Il faut voir quelles sont les plus faciles à refaire, dit Baudolino, songeur.

— Justement, dit le Poète. Un jonc, tu en trouves partout, une colonne, mieux vaut ne pas y penser car tu ne peux pas la vendre en sous-main.

— Mais pourquoi risquer avec des doubles, si après quelqu'un peut tout aussi bien trouver la vraie relique, et ceux à qui nous avons vendu la fausse veulent alors qu'on leur rende leur sols? dit sensément Boron. Pensez au nombre de reliques qui pourraient exister. Pensez par exemple aux douze paniers de la multiplication des pains et des poissons, des paniers on en trouve partout, il suffit de les salir un peu, ça fait ancien. Pensez à la hache avec laquelle Noé a bâti l'arche, il y en aura bien une que nos Génois ont jetée parce qu'elle était émoussée.

— Ça n'est pas une mauvaise idée, dit le Boïdi, tu vas dans les cimetières et tu trouves la mâchoire de saint Paul, pas la tête mais le bras gauche de saint Jean-Baptiste, et ainsi de suite, les restes de sainte Agathe, de saint Lazare, ceux des prophètes Daniel, Samuel et Isaïe, le crâne de sainte Hélène, un fragment de la tête de saint Philippe apôtre.

— Si c'est pour ça, dit Pévéré, entraîné dans cette belle perspective, il suffit de fouiller là en bas, et je vous trouve comme un rien un fragment de la mangeoire de Bethléem, tout petit, qu'on ne comprend pas d'où il vient.

« — Nous ferons des reliques jamais vues, dit le Poète, mais nous referons aussi celles qui existent déjà, parce que c'est de celles-là que l'on parle alentour, et le prix monte de jour en jour. »

La maison des Génois se changea pendant une semaine en un laborieux atelier. Le Boïdi, trébuchant dans la sciure, trouvait un clou de la sainte Croix, Boïamondo, après une nuit de douleurs atroces, avait attaché une cordelette à une incisive cariée, qu'il s'était arrachée comme une fleur, et c'était une dent de sainte Anne, Grillo faisait sécher du pain au soleil et en mettait des miettes dans certaines petites boîtes de vieux bois que Taraburlo venait de fabriquer. Pévéré les avait convaincus de renoncer aux paniers des pains et des poissons car, disait-il, après un miracle pareil la foule se les était sûrement partagés, et même Constantin n'aurait pu les rassembler. En vendre un seul, ça ne faisait pas grand effet, et c'était en tout cas difficile de passer en cachette de main en main, parce que Jésus avait rassasié quantité de personnes, et il ne pouvait pas s'agir d'une petite corbeille que tu musses sous le manteau. Tant pis pour les paniers, avait dit le Poète, mais la hache de Noé, je m'en charge. Et comment donc, avait répondu Pévéré, en voilà une à la lame qui désormais ressemble à une scie, et au manche tout roussi.

Après quoi, nos amis s'habillèrent en marchands arméniens (les Génois, à ce point-là, étaient prêts à financer l'entreprise) et commencèrent à rôder sournoisement de tavernes en campements chrétiens, laissant tomber un demi-mot, faisant allusion à la difficulté de l'affaire, marchandant parce qu'ils risquaient leur vie, et ainsi de suite.

Le Boïdi revint un soir en disant qu'il avait trouvé un chevalier montferrin qui prendrait la hache de Noé, mais il voulait s'assurer que c'était vraiment celle-là. « Eh, oui-da, disait Baudolino, nous allons chez Noé et lui demandons un jurement avec le sceau.

— Et puis, Noé savait-il écrire? demandait Boron.

— Noé savait seulement siffler, et celui de derrière les fagots,

505

disait le Boïdi, il devait être déjà rond comme une bille quand il a chargé les animaux sur l'arche, il a exagéré avec les moustiques mais il a oublié les unicornes, et c'est pourquoi on n'en voit plus.

— On en voit, on en voit encore... » murmura Baudolino, qui soudain avait perdu sa bonne humeur.

Pévéré dit qu'au cours de ses voyages il avait appris un peu l'écriture des Juifs, et qu'avec un couteau il pouvait graver sur le manche de la hache un ou deux de leurs griffonnages. « Noé était juif, ou pas ? » Juif, juif, confirmaient les amis : pauvre Solomon, par chance il n'était plus là, autrement quelle souffrance pour lui. Mais c'est ainsi que le Boïdi réussit enfin à placer la hache.

Certains jours, il était malaisé de trouver des acquéreurs, parce que la ville était mise en émoi, et que les pèlerins se voyaient soudainement rappelés au camp, en état d'alerte. Par exemple, la rumeur courait que Murzuphle aurait attaqué Philea, là-bas sur la côte, les pèlerins étaient intervenus en troupes compactes, il y avait eu une bataille, ou peut-être une escarmouche ; mais Murzuphle avait essuyé un beau revers, et on lui avait enlevé la bannière de la Vierge, enseigne sous laquelle se rangeait son armée. Murzuphle était revenu à Constantinople, mais en disant aux siens de n'avouer à personne cette honte. Les Latins avaient eu vent de sa réticence, et voilà qu'un matin ils avaient fait défiler juste devant les murs une de leurs galies, avec la bannière bien en vue, tout en exécutant pour les Romaniens des gestes obscènes, comme former des vulves de leurs deux mains réunies ou frapper la main gauche sur le bras droit. Murzuphle y avait fait très mauvaise figure, et les Romaniens chantaient sur lui des chansonnettes dans les rues.

Bref, entre le temps qu'il fallait pour fabriquer une bonne relique, et celui qui servait à trouver le bon pigeon, nos amis étaient passés de janvier à mars mais, entre le menton de saint Eoban aujourd'hui et le tibia de sainte Cunégonde demain, ils avaient réuni une somme rondelette, remboursant les Génois et se remplumant comme il se doit.

« Ce qui t'explique, seigneur Nicétas, pourquoi au cours des jours passés tant de reliques doubles ont circulé dans ta ville, et que seul Dieu désormais sait quelle peut être la vraie. Mais par ailleurs mets-toi dans notre peau, nous devions bien survivre, au milieu des Latins prêts à la rapine et de tes Gréculets, c'est-à-dire, excuse, de tes Romains, prêts à les frauder. Au fond, nous avons fraudé des fraudeurs.

— Eh bien, dit résigné Nicétas, peut-être nombre de ces reliques inspireront de saintes pensées aux Latins devenus barbares qui les retrouveront dans leurs barbarissimes églises. Sainte la pensée, sainte la relique. Les voies du Seigneur sont infinies. »

Ils pouvaient à ce point-là se calmer, et repartir vers leurs terres. Kyot et Boron n'avaient pas d'idées, désormais ils avaient renoncé à retrouver le Gradale, et Zosime avec lui ; le Boïdi disait qu'avec cet argent à Alexandrie il s'achèterait des vignes et finirait ses jours en seigneur ; de tous, Baudolino était celui qui avait le moins d'idées : la quête du Prêtre Jean terminée, Hypatie perdue, vivre ou mourir peu lui importait. Contrairement au Poète, pris dans des imaginations d'omnipotence, qui distribuait les choses du Seigneur dans le monde entier, et pourrait commencer à offrir quelque objet non pas aux pèlerins de bas rang, mais aux puissants qui les conduisaient, captant ainsi leur faveur.

Un jour, il vint nous informer qu'à Constantinople il y avait le Mandylion, la Face d'Edesse, une relique inestimable.

« Mais qu'est-ce que c'est que ce mandilionne ? avait demandé Boïamondo.

— C'est un linge de petite taille pour essuyer le visage, avait expliqué le Poète, et il porte, empreinte, la face du Seigneur. Pas peinte, empreinte, par vertu naturelle : c'est une image *acheiropoieton*, pas faite par main d'homme. Abgar V, roi d'Edesse, était lépreux, et il avait envoyé son archiviste Hannan pour inviter Jésus afin qu'il vînt le guérir. Jésus ne pouvait pas venir, alors il a pris ce linge, il s'y est essuyé la face et y a laissé empreints ses traits. Naturellement, comme il recevait le linge, le roi a guéri et il s'est converti à la vraie foi. Il y a des siècles de cela, alors que les Perses assiégeaient Edesse, le Mandylion a été hissé sur les murailles de la ville, et il l'a sauvée. Par la suite l'empereur Constantin a acheté le linge, l'a apporté ici, et le Mandylion a d'abord été dans l'église des Blachernes, ensuite à Sainte-Sophie, et puis dans la chapelle du Pharos. Et ça c'est le vrai Mandylion, même si l'on dit qu'il en existe d'autres : à Camulia en Cappadoce, à Memphis en Egypte et à Anablatha aux environs de Jérusalem. Ce qui n'est pas impossible, car Jésus, pendant sa vie, aurait pu s'essuyer plusieurs fois le visage. Mais celui-ci est certainement le plus prodigieux de tous parce que le jour de Pâques la face change selon les heures du jour, à l'aube elle prend les traits de Jésus nouveau-né, à la troisième heure ceux de Jésus enfant, et ainsi de suite, jusqu'au moment où à none elle apparaît comme Jésus adulte, au temps de la Passion.

— Où t'as appris toutes ces choses? demanda le Boïdi.

— Un moine me les a racontées. Or donc, c'est là une relique véridique, et avec un objet de la sorte on peut rentrer sur nos terres en recevant honneurs et prébendes, il suffit de trouver le bon évêque, comme l'a fait Baudolino avec Rainald pour ses trois Mages. Jusqu'à présent nous avons vendu des reliques, à présent c'est le moment d'en acheter une, mais une qui fera notre fortune.

— Et chez qui achètes-tu le Mandylion? demanda, fatigué, Baudolino, désormais rempli d'écœurement par toute cette simonie.

— Il a déjà été acheté par un Syrien avec qui j'ai passé une soirée à boire, et qui travaille pour le duc d'Athènes. Cependant il m'a dit que ce duc donnerait le Mandylion et Dieu sait quoi d'autre pour avoir la Sydoine.

— Maintenant tu nous dis ce qu'est la Sydoine, fit le Boïdi.

— On raconte qu'il y aurait eu à Sainte-Marie-des-Blachernes le Saint Suaire, celui où apparaît l'image du corps entier de Jésus. On en parle dans la ville, on dit qu'il a été vu ici par Amalric, le roi de Jérusalem, quand il a visité Manuel Comnène. Et puis d'autres m'ont dit qu'il avait été donné en garde à l'église de la Bienheureuse Vierge du Boucoléon. Personne cependant ne l'a jamais vu, et s'il était là il a disparu depuis qui sait combien de temps.

— Je ne comprends pas où tu veux en venir, dit Baudolino. Quelqu'un a le Mandylion, c'est d'accord, et le donnerait en échange de la Sydoine, mais toi tu n'as pas la Sydoine, et cela m'étonnerait que l'on prépare ici, chez nous, une image de Notre Seigneur. Et alors?

— Moi, la Sydoine, je ne l'ai pas, dit le Poète, mais toi si.

— Moi?

— Souviens-toi, quand je t'ai demandé ce qu'était l'étui que t'ont remis les acolytes du Diacre avant que nous nous enfuyions de Pndapetzim? Tu m'as dit qu'il y avait l'image de cet infortuné, empreinte sur son drap funèbre, à peine a-t-il été mort. Montre-la-moi.

— Tu es fou, c'est un legs sacré, c'est le Diacre qui me l'a confiée pour que je la remette au Prêtre Jean!

— Baudolino, tu as soixante et quelques années, et tu crois encore au Prêtre Jean? Nous avons touché du doigt qu'il n'existe pas. Fais-moi voir cette chose. »

A contrecœur, Baudolino tira l'étui de son bissac, il en extrayit un rouleau, et en le déroulant il porta à la lumière un drap de grandes dimensions, faisant signe aux autres de déplacer tables et sièges, parce qu'il fallait beaucoup d'espace pour l'étendre complètement à terre.

C'était un véritable drap, très grand, qui offrait une double figure humaine empreinte, comme si le corps enveloppé y avait laissé deux fois son effigie, côté poitrine et côté dos. On pouvait parfaitement bien distinguer un visage, les cheveux qui retombaient sur les épaules, les moustaches et la barbe, les yeux clos. Touché par la grâce de la mort, le malheureux Diacre avait laissé sur le drap l'image de traits sereins et d'un corps puissant, sur lequel à grand-peine seulement on pouvait apercevoir des signes incertains de blessures, de meurtrissures, ou de plaies, ces traces de la lèpre qui l'avait détruit.

Baudolino resta ému et il reconnut que, sur ce lin, le défunt avait recouvré les stigmates de sa dolente majesté. Puis il murmura : « Nous ne pouvons vendre l'image d'un lépreux, nestorien de surcroît, pour celle de Notre Seigneur.

— Primo, le duc d'Athènes ne le sait pas, répondit le Poète, et c'est à lui que nous devons la refiler, pas à toi. Secundo, nous ne la vendons pas mais nous faisons un échange, et donc il n'y a pas simonie. Je vais chez le Syrien.

— Le Syrien te demandera pourquoi tu fais l'échange, vu qu'une Sydoine est incomparablement plus précieuse qu'un Mandylion, dit Bandolino.

— Parce qu'elle est plus difficile à transporter à la dérobée hors de Constantinople. Parce qu'elle a trop de valeur, et seul un roi pourrait se permettre de l'acquérir, tandis que pour la Face nous pouvons trouver des acquéreurs de moindre importance; mais qui paient poivre sur l'ongle. Parce que si nous offrions la Sydoine à un prince chrétien, il dirait que nous l'avons volée ici, et il nous ferait pendre, alors que la Face d'Edesse pourrait être celle de Camulia, ou de Memphis, ou d'Anablatha. Le Syrien saisira mes arguments, parce que nous sommes de la même race.

— D'accord, dit Baudolino, tu passes ce drap au duc d'Athènes, et il ne m'importe aucunement s'il emmène chez lui une image qui n'est pas celle du Christ. Mais tu sais que cette image est pour moi bien plus précieuse que celle de Christ, tu sais ce qu'elle me rappelle, et tu ne peux trafiquer d'une chose aussi vénérable...

— Baudolino, dit le Poète, nous ne savons pas ce que nous retrouverons là-haut quand nous reviendrons chez nous. Avec la Face d'Edesse, nous nous mettons un archevêque dans le bissac, et notre fortune est faite à nouveau. Et puis, Baudolino, si tu n'emportais pas ce suaire de Pndapetzim, à cette heure les Huns s'en seraient servis pour se nettoyer le cü. Cet homme t'a été cher, tu me racontais son histoire tandis que nous errions à travers les déserts et quand nous étions prisonniers, et tu pleurais sa mort, inutile et oubliée. Eh bien, son dernier portrait sera vénéré quelque part comme celui de Christ. Quel sépulcre plus sublime pouvais-tu désirer pour un disparu que tu as aimé? Nous n'humilions pas le souvenir de son corps, plutôt... comment pourrais-je dire, Boron?

— Nous le transfigurons.

— Voilà. »

« Sera-ce parce que dans le marasme de ces jours-là j'avais perdu le sentiment de ce qui était bien et de ce qui était mal; sera-ce parce que j'étais las, seigneur Nicétas. J'ai accepté. Le

510

Poète s'est éloigné pour aller échanger la Sydoine, la nôtre mieux la mienne, mieux celle du Diacre, contre le Mandy- lion. »

Baudolino se mit à rire, et Nicétas ne comprenait pas pour- quoi.

« La feinte, nous l'avons apprise le soir. Le Poète s'est rendu à la taverne qu'il connaissait, il a fait son infâme marché, pour saouler le Syrien il s'est saoulé lui aussi, il est sorti, il a été suivi par quelqu'un qui était au courant de ses manèges, peut-être le Syrien lui-même – qui, comme l'avait dit le Poète, était de sa race – il a été attaqué dans une ruelle, assommé de coups, et il est revenu chez nous, plus ivre que Noé, ensanglanté, contus, sans Sydoine et sans Mandylion. Je voulais le tuer à coups de pied, mais c'était un homme fini. Pour la deuxième fois, il per- dait un royaume. Dans les jours qui ont suivi, il fallait le nourrir de force. Je me disais heureux de n'avoir jamais eu trop d'ambitions, si l'échec d'une ambition pouvait faire qu'on en soit réduit à cet état. Puis je reconnaissais que moi aussi j'étais victime de beaucoup d'ambitions frustrées, j'avais perdu mon père très aimé, je ne lui avais pas trouvé le royaume dont lui rê- vait, j'avais perdu à jamais la femme que j'aimais... Simplement moi j'avais appris que le Démiurge avait fait les choses à moi- tié, alors que le Poète croyait encore qu'en ce monde quelque victoire fût possible. »

Au début d'avril, les nôtres s'avisèrent que Constantinople avait ses jours comptés. Il y avait eu un désaccord dramatique entre le doge Dandolo, droit sur la proue d'une galie, et Mur- zuphle qui l'apostrophait depuis terre, en imposant aux Latins de quitter son sol. Il était clair que Murzuphle était devenu fou et que les Latins, s'ils le voulaient, n'en faisaient qu'une bou- chée. On voyait au-delà de la Corne d'Or les préparatifs au camp des pèlerins, et sur le pont des vaisseaux à l'ancre c'était un fourmillement d'hommes de mer et d'hommes d'armes qui se préparaient à l'attaque.

Le Boïdi et Baudolino dirent que, puisqu'ils avaient un peu d'argent, c'était le moment de quitter Constantinople, car eux, des villes prises d'assaut, ils en avaient désormais vu tout leur saoul. Boron et Kyot étaient d'accord, mais le Poète demanda encore quelques jours. Il s'était remis de son échec et d'évidence il voulait exploiter les dernières heures pour faire son coup final, et lequel, il ne le savait pas lui-même. Déjà il commençait à avoir le regard d'un fol, mais justement, avec les fous on ne peut discuter. Ils le contentèrent, en se disant qu'il suffisait d'avoir à l'œil les navires pour comprendre quand viendrait le moment de prendre le chemin de l'arrière-pays.

Le Poète resta absent deux jours, et c'était trop. En effet, le matin du vendredi des Rameaux, il n'était pas encore revenu et les pèlerins avaient entrepris d'attaquer par la mer, entre les Blachernes et le monastère d'Evergète plus ou moins dans la zone dite Petrion, au nord des murs de Constantin.

Il était trop tard pour sortir des murs, maintenant de toute part garnis de soldats. Maudissant leur vagabond de compagnon, Baudolino et les autres décidèrent qu'il valait mieux rester terrés chez les Génois, parce que cette zone ne paraissait pas menacée. Ils attendirent, et heure par heure ils apprenaient les nouvelles qui arrivaient de Petrion.

Les nefs des pèlerins étaient hérissées de constructions obsidionales. Murzuphle se trouvait sur un tertre derrière les murs avec tous ses chefs et courtisans, et étendards, et buisines. Malgré cette parade, les impériaux se battaient bien; les Latins avaient tenté différents assauts mais pour être toujours repoussés, avec les Gréculets qui exultaient sur les murs et montraient leurs derrières nus aux vaincus, tandis que Murzuphle s'exaltait comme s'il avait tout fait lui-même et il donnait l'ordre de souffler dans les buisines de la victoire.

On eût ainsi dit que Dandolo et les autres chefs avaient renoncé à enlever la ville, et le samedi et le dimanche s'écoulèrent dans la tranquillité, même si tous restaient tendus. Baudolino en profita pour parcourir Constantinople en long et en large, afin de retrouver le Poète, mais en vain.

La nuit du dimanche était déjà tombée quand leur compagnon revint. Il avait le regard plus halluciné qu'avant, il ne dit rien, et il se mit à boire en silence jusqu'au matin suivant.

Ce fut aux premières lumières de l'aube du lundi que les pèlerins reprirent l'assaut, qui dura toute la journée : les échelles des vaisseaux vénitiens avaient réussi à s'accrocher à certaines tours des murs, les guerriers à la croix étaient entrés, non, c'était le fait d'un seul, géant et le casque tourelé, qui avait épouvanté et mis en fuite les défenseurs. Ou bien, quelqu'un avait débarqué, trouvé une poterne murée, il l'avait détruite à coups de pic, faisant un trou dans le mur, oui, mais ils avaient été repoussés, cependant quelques tours avaient déjà été conquises...

Le Poète allait et venait dans la salle tel un animal en cage, il semblait impatient que la bataille se résolût d'une façon ou d'une autre, il regardait Baudolino comme pour lui dire quelque chose, puis il renonçait, et il scrutait d'un œil sombre les mouvements de ses trois autres compagnons. A un certain point, parvint la nouvelle que Murzuphle s'était enfui en abandonnant son armée, les défenseurs avaient perdu le peu de courage qui leur restait, les pèlerins avaient enfoncé, avaient franchi les murs ; ils ne s'enhardissaient pas à entrer dans la ville car il commençait à faire noir, ils avaient incendié les premières maisons pour débusquer les éventuels défenseurs cachés. « Le troisième incendie, en l'espace de quelques mois, se plaignaient les Génois, mais ça n'est plus là une ville, c'est devenu un tas de fumier à brûler quand il est trop gros!

— Que la vérole t'emporte! criait le Boïdi à l'adresse du Poète, si ce n'était pour toi, de cette fosse à fumier nous serions déjà sortis! Et à présent?

— A présent tais-toi, et je sais bien pourquoi, moi », lui insinuait le Poète.

Pendant la nuit on voyait les premières lueurs de l'incendie. A l'aube, Baudolino, qui paraissait dormir mais avait déjà les yeux ouverts, vit le Poète s'approcher d'abord du Boïdi, puis de Boron et enfin de Kyot pour leur susurrer quelque chose à l'oreille. Après quoi, il disparut. Un peu plus tard, Baudolino vit Kyot et Boron qui se consultaient, prenaient quelque chose dans leurs bissacs, et quittaient la maison en essayant de ne pas le réveiller.

Peu après, le Boïdi vint auprès de lui, le secoua par un bras. Il était bouleversé : « Baudolino, dit-il, je ne sais pas ce qui se passe mais ici tout le monde devient fou. Le Poète s'est appro-

513

ché de moi et il m'a dit ces mots précis : j'ai trouvé Zosime, et maintenant je sais où est le Gradale, ne cherche pas à faire le malin, prends ta tête de Jean-Baptiste et trouve-toi à Katabatès, à l'endroit où Zosime avait reçu le basileus l'autre fois, dans l'après-midi, tu connais le chemin. Mais c'est quoi ce Katabatès ? De quel basileus il parlait ? A toi, il n'a rien dit ?

— Non, dit Baudolino, et même on dirait qu'il veut vraiment me tenir à l'écart de tout. Et il était si troublé qu'il ne s'est pas souvenu que Boron et Kyot se trouvaient avec nous, il y a des années, mais pas toi, quand nous sommes allés capturer Zosime à Katabatès. Maintenant, je veux y voir clair. »

Il chercha Boïamondo. « Ecoute, lui dit-il, tu te rappelles le soir où, il y a bien des années, tu nous as conduits dans cette crypte, sous le vieux monastère de Katabatès ? Il faut que j'y retourne.

— Si ça te plaît, moi... Tu dois rejoindre le pavillon près de l'église des Saints-Apôtres. Et tu peux y arriver sans croiser de pèlerins, qui, je pense, ne sont pas encore parvenus jusque-là. Si tu reviens, ça veut dire que j'avais raison.

— Oui, mais il faudrait que j'y arrive sans y arriver. En somme, je ne peux pas t'expliquer, mais il faut que je suive ou précède quelqu'un qui fera le même chemin, et je ne veux pas être vu. Je me rappelle, là-bas en dessous, les nombreuses galeries qui s'ouvraient... On y arrive aussi d'un autre côté ? »

Boïamondo se mit à rire : « Si tu n'as pas peur des morts... On peut entrer par un autre pavillon près de l'Hippodrome, et par là aussi je crois qu'on y arrive encore. Ensuite tu continues sous terre pendant un bon bout de temps, et tu es dans le cimetière des moines de Katabatès, dont personne ne sait s'il existe toujours, mais il est encore là. Les galeries du cimetière arrivent jusqu'à la crypte, mais si tu veux tu peux t'arrêter avant.

— Et tu m'y conduis ?

— Baudolino, l'amitié est sacrée mais la peau l'est davantage encore. Je t'explique tout et bien, tu es un gars intelligent, et tu trouves ton chemin tout seul. Ça te va comme ça ? »

Boïamondo décrivit la route à prendre, il lui donna aussi deux morceaux de bois bien résinés. Baudolino revint auprès du Boïdi et il lui demanda s'il avait peur des morts. Allons donc, dit-il, moi je n'ai peur que des vivants. « Alors voilà, lui dit Baudolino, toi tu prends ta tête de Jean-Baptiste, et moi je t'accompagne là-bas. Tu iras à ton rendez-vous et moi je me cacherai un peu avant, pour découvrir ce que ce fou a sous le crâne.

— Alors allons-y », dit le Boïdi.

Au moment de sortir, Baudolino réfléchit un instant, et il revint prendre aussi sa propre tête de Jean-Baptiste, qu'il enroula dans un bout de drap, et mit sous son bras. Puis il réfléchit encore, et il glissa dans sa ceinture les deux dagues arabes qu'il avait achetées à Gallipoli.

38

Baudolino à la reddition des comptes

BAUDOLINO ET LE BOÏDI avaient atteint l'aire de l'Hippodrome, alors que déjà les flammes de l'incendie progressaient, en fendant une foule de Romaniens terrorisés qui ne savaient par où s'enfuir, car certains criaient que les pèlerins arrivaient de ce côté-là, d'autres d'un autre côté. Ils trouvèrent le pavillon, ils forcèrent une porte fermée par une faible chaîne, ils pénétrèrent dans le conduit souterrain en allumant les torches que Boïamondo leur avait données.

Ils marchèrent longuement, car ce passage d'évidence allait de l'Hippodrome aux murs de Constantin. Ensuite ils gravirent des escaliers imprégnés d'humidité, et ils commencèrent à percevoir des relents mortifères. Il ne s'agissait pas de relents de chair morte depuis peu : c'étaient, comment dire, des relents de relents, des relents de chair qui s'était corrompue et puis avait en quelque sorte séché.

Ils entrèrent dans un couloir (tout au long duquel on en voyait d'autres s'ouvrir à droite et à gauche) aux murs où se creusaient, serrées, des niches habitées par une population souterraine de morts presque vivants. Morts, ils l'étaient, et à coup sûr, ces êtres complètement habillés, qui se tenaient droit dans leurs cavités, sans doute soutenus par des piques de fer qui en assuraient le dos; mais le temps ne paraissait pas avoir accompli son œuvre de destruction, parce que ces visages séchés et couleur de cuir, où apparaissaient des orbites vides, souvent marqués d'un ricanement édenté, donnaient l'impression de la vie. Ce n'étaient pas des squelettes, mais des corps comme sucés et resucés par une force qui, de l'intérieur, en avait desséché et émietté les entrailles, laissant intactes non seulement l'ossature mais aussi la peau, et peut-être une partie des muscles.

« Seigneur Nicétas, nous étions arrivés dans un réseau de catacombes où des siècles durant les moines de Katabatès avaient placé les cadavres de leurs frères, sans les ensevelir, car une sorte de miraculeuse conjonction du sol, de l'air, de certaine substance qui suintait des parois tufacées de ce souterrain, les conservait presque intégralement.

— Je croyais que ce n'était plus l'usage, et j'ignorais tout du cimetière de Katabatès, signe que cette ville garde encore des mystères que personne d'entre nous ne connaît. Mais j'ai entendu parler de la façon dont des moines d'autrefois, pour aider l'œuvre de la nature, laissaient macérer les cadavres de leurs frères parmi les humeurs du tuf pendant huit mois, ensuite les retiraient, les lavaient avec du vinaigre, les exposaient à l'air durant quelques jours, les rhabillaient, et puis les reposaient dans leurs niches, afin que l'air d'une certaine façon balsamique de ce milieu les livrât à leur immortalité asséchée. »

En avançant le long de cette théorie de moines trépassés, chacun vêtu de ses ornements liturgiques, comme s'ils devaient encore officier en baisant de leurs lèvres livides des icônes étincelantes, ils apercevaient des visages au sourire étiré et ascétique, d'autres auxquels la piété des survivants avait recollé barbes et moustaches de manière qu'ils apparussent hiératiques comme jadis, leur fermant les paupières afin qu'ils eussent l'air endormis, d'autres encore à la tête réduite à un pur crâne, mais avec des bouts coriaces de peau attachés aux zygomes. Certains s'étaient déformés au cours des siècles, et ils apparaissaient comme des prodiges de la nature, fœtus mal sortis du ventre maternel, êtres inhumains dont la figure contractée faisait innaturellement ressortir des chasubles à ramages et aux couleurs

518

désormais amaties, des dalmatiques qu'on eût dites brodées mais qui étaient rongées par l'action des ans et de quelques vers des catacombes. Pour d'autres encore les habits étaient tombés, désormais réduits en miettes depuis des siècles, et sous les lambeaux de leurs ornements apparaissaient des pauvres petits corps amaigris, toutes les côtes recouvertes d'un épiderme tendu telle une peau de tambour.

« Si c'était la piété qui avait conçu ce mystère, disait Baudolino à Nicétas, impitoyables avaient été les survivants en imposant la mémoire de ces disparus comme une menace continue et pressante, ne visant en rien à réconcilier les vivants et la mort. Comment peux-tu prier pour l'âme de quelqu'un qui te fixe depuis ces parois en te disant je suis ici, et d'ici je ne bougerai jamais, comment peux-tu espérer en la résurrection de la chair, et en la transfiguration de nos corps terrestres après le Jugement, si ces corps sont encore là, d'un jour à l'autre plus irrités? Moi, des cadavres dans ma vie, hélas, j'en avais vu, mais du moins pouvais-je espérer que, une fois dissous dans la terre, un jour ils pourraient resplendir beaux et vermeils comme une rose. Si là en haut, après la fin des temps, devaient circuler des gens comme ça, me disais-je, mieux valait l'Enfer, que je te brûle par ici et que je t'écartèle par là : au moins tout ça devrait ressembler à ce qui se passe chez nous. Le Boïdi, moins sensible que moi aux quatre fins de l'homme, tentait de soulever ces habits pour voir dans quel état se trouvaient les pudenda, mais si quelqu'un te fait voir ces choses-là, comment se plaindre si ces choses-ci viennent à l'esprit de quelqu'un d'autre? »

Avant que le réseau des couloirs prît fin, ils se trouvèrent dans une zone circulaire, où la voûte était percée par un conduit qui montrait, en haut, le ciel de l'après-midi. D'évidence, au niveau du sol, un puits servait à aérer ce lieu. Ils éteignirent leurs torches. Non plus éclairés par une flamme, mais par cette lumière blême qui se répandait parmi les niches, les corps des moines apparaissaient encore plus inquiétants. On avait l'impression que, touchés par le jour, ils étaient sur le point de ressusciter. Le Boïdi fit le signe de la croix.

Enfin, le couloir où ils s'étaient engagés finissait dans le promenoir, derrière les colonnes qui faisaient couronne à la crypte où la première fois ils avaient vu Zosime. Ils s'étaient approchés sur la pointe des pieds, car l'on apercevait déjà des lumières. La crypte était, comme cette nuit-là, éclairée par deux trépieds. Il ne manquait que le bassin circulaire utilisé par Zosime pour sa nécromancie. Devant l'iconostase déjà attendaient Boron et Kyot, nerveux. Baudolino suggéra au Boïdi d'arriver en sortant entre les deux colonnes flanquant l'iconostase, comme s'il avait fait le même chemin qu'eux, alors que lui resterait caché.

Ainsi fit le Boïdi, et les deux autres l'accueillirent sans surprise. « Donc le Poète t'a expliqué à toi aussi comment venir ici, dit Boron. Nous croyons qu'il ne l'a pas dit à Baudolino, autrement pourquoi tant de précautions ? Tu as une idée du pourquoi de cette convocation ?

— Il a parlé de Zosime, du Gradale, il m'a fait de curieuses menaces, dit le Boïdi.

— A nous aussi », dirent Kyot et Boron.

Ils entendirent une voix, et elle semblait venir de la bouche du Pantocrator de l'iconostase. Baudolino s'aperçut que les yeux du Christ étaient deux amandes noires, signe que de derrière l'icône quelqu'un observait ce qui se passait dans la crypte. Bien que déformée, la voix était reconnaissable, et c'était celle du Poète. « Bienvenus, dit la voix. Vous ne me voyez pas, mais moi je vous vois. J'ai un arc, je pourrais vous transpercer comme je veux avant que vous puissiez vous enfuir.

— Mais pourquoi, Poète, qu'est-ce que nous t'avons fait ? demanda Boron effrayé.

— Ce que vous avez fait, vous le savez mieux que moi. Mais venons-en au fait. Entre, misérable. » On entendit un gémissement étouffé, et de derrière l'iconostase apparut une figure tâtonnante.

Bien que du temps ait passé, bien que cet homme se traînât voûté et recroquevillé, bien que ses cheveux et sa barbe fussent maintenant devenus blancs, ils reconnurent Zosime.

« Oui, c'est Zosime, dit le Poète. Je l'ai rencontré hier, par pur hasard, alors qu'il mendiait dans une ruelle. Il est aveugle, il a les membres estropiés, mais c'est lui. Zosime, relate à nos amis ce qui t'est arrivé quand tu t'es enfui du château d'Ardzrouni. »

D'une voix plaintive, Zosime commença à raconter. Après le vol de la tête où il avait caché le Gradale, il s'était enfui, sans qu'il eût, je ne dis pas jamais eu, mais jamais vu aucune carte de Cosmas, et il ne savait où aller. Il avait erré jusqu'à la mort de son mulet, il s'était traîné à travers les terres les plus inhospitalières du monde, les yeux brûlés par le soleil qui lui faisaient désormais confondre l'orient et l'occident, le septentrion et le midi. Il était tombé sur une ville habitée par des chrétiens, qui l'avaient secouru. Il avait dit être le dernier des Mages, parce que les autres avaient maintenant rejoint la paix du Seigneur et gisaient dans une église du lointain Occident. Il avait dit, d'un ton hiératique, que dans son reliquaire il portait le saint Gradale à remettre au Prêtre Jean. Ses hôtes, d'une façon ou d'une autre, avaient entendu parler des deux, ils s'étaient prosternés devant lui, ils l'avaient fait entrer en procession solennelle dans leur temple, où il avait commencé à s'asseoir sur un faudesteuil épiscopal, chaque jour fournissant des oracles, donnant des conseils sur le cours des choses, mangeant et buvant à volonté, au milieu du respect de tous.

Bref, comme dernier des très saints Rois, et gardien du saint Gradale, il était devenu la plus haute autorité spirituelle de cette communauté. Chaque matin il disait la messe, et, au moment de l'élévation, en plus des saintes espèces, il montrait aussi son reliquaire, et les fidèles s'agenouillaient en disant qu'ils sentaient des parfums célestes.

Les fidèles lui amenaient aussi les femmes perdues, pour qu'il les remît dans le droit chemin. Il leur disait que la miséricorde de Dieu est infinie, et il les convoquait dans l'église, au soir tombé, pour passer avec elles, disait-il, la nuit en continuelle prière. La rumeur s'était répandue qu'il avait transformé ces malheureuses en autant de Madeleines, qui s'étaient consacrées à son service. Pendant la journée, elles lui préparaient les nourritures les plus délicates, elles lui apportaient les vins les plus exquis, elles l'aspergeaient d'huiles parfumées ; la nuit, elles veillaient avec lui devant l'autel, disait Zosime, tant et si bien que le lendemain matin il apparaissait avec des yeux marqués par cette pénitence. Zosime avait enfin trouvé son Paradis, et décidé qu'il ne quitterait jamais de la vie ce lieu béni.

Zosime poussa un long soupir, puis il se passa les mains sur les yeux, comme si dans cette obscurité il voyait encore une scène des plus pénibles. « Mes amis, dit-il, à chaque penser qui vous arrive, demandez toujours : tu es des nôtres ou tu viens de l'ennemi? J'ai oublié de suivre cette sainte maxime, et promis à toute la ville que pour la sainte Pâque j'ouvrirais le reliquaire et montrerais enfin le saint Gradale. Le Vendredi Saint, tout seul, j'ouvris le reliquaire : à l'intérieur je trouvai une de ces dégoûtantes têtes de mort qu'y avait mise Ardzrouni. Je jure que j'avais caché le Gradale dans le premier reliquaire à gauche, celui que j'ai pris avant de m'enfuir. Mais quelqu'un, certainement quelqu'un d'entre vous, avait changé l'ordre des reliquaires, et celui que j'ai pris moi ne contenait pas le Gradale. Qui bat un bloc de fer pense d'abord à ce qu'il veut en faire, une faux, une épée ou une hache. Moi je décidai de me taire. Le père Agathon vécut trois ans avec un caillou dans la bouche, tant qu'il ne parvint pas à pratiquer le silence. Or donc je dis à tous que j'avais été visité par un ange du Seigneur, qui m'avait annoncé que dans la ville il y avait encore trop de pécheurs, raison pour quoi nul n'était encore digne de voir cette sainte chose. Le soir du Samedi Saint, je l'ai passé, ainsi que doit le faire un moine honnête, en excessives mortifications, je pense, car le lendemain matin je me sentais épuisé, comme si ma nuit s'était écoulée, Dieu me pardonne fût-ce cette seule pensée, entre libations et fornications. J'officiai en titubant et, au moment solennel où je devais montrer le reliquaire aux dévots, j'achoppai sur la marche la plus haute de l'autel, m'écroulant jusqu'en bas. Le reliquaire m'échappa des mains, en heurtant le sol il s'ouvrit, et tous virent qu'il ne renfermait point de Gradale, mais un crâne desséché. Il n'y a rien de plus injuste que le châtiment du juste qui a péché, mes amis, car au pire des pécheurs on pardonne le dernier des péchés, mais au juste pas même le premier. Ces gens dévots estimèrent avoir été fraudés par moi qui, jusqu'à trois jours avant, Dieu m'en a été témoin, avais agi en parfaite bonne foi. Ils me sautèrent dessus, m'arrachèrent les habits, me frappèrent avec des bâtons qui m'ont désarticulé à jamais les jambes, les bras, le dos, ensuite ils m'ont traîné devant leur tribunal, où il a été décidé de m'arracher les yeux. Ils m'ont chassé hors les portes de la ville, tel un chien rouvieux. Vous ne savez pas combien j'ai souffert. J'ai vagué en mendiant, aveugle et estropié et, estropié et aveugle, après de longues années d'errance, j'ai été recueilli par une caravane de marchands sarrasins qui venaient de Constantinople. L'unique pitié, je l'ai reçue des infidèles, que Dieu les récompense en évitant de les damner comme ils le mériteraient. Je suis revenu il y a quelques années, ici, dans ma ville, où j'ai vécu en demandant l'aumône, et heureusement qu'une bonne âme un jour m'a conduit par la main jusque dans les ruines de ce monastère où, à tâtons, je reconnais les lieux, et j'ai pu dès lors passer les nuits sans souffrir du froid, de la chaleur ni de la pluie.

— Voilà l'histoire de Zosime, dit la voix du Poète. Son état témoigne, pour une fois au moins, de sa sincérité. Donc un autre d'entre nous, voyant où Zosime avait caché le Gradale, a changé les têtes de place pour permettre à Zosime de courir à sa ruine, et détourner tout soupçon. Mais celui-là, qui a pris la bonne tête, est le même qui a tué Frédéric. Et moi je sais qui c'est.

— Poète, s'exclama Kyot, pourquoi dis-tu cela? Pourquoi n'as-tu convoqué que nous trois, et non pas Baudolino aussi? Pourquoi ne nous as-tu rien dit là-bas, chez les Génois?

— Je vous ai appelé ici parce que je ne pouvais pas traîner derrière moi une loque humaine à travers une ville envahie par l'ennemi. Parce que je ne voulais pas parler devant les Génois, et surtout pas devant Baudolino. Baudolino n'a plus rien à voir avec notre histoire. L'un de vous me donnera le Gradale, et ce ne sera plus que mon affaire à moi.

— Pourquoi ne penses-tu pas que Baudolino peut avoir le Gradale?

— Baudolino ne peut avoir tué Frédéric. Il l'aimait. Baudolino n'avait pas intérêt à voler le Gradale, c'était le seul d'entre nous qui voulait vraiment l'apporter au Prêtre, au nom de l'empereur. Enfin, cherchez à vous rappeler ce qui s'est passé pour les six têtes qui sont restées après la fuite de Zosime. Nous en avons pris une chacun, moi, Boron, Kyot, le Boïdi, Abdul et Baudolino. Moi, hier, après que j'ai rencontré Zosime, j'ai ouvert la mienne. Dedans il y avait un crâne fumé. Quant à celle d'Abdul, vous vous en souviendrez, Ardzrouni l'avait ouverte pour lui mettre le crâne entre les mains comme amulette, ou ce qu'on voudra, au moment où il mourait, et à cette heure elle se trouve enterrée avec lui. Baudolino a donné la sienne à Praxeas, qui l'a ouverte devant nous, et il y avait un crâne dedans. Il reste donc trois reliquaires, et ce sont les vôtres. A vous trois. Moi désormais je sais qui de vous a le Gradale, et je sais que lui le sait. Je sais aussi qu'il ne l'a pas par hasard, mais parce qu'il avait tout préparé, dès l'instant où il avait tué Frédéric. Néanmoins je veux qu'il ait le courage d'avouer, d'avouer à nous tous qu'il nous a trompés durant des années et des années. Quand il aura confessé, je le tuerai. Or donc, décidez-vous. Qui doit parler, qu'il parle. Nous sommes arrivés à la fin de notre voyage. »

« Là, il advint quelque chose d'extraordinaire, seigneur Nicétas. Moi, depuis ma cachette, je cherchais à me mettre dans la peau de mes trois amis. Supposons que l'un d'eux, et nous l'appellerons Ego, sût qu'il avait le Gradale, et qu'il était coupable de quelque chose. Il se serait dit que, à ce point, il lui convenait de jouer le tout pour le tout, d'empoigner son épée ou sa dague, de se jeter dans la direction d'où il était venu, de fuir jusqu'à rejoindre la citerne, et puis la lumière du soleil. Voilà, je crois, à quoi s'attendait le Poète. Sans doute ne savait-il pas encore qui des trois avait le Gradale, mais cette fuite le lui aurait révélé. Cependant, imaginons qu'Ego ne fût pas certain d'avoir le Gradale, parce qu'il n'avait jamais regardé dans son reliquaire, et que toutefois il eût quelque chose sur la conscience en ce qui concernait la mort de Frédéric. Ego aurait donc dû attendre, pour voir si quelqu'un avant lui, sachant qu'il avait le Gradale, ferait un bond vers la fuite. Ego donc attendait, et ne bougeait pas. Mais il voyait que les deux autres non plus ne bougeaient pas. Donc, pensait-il, aucun des deux n'a le Gradale, et aucun des deux ne se sent le moins du monde digne de soupçon. Par conséquent, devait-il en conclure, celui à qui le Poète pense c'est moi, et je dois fuir. Perplexe, il a porté la main à son épée ou à sa dague, et il a ébauché le mouvement d'un premier pas. Mais il a vu que chacun des deux autres faisait de même. Alors il s'est arrêté de nouveau, en soupçonnant que les deux autres se sentaient plus coupables que lui. C'est ce qui se passa dans cette crypte. Chacun des trois, chacun d'eux pensant comme celui que j'ai appelé Ego, est d'abord resté immobile, puis il a fait un pas, puis il s'est arrêté de nouveau. Et c'était là le signe évident qu'aucun n'était certain d'avoir le Gradale, mais que tous les trois avaient quelque chose à se reprocher. Le Poète l'a fort bien compris, et il leur a expliqué ce que j'avais compris de mon côté et que je viens de t'expliquer. »

Alors la voix du Poète dit : « Misérables tous les trois. Chacun de vous sait qu'il est coupable. Moi je sais – j'ai toujours su – que tous les trois vous avez cherché à tuer Frédéric, et peut-être l'avez-vous tué tous les trois, si bien que cet homme est mort trois fois. Moi, cette nuit-là, j'étais sorti très tôt de la salle de garde, et j'y suis rentré le dernier. Je n'arrivais pas à dormir, sans doute avais-je trop bu, j'ai uriné trois fois dans la cour, je restais dehors pour ne pas tous vous déranger. Tandis que je me trouvais dehors, j'ai entendu sortir Boron. Il prenait l'escalier vers l'étage inférieur, et je l'ai suivi. Il a été dans la salle des machines, il s'est approché de ce cylindre qui produit le vide, il en a manœuvré le levier à plusieurs reprises. Je ne parvenais pas à comprendre ce qu'il voulait, mais je l'ai compris le lendemain. Ou bien Ardzrouni lui avait confié quelque chose, ou bien il l'avait saisi tout seul, mais d'évidence la chambre où le cylindre créait le vide, celle où avait été sacrifié le poulet, c'était précisément celle où dormait Frédéric, et qu'Ardzrouni utilisait pour se libérer des ennemis qu'hypocritement il hébergeait. Toi, Boron, tu as agi sur ce levier jusqu'à ce que dans la chambre de l'empereur se soit créé le vide, ou du moins, puisque tu ne croyais pas au vide, cet air dense et épais où tu savais que s'éteignent les chandelles et suffoquent les animaux. Frédéric a senti l'air lui manquer ; d'abord il a pensé à un poison, et il a pris le Gradale pour boire le contrepoison qu'il contenait. Mais il est tombé à terre, sans plus un souffle. Le lendemain matin, tu étais prêt à soustraire le Gradale, en te prévalant de la confusion, mais Zosime t'a précédé. Tu l'as vu, et tu as vu où il le cachait. Il t'a été facile de changer les têtes de place et, au moment du départ, tu as pris la bonne. »

Boron était couvert de sueur. « Poète, dit-il, tu as vu juste, je suis allé dans la salle de la pompe. Le débat avec Ardzrouni avait piqué ma curiosité. J'ai essayé de l'actionner, sans savoir, je te jure, quelle était la salle sur laquelle elle agissait. Mais par ailleurs j'étais convaincu que la pompe ne pouvait fonctionner. J'ai joué, c'est vrai, mais seulement joué, sans intentions homicides. Et puis, si j'avais fait comme tu as dit toi, comment expliques-tu que dans la chambre de Frédéric le bois de la cheminée fût complètement consumé? Pût-on même faire le vide, tuant ainsi quelqu'un, dans le vide ne brûlerait aucune flamme...

— Ne te soucie pas de la cheminée, dit, sévère, la voix du Poète, pour ça il y a une autre explication. Ouvre plutôt ton reliquaire, si tu es tellement sûr qu'il ne contient pas le Gradale. »

Boron, tout en murmurant que Dieu le fulminât s'il avait jamais pensé avoir le Gradale, de sa dague brisa le sceau avec précipitation, et du reliquaire roula par terre un crâne, plus petit que ceux qu'ils avaient vus jusqu'à présent, parce que sans doute Ardzrouni n'avait pas hésité à profaner même des tombes d'enfants.

« Tu n'as pas le Gradale, d'accord, dit la voix du Poète, mais cela ne t'absout pas pour ce que tu as fait. Venons-en à toi, Kyot. Tu es sorti tout de suite après, comme quelqu'un qui avait besoin de respirer. Mais tu en avais un bien grand besoin, si tu es allé jusque sur les remparts, là où se trouvaient les miroirs d'Archimède. Je t'ai suivi, et je t'ai vu. Tu les as touchés, tu as manœuvré celui qui agissait à courte distance, comme nous avait expliqué Ardzrouni, tu l'as incliné d'une manière qui n'était pas casuelle, car tu y apportais beaucoup d'attention. Tu as préparé le miroir afin qu'aux premières lumières du soleil il en concentrât les rayons sur la fenêtre de la chambre de Frédéric. C'est ce qui s'est passé, et ces rayons ont allumé le bois de la cheminée. Désormais le vide fait par Boron avait abandonné le terrain à de l'air nouveau, après tout ce temps, et la flamme a pu s'alimenter. Tu savais ce que ferait Frédéric en se réveillant à demi-suffoqué par la fumée de la cheminée. Il se croirait empoisonné et boirait au Gradale. Je sais, tu y avais bu toi aussi, ce soir-là, mais nous ne t'avons pas suffisamment observé quand tu le reposais dans l'arche. Quelle qu'en fût la manière, tu avais acheté du poison au marché de Gallipoli, et tu en as laissé tomber quelques gouttes dans la coupe. Le plan était parfait. A part que tu ne savais pas ce qu'avait fait Boron. Frédéric avait bu à ta coupe empoisonnée, mais pas quand le feu s'est allumé, bien avant au contraire, lorsque Boron lui ôtait l'air.

— Tu es fou, Poète, s'écria Kyot, pâle comme un mort, moi je ne sais rien du Gradale, regarde, à présent j'ouvre ma tête... Voilà, tu vois, il y a un crâne!

— Tu n'as pas le Gradale, d'accord, dit la voix du Poète, mais tu ne nies pas avoir bougé les miroirs.

— Je ne me sentais pas bien, tu l'as dit, je voulais respirer l'air de la nuit. J'ai joué avec les miroirs, mais que Dieu me foudroie en cet instant même si je savais qu'ils allumeraient le feu dans cette chambre! Ne crois pas qu'en ces longues années je n'aie jamais pensé à cette imprudence, me demandant si ce n'était pas par ma faute que le feu s'était allumé et si cela n'avait pas quelque chose à voir avec la mort de l'empereur. Des années de doutes atroces. En quelque sorte tu m'apportes à présent un soulagement, parce que tu me dis que dans tous les cas à ce point-là Frédéric était déjà mort! Quant au poison, comment peux-tu proférer pareille infamie? Moi, ce soir-là, j'ai bu de bonne foi, je me sentais comme une victime sacrificielle...

— Vous êtes tous des brebis innocentes, n'est-ce pas? Des brebis innocentes qui, pendant presque quinze ans, ont vécu dans le soupçon d'avoir tué Frédéric, n'est-ce pas vrai aussi pour toi, Boron? Mais venons-en à notre Boïdi. Désormais, tu es le seul qui peut avoir le Gradale. Toi, ce soir-là, tu n'es pas sorti. Tu as trouvé comme tous les autres Frédéric renversé dans la chambre le lendemain matin. Tu ne t'y attendais pas, mais tu as saisi l'occasion. Tu la cultivais depuis longtemps.

D'ailleurs, tu étais le seul à avoir des raisons de haïr Frédéric qui, sous les murs d'Alexandrie, avait fait mourir tant de tes compagnons. A Gallipoli tu avais dit avoir acheté cette bague avec un cordial dans le chaton. Mais personne ne t'a vu pendant que tu traitais avec le marchand. Qui dit qu'il contenait vraiment un cordial? Tu étais prêt depuis longtemps avec ton poison, et tu as compris que là c'était le bon moment. Peut-être Frédéric, pensais-tu, a seulement perdu les sens. Tu lui as versé le poison dans la bouche en disant que tu voulais le ranimer et après seulement, remarquez bien, après seulement, Solomon s'est rendu compte qu'il était mort.

— Poète, dit le Boïdi en tombant les genoux en terre, si tu savais combien de fois pendant ces années je me suis vraiment demandé si mon cordial n'était par hasard vénéfique. Mais tu me dis à présent que Frédéric était déjà mort, tué par un de ces deux-là, ou par l'un et l'autre, grâce à Dieu.

— N'importe, dit la voix du Poète, c'est l'intention qui compte. Mais pour ce qui me regarde, de tes intentions tu en rendras compte à Dieu. Moi je ne veux que le Gradale. Ouvre le reliquaire. »

Le Boïdi chercha en tremblant à l'ouvrir, par trois fois la cire résista. Boron et Kyot s'étaient écartés de lui, qui se pliait sur ce réceptacle fatal, comme s'il était maintenant la victime désignée. A la quatrième tentative, le reliquaire s'ouvrit, et apparut encore une fois un crâne.

« Par tous les très maudits saints! » hurla le Poète en sortant de derrière l'iconostase.

« C'était le portrait même de la fureur et de la démence, seigneur Nicétas, je ne reconnaissais plus l'ami d'autrefois. Mais en cet instant je me suis rappelé le jour où j'étais allé observer les reliquaires, après qu'Ardzrouni nous avait proposé de les emporter avec nous, et après que Zosime avait déjà caché, à notre insu, le Gradale dans l'un d'eux. J'avais pris en main une tête, s'il m'en souvient bien la première à gauche, et je l'avais attentivement examinée. Puis je l'avais reposée. A présent, je revivais ce moment de presque quinze années en arrière, et je me voyais tandis que je posais la tête à droite, la dernière des sept. Lorsque Zosime était descendu pour s'enfuir avec le Gradale, se rappelant l'avoir mis dans la première tête à gauche, il avait pris celle-là, qui en revanche était la deuxième. Lorsque nous nous sommes réparti les têtes à notre départ, moi j'avais pris la mienne en dernier. C'était évidemment celle de Zosime. Tu te souviendras que j'avais aussi gardé avec moi, sans le dire à personne, la tête d'Abdul, après sa mort. Quand ensuite j'ai offert une des deux têtes à Praxeas, d'évidence je lui ai donné celle d'Abdul, dès alors je l'avais compris car elle s'était ouverte avec facilité, vu que le sceau avait déjà été brisé par Ardzrouni. Or donc, pendant presque quinze ans, j'avais porté le Gradale avec moi sans le savoir. J'en étais maintenant si certain que je n'avais même pas besoin d'ouvrir ma tête. Mais je le fis, en cherchant à opérer sans bruit. Même si derrière la colonne il faisait sombre, je parvins à voir que le Gradale était là, enchâssé dans le reliquaire, le creux en avant, avec le fond qui s'arrondissait en saillie comme un crâne. »

Le Poète avait maintenant saisi par leur tunique chacun des trois autres, les couvrant d'insultes, hurlant qu'il ne fallait pas le moquer, comme si un démon avait pris possession de lui. Baudolino alors posa son reliquaire derrière la colonne, et sortit de sa cachette : « C'est moi qui ai le Gradale », dit-il.

Le Poète avait été saisi de surprise. Il rougit violemment et dit : « Tu nous as menti pendant tout ce temps. Et moi qui te croyais le plus pur d'entre nous!

— Je n'ai pas menti. Je ne le savais pas, jusqu'à ce soir. C'est toi qui t'es trompé en comptant les têtes. »

Le Poète tendit les mains vers son ami, et il dit, la bave à la bouche : « Donne-le-moi.

— Pourquoi à toi? demanda Baudolino.

— Le voyage prend fin ici, répéta le Poète. Ce fut un voyage infortuné, et c'est là ma dernière possibilité. Donne-le-moi, sinon je te tue. »

Baudolino fit un pas en arrière, serrant les mains autour des fusées de ses deux dagues arabes. « Tu en serais capable, si pour cet objet tu as tué Frédéric.

— Sottises, dit le Poète. Tu viens d'entendre ces trois-là qui ont avoué.

— Trois aveux, c'est trop pour un seul homicide, dit Baudolino. Je pourrais dire que, même si chacun d'eux avait fait ce qu'il a fait, tu les as laissés faire. Il aurait suffi, quand tu as vu que Boron allait actionner le levier du vide, que tu l'en eusses empêché. Il aurait suffi, quand Kyot a bougé les miroirs, que tu eusses averti Frédéric avant que se levât le soleil. Tu ne l'as pas fait. Tu voulais que quelqu'un tuât Frédéric pour en tirer ensuite avantage. Mais moi je ne crois pas qu'aucun de ces trois pauvres amis ait causé la mort de l'empereur. En t'écoutant parler derrière l'iconostase, je me suis rappelé la tête de la Méduse qui permettait d'entendre de la chambre de Frédéric ce qui se murmurait dans le colimaçon d'en bas. Maintenant je te dis moi ce qui s'est passé. Dès avant le départ de l'expédition pour Jérusalem, toi tu rongeais ton frein, et tu voulais partir vers le royaume du Prêtre, avec le Gradale, pour ton propre compte. Tu n'attendais qu'une bonne occasion pour te débarrasser de l'empereur. Ensuite, bien sûr, nous serions venus avec toi, mais d'évidence cela ne constituait pas pour toi une préoccupation. Ou peut-être pensais-tu faire toi ce qu'en revanche Zosime, te précédant, a fait. Ça, je ne le sais pas. Mais depuis longtemps j'aurais dû m'apercevoir que désormais tu rêvais pour ton propre compte, sauf que l'amitié aveuglait ma pénétration d'esprit.

— Continue, ricana le Poète.

—Je continue. Quand Solomon à Gallipoli a acheté le contrepoison, je me souviens très bien que le marchand nous avait offert aussi une autre fiole, la même, qui cependant contenait du poison. Sortis de ce fondouk, un temps nous t'avions perdu de vue. Puis tu es réapparu, mais sans argent, et tu as dit qu'on t'avait volé. Mais, tandis que nous parcourions le marché, tu étais revenu là-bas et tu avais acheté le poison. Il ne t'aura pas été difficile de remplacer la fiole de Solomon par la tienne, au cours du long voyage à travers la terre du sultan d'Iconium. Le soir précédant la mort de Frédéric, c'est toi qui lui as conseillé, à voix haute, de se pourvoir d'un contrepoison. Ainsi as-tu donné l'idée au bon Solomon, qui a offert le sien — c'est-à-dire ton poison. Tu dois avoir eu un moment de terreur quand Kyot s'est proposé pour en tâter, mais sans doute savais-tu déjà que ce liquide, pris en petite quantité, ne faisait rien, et qu'il fallait tout boire pour en mourir. Je pense que si pendant la nuit Kyot avait un tel besoin d'air c'est parce que même cette mince gorgée l'avait incommodé, mais de cela je ne suis pas sûr.

— Et de quoi tu es sûr? demanda le Poète en ricanant encore.

— Je suis sûr que, avant que tu ne visses Boron et Kyot s'affairer, tu avais déjà ton plan dans la tête. Tu es allé dans la salle où était le colimaçon, au pertuis central duquel on parlait pour se faire entendre dans la chambre de Frédéric. D'ailleurs, que ce jeu te plaise, tu l'as prouvé ce soir aussi, et dès que je t'ai écouté parler là-derrière, j'ai commencé à comprendre. Tu t'es approché de l'oreille de Denys et tu as appelé Frédéric. Je pense que tu t'es fait passer pour moi, comptant sur le fait que la voix, en se propageant d'un étage à l'autre, arrivait altérée. Tu as dit que c'était moi, pour être plus crédible. Tu as averti Frédéric que nous avions découvert que quelqu'un avait mis du poison dans sa nourriture, peut-être même lui as-tu dit qu'un de nous commençait à souffrir d'atroces douleurs, et qu'Ardzrouni avait à cette heure déchaîné ses sicaires. Tu lui as dit d'ouvrir l'arche et qu'il bût sur-le-champ le contrepoison de Solomon. Mon pauvre père t'a cru, il a bu, il est mort.

— Belle histoire, dit le Poète. Mais la cheminée?

— Peut-être a-t-elle été réellement allumée par les rayons du miroir, mais après que Frédéric était déjà cadavre. La cheminée, ça n'avait rien à voir, elle ne faisait pas partie de ton projet mais, quiconque l'a allumée t'a secondé pour nous confondre les idées. Tu as tué Frédéric, et ce jour seulement tu m'as aidé à le comprendre. Que tu sois maudit : comment as-tu pu accomplir ce crime, ce parricide envers un homme dont tu avais reçu les bienfaits, rien que par soif de gloire? Tu ne te rendais pas compte que tu t'appropriais encore une fois la gloire d'autrui, comme tu l'as fait avec mes poésies?

— Elle est bonne, dit en riant le Boïdi, qui désormais s'était remis de sa peur. Le grand poète se faisait écrire ses poésies par les autres! »

Cette humiliation, après les frustrations nombreuses de ces

jours, unie à la volonté désespérée d'avoir le Gradale, poussa le Poète au dernier excès. Il tira son épée et se jeta sur Baudolino en criant : « Je te tue, je te tue! »

« Je t'ai toujours dit que j'étais un homme de paix, seigneur Nicétas. J'étais indulgent avec moi-même. En réalité, je suis un couard, Frédéric avait raison ce jour-là. Moi en cet instant, je haïssais le Poète de toute mon âme, je le voulais mort, et pourtant je ne pensais pas le tuer, je voulais seulement que lui ne me tuât pas. J'ai fait un bond en arrière vers la colonnade, puis je me suis engagé dans le couloir d'où j'étais venu. Je m'enfuyais dans le noir, et j'entendais ses menaces alors qu'il me poursuivait. Le couloir n'avait pas de lumière, marcher à tâtons voulait dire toucher les cadavres dans les parois; comme j'ai trouvé un passage à gauche, je me suis jeté dans cette direction. Lui, il suivait le bruit de mes pas. Enfin, j'ai vu une lueur, et je me suis trouvé au fond du puits ouvert en haut, par où j'étais déjà passé en arrivant. C'était maintenant le soir, et presque par miracle je voyais la lune au-dessus de ma tête, qui éclaircissait le lieu où j'étais, et lançait des réverbérations argentées sur le visage des morts. Ce sont peut-être eux qui m'ont dit qu'on ne pouvait tromper sa propre mort, quand elle te souffle sur les talons. Je me suis arrêté. J'ai vu arriver le Poète, il s'est couvert les yeux de la main gauche pour ne pas regarder ces hôtes inattendus. J'ai agrippé un de ces habits mités et j'ai tiré avec force. Un cadavre est tombé juste entre moi et le Poète, produisant un nuage de poussière et des lambeaux tout menus de l'habit qui se dissolvaient en touchant le sol. La tête de cette dépouille mortelle s'était détachée du buste et avait roulé aux pieds de mon poursuivant, juste sous le rayon de lune, lui montrant son épouvantable sourire. Le Poète s'est arrêté un instant, terrorisé, puis il a donné un coup de pied au crâne. Moi j'ai saisi du côté opposé deux autres dépouilles, les lui poussant en plein visage. Ôte-moi cette mort de là, criait le Poète, tandis que des squames de peau séchée volaient autour de sa tête. Je ne pouvais continuer ce jeu à l'infini, je me serais précipité au-delà du cercle lumineux pour retomber dans le noir. J'ai empoigné mes deux dagues arabes, et j'ai pointé les lames droit devant moi, comme un rostre. Le Poète s'est élancé contre moi, l'épée levée à deux mains, pour me fendre la tête en deux, mais il a buté sur le deuxième squelette, qu'il avait fait rouler juste devant lui, il s'est abattu sur moi, qui suis tombé à terre, me soutenant sur mes coudes, et dans sa chute son épée lui échappait des mains... J'ai vu son visage sur le mien, ses yeux injectés de sang contre mes yeux, je sentais l'odeur de sa rage, l'âcreté d'une bête tandis qu'elle plante ses crocs dans sa proie, j'ai senti ses mains qui me serraient autour du cou, j'ai entendu le grincement de ses dents... J'ai réagi d'instinct, j'ai soulevé les coudes et j'ai porté deux coups de dague, d'un côté et de l'autre, à ses flancs. J'ai entendu le bruit d'un drap qui se déchire, j'ai eu l'impression que, au centre de ses entrailles, mes deux lames se croisaient. Puis je l'ai vu blêmir, et une rigole de sang est sortie de sa bouche. Son front a touché le mien, son sang a coulé sur ma bouche. Je ne me souviens pas comment je me suis soustrait à cette étreinte, je lui ai laissé les dagues dans le ventre, et je me suis dégagé de ce poids. Lui a glissé à mes côtés, les yeux grands ouverts qui fixaient la lune là en haut, et il était mort.

— La première personne que tu as tuée de ta vie.

— Et Dieu veuille que ce soit la dernière. Il avait été l'ami de ma jeunesse, le compagnon de mille aventures, pendant plus de quarante ans. Je voulais pleurer, puis je me rappelais ce qu'il avait fait et j'aurais voulu le tuer encore. Je me suis relevé, avec peine, car j'ai commencé à occire quand désormais je n'ai plus l'agilité de mes meilleures années. J'ai avancé à tâtons jusqu'au fond du couloir, haletant, je suis rentré dans la crypte, j'ai vu les trois autres, blancs et tremblants, je me suis senti investi de ma dignité de ministérial et de fils adoptif de Frédéric. Je ne devais montrer aucune faiblesse. Droit, tournant le dos à l'iconostase comme si j'étais un archange au milieu des archanges, j'ai dit : justice est faite, j'ai donné la mort à l'assassin du saint empereur romain. »

Baudolino alla ramasser son reliquaire, il en tira le Gradale, le montra aux autres, comme on fait avec l'hostie consacrée. Il dit seulement : « L'un d'entre vous a-t-il des prétentions ?

533

— Baudolino, dit Boron, sans parvenir encore à maîtriser le tremblement de ses mains, ce soir j'ai plus vécu que toutes les années que nous avons passées ensemble. Il n'en va certes pas de ta faute, mais quelque chose s'est brisé entre nous, entre toi et moi, entre Kyot et moi, entre le Boïdi et moi. Il y a peu de temps, ne fût-ce que pour peu d'instants, chacun d'entre nous a désiré ardemment que le coupable fût l'autre, pour mettre fin à un cauchemar. Ce n'est plus là de l'amitié. Après la chute de Pndapetzim, nous ne sommes restés unis que par accident. Ce qui nous unissait c'était la quête de cet objet que tu tiens à la main. La quête, je dis, pas l'objet. A présent, je sais que l'objet était toujours avec nous, et cela ne nous a pas empêchés de courir plusieurs fois vers notre ruine. J'ai compris ce soir que je ne dois pas avoir le Gradale, ni le donner à quelqu'un, mais seulement garder vive la flamme de sa quête. Et donc tiens-la pour toi, cette écuelle, qui n'a le pouvoir d'entraîner les hommes que si on ne la trouve pas. Moi je m'en vais. Si je peux sortir de la ville, je le ferai au plus tôt, et je commencerai à écrire sur le Gradale, et c'est dans mon récit que sera mon seul pouvoir. Je raconterai l'histoire de chevaliers meilleurs que nous, et qui me lira rêvera de la pureté, et non pas de nos misères. Adieu à tous, mes amis qui me sont restés. Plus d'une fois il a été beau de rêver avec vous. » Il disparut, par le chemin d'où il était venu.

« Baudolino, dit Kyot. Je crois que Boron a fait le choix le meilleur. Moi je ne suis pas docte comme lui, je ne sais si je saurais écrire l'histoire du Gradale, mais je trouverai certainement quelqu'un à qui la raconter, pour que lui il l'écrive. Boron a raison, je demeurerai fidèle à ma quête de tant d'années si je sais pousser les autres à désirer le Gradale. Je ne parlerai pas même de cette coupe que tu tiens à la main. Peut-être dirai-je, comme je le disais autrefois, que c'est une pierre, chue du ciel. Pierre, ou coupe, ou lance, qu'importe. Ce qui compte c'est que nul ne la trouve, sinon les autres arrêteraient de la chercher. Si tu veux m'écouter, cache cette chose : que nul ne tue son rêve en y mettant les mains. Et pour le reste, moi aussi je me sentirais mal à l'aise à me trouver parmi vous, je serais pris par trop de souvenirs douloureux. Toi, Baudolino, tu es devenu un ange de vengeance. Sans doute devais-tu faire ce que tu as fait. Mais moi je ne veux plus te voir. Adieu. » Et lui aussi sortit de la crypte.

Alors parla le Boïdi, et après tant d'années il se remit à parler dans la langue de la Frascheta. « Baudolino, dit-il, moi j'ai pas la tête dans les nuages comme ceux-là, et des histoires je sais pas en raconter. Que les gens fassent des tours et des détours pour chercher une chose qui existe pas, moi ça me fait rire. Les choses qui comptent sont celles qui existent, sauf que tu dois pas les faire voir à tous parce que l'envie est une sale bête. Ce Gradale-là est une chose sainte, crois-moi, parce qu'il est simple comme toutes les choses saintes. Je sais pas où tu irais le mettre toi, mais n'importe quel endroit, à part celui que je vas te dire, serait pas le bon. Ecoute voër ce qui m'a passé par la caboche. Après qu'est mort ton pauvre papa Gagliaudo bonne âme, tu te rappelleras que tout le monde à Alexandrie s'était mis à dire : à qui sauve une ville on fait une statue. Et puis tu sais comme vont ces choses : on cause, et on cause, et on combine jamais rien. Mais moë j'avais trouvé en allant par-ci par-là vendre mon blé, dans une petite église qui partait en morceaux près de Villa del Foro, une statue très belle, que Dieu sait d'où elle venait. Elle représentait un petit vieux courbé, qui tient sur sa tête avec ses mains une sorte de meule de moulin, une pierre de construction, peut-être une meule de fromage, va savoir quoë, et il semble qu'il se plie en deux parce qu'il n'arrive point à la maintenir. Je me suis dit qu'une image comme ça voulait dire quelque chose, même si je sais pas du tout ce que ça veut dire, mais tu sais comment c'est, tu fais une figure et puis ce qu'elle veut dire les autres l'inventent, pour autant ça va toujours bien. Mais regarde le drôle de hasard, je m'étais dit à l'époque, ça pourrait être la statue de Gagliaudo, tu l'encastres au-dessus de la porte ou sur les côtés de la cathédrale, comme une colonnette que la pierre sur la tête sert de chapiteau, et c'est lui tout craché qui tout seul tient le poids de tout le siège. Je l'ai emportée chez moë et je l'ai mise dans ma grange. Quand j'en parlais aux autres, ils disaient tous que c'était une bonne idée, vraiment. Et puis y a eu l'histoire que si on était bon chrétien on partait pour Jérusalem, et je m'y suis mis moë aussi, et ça semblait ouh Dieu sait quoë. Quand le vin est tiré faut le boëre. A présent je retourne à la maison, et tu verras après si longtemps les fêtes qu'ils vont me faire, ceux des nôtres qui sont encore de ce monde, et pour les plus jeunes je serai çui qu'a suivi l'empereur à Jérusalem, et qui à en raconter le soir autour du feu en a plus que le mage Virgile, et peut-être bien qu'avant que je meure ils me font même consul. Je retourne à la maison, sans rien dire à personne je vais dans la grange, je retrouve la statue, je trouve le moyen d'y faire un trou dans cette chose qu'elle tient sur la tête, et j'y fourre dedans le Gradale. Puis je le recouvre avec du malthe, j'y remets dessus des éclats de pierre qu'on ne doit pas voër même une fente, et je porte la statue dans la cathédrale. Nous la montons en la murant bien, et elle se tient là *per omnia saecula saeculorum*, que personne la descend plus, ni peut aller voër ce que ton père porte sur la caboche. Nous sommes une ville jeune, et avec la tête sur les épaules, mais la bénédiction du ciel fait de mal à personne. Je vais mourir, mes enfants vont mourir, et le Gradale sera toujours là, à protéger la ville, sans que personne soit au courant, à part le bon Dieu et ça suffira. Qu'est-ce t'en dis? »

« Seigneur Nicétas, c'était là une juste fin pour l'escüelle, d'autant plus que, même si des années durant j'ai feint de l'oublier, j'étais le seul à savoir sa véritable origine. Après ce que je venais de faire, je ne savais même pas moi pourquoi j'avais été au monde, vu que je n'avais jamais rien fait de bon. Avec ce Gradale entre les mains, j'aurais commis d'autres sottises. Il avait raison le brave Boïdi. J'aurais aimé revenir avec lui, mais pour faire quoi à Alexandrie, au milieu des mille souvenirs de Colandrina, à rêver d'Hypatie chaque nuit? J'ai remercié le Boïdi pour cette belle idée, j'ai renveloppé le Gradale dans le bout de drap où je l'avais porté, mais sans reliquaire. Si tu dois voyager, et croiser peut-être des brigands, lui ai-je dit, un reliquaire qui a l'air en or, ils te le prennent tout de suite, alors qu'une escüelle de rien, ils ne la touchent même pas. Va et que Dieu te garde, Boïdi, qu'il t'aide dans ton entreprise. Laisse-moi ici, j'ai besoin de rester seul. Ainsi s'en est-il allé lui aussi.

J'ai regardé autour de moi, et je me suis souvenu de Zosime. Il n'était plus là. Quand il aurait fui, je ne sais, il avait entendu dire qu'un voulait tuer l'autre, et désormais la vie lui avait appris à éviter les situations empêtrées. A tâtons, lui qui connaissait par cœur ces lieux, il s'était esquivé, quand nous avions bien d'autres chats à fouetter. Il en avait fait de toutes les couleurs, mais il avait été puni. Qu'il continuât à gueuser dans les rues, et que le Seigneur eût pitié de lui. Ainsi, seigneur Nicétas, ai-je reparcouru mon couloir des morts, en enjambant le cadavre du Poète, et je suis remonté à la lumière de l'incendie près de l'Hippodrome. Ce qui m'est arrivé sitôt après, tu le sais, et c'est aussitôt après que je t'ai rencontré, toi. »

39

Baudolino stylite

N ICÉTAS SE TAISAIT. Et se taisait Baudolino, qui restait les mains ouvertes sur son giron, comme pour dire : « C'est tout. »

« Il y a quelque chose dans ton histoire, dit à un certain point Nicétas, qui ne me convainc pas. Le Poète avait formulé des accusations extravagantes à l'égard de tes compagnons, comme si chacun d'eux avait tué Frédéric, et puis il n'en était rien. Tu as cru reconstruire ce qui était arrivé cette nuit-là mais, si tu m'as tout raconté, le Poète n'a jamais dit que les faits s'étaient vraiment déroulés de la sorte.

— Il a tenté de me tuer !

— Il était devenu fou, ça c'est clair ; il voulait le Gradale à tout prix et pour le posséder il était persuadé que celui qui l'avait était coupable. De toi il a pu seulement penser que, le possédant, tu le lui avais tenu caché, et cela lui suffisait pour passer sur ton cadavre afin de te prendre cette coupe. Mais il n'a jamais dit que c'était lui l'assassin de Frédéric.

— Et qui était-ce alors ?

— Vous avez vécu pendant quinze ans en pensant que Frédéric était mort par pur accident...

— Nous nous obstinions à le penser pour ne pas devoir nous soupçonner à tour de rôle. Et puis, il y avait le fantôme de Zosime, un coupable nous l'avions.

« — Possible. Mais tu peux me croire, moi qui dans les palais impériaux ai assisté à de nombreux crimes. Même si nos empereurs se sont toujours amusés à montrer avec ostentation aux visiteurs étrangers des inventions et des automates miraculeux, je n'ai jamais vu personne utiliser ces inventions pour tuer. Ecoute, tu te souviendras que quand tu as à peine nommé la première fois Ardzrouni, je t'ai dit que je l'avais connu à Constantinople, et qu'un de mes amis de Selymbria s'était rendu une ou plusieurs fois dans son château. C'est un homme, ce Pafnuzio, qui en sait beaucoup sur les diableries d'Ardzrouni, parce que lui-même en a construit de semblables pour les palais impériaux. Et il connaît bien les limites de ces diableries, car une fois, aux temps d'Andronic, il avait promis à l'empereur un automate qui tournait sur lui-même et agitait un étendard quand le basileus frappait dans ses mains. Il l'a fait, Andronic l'a montré à des envoyés étrangers pendant un festin, il a frappé dans ses mains, l'automate n'a pas bougé et à Pafnuzio on a arraché les yeux. Je demanderai s'il veut venir nous rendre visite. Au fond, ici, en exil à Selymbria, il s'ennuie. »

Pafnuzio vint, accompagné d'un jeune garçon. Malgré son infortune, et son âge, c'était un homme vif et pénétrant. Il s'entretint avec Nicétas, qu'il n'avait pas rencontré depuis longtemps, et puis il demanda en quoi il pouvait être utile à Baudolino.

Baudolino lui raconta l'histoire, à grands traits au début, puis plus en détail, depuis le marché de Gallipoli jusqu'à la mort de Frédéric. Il ne pouvait pas ne pas se référer à Ardzrouni, mais il cela l'identité de son père adoptif, disant qu'il s'agissait d'un comte flamand, à lui très cher. Il ne cita pas même le Gradale, mais il parla seulement d'une coupe constellée de pierres précieuses, à quoi l'homme tué tenait énormément, et qui pouvait susciter la cupidité de beaucoup. Tandis que Baudolino racontait, Pafnuzio l'interrompait de temps en temps. « Tu es un Franc, n'est-ce pas ? » lui demandait-il, et il expliquait que cette façon de prononcer certains mots grecs était typique de ceux qui vivaient en Provence. Ou bien : « Pourquoi touches-tu toujours ta cicatrice sur la joue, quand tu parles ? » Et il expliquait à Baudolino, qui maintenant le prenait pour un faux aveugle, que par moments sa voix perdait en sonorité, comme s'il passait sa main devant sa bouche. S'il s'était touché, comme il arrive à plus d'un, la barbe, il n'aurait pas couvert sa bouche. Il se touchait donc la joue, et si quelqu'un se touche la joue c'est parce qu'il a mal aux dents, ou qu'il a une verrue ou une cicatrice. Puisque Baudolino était un homme d'armes, l'hypothèse de la cicatrice lui avait paru la plus raisonnable.

Baudolino finit de tout raconter, et Pafnuzio dit : « A présent tu voudrais savoir ce qui est vraiment arrivé dans cette chambre close à l'empereur Frédéric.

— Comment sais-tu que je parlais de Frédéric ?

— Allons, allons, tout le monde sait que l'empereur s'est noyé dans le Kalikadnos, à quelques pas du château d'Ardzrouni, si bien que celui-ci après l'événement a disparu, parce que son prince, Léon, voulait lui couper la tête, l'estimant responsable de n'avoir pas fait bonne garde à cet hôte si illustre. Je m'étais toujours étonné que ton empereur, si habitué à nager dans les rivières, ainsi que le disait la rumeur publique, se fût laissé entraîner par le courant d'un tout petit cours d'eau comme le Kalikadnos, et maintenant tu m'expliques bien des choses. Or donc, cherchons à y voir clair. » Et il le disait sans ironie, comme s'il suivait vraiment une scène qui se déroulait sous ses yeux éteints.

« Avant tout, éliminons le soupçon que Frédéric soit mort à cause de l'invention qui fait le vide. Je connais cette invention, d'abord elle agissait sur un réduit sans fenêtres à l'étage supérieur, et certes pas sur la chambre de l'empereur, où il y avait un manteau de cheminée et qui sait combien d'autres fentes par où l'air pouvait entrer comme il voulait. En second lieu, l'invention elle-même ne pouvait fonctionner. Je l'ai essayée. Le cylindre intérieur ne remplissait pas à la perfection le cylindre extérieur, et là aussi l'air passait par mille côtés. Des mécaniciens plus experts qu'Ardzrouni ont tenté, il y a des siècles et des siècles de cela, des expériences de ce genre, sans résultat. Une chose était de construire cette sphère qui tournait ou cette porte qui s'ouvrait en vertu de la chaleur, ce sont des

541

jeux que nous connaissons depuis les temps de Ctésibios et de Héron. Mais le vide, cher ami, absolument pas. Ardzrouni était vaniteux, il aimait étonner ses hôtes, et voilà tout. Venons-en maintenant aux miroirs. Que le grand Archimède ait réellement incendié les vaisseaux romains, c'est la légende qui le veut, mais nous ne savons pas si c'est vrai. J'ai touché les miroirs d'Ardzrouni : ils étaient trop petits, et passés grossièrement à la meule. Même en admettant qu'ils fussent parfaits, un miroir renvoie des rayons solaires d'une certaine puissance en plein midi, pas le matin, quand les rayons du soleil sont faibles. Ajoute que les rayons auraient dû passer à travers une fenêtre aux verres colorés, et tu vois que ton ami, eût-il pointé un des miroirs vers la chambre de l'empereur, il n'aurait rien obtenu. Tu es convaincu?

— Venons-en au reste.

— Les poisons et les contrepoisons... Vous, Latins, vous êtes vraiment ingénus. Mais pouvez-vous imaginer qu'au marché de Gallipoli on vendrait des substances si efficaces qu'un basileus soi-même ne réussit à obtenir que d'alchimistes de confiance, et à poids d'or? Tout ce qu'on vend là-bas est faux, cela sert pour les barbares qui arrivent d'Iconium, ou de la forêt bulgare. Dans les deux fioles qu'ils vous ont montrées il y avait de l'eau fraîche, et que Frédéric ait bu le liquide qui provenait de la fiole de ton Juif, ou de celle de ton ami que tu appelles Poète, cela serait revenu au même. Et nous pouvons penser la même chose de ce cordial prodigieux. Si un cordial de ce genre existait, tout stratège s'en accaparerait pour ranimer et lancer de nouveau dans la bataille ses soldats blessés. Par ailleurs, tu m'as raconté à quel prix on vous a vendu ces merveilles : c'était tellement ridicule que ça payait tout juste la peine de prendre de l'eau à la source et de la verser dans les fioles. A présent, laisse-moi te parler de l'oreille de Denys. Celle d'Ardzrouni, je ne l'ai jamais entendue produire l'effet souhaité. Des jeux de ce genre peuvent réussir quand la distance entre la fente où on parle et celle par où sort la voix est très courte, comme quand tu portes à ta bouche tes mains en entonnoir, pour te faire entendre un peu plus loin. Mais dans le château, le conduit qui menait d'un étage à l'autre était complexe et tortueux, et il passait entre des murs épais... Ardzrouni vous a peut-être fait essayer son appareil?

— Non.

— Tu vois? Il le montrait à ses hôtes, s'en faisait gloire, et c'est tout. Même si ton poète avait tenté de parler avec Frédéric, et que Frédéric fût éveillé, il aurait au mieux entendu un bourdonnement indistinct provenir de la bouche de la Méduse. Sans doute quelquefois Ardzrouni a-t-il usé de cet artifice pour effrayer qui il avait fait dormir là-haut, pour lui faire croire qu'il y avait des fantômes dans la chambre, mais rien de plus. Ton ami Poète ne peut avoir envoyé aucun message à Frédéric.

— Mais la coupe vide par terre, le feu dans la cheminée...

— Tu m'as dit que Frédéric ce soir-là ne se sentait pas bien. Il avait chevauché tout le jour, sous le soleil de ces terres, qui brûle, et fait mal à qui n'y est pas habitué; il venait de jours et de jours de pérégrinations incessantes et de batailles... Il était certainement fatigué, affaibli, sans doute s'est-il senti fiévreux. Que fais-tu si tu es saisi de frissons de fièvre pendant la nuit? Tu cherches à te couvrir mais, si tu as de la fièvre, tu sens les frissons même sous les couvertures. Ton empereur a allumé la cheminée. Ensuite il s'est senti plus mal qu'avant, il a été pris de la peur d'avoir été empoisonné, et il a bu son inutile contrepoison.

— Mais pourquoi s'est-il senti encore plus mal?

— Là, je n'ai plus de certitudes, mais si on raisonne bien on voit aussitôt qu'il ne peut y avoir qu'une seule conclusion. Décris-moi de nouveau cette cheminée, de façon que je puisse bien la voir.

— Il y avait du bois sur un lit de branchages secs, il y avait des branches avec des baies odorantes, et puis des morceaux d'une substance sombre. je crois que c'était du charbon, mais couverts de quelque chose d'huileux...

— C'était de la *naphta*, ou du *bitumen*, qu'on trouve par exemple en grande quantité en Palestine, dans la mer dite Morte, où ce que tu crois être de l'eau est tellement dense et lourd que si tu entres dans cette mer tu ne coules pas, mais tu flottes à l'instar d'une barque. Pline écrit que cette substance a une telle parenté avec le feu que lorsqu'elle s'en approche elle le fait flamber. Quant au charbon, nous savons tous ce que c'est si, comme nous dit toujours Pline, on le tire des chênes, en brûlant des branches sèches dans un tas en forme de cône, revêtu d'argile mouillée, où on aura fait des trous pour laisser sortir, pendant la combustion, toute l'humidité. Mais parfois on le fait avec un autre bois, dont on ne sait pas toujours les vertus. Or de nombreux médecins ont observé ce qui arrive à qui aspirerait les vapeurs d'un mauvais charbon rendu encore plus dangereux par son union avec certains types de *bitumen*. Il s'en dégage des exhalaisons délétères, bien plus subtiles et invisibles que la fumée produite normalement par un feu allumé, car en ce cas tu cherches à la faire sortir en ouvrant la fenêtre. Ces exhalaisons, tu ne les vois pas, elles se répandent et, si le lieu est clos, stagnent. Tu pourrais t'en apercevoir parce que, lorsque ces émanations sont au contact avec la flamme d'une lampe, elles la colorent de bleu clair. Mais d'habitude, quand quelqu'un s'en rend compte, il est trop tard, ce souffle malin a déjà dévoré l'air pur qui se trouvait autour de lui. Le malheureux qui aspire cet air méphitique sent une grande lourdeur à la tête, un tintement aux oreilles, il respire avec difficulté et sa vue s'obscurcit... De bonnes raisons pour se croire empoisonné, et boire un contrepoison, et ainsi a fait ton empereur. Mais si, après avoir ressenti ces maux, tu ne sors pas tout de suite du lieu infecté, ou si quelqu'un ne te traîne pas à l'extérieur, il arrive pis que ça. Tu te sens envahir par un sommeil profond, tu tombes par terre et, aux yeux de qui après te retrouvera, tu paraîtras mort, sans respiration, sans chaleur, sans battements de cœur, les membres roidis et le visage d'une pâleur extrême... Même le médecin le plus expert croira voir un cadavre. On connaît des personnes qui ont été ensevelies dans cet état, quand il aurait suffi de les soigner, avec des linges froids à la tête, et des bains aux pieds, et un frottement de tout le corps avec des huiles qui ravivent les humeurs.

— Tu veux peut-être, dit alors Baudolino pâle comme le visage de Frédéric ce matin-là, me dire que nous avons cru l'empereur mort, et qu'il était vivant?

— Oui, presque à coup sûr, mon pauvre ami. Il est mort quand il a été jeté dans la rivière. L'eau gelée en quelque sorte a commencé à le ranimer, et cela aurait pu être un bon traitement mais, encore privé de sens, il a eu un début de respiration, il a avalé de l'eau et il s'est noyé. Lorsque vous l'avez tiré sur la rive, vous auriez dû voir s'il présentait l'aspect d'un noyé...

— Il était enflé. Je savais qu'il ne pouvait en être ainsi, et j'ai cru qu'il s'agissait d'une impression, devant ces pauvres restes raclés par les pierres de la rivière...

— Un mort n'enfle pas en restant sous l'eau. Cela n'arrive qu'à un vivant qui, sous l'eau, meurt.

— Alors Frédéric n'est tombé victime que d'un malaise extraordinaire et inconnu, et il n'a pas été tué?

— On lui a ôté la vie, certes, mais c'est l'œuvre de qui l'a jeté dans l'eau.

— Mais c'est moi!

— C'est vraiment dommage. Je te sens excité. Calme-toi. Tu l'as fait en croyant bien faire, et certainement pas pour obtenir sa mort.

— Mais j'ai fait en sorte qu'il mourût!

— Moi je n'appelle pas ça tuer.

— Mais moi si, s'écria Baudolino. C'est moi qui ai fait noyer mon père très cher, alors qu'il était encore vivant! Moi... » Il devint encore plus pâle, murmura quelques mots décousus, et s'évanouit.

Il s'éveilla tandis que Nicétas lui posait des linges froids sur la tête. Pafnuzio s'était en allé, se sentant peut-être coupable d'avoir révélé à Baudolino, pour montrer comme il voyait bien les choses, une terrible vérité.

« A présent, essaie de rester tranquille, lui disait Nicétas, je comprends que tu sois bouleversé, mais ce fut une fatalité; tu as entendu Pafnuzio, n'importe qui aurait jugé mort cet homme. Moi aussi j'ai entendu raconter des cas de mort apparente qui ont trompé tous les médecins.

— J'ai tué mon père, continuait à répéter Baudolino, secoué maintenant par un tremblement fiévreux, sans le savoir je le haïssais, parce que j'avais désiré son épouse, ma mère adoptive. J'ai d'abord été adultère, puis parricide, et en portant sur moi

545

cette lèpre j'ai ensuite souillé de ma semence incestueuse la plus pure des vierges en lui laissant accroire que c'était là l'extase qu'on lui avait promise. Je suis un assassin, parce que j'ai tué le Poète qui était innocent...

— Il n'était pas innocent, il était envahi par une convoitise indomptable; c'est lui qui tentait de te tuer toi, tu t'es défendu.

— Je l'ai injustement accusé de l'homicide que j'avais commis moi, je l'ai tué lui pour ne pas reconnaître que je devais me punir moi-même, j'ai vécu toute la vie dans le mensonge, je veux mourir, m'abîmer dans l'Enfer et pâtir pour toute l'éternité... »

Il était inutile d'essayer de le calmer, et on ne pouvait rien faire pour le guérir. Nicétas fit préparer par Théophylacte une infusion d'herbes somnifères et la lui fit boire. Quelques minutes plus tard Baudolino dormait le plus inquiet de ses sommeils.

Quand il se réveilla, le jour suivant, il refusa la tasse de bouillon qu'on lui offrait, sortit en plein air, s'assit sous un arbre et là demeura en silence, tête entre les mains, durant toute la journée, et le matin suivant il était encore là. Nicétas décida qu'en de tels cas le meilleur remède est le vin, et il le persuada d'en boire en abondance, comme si c'était un médicament. Baudolino resta dans cet état de torpeur continue sous l'arbre pendant trois jours et trois nuits.

A l'aube du quatrième matin, Nicétas alla le chercher, et il n'était plus là. Il fouilla au fond du jardin et la maison, mais Baudolino avait disparu. Craignant qu'il eût décidé d'accomplir un geste désespéré, Nicétas envoya Théophylacte et ses fils le chercher dans tout Selymbria, et les champs alentour. Ils revinrent deux heures plus tard en criant à Nicétas de venir voir. Ils le conduisirent dans ce pré, à peine en dehors de la ville, où en entrant ils avaient vu la colonne des ermites d'autrefois.

Un groupe de curieux se pressait au pied de la colonne et indiquait le haut. La colonne était de pierre blanche, d'une hauteur presque comparable à deux étages d'une maison. Au sommet, elle s'élargissait en un balcon carré, qu'entourait un parapet fait de balustres très espacés et surmontés d'un appui, eux aussi en pierre. Au milieu s'élevait un petit pavillon. Fort peu dépassait de la colonne; pour rester assis sur le balcon, il fallait laisser pendre ses jambes, et le pavillon contenait à grand-peine un homme accroupi et recroquevillé sur lui-même. Les jambes dehors, Baudolino se trouvait assis là-haut, et on voyait qu'il était nu comme un ver.

Nicétas le héla, lui cria de descendre, chercha à ouvrir la porte étroite qui, en bas de la colonne, comme dans toutes les constructions de ce genre-là, donnait sur un escalier à vis montant jusqu'au balcon. Mais la porte, bien que mal assujettie désormais, avait été barrée de l'intérieur.

« Descends, Baudolino, que veux-tu faire là-haut? » Baudolino répondit quelque chose, mais Nicétas n'entendait pas bien. Il demanda qu'on allât lui chercher une échelle suffisamment longue. Il l'eut, grimpa avec peine, et il se trouva la tête contre les pieds de Baudolino. « Que veux-tu faire? lui demanda-t-il encore.

— Rester ici. Maintenant commence mon expiation. Je prierai, je méditerai, je m'anéantirai dans le silence. Je chercherai à atteindre la solitude lointaine devant toute opinion et imagination, à ne plus éprouver ni ire ni désir, et ni même raisonnement et ni penser, à me délier de tout lien, à retourner à l'absolument simple pour ne plus rien voir, sinon la gloire de l'obscurité. Je me viderai d'âme et d'intellect, je parviendrai par-delà le royaume de l'esprit, dans le noir j'accomplirai mon trajet par des voies de feu... »

Nicétas se rendit compte qu'il répétait des choses entendues de la bouche d'Hypatie. Tellement ce malheureux veut fuir toute passion, pensa-t-il, qu'il s'est isolé là-dessus pour chercher à devenir l'égal de celle qu'il aime encore. Mais il ne le lui dit pas. Il lui demanda seulement comment il pensait survivre.

« Tu m'avais raconté que les ermites descendaient un panier avec une cordelette, dit Baudolino, et que les fidèles laissaient en aumône des reliefs de leur nourriture, mieux encore si ces reliefs sont ceux de leurs animaux. Et un peu d'eau, même si on peut souffrir de soif et attendre que tombe de temps en temps la pluie. »

Nicétas soupira, il descendit, envoya chercher un panier et

une corde, il le fit remplir avec du pain, des légumes cuits, des olives et quelques morceaux de viande; un des fils de Théophylacte jeta la corde en haut, Baudolino s'en saisit et monta le panier. Il ne prit que le pain avec les olives, et il rendit le reste. « Maintenant, laisse-moi, je te prie, cria-t-il à Nicétas. Ce que je voulais comprendre en te contant mon histoire, je l'ai compris. Nous n'avons plus rien à nous dire. Merci pour m'avoir aidé à arriver où je suis à présent. »

Nicétas allait le trouver chaque jour, Baudolino le saluait d'un geste, et il se taisait. Le temps passant, Nicétas s'aperçut qu'il n'était plus nécessaire de lui apporter de la nourriture car à Selymbria la rumeur s'était répandue que, après des siècles, un autre saint homme s'était isolé au sommet d'une colonne, et chacun allait se signer d'en bas, en déposant dans le panier quelque chose à manger et à boire. Baudolino tirait la corde, gardait pour lui le peu qui lui suffirait pour ce jour-là, et il émiettait le reste pour les si nombreux oiseaux qui avaient commencé à se jucher sur la balustrade. Il ne s'intéressait qu'à eux.

Baudolino demeura là-haut tout l'été sans proférer une parole, brûlé par le soleil et, même s'il se retirait souvent dans le pavillon, tourmenté par la chaleur. Il déféquait et il urinait évidemment de nuit, par-delà la balustrade, et on voyait ses excréments au pied de la colonne, petits comme ceux d'une chèvre. Sa barbe et ses cheveux poussaient et il était si sale que cela se voyait, et déjà commençait à se sentir, même d'en bas.

Nicétas dut s'absenter deux fois de Selymbria. A Constantinople, Baudoin de Flandre et de Hainaut avait été nommé basileus, et les Latins peu à peu envahissaient tout l'empire, mais Nicétas devait prendre soin de ses propriétés. Pendant ce temps, à Nicée, se constituait le dernier bastion de l'empire byzantin, et Nicétas pensait qu'il devrait se transférer là-bas, où on aurait besoin d'un conseiller de son expérience. Raison pour quoi il fallait prendre des contacts et préparer ce nouveau très périlleux voyage.

Chaque fois qu'il revenait, il voyait une foule de plus en plus

548

dense au pied de la colonne. On avait pensé qu'un stylite, si purifié par son continuel sacrifice, ne pouvait pas ne pas posséder une profonde sagesse, et on montait avec l'échelle lui demander conseil et réconfort. On lui racontait ses malheurs, et Baudolino répondait, par exemple : « Si tu es orgueilleux, tu es le diable. Si tu es triste, tu es son fils. Et si tu te soucies de mille choses, tu es son serviteur sans repos. »

Un autre lui demandait son avis pour mettre fin à un conflit avec son voisin. Et Baudolino : « Sois comme un chameau : porte le fardeau de tes péchés, et suis les pas de celui qui connaît les voies du Seigneur. »

Un autre encore lui disait que sa bru ne pouvait avoir un enfant. Et Baudolino : « Tout ce que peut penser un homme sur ce qui est au-dessous du ciel et ce qui est au-dessus du ciel, est inutile. Seul celui qui persévère dans le souvenir de Christ est dans la vérité. »

« Comme il est sage », disaient ceux-là, et ils lui laissaient quelques monnaies, s'en allant pleins de consolation.

Vint l'hiver, et Baudolino restait presque toujours recroquevillé dans le pavillon. Pour ne pas devoir écouter les longues histoires de ceux qui venaient à lui, il se mit à les anticiper. « Toi, tu aimes une personne de tout ton cœur, mais parfois tu es pris du doute que cette personne ne t'aime pas d'une égale ardeur », disait-il. Et l'autre : « Comme c'est vrai! Tu as lu dans mon âme comme dans un livre ouvert! Que dois-je faire? » Et Baudolino : « Tais-toi, et ne te mesure pas toi-même. »

A un homme gros, qui venait ensuite en montant avec beaucoup de peine, il dit : « Tu te réveilles chaque matin avec le cou endolori, et tu as du mal à enfiler tes chausses. » « C'est bien ça », disait l'autre, saisi d'admiration. Et Baudolino : « Ne mange pas durant trois jours. Mais ne t'enorgueillis pas pour ton jeûne. Plutôt que de te rengorger, mange de la viande. Il vaut mieux manger de la viande que se vanter. Et accepte tes douleurs comme tribut pour tes péchés. »

Vint un père qui lui dit que son fils était couvert de plaies douloureuses. Il lui répondit : « Lave-le trois fois par jour avec de l'eau et du sel, et chaque fois prononce les mots : Vierge

Hypatie, prends soin de ton fils. » Ce dernier s'en alla et une semaine plus tard il revint en disant que les plaies étaient en voie de guérison. Il lui donna des pièces de monnaie, un pigeon, et un flacon de vin. Tous crièrent au miracle, et ceux qui étaient malades se rendaient à l'église en priant : « Vierge Hypatie, prends soin de ton fils. »

Monta à l'échelle un homme pauvrement vêtu et au visage sombre. Baudolino lui dit : « Je sais ce que tu as. Tu portes dans ton cœur de la rancune envers quelqu'un.

— Tu sais tout », dit l'autre.

Baudolino lui dit : « Si quelqu'un veut rendre le mal pour le mal, il peut blesser un frère, fût-ce d'un seul signe. Garde toujours les mains derrière le dos. »

Vint un autre, les yeux tristes, qui lui dit : « Je ne sais pas quel mal j'ai.

— Moi je le sais, dit Baudolino. Tu es un affligé.

— Comment puis-je guérir ?

— L'affliction se manifeste la première fois quand on remarque l'extrême lenteur du mouvement du soleil.

— Et alors ?

— Ne regarde jamais le soleil. »

« On ne peut rien lui dissimuler », disaient les gens de Selymbria.

« Comment fais-tu pour être si sage ? » lui demanda quelqu'un. Et Baudolino : « Parce que je me cache. »

« Comment fais-tu pour te cacher ? »

Baudolino tendit une main et lui montra la paume. « Que vois-tu devant toi ? » demanda-t-il. « Une main, répondit l'autre.

— Tu vois que je sais bien me cacher », dit Baudolino.

Revint le printemps. Baudolino était toujours plus sale et poilu. Il était recouvert d'oiseaux, qui accouraient en bandes et béquetaient les vers qui avaient commencé à habiter son corps. Comme il devait nourrir toutes ces créatures, les gens emplissaient plusieurs fois par jour son panier.

Un matin arriva un homme à cheval, hors d'haleine et couvert de poussière. Il lui dit que, pendant une partie de chasse, un noble seigneur avait mal décoché sa flèche et touché le fils de sa sœur. La flèche était entrée par un œil, et sortie par la nuque. Le garçon respirait encore, et ce seigneur demandait à Baudolino de faire tout ce que pouvait faire un homme de Dieu.

Baudolino dit : « Le devoir du stylite est de voir arriver de loin ses propres pensers. Je savais que tu viendrais, mais tu as mis trop de temps, et autant tu en mettras pour retourner. Les choses en ce monde vont comme elles doivent aller. Sache que le garçon meurt en ce moment, et même, voilà, il est déjà mort. Dieu l'ait en sa miséricorde. »

Au retour du chevalier, le garçon était déjà mort. Quand on sut la nouvelle, de nombreuses gens à Selymbria criaient que Baudolino avait le don de la voyance et qu'il avait vu ce qui se passait à des milles de distance. Cependant, il y avait, pas très loin de la colonne, l'église de Saint-Mardoine, dont le prêtre haïssait Baudolino, qui lui enlevait depuis des mois les offrandes de ses fidèles. Ce dernier se mit à dire que le miracle de Baudolino en avait vraiment été un beau, et que des miracles de la sorte tout le monde savait en faire. Il alla sous la colonne et cria à Baudolino que, si un stylite n'était même pas capable d'ôter une flèche d'un œil, c'était comme si le garçon, il l'avait tué lui.

Baudolino répondit : « La préoccupation de complaire aux hommes fait perdre tout épanouissement spirituel. »

Le prêtre lui lança une pierre, et aussitôt quelques exaltés s'unirent à lui, criblant le balcon de cailloux et de mottes de terre. Ils lancèrent des pierres toute la journée, avec Baudolino blotti dans le pavillon, les mains sur le visage. Ils ne partirent qu'à la tombée de la nuit.

Le lendemain matin, Nicétas alla voir ce qui était arrivé à son ami, et il ne le vit plus. La colonne était inhabitée. Il revint inquiet chez Théophylacte et découvrit Baudolino dans l'étable. Ce dernier avait empli d'eau un tonneau et, à l'aide d'un couteau, il se grattait toute la saleté accumulée sur lui. Il avait coupé sa barbe et ses cheveux à vue de nez. Il était tanné par le soleil et par le vent, il ne paraissait pas trop amaigri, il avait seulement de la difficulté à se tenir droit et il remuait les bras et les épaules pour dénouer les muscles de son dos.

« Tu as vu. La seule et unique fois dans ma vie où j'ai dit la vérité et rien que la vérité, on m'a lapidé.

— C'est arrivé aussi aux apôtres. Tu étais devenu un saint homme et tu te décourages pour si peu ?

— Peut-être attendais-je un signe du ciel. Au cours de ces mois, j'ai accumulé pas mal de pièces de monnaie. J'ai envoyé un fils de Théophylacte m'acheter des vêtements, un cheval et un mulet. Quelque part dans la maison, il doit encore y avoir mes armes.

— Donc tu t'en vas ? demanda Nicétas.

— Oui, dit-il, en demeurant sur cette colonne j'ai compris beaucoup de choses. J'ai compris que j'ai péché, mais jamais pour en tirer pouvoir et richesses. J'ai compris que, si je veux être pardonné, je dois payer trois dettes. Première dette : je m'étais promis de faire ériger une pierre tombale à Abdul, et c'est pour cela que j'avais gardé sa tête de Jean-Baptiste. L'argent est arrivé d'un autre côté, et c'est mieux, parce qu'il ne vient pas de la simonie mais des offrandes de bons chrétiens. Je découvrirai l'endroit où nous avons enseveli Abdul et j'y ferai construire une chapelle.

— Mais tu ne te rappelles même pas où il a été tué !

— Dieu me guidera, et je me souviens par cœur de la carte de Cosmas. Deuxième dette : j'avais fait une promesse sacrée à mon bon père Frédéric, pour ne pas dire à l'évêque Otton, et jusqu'à présent je ne l'ai pas tenue. Il faut que j'arrive au royaume du Prêtre Jean. Sinon j'aurai prodigué ma vie en vain.

— Mais vous avez touché du doigt qu'il n'existe pas !

— Nous avons touché du doigt que nous n'y sommes pas arrivés. C'est différent.

— Mais vous vous étiez rendu compte que les Eunuques mentaient.

— Que peut-être ils mentaient. Mais il ne pouvait pas mentir, l'évêque Otton, ni la voix de la tradition, qui veut le Prêtre quelque part.

— Mais tu n'es plus jeune comme quand tu as essayé la première fois !

— Je suis plus sage. Troisième dette : j'ai un fils, ou une fille, là-bas. Et là-bas, il y a Hypatie. Je veux les retrouver, et les protéger comme il est de mon devoir.

— Mais plus de sept ans ont passé!

— La petite créature en aura plus de six. Un enfant de six ans ne serait-il plus ton enfant peut-être?

— Mais ce pourrait être un mâle, et donc un Satyre-Qu'On-Ne-Voit-Jamais!

— Et ce pourrait être une petite Hypatie. J'aimerai cette créature dans tous les cas.

— Mais tu ne sais pas où peuvent se trouver les montagnes dans lesquelles ils se sont réfugiés!

— Je les chercherai.

— Mais Hypatie pourrait t'avoir oublié; peut-être ne voudra-t-elle pas revoir celui avec qui elle a perdu son apathie!

— Tu ne connais pas Hypatie. Elle m'attend.

— Mais tu étais déjà vieux quand elle t'a aimé, maintenant tu lui apparaîtras comme un vieillard!

— Elle n'a jamais vu d'hommes plus jeunes.

— Mais il te faudra des années et des années pour retourner dans ces lieux, et aller au-delà!

— Nous, de la Frascheta, nous avons la tête plus dure que l'oiseau.

— Mais qui te dit que tu vivras jusqu'au terme de ton voyage?

— Voyager rajeunit. »

Rien n'y fit. Le lendemain Baudolino embrassa Nicétas, toute sa famille, et ses hôtes. Il monta avec quelque effort à cheval, tirant derrière lui le mulet avec force provisions, l'épée suspendue à la selle.

Nicétas le vit disparaître au loin, qui agitait encore la main, mais sans se retourner, droit tout droit vers le royaume du Prêtre Jean.

40

Baudolino n'est plus là

NICÉTAS ALLA VISITER PAFNUZIO. Il lui relata tout de fond en comble, à partir du moment où il avait rencontré Baudolino à Sainte-Sophie, et tout ce que Baudolino lui avait raconté.

« Que dois-je faire? lui demanda-t-il.

— Pour lui? Rien, il va à la rencontre de son destin.

— Pas pour lui, pour moi. Je suis un écrivain d'Histoires, tôt ou tard il faudra que je me dispose à coucher par écrit le regeste des derniers jours de Byzance. Où placerai-je l'histoire que m'a racontée Baudolino?

— Nulle part. C'est une histoire tout à lui. Et puis, es-tu sûr qu'elle soit vraie?

— Non, tout ce que j'en sais, je l'ai appris par lui, comme par lui j'ai appris qu'il était un menteur.

— Tu vois donc, dit le sage Pafnuzio, qu'un écrivain d'Histoires ne peut prêter foi à un témoignage aussi incertain. Efface Baudolino de ton récit.

— Mais au moins les derniers jours nous avons eu une histoire en commun, dans la maison des Génois.

— Efface aussi les Génois, sinon tu devrais dire les reliques qu'ils fabriquaient, et tes lecteurs perdraient la foi dans les choses les plus sacrées. Il t'en faudra peu pour altérer légèrement les événements, tu diras que tu as été aidé par des Vénitiens.

555

Oui, je le sais, ce n'est pas la vérité, mais dans une grande Histoire on peut altérer des petites vérités pour qu'en ressorte la vérité la plus grande. Tu dois raconter l'histoire vraie de l'empire des Romains, pas une historiette qui est née dans un marécage lointain, dans des pays barbares et au milieu de gens barbares. Et puis, tu voudrais mettre dans la tête de tes lecteurs futurs qu'il existe un Gradale là-haut parmi les neiges et la froidure, et le royaume du Prêtre Jean dans les terres torrides? Qui sait combien de forcenés se mettraient à errer sans trêve, pendant des siècles et des siècles.

— C'était une belle histoire. Dommage que personne n'en ait un jour connaissance.

— Ne te crois pas l'unique auteur d'histoires en ce monde. Tôt ou tard, quelqu'un, plus menteur que Baudolino, la racontera. »

TABLE

Cet ouvrage a été réalisé par la

FIRMIN DIDOT

GROUPE CPI

Mesnil-sur-l'Estrée

*pour le compte des Éditions Grasset
en mai 2002*

Imprimé en France
Première édition, dépôt légal : février 2002
Nouveau tirage, dépôt légal : mai 2002
N° d'édition : 12414 - N° d'impression : 59576
ISBN : 2-246-61501-1